옛이야기의 발견

김헌선 지음

보고사

머리말

옛이야기는 인류의 오랜 유산이며, 한 때 우리를 가장 감동적으로 열광하게 했던 갈래이다. 할머니나 어머니의 무릎을 베고 들었던 그 이야기가 진정한 힘이었으며 우리를 감동시켰던 바로 그것이있다. 여진히 이야기는 그 생명력을 탈바꿈을 하면서 다르게 가지고 가는 것을 흔히 볼 수 있으며 이야기의 시대를 지속하고 있다. 다만 말이 달라지고 내용이 변형되어서 조금씩 본래의 것과 거리가 멀어지고 있다. 옛이야기가 우리의 독자적 창조이면서 세계 인류가 이룩한 공통의 유산임을 분명하게 할 필요가 있다. 옛이야기를 발견하면서 인류 공통의 사고 전개를 두루 확인할 수 있다.

이 책의 제목을 《옛이야기의 발견》이라고 지칭하고자 한다. 옛이야기는 전통적인 우리 설화를 이르는 말이고, 발견은 옛이야기의 자료적 가치와 의미의 신천지를 발견하자는 데서 나온 말이다. 발견은 인문학문에서 매우 중요한 개념일 뿐만 아니라, 학문 일반에서도 새삼스러운 개념이다. 옛날이야기의 자료를 발견하고 이를 널리 알리고자 하는 데서 이 책은 마련되었다.

이야기의 발견은 세 차원에서 가능하다. 발견의 일차원적 의미는 옛날이야기 가운데 소중한 자료를 발견하고 이에 대한 의미를 새롭게 규명하는데서 비롯된다. 자료의 발견이 학문에서 차지하는 비중은 일부러 강조하지 않아도 자명한 차원이라고 할 수가 있다. 이야기의 전통적인 방식을 맛보면서 자료의 새로움을 발견하는 것이 옛날이야기의 학문적 논의를 가능하게 하는 차원이라고 하지 않을 수 없다.

이야기의 발견은 이차원적 의미를 가진다. 그것은 우리나라의 옛날이야기를 통해서 이 이야기의 세계적 위상과 분포를 알아보는 것이 매우 중요한 차원의 발견이라고 하는 의미를 가지고 있다. 이야기의 발견은 학문적으로 아주 오래된 방법이라고 할 수가 있다. 역사지리학파의 가설로 이야기의 유형과 각편이라고 하는 것을 규명하는 차원이 바로 이차원적 의미의 발견과 상통한다. 그러나 원자료를 중시하면서 이야기의 개별적 특성을 비교설화적 차원에서 규명하자고 하는 것이 이차원적 의미의 발견을 포괄한다.

이야기의 발견은 삼차원적 의미를 가진다. 그것은 이야기를 통해서 숨어 있는 의미를 발견하고, 동시에 방법론적 이해를 새롭게 하는 차원의 발견을 뜻한다. 이야기를 바라보는 시각을 통해서 감추어졌던 주제와 의미를 재발견하는 것이 삼차원의 방법론적 혁신과 발견이라고 할 수가 있다. 그러한 점에서 이야기의 발견은 전문적인 학문적 의미를 완성해 나갈 수가 있다.

이야기의 발견은 차원을 달리하면서 자료학에서 이론학으로 전환하는 특성을 지닌다. 자료의 특성을 이해하고, 이를 비교하면서 새로운 차원의 비약으로 이어가는 이론적 심안을 가지게 한다. 육안으로 보는 것에서 벗어나서 심안을 이르는 것이 매우 주목할 만한 성격이라고 할 수가 있다. 이 점에서 이야기의 발견은 학문적 능력을 가지게 하는 것을 도달점으로 한다.

이야기는 인류의 최고로 여겨지는 정보가 집약되어 있으며, 가장 특징적인 사고 훈련을 할 수가 있는 구체적 내용이 담겨 있는 소중한 슬기의 체험장이라고 할 수 있다. 이야기라고 하는 구체적 사례를 통해서 인류의 오래되고 가장 선명한 슬기를 찾을 수 있다고 하는 점에서 지적 희열과 의의를 가지고 있는 명백한 증거물인 점을 인식하고 지적 지평을 확장할 수가 있는 계기를 가질 수가 있다. 이야기의 발견은 이와 같은 심안을 기를 수 있는 중요한 근거라고 할 수가 있다.

이 책은 이야기의 진정한 발견을 위하여 세 층위의 독자를 예견하고 구성되었다. 첫 번째로 예견되는 독자의 층위는 이야기를 단순하게 발견할 수가 있는 독자들이다. 그렇기 때문에 우리나라에 전하는 특정한 자료를 소개하는데 힘쓰고자 하였다. 과거에 전혀 이해되지 못한 자료나 소개되지 않은 자료에 주목한 것은 이러한 독자를 위한 배려이다.

두 번째 층위의 독자를 위해서는 이야기를 폭넓게 이해하면서 세계적 자료의 분포와 변이를 이해할 수가 있는 단서를 제공하고자 하였다. 우리 이야기 자체에 대한 이해만을 도모한다면 이야기 이해에 막힌 자아를 갖게 하는 우를 범하게 된다. 그러므로 이를 체계적으로 확장하고 동시에 기본적으로 세계를 이해하는 창으로 삼고자 한다면 이는 세계적 위상을 통해서 이해하는 것이 바람직하다. 이야기를 통해서 세계 자료의 공질성을 도모하려고 하는 독자를 상정하였다고 할 수가 있다.

세 번째 독자 층위는 전문적 이해를 겸하면서 우리의 이야기를 심도 있게 연구하고자 하는 독자를 위해서 마련하였다. 이야기를 표면적으로 아는데 그치지 않고 자료의 포괄적 성격을 중심으로 하는 이야기의 표리관계와 동이관계를 도모하면서 이야기를 통한 지혜를 구가할 수 있도록 자료의 성격과 논의를 도모하고자 한 것은 이러한 독자를 위한 배려이고 안배이다.

이 책은 모두 4부로 구성되어 있다. 1부는 총론에 대한 전제를 다룬다. 이야기의 기능과 의미를 살펴보는 것이 1부의 목표이다. 이야기의 전통을 시대마다 개략적으로 살피고, 동시에 이야기를 연구하는 방법 가운데 구조주의와 정신분석학의 방법론과 자료를 소개하였다. 제1부는 간략하게 되도록 쓰려고 하였다. 구조주의와 정신분석학의 방법론은 비판과 한계를 지적하고 있지만 학문적으로 가장 적절하고 이론적으로 깊이를 갖춘 것이라고 판단된다. 그런 점에서 상반된 이론을 비교하도록 하면서 이를 논하도록 유도하고 있다.

제2부는 모두 12편의 이야기를 중심으로 소개하였다. 이 이야기는 크게 본다면 민담으로 한정한 것이지만 구체적으로는 신이담과 형식담을 중심으로 하여 소개하였다. 초다짐에서는 이야기의 개괄적 안내를 도모하고자 하였다. 자료에서는 핵심적인 자료를 소개하고 작품 이해의 디딤돌을 마련한 것이다. 깊게 보기에서는 이 이야기의 핵심적 부위에 대한 논란을 정리하면서 독자적인 생각을 전개하고자 하였다. 넓게 알기에서는 자료와 자료, 우리 자료와 다른 민족의 자료를 비교하는데 텍스트를 배당하였다.

제3부는 지역유형을 발견하는데 힘쓰도록 논의한 결과 세 편의 글을 실었다. 어리석은 선비에 대한 이야기를 하면서 그 가운데 안동의 명물인 정역간이라고 하는 인물의 이야기를 채록한 것을 살리도록 하였으며, 아산에 전승되는 이야기를 중심으로 충남 설화의 전통을 일깨울 수 있도록 구성하였다. 전주의 명물인 이거두리에 관한 전설과 함께 허망한 사람의 체험을 중시하는 이야기를 소개하고자 하였다.

제4부는 《삼국유사》의 자료 가운데 두 편을 소개하였다. 하나는 「사금갑」에 관련한 자료를 해독하는 방법론을 제시한 것이다. 다른 하나는 《삼국유사》 가운데 가장 쟁점이 많지만 볼수록 의미의 심층을 보여주는 「경흥우성」이라고 하는 조목을 소개하였다. 문헌설화는 의미의 심도를 더하는 것인데도 불구하고 이야기에서 보이는 일련의 의미를 새롭게 해석하는데 요긴한 자료라고 판단된다.

이야기를 발견하는데 머무르지 않고 자료의 군집을 통째로 이해하고 더 나아가서 자신에 대한 통찰을 기대하는 마음에서 책의 제목을 《옛날 이야기의 발견》이라고 하였다. 발견과 재발견은 서로 상통한다. 처음에

경이로운 대상의 흥미를 발견하고 이를 내면화하면서 재발견이라고 해야 한다. 발견에 이어 독자적인 재발견에 이르게 된다면 우리는 이야기를 통해서 새로운 통찰을 집적 터득할 수가 있을 것으로 예견된다.

이 저작은 자매편이 더 마련될 예정이다. 우리 이야기의 본산이라고 할 수 있는 본풀이, 신화 등을 중심으로 하면서 우리 이야기에서 출발하여 세계의 본풀이와 신화를 아우르는 후속 저작이 이어질 예정이다. 그러한 전체적인 저작의 구도를 염두에 두면서 옛날이야기의 발견이라고 하는 일차적인 작업을 간행한다. 아직 모자라고 미숙하지만 강의를 위해서 기본적 자료가 필요하여 일차적으로 성긴 저작을 내기로 한다.

2013년 8월 20일
김헌선

차례

제2부 이야기 자료의 발견

·제1부·
이야기의 학문적 발견

① 이야기의 전통과 효용

1. 옛이야기의 전통과 이야기판

이야기를 하도 듣는 시대의 본보기가 필요하다. 가장 선명하게 기억되는 것은 자신의 기억이겠지만 할머니에게서 노래를 들으면서 이야기 속에 자라나는 감동적인 사례가 하나 있다. 그것을 예시하면 옛이야기가 어떻게 전승되고 향유되었는지 알 수 있을 것으로 추정된다. 옛이야기의 전승 실태를 가장 핵심적으로 보여주는 것이다.

1) 할뭉이 배꼽

할머니의 품속이 그립다. 한 가족이 모여 살면서 옹기종기 저마다의 꿈을 기르던 시대에 할머니는 손자와 한편이 되어서 옛날이야기를 들려주면서 손자에게 잠을 청하도록 하는 일을 도맡아 하였다. 할머니와 손자가 모여 살지 않으니 옛이야기가 전승되는 일이 아주 막연하게 되었다. 예용해가 말한 이야기 전승의 현장은 특히 감동적이라고 할 수 있다. 글이 좋으니 이를 인용하면서 할머니의 배꼽을 더듬으며 이야기를 듣는 아이를 상상하면 옛이야기의 전통에 단번에 도달할 수 있다.

할머니를 할뭉이로 부르며 자랐다. 할뭉이는 경상도 시골 사투리이다.

이 사투리를 소리나는 대로 적자면 무에 이응 받침을 할 것이 아니라 조금은 콧소리가 섞인 이응과 니은의 중간쯤 되는 받침을 붙여야 할 것이다. 또 할뭉이라야 내 할머니이지 이른바 표준말인 할머니는 내 할머니가 아닌 것 같은 착각을 초로에 접어든 오늘까지도 버리지 못하고 있다.

나는 어렸을 적에 할머니의 배꼽에서 태어난 것으로 곧이듣고 있었다. 부처님은 어머니의 옆구리에서 태어났다고 하고, 신라의 박혁거세는 알에서 났다고 하며 제주도에는 고씨, 부씨, 양씨 세 사람이 삼성혈을 비집고 세상에 나왔다고 하는 따위의 온갖 탄생설화들이 있어도 나처럼 할머니의 배꼽에서 태어난 경우는 없었던 것 같다.

탄생설화의 주인공들은 모두 전설이나 역사의 주인공으로서 모든 사람들이 시대를 초월해서 우러르는 바이지마, 어쩌다 나만은 붓방아나 찧고 앞뒤와 좌우의 눈치나 슬슬 살펴가면서 녹록하게 어제나 오늘이나 그날이 그날같이 살아가고 있는 몰골이니, 남들이야 그걸 무슨 설화 축에나 끼워줄까? 그러나 내가 태어났던 할머니의 배꼽을, 많이 무엄한 이야기지만, 부처님의 어머니 옆구리나 박혁거세의 알이나 삼성혈의 어느 것과도, 또 휘황찰란한 어떤 탄생설화와도 바꿀 생각이 없다.

아마도 남들은 할머니의 배꼽이 내가 태어나기에 얼마나 알맞은 곳이었나를 모를 것이다. 어머님의 젖이 떨어지기 전부터 할머니 품에서 자랐던 내가 할머니의 배꼽을 두고는 달리 태어날 도리가 없었던 것을 알아줄 사람도 썩 드물 것이다. 하기야 당산 무더기처럼 드높이 치솟은 할머니의 짖꼭지를 물고 북태산 감던 배 한가운데에 백두산 천지만큼 깊고 넓게 터전을 잡았던 그 배꼽에 손을 얹고서야 소록소록 잠들며 철이 났던 나의 탄생설화를 어느 누구도 믿으려 들지 않는 것은 오히려 당연한 일이겠다.

이렇게 나를 당신의 배꼽에서 낳으신 것으로 믿고 믿게 했던 할머니는 몸집이 뚱뚱하고 얼굴 두 볼에는 심술살이 축 처졌는데 붓으로 찍은 듯이 작은 눈매는 샛별같이 빛났다. 여느 때 말소리는 그지없이 자애로왔으나 좀체로 웃는 법이 없었다. 어쩌다가 웃으면 온 얼굴에 어짐이 깃들었다. 그러나 화가 나는 날이면 대청 들보가 쩌렁쩌렁 울리도록 호령이 벽력 같아서 마을의 남녀는 노소를 가릴 것 없이 그 앞에서 고개를 들지 못했다.

이렇게 얘기를 하면 보통이 아닌 여장부를 연상하게 될지 모르나 마치 명주 고름같이 자상한 면도 있어서, 내 또래의 집안 아이들이 오면 벽장에서 곶감이며 밤이며를 꺼내 꼭 같이 나눠 주며 다독대는 것이 배양이었고, 아랫사람들에 대한 차별이 예사로울 때이었는데도 사람에 대한 층하를 조금도 두지 않았다.

할머니는 강 하나 건너 마주보이는 마을의 부잣집 무남독녀로 자라 시집을 왔다. 내 증조모님은 두 형제분을 두셨으나 모두 젊어서 돌아간 다음에, 청상이 된 할머니와 둘이서 튼 큰 살림을 꾸려가서 여장군의 별호를 얻었을 정도로 무던했다고 한다. 아버지가 이 양가의 독자로 입양을 했으니 맏이인 나는 '큰집'을 잇게 되고 내 동생은 '작은집'을 잇게 되었다. 따라서 할머니는 법으로 치면 내게는 작은집 종조모일 뿐이고 오히려 내 동생에게 할머니가 된다. 혈육으로 치자면 할머니와 나 사이는 피도 물도 섞이지 않은 남남인 셈이다. 내가 제사를 받들어야 하는 할머니는 오히려 '큰집할머니'인데 어찌나 잘났던지 시집오던 가마 안이 환했다고 하는데 내가 태어나기 전에 돌아갔고 증조모도 내가 나던 그해 나를 보듬어보고야 눈을 감았다고 한다.

이런 일들은 철이 들어서야 알게 된 사연이지만, 아버지를 입양시키고 장가들여서 10년을 기다려도 어머니에게 태기가 없자 유처취처로 새장가를 들게 해야 한다는 말들이 온 집안에서 분분할 때 내가 태어났다고 한다. 태어날 때의 기억을 누구라 간직할 수 있을까만 내 기억의 가장 밑바닥은 할머니의 품에서부터 비롯된다. 할머니의 팔을 베고 그 풍만한 젖가슴에 얼굴을 묻고 밤마다 자장가와 옛날 옛적 '이바구'로 잠이 들었던 어린 날들의 기억을 나는 지금도 오롯이 간직하고 있다.

'앞집 개도 짓지 말고 뒷집 개도 짓지 마라'라든지 '은자동아 금자동아'라든지 하는 자장가를 구성진 목소리로 부르면서 도타운 손으로 내 등을 다독대기도 하고 으슬으슬 잠이 오는 눈길로 쳐다보고 있는 나의 눈을 굽어보면서 호랑이보다 더 무서운 엿의 얘기며 옥단춘의 구슬픈 이야기를

들려주어 나를 어느 겨를에 갑신 잠이 들게 하였다. 그것도 하루이틀의
일이 아니라 밤이면 밤마다 한 해 삼백예순닷새를 두고 옛날 이바구를 조
르니 아무리 이야깃거리가 많은 할머니로서도 당해낼 재주가 없었을 것이
다. 들려주었던 얘기를 또 듣게 되면 그것은 다 알고 있다고 응석을 부리
며 투정을 해대는 바람에 그 자리에서 아무렇게나 꾸며서 일러주기가 일
쑤였다.

　그런데 할머니가 언제까지나 칭얼대는 나를 잠재우면서 가장 자주 들
려주었던 것은 '꼬부랑 할마시' 얘기다. 꼬부랑 할마시가 꼬부랑 작대기를
짚고 꼬부랑길을 가다가 넘어져서 한 번 구르기 시작하면 그날은 내가 잠
이 들고서야 구르기를 멈췄다.

　"할뭉이 옛날 이바구 해도고."

　"오냐, 오냐, 내 갱생이야 해주고 말고. 꼬부랑 할마시가……."

　"아이다, 아이다, 그건 들었다."

　"그래도 들어봐라. 재미있다."

　재미있다와 재미없다의 실랑이를 한동안 주고받다가 낮에 심히 장난질
이나 하고 고되었던 날은 그대로 잠이 들지만 어쩌다가 잠이 되살아난 날
에는

　"꼬부랑 할마시가 우에 됐노?"

　"아직 구불어 니러온다."

　"인다 다 니러왔나?"

　"앙이, 밀었디."

　하고 밤이 이슥할 때까지 꼬부랑 할마시는 끝없이 굴러내려와야 하는
봉변을 겪어야 했다.

　나는 이렇게 하여 한낱 잠버릇만 나쁜 것이 아니라 노는 버릇도 나빴
다. 같은 또래와의 싸움도 잦았고 호작질도 유별나서 할머니로부터 꾸중
도 많이 듣고 매도 많이 맞았다. 몹시 까불면 물새 궁둥이 같다고 야단이
고 토라지면 오갈피나무의 삐죽새가 아니면 오뉴월 수숫대라고 고함을 쳤
다. 가장 흔한 꾸중은 나물 날 곳은 잎새부터 안다였다. 그래서 나는 밑도

끝도없이 춘향이와 이도령을 알게 되고 옥단춘이와 흥부와 놀부와 심청이
며 심봉사도 알게 되었다. 알게 된 것은 그뿐이 아니었다.

초랑이나 말뚝이와 같은 탈놀이 주인공들의 이름이나 제법 유식한 문
자나 여기 옮겨 적을 수도 없는 육두문자를 익힌 것도 그 무렵이다.[1]

달리 설명을 필요로 하지 않는 자료이다. 할머니의 배꼽에서 태어났
다고 믿었던 필자가 할머니가 들려주는 이야기와 노래를 듣고서 세상을
자라나는 과정을 감동적인 필치로 그려낸 작품이다. 이야기의 전승이
따뜻한 품속을 통해서 전해지는 것이다. 그런데 현재는 이러한 전승의
실체가 사라지고 있으며, 할머니를 대신하여 티비나 책 등이 이러한 기
능을 하고 있는 점을 분명하게 확인하고 있다. 따뜻한 전통이 사라지고
있으나 이야기는 본래 그러한 전통 속에서 이어지고 있었던 것임을 반
추하는 것임을 다시 생각하게 한다.

2) 전설

옛날에……
하고, 할머니는 어린 손자의 머리를 쓰다듬으며 말했다.
－한 선비가 과거에 응시하려고 서울로 가는 중도에 날이 저물었다. 비
는 뿌리고 오막집 앞에 이르러 주인을 찾으니 주인은 과년한 낭자. 아무
리 혼자 사는 집이지만, 날 궂은 일모(日暮)에 찾아든 과객을 돌려보낼 수
는 없었다.
선비는 그 집에 하룻밤을 쉬게 되고 낭자와 인연을 맺었다. 하늘이 마
련한 연분이었겠지.

－할매 인연이 뭐꼬.

---

1) 예용해, 우리 할머니 배꼽, 예용해전집5《이바구저바구》, 대원사, 1997, 120-128면.

─야는 인연이란 명주실꾸리 같은 거 아니가.

─떠날 때, 선비는 과거에 급제하면 낭자를 맞아다가 백년해로(百年偕老)할 것을 굳게 약속했다. 그러나 과거에 급제하기가 쉬어야 말이제. 그렁저렁 서울서 세월만 보냈다.

─할매, 낭자는 으짜꼬?

─야는 집에서 기다리지 으째,

낭자는 기다렸다. 하루가 천년 같은 그런 날을 얼마나 기다렸는지 그것은 할머니도 몰랐다.

드디어 선비는 과거에 급제하고 낭자를 맞으러 급히 내려왔다.

영마루에 올라서니

천지에 넘치는 낭자의 향기⋯⋯

하늘에는 그득한 낭자의 눈에, 하늘과 땅에는 출렁이는 낭자의 말씨.

대문 앞에 이르렀다.

대문이 잠겨 있었다.

대문을 부수고 중문에 이르니 중문이 잠겨 있었다.

중문을 부수고 안방 앞에 이르니 안방 문도 안으로 고리가 잠겨 있었다.

문 열어라.

문 열어라.

썩은 문설주를 밀치고 보니 방 안에는 곱게 빗은 머리 한 가락 흩트리지 않고 두 볼에 미소조차 머금은 채 낭자가 단정히 앉아 있었다.

─할매.

─야는.

─억시기 반갑겠제.

-반갑고 말고.

선비는 너무나 반가와
-여보, 내가 왔소.
한 마디 부르짖자, 그 자리에서 낭자는 하얗게 재가 되어 삭아 내렸다.

할머니는 이야기를 마치자, 눈물이 글썽거리는 눈으로 손자를 바라 보
았다.
-할매.
-……
-할매.
-……2)

  역사적으로 시인의 임무에 대해서 항상 도전받았다. 플라톤의《공화
국》에서 시인은 공화국에서 추방되어야 한다고 하였으며, 묵자(墨子)는
비락(非樂)편에서 내세워서 예술을 비판적 관점에서 논한 바 있다.3) 달
리 다른 글에서 시인은 슬픈 천명을 지녔다고도 한다. 시인은 진정한 통
찰로 옛날이야기를 발견하고 이를 시의 소재로 삼았던 적이 있다. 시인
추방론이나 예술무용론을 반박하는 결정적 증거가 바로 이들 시인의 통
찰 때문이다. 박목월의 글「전설」은 그러한 시인의 임무를 저버리지 않
은 대표적 작품 가운데 하나이다.
  이 글은 할머니가 손자에게 이야기 하는 형식을 빌렸다. 이야기는 인
연에 대해서 말하는 것을 중심 주제로 하여 선비와 낭자의 슬픈 사랑이
야기를 부수적인 주제로 하고 있다. 하룻밤의 사연을 말하고, 기다리던

---

2) 박목월·김남조 공저, 전설,《久遠의 戀歌》, 구문사, 1962.
3)《墨子》非樂上 第三十二 "是故子墨子曰 姑嘗厚措斂乎萬民 以爲大鍾鳴鼓琴瑟竽笙之聲
  以求興天下之利 除天下之害 而無補也 是故子墨子曰 爲樂非也"

여인이 하얗게 삭아 내렸다고 하는 것이 요체이다. 기다림에 지쳐서 죽어버리는 여인의 한을 말하고자 한 것이다. 박목월의 할머니가 그러한 기다림의 여인이었을 가능성이 있다.

시인들이 형상화한 한이 많아서 재로 삭아 버린 이야기는 구전되는 이야기를 바탕으로 삼고 있다. 사소한 오해가 남녀를 헤어지게 하였으며, 첫날밤에 옷고름도 못푼 이야기들은 근대시인들의 주된 주제가 되어서 거듭 시화되었다. 호남지역의 설화를 근간으로 하는 서정주의 「신부(新婦)」와 일월산 황씨부인당의 전설을 근간으로 하는 「석문(石門)」은 시인의 이야기 발견을 사명으로 하는 중요한 작품이다. 박목월 역시 이 점에서 예외가 아니다.

그러나 이러한 이야기만이 시적 소재로 형상화하는데 노력한 것은 아니다. 가령 다른 고장의 시인은 전혀 다른 각도에서 이야기의 전통을 발견하고 이를 형상화하는데 성공하고 있기 때문이다. 근대시인은 민족적인 것의 전통적 소재를 중심으로 이를 통해서 민족의 발견을 이끌어가는 주된 노력을 하고 있다고 하겠다.

우리는 왜 이러한 현상이 발견되는가 하는 점을 다시 생각해야 한다. 그것은 세계적인 작가의 작품에서도 다반사로 일어나는 일이라고 할 수 있다. 가령 윌리엄 버틀러 예이츠 시인의 사례에서도 이러한 작품이 다수 발견된다.[4] 근대민족주의적 관점이 대두되면서 민족적인 영혼과 이상을 노래하려는 전통의 발견을 주안점으로 삼기 때문에 별어진 일임을 절감할 수가 있다.

---

4) W. B. Yeats, *The Celtic Twilight: Faerie and Folklore*, Dover Publications, 2011; Warwick Gould and Deirdre Toomey eds, *Mythologies; The celtic twilight/The secret rose/Stories of Red Hanrahan/Rosa alchemica/The tables of the law/ The adoration of the Magi.*, Palgrave Macmillan, 2005.

2. 이야기의 전통과 시대

이야기는 인간의 태생적 원형에 해당한다.[5] 인간이 태어나면서 말을 배우고 이야기를 했다는 말이 근거가 있다. 이야기의 전통은 이 바탕 위에서 생성되었다. 그래서 인간을 새삼스럽게 정의하여 이야기하는 인간 Homo Narran이라고 하고, 달리 이야기꾼 Story teller라고 하지 않는가? 그런데 오늘날은 어떠한가? 우리는 하루 종일 이야기의 홍수시대에 살고 있지 않은가? 우리에게 주어진 시간들은 온통 이야기의 전통과 이야기의 힘을 느끼면서도 하루를 충만하게 살고 와서 쉬지 않는가? 이야기는 하루하루를 사는 흥미로운 부분 가운데 하나가 되었다.

이야기는 시대를 달리하면서 이야기의 실재가 지속되면서 변화되었다. 이야기에는 세 가지 시대가 있었으며, 현재 세 가지 시대는 누적적으로 중첩되어서 병렬되고 중첩되고 있다. 말·글·디지털이라고 하는 것의 근본 요소가 서로 상충하고 조화로운 관계를 맺으면서 함께 나란하게 가고 있는 것을 우리는 새롭게 절감하고 향유하고 있다. 시대는 달라지고 각각의 단계를 거쳐 변해 왔지만 근본적 요소가 변화하지 않으면서 서로 함께 나란하게 가고 있다.

1) 구전시대의 이야기

구전시대가 있었다. 구전시대는 오로지 말로 의사소통을 하던 시대를 지칭한다. 이 과정에서 창조된 전통적 이야기는 신화·전설·민담이 있었다. 신화는 신화시대에 창조된 것으로 신화시대에 이룩된 이야기는

---

5) 김환희, 《옛이야기의 발견》, 우리교육, 2010.
　　EBS 다큐프라임 '이야기의 힘' 제작팀, 《'매혹적인 스토리텔링의 조건' 이야기의 힘》, 황금물고기, 2011.
　　신동흔, 《삶을 일깨우는 옛이야기의 힘》, 우리교육, 2012.

신에 관한 초월적인 것들을 다루는 이야기이다. 전설은 초경험적인 세계를 다루는 것이다. 민담은 경험적인 세계를 다루는 것이다. 이들의 이야기는 각기 구별되면서 연결되는 기이한 특징을 가지면서 구전시대의 이야기로 존재하였다. 세 가지 이야기는 구전시대의 창조물로 집단의 창조와 전승을 중시하면서 전승되던 이야기라고 할 수가 있다.

사람들 사이의 거리가 멀지 않고, 서로 얼굴과 얼굴을 마주대하고 의사소통을 하던 시대였다. 그렇기 때문에 페이스 투 페이스의 진정성과 직접성이 서로를 행복하게 했던 시대임이 분명하였다. 서로에게 이야기를 통해서 정보를 전달하고 후대에게 이야기를 전달하는 책무가 있었던 시대였다. 이야기가 가장 강력하게 힘을 발휘하고 이야기가 단면적이지 않고 입체적임을 알 수가 있는 분명한 시대였다. 구전의 시대에 이야기가 복잡하고 다단하면서 여러 가지 정보가 얽혀 있는 것은 이 때문이다.

2) 문자시대의 이야기

구전시대가 가고 문자시대가 왔다. 문자시대는 말이 아닌 글이 긴요한 성격을 가진 시대였다. 문자는 다시 둘로 갈라져서 신성한 문자 또는 숭앙되는 문자의 시대가 있었다. 특정한 권력 집단에서 이를 독점적으로 옹호하면서 문자를 섬기던 시대가 있었다. 파피루스에 적힌 문자, 갑골문에 새겨진 문자는 이러한 특성을 가지고 있다. 그러나 달리 세속적 문자 또는 향유되는 문자의 시대가 있었다. 훈민정음과 문자는 바로 그러한 문자의 대표적 사례이다. 어느 시대이든 동일한 현상이 서로 맞물리면서 이야기는 문자와 더불어 가는 시대임을 알려주는 적절한 사례이다.

문자시대에는 이야기가 여전히 새로운 모습으로 긴요한 구실을 하던 시대였다. 이야기를 개인이 창조하거나 전통을 빌어오면서 유지하던 시대였다. 이 시대의 중요한 갈래에는 소설·만화·연극·영화 등이 아주 중요한 것이었다. 소설은 개인의 창작이 문자로 이루어지던 이야기이다. 만화는 그림과 이야기를 합쳐서 창조한 개인의 이야기이다. 연극은 문자와 구전의 합작품으로 개인의 이야기이다. 영화는 음성과 영상으로 창조한 개인과 집단의 이야기이다.

3) 전자시대의 이야기

전자시대는 디지털시대를 지칭한다. 디지털시대는 전자매체에 의해서 글과 문자를 한껏 확대하던 시대이다. 이야기는 긴요한 구실을 하면서 이 시대에도 다시 생명을 이어가게 된다. 전자시대의 최대 산물은 역시 전자소설이나 웹툰(Webtoon)과 같은 것이 적절한 예증이 된다. 그 가운데 젊은 세대의 향유물로 웹툰과 같은 것은 매우 주목할 만한 변화이고 전자시대의 산물이라고 할 수가 있다. 웹툰도 시대마다 달라지는 특징이 있지만 하나로 다용도적인 특징을 규정하는 것임이 드러났다.[6]

전자소설・페이스북・트위터 등이 이러한 이야기의 구체적 예증이다. SNS시스템의 특징을 한껏 발휘하던 시대이다. 이들은 개인의 기호와 친분에 의해서 정서적 동질성을 유발하면서 미니멀리즘에 의한 개인사에 집중하고 이야기의 전체적 맥락을 중시하지 않는 시대의 산물인 이야기를 조각내는 시대이다. 그러나 개인의 의견은 전에 없이 강조되고 있으며 유포하고 배포하는 특징을 가지고 있다.

---

6) 한창완・이승진,《디지털 플랫폼에 따른 맞춤 만화 모델링 연구》, 한국애니메이션학회, 2011.
　이예리・이유정・이영석,《만화의 미학과 문화연구 ─ 만화의 정의와 영향에 관한 연구》,

3. 이야기의 효용

이야기는 시대마다 다른 기능을 했지만 기본적으로 흥미를 유발하고 공유하는 점에서는 기본적 일치점이 있다. 이야기는 위의 단계에서 각기 다른 강조점을 가지고 있었음이 확인된다. 1)의 시대에는 기억과 공감이라고 하는 수단에 절대적으로 의존하고 있다. 전통과 전승이 긴요한 것은 이 때문이다. 2)의 시대는 창조와 소통이라고 하는 문제를 중점적으로 내세우는 시대이다. 3)의 시대는 복사와 소통이 긴요한 시대가되었다. 개인의 창조에서 집단의 소통을 중시하던 시대로 전환하고 있는 것을 분명하게 알 수가 있다.

이야기는 이 시대에 어떠한 의의가 있는가? 우리는 무엇을 어떻게 공감하고 의사소통을 할 수가 있다는 말인가? 이야기는 집단의 창조로 되돌아가야만 진정한 창조와 기억이 긴요한 구실을 했던 것으로 되돌아갈수가 있었다. 그것이 가장 긴요한 요점이라고 하겠다. 이야기의 전통과이야기의 효용에 대한 근본적 성찰을 핵심으로 한다. 이야기는 이 시대에 어떠한 기능을 할 수가 있는가?

1) 스토리의 전달시대

이야기를 전달하는 시대가 있있디. 개인의 창조보다 집단의 창조가우선하고, 집단이 창조한 것을 다른 사람들에게 전달하는 것을 책무로하던 시대가 있었다. 집단의 창조와 함께 기억을 중시하고 기억에 의하여 공감하던 시대가 스토리 전달의 시대이다. 전달은 두 가지 개념으로윗세대에서 아랫세대로 이어지는 시간적 전달을 핵심으로 하고 이곳에서 저곳으로 공간적 확장을 중시하는 것이 스토리 전달 시대이다. 스토리를 창안하고 고안하면서 사회문화적 집적과 반영을 중심으로 하는 세대의 창조와 고안이 핵심이다.

2) 스토리의 창조시대

스토리를 창조한다고 하는 것은 스토리의 개인적 창조가 중시되는 시대이다. 스토리의 창조는 개인의 고통과 현실의 문제를 해결하는 것을 핵심으로 한다. 글쓰기의 책무는 개인의 창조를 중시하면서 이를 통한 일련의 가치를 강조하면서 남과의 차별성을 중심으로 하는 시대이다. 스토리텔링의 시대가 이러한 가치를 조장하는 시대가 되었다. 창조는 유행과 물적 보상을 중심으로 하게 되는데, 상품과 트렌드가 문제가 되면서 개인의 창조가 다른 부속적 작업의 결과를 보장하는 것임을 볼 수가 있다.

3) 스토리의 힐링시대

스토리는 공감과 의사소통을 중심으로 하는 세대로 바뀌고 있다. 전달과 창조의 결과물이 사람들에게 공감을 주는 것이 요점이다. 의사소통을 통한 일련의 치료 효과를 경험할 수가 있는 것이 바로 스토리 힐링시대이다. 스토리를 전달하고 창조한 것들이 어떻게 치료 효과를 가지게 되는가 하는 문제는 단순하지 않지만 감정을 소비하고 감성을 자극하는 것이 이 스토리 힐링시대의 중차대한 소산이라고 할 수가 있다. 이야기를 만들고 이를 공유하면서 느끼는 것이 아주 긴요한 창조의 요소라고 하는 것이 이 시대의 창조가 가지는 의미라고 할 수가 있다.

4) 이야기의 시대적 전환

정보를 응집하고 집단의 창조를 중시하던 시대에서 이제 서로 의사소

통을 하고 정서를 공유하고 감성을 자극하는 시대로 바뀌고 있다. 이 시
대의 이야기 기본 책무는 이야기를 전달하고 창조하면서 이를 개인적이
고 집단적인 힐링의 차원으로 바꾸어놓는 것이라고 할 수가 있다. 이야
기의 창조와 소비가 합당한 근거를 가지고 집약적으로 전달하는 것으로
전환되어야 할 책무를 가지게 되었다. 이 점에서 문학의 본줄기인 이야
기는 정보 전달과 감성의 소통이라고 하는 기본적 면모를 강조하는 시
대로 전환되고 있음이 비로소 필요한 것임을 절감하게 된다. 이야기를
만들고 소비하는 기본적 면모가 이렇게 이어져야 하는 것임을 다시 생
각하게 된다.

4. 이야기 힐링시대의 근거와 이론

힐링시대는 달리 말하자면 치료시대이다. 치료에 대한 학문적 연원은
아주 오래되었다. 힐링에 대한 근원적 욕망은 아주 오래되었다. 인간이
동물과 다른 근본적 요소도 이와 관련된다. 힐링에 대한 이야기는 힐링
에 대한 개념이 확립되어야만 하는 것은 아니다. 힐링에 대한 이론은 구
체적인 대상으로부터 비롯된다. 힐링에 대한 이론적 연원은 여러 가지
책에서 구할 일은 아니다.[7]

오히려 이야기가 어떠한 힐링의 기능을 하는가가 핵심이다. 힐링을
통해서 전반적인 이야기의 해소작용을 하는 것이 요점이다. 이야기에는
서두·중간·결말이 있다. 그러한 과정을 통해서 일련의 변화를 유도하
는 것이 요점이다. 이것이 어떠한 관계를 가지는가가 문제이다. 이야기
에 있는 것이 이러한 문제점이 핵심적으로 드러낸다.

이야기를 통해서 하는 것과 함께 이보다 더 큰 영향을 갖고 있는 것이

---

7) Bill Moyers, *Healing and the Mind*, Main Street Books, 1995.

있다. 이러한 것을 통해서 보일 수 있는 대상이 질병을 다루는 것이라고 할 수가 있다. 질병 가운데 핵심은 자연적 질병을 우상으로 섬기는 질병 치료가 있으며, 이와 달리 정신적 질병을 대상으로 하는 치유의 과정이 있기도 하다. 그러한 구체적 대상이 바로 굿이다. 굿 가운데 질병을 대상으로 하는 중심에 있어서 이것이 대표적으로 「손님굿」 「마마배송굿」 등이 있다.

질병 가운데 손님이 긴요한 대상이다. 손님은 천연두이고, 지역적으로 보게 되면 제주도에서는 천연두는 마누라가 큰 마누라는 천연두이고, 족은 마누라는 볼거리 또는 홍역 등이라고 하는 이야기라고 하였다. 질병을 대상으로 하는 것은 자연적 치유 과정이라고 할 수가 있으며, 이와 달리 정신적 치유가 정신적 힐링의 핵심적 수단이 된다. 이 점에서 질병을 통한 일련의 연구가 긴요하다고 할 수가 있다.

신화적 이야기인 이 자료를 문학치료의 관점에서 논한 전례는 없다. 문학치료는 달리 음악치료, 미술치료 등이 서로 연결되며 이들과의 연구를 동일하게 진행하는 방법이 필요하다. 그러나 문학적 이야기는 각기 다른 관점에서 논해야 할 것으로 보인다. 이야기를 전달하는 본풀이, 이를 구체적으로 실현하는 방법으로서의 행위 등이 연극적 행위로서 어떠한 의의가 있는 이를 연구해야 하는 시점이 필요하다.

오늘날 남아 있는 주요한 자료는 「손님굿」과 「서신국마누라본」이다. 이 두 가지는 각기 다른 지역적 전통에서 우러난 것이다. 「손님굿」은 동해안에 전승되는 본풀이이고, 「서신국마누라본」은 제주도에 전승되는 자료이다. 이 본풀이는 두 가지로 되어 있지만 떠돌이 신으로서의 특징을 말하면서 이들의 내력은 단순하지 않다는 점을 볼 수가 있다.

이 두 가지 본풀이를 힐링의 관점에서 연구하는 것이 긴요하다. 질병을 대상으로 하는 것을 질병으로 물리치는데 있어서 이를 이야기로 전개하는 것에 기본적 책무가 있다. 이 점에서 이 본풀이는 질병에 대한 본풀이면서 질병을 치료하는 본풀이의 서사로서 긴요하고, 그것이 질병으로 중심적 구실을 하는 본풀이라고 할 수가 있다. 이 본풀이를 연구하는 것은 그러한 점에서 아주 중요한 본풀이이다.

이야기의 힐링시대에 본풀이는 살아 있는 중요한 증거물이다. 이를 통해서 이야기의 본풀이적 기능을 환기하고 이 본풀이를 통해서 힐링에 이를 수 있는 길을 모색하는 것이야말로 이야기의 힐링시대에 할 수 있는 긴요한 길이 열릴 수가 있다고 생각한다. 본풀이의 힐링은 그 자체로 훌륭한 기능을 할 수가 있는 적절한 예증이 아닌가 한다.

마지막으로 이야기에 관한 이야기를 하나 들어보자. 이야기가 궁극적인 치료에 관한 것임을 알려주는 적절한 사례이다. 흔히 「이야기주머니」라고 하면서 널리 알려진 이야기이다. 이 이야기가 무엇을 말하고자 하는지 이 이야기의 의미를 생각하여 보자. 이야기를 통하여 이야기의 핵심을 전달하는 유명한 이야기 가운데 하나이다.

1] 옛적에 한 사람이 아들을 두었는데 아들이 서당에 다니면서 서당 아이들이 한 이야기와 놀러온 어른들이 하는 이야기를 적어서 주머니에 넣어두었다. 몇 해를 이렇게 했더니 이야기를 적은 종이가 주머니에 가득 찼다.

2] 이들이 장가를 가게 되었는데 시중을 드는 종이 같은 나이라서 한방에서 지냈는데 하루는 종이 잠을 자다가 깼는데 어디서 소근거리는 소리가 나서 들어보니 도련님이 차고 자는 주머니에서 소리가 났다. 자기들을 적어서 주머니 속에 가두어 두기만 하고 바깥 구경을 시켜주지 않아 답답해서 견딜 수가 없다고 하며 원수를 갚자고 했다.

3] 하나가 장가가는 길 초에 청실배가 되어 배를 따먹게 해서 죽여야겠다고 하니까 또 한 놈은 장가가는 길 초에 딸기가 되어 있다가 딸기를 따먹게 해서 죽이겠다고 하고, 다른 놈이 길가에 옹달샘이 되어 바가지를 띄워놓고 물을 떠먹어 죽게 하겠다고 하고, 또 다른 놈은 대청에 깔아놓

은 덕석 밑에 실뱀이 되어 숨어 있다가 북향재배를 할 때 쏘아 죽이겠다고
하고, 또 다른 놈은 큰상의 떡국이 되어 있다가 떡국을 먹으면 목구멍에
걸려서 죽게 하겠다고 했다.

4] 종이 이 말을 다 듣고는 주인 아들이 장가갈 때 타고 가는 마의 마부
가 되어 따라가겠다고 했다. 상전과 도령이 안 된다고 말려도 종은 자기
가 꼭 가야 한다고 우겨서 마부가 되어 따라갔다.

5] 장가를 가는데 얼마쯤 가니까 길가에 배나무가 있는데 청실배가 열
려 있으니까 도령은 배를 따오라고 했다. 마부가 못 들은 척하고 말을 빨
리 몰아서 그곳을 지나갔다. 또 가는데 딸기가 주먹만 한 것이 달려 있으
니까 딸기를 따오라고 했는데 마부는 못 들은 척하고 말을 빨리 몰아 지나
갔다. 한참을 가니까 옹달샘에 맑은 물이 있고 바가지가 떠있으니까 신랑
은 물을 떠오라고 했다. 마부는 얼른 말을 몰아 그곳을 지나갔다. 신부집
에 가서 대례청에서 신랑이 북향재배를 하려고 하는데 시중드는 종이 신
랑을 들어서 방에 갖다놓았다. 신랑 앞에 큰상을 갖다놓아서 신랑이 떡국
을 먹으려고 하는데 종이 큰상을 밖으로 내던져 못 먹게 했다.

6] 시중을 드는 종이 마부로 따라와서 여러 가지 해괴한 짓을 해서 행
례를 방해한 것을 본 상전은 집에 와서 종을 죽이려고 하니까 종은 죽기
전에 할 말이 있다고 했다. 종의 말을 다 들은 상전은 자기 아들을 살리려
고 그렇게 한 것을 알고 아들을 살려준 은인이라고 고마워하고 종 문서를
태우고 양아들을 삼아서 글도 가르쳤다. 그래서 과거를 보아 벼슬도 하게
되어 잘살았다고 한다.[8]

이야기에서 가장 중요한 것은 이야기를 가두어 두어서는 안된다고 하
는 사실이다. 이야기는 말하고 들어야 하고, 동시에 여기서 들으면 저기
로 전하는 것이 가장 중요한 것이다. 그것은 다른 말로 하면 이야기의

8) 임석재, 邪가 된 이야기, 《한국구전설화 : 경상남도편 (임석재전집 11)》, 평민사,
   1991, 108-110면.

흐름을 멈추어서는 안된다고 하는 것이 가장 비밀이다. 이야기를 하고 들으면서 의사소통을 하고, 전달해야 할 책무가 여기에 있는 셈이다.

이야기를 가두어놓으면 병이 된다. 그것은 흐름이 멈춰져 있기 때문이다. 병을 치유하는 가장 바람직한 방법은 이야기를 흐르게 해야 한다. 이야기를 멈추어 두지 않는 좋은 방법은 지적 성장을 하는 것이라고 생각한다. 겉과 속이 합쳐지는 합일이 중요하다. 표리관계를 알고 욕망과 억제를 함께 구현하면서 정세를 살피는 것이 가장 지적 성장을 하는 좋은 방법이다.

자신이 커지지 않으면 남을 함께 자라게 할 수 없다. 마음의 주인은 허망한 생각을 한다. 그러나 몸종은 마음의 부수적 요인이 되지만, 주변이 중심으로 나아가야 치유가 가능하다. 남의 말을 잘 듣고 이야기의 흐름을 이어가야만 이야기가 함정에 갇히지 않고 살아갈 수가 있다. 이야기의 허방에 빠지지 않고 진정한 이야기를 살아가게 하는 것이 이야기를 통한 의사소통을 중시하는 방식이다.

이야기는 비밀을 간직하고 있으므로 절실한 사연이 돌아다닐 수 있도록 해야 한다. 이야기의 기본적 정신은 하고 듣고, 겉과 속의 다층구조를 통해서 일련의 작동을 이어가야 하는 것이 기본적 생리이다. 이야기를 하고 들으면서 내용과 형식을 일치시키는 것이 진정한 목표라고 할 수가 있다.

이야기를 말하고, 이야기를 창조하고, 이야기를 통해서 치유력을 키우는 것이야말로 새로운 시대의 적응 방식이라고 할 수가 있다. 이 점에서 이야기는 새로운 힘을 가지고 적응하고 발전할 수가 있을 것이라고 본다. 이야기가 힐링을 담당한다고 하는 것은 이 점에서 이야기의 새로운 탄생을 의미하는 것이라고 할 수가 있다. 이야기를 통해서 우리가 살아온 방식을 전반적으로 반성하고 환기하는 시대에 이르렀음을 우리는 알 수가 있다.

② 이야기와 구조주의

1. 구조언어학

1) 페르디낭 드 소쉬르(Ferdinand de Saussure, 1857-1913)

스위스의 제네바대학 교수를 지내면서 구조언어학의 창시자 노릇을 하였다. 사후에 출간된 《일반언어학강의》(Cours de linguistique générale)에서 기본적인 이론을 마련하였다. 이 책은 소쉬르의 두 제자인 샤를르 베일리(Charles Bally)와 알버트 세유하예(Albert Sechehaye)가 받아 적은 노트에 의한 것으로 핵심적인 이론이 여기에 담겨져 있다. 주요한 이론은 여러 가지이지만 핵심은 근대언어학 형성과 전개에 막대한 영향을 끼쳤다.

소쉬르 언어학의 주요 개념이 있다. 가령 소쉬르 언어학의 근본 개념에 랑그와 파롤(langue & parole), 시니피앙과 시니피에(signifiant & signifié), 통시성과 공시성(dimension diachronique & dimension synchronique), 기호의 자의성(L'arbitraire du signe) 등은 근대언어학의 기초 개념이 되었다. 랑그와 파롤이라고 하는 개념은 이론의 정립을 위해서 필요불가결한 요소가 되었다. 기호의 개념은 둘로 나누어서 개념과 청각적 형상으로 구분한 것은 중요한 이론적 진전이었다. 통시성과 공시성은 근대언어학의 학문적 성격 규정을 위한 기본적 전재였다. 기호의 자의성은 기호의 결합이 자의성을 이루고 있는 것임을 분명하게 하였다.

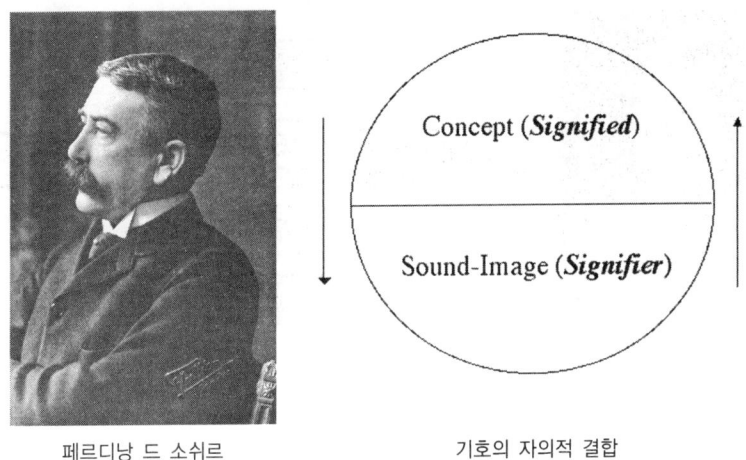

페르디낭 드 소쉬르   기호의 자의적 결합

소쉬르 언어학에서 개념은 대립적으로 존재한다고 하는 사실, 부분과 전체의 관계가 긴밀하게 맞물려 있으며, 전체는 부분의 대립적 총체라고 하는 개념을 생각해냈다. 그런데 이러한 생각은 다른 인문학적 대상에도 모두 확대 적용할 수 있는 기본적 생각을 제공한다. 소쉬르의 구조주의 언어학은 인문학 연구에 중요한 기여를 하였다고 생각한다.

2) 로만 자콥슨(Roman Jakobson, 1896-1982)

로민 지콥슨은 러시아 출신의 미국 언어학자였다. 구조주의 언어학자로 소쉬르의 지대한 영향을 받았는데, 이 인물이 러시아의 여러 언어학자들과 함께 프라그언어학파를 이끈 핵심적인 인물이 되었다. 빛나는 언어이론을 창출하고 문학비평, 서사시연구 등에 괄목할 만한 업적을 남겼다. 그의 언어학은 세계적인 평가를 받았으며 특히 구조주의자인 레비스트로스와의 교유를 통해서 사고의 폭을 더욱 넓히기도 하였다.

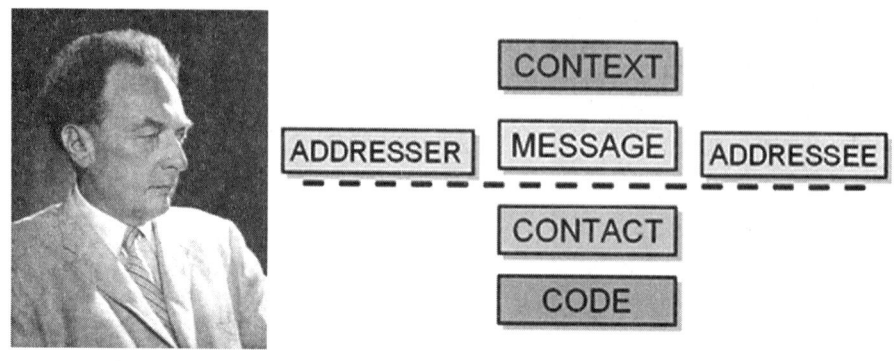

로만 자콥슨   의사소통의 총체성과 기능

　위의 그림은 로만 자콥슨의 이론적 창조 성과물은 가장 중요한 것 가운데 하나가 바로 의사소통의 총괄성을 추구한 것이다. 발화자와 수화자, 문맥, 전언, 접촉, 기호 등이 서로 분리되지 않으며 긴밀하게 맞물려 있다고 하는 것을 보여주는 긴요한 그림이라고 할 수 있다. 총체와 개체, 표면과 이면 등의 관련을 체계적으로 정리한 대표적인 이론을 고안한 인물이 자콥슨이다.

　이 이론의 핵심적인 방법을 나타내는데 있어서 이 이론의 근본적 창조가 시학과 문학, 언어학과 신화학 등에 다대하게 영향력을 끼치게 되었다고 하는 사실이다. 이론의 제국면을 통합하고 총괄적인 학문이론을 전개하면서 이론의 핵심성을 띄는데 아주 중요한 기여를 하였다고 하겠다.

2. 구조설화학 : 순차적 구조주의와 병렬적 구조조의

　언어의 제국면 가운데 다음과 같은 그림을 두고 새로운 이론으로 발전되었던 이론적 가능성을 정리하기로 한다. 그 가운데 중심은 역시 언어학의 이론이라고 할 수가 있겠다. 언어 문장을 두 가지 각도에서 접근

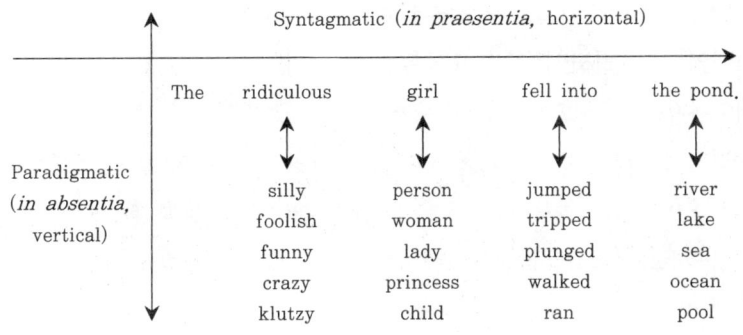

언어의 순차적 결합과 병렬적 결합

할 수 있다. 하나는 선형적 질서로 수평적인 질서가 있다. 이를 순차적 질서라고 한다. 이와 달리 기능적 요소를 교환할 수 있는 것으로 병렬적 질서나 수직적 질서라고 한다.

이 두 가지 특징을 찾아서 정리하는 이론이 각기 상이한 연구자에 의해서 각기 공통적인 연구 대상으로 민담이나 신화를 대상으로 전개되었던 전통이 있다. 그러한 각도에서 이야기를 언어학 이론과 연결짓는 근대인문학의 위대한 작업과 성찰에 의한 것임을 다시 생각하게 한다. 이야기를 중심으로 하는 이론적 방법은 이야기의 접근에 막대한 영향을 끼치고 있으며 현재에도 학문적 방법으로 여전한 위력을 발휘하고 있는 방법이라고 하지 않을 수 없다.

진정한 의미의 이야기 연구의 근대적 확립은 구소언어학에 촉발된 구조주의적 연구로 말미암아서 가능하였다. 구조언어학이 하나의 단일한 기반에 의한 학문적 방법이 아니듯이 구조주의적 이야기 분석 역시 이러한 학문 방법이 단일한 것은 아니었다.

구조주의 언어학으로 적절한 사례가 페르디낭 드 소쉬르(Ferdinand de Saussure, 1857~1913)이지만 이와 다른 계통의 구조언어학에 여러 가지가 더 있다. 투르베츠코이(Nicolas Sergueievitch Troubetzko 1890-1938)나

블라디미르 프롭   클로드 레비스트로스

로만 자콥슨(Roman Jakobson 1896-1982)과 같은 언어학자의 이론 역시
구조언어학으로 볼 수 있으며 일정하게 이야기의 구조 분석에 영향을 주
었다고 하겠다.

　그러나 더욱 중요한 사실은 구조주의학자들이 분석한 이야기의 구조
분석의 깊은 이론적 진척에 의한 이야기의 구조 분석이 가능하게 되었다고
하는 것이다. 그렇게 하는데 있어서 두 연구자가 일정한 기여를 하였다.

　이야기의 구조 분석 방법은 러시아의 블라디미르 프롭(Vladimir
Yakovlevich Propp, Владимир Яковлевич Пропп 1895-1970)과 프랑스의
클로드 레비-스트로스(Claude Lévi-Strauss, 1908-2009) 등에 의해서
개척된 방법론이라고 할 수가 있다. 이야기를 막연하게 분석하지 않고
이야기의 부분과 전체가 관계를 맺는 방법에 대한 탐구를 주목적으로
하였다.

　두 가지 구조 분석 방법의 공통점과 차이점에 대하여 상세한 논의가
있었으므로 우리는 그 가운데 요점만을 간추려서 정리하고 근대적 학문
방법으로 어떠한 의의가 있는지 정리할 필요가 있다. 이미 이에 대하여

핵심	Vladimir Propp	Claude Lévi-Strauss
주요저서	The morphology of Folktales	The structural study of Myths Four Winnebago myths : Structure and Form
개념	Syntagmatic structure (Chronological Sequence) 통합 순차적 구조 시간적 방법	Paradigmatic structure 계합 병렬적 구조 공간적 방법
특징	인간의 사고구조가 아니라 이야기의 구조가 어떻게 짜여있는가 방법적 분석(방법)	인간의 사고구조에 관한 탐구이다 대립적 구조는 동서고금을 막론하고 본질적으로 같다.(이론, 사상)
연구범위	민담(설화연구)	인간사고(인류학, 철학, 사상)
단위	function sphere of vallian of action	myth me (대통합 단위)

적절한 논의가 있었으므로 이를 근간으로 정리하면서 학문 방법론으로
서의 가치를 부여할 필요가 있다.[1]

이 구조 분석은 근대학문적 의미를 완전하게 갖추고 있다. 이에 견주
어서 19세기 말엽에서부터 나온 역사지리학파의 방법은 일정하게 근대
학문으로 나아간 것은 아니다. 일정하게 동일한 것을 유추하는 화소적
개념과 이를 역사적으로 즉 통시적으로 보고자 하는 학문 방법은 근대
적인 것이 아니라고 할 수가 있다. 통시론적 방법을 겨냥하면서 구조적
인 방법의 일부를 연역하려고 하는 관점이 일정하게 자리하고 있는 것
을 볼 수가 있다. 이 때문에 스티스 톰슨의 학문 방법은 공격을 받은 바
있다.[2]

---

1) Vladimir Propp, Louis A. Wagner(Editor), Laurence Scott(Translator), *Morphology
of the Folktale*: Second Edition, Revised and Edited with Preface by Louis A. Wagner,
Introduction by Alan Dundes (Publications of the American Folklore Society),
University of Texas Press; 2edition, 1968. ; 알랜 던데스, 블라디미르 프롭의 『민담형태
론』영역본 2판 해설(유영대번역, 새문사, 1992)

역사지리학파의 핵심 개념과 동시에 프롭의 방법론을 창조적으로 결합하는 방법이 무엇인지 이에 대한 깊은 고민을 한 결과 새로운 개념적 창안에 의한 통합을 꾀하면서 이론적으로 진전시키고자 하였다. 그것에 대한 핵심적인 이론적 창안의 근간에 에믹과 에틱이라고 하는 개념을 빌려와서 이론적 진전을 시키고자 하였다. 그 이론적 창안이라고 하는 것은 이 방법에 의거해서 이론적 진전을 꾀하고 있기 때문이다.

이 개념이 필요한 이유는 역사지리학파의 낡은 최소 분석 단위인 모티프와 프롭으로 대표되는 구조주의적 최소 분석 단위인 기능 사이에 구분을 위해서였으며, 그러한 이론의 전거를 제공한 인물이 케네트 리 파이크(Kenneth Lee Pike, 1912-2000)의 이론이라고 할 수가 있다.3) 에틱적 접근은 비구조적 분석이고 그러나 특정한 자료에서 분석가의 장치가 체계의 논리적 범주에 있어서 역동적인 구조를 반영하지 못하고 있음에 견주어서 반대로 에믹적 접근은 단일한 맥락에서 구조적으로 작동하고 있다고 할 수가 있다.4)

---

2) Alan Dundes, *Meaning of Folklore: The Analytical Essays of Alan Dundes*, Utah State University Press; 2007, p.90. "All three approaches to folklore-the mythological, the anthropological, and the historical-geographical-are alike not only in that they are diachronique, but also in that they are comparative."

3) Kenneth Lee Pike, *Phonetics, a critical analysis of phonetic theory and a technic for the practical description of sounds*, H. Milford, Oxford University Press, 1944.
   Kenneth Lee Pike, *Phonemics: A technique for reducing languages to writing*, The University of Michigan Press, 1964.

4) Alan Dundes, Ibid., p.96.
   "The distinction between the old minimal unit, the motif, and the new minimal unit, the function, may be seen very well in terms of Kenneth Pike's valuable distinction between the etic and the emic. The etic approach is nonstructural but classificatory in that the analyst devices logical categories of systems, classes and units without attempting to make them reflect actual structure in particular data. ⋯⋯ In contrast, the emic approach is a mono-contextual, structural one."

구조 분석은 그러한 각도에서 근대학문의 총아이고 가장 선명한 이론적 가능성과 함께 분석 방법으로 일관성을 제공한 학문적 방법론이었다고 할 수가 있다. 실증주의에서도 벗어났으며, 실증주의가 완성하지 못한 전체의 종합적 원리에 대한 이론적 안목 역시 제공하였다고 해도 틀리지 않는다. 이야기의 구조 분석은 이러한 각도에서 매우 중요한 근대학문의 완성편에 해당한다고 할 수가 있다.

3. 구조분석의 실제 :
순차적 구조주의와 병렬적 구조주의의 서사단락 구조

이야기의 구조 분석에 대한 실제 사례를 모두 드는 것은 온당하지 않다. 그 가운데 중심점에 서 있는 이야기의 구조 분석 가운데 순차적 구조주의와 병렬적 구조주의의 방법을 적용하는 것이 이상적인 방안이다. 그 가운데 우리가 기준으로 삼을 수 있는 두 가지 사례를 들어서 이를 해결하고자 한다. 첫 번째는 「바리공주」이고, 두 번째는 「구렁덩덩신선비」이다. 두 가지 이야기는 여성을 주인공으로 하는 것으로 우리 구조 분석의 역사에서도 가장 활발하게 사용된 바 있는 자료이다.

블라디미르 프롭의 계승자이면서 가장 독창적인 방법으로 계승한 인물이 둘이 있다. 하나가 프롭의 방법론을 창조적으로 계승한 알랜 던데스의 방법이고, 다른 하나는 알랜 던데스의 방법을 적용하여 새롭게 극복한 것으로 대표적인 구조주의자인 조동일의 분석 방법이라고 할 수가 있다.

「구렁덩덩신선비」의 서사단락을 간추려서 정리하게 되면 다음과 같은 것으로 정리된다.[5]

---

5) 신동흔, 《삶을 일깨우는 옛이야기의 힘》, 우리교육, 2012.

1) 세 자매가 남편 없이 처녀로 살고 있다.

2) 이웃집 할머니가 구렁이 아들을 낳았다.

3) 두 언니는 구렁이라고 했으나 막내딸만이 신선비라고 했다.

4) 막내딸은 구렁이에게 시집을 갔다.

5) 구렁이가 혼인 첫날밤에 훌륭한 선비로 변신했다.

6) 신선비가 각시에게 구렁이 허물을 잘 간직하라고 했다.

7) 동생을 시기한 언니들이 몰래 구렁이 허물을 태웠다.

8) 신선비가 집을 나가서 돌아오지 않았다.

9) 각시가 길을 떠나 고생 끝에 신선비가 사는 곳에 찾아갔다.

10) 각시가 신선비가 제시한 시험을 통과했다.

11) 각시가 신선비와 재결합하고 행복하게 살았다.

이렇게 정리된 단락을 단락소에 의해서 정리하게 되면 다음과 같이 다시 수정을 하고 집약할 수가 있다.[6]

시퀀스	단락소	세부 단락	순차적 구조의 대립 원리와 의미
시퀀스 1	결핍	1	전형적인 입사식담의 반영과 행복의 조건이라고 말하고 있으며, 불행이 행복으로 가는 길임을 말하고 있다.
	해결의 시도	2-3	
	결핍의 해소	4-5	
시퀀스 2	금기	6	혼인담 이후의 모험담을 반영하고 있으며, 진정한 사랑을 찾아나서는 것이 이야기의 기본적 구성의 방식임을 강조하고 있다.
	위반	7	
	위반의 결과	8	
	해결의 시도	9-10	
	결핍의 해소	11	

---

6) Aland Dundes, The Morphology of North American Indian Folk-tales, *Folklore Fellows Communications No.195* (Helsinki, 1964)

　Aland Dundes, The morphology of North American Indian Folktales, *The study of folklore*

이야기가 단순하게 하나의 순서로 되어 있는 것이 아니라 단계마다 몇 가지 기본적인 단락이 존재하고 단락들이 모여서 일정하게 이야기의 단위를 형성하고 있음이 확인된다. 단락서와 시퀀스는 그러한 관계를 분명하게 제시하고 있는 것이라고 할 수 있다. 하나의 이야기에 많은 단위의 이야기가 층위적으로 존재하고 있는 전형적인 분석 틀을 찾을 수 있다. 초기 연구자들에게 이러한 소인은 발견되지 않았으나 이론이 진전되면서 상당 부분 깊어진 부분이라고 할 수 있다.

이와 달리 단락과 단락의 체계적 관계에 주력한 분석도 있었다. 가령 특정한 주인공의 일생에 근거하여 이들의 입체적 관련을 문제삼은 경우도 있다. 「바리공주」를 영웅의 일생에 맞추어서 순차적으로 정리할 필요가 있다. 이 단락을 축약하고 같은 방법으로 이를 정리하도록 한다.[7]

(가) 고귀한 혈통을 가진 인물이다.
(나) 비정상적으로 잉태되거나 출생했다.
(다) 범인과는 다른 탁월한 능력을 타고 났다.
(라) 어려서 고아가 되어 죽을 고비에 이르렀다.
(마) 구출, 양육자를 만나 죽을 고비에서 벗어났다.
(바) 자라서 다시 위기에 부딪혔다.
(사) 위기를 투쟁으로 극복해서 승리자가 되었다.

특정한 주인공의 일생을 이렇게 정리하였다. 이러한 정리는 귀납적이면서 동시에 연역적인 틀이다. 귀납적이라고 하는 것은 자료 자체에 근거한 정리라고 하는 것이고, 연역적이라고 하는 것은 이러한 단락을 체계적으로 다시 정리하면서 입체적인 결합으로 전환시키면서 다룰 수 있

---

7) 조동일, 영웅의 일생, 그 문학사적 전개, 《동아문화》 10집, 서울대학교 동아문화연구소, 1970 ; 《민중영웅이야기》, 문예출판사, 1994.

다는 말이기도 하다. 이렇게 정리된 것을 「바리공주」에 직접 대입하도록 한다.

(가) 왕의 딸이며, 어머니는 왕비이다.

(나) 일곱째 공주로 태어났다.

(다) 1 태몽에 용이 나타났다.

(다) 2 자랄 때, "한자를 가르치면 열자를 통하고", "천지지간 만물지중 모를 것이 가히 없나이다"라고 하였다.

(라) 1 딸이어서, 왕비가 뒷동산에 버렸다.

2 왕이 나라가 망했다 하면서 옥함에 넣어서 바다에 버렸다.

(마) 1 청학 백학, 까막까치가 보호했다.

2 석가가 비리공덕할미 부부에게 데려다 기르도록 했다.

(바) 부모를 죽음에서 구출할 약수를 구하러 저승으로 떠났다.

(사) 1 약수를 구해와 부모를 살렸다.

2 벼슬을 사양하고, 무조신이 되었다.

「바리공주」의 번다한 이야기가 하나의 핵심적인 이야기로 정리된 것을 볼 수 있다. 바리공주를 중심으로 하여 다른 인물과의 관계를 중심으로 하면서도 이야기의 단락이 일정하게 집약되고 발전되는 것을 이러한 관계 속에서 확인할 수 있으며, 최종적으로 고난과 행복이 함께 하면서 결과적으로 결말까지 엎치락 뒷치락하는 과정을 이야기의 핵심 구성 요소로 하고 있음을 보여주는 것이 확인된다. 그런데 이러한 반복과 변화가 이면적으로 더욱 중요한 틀을 간직하고 있으니 이를 정리하면 다음과 같다.

(가) (고귀한 혈통)   행복

(나) (비정상적 출생)   고난   (가)의 부정

(다) (탁월한 능력)   행복   (나)의 부정   (가)의 부정의 부정

(라) (기아와 죽음)   고난   (다)의 부정   (나)의 부정의 부정

(마) (죽음의 극복)   행복   (라)의 부정   (가)와 (다)의 부정의 부정

(바) (자라서의 위기)   고난   (마)의 부정   (나)와 (라)의 부정의 부정

(사) (투쟁에서 승리)   행복   (바)의 부정   (가), (다), (마)의 부정의 부정

순차적 구조주의의 분석 방법은 이야기의 짜임새를 중요시하면서 이야기의 순차적 구조를 중시하는 구조 분석 방법이라고 할 수가 있다. 이러한 분석 방법은 이야기의 짜임새를 중심으로 하면서 이야기의 의미를 중요시하게 되어 있는 작품이라고 할 수가 있다. 그러한 분석의 이면에 가로놓여 있는 이야기의 심층에 대한 탐색보다는 이야기가 지니고 있는 의미의 연쇄가 무엇인지 이를 규명하는 것을 핵심적 방법으로 하고 있음이 확인된다.

이와 다르게 이야기의 병렬적 구조 분석은 전혀 다르게 진행될 수가 있으며, 이러한 분석은 이야기의 순서와 관계가 없는 복합적 사고의 이면을 추출할 수가 있는 구조 분석 방법이라고 할 수가 있겠다.[8]

최초의 대립항	첫 번째 대립항	두 번째 대립항
탄생		죽음의 탄생
	궁정의 삶	
	궁정과 산야의 삶	이승과 저승의 삶
	산야의 삶	
죽음		무조로서의 삶

---

8) Claude L vi-Strauss, *Structural Anthropology*, p. 224 이러한 구조 분석을 원용하면서 이를 활용하기로 한다.

이 구조는 시간과 관계없는 공간적 대립에 기초한다. 작품의 서두에서 최초의 대립이 이루어진다. 탄생이 무의미한 것이다. 이유는 여성으로 곧 딸로 거듭 태어나기 때문이다. 그러므로 이를 부정하는 삶의 강조가 필요하다. 일곱 공주라고 하는 것은 이러한 것과 깊은 관련이 있다. 태어나도 태어나지 않은 삶 속에서 탄생과 죽음의 역설적 관계가 가로놓여 있다. 이승에서의 탄생과 죽음을 대립항으로 하면서 이들의 깊은 골격 구조와 관련된 최초의 대립항을 상정하고 있다. 최초의 삶은 기본적으로 변형되는 삶이라고 할 수가 있다.

첫 번째 대립항에서는 죽음의 실천인데, 이 과정에서 재생이 이루어진다. 죽으라고 하는 기아는 궁정의 삶을 포기하라고 하는 것이고, 결국 이 과정에서 산야의 삶으로의 전환이 이루어진다. 삶을 부정하고 죽음으로 전환하고 결과적으로 새로운 삶보다 산야의 삶으로 전환한다. 그곳에서 삶은 비천한 삶이지만 자연으로서의 삶과 문화로서의 삶을 근간으로 하면서 서로 관련되는 여러 가지 작용을 하게 된다. 바리공주는 궁정의 삶과 산야의 삶을 모두 한꺼번에 체험하는 특징을 가지고 있다.

궁정의 삶에서 버려진 존재가 산야의 삶으로 전환하고 다시 궁정으로 갔다가 이른 곳이 바로 저승이다. 저승은 이승과 저승의 삶이 교차한다. 바리공주가 산 사람으로서 저승에 도달하였기 때문이다. 그러나 이곳에서도 삶은 이중적이고 매개적이다. 죽은 사람의 장소가 삶의 장소 탄생의 장소로 전환하고, 아울러서 이곳에서 벗어나서 이승으로 갔다가 무조로서의 삶을 다시 사는 곳이기도 하다. 그렇기 때문에 새로운 삶, 무조로서의 삶을 이중적으로 성취하는 대립이 있다. 그것이 이 이야기의 순차적 구조와 다른 병렬적 구조로서의 의의라고 할 수가 있다.

③ 설화의 정신분석학적 연구 방법: 「손 없는 색시」의 프로이드의 정신분석학과 융의 정신분석학적 방법

정신분석학의 양대 산맥인 프로이드의 정신분석학과 융의 정신분석학자들이 이 설화에 많은 연구를 했다고 하는 사실은 널리 알려진 사실이다. 우리는 이 설화의 많은 의미를 연구하는 관점 가운데 이 두 가지 방법을 통해서 이들의 관점으로 비교하는 방법을 논하는 것이 필요하다고 생각한다. 정신분석학의 이론을 읽고 고민하는 것보다 일단 이 연구 방법을 적용하고 핵심적으로 보는 견해를 가지고 와서 이를 활용하는 작업이 더욱 중요하다고 생각한다.

다음의 글은 알랜 던데스의 이해 방법인데 이를 핵심적으로 드러낸 부분을 인용하고 이것을 연구하는 학자들의 관점에서 원용할 수 있도록 핵심적인 부분을 옮기도록 한다.

1982년에 아르네 톰슨 유형 706번의 1270년 문학적 각편인 보마느와르(Beaumanoir)의 라 마네킨(*La Manekine*)에 대한 흥미로운 정신분석학적 독해는 손 절단 삽화(hand-cutting episode)의 균형 잡힌 설명으로 동등하게 제안되었다. 이 관점에 따르게 되면 거세 불안(castranation anxiety)이 핵심이다. 여성 주인공의 손은 여성 자신과 여성의 아버지 양자에게 장차 성기적 상징(phallus)이 되고, 기부가 되고, 양도될 것이다.

그런데 그녀의 제공된 손은 현저한 성기 상징으로서 해석되어야 하기 때문에, 그녀는 틀림없이 적당한 여성으로서가 아니라, 성적인 여성으로 고찰되어야 한다. 다시 나는 이러한 해석을 지지할 수 있는 약간의 증거를 이해하였다.

왜 하필 손인가? 아마도 혼인식에서 그의 딸의 손을 아버지가 요청하기 때문이다. 그 관용구가 독일어에 또한 존재한다. "공식적으로 널리 청혼하는 손"(um die Hand anhalten(werben))이다. 단어에 대한 말놀이의 이러한 종류는 꿈과 마법담 양자에서 충분하게 일반적인 것이다. 아버지가 그의 딸 손을 있는 이래로 그는 그것을 문자적으로 선택하였다. 다른 가능성은 곧 아르네 톰슨 유형인 480번 설화의 여성주인공처럼 물레 가락을 가까이에서 잘 돌리는, 자위행위적 행동(masturbatory behavior)에 대한 죄악처럼 보일지도 모르는 사춘기 소녀의 손이다. 만약에 손의 행동은 그녀의 어머니를 보상하고 그녀의 아버지와 혼인하는 공경심을 가진 젊은 소녀에 부분에 대한 자위행위적 환상을 주도한다면 그런데 그 죄악을 지닌 손은 그 죄에 부합하는 벌을 요구하는 앙갚음 법칙의 명분 아래 벌을 받을 수도 있을지도 모른다. 오토 랑크(Otto Rank)가 그의 고전적 저작인, 곧 처음 1912년에 처음 출간된 《문학과 전설에서의 근친상간 모티프》(Das Inzest-Motiv in Dichtung und Sage)에서 그 이야기에 관한 간략한 토론에서 이러한 해석을 강조하였다. 오토 랑크는 자위행위적 행위에 대한 자해 처벌로서 그리고 그것 자체로서 아버지와 함께 성적 행위를 동참한 것을 대체하는 것으로서 잘린 손을 이해하였다.[1]

---

[1] Alan Dundes, The psychoanalytic study of the Grimms' tales with special reference to "The Maiden Without Hands"(AT 706), *The Germanic Review: Literature, Culture, Theory*, Volume 62, Issue 2, 1987; *Folklore Matters*, The University of Tennessee Press, 1993, pp.112-150

In 1982, a curious psychoanalytic reading of Beaumanoir's *La Manekine, a circa* the year 1270 literary version of AT 706, proposed an equally unlikely explanation of the hand-cutting episode. According to this view, castranation anxiety is the key. The heroine's "hand becomes a phallus, distributed, transferable-both her father's and her own." Then "because her severed hand is to be interpreted as

첫 번째 단락에서는 손 절단 삽화에 대한 문제점을 예리하게 지적하였다. 그 지적은 평범한 문제점을 착안한 데서 기인한다. 유년기에서 보이는 거세불안에 대한 상징적 표현으로 이를 이해하고자 하였다. 아이들이 가지는 불안 심리를 이러한 각도에서 표출한 이야기로 보고자 하는 것이다. 이 견해는 일견 타당하고 이에 대한 장차 손이 지니는 의미를 확고하게 보여주는 것이 이 이야기라고 하는 해석을 하였다.

두 번째 단락에서는 손 절단을 심층적으로 진척시킨 견해를 제시하였다. 손 절단 화소에 대한 두 가지 가능성을 논했다. 하나는 혼인식에서 아버지에게 손을 주는 문화적 전통 속에서 이를 해석하고자 하는 가능성으로 보았다. 이 견해는 축자적 해석이라고 보았다. 다른 하나는 근친상간의 죄악을 저지르는 손에 대한 죄의식의 청산으로 이 이야기를 보고자 하는 것이다. 이에 대한 여러 가지 해석을 가했는데 순결하지 못한 손의 행위를 집중 거론하고 근친상간의 사례를 충분하게 언급하였다.

결과적으로 이 이야기는 아버지와 딸이 맺는 정신적 성관계를 일정하게

---

represnting a phallus, she must be considered not just a woman, but a phallic woman." Again, I see little evidence to support such an interpretation.

Why the hands? Possibly because the father has asked for his daughter's hand in marriage. The idiom exists in German too: "um die Hand anhalten (werben)." This kind of punning play on words is common enough in both dreams and fairy tales. Since the father is after his daughter's hand, he takes it literally. Another possibility is that it is the hands of adolescent girl which might be guilty of masturbatory behavior—just like heroine of AT 480 playing with a spindle near a well. If the actions of hands initiated the masturbatory fantasy on the part of a young girl with respect to replacing her mother and marrying her father, then the sinning hands could be punished under rubric of *lex talionis* which requires that the punishment fit crime. Otto Rank in his classic *Das Inzest-Motiv in Dichtung und Sage*(Leipzig: Franz Deutike, 1926), first published in 1912, offered such an interpretation in his brief discussion of the tale. He understood the cut-off hand as self-inflicted punishment for masturbatory activity, which itself substitutes for sexual involvement with the father.

극복하자는 설정에 근거한다. 이러한 의식의 성장 단계에서 이를 프로이드의 정신분석학에서는 오이디푸스 콤플렉스(Oedipuskomplex)라고 지칭하고, 필요에 의해서 칼 융은 이를 엘렉트라 콤플렉스(Elektrakomplex)라고 제안하였다.

정신분석학에서 말하는 성기적 단계에서 아버지를 중심에다 둔 소녀와 어머니의 성적 심리 경쟁에 대한 무의식적 작용을 이르는 말이다. 결과적으로 이 이야기에서는 그러한 근친상간의 경계를 중심으로 손을 자름으로써 일정한 반성적 인식을 통하여 여아의 성장을 도모한다고 하는 것이 핵심적으로 작동하고 있다.

흥미로운 해석이기는 하지만 이 견해는 이 이야기를 정신의 성적 문제로 귀일시켜서 논하기 때문에 과연 타당한지 의문이다. 손의 절단과 손 절단 이후에 점차로 극복하여 여성으로 성장하는 과정이 일정하게 관련되지만 부분적 이해는 전체적 이해에 어떻게 기여할 수가 있는지 의문이다. 이야기는 서두의 핵심적 부분에만 치중하였지 전체적 이야기의 의미를 고려한 것으로 보기는 어렵다고 생각한다. 성적 문제에 집착하고 이를 해석하려는 견해에 일정하게 새로운 시야를 열어주는 점을 인정하면서도 그것이 전부인가 하는 의문이 있으므로 이를 재론하여야 할 것으로 보인다. 작품의 전체적 이해를 필요로 하는데 이 해석이 거기에까지 이르렀는지 알기 어렵다.

가령 손 없는 색시가 손이 잘렸다가 이야기의 후반부 결말 부분에서 다시 손을 획득하게 된다. 이 과정에 대한 진정한 이해가 이 이야기의 분석에서 이루어졌는지 의문이다. 던데스의 견해 역시 이를 충분하게 증명하고 있는 것인지 의문이 있다. 그러므로 부분적 이해가 전체적 이해로 직결되는 것은 아니다. 이 이야기의 근본적 면모를 손절단의 삽화에 집중하게 되면 이러한 연구가 일정하게 의의가 있지만 전체적 봉합을 해야만 한다고 생각한다. 이를 통한 바른 이해가 이루어진 것은 아니라고 판단된다.

 분석심리학 가운데 융의 심층심리학에서는 이 이야기를 전혀 다르게 관찰하고 이에 대한 해석을 시도하고 있다. 융의 관점에서 본 이 이야기에서는 특정한 화소에 집착하지 않는다. 특히 손이 잘린 대목에 대한 해석은 전혀 다른 각도에서 보고 있으며 연구하고 있다. 이 점에 대한 융의 분석심리학적 관점의 사례를 하나 들어보기로 하겠다.

 이 민담에서 '전실딸'이 전혀 대처할 수 없는 극한 상황으로 내쫓긴 상태는 다름이 아니라 새로운 정신의 탄생을 위한 것이다. 이런 맥락에서 '손'을 자른 것은 '손'을 뻗어 '모성'에 의존하려는 도구가 될 수가 있다. 혹은 '모성상'과의 결별 자체가 마치 '손'이 잘린 상태가 된다는 것을 의미할 수도 있다. '전실딸'은 오랫동안 '모성상'과의 동일시에 의하여 자신이 누구인지도 제대로 인식하지 못한 채, 어느 날 '모성상'과의 분리가 일어나 밀쳐내어짐으로써 자신의 전부를 상실한 상태가 되었다. 실제로 여성은 '모성상'과의 결별에 의하여 자신의 정체성을 상실할 정도로 치명적 상태에 이른다. 성장기의 여성에 있어 '모성상'은 이전까지의 삶의 내용의 전부이기 때문이다. 그래서 '손'의 상실은 모든 것을 잃은 '전실딸'의 공허하고 무기력한 상태를 나타낼 수 있다. '모성상'으로부터 분화되기 전 여성의 '손'은 자기보존이나 창조적 작업을 위한 도구가 아니라 붙잡고 매달리고 끌어당기는 도구이다. 이제 '손'의 상실은 매달릴 대상을 잃은 모습의 표현이다.[2]

 분석심리학적 관점에서 앞에서 논의한 손의 절단에 대한 해석이 전혀

---

2) 이유경, 민담 「손 없는 색시」를 통한 여성 심리의 이해, 《심성연구》 21: (1), 2006, 38-76면.
 Marie-Louise von Franz, *Problems of the feminine in fairytales*, Spring Pubns, 1973.

방향이 달라지고 있다. 손의 절단 화소는 여성 심리의 관점에서 어머니에 대한 상을 벗어나는 단계로 파악하고 있다는 사실이다. 모성상에 매달리는 손을 잘라냄으로써 이제 이 여성은 새로운 존재로 거듭나야 하는 책무를 가지게 되었다. 자신만의 진정성을 찾으면서 여성성을 획득하거나 이를 찾으려는 탐색이라고 하는 관점에서 이를 분석심리학적 관점에서 찾아내고 있는 것이다.

이 관점은 부분에 집착하지 않는다. 이야기의 전체 의미를 살피면서 부분과 전체의 관계가 무엇인지 심각하게 고민하고 있음을 보여준다. 근본적으로 어머니의 죽음과 계모의 등장이라고 하는 긍정과 부정의 관계가 무엇인지 고민하면서 전체적 맥락에서 이를 해명하고자 하는 일관성을 보여주고 있다. 이 점에서 이 이야기의 근본적 성격을 수동적 여성이 적극적이고 능동적인 여성으로 전환되는 점을 부각시켜서 다루고 있다. 이러한 해석은 전체적 의미를 획득하는데 분명하게 기여하고 있다.

그런데 이 작품에서는 두 어머니의 관계가 이중적으로 제시된다. 첫 번째는 죽은 어머니와 새로운 어머니가 그 중심에 있다. 두 어머니의 모성상은 매우 중요한 문제이고 이 작품의 서두 상황을 말하는 핵심적인 갈등 요소이다. 딸과 어머니의 관계를 통해서 이를 구현한다. 두 번째는 자신의 어머니와 시어머니이다. 이는 결말 부분에서 이야기의 전환에 등장하는 요소이다. 이 관계는 시어머니와 며느리의 관계를 환기하게 하는 것이다. 새로운 여성의 진정한 출발을 알리는 과정에서 이 부분이 출현한다고 할 수가 있다.

이러한 어머니상에 대한 이중적 작용에 대한 이해가 필요한데 이를 분석심리학에서 상세하게 말하고 있으며 정의하고 있다.

두 어머니의 주제는 이중 출신에 대한 생각을 시사하고 있다. 그 중 한 어머니는 실재하는 외부의 어머니이지만, 또 다른 어머니는 상징적

어머니로 신적이고 초자연적이고 어떤 경우에는 비범한 특질을 가지고 있다. 이 경우에도 어머니는 동물의 형상으로 묘사되기도 한다. 많은 경우 그녀는 인간적 면모를 더 많이 드러낸다. 그럴 때는 원형적 관념이 어떤 특정의 주변 인물들에게 투사되어 드러나는 경우이나 대개는 이로 인해 매우 복잡한 문제들이 생겨난다. 그래서 재탄생의 상징은 즐겨 계모, 혹은 시어머니로 나타나고, 실질적으로 그런 인물에 투사가 된다.[3]

「손 없는 색시」이야기에서 손 없는 색시가 재탄생하는데 있어서 곧 개인의 전인격화 과정(Individuationsprozess)에 있어서 이야기의 진행 단계마다 일정하게 모성상으로 등장하는 관계가 있다. 의붓어머니와 의붓딸, 시어머니와 며느리 등이 그러한 관계이다. 이에 대한 상징적 의미를 이해할 수 있는 단서가 여기에 있다. 상징적 어머니의 면모가 중요한 구실을 하는데 작품의 서두에서 결말까지 지속적인 작용을 하는 것으로 나타난다. 혼인하기 전에 집에서 문제가 되는 과정에서 다른 한편에서는 결말 부분에서 생기는 손을 상징적으로 보여주는 과정에서 이 이야기가 존재하게 된다.

상징적인 어머니는 죽었으나 죽지 않았으며 지속적으로 동물로 꿈으로 현현한다. 처음에는 독수리나 매, 그리고 비둘기로 나타나면서 작품에서 잘려진 손을 물어가게 된다. 이 동물이 왜 등장했는지 잘 알지 못했으나 융의 관점으로 본다면 초자연적인 존재로 동물의 형상으로 신적인 특성을 가지기도 한다는 점이 이 작품에서 해결의 실마리라고 할 수가 있다. 그리고 보면 계모설화에서 상징적 어머니의 등장으로 동물이 나타나는 것은 이러한 각도에서 이해할 수가 있다.

잘려진 손을 다시 얻는 과정은 이러한 인격의 완성, 개인화과정의 핵

---

3) Carl Gustav Jung, *Symbol der Wandlung*, Grundwerk C. G. Jung Band 5, Par.495.

심적이고 상징적인 요소라고 할 수가 있다. 분석심리학의 관점에서 이에 대한 완전한 회복은 이러한 각도에서 의의를 가지고 있는 것이라고 보아도 잘못이 아니라고 보인다. 계모설화에서 이에 부응하는 만큼의 고유한 이야기는 존재하지 않는 것으로 보인다. 이것이 「손 없는 색시」의 고유한 면모이다. 분석심리학에서 말하는 고유한 요소와 이해가 결코 유일한 해법이라고 보고 싶지는 않다. 오히려 이러한 연구를 통해서 우리는 작품의 구조에 대한 전체와 부분, 표면과 이면 등을 충실하게 연구해야 하는 점을 다시금 생각하지 않을 수 없는 시점에 이르렀다.

「손없는 색시」 이야기의 중요한 자료와 함께 이를 거시적으로 확장하여 「계모형설화」까지 함께 살펴볼 필요가 있다. 그것을 자료를 중심으로 하면서도 동시에 여러 지역의 자료로 확장하고 역사적으로 기원을 이루는 작품들을 한 자리에 모아놓고 이야기를 할 필요가 있다고 판단된다.

1. 우리나라의 「손 없는 색시」

1) 계모가 팔을 자르고 내쫓은 처녀

네날에 한 체네가 있는데 이 체네는 오마니가 죽어서 훗오마니를 성기게 됐드랬는데 이 훗오마니는 아들 여럿을 대불구 둘와서 이 체네를 미워하구 페랍게 굴구 내쫓을라 했다. 훗오마니 아덜은 데 에미나 내쫓을 바에는 낭손을 잘라서 내쫓으라 하느꺼니 훗오마니는 그거 그카는 게 둏갔다 하구 이 체네 손을 문턱에 올레 놓구 도꾸⁴⁾로 탁 테서 잘라서 내쫓았다. 그런데 이 체네에 잘닌 손은 바른손은 독수리가 물어 가구 윈

---

4) 도끼.

손은 새매가 물어 갔다.

체네는 내쫓기운 담에 갈 데가 없어서 여기더기 돌아다니는데 하루는 어드런 집 담장 밖에 와서 담 우를 테다보느꺼니 감나무에 감이 많이 열레 있어서 데 감이나 따먹갔다구 담장으루 올라갈라 하는데 손이 없으느꺼니 떠러데서 올라가딜 못하고 있었다.

이 감나무 아래에는 이 집에 외아들이 공부하는 방이 있드랬는데 이 아들이 공부하다가 보느꺼니 웬 체네가 있어서 이 체네를 저으 방으루 데부러다 놓구 병풍으루 가리워 숨겨 두구 아침 저낙으로 자기 밥을 논아 먹구 자기 쉐수물루 쉐수시키구 이라멘 지냈다.

그러느꺼니 집안 사람들은 아들의 쉐수물이 전보단 흐리구 밥두 기트디 않구 한나투 낭구디 않구 다 먹구 해서 이거 이상한 노릇이다 하구서리 하루는 몰래 아들으 방을 지케봤다. 손 없는 체네를 병풍 뒤에 숨겨 두구 있는 것을보구 귀여운 아들에 팔자가 그랗가갔다구 이 체네와 結婚을 시켰다.

그 후 이 아들은 과개하레 서울루 가게 됐넌데 갈 적에 색시과 아를 날 것 같으문 便紙할구 하구서 갔다.

새실랑이 떠난 후 얼마 안 돼서 이 색시는 아를 났다. 이 아는 여간만 곱구 잘생기딜 않아서 부모는 잘난 아를 났다구 서울에 있는 아들한테 便紙를 써보냈다. 便紙 개구[5] 가는 사람은 가다가 이 체네 훗오마니네 집이서 자게 됐다. 이 사람이 자구 있는데 훗오마니는 무슨 便紙를 게지구 가나 보구 싶어서 그 便紙를 몰래 꺼내서 보구선, 아를 났넌데 흉측하구 보기싫은 괴상한 아를 났으니 이런 색시는 내쫓자 하는 便紙를 써서 네두었다.

새시방은 서울서 이런 便紙를 받구서 색시를 내쫓으래두 내가 내리간

---

5) 가지고.

담에 내쫓으라는 말을 쎄서 告狀해 보냈다.

便紙 시금부리[6] 하는 사람은 돌아올 적에 도 그 홋오마니네 집이서 자게 됐다. 홋오마니는 便紙 시금부리 하는 사람이 잠든 짬에 便紙를 꺼내보구 색시레 병신새끼를 난 거이니 아들을 났더래두 내쫓으라구 고테[7] 써서 네주었다.

집에서는 부모가 이러한 便紙를 받아 보구 할수없이 색시를 고온 닙성을 입히구 덕을 많이 해서 주구 아를 업혜서 울멘 내보냈다. 색시두 울멘 아를 업구 집을 나왔는데 갈데레 없어서 발가는 대루 갔다. 하하 가다가 목이 너무너무 말라서 샘에 가서 무을 먹으레 했다. 꺽급 세서[8] 물을 먹는데 잔등에 업힌 아레 고만 뚝 떠러데서 샘 아낙에 빠졌다. 색시는 깜작 놀라서 손을 내밀어 아를 붙잡을라구 하는데 물 속에서 두 손이 올라와서 부텄다. 그래서 아를 잘 받아서 업구서 갔다.

색시는 가다가 어떤 酒幕에서 일해 주구 밥을 얻어 먹으멘 살구 있었다.

새시방은 서울서 돌아와서 보느꺼니 색시가 없어데서 어칸[9] 노릇인가 하구 물었다. 네레 편지에 쫓아내라 해서 쫓아냈다구 했다. 새시방은 색시를 찾으레 나가갔다 하구서 엿당시가 돼각구 여기더기 돌아다니멘 색시를 찾았다. 그러다가 이 酒幕에꺼정 왔다.

이 酒幕에 물 긷는 낸을 보느꺼니 암만 봐두 저 색시 같아서 자세하 알구파서 그 酒幕에 자리를 붙었다.

색시는 새로 둘온 나그네가 저의 새시방 같은 남더이여서 아들을 그 사람의 방에다 디리보냈다. 아는 그 방에 들어가서 반가하멘 따르구 아버지 하구 불렀다. 이 사람은 어드런 아레 이러능가 하구 아에 오마니를

불러서 말해 봤다. 그랬더니 자기가 찾으레 나온 색시라는 거를 알게 됐
다. "이거 어드롷게 된 노릇이가?" 하멘 말을 해보느꺼니 便紙가 서루가
락 中間에서 바과던 거를 알게 됐다.

이 사람은 색시를 찾아서 집에 돌아와서는 색시의 훗오마니를 찾아내
구 못된 짓을 많이 한 훗오마니를 죽이구 돌아와서 색시하구 아들하구
잘살았다구 한다.

* 1937年 1月 宣川郡 新府面 大睦洞 金信永
* 1937年 7月 鐵山郡 扶西面 石山洞 鄭聖則
* 1938年 1月 龍川郡 東下面 三仁洞 文信珏
출처 : 임석재전집1-한국구전설화, 평안북도편Ⅰ, 131-133면

2) 계모와 전실 딸

옛적으 한 사램이 있었넌디 이 사람은 딸 하나 낳고 후처를 얻었다.
이 후처는 지가 난 아덜 딸 여럿을 데리고 와서 사넌디 이 후처는 지가
데리고 온 아덜 딸을 이뻐허고 밥도 잘 멕이고 일도 안 시키고 편안허게
키웠는디 전실딸은 밥도 잘 안 멕이고 집안 궂인 일만 시킴서 여러 가지
로 구박만 힜다. 그러다가 전실딸을 내쫓넌디 빌어 먹지도 못허게 허니
라도 두 손을 잘러 버리고 내쫓었다.

내쫓긴 이 전실딸은 여그저그 돌아댕김서 얻어먹음서 제우제우 목심
을 부지힜넌디 하루는 어떤 동네에 늘어갔더니 ㄱ 동네에 근 부잿집이
있넌디 그 부잿집은 높은 담장으로 둘러싸이고 그 담장 안에는 큰 감나
무에 감이 주렁주렁 많이 열려 있었다. 전실딸은 그 감을 따먹고 싶었넌
디 손이 잘려서 없어서 따먹지 못하고 그 감나무 밑이 앉어서 감나무를
쳐다보다가 그만 잠이 와서 자고 있었다.

그 부잿집으 담장 안에는 별당이 있었넌디 이 별당에서는 이 부잣집
아덜이 글공부를 허고 있었넌디 이 아덜은 글을 읽다가 잠깐 졸려서 잠

이 들었다. 잠을 자고 있는디 감나무 밑이 선녀 하나가 쪼구리고 있넌 꿈을 꾸었다. 이 총각은 이상허다 허고 밖으로 나가서 봉께 선녀는 없고 어떤 비렁뱅이 지집아가 쪼그리고 졸고 있었다. 이 총각은 선녀가 보이지 않응게 도로 돌아와서 글을 읽다가 또 졸려서 잠을 잤다. 그랬더니 이번에도 감나무 밑이 선녀가 쪼구리고 있는 꿈을 꾸어서 이번에도 밖으로 나가봤넌디 선녀는 없고 비렁뱅이 지집아가 있어서 괴이허다 허고 또 돌아와서 글을 읽었넌디 글을 읽다가 또 졸려서 잤넌디 꿈에 또 선녀가 감나무 밑에 쪼구리고 있었다. 나가봉께 선녀는 없고 걸뱅이 지집아가 있어서 이 걸뱅이 지집아가 심상치 않은 지집안가부다 허고 안으로 데릿고 들어와서 목욕을 시키고 조흔 옷을 갈어입혔더니 그 지집아는 꿈에 보던 선녀와 똑같은 사람이 되었다.

부잿집 아덜은 선녀 같은 처녀를 집안 사람헌티 안 들키게 허니라고 낮이는 뱅풍 뒤에 슁게 두고 아침에는 세수를 저와 함께 허고 밥은 둘이 나눠먹고 했다. 전에는 이 집 아덜으 세숫물이 깨끗허고 밥상도 많이 냉기고 했넌디 요새 와서는 세숫물도 더럽고 밥상도 하나도 냉기지 안힜다. 밥상을 날르는 종년이 이것이 이상히서 쥐인 마나님보고 그 말을 힜다. 주인 마나님은 그 말을 듣고 아덜으 벨당에 와서 뒤져봉게 팔이 없는 이쁜 처재가 있어서 이것이 어찌 된 노릇이냐고 물었다. 아덜은 이러이러히서 꿈에 시 번이나 선녀가 나타나 뵈여서 데레다가 목욕시키고 고흔 옷으로 갈어입혔더니 꿈에 보던 선녀 같어서 이렇게 벨당에 두고 있다고 힜다. 총각 어머니는 아덜 말을 듣고 그 처재를 자세히 봉게 팔은 잘려서 없지마는 인물이 잘나고 행동거지가 얌전히서 그 뒤부터는 세숫물도 따로따로 떠다 주고 밥도 따로 채려다 주었다. 그러다가 얼매 안되여서 아덜허고 혼인까지 시켰다.

이 아덜은 이 처재허고 결혼히서 얼매를 지냈넌디 서울에서 과거를 뵌다고 히서 과거보로 서울로 떠났다. 떠남서 각시헌티 무슨 일이 생기면 곧 서울로 핀지히서 알려 돌라고 헜다.

아덜이 과거보로 집을 떠난 지 얼매 안돼서 각시는 아덜을 났다. 아덜은 참 잘생겨서 이 소식을 서울 간 아들헌티 알릴라고 펜지를 써서 하인보고 그 펜지를 갖다 디리라고 헜다. 하인은 그 펜지를 각고 서울로 가넌디 가다가 날이 저물어서 어떤 집에서 자게 됐넌디 그 집은 처대으 이붓어매으 집이였다. 하인이 서울로 펜지를 각고 간다고 헝께 이붓어미는 무신 펜지를 각고 가는고 허고 그 펜지를 보고 싶어서 하인이 잠든 틈에 주머니를 뒤져서 펜지를 봤다. 봉께 나가서 빌어먹다가 죽으라고 내쫓은 전실딸으 펜진디, 이 지집아가 죽지 않고 부잿집이로 시집가서 옥동자꺼지 나서 과거보로 서울 간 신랑헌티 아덜 났다고 알리는 펜지여서 그만 질투심이 나서 애기를 난 것이 사상에도 숭칙헌 아를 나서 에미와 애기를 내쫓아버리야겠다고 바꾸어 써서 하인 주머니에다 넣어두었다.

하인은 그런 줄 모르고 서울로 가서 과거보로 간 아들헌티 전힜다. 아덜은 이런 펜지를 보고 '내쫓더래도 내가 집에 돌아갈 때꺼지 집에 그대로 두어두시오' 허고 답장을 써서 보냈다. 하인은 그 답장을 각고 시골로 내레가넌디 나이 저물어서 또 이붓어매네 집이서 자게 되었다. 이붓어매는 하인이 잠든 틈을 타서 펜지를 몰래 꺼내보고 '아덜을 났지만 팔이 없는 여자가 난 아덜은 빙신이 될 티니, 이런 아를 어떻게 키우겠소. 당장 아이차 에미차 다 내쫓아내시오'라고 고쳐 써서 넣어놨나. 하인은 그런 줄 모르고 집이로 돌아와서 쥐인 마님헌티 그 펜지를 전힜다. 어머니는 아덜 펜지를 보고 아덜 말이라 울면서 메누리와 아덜얼 내쫓었다. 각시는 내쫓이니게 헐수없이 그 집을 나와서 정처없이 나감서 이집 저집으로 댕김서 얻어먹고 나날을 제우제우 지내는디 어떤 산골째기를 지내다가 목이 말러서 물을 마실라고 거그 있는 샘에 허리를 꾸부리고 물을 마시는데 등에 업힌 애기가 샘으로 빠져 들어갔다. 각시는 애기를 붙잡을라고 잘려진 두 팔을 내밀었더니 샘이서 두 팔이 나와각고 폴둑에 가 붙었다. 이 각시는 잘렸던 폴이 다시 생겨서 애기를 샘에서 건져서 업고 갔다. 한참 가다가 주막집이 있어서 그 집이 가서 그 집 일을 히주고 뱁이나 얻어먹고 살게 됐다.

서울로 과개보로 갔던 부잿집 아덜은 과개에 급제히각고 집에 돌아와서 봤더니 각시가 없어서 이거 어찌 된 일이냐고 물었다. 이만저만히서 벵신이 난 애기는 벵신으로 클 팅게 내쫓이라고 히서 내쫓었다고 힜다. 그런 펜지를 헌 일이 없넌디 어찌 되어서 그런 펜지를 받게 되었일가 허고 으심이 났지만 어찌 됐던 각시를 챚겄다고 엿장시 모양을 히각고 사방으로 챚이로 돌아댕겼다.

돌아댕기다가 각시가 살고 있는 주막에 왔다. 그 주막을 봉게 지 각시와 똑같은 여자가 있넌디 이 여자는 두 폴이 있어서 시상에는 지 각시와 담은 사람도 다 있구나 허고 있었다. 각시는 각시대로 엿장시를 보고 시상에 지 새신랑과 똑같은 사람도 다 있구나 허고 보고 있는디 애기가 뻑뻑 기여서 엿장시헌티 가서 아버지 아버지 험서 가서 안겼다. 엿장시는 그 아를 봉깨 저히고 꼭 닮어서 각실르 불러서 여러 가지로 물어봉깨 하인이 서울로 왔다갔다험서 잔 집이서 펜지를 바꿔친 것을 알게 됐다. 새신랑은 하인이 잔 집이 각시으 이붓어매네 집이란 것을 알고 이붓어매가 전실딸을 미워히각고 여러 가지 해꼬지헌 것을 알게 되고 이 나쁜 어메를 먼 디로 귀양보내고 부잿집 아덜은 그 각시허고 잘 살었다고 헌다.

1924年 5月 井邑郡 所聲面 斗岩里 李氏
출처 : 임석재전집8-한국구전설화, 전라북도편Ⅱ, 평민사, 1991.

2. 제주도 지역 「손 없는 색시」의 개요

이 구연본은 제주도에 전승되는 특별한 각편이다. 제주도 제두시 삼
도2동에 사는 채순화라고 하는 구연자가 구연한 것을 화자의 딸인 신광
숙이 1959년 8월에 받아 적어서 이를 방학과제로 제출한 것을 되었으며
제주도의 전승본을 간신히 기억에서 건져서 전승할 수가 있게 되었다.
이 구연본은 현용준의 《제주도민담》이라고 하는 책에 전사되어 정리되
었다.10) 제주도에 이러한 전승본만 있는 것은 아니다. 제주대학교 사범
대학 국어교육과에서 발굴한 자료와 김헌선이 직접 채록한 자료가 더
있어서 이 전승본 이외에 각편으로 세 편이 채록되어서 김순화의 구연
본까지 합치게 되면 네 편 정도가 전승되는 셈이다.11)

이 이야기의 요점을 정리하면서 「배나무 배조주 딸」 이야기의 핵심을
정리해서 보이면 다음과 같다.

배나무 마을에 사는 배조주는 어린 딸을 두고 어멍이 죽자, 다슴어멍
을 데리고 온다. 다슴어멍은 매일 딸에게 방아를 찧게 하자, 그때마다
흰쥐가 나타나서 흰 구슬을 물어다 준다. 다슴어멍은 그 사실을 알고 방
아를 자신이 찧는다고 하자, 흰쥐가 개똥을 물어다가 준다. 다슴어멍은
이에 화가 나서 끓는 물로 껍질을 벗겨서 딸의 잠자리에 넣어둔다. 다슴
어멍은 딸의 이불을 개는 척하다가 핏덩이를 **발견**하고 처녀가 애를 지
웠다고 소리쳐서 소문을 낸다. 아방은 화가 나서 딸을 내쫓자, 딸은 억
울하다고 하면서 스스로 팔을 끊는다. 끊어진 팔은 대나무에 묶어서 집
처마에 매다니 흰비둘기와 흑비둘기가 날아와서 '배나무 배조주 딸 불쌍
하다'며 팔을 물고 간다.

---

10) 현용준, 《제주도민담》, 도서출판 제주문화, 1996, 58-74면.
11) 김헌선, 《설화연구방법의 통일성과 다양성》, 보고사, 2009, 484-496면.

소를 몰고 가던 배조주 딸은 어느 부잣집 앞의 나무 위에 올라가 앉는
다. 개가 짖자 그 집 어멍이 세 아들을 차례로 내보내 확인케 하지만 족
은 아들만 배조주 딸을 발견한다. 족은 아들은 배조주 딸을 몰래 자기
방에 데려가 병풍 뒤에 숨기고 함께 밥먹고 세수한다. 종놈은 족은 아들
이 밥도 남기지 않고 세수물이 더럽고 수건도 더 젖는 것을 이상하게 여
겨서 주인에게 말한다. 어멍에게 불려간 족은 아들은 사실대로 말하고
처녀에게 장가가겠다고 한다. 어멍은 배조주 딸의 미모가 천하일색인
것을 알고 마음에 들어서 며느리감으로 알고 사흘 안에 도포를 만들라
는 시험을 낸다. 이 사실에 족은 아들은 걱정하나, 배조주 딸은 팔 하나
없는 몸으로 도포를 만들어서 메누리로 인정된다.

메누리가 임신을 하고 아들은 글공부와 활공부 삼년하러 떠난다. 메
누리가 아이를 낳아서 하인에게 편지를 써서 보내준다. 하인이 가다가
물이 먹고 싶어서 근처 물에 가니 다슴어멍이 빨래를 하고 있다. 다슴어
멍은 하인에게 편지를 보여 달래서 다슴 딸의 편지인 것을 알고 편지를
내쫓아버리라는 것으로 바꿔친다. 편지를 본 시어머니는 손지가 아깝지
만 내쫓는다.

배조주 딸은 아이를 업고 길을 가다가 지쳐서 길에 앉아 잠이 들었다.
꿈에 생모가 나타나서 못에다가 손, 발, 아이 얼굴을 차례대로 씻기면
아이가 물에 빠질 때에 안으면 팔이 돋아난다고 가르쳐 준다. 어멍 말대
로 하니 팔이 돋아나서 다시 길을 가다가 날이 어두워서 길가에 잠이 들
었다. 꿈에 생모가 나타나 조금만 더 가면 큰 기와집이 있다고 해서 깨
어보니 이미 자신은 하인이 많은 기와집 속에 있었다. 이 집에 살면서
아방이나 찾겠다고 석달 열흘 잔치를 한다. 석달 열흘 되는 날에 아방과
다슴어멍이 잔치집에 찾아오자, 방으로 가게 해서 아방에게는 상을 잘
차리고 다슴어멍에게는 뱀, 쥐, 거미 등을 잡아서 방에 넣었다.

집에 돌아온 족은 아들은 아내가 없어서 두 형과 함께 아내를 찾아 나

선다. 아내가 사는 마을에 와서 바깥에 노는 아들을 발견하고 사실을 확인하고 자신이 아버지임을 밝히게 된다. 배조주 딸과 남편은 재회하고 편안하게 잘 산다.

　제주도에 전승되는 이야기만 있는 것은 아니다. 김헌선의 연구에 의하면 이러한 이야기는 우리나라 전역에 존재하고 심지어 이 이야기가 다양한 각도에서 여러 가지 이야기로 전승되는 것임을 확인할 수가 있었다. 따라서 이 이야기를 여러 각도에서 연구하려면 다양한 각편에 주목을 해야 한다고 생각한다.

3. 「손 없는 색시」의 세계적 분포와 변이

　이 이야기는 세계적 분포와 변이를 보이고 있다. 가장 널리 알려진 사례로 이 이야기는 19세기 야콥 루드비히 카를 그림(Jakob Ludwig Karl Grimm, 1785-1863)과 빌헬름 카를 그림(Wilhelm Karl Grimm, 1786-1859)에 의해서 마련된 것으로 『어린이와 가정을 위한 민담집』(Kinder-und Hausmärchen)에 실려 있는 것으로 제목이 「손 없는 색시」(Das Mädchen ohne Hände)로 되어 있다.

　이 이야기는 1812년에 처음 공개되었는데 이 자료를 제공한 인물은 여럿이다. 그 경과에 대해서 일정한 연구가 이루어졌다.[12] 가령 마리 폰 하센플루크(Marie von Hassenpflug), 도로테아 비만(Dorothea Viehmann), 요한 H.B.(Johan H. B.) 바우어(Bauer) 등이 구연한 것을 교합한 것이다. 이

---

12) 이혜정, Grimm형제의 「Kinder-und Hausmärchen」의 생성과 특성 연구, 성균관대학교 독문학 석사학위논문, 1995, 6-9면. 이 논문에서 도로테아 피만(Dorothea Viehmann)을 그림형제의 책 두 번째 판인 1815년의 주요 제보자로 소개하고 있다.

가운데 중요한 인물은 도로테아 피만이다.[13]

이러한 이야기가 널리 분포하고, 러시아의 자료, 일본의 자료, 프랑스의 자료 등이 더 있다. 러시아의 자료로는 「팔 없는 소녀」를 가지고 있다. 알렉산드르 니콜아예비치 아파나세프(1826-1871)에 의해서 채록되었다. 일본에는 「손 없는 색시」(手無し娘)가 있다. 프랑스의 자료는 「마리아네트」라고 알려져 있다.

---

[13] http://en.wikipedia.org/wiki/Dorothea_Viehmann 2012년 4월 14일 오전 6시 45분에 접속하여 자료를 얻었다.

도로테아 피만(Dorothea Viehmann, 1755-1816) 은 렌게르샤우젠(Rengershausen)에서 태어났다. 피만은 농부였고 이야기꾼이었으며, 그림형제 마법담 수집에 매우 중요한 이야기 원천 제공자였다. 피만이 제공한 마법담의 대부분은 그림형제 민담집의 두 번째 판 편집으로 출간되었다. 도로테아 피만은 렌게르샤우젠에서 여관집 딸로 카타리나 도로테아 피로존(Katharina Dorothea Pierson)으로 태어났다. 그녀의 부친계 조상은 프랑스 앙리 4세 캘빈파 개신교도가 쟁점화되었던 1598년의 낭트의 에딕(Edict of Nantes)의 취소 후에 독일의 카셀(헤세)로 이민을 해온 박해받는 위그노트였다. 피만의 많은 이야기들은 프랑스의 원천을 가진 프랑스판 변이형들이다. 피만은 자라게 되면서 아버지의 손님들로부터 많은 다른 이야기들, 전설, 그리고 마법담 등을 듣게 되었다. 피만은 나중에 이러한 이야기들을 그림형제에게 전해주었다. 1777년에 도로테아는 니콜라우스 피만(Nikolaus Viehmann)과 결혼했으며, 니콜라우스는 1787에 죽었다. 남편이 죽은 뒤로 시골 상점에서 그녀의 정원에서 기른 생산물을 팔면서 일곱 아이들을 키우게 되었다. 1813년에 그녀는 그림형제와 친교를 맺으면서 40여 가지의 이야기와 변이형들을 이야기해주었다. 빌헬름 그림은 이 여성이 말한 이야기를 적었으며 두 형제는 이 여성을 만나서 놀라운 이야기를 듣는 체험을 갖게 되었다. 특히 이 형제들은 말이 변함이 없는 그녀의 이야기를 거듭 들으면서 강렬한 인상을 받았다. 그러나 몇 가지 이야기에서는 불완전하거나 썩 훌륭하게 기억되는 것이 아닌 사례들도 있었다. 피만의 아버지 여관은 바우나탈-렌게르샤우젠의 고속도로에 우뚝하게 여전히 남아 있다. 피만이 제공한 이야기 목록 : KHM 6 Der treue Johannes/ KHM 9 Die zwölf Brüder/ KHM 34 Die kluge Else/ KHM 61 Das Bürle/ KHM 63 Die drei Federn/ KHM 71 Sechse kommen durch die ganze Welt/ KHM 76 Die Nelke/ KHM 89 Die Gänsemagd / KHM 94 Die kluge Bauerntochter/ KHM 98 Doktor Allwissend/ KHM 100 Des Teufels rußiger Bruder/ KHM 102 Der Zaunkönig und der Bär/ KHM 108 Hans mein Igel/ KHM 111 Der gelernte Jäger/ KHM 115 Die klare Sonne bringt's an den Tag/ KHM 118 Die drei Feldscherer/ KHM 125 Der Teufel und seine Großmutter/ KHM 127 Der Eisenofen/ KHM 128 Die faule Spinnerin

1) 러시아민담

* 알렉산더 니콜라예비치 아파나시예프(Alexander Nikolayevich A-
fanasyev, Алекса́ндр Никола́евич Афана́сьев, 1826-1871)가 펴낸 자료집
에서 이 이야기의 유형이 등장하게 된다. 「러시아민담집」(Наро́дные Русс
кие Ска́зки)가 그것이다.

옛날 우리 나라는 아닌 어느 왕국에 한 부유한 상인이 살고 있었습니
다.[14] 상인에게는 두 아이가 있었는데 하나는 아들이었고, 하나는 딸이
었습니다. 그런데 갑자기 상인 부부가 두 아이들만 남겨두고 죽었습니
다. 그러자 오빠가 여동생에게 말했습니다.

"애야, 우리 이 도시를 떠나자. 내가 가게를 하나 빌려 장사를 시작하
고 네가 묵을 거처를 알아볼게. 그러면 우리는 같이 살 수 있을 거야."

그래서 오누이는 다른 지방으로 갔습니다. 그곳에 도착하자 오빠는
상인 조합에 가입을 하고 포목점을 빌렸습니다. 그후 오빠는 결혼하기
로 작정을 하고 마녀를 아내로 맞아들였습니다. 하루는 그가 가게로 장
사를 하러 가면서 여동생에게 말했습니다.

"애야, 집은 네가 잘 돌보거라."

오빠의 아내는 남편이 그 말을 자신에게 안 하고 시누이에게 하자 모
욕을 느꼈습니다. 그래서 시누이에게 복수하려고 가구들을 전부 망가뜨
려 놓은 후 집으로 돌아온 남편을 맞이하며 거짓말을 꾸며댔습니다.

"당신 동생이 어떤 사람인가 보세요. 아가씨가 집에 있는 가구를 전부
망가뜨려 놓았다고요."

"거 참 안됐지만 가구야 새로 또 사면 되니까 괜찮소."

남편은 그렇게만 대답했습니다.

---

14) 알렉산드르 아파나세프, 《러시아 민화집》, 현대지성사, 2000, 481-489면.

다음 날 다시 가게로 나가던 오빠는 아내와 동생에게 인사를 하며 또 동생에게 말했습니다.

"얘야, 집에 있는 모든 것이 가능하면 그대로 있도록 잘 돌보렴."

아내는 이번에도 화가 나서 기회를 엿보다, 마구간으로 가서 칼로 남편이 가장 아끼는 말의 목을 베어버렸습니다. 그리고는 현관에서 남편을 기다리고 있다가 거짓말을 꾸며댔습니다.

"당신 동생이 해 놓은 짓 좀 보라고요. 당신이 가장 아끼는 말의 목을 베어버렸어요."

"아, 그럼 개들에게 먹이로 주어버리구려."

사흘째 되던 날 남편은 또 다시 가게로 나가며 다녀오겠다는 말고 함께 여동생에게 집안일을 부탁했습니다.

"네 올케 언니가 언제 아기를 낳을지 모르니까 다치지 않게 잘 돌보고 아기를 낳으면 아기도 잘 돌보아 주거라."

그런데 그 말을 듣고 또 화가 난 아내는 아기를 낳자마자 아기의 목을 베어버렸습니다. 한편 남편이 집으로 돌아오자 그는 아내가 앉아서 아기를 두고 통곡하고 있는 것을 보았습니다.

"당신 동생이 한 짓 좀 보라고요! 내가 아기를 낳자마자 칼로 아기의 목을 베어버렸단 말이에요."

남편은 아무 말도 하지 않고 슬피 울더니 나가버렸습니다.

밤이 되었습니다. 한밤중이 되자 오빠는 일어나더니 여동생에게 말했습니다.

"얘야, 어서 준비하거라. 미사 드리러 가야지."

"아, 오빠. 오늘은 주일이 아닌 거 같은데요."

"아니다. 오늘은 주일이란다. 그러니 어서 가자."

"하지만 아직 너무 이른데요."

"아니라니까. 젊은 아가씨들은 항상 준비하는데 시간이 오래 걸리잖니."

여동생은 더 이상 대꾸하지 못하고 옷을 입기 시작했지만 매우 꾸물
거리며 마지못해 준비를 했습니다. 그러자 오빠가 재촉했습니다.

"서둘러라, 애야. 어서 옷을 입으라니까."

"오빠, 제발. 아직 너무 이른 것 같아요."

"아니라니까. 이르지 않다. 가야할 시간이라니까."

여동생이 준비를 마치자 두 사람은 마차를 타고 미사를 보러 출발했
습니다. 한동안 그렇게 간 두 사람은 마침내 어느 숲에 다다랐습니다.
그러자 여동생이 물었습니다.

"아니 이 숲은 대체 뭐죠?"

"이것은 교회 주위에 있는 산울타리란다."

마차가 덤불 속에 걸렸습니다. 그러자 오빠가 여동생에게 말했습니다.

"애야, 좀 내려서 마차를 빼내도록 하렴."

"아, 오빠, 전 할 수 없어요. 옷이 더러워질 텐데요."

"내가 새로 한 벌 사주면 되잖니. 이것보다도 더 좋은 것으로 사주마."

여동생은 하는 수 없이 마차에서 내려 마차를 빼내기 시작했습니다.
그러자 오빠는 말을 채찍으로 휘둘러 마차 바퀴 밑에 깔린 여동생의 팔
을 팔꿈치까지 잘라버리고는 마차를 몰고 사라지고 말았습니다.

이제 어린 여동생은 홀로 남겨졌습니다. 소녀는 눈물을 흘리며 숲 속
으로 걸어가지 시작했습니다. 그렇게 한동안 걷고 또 걸었습니다. 이곳
저곳 온통 가시에 찔리고 긁혔지만 숲 바깥으로 나가는 길을 찾을 수 없
었습니다. 소녀는 시내의 번화가로 가서 가장 부유한 상인에게 구걸하
기 위해서 창가에 서 있었습니다. 그런데 이 상인에게는 외아들이 있었
는데 상인은 그 아들을 눈에 넣어도 안 아플 만큼 끔찍이 예뻐했습니다.
우연히 거지 소녀를 보고 한 눈에 반해버린 상인의 아들이 부모님을 졸
랐습니다.

"아버지, 어머니. 저 결혼하고 싶어요."

"그래, 누구와 결혼시켜 줄까?"

"이 거지 소녀와 결혼시켜 주세요."

"아, 얘야. 우리 시내의 상인들 중에는 아름다운 딸을 가진 사람들이 많은 데도 말이냐?"

"아니오. 저는 이 소녀와 결혼할 거예요. 만일 제 말을 안 들어주시면 저도 무슨 일을 저지를지 몰라요."

그 소리를 들은 부모님은 그 아들이 유일한 자식인데다 자신들의 보물과도 같은 존재였으므로 무척 괴로워했습니다. 그들은 마침내 모든 상인들과 성직자들을 불러 어떻게 하면 좋을지 판단해달라고 했습니다. 즉 자신의 아들을 그 거지 소녀와 결혼을 시켜야 하는지 아니면 말아야 하는지 결정해 달라고 했습니다. 그에 대해 사제가 대답했습니다.

"만일 당신 아들의 운명이 그렇다면 신께서 그 거지 소녀와 결혼하도록 당신 아들에게 허락해 주실 것이오."

그래서 상인의 아들은 그 거지 소녀와 결혼하여 일 년을 살았고, 또다시 일 년이 흘러갔습니다. 결한한지 두 해가 끝나갈 무렵 소녀의 남편은 다른 지방으로 가게 되었는데 마침 그곳은 소녀의 오빠가 가게를 연 그곳이었습니다. 부모님과 작별을 하면서 아들은 부탁했습니다.

"아버지, 어머니. 제 아내를 내쫓지 마세요. 제 처가 아이를 낳거든 바로 제게 편지로 알려 주세요."

상인의 아들이 떠나고 난 지 두세 달 뒤에 그의 아내는 사내아이를 낳았습니다. 아이의 팔은 팔꿈치까지 황금빛이었고 옆구리에는 별들이 박혀 있었고 앞이마에는 밝은 달이 있었으며 심장 근처에는 환히 빛나는 태양이 있었습니다. 아기의 할머니 할아버지는 뛸 듯이 기뻐하며 자신의 사랑하는 아들에게 당장 편지를 썼습니다. 그들은 이 편지를 급히 전하라고 노인을 보냈습니다. 그 사이 소녀의 사악한 올케는 이 모든 일을 다 알아채고 그 늙은 전령을 자신의 집으로 초대했습니다.

"노인장, 이리 좀 들어와 잠시 쉬었다 가세요."

"아니오, 난 시간이 없소. 급한 전갈을 가지고 가는 중이라오."

"그러지 말고 들어와 쉬면서 뭐라도 좀 들고 가세요."

소녀의 올케는 노인을 앉히고 식사를 들게 한 후 그의 가방을 뒤져 편지를 찾아냈습니다. 그리고 편지의 내용을 읽은 후 갈기갈기 찢어버린 후 대신 다른 편지를 썼습니다.

"네 처는 숲에서 짐승들과 정을 통해 반은 개고 반은 곰인 괴물을 낳았다."

한편 늙은 전령은 편지가 바뀐지도 모르고 상인의 아들을 찾아가 그에게 편지를 건네주었습니다. 그는 편지를 읽더니 울음을 터뜨렸습니다. 그는 자신이 돌아갈 때까지 아내가 낳은 아기를 괴롭히지 말라고 부탁하는 편지를 썼습니다.

"제가 집에 돌아가거든 그 아기가 어떻게 된 아이인지 직접 알아보겠습니다."

마녀는 늙은 전령을 다시 자신의 집으로 초대했습니다.

"들어와 앉아 좀 쉬었다 가세요."

그리고 다시 노인에게 말을 하도록 마법을 걸어 그가 가지고 가던 편지를 훔쳐내어 읽고 나서 찢어버린 후 편지가 도착하는 즉시 소녀를 쫓아내 버리라고 명령하는 편지를 썼습니다. 아무 것도 모르는 늙은 전령은 이 편지를 상인부부에게 전했습니다. 아들의 편지를 읽은 부모님은 몹시 상심했습니다.

"왜 아들은 우리를 이렇게 힘들게만 하는 거지? 처음에는 거지 소녀와 결혼한다고 하기에 결혼시켜 주었더니 이제는 자기 아내를 원하지 않는다니!"

부모님은 며느리와 아기를 몹시 가엾게 여겼습니다. 그래서 며느리와 손자에게 축복을 한 후 아기를 며느리 가슴에 묶어주고 내보냈습니다.

소녀는 아기를 데리고 쓰디쓴 눈물을 흘리며 떠났습니다. 한 동안 소녀는 가도 가도 마을도 없고 숲도 없는 확 트인 평지로만 걸어다녔습니다. 그러다 어느 골짜기에 이르자 타는 듯이 목이 말랐습니다. 오른쪽을 쳐다보니 우물이 하나 있었습니다. 그녀는 그 물을 마시고 싶었지만 아기를 떨어뜨릴까봐 몸을 굽히기가 겁이 났습니다. 그러자 갑자기 우물이 자신에게 다가오는 것처럼 느껴졌습니다. 그래서 몸을 구부려 물을 마시다가 그만 아기를 우물에 빠뜨리고 말았습니다. 그녀는 눈물을 흘리며 우물 주위를 빙빙 돌면서 어떻게 하면 아기를 건져낼 수 있을지 궁리했습니다. 그때 한 노인이 나타나 말했습니다.

"하나님의 종이여, 왜 울고 있나?"

"어떻게 울지 않을 수 있겠어요? 우물의 물을 마시다가 그만 아기를 그 안에 떨어뜨리고 말았는걸요."

"그럼 몸을 숙여 아기를 꺼내거라."

"아, 하지만 할아버지, 저는 그럴 수가 없어요. 손이 없는 걸요."

"아무 걱정하지 말고 내가 말한 대로 하거라. 아기를 꺼내거라."

소녀는 우물로 다가가 팔을 뻗었습니다. 그러자 정말 놀랍게도 하나님의 도움으로 그녀는 다시 손을 온전하게 되찾았습니다. 그래서 몸을 숙여 아기를 꺼낼 수 있었고 하나님에게 감사하는 뜻에서 온 사방을 향해 절을 했습니다.

하나님께 기도를 드린 후 소녀는 가던 길을 갔습니다. 그리고 오빠와 남편이 살고 있는 집으로 가서 묵어가게 해달라고 부탁했습니다. 그러자 남편이 오빠에게 말했습니다.

"형씨, 저 거지 여인을 들어오게 합시다. 거지 여인들은 여기저기 떠돌아다니니까 여러 가지 실화들을 들어 알고 있으니까요."

그때 사악한 올케가 나서서 막았습니다.

"손님에게 내줄 방이 없어요. 우리들만으로도 비좁단 말이에요."

"제발, 형씨. 저 여인을 들여줍시다. 나는 거지 여인들에게서 듣는 이야기만큼 재미있는 것을 못 봤어요."

그래서 남편의 뜻에 따라 그들은 소녀를 들어오게 했습니다. 소녀는 아기와 함께 난로 위에 앉았습니다. 남편이 소녀에게 말했습니다.

"자, 어디 우리에게 얘기 좀 해주시오. 아무 이야기라도 좋으니."

"전 이야기는 아는 것이 하나도 없지만 진실은 말할 수 있지요. 들어 보세요. 제가 정말로 있었던 일을 얘기할 테니까요."

소녀는 이야기를 시작했습니다.

"우리나라가 아닌 어느 왕국에 부유한 상인이 살았답니다. 그에게는 두 아이가 있었는데 하나는 아들이고 하나는 딸이었죠. 그런데 어느 날 부모님이 돌아가셨답니다. 그러자 오빠가 여동생에게 말했어요. '우리 이 도시 말고 다른 곳으로 가서 살자.' 그래서 두 사람은 다른 지방으로 갔어요. 그것에서 오빠는 상인 조합에 가입하고 포목점을 열었죠. 그리고 결혼하기로 마음먹고 마녀를 아내로 맞아들였죠."

바로 그때 올케가 끼어들어 불평을 늘어놓았습니다.

"왜 재미도 없는 이야기로 우리를 이렇게 따분하게 만드는 거야, 이 못된 거지 같으니라고!"

그러나 소녀의 남편이 마녀를 막아섰습니다.

"계속해요. 난 그런 이야기를 무척 좋아해요!"

"그래서 오빠는 가게로 장사를 하러 가면서 농생에게 말했어요. '얘야, 집안 일을 잘 돌보거라.' 그 소리를 들은 오빠의 아내는 자신이 아니라 여동생에게 그런 말을 한 데 분개해서 가구를 전부 망가뜨렸어요."

그리고 나서 소녀는 자신의 오빠가 미사에 가자고 자신을 숲으로 꾀어낸 후 두 손을 잘라 버리고 도망친 이야기와 자신의 아기를 낳게 된 사연, 올케가 늙은 전령을 어떻게 꾀어들였는지에 대해 계속해서 이야기했습니다. 그러자 다시 올케가 소리치며 중간에 끼여들었습니다.

"도대체 무슨 알아듣지도 못할 말을 횡설수설하고 있는 거야!"

하지만 소녀의 남편이 핀잔을 주었습니다.

"형씨, 제발 당신 아내더러 좀 조용히 하라고 하시오. 이야기가 점점 흥미진진해지고 있지 않소?"

소녀가 이제 남편이 부모님께 자신이 돌아올 때까지 아기를 그대로 놔두라고 부탁하는 편지를 쓴 부분까지 이야기하자 또 올케가 중얼거렸습니다.

"말도 안돼!"

소녀가 자신이 거지 여인으로 그 집에 찾아온 부분까지 이야기하자 또 올케가 중얼거렸습니다.

"도대체 이 망할 년이 무슨 말을 주워대고 있는 거야!"

소녀의 남편이 마녀를 다시 혼냈습니다.

"형씨, 제발 부인 입 좀 다물게 하라니까요. 왜 저렇게 이야기하는 내내 방해만 하는 겁니까?"

마침내 소녀는 자신이 그 집에 들어와 이야기 대신 진실을 말하기 시작하는 부분에 이르렀습니다. 그리고 나서 소녀는 그들을 가리키며 말했습니다.

"이분이 바로 제 남편이고, 이분은 제 오빠, 그리고 이 여인은 제 올케 언니죠."

그러자 소녀의 남편은 난로 위에 앉아 있던 아내에게 뛰어들며 말했습니다.

"아, 내 사랑, 내 아기를 보여주시오. 부모님께서 내게 진실을 말해주셨나 봅시다."

그들은 아기를 안아들고 담요를 벗겼습니다. 그러자 온 방안이 환하게 빛났습니다.

"정말로 이 여인이 우리에게 말한 것은 그저 단순한 이야기가 아닌 사실이었군요! 여기 이 여인이 바로 내 아내고 이 아기가 내 아기요. 팔꿈치까지는 황금색이고 옆구리에는 별들이 박혀있고 앞이마에는 밝은 달이, 심장 근처에는 환히 빛나는 태양이 있는 아기 말이오!"

오빠는 마구간에서 가장 좋은 암말을 꺼내어 그 꼬리에 아내를 묶은 뒤 공터로 달려가게 풀어놓았습니다. 암말은 오빠의 아내를 땅에 질질 끌며 뛰어다녔습니다. 마침내 그 사악한 마녀는 오로지 머리채만 말꼬리에 매달려 있었고 나머지 부분은 들판에 여기저기 흩어져 버리는 참혹한 죽음을 맞이했습니다. 그런 다음 소녀와 오빠와 남편은 말 세 필을 준비하여 남편의 부모님이 계신 집으로 돌아갔습니다. 그리고 세 사람은 함께 행복하고 영화롭게 살았답니다. 저도 그곳에서 벌꿀 술과 포도주를 마셨답니다. 그런데 술은 제 수염을 따라 흘러내리기만 하고 목구멍으로는 한 모금도 넘어가지 않았답니다.

2) 일본민담

옛날 大阪과 같은 곳에 큰 부자가 살았다. 아름다운 외동딸이 있었다. 어머니가 없고 후처가 왔으나 심성이 나쁜 사람이었다. 어느 날 아버지는 영주를 돕기 위해 江戶로 갔다. 아버지가 안 계실 때 계모는 딸을 미워하여 항상 죽이고 싶어 했으나 영리한 아가씨로 좀처럼 해치기 어려웠다. 그래서 하인들에게 명령하여 딸을 산 속으로 데려가 죽이라고 했다. 하인들은 어쩔 수 없이 갔지만 착한 사람이었기에 차마 죽이지 못하고 모두 울면서 아가씨의 양손을 잘라 버리고 왔다.

손이 없어진 아가씨는 울면서 정처 없이 걷다가, 京都와 같은 큰 도시로 갔다. 어느 집 옆을 지나자 담 너머로 밀감이 많이 열려 있다. 목도 마르고 해서 따먹고 싶었으나, 손이 없어서 할 수 없이 입으로 따먹었다. 그리고 나서 앞을 둘러보니 집 앞 포렴에 日野屋라고 적혀있다. 아가씨는 그것을 보고, 아아 京都의 日野屋이구나, 그러면 바로 이 집의 젊은 도령과 나는 許婚한 사이지만, 이런 모습으로는 아무래도 안되겠다고 혼잣말을 하고 있었다.

日野屋의 하인이 그것을 듣고 이상하게 여겨, 젊은 주인에게 가서 말했다. "그게 정말인가, 손이 잘렸어도 내 아내가 될 사람이다. 데려 오너라"고 했다. 젊은이는 손이 잘린 아가씨를 데려왔다. 그리고 아가씨에게서 계모의 얘기를 듣고 계모가 못된 짓을 했다며, 아가씨를 불쌍히 여겨 아내로 삼았다.

어느 날 신랑은 西國에 일이 생겨서 여행을 떠나게 되어 집을 비우게 되었다. 아가씨는 그 사이에 옥동자를 낳았다. 시부모의 기쁨은 대단했다. 곧바로 아들에게 그 소식을 알리려고, 젊은 하인에게 편지를 여행지까지 전해주고 오게 했다. 편지에는 "네가 없는 동안 옥동자 같은 사내 아이를 낳아, 모두 기뻐하고 있다. 빨리 용무를 마치고 집으로 돌아오기만을 기다리고 있다"고 적혀 있다. 그 하인은 도중에 그만두면 좋을 텐데, 생각을 고쳐서 大阪에 있는 아가씨의 고향에 들러서 아가씨가 옥동자를 낳은 이야기를 전했다.

그것을 들은 계모는 내심 미워 죽을 지경이다. 그 하인에게 술을 잔뜩 먹였다. 취해서 곯아떨어진 하인의 품에서 편지를 꺼내보고, 그 다정다감한 글귀에 화가 치밀었다. 그래서 자신이 쓴 가짜 편지와 바꿔쳤다. 거기에는 원숭이인지 마귀인지 알 수 없는 도깨비가 태어났다. 던져버릴까, 버려버릴까 라고 써두었다. 그것도 모른 채 하인은 그대로 神戸에 체재중인 신랑에게 편지를 건네주었다. 그 답장에는 "도깨비이든 원숭이든 좋습니다. 내 아이니까 돌아갈 때까지 잘 돌봐 주시고, 어디든 내보내서는 안됩니다"라고 써서 전했다.

하인은 다시 계모에게 들러 술을 잔뜩 마시게 되어, 다시 편지를 바꿔치기 당했다. 거기에는 도깨비이든 원숭이든 자신의 자식이 아니니 모자를 내쳐버리라고 써 두었다. 양친은 어찌된 일인가 의아해 하면서도 자식의 편지니 어쩔 수 없이 며느리와 손자를 내보냈다. 손 없는 아가씨는 아이를 업고 울면서 그 집을 나오고, 정처 없이 길을 나섰다. 마침 堂이 있어서 아가씨는 분해서(슬퍼서) 신에게 절을 하고 베어져 없어진 손이 나오도록 기원했다. 그곳에서 다시 길을 나선 길에서 六部(걸립승)를 만났다. 길을 물어 가는 중에 다시 걸립승을 만났다. 그 걸립승은 어디를 어떻게 가면 어떻다고 했다. 그때에 잘려진 손이 날 것이라고 가르쳐 주었다. 아가씨는 기뻐하며 가는데, 양쪽으로 오갈 수 없게 큰 바위를 만났다. 바위 아래에는 하천이 흐르고 있다. 갓난아이도 젖을 먹고 싶어 하고, 자신도 목이 말라서 강으로 내려가 물을 마시려고 했다. 그때 아이가 등에서 빠져 강에 떨어지려는 찰나였다. 아가씨는 놀라서 아이를 잡으려 했다. 두 팔로 온갖 힘이 다 쏠리자, 두 손이 쑥 나왔다. 아가씨는 신의 도움이라고 기뻐하며 다시 길을 가다가 걸립승을 만났다. 걸립승은 조금 가면 절이 있으니 그곳에 가서 신세를 지라고 가르쳐 주었다. 절에 가서 스님에게 부탁하고 둘이 신세를 지게 되었다. 며칠인가 세월이 지나 아이는 엉금엉금 기어 다녔다.

大阪의 日野屋에서는 젊은 신랑이 용건을 마치고 오랜만에 집으로 돌아가 처자를 만나 즐겁게 이야기하려고 생각하고 와보니, 양친이 울면서 며느리와 손자를 어쩔 수 없이 신랑의 편지 때문에 내보냈다는 얘기를 듣고 깜짝 놀랐다. 그래서 심부름 보냈던 하인을 조사해 보니, 모두 계모가 꾸민 짓임을 알았다. 그 즉시 젊은 신랑은 처자를 찾아 나선 준비를 하고 정처 없이 떠돌아 다녔다. 그러나 그 흔적조차 찾지 못했다. 그렇게 2-3년이 훌쩍 지났다.

어느 날 가는 길마다 모자의 행색을 물으면서 걷던 중에 걸립승을 만나서, 어느 절에 가 보면 좋을 거라는 얘기를 듣고 찾아갔다. 절 안에서 엉금엉금 기어 다니는 사내아이가 놀고 있어서, 혹시 자신의 아이가 아닐까 하며 다가가 보니, 아이는 서둘러 안쪽으로 들어가 어머니에게 아버지가 왔다고 전했다. 어머니는 그럴 리 없다, 네 아버지는 자신의 자식이 아니니 내버리라고 한 사람이다, 사람 잘못 본 것이라고 했으나, 듣지 않고 달려가 붙잡았다. 신랑은 스님에게서 자세한 이야기를 듣고 처자의 무사함을 기뻐하고, 정중하게 사례를 하고 두 사람을 데리고 세 가족이 무사히 귀가했다.

양친을 비롯해서 하인들 모두로부터 기쁨과 환영을 받았다. 이웃사람들에게도 행실을 훌륭하게 하고 영화롭게 살았다. 계모는 나쁜 일만 했기 때문에 마침내는 장님이 되었다. 그래서 나쁜 마음을 가져서는 안된다.[15] - 靑森縣 三戶郡 五戶町

3) 프랑스 민담

Joseph Lefftz[16] 채록, le conte alsacien Mariannette (AT 706, 《La Fille sans mains》) [알사스의 마리아네뜨 이야기(손 잘린 소녀)]

* 이야기는 일련의 유형분류로 본다면 아르네 톰슨 유형의 706번 항목에 분류되는 이야기이다. 이 이야기는 알사스지역에 전승되는 것을 요셉 레프츠가 채록하였다. 이 유형은 프랑스에서는 「손없는 색시」라고 알려져 있으나, 본디 이 유형은 「블랑슈벨르와 뱀」(Blanchebelle et le Serpent)의 이야기로 알려진 것이다. 이 이야기가 변이된 각편이 바로 알사스의 지방에서 채록된 것이다. 이것은 지오반니 프란체스코 스트라파롤라(Giovanni Francesco Straparola)가 베니스에 전승되는 이야기를 묶어서 1550년에 낸 책자인 《익살스러운 밤》(Nuits facétieuses) 첫째 권의 세 번째 밤 세 번째 이야기

---

15) 關敬吾, 《日本昔話全集》 5권, 角川書店, 1975.

16) 요셉 레프츠는 알사스에 살았던 연구자이다. 알사스의 전통과 문화에 대한 강력한 이야기를 전체적으로 모아서 정리한 책자를 간행한 인물이다. Delarue-T n ze (2002) 의 저작에서 재인용된 것이다. 서술된 언어는 프랑스의 업적이 아니라, 독일어 업적임을 주목해야 한다.

(Troisi me Nuit, Troisième Fable)에서 나오는 이야기이다. '셋째 밤, 셋째 우화'(Troisième Nuit, Troisième Fable)에 실렸던 「비안카벨라와 그녀의 여동생 뱀」(Biancabella e la biscia sua sorella)에서 유래된 이야기이다. 세계적으로 널리 알려져 있는 이야기를 중심으로 하는 이야기이므로 매우 중요한 것이다.

옛날에 딸 하나를 둔 산지기 부부가 살고 있었다. 산지기는 젊은 나이에 죽었다. 그의 아내는 여관을 경영하고 있었는데 그녀의 용모는 매우 아름다웠다. 그래서 많은 영주들이 그 집에 와서 여름휴가를 즐겼다. 그의 딸은 자라가면서 어머니에게 보다 딸에게 얘기하기를 더 좋아했다. 더구나 그 딸은 매우 영리한 아이였으므로 어머니는 딸을 더욱 미워하여 몰래 죽일 생각을 하였다.

어느 날 어머니는 머슴인 '쟝'에게 말했다.

"마리아네뜨를 숲 속으로 데리고 가서 죽여라."

그는 놀라며 물었다.

"아니, 그렇게 현명하고 아름다운 딸을 어떻게 죽일 수 가 있어요?"

"그 일을 해주면 나는 너와 결혼해 주겠다."

"그렇다면 한번 해 보죠."

"그 증거로 그 애의 손을 가져와야 한다."

다음 날 머슴은 딸에게 말했다.

"나와 함께 숲에 가서 죽은 나무를 주워 오자."

딸은 아무런 의심도 없이 따라갔다. 숲 속 깊이 들어갔을 때 딸이 물었다.

"쟝, 난 잘 모르지만 자꾸 숲 속 멀리 들어가면 우리는 빠져나올 수 없을 텐데."

"죽은 나무는 신경 쓸 필요 없어. 난 지금 너를 죽여야 하니까."

겁이 난 그녀는 살려달라고 간청하며 말했다.

"그래도 너는 그런 일을 하지 않을 사람이야."

"너의 어머니가 그렇게 하기를 원하는걸."

"아 그렇게 명령한 것이 어머니라면 나를 보내줘. 다시는 그녀의 눈앞에 나타나지 않을게."

"물론 그럴 수도 있지만 난 증거로 네 두 손을 가져가야 해."

"그러면 내 손을 잘라라. 그리고 나를 보내줘."

그는 그녀의 두 손을 자르고 붕대로 감아 보내줬다. 그녀는 길을 계속 걸었다. 가능한 한 숲에서 더 멀리 떨어진 곳으로 가기 위해 큰 고통을 참으며 걷고 또 걸었다. 마침내 온갖 과일이 풍성한 예쁜 정원을 가진 어느 성에 도착했다. 과일을 먹어야겠다고 생각한 그녀는 밤에 몰래 그곳으로 들어가기로 했다. 이윽고 밤이 되자 그녀는 정원으로 들어가 과일을 조금 먹었다. 그러나 손이 없어서 입으로 물어뜯어야 했다. 다음 날 아침 젊은 왕이 정원으로 산책을 나왔다가 모든 과일들에 이빨 자국이 나 있는 것을 보았다. 왕은 하인들에게 명했다.

"사나운 짐승이 정원에 있었던 것 같다. 오늘 밤 주의해서 지키도록 해라."

밤이 되어 그녀는 다시 그 정원으로 왔다. 그러나 그들은 그녀가 온 것을 발견하지 못했다. 다음 날 아침 왕은 산책하다가 전날보다 어 많은 잇자국이 과일들에 나 있는 것을 보고 화를 냈다.

"이번에는 내가 직접 감시하겠다."

자정쯤 되자 무슨 소리가 들렸다.

"누구냐 사람이거든 대답을 하고 짐승이거든 내가 쏘겠다."

그 말이 끝나자 작은 흐느낌 소리가 들렸다. 왕은 놀라 소리가 나는 곳으로 갔다. 아름다운 여자였다. 왕은 총을 내려뜨리고 소녀에게 왜 정원에 들어갔으며, 왜 과일을 따지 않고 이로 물어뜯었는가를 물었다. 그녀는 손이 없기 때문이라고 대답했다. 그는 그녀를 데리고 가서 먹을 것과 마실 것을 주었다. 그녀는 모든 것을 왕에게 얘기했다. 왕은 그녀의 미모에 놀랐다. 왕은 다음 날 부모에게 가서 말했다.

"어젯밤 짐승을 하나 잡았는데 내 평생 그렇게 아름다운 짐승은 보지 못했어요."

"그러면 우리에게 보여봐라."

왕은 그녀를 불러 그들에게 보였다. 그들은 모두 그녀의 미모에 놀라 왕이 그녀를 좋아하게 되리라고 생각했다. 왕이 말했다.

"제가 이 소녀를 아내로 삼겠어요."

왕의 말에 부모들은 반대했다.

"그녀는 손이 없어서 너를 제대로 보필하지 못할 것이고 너도 금방 싫증이 날 것이다."

"그 정도는 제가 참을 수 있어요. 그녀에게 시녀들을 붙여주면 돼요."

그는 그녀와 결혼했다. 그들은 조용히 함께 살았다. 부모들도 그녀를 사랑했다. 그들이 결혼한지 1년 쯤 되었을 때 왕은 전쟁에 나가야 했다. 그녀는 임신 중이었다. 왕이 전쟁에 나간 후 그녀는 아들 쌍둥이를 낳았다. 전쟁터에서 왕은 자기 아내가 개 두 마리를 낳았다는 거짓 편지를 받았다. 왕은 자기가 돌아갈 때까지는 그냥 두라고 답장을 했다. 그러나 그녀는 그런 편지를 보내온 줄도 모르고 있었다. 그 다음에 돌아온 답장에는 두 아들과 그녀를 불 에 태우라는 것이었다. 그녀는 이 편지를 읽고 실신했다. 부모는 무서운 생각이 들었다. 그녀가 정신이 들자 무슨 일이냐고 물었다. 그녀는 편지를 부모에게 주었다. 그들은 놀랐고 아들에게 화가 났다. 왜냐하면 그 부모들도 마리아네뜨를 무척 사랑했기 때문이었다. 그녀는 부모들에게 자기를 살려주면 숲 속에 들어가 다시는 세상에 나오지 않겠다고 말했다. 그들은 이중 주머니를 만들어서 한 아이는 등에, 다른 하나는 가슴에 걸게 했다. 그리고 많은 돈을 주어 보냈다. 그녀는 걷고 또 걸어서 멀리 멀리 갔다. 마침내 어느 강가에 이르러 그녀는 두 아이를 내려놓고 아이들의 배내옷을 씻고 불구의 팔로 행구었다. 그렇게 행구고 있을 때 '삐예르'와 '라자르' 두 사람이 저쪽에서 걸어오고 있었다. '삐예르'가 '라자르'에게 말했다.

"오! 불쌍도 해라. 다시 두 손을 갖게 된다면 좋겠지!"

그들은 다가가서 두 손을 갖고 싶은가 물었다. 그녀는 그렇게만 된다면 주님께 감사하겠다고 말했다. 그러자 그들은 그녀에게 두 손을 돌려주었다. 그녀는 그들에게 감사하며 말했다.

"이제 나는 이곳을 떠나서 손가락에서 피가 날 때까지 일을 하겠습니다."

그러나 그들은 말렸다.

"안돼요. 당신은 바로 이 자리에 있어야 해요. 바로 이곳이 당신의 행복을 돌려받게 될 곳이니까요. 이곳에 초가집을 지어 주겠소."

"그러면 여기에 남겠습니다."

전쟁이 끝났다. 남편은 무사히 돌아왔다. 그러나 그가 마당에 들어서자 아무도 그를 아는 체 하지 않았다. 그가 이유를 묻자 부모가 말했다.

"무고한 네 처와 아들들을 죽이라고 했으니 당연하지. 누가 너를 반기겠느냐?"

이 말을 들은 그는 기절했다. 다시 정신이 들자 그녀가 이제 이 세상 사람이 아니냐고 물었다. 부모는 모른다고 대답하고 숲 속으로 들어가서 다시는 밝은 세상에 나오지 않겠다고 하더라는 말을 전했다. 그는 다시 기절했다. 정신이 들자 그는 편지를 보여줬다. 그들은 모든 것이 거짓이었음을 알았다.

왕은 마리아네뜨를 다시 찾기 위해 온 천지에 편지를 보냈다. 그러나 그녀로부터는 아무런 소식도 없었다. 그는 큰 슬픔 속에서 나날을 보냈다. 어느 날 왕은 하인들을 데리고 사냥을 나갔다. 그는 일행들과 약간 떨어져 어느 초가에 도착했다. 마리아네뜨가 창가에 있었다. 그는 그녀가 손만 없었다면 자기의 아내로 믿었을 것이다. 그 초가 앞에는 자그마한 긴 의자가 있었다. 그는 그 곳에서 좀 쉬어가도 좋으냐고 물었다. 그녀는 허락했으나 무서웠다. 왕은 한 동안 그 의자에 누워 있다가 팔 하나를 의자 아래로 미끌어지도록 두었다. 그녀는 큰 아들 삐예르에게 말했다.

"저렇게 피로해 하지 않게 어서 가서 아버지의 팔을 들어올려 드려라. 우리 아버지는 하늘에 계신다고 말했잖아요. 그래, 하지만 저분은 지상의 아버지이시다."

그는 또 다리를 미끄러지게 했다. 그녀는 둘째 '라자르'에게 똑같은 말을 했다. '라자르'도 똑같은 말을 했다.

왕은 이제 더 이상 참을 수가 없었다. 얼른 일어나서 그녀가 진짜 마리아네뜨인지 물었다. 그녀는 그렇다고 대답했다. 왕은 그녀를 가슴에 안고 큰 소리로 울었다. 그녀도 울었다. 왕은 어떻게 해서 손을 다시 찾았느냐고 물었다. 그녀는 자초지종을 얘기했다. 왕은 자기가 받았던 편지 속에 있는 모든 말은 가짜였다고 말했다. 그는 하인들을 시켜 마차를 가져오도록 했다.

그들이 성으로 돌아가자 온 도시가 환희에 차 있었다. 그들은 다시 결혼식을 올렸다. 그리고 그녀의 어머니도 결혼식에 초대했다. 마리아네뜨의 어머니는 왕의 결혼식에 초대되었다는 것이 너무나 기뻐서 서둘러 갔다.

피로연이 끝나자 왕이 초대받은 사람들에게 말했다.

"자기 딸의 손을 자르게 한 어머니에게는 어떤 벌을 내려야 할지 각자 판결을 내려 보도록 하시오."

사람들은 갖가지의 견해를 말했다. 어머니의 차례가 되자 그녀가 말했다.

"다른 사람들의 판결로는 흡족하지 않아요. 그런 여자는 그저 불에 달군 집게로 꼬집고 뜨거운 매맛을 보여줘야 마땅합니다."

그렇다면 이제 그대는 그대 자신의 판결을 내렸구려. 그녀는 그 시각부터 불에 달군 집게로 꼬집히고 뜨거운 매맛을 보게 되었다.[17]

4) 「손 없는 색시」의 유사한 유형 : 계모형 설화의 비교

이야기를 연구하는데 자료의 확충이 긴요하다. 그렇게 하는데 있어서 자료의 유형론을 필요하고 유형론의 용도는 유사한 자료의 세계적 분포가 무엇인지 알아내는 것이다. 그렇게 해서 이야기의 세계적 분포와 변이를 알아보는 방식이 긴요하다. 「손 없는 색시」와 가장 근접하는 유형의 이야기는 아마도 「신데렐라」의 이야기이다. 이 이야기는 역사적으로 오래된 자료 가운데 하나이다. 일찍이 9세기 무렵에 채록된 바 있으므로 역사적으로 오래된 것이라고 하는 판단은 헛된 견해가 아닐 것이다.

동일한 이야기는 서양의 경우에 16세기부터 채록된 바 있다. 그림(Grimm) 형제가 《어린이와 가정을 위한 민담》(Kinder und hause-Märchen)을 책으로 내면서 이 이야기의 원래의 면모가 알려지기 시작하였다. 그러나 명백하게 말한다면 그림형제의 자료 역시 이전에 프랑스의 샤를르 페로(Charles Perrault)가 쓴 「샹드리옹」(Cendrillon)에서 일정하게 관련을 맺었을 것으로 추정된다. 왜냐하면 이 이야기가 이미 독일의 상류 사회에 널리 알려져 있었으므로 이러한 자료와 무관하다고 할 수 있는 것은 아니다. 「재투성이」(Aschenputtel)로 이야기의 제목을 정하고, 이것을 일정하게 교열하면서 우리가 아는 형태로 많이 윤색을 하였을 것으로 추정된다. 그러나 이러한 이야기의 원래 자료는 중국의 당나라 시대의 이야기와 무관하지 않다. 이것은 이야기가 아주 오래되었다고 하는 결정적 증거이다.

---

17) 송영규, 《프랑스민담》, 중앙대학교출판부, 1990.

남인(南人)들이 서로 전하는 이야기에 다음과 같은 것이 있다.[18] 진한 (秦漢)[19] 시대 이전이다. 오씨(吳氏) 성을 가진 동주(洞主)[20]가 있었다. 그 지방 사람들은 그를 '오동(吳洞)'이라 불렀다. 그는 두 아내를 두었다가 그 중 한 아내가 죽었는데, 그녀에게는 섭한(葉限)이라는 딸이 있었다. 딸은 어릴 적부터 슬기로운 데다 도금(陶金)을 잘해 오동이 아끼고 사랑해마지 않았다. 그런데 그 해 말 오동이 죽는 바람에 딸은 계모에게 시달림을 당해야 했다. 언제나 험한 산에서 꼴을 베고 깊은 물에서 물을 길어야 했다. 그러던 중 한번은 두 치 남짓의 물고기 한 마리를 잡게 되었다. 붉은 아가미에 금빛 눈을 가진 것이었다. 그녀는 이 물고기를 몰래 물동이에 넣어 길렀다. 물고기는 날마다 커졌고 몇 차례 동이를 바꾸었으나 너무 커져서 감당할 수가 없었다. 어쩔 수 없이 뒷 연못에 던져두고 자신이 먹고 남은 음식을 때마다 연못 속에 던져 먹이를 주었다. 그러다보니 그녀가 연못으로 오기만 하면 물고기는 연못 둑에 기대어 주둥이를 내밀었다. 그러나 다른 사람이 오면 밖으로 내밀지 않았다. 계모가 이 사실을 알고 매번 몰래 훔쳐보았으나, 이때마다 물고기가 모습을 드러내지 않았다. 그래서 계모는 딸을 속여,

"힘들지 않느냐? 내 너를 위해 새 저고리를 준비했단다."

라고 하면서 해진 옷을 갈아입도록 했다. 그 뒤부터는 다른 샘에 가서 물을 긷도록 했다. 다른 샘은 몇 리[21]나 떨어져 있었다. 계모는 천천히 딸의 옷으로 바꿔 입고 예리한 칼을 소매 속에 넣은 채 언못으로 가서는 물고기를 불렀다. 그러자 물고기가 바로 머리를 내밀었고 계모는 당장

---

18) 단성식, 《역주유양잡조》권이, 소명출판사, 2011.(정환국번역)

19) 진(秦: BC 255~206년), 한(漢 : BC 206~AD 8년)

20) 동주(同舟) : 한 마을의 우두머리로 짐작된다.

21) 몇 리 : 원문에는 '數百'으로 나오고 '一作里'라는 원주가 나와 있어서 여기서는 의미상 '수백 리'를 '몇 리'로 번역하였다.

그 칼로 잘라 죽여 버렸다. 물고기는 이미 한 길 남짓 자란 상태였다. 회로 뜨자 그 맛이 여느 물고기보다 배나 맛이 있었다. 계모는 그 뼈를 썩은 두엄 속에 묻어버렸다. 다음날, 딸이 이 연못에 왔으나 물고기는 더 이상 나타나지 않았다. 그녀는 들판에 나가 통곡을 했다. 그런데 갑자기 머리를 풀어헤치고 누더기 옷을 입은 어떤 사람이 하늘에서 내려와 그녀를 위로하는 것이었다.

"울지 말거라! 네 계모가 물고기를 죽였단다. 그 뼈가 썩은 두엄 속에 있으니, 네가 돌아가거든 그 뼈를 가져다가 방안에 보관해 두어라. 네가 바라는 것이 있을 때 빌기만 하면 이 뼈가 네 소원을 들어줄게다."

섭한이 그가 해준 말대로 했더니, 과연 금과 구슬, 그리고 입고 먹는 것이 원하는 대로 마련되었다.

마을 축제일이 되자, 계모는 집을 나가면서 섭한더러 뜰의 과수를 지키라고 했다. 섭한은 계모가 멀리 나간 것을 확인하고 자신도 비취색 비단으로 짠 옷을 입고 금신발을 신고 축제에 참석하였다. 그런데 계모의 친딸이 그녀를 알아보고 자기 엄마에게 일러바쳤다.

"저 이는 아무래도 언니 같아요."

계모도 의심을 하자, 그녀도 그 낌새를 알아차리고 급히 집으로 돌아오다가 그만 신발 한 짝을 잃어버리고 말았다. 그 한 짝을 한 마을 사람이 줍게 되었다. 계모가 돌아와보니, 그녀는 뜰의 과수를 붙잡고 잠들어 있는지라 더 이상 의심을 하지 않았다. 이 마을은 해도(海島)와 인접해 있었던 바, 섬 안에 '타한국(陀汗國)'이라는 나라가 있다. 군대가 강해 수십개의 섬과 주변 수천 리를 지배하고 있었다. 신발을 주운 마을 사람이 타한국에 이 한 짝을 팔아 그곳 왕의 소유가 되었다. 왕은 주변에 이 신발을 신어보게 했는데, 발이 작은 이에게도 이 신발은 한 치가 모자랐다. 그리하여 나라 안의 모든 여자들에게 신어보게 했으나 아무도 딱 맞는 이가 없었다. 이 신은 털처럼 가볍고 돌부리를 밟아도 소리가 나지 않았다.

타한왕(陀汗王)은 마을 사람이 정상적인 방법으로 이 신발을 얻은 게 아니라고 판단하여 그 자를 잡아 가두고 고문까지 하였으나 끝내 어디서 난 것인지를 확인할 수 없었다. 하는 수 없이 이 신발을 길옆에 던져두고 집집마다 찾아가 수색케 했다. 조사 끝에 발 크기가 맞아 보이는 여인이 있으므로 붙잡아서 확인해야 한다는 보고가 들어왔다. 타한왕은 수상히 여긴 나머지 그 집을 수색하여 섭한을 붙잡아 와 신어보게 하였다. 과연 정말이었다. 그녀가 비취색 비단으로 짠 옷을 입고 신발을 끌며 나오는데 마치 하늘에서 내려온 선녀 같았다. 마침내 그간의 사실을 왕에게 아뢰자, 왕은 물고기 뼈와 섭한을 배에 싣고 자기 나라로 돌아갔다. 계모와 친딸은 그 자리에서 날아오는 돌에 맞아 죽었다. 마을 사람들은 슬퍼하며 돌무덤을 만들어 이들을 묻고 '오녀총(懊女塚)'이라 불렀다. 사람들은 이곳에서 제사를 지냈는데, 여자들이 소원을 빌면 필시 영험이 있었다. 타한왕은 본국에 도착하여 섭한을 상부인(上婦人)으로 삼았다. 1년 동안 왕은 탐욕스럽게 이 물고기 뼈에 기도하여 금은보화를 무한정 얻었다. 그러나 해가 넘어가자 더 이상 영험이 없었다. 왕은 이내 이 뼈를 해안에 매장하면서 구슬 백 섬을 함께 묻어주었다. 그리고 금으로 그 주변을 표시하였다. 그런데 징집된 병졸이 반란을 일으켜 거기서 보화를 꺼내 군대에 주려고 했더니, 하루 밤 사이 파도에 휩쓸려 사라져버렸다고 한다.

나(단성식)의 옛 집의 집사인 이사원(李士元)이 말해준 이야기이다. 사원은 본래 옹주(邕州)[22]의 고을 사람으로, 남방의 이런 괴이한 일을 많이 기억하고 있었다.

南人相傳 秦漢前有洞主吳氏 土人呼爲吳洞. 娶兩妻 一妻卒. 有女名葉限 少惠 善陶(一作鉤)金 父愛之. 末歲父卒 爲後母所苦 常令樵險汲深.

---

22) 옹주(邕州) : 당대의 주명으로, 지금 광서성 남령현(南寧縣) 일대.

時嘗得一鱗 二寸余 赬鰭金目 遂潛養於盆水. 日日長 易數器 大不能受
乃投於後池中. 女所得餘食 輒沉以食之. 女至池 魚必露首枕岸 他人至不
復出.

其母知之 每伺之 魚未嘗見也. 因詐女曰 爾無勞乎 吾爲爾新其襦. 乃易其
弊衣. 後令汲於他泉 計裏數百(一作裏)也. 母徐衣其女衣 袖利刃行向池. 呼
魚 魚即出首 因斤殺之 魚已長丈余. 膳其肉 味倍常魚 藏其骨於郁棲之下.

逾日 女至向池 不復見魚矣 乃哭於野. 忽有人被髮粗衣 自天而降 慰女
曰 爾無哭 爾母殺爾魚矣 骨在糞下. 爾歸 可取魚骨藏於室 所須第祈之 當
隨爾也. 女用其言 金璣衣食隨欲而具.

及洞節 母往 令女守庭果. 女伺母行遠 亦往 衣翠紡上衣躡金履. 母所生
女認之 謂母曰 此甚似姊也. 母亦疑之. 女覺 遽反 遂遺一隻履爲洞人所得.
母歸 但見女抱庭樹眠 亦不之慮.

其洞鄰海島 島中有國名陀汗 兵強 王數十島 水界數千裏. 洞人遂貨其履於
陀汗國 國主得之 命其左右履之 足小者履減一寸. 乃令一國婦人履之 竟無一
稱者. 其輕如毛 履石無聲. 陀汗王意其洞人以非道得之 遂禁錮而栲掠之 竟
不知所從來. 乃以是履棄之於道旁 即遍歷人家捕之 若有女履者 捕之以告.

陀汗王怪之 乃搜其室 得葉限 令履之而信. 葉限因衣翠紡衣 躡履而進
色若天人也. 始具事於王 載魚骨與葉限俱還國. 其母及女即爲飛石擊死 洞
人哀之 埋於石坑 命曰懊女冢. 洞人以爲媒祀 求女必應.

陀汗王至國 以葉限爲上婦. 一年王貪求 祈於魚骨 寶玉無限. 逾年 不復
應. 王乃葬魚骨於海岸 用珠百斛藏之 以金爲際. 至征卒叛時 將發以贍軍.
一夕爲海潮所淪.

成式舊家人李士元聽說. 士元本邕州洞中人 多記得南中怪事.[23]

---

23) 段成式, 葉限, 『酉陽雜俎』續集 卷一

· 제2부 ·

이야기 자료의 발견

① 옛날 옛적에 갓날 갓적에

1. 초다짐

옛날이야기 가운데 형식담의 꾸러미들이 있다. 이 이야기들은 일정한 가락과 율격이 있어서 이야기의 본래 내용을 효과적으로 전달하는 기억의 덩어리들이 두드러지는 특징을 가지고 있다. 이야기의 효과적 전달을 고안한 결과이거나, 일정한 이야기들이 압축되는 과정을 보여주고 있어서 매우 주목되는 이야기들이 형식담이라고 할 수가 있다.

옛날이야기를 시작하면 우리는 항상 일련의 옛날이야기를 시작하는 상투어구들을 만나게 된다. 그러한 상투어구들을 일관된 율격 아래 모아놓은 특정한 이야기들이 있는데, 그러한 이야기들이 일정하게 자리하고 있는 것들이 존재하게 된다. 그것이 옛날이야기들의 잔잔한 리듬감을 제공하고 있어 주목된다.

이야기는 서두·중간·결말 등의 일정한 크기를 가지고 있다. 이 크기는 부피와 길이로 된 시간과 공간의 복합체이다. 이 이야기를 어떻게 시작할 것인가 항상 논란이 되는데, 그러한 이야기의 서두를 장식하는 전통이 있게 마련이다. 이 이야기의 전통을 통해서 일련의 옛날이야기에 대한 관념을 읽어낼 수가 있다고 하는 점에서 이 이야기들은 주목할 만한 특징을 가지고 있다.

이야기는 옛날에 이루어진 것이라고 하는 관념이 긴요한 지표를 제공한다. 그것을 시간적 지표라고 할 수가 있다. 다음으로 중요한 지표가 거짓말이라고 하는 지표이다. 옛날이라고 하는 시간과 거짓말이라고 하는 허구의 지표가 이야기의 중요한 특징이자 기능이라고 할 수가 있겠다.

그러나 항상 옛날은 살아 있는 오늘날과 무관하지 않다. 옛날의 누적이 오늘날이고, 오늘날은 옛날과 연속되어 있기 때문이다. 그러므로 현재는 항상 살아 있는 옛날일 수가 있고, 서로 깊은 관련이 있는 오늘날이기 때문이다. 그런 점에서 예전과 이제가 하나라고 하는 인식이 여기에 깃들어 있는 셈이다.

하지만 동시에 거짓말로 된 것이 오늘날과 연계되어 있는 점을 강조하는 점을 주목해야 한다. 거짓말 같은 참말이라고 하는 관념에서 과거의 사람들이 생각한 시간관념과 이야기에 대한 관념을 읽어낼 수가 있는 요긴한 자료임을 보여주는 증거물이다. 거짓말 같은 참말이므로 풍부한 상상력과 진실성을 만날 수가 있다.

이야기를 둘러싸고 있는 환경이나 관념이 급변하고 있으므로 이제 이야기에 관한 이야기인 형식담의 존재 근거도 많이 달라지고 있는 것을 볼 수가 있다. 예전의 전통으로는 쉽사리 납득되던 말이나 말들의 연쇄도 현재는 많이 달라지고 있는 것을 볼 수가 있으며, 시대의 문화적 환경이나 정보를 알지 못하는 사람들은 이제 거의 이야기의 전통을 이해할 수가 없게 되어 있다.

전통적인 이야기인데도 불구하고 이를 온전하게 이해하시 못하는 것은 참으로 커다란 문화적 손실이자 전통의 단절이라고 해도 지나치지 않는다. 이야기를 새롭게 알고 이를 통해서 우리의 전통적 힘을 발휘하기 위해서는 이야기의 참다운 전통을 알고 이해하는 노력이 필요하다.

지금부터 오래 전에 생성되었던 이야기를 찾아 눈높이를 맞추고 말을 알고 전통을 아는 것이 진정하게 필요하다. 이야기는 더 이상 낡은 유산이 아니다. 새로운 시대에 거듭 태어나는 상상과 상징의 원형질이다. 이

야기를 알고 이야기의 전통 속에서 우리의 문화적 자산을 늘릴 필요가
있다.

2. 자료

•「옛날 옛적 갓날 갓적」[1]

옛날 옛적 갓날 갓적, 하늘땅이 열릴 적에,

나무 접시 열릴 적에, 종구라기 애기 적에,

고초 당초 소시 적에, 털벙거지 초립 적에,

헌 누더기 각시 적에, 팔도강산 그릴 적에,

호랑이가 담배 필적에, 강아지가 뿔 돋칠 적에,

수탉이 귀 돋칠 적에, 검은 메기 사또 적에,

귀뚜라미 사령 적에, 물도 불도 없을 적에,

생쥐 한 마리가 나와서 대둔산 깊은 골에 차돌 놓고 수리취 뜯어 놓고,

백두산의 쇠끝 놓고, 한번 쳐서 불똥 내고,

두 번 쳐서 불씨 내고, 세 번 쳐서 불꽃 내어 사람한테 갖다 주니까,

어디선가 개구리 한 마리가 튀어나와 인대봉 깊은 골에 검은 흙을 제쳐놓고,

서른 석 자 세 치 들이파서 물 한 쪽박 길어내고,

서른 석 자 들이 파서 물 한 사발 길어내고,

삼백서른 자 들이 파서 물 한 동이 길어내어 사람한테 갖다 주더라

---

1) 임석재, 《옛날이야기선집 1》, 교학사, 1971.

　　한상수, 《한국민담선》, 정음문고, 1974.

　　한상수, 《한국구전동화》, 앞선책, 1993.

3. 깊게 보기

1) 이야기 시대의 황혼과 갈래

이야기의 시대는 어떠한 시대인가? 이야기는 어떠한 보조적인 수단에도 응하지 않고 오로지 입에서 입으로 전하며, 말에서 말로 전달하던 시대의 것으로 입과 귀를 활용하던 시대의 산물이다. 그 시대를 우리는 구비전승의 시대라고 할 수가 있는데, 정서적 친밀도가 높으면서 시간과 공간의 제약을 받던 시대의 산물이 이야기 시대이다.

이야기는 얘기, 고담, 옛날이야기 등의 다양한 명칭을 가지고 있다. 분명히 이야기는 지어낸 이야기로 거짓말이라고 한다. 이야기는 거짓말이고, 노래는 참말이라고 하는 관용적 전통이 있는 말에서 이야기는 이야기이고, 이야기를 꾸며낸 허구적인 이야기라고 하는 전통은 쉽사리 확인된다.

그런데 거짓말에 지나지 않는 이야기를 우리는 하고 들으면서 전통적인 방식으로 이어간다. 거짓말 같은 이야기 속에 참말이 도사리고 있으며, 참말을 하기 위해서 거짓말을 지어내는 어리석음이 있게 마련이다. 거짓말은 어리석은 사람이 하지 않고 똑똑한 사람이 하게 마련이다. 이야기 속의 참뜻은 이러한 거짓말을 지어내는 방식에 있는지도 모르겠다.

이야기를 이야기답게 이해하려면 이야기를 지어내는 참뜻의 하나인 이야기 얼개나 짜임새를 알아보는 것이 바람직하다. 이야기 속에 들어 있는 절실한 뜻은 이야기를 짜나가는 방식에 있음을 절감하면서 이야기를 시대적으로 불러내어 흘러가게 해야 한다. 이야기를 이야기답게 이해해야 이야기의 참뜻에 도달할 수 있다. 이것은 중요한 문제이므로 뒤에 지속적으로 다루기로 한다.

먼저 이야기는 거짓말인데, 거짓말에도 종류가 있듯이 이야기의 거짓말을 갈래지을 필요가 있다. 이야기는 전통적으로 보자면 세 갈래로 나눌 수 있고, 이 갈래구분은 이야기를 이해하는 데에도 매우 유용하다고 하겠다. 갈래 구분은 이야기의 성격을 총체적으로 알 수 있는 일종의 틀이고 이 틀을 통해서 이야기의 본질에 성큼 다가설 수 있다.

무엇이라고 이름 짓기 전에 일단 이야기의 주인공에 따라서 이야기의 일정한 틀을 결정하는 짜임새에 따라서 이야기의 본질적인 성격이 결정될 수 있을 것이다. 이를 차례대로 보이면서 이야기의 본질을 갈래 별로 구분하기로 한다. 그렇게 하는데 있어서 필요한 것이 이야기를 구성하는 특징이 있는 사례를 하나씩 다루기로 한다.

먼저 우리나라 이야기 가운데 세상이 만들어진 이야기를 하나 생각하면서 이야기의 실타래를 풀어보기로 한다. 세상이 만들어진 시간은 대체로 이 세상이 처음 생길 적에라고 하는 말로 시작한다. 옛날이라고 하는 막연한 시간 설정이 아니고 인간이 생길 적부터라고 하는 단서가 달린다. 원시적 충동과도 같이 우리는 그 시간 설정에 흔히 동의하고 이야기 속으로 들어가게 된다.

공간의 범위도 굉장히 크게 마련이다. 하늘, 땅, 해와 달, 거인 등의 천체와 인간 이상의 크기를 가진 존재들을 설정해서 다루므로 이야기의 공간은 매우 광활하게 전개되는 것이 예사이다. 그러한 것은 흔히 이야기에서 상정하는 바가 이 세상의 근본과 맞물려 있기 때문이라고 하겠다. 이야기의 공간적 범위에서 이러한 이야기는 흔한 것은 아니고, 때로는 노래의 운율이나 구전되는 것에서 일부 발견된다.

시간과 공간의 설정과 함께 두드러지는 특징은 주로 모든 것을 담당하는 인물이 신이 되는 경우가 이러한 이야기에서는 허다하다. 신의 성격은 모호하기는 하지만 때로 인간의 근본적인 창조성과 관련되거나 심술궂은 면모도 있고 선악이 뚜렷하게 갈리는 경우도 있다. 신성성을 가진 이야기이므로 신이 주인공이고 인간의 모습을 한 신이 등장하는 경우도 있어서 주목된다.

이러한 이야기는 흔히 신화라고 할 수 있다. 신화는 신성한 이야기고 신에 관한 이야기이다. 인간의 모습을 하고 있다고 하더라도 신의 성격을 정하면 신이 하는 일을 하게 된다고 믿는다. 신의 이야기를 통해서 신이 되는 과정이나 세상의 모든 일에 대한 생각을 보이는 것이 이러한 이야기의 근본적 면모라고 할 수가 있다. 신화는 구전서사시나 문헌신화로도 되지만 본질은 신화는 구전되는 것이었다.

세계신화 속에서 그리스로마신화가 주된 것으로 이해되는데 이는 신화의 본질적인 모습이 아니다. 신화가 가공된 것이고 시인의 상상력으로 창작된 것이 허다하므로 이를 신화의 본질이라고 하는 것은 헛된 망상이다. 신화의 진정한 면모를 보여주는 것은 대부분 구전으로 전하는 서사시 속에서 또는 이야기에서 발견되는 것이 예사이다.

이야기 가운데 시간이 구체적으로 제시되고 역사적 사실 속에 근거해서 이루어지는 이야기가 있다. 시간이 구체적으로 운용되고 우리가 살아 있는 현실과 직접적으로 연결되는 것이 대부분이다. 고려 말엽이나 조선조 등의 시간적 정황 속에 놓여 있으며, 역사적인 설정 속에서 이야기를 이해해야 하는 경우가 많다.

공간적 설정 역시 주목되는 특징이 이와 같은 이야기에 있기 마련이다. 실재한 인간의 부피를 가지는 것이 허다하고, 우리가 접할 수 있는 공간의 산과 물, 봉우리 등이나 들녘, 벌판 등과 관련된다. 그러한 점에서 이야기의 공간은 특정하며 우리가 아는 참다운 인식과 깊은 관련이 있다.

이야기의 특징에 따라서 인물은 둘로 갈라지고 이야기의 결이 이같이 달라지는 경우가 있으므로 이를 분별할 필요가 있다. 하나는 종교적인 인물의 경이로운 체험을 말하는 것이 대부분이다. 이를 흔히 고승담, 이인담이라고 하는데 갈래 인식의 균형을 위해서 인물전설이라고 하는 것

이 적절하지만 특히 성스러운 스님, 이인, 선비, 명의, 도술가 등에 관련
되므로 이 인물을 흔히 성자전설이라고 보는 것이 적절하다. 독일어권
이나 영어권 등의 유럽에서 말하는 Legende, Hägiographie 등이 이에
적절한 사례이다.

  인간세계에 존재하는 경이로운 일이나 성스러운 일이 이 이야기의 무
더기에서 발견되는 특징이 있다. 이야기의 흥미로운 대목보다 인간의
생각에 근본을 되새기게 하고 종교적인 성스러움을 보태주는 것이 이
이야기의 본질적인 면모라고 하겠다. 특히 이 이야기에서 중심적인 것
은 고승담이라고 하겠으며, 그에 준하는 것이 이 이야기의 묶음에서 발
견되는 특징이라고 하겠다.

  그리고 이러한 인물의 성스러운 것과 다르게 이야기의 역사적 진실성
을 보여주는 예사인물이나 지역 등의 것과 관련되는 이야기도 있다고
할 수가 있다. 세계에 대한 비극적인 인식을 근간으로 하면서 인간과 자
연에 대한 근본적 통찰을 일정 부분 담보하고 있는 것이 대부분이다. 이
야기의 배경이나 장소 따위가 문제로 되는 경우가 허다하다. 인물전설,
지명전설 등을 포함한 대다수의 이야기가 여기에 분류된다.

  전설은 구비역사의 진실성을 일부 포함하고 있으므로 이에 대한 다양
한 전통을 구전으로 구비하던 시대의 산물이다. 경이로운 세계에 대한
의문과 인간의 사고방식을 담아내는 진실성과 함께 이 때문에 일어나는
인간의 유한함에 대한 깨달음을 담고 있어서 일반전설은 매우 깊은 설
득력을 이따금씩 전달한다. 일반전설의 비장미와 진실성이 이렇게 굳어
져 있다.

  전설은 성자전설과 일반전설로 나뉘지만 세계적으로 이에 대한 일반
적 이해를 도모하는 저작은 존재하지 않는다. 특히 성자전설과 고승담
은 물론하고 성자전설과 일반전설의 상관성에 대한 탐구 역시 진척되지
않는 측면이 있다. 이 때문에 전설은 온전한 취급이 안되고 이야기에서

밀려나고 있음을 절감하지 않을 수 없다. 전설에 대한 연구자의 안배가 필요하고 자료에 대한 균형 잡힌 시각이 필요하다고 할 수가 있다.

이야기 가운데 불특정한 시간 속에서 전개되는 이야기가 많다. 가령 '옛날에 아주 먼 옛날에'라고 하는 시간을 표지로 하면서 이상한 이야기의 내면으로 이끄는 이야기가 다수 존재한다. 그런데 이 옛날은 우리와 아주 멀게 느껴지는 것이 아니라 바로 우리의 현재이고, 미래에도 이어지는 희한한 특징을 가진다. 그것은 신화나 성자전설과 일반전설에서 볼 수 없는 특별한 시간적 특징이라고 하겠다.

이야기의 공간은 더할 나위 없이 새삼스러운 특징이 있다. 공간은 이야기에 따라서 무한 변형과 확장이 가능하고, 단순하고 평면적인 부피가 추상적이고 입체적으로 일정한 차원을 달리하는 일이 발생한다. 인간의 영원한 공간에 대한 참구심이 있다고 할 정도로 이야기는 신바람나게 전개되지만 이야기의 근본적 속성이 달라지지 않는 이야기의 흥미로움을 가지고 있다고 생각한다.

이야기의 주인공은 외톨이로 떨어져 있으면서 이 고립을 해소하는 구원자 또는 원조자를 만나는 것이 흔한 일이다. 인간에게 영원하게 반복되는 막연함이 있으며, 이 상황은 항상 해소되게 마련이다. 행복한 끝을 보여주면서도 인간의 고립과 구원 등에서 인간살이의 근본적인 속성을 즐겁게 들려주는 이상한 힘이 이야기에 있다고 하겠다.

이야기를 듣는 재미를 이러한 부류의 이야기에서 가장 많이 찾을 수 있으며, 흥미와 함께 인생살이에 대한 교훈을 성취하는 것이 이 이야기의 전부이고 매력이라고 하겠다. 불행한 인물이 불행을 극복하면서 인생의 슬기를 가지게 하고, 낙관적 저력에 대한 의문을 푸는 것이 이 이야기의 독자적인 사고라고 할 수가 있다.

세계적으로 이러한 이야기에 대한 탐구가 집중되어 있음이 물론이다. 세계적인 보편성과 단순성을 가지고 있으므로 세계적으로 퍼져 있는 작품에 대한 깊은 이해를 근간으로 하고 있음이 확인된다. 그러나 일정 정도 유럽중심주의가 작용하고 있어서 유럽식의 민담적 사고가 세계를 평정하였다고 본다.

그러나 각도를 달리해서 보면 동아시아의 민담, 아랍민담, 아프리카 민담 등을 상정할 수 있으며, 특정한 경험과 문명적 세례를 공유한 쪽에서 이야기는 생동감을 가지고 있으며, 이를 밝힐 수 있는 이야기의 근본적인 특징이 있음을 알 수가 있다. 따라서 서유럽중심주의 허망함에서 벗어나서 세계적인 이론을 적절하게 살펴보는 것이 필요하다. 이론적 안목을 가진 이론은 이야기가 전승되는 곳에서 누구나 수립할 수 있다.

현재 이야기는 급격하게 망가지고 있으며 이야기 시대의 황혼이 밀어닥쳤다고 해도 지나친 말은 아니다. 더 이상 구비전승으로 무엇을 기억하고 전하려는 것은 망상이고 착각이라고 할 수가 있다.

인간의 위대한 창조 가운데 하나였던 구비전승이 마감을 하는 시대에 이르고 있는 셈이다. 네 가지 전통의 이야기가 어떻게 황혼의 시대에서 풀어내져야 하는지 깊은 고민을 안게 되었다. 이야기가 서로 변화하고 이합집산과 생멸을 거듭하면서 창조적인 기능을 망실하고 있다는 것은 거역할 수 없는 대세이다.

2) 옛날 옛적에 갓날 갓적에

이야기시대를 회상하면서 반드시 알아보아야 할 중요한 문제가 하나 있다. 이야기를 틀 지우는 시간적 지표 하나가 있는데 그것은 '옛날 옛날에 ……'라고 시작되는 서두이다. 세계적으로도 이는 매우 중요한 지표로 작용한다. 가령 "Once upon a time, ……" "Es war einmal, ……" "Il était une fois, ……" "Érase una vez, ……" 등은 이야기를 전개하는 관용구로 우리의 이야기 서두와 흡사하다.

이 시간적 지표는 흔히 민담에서 많이 등장하는 것인데, 민담의 시간성을 알리는 소중한 기여를 하는 관용구이다. 그렇게 시작한 이야기의 서두는 항상 반복되는 과거의 것이 아니라 오히려 현재적 생동감을, 그리고 아울러서 미래를 여는 단서를 제공하는 것으로 값진 의미를 가진다.

> 옛날 옛적 갓날 갓적, 하늘땅이 열릴 적에,
> 나무 접시 열릴 적에, 종구라기 애기 적에,
> 고초 당초 소시 적에, 털벙거지 초립 적에,
> 헌 누더기 각시 적에, 팔도강산 그릴 적에,
> 호랑이가 담배 필적에, 강아지가 뿔 돋칠 적에,
> 수탉이 귀 돋칠 적에, 검은 메기 사또 적에,
> 귀뚜라미 사령 적에, 물도 불도 없을 적에,
> 생쥐 한 마리가 나와서 대둔산 깊은 골에 차돌 놓고 수리취 뜯어 놓고,
> 백두산의 쇠끝 놓고, 한번 쳐서 불똥 내고,
> 두 번 쳐서 불씨 내고, 세 번 쳐서 불꽃 내어 사람한테 갖다 주니까,
> 어디선가 개구리 한 마리가 튀어나와 인대봉 깊은 골에 검은 흙을 제쳐놓고,
> 서른 석 자 세 치 들이파서 물 한 쪽박 길어내고,
> 서른 석 자 들이 파서 물 한 사발 길어내고,
> 삼백서른 자 들이 파서 물 한 동이 길어내어 사람한테 갖다 주더라

이러한 이야기는 특별한 사건이나 주인공이 있는 깃이 이니라, 그 자체로 이야기가 시작되는 시절을 말하는 것으로 소중한 것이다. 이야기가 전승되고 만들어지는 시절을 상정해서 하는 독특한 이야기임을 알수가 있다. 이야기의 처음이 있으면 끝이 있는데, 이 이야기를 통해서 이야기의 시대를 여는 핵심적인 비밀을 전달하고 있다.

이야기의 말을 따라가면서 살펴보기로 하자. 상투적인 이야기의 서두이지만 여러 가지가 중첩되어서 많은 것을 환기하게 한다. 시간적인 지

표가 한두 가지가 아니며, 모두 처음이 시작되는 때를 말하고 있다.

나무 접시가 열릴 적에는 이상한 말이지만 나무에 무엇이 열린다고 하는 창세신화의 중요한 설정이므로 이를 갖고 추론하면 나무에 밥이나 떡이 열리는 때를 말하는 것의 혼돈을 말한다. 창세신화의 혼돈이며 문화적 질서가 잡히지 않았을 때를 말한다. 종구라기 애기 적에는 작은 박이 애기 적으로 이 역시 박이 신화적 소재로 쓰이던 전례를 보면 홍수신화와 일정한 관련을 가지고 있다.

'고초 당초 소시 적에'는 이야기나 노래에 자주 등장하는 관용적 표현으로 가까이 있는 비유를 들어서 시작이 이루어지는 것을 말한다. 같은 생각을 거듭 늘어놓는데, 유정물이나 무정물에 관계없이 이루어진다. 털벙거지와 헌 누더기가 대표적이며, 이 생각을 드러내는데 여러 물건이 등장한다.

호랑이가 담배를 피울 적에는 사람이 하는 일을 호랑이가 하는 것인데, 담배가 조선후기에 들어왔으니 이는 이상한 말인지만 말이 틀린 것은 아니다. 호랑이는 곰과 함께 신화시대에 등장한 인물이고, 호랑이가 사람이 되려다가 실패한 전례를 본다면 값이 있는 구실을 하는 것이다. 이야기의 상투적인 면모를 과시하는 것이기도 하다. 강아지와 수탉이 뿔이 있거나 귀가 있다고 하는 것은 창세신화의 혼돈을 말한다. 동물이 말을 하고 종간의 혼돈이 있었음을 말할 때에 이와 같은 비유가 등장한다.

검은 메기와 귀뚜라미가 사또와 사령이 되었다고 하는 것은 그들의 생김새에서 비롯되는 것이기는 하지만 오히려 사람들의 사회에서 계급이 생겼듯이 동물들의 사회에서도 높낮이가 생긴 사정을 이렇게 표현하고 있는 것이다. 메기와 귀뚜라미는 서로 연결되어 있으면서 혼돈이 있었음을 말하고 있다. 인간사회에서는 도저히 이루어지지 않던 일이 이들 사회에서 있었던 것이다.

마지막에는 일정한 사건이 연결되어 있으며 주요한 등장인물은 곧 생쥐와 개구리가 된다. 생쥐는 불을 발견했고, 개구리는 물을 발견했다. 생쥐와 개구리가 이러한 구실을 하게 되는 것은 일정한 의미를 가지고 있는 것이다. 가령 본풀이에서 인간에게 물과 불을 가져다 준 인물이 바로 이들이기 때문이다. 함경도 함흥에 거주하는 김쌍돌이가 제공한 무가나 평안북도 강계에 사는 전명수가 제공한 무가에 바로 이러한 생쥐와 개구리의 기능을 자세하게 밝혀놓았기 때문이다.

전명수와 김쌍돌이라는 호시애비(남자무당의 함경도말)와 호시애미(여자무당)가 구연한 「창세가」에 이와 관련한 이야기의 원래 면모가 선명하게 부각되어 있다. 이 「창세가」의 한 대목을 보면 이 말이 무슨 말인지 명확하게 알 수가 있을 것으로 짐작된다.

미륵님의 시절에는 나무를 휘여 움막을 짓고 나무 열매로 밥을 삼고 나무 잎으로 깃을 삼아 그렇게 살아갑니다 한 말 국에 한 말 밥을 먹었습니다 온 필로 지개를 삼고 반 필로 깃을 달고 동정을 달아 입어갑니다 미륵님 시절에는 왕모래 입쌀이오 세모래 좁쌀이라 먹어가고 차돌은 찰떡이오 매돌은 매떡이라 먹어갑니다[전명수구연본]

풀메뚜기 잡아내어 형틀에 올려놓고 석문 삼치 때려 내여 여봐라 풀메뚜기야 물의 근본 불의 근원 아느냐 풀메뚜기 말하기를 밤이면 이슬 받아먹고 낮이면 햇발 받아먹고 사는 짐승이 어찌 알랴 나보다 한 번 더 본 풀개구리를 불러 물어시오 풀개구리를 잡아다가 석문 삼치 때리시며 물의 근본 불의 근원 아느냐 풀개구리 말하기를 밤이면 이슬 받아먹고 낮이면 햇발 받아먹고 사는 짐승이 어찌 알랴 나보다 두 번 세 번 더 본 새앙쥐를 잡아다 물어보시오 새앙쥐를 잡아다가 석문 삼치 때려 내여 물의 근본 불의 근원 아느냐 새앙쥐 말이 나를 무슨 덕을 씌워 주겠습니까 미륵님의 말이 너는 인간 세상 천하의 뒤주를 차지하라 한즉 쥐 말이 금정산에 들어가서 한 쪽은 차돌이오 다른 한 쪽은 시우쇠요 툭 치니 불이 났소 소하산

들어가니 삼취 솔솔 나와 불의 근본 미륵님 물 불 근본을 알았으니 인간 말하여 보자[김쌍돌이구연본]

「옛날 옛적에」와 「창세가」의 관계가 서로 관련이 있는 것임을 알 수가 있다. 생쥐와 개구리의 존재가 무엇이고, 이들의 관계가 어떻게 바뀌었는지 알아내는데 매우 긴요한 결락과 변이가 있음을 보여준다. 그러나 차이점에도 불구하고 둘은 오히려 공통점이 있다. 공통점은 다른 것이 아니고 이 세상이 생긴 내력을 말하는 것이라고 하는 점이다. 이 점에서 이야기는 매우 소중하다.

이야기의 클리쉐 cliché 또는 구비공식구 oral formula 로 얽혀 있는 이야기 「옛날 옛적에」의 형식담이 내력이 깊고 오랜 것임이 확인된다. 이야기의 서두를 장식하는 이야기의 관용구에 깊은 내력이 있으며, 바로 창세신화의 서두를 관용적으로 이어가고 있는 것을 확인하게 된다. 비록 창세신화의 흔적이 마멸이 되어 있지만, 다른 각도에서 보면 이야기의 근본 내력이 관용구로 얽혀 있음을 단박에 깨달을 수 있다.

그러나 이들 본풀이에서는 한결같이 생쥐가 인간의 세계에 물과 불을 가져다 준 존재인데, 이 이야기에서는 생쥐는 불을 가져오고 개구리는 물을 가져온 인물이라고 하는 점에서 서로 차이가 있다. 충남 청양군에서 살았던 한태희라고 하는 인물에게서 채록된 것이므로 예사 이야기꾼이었다. 무당들과 무관한 인물이며, 독자적인 이야기 전승의 형태를 가진 것으로 보인다.

우리는 이 이야기를 통해서 이야기가 주인공이 없이 사건이 없이 진행되는 것일 수도 있음을 확인하게 되며, 이러한 등속의 이야기를 형식담이라고 하면서 언어적인 놀이를 위주로 하는 이야기임을 알게 된다. 그런데 모두 신화적인 본풀이에서 비롯된 것이고, 신화적인 내용의 결이 무너지고 여러 가지 이야기가 복합되면서 변화한 것임을 알 수가 있다.

본풀이의 내용이 바뀌면서 단순하고 예사이야기로 전환된 것을 알 수가 있다. 그러나 더욱 중요한 것은 본풀이의 형태로 일부 내용을 전승하고 있음이 확인된다. 그런데 이 이야기에서 더욱 중요한 것은 이 이야기의 본질적인 언어놀이가 사실은 그 자체로 구비전승의 본풀이였음을 환기하게 하는 특징을 보이고 있다.

그 증거로 두 가지를 제시할 수 있다. 하나는 단순한 이야기가 가락을 가지고 있는 점을 들 수 있다. 위에 인용한 것은 본래 말로 늘어놓은 것인데 일부러 율격을 존중하면서 이를 다시 분할했다. 그러자 일정한 율격이 있음이 확인되고 사건이 있는 대목에서 이야기의 결이 늘어지는 현상을 볼 수가 있다. 본래 노래로 된 것을 말로 하니 이상하게 뒤틀린 것이다.

다른 하나는 위에서도 언급한 바와 같이 이야기의 내용이 핵심적인 모습으로 재편되어 있다. 인간 세상이 시작되는 시점에서 문화적 창조가 매우 중요한데 이 창조의 일부를 동물이 신을 도와서 이룩했다고 하는 점을 확인할 수 있기 때문이다. 본디 미륵이라고 하는 창세신이 있어서 이를 도와서 생쥐가 물과 불을 만든 것으로 확인된다. 신화적 혼돈에서 신화적 질서를 갖추면서 이러한 변화가 생기게 되었다.

구비전승이 생명력을 가지고 있었던 시절에 창조된 것이 점차로 신성성과 창조적인 능력이 고갈되면서 단순한 이야기로 전락하면서 이처럼 본풀이의 생명을 마감하고 이제 단순한 놀이적 이야기로 뒤바뀌게 되었음을 보여준다. 구비전승의 시대를 마감하고 일정한 생명력을 이어가고 있다. 단순한 이야기가 깊은 내력의 심층을 보여주고 있는 셈이다.

이 이야기는 그 자체로 끝나는 것은 아니다. 오히려 동아시아적 보편성과 깊은 전승을 공유하고 있으므로 이를 존중하면서 이야기의 내력을 들춰볼 필요가 있다. 가령 오키나와에 전승되는 이야기로 다음과 같은 것을 볼 수가 있다. 이곳에서 본풀이가 아니지만 단순한 유래치(전설)로

전승되는 이야기에 같은 내용의 온전한 면모가 확인된다. 이것은 종래
에 잘 모르던 것으로 기적과도 같은 전승의 보편성을 확인하게 된다.

옛날 미륵불과 석가불이 세상을 빼앗는 싸움을 하고, 서로 양보하지 않
았다. 그런데 미륵불이 말했다. "잠잘 때, 베갯맡에 꽃병을 두고, 꽃병에
꽃이 빨리 피는 쪽이 자기 세상을 삼자."고 해서 두 부처가 의견을 모았
다. 그래서 꽃병을 머리맡에 두고 잠을 잤다. 한 밤중에 석가가 눈을 떠보
니 자기 머리맡에 있는 꽃병에는 아직 꽃이 피지 않았는데, 미륵의 꽃병
에는 꽃이 아름답게 피어 만발했다. 석가는 몰래 꽃이 피지 않은 자기 꽃
병을 아름답게 피어 있는 미륵의 꽃병과 바꿔치기 했다. 그래서 약속대로
마침내 석가 세상이 되었다. 석가에게 세상을 빼앗긴 미륵은 하는 수 없
이 인류, 짐승류, 곤충류 등에 이르기까지 만물에게 눈을 감게 하고 '불씨'
를 숨기고 용궁으로 가버렸다. 그러자 세상이 불이 없어져서 석가는 무척
난처해졌다. 석가는 인류, 곤충류, 조류, 짐승류 등의 살아 있는 생물을
모두 모아놓고 미륵이 불씨를 숨긴 데를 물어보았다. 그러나 어느 누구든
눈을 감고 있어서 모른다고 대답했다. 그런데 메뚜기가 나서서 "제가 알
고 있습니다."고 대답했다. 석가는 빨리 이야기해 달라고 부탁했다. 메뚜
기는 "저는 날개로 눈을 덮고 있었으나, 제 눈은 겨드랑이 밑에 있습니다.
그래서 미륵이 돌과 나무로 불씨를 숨기는 것을 보았습니다."라고 말했
다. 석가는 매우 기뻐하고 나무와 나무를 문질러서 불씨를 만들고, 돌과
돌을 부딪혀서 불씨를 만들 수 있었다. 석가는 메뚜기에게 "잘 봤다. 그
대가로 하나 말해 둘 것이 있다. 네가 죽을 때는 땅 위에서 죽고, 개미
등이 먹지 않게 하겠다. 나무껍질이나 풀잎 위에서 죽어라."라고 말했다.
그래서 이 세상에서 거짓말을 하거나, 가난한 사람이 있거나, 도둑이 나
오거나 한 것은 석가가 미륵의 아름다운 꽃병을 훔쳐서 자신의 것으로 만
들었기 때문이다. 한편 미륵은 정직했기 때문에 즐겁게 살았다고 한다.[2]

---

2) 福田晃,《日本傳說大系》제15권, みずうみ書房, 平成元年(1989), 117-118면.

미륵과 석가가 꽃을 다투고 메뚜기가 미륵에게 불씨를 알려준다고 하
는 것은 특별한 사건이다. 이 사건을 통해서 세상의 혼돈이 없어졌다고
하는 것이 아주 흥미롭게 전승된다. 미륵과 석가 주인공이 세상을 다투
고, 부정한 방법으로 이긴 석가에게 메뚜기가 일정한 기능을 부여받으
면서 인간세상에 혼돈을 정리하고 불씨를 제공하는 것이 요점이다.

4. 넓게 알기

1) 김쌍돌이구연 「창세가」(1923년채록)

01.
하늘과 땅이 생길 적에
미륵(彌勒)님이 탄생(誕生)한즉,
하늘과 땅이 서로 붙어,
떨어지지 아니하소아,[3]
하늘은 북개 꼭지처럼 도드라지고
땅은 사(四)귀에 구리기둥을 세우고.[4]
그때는 해도 둘이요, 달도 둘이요.[5]
달 하나 떼어서 북두칠성(北斗七星) 남두칠성(南斗七星) 마련하고,
해 하나 떼어서 큰 별을 마련하고,
잔별은 백성(百姓)의 직성(直星) 별을 마련하고,
큰별은 임금과 대신(大臣) 별로 마련하고.[6]

---

3) 미륵의 탄생과 천지가 서로 혼합되거나 천지가 분리되기 이전의 상황이다.
4) 이 대목이 부정확하지만 천지개벽의 상황을 말하는 것이 아닌가 한다. 천지혼합에서
   천치분리의 순간을 신화적으로 표현한 것으로 해석할 수가 있다.
5) 해와 달이 두 개인 것, 곧 복수여서 우주적 혼란을 표현한 것으로 이해할 수가 있다.
6) 해·달·별 등이 서로 깊은 관련이 있어서 우주적 일월성신의 생성과 함께 생성의 근

미륵님이 옷이 없어 짓겠는데, 감(옷감)이 없어,
이 산 저 산 넘어가는, 버들어(뻗어) 가는
칡을 파내어, 베어내어, 삼아내어, 익혀내어,
하늘 아래 베틀 놓고 구름 속에 잉아 걸고,
들고 꽝꽝, 놓고 꽝꽝 짜내어서,
칡 장삼(長衫)을 마련하니,
전필(全匹)이 지개요, 반필(半匹)이 소맬러라.
다섯 자(尺)가 섶일러라, 세 자가 깃일너라.
머리 고깔 지을 때는
자 세 치를 떼쳐내어 지은즉은,
눈 무지(아래)도 아니 내려라,
두자 세치를 떼쳐내어, 머리 고깔 지어내니,
귀 무지도 아니 내려와
석자 세치 떼쳐내어, 머리 고깔 지어내니,
턱 무지에를 내려왔다.[7]

미륵님이 탄생하여,
미륵님 세월에는, 생화식(生火食)을 잡수시와,
불 아니 넣고, 생 낟알을 잡수시와,
미륵님은 섬 두리로 잡수시와,
말(斗) 두리로 잡숫고, 이래서는 못할러라.
내 이리 탄생하야, 물의 근본 불의 근본,
내 밖에는 없다, 내어야 쓰겠다.
풀메뚜기 잡아내어,

본 이치가 되는 점을 보여주는 사례이다.
7) 우주의 창조주인 미륵이 옷을 마련하는 상징은 두 가지로 해석이 가능하다. 하나는
거인의 속성으로 우주적 거인이 무엇을 만드는 것을 의미한다. 다른 하나는 자연에서
문화적인 것으로 무엇을 만들어가는 전환의 상징으로 해석할 수가 있다.

스승(刑)틀에 올려놓고,
석문(무릎) 삼치 때려내어,
여봐라, 풀메뚝아, 물의 근본 불의 근본 아느냐.
풀메뚜기 말하기를,
밤이면 이슬 받아먹고,
낮이면 햇발 받아먹고,
사는 짐승이 어찌 알랴,
나보다 한 번 더 먼저 본
풀개구리를 불러 물으시오.
풀개구리를 잡아다가,
석문 삼치 때리시며,
물의 근본 불의 근본 아느냐.
풀개구리 말하기를
밤이면 이슬 받아먹고
낮이면 햇발 받아먹고
사는 짐승이 엇지 알랴,
내보다 두 번 세 번 더 먼지 본
새앙쥐를 잡아다 물어보시오.
새앙쥐를 잡아다가,
석문 삼치 때려내어, 물의 근본 불의 근본을 네 아느냐.
쉬 밀이, 니를 무슨 공(功)을 세워 주겠습니까.
미륵님 말이, 너를 천하의 뒤주를 차지하라,
한즉, 쥐 말이, 금덩산 들어가서,
한쪽은 차돌이오, 한쪽은 시우쇠(鋼鐵)요,
톡톡 치니 불이 났소.
소하산 들어가니,
삼취(泉) 솔솔 나와 물의 근본.
미륵님, 수화(水火) 근본을 알았으니, 인간(人間) 말하여 보자.[8]

02.9)

옛날 옛 시절(時節)에,

미륵님이 한쪽 손에 은(銀)쟁반 들고,

한쪽 손에 금(金)쟁반 들고,

하늘에 축사(祝詞)하니,

하늘에서 벌기(벌레) 떨어져,

금(金)쟁반에도 다섯이오

은(銀)쟁반에도 다섯이라.

그 벌기 자라 와서

금(金)벌기는 사나이 되고,

은(銀)벌기는 계집으로 마련하고,

은(銀)벌기 금(金)벌기 자라 와서,

부부(夫婦)로 마련하야,

세상(世上)사람이 낳았어라.10)

미륵님 세월에는,

섬두리 말두리 잡숫고,

인간세월이 태평하고.

그랬는데, 석가님이 나와서서,

---

8) 물과 불의 근원을 찾는 과정이다. 물과 불은 인간의 자연에서 문화로 전환하는 중요한 상징이 된다. 이 과정의 전환을 중시하면서 물과 불을 통하여 인간의 음식문화적 전환의 상징이 있음을 보여주는 중요한 전환이다. 가령 프로메테우스신화나 불의 발견을 중시하는 세계신화의 보편적인 상징임을 말해주는 것이라고 할 수가 있다.

9) 이 두 가지 분절이 어떠한 의미가 있는지 자못 심각한 것이라고 하겠다. 이 분절은 김쌍돌이의 것인지 손진태의 것인지 분명하지 않다. 분절만큼 중요한 것은 없으므로 이 분절에 대한 깊은 통찰이 필요하다.

10) 인간의 유래에 대한 것을 말하는 중요한 상징적 요소이다. 하늘의 금벌레에서 지상의 금벌레로 다시 그 벌레가 자라서 인간이 되었다고 하는 것이 핵심적 변모 요소이다. 창조론적 관점의 신화와 진화론적 신화의 상징 가운데 이 요소가 어디에 해당하는지 자명하다.

이 세월을 앗아 **뺏자고** 마련하와,

미륵님의 말씀이,

아직은 내 세월이지, 네 세월은 못 된다.

석가님의 말씀이, 미륵님 세월은 다 갔다,

인제는 내 세월을 만들겠다.

미륵님의 말씀이,

너 내 세월 앗겠거든,

너와 나와 내기 시행하자.

더럽고 축축한 이 석가야,

그러거든, 동해(東海)중에 금병(金瓶)에 금줄 달고,

석가님은 은병(銀瓶)에 은줄 달고,

미륵님의 말씀이,

내 병의 줄이 끊어지면 네 세월이 되고,

네 병의 줄이 끊어지면 네 세월 아직 아니라.

동해중에서 석가 줄이 끊어졌다.[11]

석가님이 내밀어서, 또 내기 시행 한 번 더 하자.

성천강(成川江) 여름에 강을 붙이겠느냐.

미륵님은 동지(冬至)채를 올리고,

석가님은 입춘(立春)채를 올리소아,

미륵님은 강이 맞붙고, 석가님이 졌소아.[12]

석가님이 또 한 번 더하자,

---

11) 미륵과 석가의 대결 가운데 첫 번째에 해당한다. 힘겨루기가 핵심이다. 힘을 우위에 두었던 전례가 이처럼 핵심적 면모로 작동하고 있다. 고대신화적 흔적이 많은 이 자료는 권능의 근거가 힘이었던 것을 생각하게 한다. 거인이나 거신 등의 흔적은 이러한 면모를 가지고 있다.

12) 미륵과 석가의 두 번째 내기라고 할 수가 있다. 이 두 번째 내기는 강을 얼리는 것이지만 천체기후의 변화를 예지하고 이를 추론하는 것이 핵심이라고 할 수가 있다.

너와 나와 한 방에서 누워서,
모란꽃이 모락모락 피어서,
내 무릎에 올라오면 내 세월이오,
네 무릎에 올라오면 네 세월이라.
석가는 도적(盜賊) 심사를 먹고 반잠 자고,
미륵님은 참잠을 잤다.
미륵님 무릎 위에,
모란꽃이 피어 올랐소아,
석가가 중동 사리로 꺾어다가,
제 무릎에 꽂았다.
일어나서, 축축하고 더러운 이 석가야,
내 무릎에 꽃이 피었음을,
네 무릎에 꺾어 꽂았으니,
꽃이 피어 열흘이 못 가고,
심어 십년이 못 가리라.13)

미륵님이 석가의 너무 성화를 받기 싫어,
석가에게 세월을 주기로 마련하고,
축축하고 더러운 석가야,
네 세월이 될라치면,
쩌귀(門)14)마다 솟대 서고,
네 세월이 될라치면,
가문마다 기생 나고,

---

13) 세 번째 내기인데 이 신화소가 가장 널리 퍼져 있으며 이 꽃 피우기를 통해서 지위가
   역전되고 동시에 힘이나 주술이 아닌 지혜의 활용과 속임수를 핵심으로 하고 잇는 요소
   임을 볼 수가 있다. 이 점에서 이 내기는 깊은 뜻을 가진 것임을 볼 수가 있다.
14) 쩌귀는 경계면에서 서로를 연결하는 요소인데 돌쩌귀, 문쩌귀 등이 이러한 요소로 활
   용되는 어휘이다. 이 점에서 쩌귀는 단순하지 않다.

가문마다 과부 나고,
가문마다 무당 나고,
가문마다 역적 나고,
가문마다 백정 나고,
네 세월이 될라치면,
합들이 치들이 나고,
네 세월이 될라치면,
삼천(三千) 중에 일천 거사(居士) 나느니라.
세월이 그런즉 말세(末世)가 된다.

그러던 삼일(三日) 만에,
삼천 중에 일천 거사 나와서,
미륵님이 그 적에 도망하여,
석가님이 중이랑 데리고 찾아 떠나서,
산중에 들어가니 노루 사슴이 있소아,
그 노루를 잡아내어,
그 고기를 삼십(三十) 꼬치를 끼워서,
차산중(此山中) 노목(老木)을 꺾어내어,
그 고기를 구워 먹어라,
삼천 중(僧) 중에 둘이 일어나며,
고기를 땅에 떨쳐뜨리고,
나는 성인(聖人) 되겠다고,
그 고기를 먹지 아니하니,
그 중들이 죽어 산마다 바위 되고,
산마다 솔나무 되고,15)

---

15) 고기 먹기를 하지 않아서 바위나 소나무가 되었다고 하는 것은 매우 이례적인 일이
    된다. 이 점에서 고기 먹기를 거부하고 영생을 얻고자 하는 노력으로 볼 수가 있으며,
    이는 단순한 것이 아니라 불교적 상징을 넘어서는 긴요한 행위임을 볼 수가 있는 것이라

지금 인간들이 삼사월이 당진(當進)하면,
상향미(上饗米)16) 녹음(綠陰)에,17)
꽃전놀이 화전(花煎)놀이,
咸興本宮큰무당金雙돌이口誦.

* 내가 알고 있는 한, 이 신화는 조금이나마 조선적인 색채를 가진 유일한 창조설화이다. 그러나 이 이야기가 일반민간에서 이야기되지 않는다는 것도 사실이다. 그 무녀의 말에 의하면 이야기는 대규모 제식에 한해서만 노래처럼 가락을 붙여 이야기하는 것으로, 이것은 기도사 대신에 사용된 것이다. 그렇지만 일반 젊은 무녀는 이것을 모른다. 그녀는 이것을 젊은 시절부터 학습한 것이다. 이 노래의 제목을 무녀는 몰랐다.

나는 무녀의 호의에 의해서 특히 이 이야기를 필기할 수 있었지만, 그녀가 습관적으로 말하고 노래한 이 이야기에는 문법적인 오류나 불분명한 내용전개가 몇 군데 있다. 그러나 그것은 그녀조차 명쾌한 답을 할 수 있는 지식이 없었다. 그래서 나는, 내가 필기한 것을 그대로 적어 놓는다. 표현법을 위해서 그녀의 말을 고의로 고친 곳은 전혀 없다.

* 되돌아보면, 1923년 東京 대지진이 있던 그 해 여름, 본인은 함흥 친구인 여봉종(廬鳳鐘)군(당시 東京高工 학생이었다)의 집에서 老巫 김쌍돌이를 우연히 만났다. 호기를 놓칠세라, 나와 여군은 협력해서 그녀에게 여러 가지 간청했지만, 그녀는 자신의 직업에 관해서는 어떤 것도 말

고 하겠다.

16) 상향미(上饗米) : 생미나 상향미라고 하는 것이라고 할 수 있으며, 이는 권재를 받아서 새로운 제례를 지내는 것의 핵심이다.

17) 녹음(綠陰)에 : 이는 잘못된 손진태의 오해이다. 이는 노구메 진상을 말하는 것과 깊은 관련이 있는 것으로 새옹노구메를 지어 바치는 음식물로 보아야 타당하다. 밥도 아니고 떡도 아닌 것으로 긴요한 구실을 한다.

하려 하지 않았다. 그녀는 여군의 수양어머니(代母)로, 여군은 그녀를 어머니라고 불렀다. 그런 여군에게조차 그녀는 어떤 것도 말하지 않으려 했던 것이다. 3일 정도 지나서 그녀가 다시 여군의 집에 오셨을 때, 나는 약간의 사례를 드리고 수차례 간청하여 간신히 「창세가(創世歌)」만을 들을 수 있었다. 나는 그것으로 만족하고 그녀에 대한 조사는 거기서 단념했다.

그렇지만 매년 여름방학에 민속채집 여행을 하게 될 때마다 나는 그녀를 단념하지 않아서 3년이 지나 마침내 함흥(咸興)의 本宮里로 그녀를 방문하게 되었다. 지난번 우연히 만났을 때 그녀는 68세였기에, 나는 그녀의 생사에 불안감을 갖고 여군의 집으로 방문했는데, 그는 마침 만주로 여행을 떠난 상태였다. 할 수 없이 이번엔 그의 동생을 데리고 함흥에서 1里 떨어진 本宮으로 찾아가 東京에서 멀리 찾아온 이유를 알리자, 그녀는 친절하게 나를 위해 여러 질문과 요구에 쾌히 응해 주었다. 그리고 사진까지 찍게 해 주었다. 해질 무렵까지 그녀가 아는 한에서(라고 그녀가 말했다)의 신가(神歌)를 받아 적을 수 있었다. 나는 민속자료 채집여행을 시작한 이래, 그때만큼 유쾌한 적이 없었다. 그녀는 지금은 아마도 黃泉客이 되었을 지도 모른다. 나는 이 小編을 그녀에게 바치고 싶다.

2) 일본과 중국의 류큐

八重山郡 与那國町 租納 : 미륵이라는 여자와 석가라는 남자가 있었다. 둘 다 머리 좋은 인물이라서 섬의 왕이 되기 위해 시합을 했는데, 잠자는 동안 베갯맡에 꽃이 핀 쪽이 왕이 되는 것으로 했다. 여자 미륵이 잠이 푹 들었는데, 석가가 보니 미륵의 베갯맡에는 꽃이 피어 있어서 그 꽃을 훔쳐 자기 쪽에 놓아 두었다. 미륵은 석가에게 지게 되자 먼 안도섬으로 가 버렸다. 그런데 그 때까지 풍요로웠던 섬은 가난해지고 농

작물도 잘 되지 않았다. 그래서 섬 사람들은 미륵을 맞이하기 위해 미륵
의 노래를 부르기 시작했다고 한다. 지금도 섬의 풍작은 미륵의 은덕이
라며 섬의 행사에는 미륵을 앞세워 미륵 춤을 추는 것이다. 미륵이 섬을
떠났을 때 어느 집에서 빙구우이芋를 냄비 가득 끓이고 있었다. 미륵이
그것을 먹고 싶어 했으나 먹지 못하게 해서 그때부터 빙구우이는 인간
이 먹을 수 없게 되었다고 한다.(『与那國島の昔話』)

[浙江省舟山市定海区]

관음과 미륵이 천하를 두고 분쟁. 꽃 피우기 내기. 미륵 앞에 꽃이 피
지만 관음이 자신의 것과 바꿔 놓는다. 미륵은 도둑이 나올거라고 말한
다. 옥제가 개를 키우라고 했더니 관음은 먹일 것이 없다고 한다. 옥제
는 보리를 심으라고 한다. 관음이 보리는 금방 커질 것이라고 하니 옥제
는 칼로 잘라 마디를 넣게 한다. 관음이 개를 데리고 내려오지만 하계에
는 아무도 없었으므로 하늘의 벌레를 사람으로 한다.

3) 중앙아시아의 부리야트족

발라간지역의 부리얏족은 세 창조자인 시베게니-불칸, 마다리-불칸,
그리고 에세게-불칸이 인간의 살을 위해 진흙을, 뼈를 위해 돌을, 피를
위해 물을 사용하면서 어떻게 최초의 인간 쌍을 창조하게 되었는지 이
야기로 전하고 있다. 아직 영혼이 없는 존재들을 위해서 의심스러워서
그 세 창조자인 불칸들은 그들의 앞에 횃불와 물그릇을 놓고 그것에 의
해서 찾기로 결정하고 그들은 나란히 잠을 자게 되었다. 밤 동안에 횃불
에 불이 담겨진 존재, 그리고 물그릇에 식물이 피어난 사람이 인간존재
에게 생명을 주고 수호천사가 될 것을 결정하기로 하였다. 시베게니-불
칸이 밤중에 일어나서 보니까 다른 사람들의 앞에 불이 타고 마다리-불

칸 앞의 식물이 있는 것을 보았다. 시베게니-불칸이 마다리-불칸 앞에 있는 식물을 모두 없애버렸다. 아침에 불칸들이 아침에 일어나서 불과 꽃이 오직 시베게니-불칸 앞에 있는 것을 보게 되었다. 그들은 인간에게 생명을 주고 인간의 보호자로 될 운명을 가진 것을 결정하였다. 그러나 마다리-불칸은 시베게니-불칸의 행위를 의심하면서 말했다.

"너는 나의 것인 불과 꽃을 훔쳤음이 분명하다. 그렇기 때문에 인간들은 너로부터 생명을 부여받았으므로 나중에 다른 사람의 것을 훔치게 될 것이고 인간들을 서로 싸우게 될 것이다."

이 이야기는 불교의 산물로서 세상에 다툼과 도둑질이 생겨난 기원에 대해 확실한 해명을 시도하고 있는데, 비록 이 부리얏의 이야기에서는 다른 이야기의 서두에 해당하는 이야기로 등장하는 것이지만 그것 자체로 완전한 이야기이다. 그 이야기는 더욱이 마다리-불칸과 에세게-불칸이 하늘을 떠났으며, 이것들로부터 떠났으며, 그때에 머리카락을 덮게 되었으며 시베게니-불칸에게서 보호받는 것을 보여준다.[18]

---

18) Uno Holmberg, THE CREATION OF MAN, *Finno-Ugric and Siberian (Mythology of All Races, Volume IV)*, Cooper Square Press, 1932, pp.375-376

The Buriats of the Balagan District tell how three creators, Shibegeni-Burkhan, Madari-Burkhan, and Esege-Burkhan made the first pair of human beings, using red clay for the flesh, stone for bones and water for blood. Doubtful as to which of them should procure a spirit for these as yet soulless beings, they determined to find out by placing a torch and a vessel of water before each and going to sleep beside them. The one whose torch took fire during the night and in whose water-vessel a plant appeared should have the honour of giving life to man and of being his tutelary genius. Shibegeni-Burkhan awoke in the night before the others and seeing that the burning torch and the plant were in front of Madari-Burkhan he stealthily lighted his own candle, putting out that of the other, and removed the plant into his own vessel. In the morning, when the Burkhans awoke and saw that the fire and the plant had appeared before Shibegeni-Burkhan they decided that fate had determined him to be the life-giver and the guardian of man. But Madari-Burkhan suspected Shibegeni-Burkhan of having acted deceitfully, and said:

"Thou hast stolen the fire and the plant from me, therefore the people thou givest life to will ever steal from one another and quarrel together."

This story, a product of Buddhism, which evidently en-deavours to explain the origin of quarrelling and robbery in the world, is in itself a complete tale, although in this Buriat tale it appears only as a preface to another story. The tale tells further how Madari-Burkhan and Esege-Burkhan de-parted to heaven, leaving these earth-created beings, which at that time were covered with hairs, in the keeping of Shibegeni-Burkhan.

② 술의 기원

1. 초다짐

인류가 농사법을 개발한 것은 유물과 증거에 의하면 대략 1만년을 넘어서지 못한다고 추정된다. 농사법을 알지 못했던 시대에 인류가 직면한 문제점은 한두 가지가 아니었다. 수렵과 채집을 위해서 떠돌아다녀야 하고 항구적 먹거리를 확보하기 위한 수고를 아끼지 않을 수 없었다. 농사법의 개발은 인류가 지구상에 등장하여 주체적으로 앞서나가는 가장 중요한 혁명 가운데 하나이다. 그 혁명이 지구에 장차 어떻게 영향을 미칠지 모르지만 아무튼 그러한 혁명은 인류의 증식과 확대에 있어서 획기적 사건 가운데 하나였다.

그렇다면 농사를 이루는 구체적 증거는 어디에서 찾을 수가 있는가? 농사 자체의 개발 과정에서 어떠한 진통이 있었는가? 등등의 의문을 해결하기 위해서 필요한 증거는 이야기에서 찾을 수가 있다. 농사에 대한 구체적 증거는 이야기에 고스란히 남아 있으며 인류의 피해갈 수 없는 여러 가지 질문이나 불편한 진실에 관한 이야기가 수두룩하게 남아 있음을 우리는 절감하게 된다. 그 구체적 증거가 곧 곡식의 기원이나 곡식을 가공한 술의 기원담으로 우리나라에 전승되고 있다.

「밀의 기원」 또는 「술의 기원」에 관한 이야기는 우리나라에 다양하게 전승되고 있는 드문 이야기 유형 가운데 하나이다. 곡식 유래담의 핵심적 내용은 사람을 살해하고 살해된 몸에서 곡식이 나왔다고 하는 것인데, 우리나라의 이야기에서는 곡식이 다시금 발효하여 그것으로부터 술이 생겼으며, 빚어진 술을 매개로 하여 죽은 사람들의 영혼을 만날 수가 있다고 하는 것이 가장 중점적인 부분이라고 할 수가 있다. 이야기 유형으로 본다면 본격담으로 신이담의 성격을 가지고 있는 것이 이 이야기라고 할 수가 있다.

사람을 죽여서 그 시신에서 곡식이 생겼다고 하는 사실은 주목할 만한 이야기의 요소라고 할 수가 있다. 사람을 살해하고 그 몸에서 곡식을 얻는다고 하는 것은 「초공본풀이」나 「세경본풀이」와 같은 자료에서 그 구체적 증거를 더 찾을 수가 있지만 가장 원초적인 형태로 잘 전승되는 것이 「밀의 기원」이라고 할 수가 있다. 「밀의 기원」에서는 이 이야기가 병든 아버지를 살리기 위한 아들의 효성담으로 일정하게 윤색되어 있으므로 이 점은 심각한 변이라고 이해된다.

그런데도 불구하고 이 이야기는 우리나라에서 좀체로 발견되지 않은 곡물기원담으로 그 의미를 부여해도 잘못은 아닐 것이다. 우리가 주식으로 삼는 것이 쌀이지만 인류의 중요한 먹거리 가운데 하나인 밀의 기원을 말해주는 것으로 긴요한 자료임을 평가할 만하다. 현재 이러한 이야기는 모두 15편 내외로 전승되고 있는데 이 가운데 초창기 전승의 면모를 가지고 있는 것이 이 자료이다.

이 자료는 일제시대에 전승되는 자료이다. 이 자료를 일본인들이 채록하여 일본어로 번역하여 소개했던 것인데 이 자료를 다시 우리 말로 번역하여 소개하기로 한다. 이 자료의 전승되는 자료는 다양하게 풍부하며 현재에도 지속적 전승을 보이고 있으나 아직 의미를 평가받지 못한 자료 가운데 하나이다. 이 자료의 전승적 의미와 이 자료의 의의를 평가하는 것은 아주 중요한 과제 가운데 하나라고 할 수가 있다.[1]

2. 자료

• 「밀의 기원」[2]

옛날 경기도 양평 땅에 아버지와 아들이 살고 있었다. 아버지는 이미 늙고 병이 들어 움직이지를 못하였다. 그래서 어린 아들은 아버지를 살리기 위하여 갖은 노력을 다 하였다. 아들은 방방곡곡 수소문을 하여 좋다는 약은 다 구해서 써 보았지만, 도무지 효력이 없어서 안타깝기만 하였다.

어느 날 아들은 중국의 북경에 명의(名醫)가 있다는 얘기를 듣고, 천리를 멀다 하지 않고 찾아갔다. 그는 명의에게 가져간 예물을 드리고 아버지의 병 증세를 이야기하였다. 하지만 명의는 아무 말도 하지 않았다. 아들은 어찌 할 바를 모르던 중에 명의의 소실(少室)에게 부탁하여 아버지의 병을 고칠 수 있는 방법을 알아냈다. 그것은 산 사람의 생간을 세 보만 내어 맹물에 푹 고아서 그 물을 먹이면 나을 수 있다는 것이었다.

아들은 산 사람을 죽여야 한다는 것 때문에 맥이 탁 풀렸으나, 기어코 약을 만들어야겠다고 결심했다. 그렇지만 집 부근에서는 안 될 노릇이라 멀찌감치 의주 근방에서 마련해 가기로 하였다. 그리하여 칼을 준비해 가지고 고개 마루 위에 올라가서 기다렸다.

처음에는 갓을 반듯이 쓴 선비 하나가 글귀를 흥얼거리며 올라왔다. 다음에는 장삼을 입은 중이 쩌렁쩌렁한 쇳소리로 염불을 외면서 왔다. 마지막에는 미친놈 하나가 낄낄낄 웃으면서 활개를 벌려 춤을 추며 올라왔다.

---

1) 김헌선, 「밀의 기원」담의 Hainuwele신화적 성격, 《구비문학연구》 제30집, 한국구비문학회, 2010.

2) 中村良平編, 《朝鮮神話傳說集》, 趣味の敎育普及會, 1935, 127-128면.

아들은 이들의 배를 갈라서 죽이고 간을 꺼내어 유지(油脂)로 잘 싸서 보관한 다음에, 시체는 모두 한 곳에 집어넣고 흙을 두둑이 덮어 봉분(封墳)을 만들어 꼭꼭 밟아주고는 집으로 돌아왔다.

그 약의 효력으로 아버지의 병은 씻은 듯이 나아 동네 출입까지 자유로이 하게 되었다. 그러자 아들은 자신에게 목숨을 잃은 세 사람의 영혼에 대해 미안한 생각이 들었다. 그들의 소상(小喪)이 가까워지자, 그는 몇 가지의 음식을 정갈하게 장만해 가지고 무덤을 찾아가서 제사를 지냈다.

그런 다음에 보니까 무덤 위에 전에 보지 못한 풀이 길길이 자랐는데, 무슨 곡식 같은 것이 이삭을 이루어 누렇게 익어가고 있었다. 그는 그 씨앗을 가지고 돌아와 두어 해 되풀이해서 심었더니, 그것이 한 섬 가까이 되었다. 여러 가지 궁리 끝에 빻아서 가루를 내어 먹고, 잘 빻아지지 않는 것은 모아서 쌓아 두었다. 그랬더니 그것이 장마철에 썩었는지 시큼한 냄새가 났다. 이것을 가지고 이리저리 하다 보니 술이 생겨났는데, 애당초 이 곡식은 밀이었기 때문에 지금도 밀을 자세히 보면 배가 갈라져 죽은 원혼이 사무쳐서 아래에서 위까지 칼자국이 나 있다.

그리고 그렇게 해서 만들어진 술이므로, 사람들이 술을 마시면 죽은 세 사람의 혼이 차례로 제 몸에서 일어나는 것이다. 즉 처음에는 선비 차례라 점잖고 예의 바르며, 그 후에 중의 혼이 나오면 부처 앞에 예물을 차려놓고 불공을 드리던 습관이 있어서 못 먹겠다는 사람에게까지 자꾸 드시라고 억지로 권하게 되고, 마지막에는 어른과 아이도 몰라보며 마구 본성을 드러내는 미친놈의 행동을 한다는 것이다.

3. 깊게 보기 : 「술의 유래」의 조상신화적 성격과 신화사적 의의

1) 머리말

「술의 유래」는 유래를 말하는 전설과 가까운 것이지만 민담의 성격을
다수 가지고 있는 드문 자료이다. 술의 유래에 대한 것만이 주된 내용은
아니고 사람을 살해하고 살해된 사람의 시신으로부터 풀이 유래되었으
며 풀에서 다시 술이 나왔다고 하는 기이한 이야기이다. 이 이야기에 대
한 성격 규명이 이루어졌는데 주로 하이누벨레신화의 성격을 가지고 있
다고 하는 것이 기본적 지적이었다.[3]

그런데 이에 대한 연구를 확장하면서 하이누벨레신화의 성격을 가지
고 있으나 신화사적으로 매우 주목할 만한 차별성이 있다고 하는 사실
을 지적하면서 이를 재론한 연구가 있다.[4] 각편 전체를 모두 다루지 않
았으며 이에 대한 연구에서 모자라는 점이 있는 사실을 발견하여 이 연
구를 다시 하게 되었다. 한 번에 완성된 결론을 내지 못하고 자료의 발
굴과 연구 관점의 수정에 의해서 이 연구를 다시 하는 것은 문제라고 할
수가 있으나 점차 보완하는 것 역시 부당한 일은 아니라고 생각한다.

보완할 사항은 자료에 대한 해석이 더 필요하다고 하는 사실이다. 특
히 작품의 구조적 분석에 치중하여 「술의 유래」에 대한 직절한 연구를
진전시킬 필요가 있다. 기존의 논의에서 하지 못한 사람의 살해, 곡식의
유래, 술에 의한 영혼과 합일 등을 해명하는 구조적 분석이 미흡하므로
이 점에 대해서 천착을 할 필요가 있다. 그 점에 대한 문제의식을 중심
으로 재론하여야 할 특징이 있다.

다른 하나는 위의 분석을 다른 각도에서 해소하는 문제로 이 이야기

---

3) 김화경, 『일본의 신화』, 문학과 지성사, 2002, 118-135면.
4) 김헌선, 「밀의 기원」담의 Hainuwele신화적 성격.

의 성격을 신화라고 가정한다면 우리가 무엇을 더 진전시킬 수 있는가
하는 해석의 확장 문제이다. 사람을 살해하고 곡물을 매개로 하여 인간
이 인간을 살해한 조상과 만난다고 하는 것을 신화사적으로 매우 주목
할 만한 특징이 있다. 신화에서 인간의 문화적 행각을 전개하는데 신화
적 추론은 두 가지이다.

하나가 창세신화이다. 창세신화는 현재의 인간들이 사는 세상의 유래
를 밝혀주는 것인데, 이 신화는 통일된 관점에서 특정한 주체의 창조나
행위에 중심을 두고 해명하는 것이라고 하는 점을 반성할 수 있다. 다른
하나는 조상신화이다. 통일적인 주체가 필요하지 않고 인간이 새로운
차원의 비약을 이룩하는데 조상을 살해하고 조상신앙의 형태로 갖추어
가는 신화가 다시 하나가 있다. 이 두 신화는 상호배타적 성격을 가진
신화적 가설과 추론을 가지고 있는 것인데 이 신화가 특정한 지역에서
공존하기도 하고 하나의 문맥에서 일관성을 갖추고 흡수되기도 한다.

창세신화와 조상신화는 서로 깊은 관련을 가지고 있는데 이러한 신화
적 해석이 앞의 글에서는 다소 부족했다고 생각한다. 조상신화 가운데
여성신인 데마신을 내세우는 것이 있는데 이를 중심으로 가지고 와서
해석하게 되면 일련의 이야기가 왜 발생하였으며 우리에게 있는 것이
어떠한 의의가 있는지 선명하게 재론될 수 있을 것으로 생각한다.5) 가
령 파푸아뉴기니아의 마린드-아님족의 데마신화(Dema-myth)와 연결
해서 보면 이 신화적 가설과 추론에 대한 일련의 연구가 새롭게 진척될

---

5) Paul Wirz, Die Marind-anim von Holl ndisch-S d-Neu-Guinea. Hamburg,
   Friederichsen 1922-1925.
   　　Bd.1, Teil 1: Die materielle Kultur der Marind-anim. 1922
   　　Bd.1, Teil 2: Die religi sen Vorstellungen und die Mythen der Marind-anim,
   sowie die Herausbildung der totemistisch-sozialen Gruppierungen. 1922
   　　Bd.2, Teil 3: Das soziale Leben der Marind-anim. 1925
   　　Bd.2, Teil 4: Die Marind-anim in ihren Festen, ihrer Kunst und ihren
   Kenntnissen und Eigenschaften. 1925

수 있다고 본다.

다음으로 중요한 사실은 곡령신앙과 조상신앙의 민속적 실제에 대한 논의의 확대 과정이 필요하다. 그러한 각도에서 우리나라의 곡령신앙과 연계된 일련의 자료 해석이 요구된다고 할 수가 있다. 실제를 검토하면서 이 자료의 중요성을 다시 생각할 필요가 있다고 하겠다. 연구의 보조적 자료인 것 같지만 이에 대한 신앙의 일단을 통해서 밀의 유래와 술의 유래에 대한 이해를 넓힐 수 있다.

2) 「술의 유래」 이야기의 명칭과 특징

이 이야기는 이름이 여러 가지가 아니다. 대체로 압축하면, 「술의 유래」, 「밀의 유래」, 「제사상에 술을 올리는 이유」 등으로 간추려진다. 특정한 문화적 창조물에 대한 요약이므로 이 이야기는 별난 내용이 아닐 수 있지만, 달리 정리하자면 두 가지 모두 인간 먹거리의 생성과정과 그것에 근거한 문화적 창조물에 대한 이야기이므로 서로 거리가 있는 것은 아니다.

이 가운데 「제사상에 술을 올리는 이유」는 소중한 의미를 지시하는 제목으로 평가된다. 다소 현학적이거나 유교적 관점이 반영되어 있는 듯하나 제사상에 술을 올리는 이유가 혼령과 합일하고자 하는 신인합일의 수단으로 술이 사용되는 점을 말하고 있기 때문이다. 이 점에서 이 제목은 이 이야기의 본질적인 의미가 무엇인지 생각하게 하는 제목이라고 할 수가 있다.

명칭의 간결함에 견주어서 이야기의 내용은 간단하지 않고 이야기의 결이 두 가지 이상이어서 문제이다. 이야기의 결이 분명하게 되면 이 이야기를 다루는데 있어서 비교적 간략한 의의를 부여할 수 있지만 이야기의 결이 다르기 때문에 곤혹스러움을 가질 때가 적지 않다. 이야기의 결이 분명해야만 하는 것은 아니지만 이야기가 가지고 있는 명칭과 내용에 많은 축약과 압축이 있어서 이러한 현상이 생기는 것이라고 할 수가 있다.

현재 이에 관한 이야기의 유형이 설정될 만한 가치를 가지고 있으며, 전승과 채록 과정에 있어서 그 내력과 과정을 명확하게 보여주므로 새삼스럽게 인식해야 할 자료라고 생각한다. 가령 일제시대에 두 가지 각 편이 해방 이후에 한국에서도 처음 채록되었으며 이들 자료에 비교적 상세한 내용이 전승되고 있음이 확인된다. 가령 세 사람의 작품이 이를 증거하는 것으로 긴요하다.

* 三輪環, 『傳說の朝鮮』, 博文館, 1919, 210-211면.
* 中村良平, 『朝鮮神話傳說』神話傳說大系, 近代社, 1929, 127-128면.
* 李勳鍾, 『韓國의 傳來笑話』, 동아일보사, 1969, 104-107면.

앞의 두 자료는 해방 이전에 채록된 것으로 내용이 대동소이하고 경기도 양주에서 채록되었다. 다른 하나는 서울에서 1940년에 채록된 것으로 확인된다. 밀의 기원, 술의 기원, 제사의 기원 등에 대한 내용이 있으며, 마지막 자료에서는 제사를 지내는 기원이 함께 있으므로 이를 중심으로 논의를 하는 것도 바람직하리라고 본다. 오늘날까지 구전되는 것까지 포함하면 각편은 모두 다음과 같이 된다.[6]

번호	이야기 제목	이야기 제보자	수록문헌	채록지역	간행연도
1	밀의 기원	없음	『傳說の朝鮮』	미확인	1919
2	밀로 만든 이상한 술 「밀의 기원」	없음	『朝鮮神話傳說』神話傳說大系,	경기도 양평	1929

6) 이 유형의 자료에 대해서는 한 차례 논하였으나 이를 완전하게 찾아서 정리하지 못했다. 이를 다시 정리할 예정이고, 여기에서는 특히 중요한 자료에 대한 일차적 정리를 도모하고자 한다.

3	술 생긴 얘기	이훈종	『韓國의 傳來笑話』	서울	1969
4	술의 유래	김웅성	『한국구전설화』	경남 양산 1929	1990
5	술의 유래	손문경	韓國口碑文學大系 1-4	경기도 남양주시	1981
6	술의 유래	신석하	韓國口碑文學大系 1-4	경기도 강화군	1982
7	술이 생긴 유래	박광철	韓國口碑文學大系 2-2	강원도 춘성군	1981
8	명의 의적의 작주	김진환	韓國口碑文學大系 2-8	강원도 영월군	1986
9	술의 역사	김정필	韓國口碑文學大系 3-1	충청남도 충주시	1981
10	술 귀신의 유래	이차연	韓國口碑文學大系 7-9	경상북도 안동시	1982
11	술 만들어진 사연	신현학	京畿北部 說話集	경기도 일산시	2004
12	술 만들어진 사연	신현학	필자 현지조사 자료 정리	경기도 일산시	2004
13	술 만들어진 사연	신현학	필자 현지조사 자료 정리	경기도 일산시	2005
14	술에 취하게 된 내력	권영식	韓國口碑傳承의 研究	경기도 양평	1967

자료가 오래 전에 채록되었으며 긴요한 자료임을 생각하게 한다. 이 자료들은 우리에게 새로운 해석을 해주기를 요구하고 있다고 해도 과언이 아니다. 종래의 연구사에서 이 점이 간과되었으므로 이를 자료 작업으로 진척해야 할 것으로 보인다.

이야기의 요체는 서사단락의 요약으로 보일 수가 있다. 그러한 이야기의 요약이 유일한 길은 아니지만 이를 통해 이 이야기의 핵심 내용이 무엇인지 비로소 알 수가 있을 것으로 보인다.

예전에 한 사람이 있었는데 이 사람의 아버지가 병이 나서 의원에게 가서 물어보니 사람의 간을 먹으면 낳는다고 했다. 아버지의 병환을 고치기 위해서 불가피하게 이를 감행하기로 결정하였다.

이 사람은 고개에서 숨어서 있다가 한 소년이 가길래 그 소년을 죽이려 했다. 소년은 왜 그러냐고 하면서 돈이나 옷을 다 주겠다고 했다. 이 사람은 그런 것 다 필요 없고 우리 아버지가 병이 나서 사람의 간이 필요하니 네가 죽어야겠다고 했다. 소년은 그러면 어쩔 수 없다고 하며 죽었다. 이 사람은 소년을 잘 묻어주고 간을 가지고 가서 아버지에게 먹였더니 조금 나았다. 그 다음에 또 숨어 있다가 군자를 만나 군자와 앞서 소년과 동일한 대화를 하고, 군자를 죽여 간을 먹이니 또 병이 조금 나았다. 그 뒤에 돌광대를 만나, 군자와 같은 대화를 하고, 그를 죽이고 간을 아버지에게 먹이니 몸이 완전히 나았다.

그런데 소년, 군자, 돌광대를 묻은 곳에서 세상에서 처음 보게 되는 풀이 생겨났다. 그 풀을 뜯어서 사람들에게 물어보니 아무도 몰랐다. 그것을 원님에게 가져가니 원님은 그것은 三魂草라고 하면서 그 풀을 열매와 쌀과 함께 삭혀서 그 물을 마시면 한잔 마시면 소년의 마음이 되고 두 잔을 마시면 군자의 마음이 되고 세 잔을 마시면 돌광대의 마음이 된다고 했다. 그 풀은 지금 말로 하면 밀인데, 그 사람이 집에 와서 원님의 말대로 해보았더니 말대로 그렇게 되었다.[7]

이야기의 가닥이 하나가 아니다. 이야기의 서두와 중간까지는 병에 걸린 아버지를 살리기 위해서 의원이 말한 사람의 간을 구하기 위해서 고개에서 숨어서 기다리다가 세 사람의 간을 꺼내서 먹여 아버지를 살리는 이야기라고 할 수가 있다. 그러나 중반 이후에는 죽은 사람을 묻은 자리에서 이상한 풀이 생겨났는데 이것이 삼혼초이고, 삼혼초를 달리 밀이라고 하는 것을 증명받는 것이 결말이다. 그렇게 해서 사람이 술을 먹으면 세 가지 혼이 들어왔다가 나가기 때문에 이를 삼혼초라 이름하고, 삼혼초에서 우러난 술을 먹으면 사람의 생전 모습이 들어왔다가 나가는 것이 요점이다.

이 이야기의 서사적 결은 온전하지 않다. 이 이야기를 무리 없이 정리하여 서사적인 내용을 정리하면 다음과 같을 수가 있다.

---

7) 임석재, 『한국구전설화 : 경상남도편』-임석재전집 10, 평민사, 1990, 342면.

1] 아버지의 득병과 의원에 의한 아들의 구약 경위
2] 아들의 세 가지 부류 사람 살해
3] 사람의 간으로 아버지 병 구완
4] 세 사람의 몸에서 생겨난 이상한 풀
5] 곡식에서 나온 술을 마시게 되면 삼혼과 만나게 됨

첫 번째 서사적 결은 효자의 윤리적 정당성에 대한 해명 여부이다. 아버지가 병이 들면 아들이 병을 고치려고 하는 것이 인간의 윤리적 행위 가운데 하나이다. 병든 생명을 고치려고 하는 것이 인간의 독특한 행위이다. 의원은 인륜에 반하는 처방전을 내놓았으며 비윤리적 행위를 할 수밖에 없는 형편이다. 사람을 죽여 사람을 살린다고 하는 것은 있을 수 없는 일이기 때문이다.

그러함에도 불구하고 아들은 아버지를 위해서 사람을 살해했으므로 반인륜적 행위를 하고 그 결과로 말미암아서 결과적으로 죽을 병이 들었던 아버지는 살아날 수가 있었다. 이 이야기는 이러한 행위가 정당한 것인지에 대해서는 의문을 품지 않는다. 오히려 살아난 아버지는 이야기의 결에서 슬그머니 빠져버리고 살해된 세 사람의 주검을 묻은 것으로 이야기가 옮아가고 있다.

두 번째 서사적 결은 아들이 발견하는 곡물에 대한 것으로 세 주검의 묻힌 곳에서 생겨난 이상한 풀이고 이상한 풀에서 생겨난 알곡의 효용에 대한 것을 알아가는 것이라고 할 수가 있다. 이 풀의 이름을 몰라서 원님에게 이름을 알아내고 이 원님에 의해서 이 풀의 곡식에서 무엇이 생겨나는지가 밝혀지는 내용이다.

여기에서 나오는 것은 술이고 이 술을 마시게 되면 아들이 살해한 세 사람의 넋이 들어와서 사람이 그에 대한 모습을 재현한다고 하는 것이 이 이야기의 결말이다. 이야기의 결말 부분에서 술을 마시고 세 사람의

넋이 들어 왔다가 나가는 과정이 명확하게 다루어지고 있다. 이 점에서 이 이야기는 이 한편의 서사적 결이 더욱 중요한 기능을 한다고 하는 점을 알 수가 있다.

이 이야기는 서사적 결이 결맞음을 보여주는 것 같은데도 다른 한편에서는 결어긋남이 생기는 것을 보이고 있다. 두 가지 이야기 결은 맞물려 있다고 보기 어렵고 어떠한 의미에서는 서로 어긋나 있는 것을 확실하게 알 수가 있다. 그렇다면 이 이야기에서 더욱 비중을 두고 보아야 하는 것은 어떠한 이야기인가 생각해야 한다. 아무래도 이 이야기에는 여러 가지 윤리적이고 역사적인 변천이 반영되어 있으므로 이를 곧 바로 대입하지 말고 조심스럽게 몇 가지 이야기의 단계적 추론이 필요하다.

그 추론을 위해서 우리는 몇 가지 보완적 성격을 보여주는 이야기를 염두에 두고 이 이야기에 대해 다시 정리가 필요하다. 근본적 추론을 위한 이 이야기의 정리는 유념해야 할 사항은 다음과 같다.

* 이 이야기에서 무엇에 대해서 말하고자 하는가?
* 이 이야기에서 무엇을 추론해 낼 수 있는가?

두 가지 질문은 각각 이루어졌으나 서로 긴밀한 관계를 형성한다. 첫번째 질문은 이야기의 결에 따라서 할 수 있는 표면적인 질문이다. 두번째 질문은 이야기의 결 가운데 핵심적인 사실이 함의하고 있는 이야기의 심층적 역사성과 문화적 배경을 추론하는 것이다. 이야기의 표면과 이면은 서로 일치하지 않을 수도 있으며 이야기에 따라서 전혀 다른 구성을 하는 것을 보여주며, 서로 상반되기까지 하며 모순되는 사실을 유도해낼 수도 있다.

가령 사람이 살해되는 것이 도덕적으로 문제되지 않으며 심지어 특정한 문화적 발전 단계에서는 정당하다고까지 말할 수 있다. 세 사람을 죽이고 한 사람을 살리는 문제 역시 윤리적으로 지탄받을 사실이지만 다른 각도에서 보면 이 이야기는 그러한 후대적 윤리관이나 세계관이 문제되지 않는 이야기라고 할 수가 있다. 이 점에서 이야기는 매우 중요한 것이며, 이야기 이상의 의미를 담고 있는 것이라고 가정하면서 이야기를 분석하고 추론해야 한다.

첫 번째 부분은 한 가지로 말하기 어렵다. 왜냐하면 이야기의 결이 두 개이기 때문이다. 효행을 정당화한 이야기이기도 하지만 방법론적으로 옳지 못하고 그것이 도달점이라고 하면서 효행에 대한 예찬이나 이에 대한 정당성을 부여하는 평가가 존재하지 않는다. 오히려 이 이야기는 곡식의 유래 또는 술의 유래라고 하는 것이 핵심이라고 할 수가 있다.

곡식의 유래라면 한 가지 기본적 전제가 필요하다. 그것은 사람의 살해로부터 비롯된다고 하는 것이다. 사람이 살해되지 않았다면 이 풀의 곡식이나 술이 유래되지 않았다. 사람의 살해와 풀·곡식·술의 유래는 서로 긴밀한 관계를 지니고 있다고 하는 사실이다. 사람의 살해로부터 특정한 곡식과 문화적 변혁이 일어났다고 하는 설정을 근간으로 하고 있는 셈이다.

더구나 중요한 사실은 곡식의 유래를 통해서 결과적으로 하는 행위의 핵심적 요체는 죽은 혼신과 만난다고 하는 점이다. 세 사람을 살해했으므로 세 가지 혼을 만난다고 하는 점은 매우 주목할 만한 가설을 펼 수 있게 하는 단서이다. 사람이 살해되어 새로운 문화적 진진이 가능하게 되었다.

위의 내용을 핵심을 간추려서 다시 정리해보자. 신화적 얼개를 고려하면서 이 이야기를 다시 정리해서 보면 요긴한 추론거리가 있다. 내용 전개에 대한 일련의 요약과 특징을 간추려서 말할 수 있을 것이다.

① 사람을 살해한 뒤 사람을 땅에 묻는다.
② 사람을 묻은 곳에서 풀이 나왔다.
③ 풀에서 곡식이 나왔다.
④ 곡식에서 술이 나왔다.
⑤ 술을 마시게 되면 죽은 사람의 혼과 만난다.

①은 이야기의 표면적 사실 이상의 의미를 가지고 있다. 이 이야기를 새롭게 해석하는데 소중한 단서이다. 시신을 땅에 묻는다고 하는 것이 아니라 땅에 묻어서 이루어질 다음 단계의 비약을 암시한다. 사람을 묻는 전통은 인류의 문화적 선택이다.

②는 특정한 선택이다. 사람을 묻어서 그곳에서 풀이 나왔다고 하는 설정은 단순하지 않다. 단순한 풀이 아니라 사람의 식량과 관련되는 밀이므로 이는 중요한 사실이다. 자연의 야생에서 이루어진 것이 아니라 문화적 선택이고 인간이 재배하고 양식으로 삼을 수 있는 일정한 비약이 이루어지는 것이다.

③이 곧 그러한 선택의 결과임을 말하는 것이다. 곡식을 길러서 인간의 먹거리로 비약하게 된다. 이것을 무엇이라고 해야 할지 이름을 몰랐다고 하는 설정은 매우 중요하다. 작명이 필요하다고 하는 사실이 문화적 선택의 결과임을 알려준다.

④는 다시 이루어진 비약의 결과이다. 밀을 가공해서 이를 술로 만들 수 있는 것은 우연한 발견처럼 되어 있지만 사실은 색다른 비약의 증거이다. 문화에 의한 문화적 가공을 말한다. 이것이 중요한 전환임은 말할 나위없다.

⑤는 색다른 설정은 아니다. 죽인 사람의 혼과 만나는 것이 요긴하다. 조상의 혼과 하나가 된다는 설정이다. 신인합일의 경지이다. 살해된 존재가 단순하지 않고, 각편에 따라서 선비, 중, 무당 등으로 되어 있는

것도 시사적인 단서이다. 이들은 단순한 인물이 아니라 결국 한 시대의 지도자이고 대표적 상징성을 가진 인물이다. 이 인물들에 의해서 새로운 시대의 전환이 이루어져 왔다. 이 인물들을 살해의 대상으로 삼은 것이 조상신앙의 초점이 된다.

이 인물들의 영혼이 곧 시대의 조상을 대표하는 상징이기 때문이다. 조상의 혼과 만나게 되는 술은 결국 곡식을 걷어 들인 후에 지니는 새로운 곡령과 조령의 동시적 성격을 가지고 있는 문화적 창조이고 의례의 선택이라고 할 수가 있다. 이 점에서 이 이야기는 매우 주목할 만한 내용이고 새로운 단계의 해석을 할 수 있는 요긴한 요소이다.

이 이야기는 이상의 서사가 중심으로 해석되어야 한다. 사람을 살리기 위해서 인간을 잡아먹은 이야기라고 하는 점에서 매우 주목할 만한 것이지만 이는 표피적으로 외장되었다. 윤리적으로 사람을 죽이는 일이 불가능한데 사람을 죽여 아픈 사람을 살린다고 하는 것은 이 이야기가 살해된 인간의 추억이라고 하는 역사를 되새기게 하는 단서일 따름이다. 이 이야기에서 보이는 중요한 지표를 통해서 다음 단계의 해석으로 나아갈 필요가 있겠다.

그에 대한 정리를 하면서 이 문제와 함께 처리를 하게 되면 이 이야기는 다음과 같은 요점적 문장으로 표현이 가능하다.

1. 인간의 문화적 변혁 가운데 하나인 농경경작의 출현을 함의한다.
2. 인간의 살해가 농경과 깊은 관련이 있다는 것을 추정하게 한다.
3. 농경작물의 수확을 통해서 인간은 자신의 조상신과 만나서 합일한다.

인간의 먹거리 가운데 하나를 해결하는 신화는 여러 가지 모습으로 나타난다. 특정한 신이 일정하게 마련한 자신의 창조 세계를 파괴하고 유성생식을 하게 되면서 불연속적 세계관을 가지게 되었다고 하는 것이 있는가 하면, 이와 다르게 인간이 인간을 잡아먹으면서 자신들의 조상을 살해하는 데서 농경이 생겨났다고 하는 설정을 하고 있는 신화적 단계도 있다. 아마도 일정하게 이 단계는 농경의 시대적 징표를 보여주는 것으로 세계적인 보편성을 지니고 있는 것이라고 할 수가 있다. 열매가 떨어져서 다시 열매로 이어지는 현상에 대한 강력한 유추와 은유가 이러한 세계관으로 연결되었을 가능성이 있다고 하겠다.

인간의 살해가 아니고서는 농경이 고안되거나 이어질 수가 없다고 하는 생각을 명징하게 드러낸다. 따라서 인간의 살해가 농경의 출발점이 되고, 농경에 의해서 인간은 문화적으로 폭발력을 갖게 되었으며 묻으면서 생겨나는 원리를 간직하게 되었다. 이 이야기는 그러한 인간의 사고 과정과 기술 터득을 핵심으로 하는 이야기임을 다시금 환기시켜주고 있다. 인간의 살해와 농경은 서로 깊은 관계가 있는 것이다.

따라서 농경작물을 거두고 나서 이에 대한 조상 살해에 대한 반추와 함께 의례적인 보상이 필요하다. 우리가 처음에 곡물을 얻고 나면 이에 대해 조상에게 감사의례를 하는 것은 결과적으로 조상과 후손의 만남을 통해서 생명의 연속성을 기념하고 조상에 대한 의례적 기원을 드리는 것과 무관하지 않다. 이 이야기를 통해 인류는 인간과 인간의 불가피한 충돌이나 식인을 청산하고 새로운 단계의 문화적 전환을 이룩하고 있는 것이 새삼스럽게 확인된다.

그 구체적 증거가 술을 마시면 죽인 사람의 혼이 들어온다고 하는 것이다. 그것은 단순한 현상의 반영이라고 생각하지 않는다. 죽인 조상과 이 사람이 최초로 그 넋과 합일되는 과정이다. 사람이 죽어서 혼으로 돌아오게 되었으므로 이를 '三魂草'라고 하는 명명 역시 그러한 각도에서 음미할 만하다. 죽은 인간의 조상 혼이 들어오는 것과 비교해서 이 곡식의 기원이 가지는 의의를 재삼 연결해서 살펴볼 수 있을 것이다.

「술의 유래」에는 신화적 세계관이나 여러 가지 정황 증거로 미루어서 볼 때에 다음과 같은 핵심적인 요소를 이면적 구조로 갖추고 있으며 그 요소들이 역동적인 작동의 기제로 작용하고 있다.

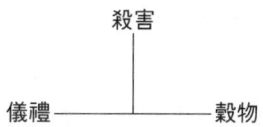

殺害

儀禮―――――――穀物

살해는 인간 살해이다. 인간 살해는 조상의 살해와 직결된다. 조상을 살해하자 그곳에서 밀이 나왔다. 밀은 쌀과 함께 인간의 주식이었다. 밀의 생성이 인간의 죽음과 관련된다고 하는 것은 이례적인 설정이 아니라 세계신화에서 보편적으로 발견된다. 특히 적도를 중심으로 하는 해양국가에서 이러한 신화는 널리 분포한다. 곡물을 비롯한 여러 가지 문화적 기원이 핵심적인 주제로 나타난다.

3) 신화의 유형과 「술의 유래」

신화는 신에 관한 이야기인데 신화에서는 신과 인간의 관계에 대한 일정한 추론을 핵심으로 하게 된다. 그를 중심적으로 다루는 일은 긴요하다. 다음의 신화 유형을 점검하기 위해서 이 신화들의 양상을 자료 자체로 먼저 살피기로 한다.

> 가] 아담과 이브 · 미륵과 석가 · 프로메테우스 · 하이누벨레와 마로춤의
>   남자 · 데마신
> 나] 영원한 신 · 영원한 생명 · 무루아 자테네의 마로춤 문 · 아홉 겹의 문
>   통과
> 다] 에덴동산에서의 추방 · 죽은 사람의 몸에서 감자 출현

첫 번째는 신의 세계와 인간의 세계가 달라지는 계기를 부여하는 대립요소이다. 아담과 이브는 신이 만든 세상에서 인간의 욕망에 의해서 신의 세계와 단절된다. 미륵과 석가는 세상을 만드는 존재인데, 석가는 미륵이 만든 세상을 훔치는 존재이다. 그러므로 석가는 트릭스터적 성격을 지니고 있다.

프로메테우스는 인간의 세계에 도움을 주기 위해서 신의 세계에서 불을 훔쳐오는 구실을 하는 인물이다. 하이누벨레는 인간에게 유익한 감자와 같은 것을 주는 구실을 한다. 이들은 무성생식에서 유성생식으로 이행하거나 트릭스터로 인간과 신의 경계면을 오고가면서 새로운 존재로 전환하는 과정을 보여준다. 이 점에서 이들의 관계는 신의 세계를 결별하고 인간의 세계로 이행하는 존재들인 셈이다.

두 번째는 신의 세계에서 인간의 세계로 이행하는 댓가를 말하는 신화소이다. 신의 세계에서는 자연적 생산물을 가지고 인간의 삶을 영원하게 영위할 수 있었다. 인간들은 스스로 삶을 영위할 수 있었는데, 이들은 하이누벨레를 살해함으로써 복락과 영원한 힘을 잃어버리게 된다. 그렇게 해서 인간은 이들에게서 버려지면서 새로운 존재로 전환하게 되었다. 삶과 죽음의 분간이 생기게 되었다.

그것을 가장 상징적으로 보여주는 결과가 무루아 자테네의 문을 통과한 인간이 죽게되는 존재와 살게 되는 존재로 나뉘는 것이다. 죽게 된 인간의 혼령은 동물이 되기도 하고 유령이 되기도 하거나 정령으로 전환한다. 그렇게 해서 인간의 영원한 삶은 종말을 고하게 되고 신과 결별하게 된다. 영원한 생명을 가졌던 인간이 한시적인 생명을 가지게 되었으며 이뿐만 아니라 죽음의 고통을 경험하게 되었다고 하는 것이 이들 신화의 공통점이라고 하겠다. 하이누벨레의 죽음은 인간 세계의 근본적 전환을 고하게 된다.

신에게 약속받은 땅인 에덴에서 추방되었으며 인간은 일을 하고, 아

이를 낳고, 죽어야 하는 고통을 가지게 되었다. 영원한 땅에서 벗어나
인간의 현재적 삶과 같은 경험을 직접 하게 되었다. 그것이 이 신화의
특성을 말하는 것이다. 인간은 자연스러운 보상이 이루어지던 세상에서
벗어나서 이제는 새로운 차원의 비약을 이룩하였다. 살해된 인간 조상
의 몸에서 인간의 새로운 생활을 영위할 수 있는 감자와 같은 구경류를
얻게 되었다고 하는 것은 인류 생활사의 비약이며 전환이다.

두 신화를 대비적으로 비교하면서 정리할 필요가 있다. 「창세기」와 「하
이누벨레신화」가 적절한 비교의 대상이다. 「창세기」는 신화적 성격을 가
지고 있는 것임이 명백하다.[8] 대표적으로 이 신화는 두 가지로 구성되어
있다. 첫째는 엘로힘의 사제들에 의하여 편찬된 창세기의 대목이 있는데
이것은 일관된 관점으로 편찬된 창세기로 창세신화의 편린을 확실하게
구성한 것을 볼 수가 있다. 둘째는 이와 달리 이는 수메르 신화의 차용이
라고 할 수가 있는 창세기 2장 4절 이하의 것을 창세기의 신화적 성격으로
논할 수가 있다고 본다. 고대 수메르어가 남아 있으며 이 대목에서 신화적
유사성 역시 발견되기 때문이다.

성경의 판본에 따라서 신화적 구성을 달리하는 것이 문제인데, 가령
벤 시라 판본에서는 이와 다른 릴리스신화(Lilith myth)도 있음에 유념할
필요가 있다. 그러므로 무엇을 기준삼아서 성경의 신화적 성격을 논하는
가 하는 점이 매우 중요한 준거가 될 수 있다. 여기에서는 수메르신화의
정착을 중심으로 수메르신화에 대한 일련의 분석을 시도하기로 한다. 이

---

8) 창세기를 신화적 관점에서 분석한 것이 다음과 같은 업적으로 나타나 있다. 국내 번역본
이 있지만 완전한 번역은 아니고 일부만을 첫 번째 저작으로 한 사례가 있어서 일정한
한계가 있다. 그렇지만 리치의 견해는 성서를 신화학의 관점에서 분석한 적절한 사례이다.
   Edmund Ronald Leach, *Genesis as myth,: And other essays*(Cape editions, 39),
Cape, 1969.
   Edmund Ronald Leach, *Structuralist Interpretations of Biblical Myth*, Cambridge
University Press, 1983.

중의 창조 가운데 두 번째 창조를 중심으로 견해를 살피려고 한다.

야훼가 아담을 창조하였다. 흙으로 빚었으며 다시 아담의 몸에서 하와를 만들었다. 이들은 복락된 삶을 약속받았다. 그러나 신이 말한 금기를 어겨서 둘은 결과적으로 선악과를 따먹게 되고 이러한 금기 위반으로 아담과 하와는 노동, 분만, 죽음 등의 고통을 겪게 되었다고 하는 것이 중요한 결말이라고 할 수가 있다.

이 신화는 신과 인간의 결별을 핵심으로 하고 아담과 하와는 일종의 신의 질서를 넘보고 이를 금기 위반으로 실현한 트릭스터적 성격을 일부 가지고 있다. 게다가 이들은 무성생식의 자연적 생존이 가능했었지만 남녀의 부끄러움을 알게 되어서 결과적으로 유성생식으로 전환하는 면모를 보여준다. 더구나 죽음이 무엇인지 모르는 삶을 살다가 결과적으로 죽게 되는 운명을 가지게 되었다고 하는 것이 핵심이다.

이 신화는 특정한 권능을 가진 일관된 신과의 결별을 인간이 감행하게 된 것이다. 체계적으로 일관된 권능을 행사하고 신은 그러한 각도에서 신화적 성격을 갖추고 있으며 이들에 의해서 주요한 신과 인간의 갈등을 중심으로 하고 있음이 명확하게 드러난다. 신과 인간의 결별을 창세신화적 각도에서 제시하고 있는 것이 「창세기」이다. 그러므로 이 신화는 통일된 신을 내세우는 특정 세력에 의해서 주도된 신화임을 알 수가 있다.

창세신화의 성격에서만 신과 인간의 결별이 나타나는 것은 아니다. 이와 다른 신화가 있다. 창세신화의 성격과 다른 조상신화도 존재한다. 조상신화는 창세신화와 같은 특정한 권능을 가진 신에 의해서 주도된 것은 아니고 신들이 저절로 생겨나서 다투다가 인간과 일정한 관계를 맺는 신화라고 할 수가 있다. 이러한 신화를 달리 조상신화라고 할 수 있으며, 이러한 신화의 적절한 사례가 「하이누벨레신화」이다. 이 신화는 서세람의 베말레족에 의해서 전승되는 신화로 수메르신화의 성격과

는 판이한 면모를 가지고 있다. 성경신화와 달리 구전에 의해서 다양한
지역에 의해서 전승되는 신화를 구성하고 있으며 이 신화는 통일적으로
구성되지 않으며 일정한 연작인 사이클의 성격을 가지고 있다.

이 신화를 이해할 수 있는 대목은 여럿이지만 그 가운데 결말 부분을
우선 보기로 하자. 하이누벨레신화 결말에서 하이누벨레의 몸에서 새로
운 전환을 이룩하여 새로운 생명의 기원이 생겨난다. 그 과정에서 다음
의 대목은 음미할 만하다.

그러나 두 팔은 묻지 않고, 익지 않은 바나나로부터 사람들이 생겨날
때 함께 태어난 여인인 무루아 자테네 mulua Satene에게로 가지고 갔다.
그녀는 그 당시에도 여전히 사람들을 지배하고 있었다. 그러나 땅 속에
묻은 하이누벨레의 시신조각들은 당시엔 아직 지상에 존재하지 않았던 -
특히 그 이후부터 사람들이 주로 먹고 살게 된 식용구근으로 변하였다.
그리고 하이누벨레의 위는 커다란 단지가 되었는데, 이 단지는 오늘날에
도 호니테투 Honitetu 마을의 지도자가 소유하고 있다고 한다. 이 단지는
신성하게 간주되었으며 무루아 하이누벨레 야쿠이 mulua Hainuwele
jakui (하이누벨레 소녀의 위)라 불렸다. 그녀의 허파에서는 Ubi 열매가
생겨났는데, 특히 Ainte latu paite (말레이의 Ubimera; 이 열매는 보라
색이다) 종류가 되었다. 소녀의 가슴에서는 또 다른 종류의 Ubi가 생겨났
는데, 그 형태가 마치 소녀의 가슴과 같아서 Anite babau라 불렸다. 눈으
로부터는 처음에 9개의 구근이 눈알 모양인 Ainte mau라는 열매가 생겼
다. 음부에서는 밝은 보랏빛이며 아주 맛이 있는 Ainte moni가 생겨났다.
엉덩이에서는 아주 마른 껍질이 있는 Ainte ka oku 종류가 생겨났다.
(ka = 엉덩이, oku = 건조한) 귀에서는 귀처럼 생겨서 위로 자라는 Ainte
leliëla가 생겨났다. 발은 Ainte jasane가 되었으며, 허벅다리는 커다란
Ubi-Sorte Ainte wabubua가 되었다. 머리는 Uku 열매(Ke-ladi), 정확
히 말하면 Uke joijone 종류가 되었다.[9]

통일된 신은 존재하지 않는다. 돌과 바나나가 다투어서 이 세상의 존재를 등록하였으며, 그 가운데 바나나의 몸에서 등장한 신이 무루아 자테네이다. 무루아 자테네는 신의 지위를 가지고 있으나 세계 전체를 구성하는 통일적인 힘이 있는 것은 아니다. 그러나 신의 성격을 가진 것은 분명하고 인간이 벌인 행각에 대해 판별하고 시비를 가리는 일을 하는 것이 일정하게 발견된다.

하이누벨레는 야자열매 아가씨라고 불리는 존재인데 인간에게 무한한 것을 가져다 주는 구실을 하게 된다. 그러나 이에 대한 인간의 두려움으로 말미암아서 이 여성을 살해하게 된다. 살해된 여성인 하이누벨레의 몸에서 여러 가지 식물이나 열매가 비롯되는데 이것이 이 신화의 핵심적인 부분이라고 할 수가 있다. 하이누벨레의 두 손을 가지고 무루아 자테네는 인간의 삶과 죽음을 나누게 된다. 그렇게 해서 인간의 죽음과 삶이 결정되었다고 하는 것이 위 신화의 주요한 내용이다.

인용문에서 알 수 있듯 하이누벨레의 몸에서 인간의 주식인 감자와 같은 것이 생겨났다고 했다. 감자는 곧 하이누벨레의 몸체 조직에서 비롯되었다. 하이누벨레의 중요한 장기에서 중요한 열매가 생겼으며 이들이 과일이나 인간이 먹는 양식의 원천이 되었다고 하는 것이 핵심이다. 이 몸에서 비롯되어 식물의 기원을 이루고 이름까지 지어진 사실은 매우 주목할 만한 사실이라고 하겠다. 단일하게 하이누벨레가 하나로 전환된 것은 아니고 여러 가지의 모든 기원이 되었다고 하는 것이 이 신화의 결말이다.[10]

---

9) Jensen, A.E. and Herman Niggemeyer, *Hainuwele ; Völkserzählungen von der Molukken-Insel Ceram* (Ergebnisse der Frobenius-Expedition vol. I), Frankfurt-am-Main, 1939, S. 62-63.

10) 인간의 몸에서 식물이나 곡물이 나왔다고 하는 신화소는 세계 구전신화에서 흔한 설정일 뿐만 아니라, 문헌신화에서도 보이는 보편적 현상이다. 구전신화로 이누잇신화인 「세드나」, 나바호 인디언신화인 「옥수수조상」, 하와이신화인 「아이카나카신화」 등을 비

하이누벨레의 몸	유래된 식물과 열매
하이누벨레의 몸 조각	식용구근(감자)
하이누벨레의 위	커다란 단지(mulua Hainuwele jakui)
하이누벨레의 허파	Ubi: Ainte latu paite (말레이의 Ubimera)
하이누벨레의 가슴	다른 종류의 Ubi(Anite babau)
하이누벨레의 눈	9개의 구근이 눈알 모양으로 된 Ainte mau
하이누벨레의 음부	Ainte moni
하이누벨레의 엉덩이	Ainte ka oku
하이누벨레의 귀	Ainte leliëla
하이누벨레의 발	Ainte jasane
하이누벨레의 허벅지	Ubi-Sorte Ainte wabubua
하이누벨레의 머리	Uku 열매(Ke-ladi), Uke joijone

우리는 두 가지 신화를 통해서 인류의 신화에 두 가지 패턴이 있는 것을 정리하였다. 하나는 특정한 권력집단에서 일관되게 구성하는 신화와 이와 다른 방식으로 인간의 삶을 해명하는 신화가 있음이 명백하게 확인된다. 인간의 근본적 특성은 남과 여에 의한 유성생식을 특징으로 한다. 교배에서 의해서 자손을 번식하는 것이 필수적 요소이다. 본능에 의해서 이루어지는 것이지만 생식을 한다는 것이 본질임을 알고 하는 것이 중요하다. 인간은 명백하게 자신이 죽는다고 하는 사실을 알고 있다. 그러므로 동물이 감지하지 못하는 우연한 죽음과 차이가 있다. 인류의 문화는 폭발적인 전환을 이룩하였는데 곧 식량을 재배하게 되었다고 하는 사실이다.

* 무성생식-남성과 여성의 생식
* 영원한 생명-삶과 죽음의 구분
* 낙원에의 보장-농경재배의 기원

롯하여 문헌신화인 중국의 「반고신화」, 일본신화 「오오게츠히메」, 「우케모치」, 「와쿠므쓰비」, 북유럽의 「이미르신화」 등에서 보편적으로 발견되는 현상이다.

이 신화에서는 신이 제공한 신의 시대를 청산하게 된다. 무성생식으로 시간이 흐르지 않던 신의 시대에는 부끄러움을 모르고 있었다. 에덴의 동산에서 영원하게 살 수 있었다. 아울러서 이곳에서 자연으로 자라는 것을 먹고 있었다. 이것은 신이 준 신의 세계였다. 「창세기」에서는 이 시대를 청산하고 인간의 세계로 이동한다. 무성생식이 부정되고 유성생식으로 전환한다. 인간은 이 때문에 죽게 되었으며, 죽음을 피할 수 없었다. 낙원에서 저절로 자라던 것을 먹지 않고 재배하면서 먹고 자라게 되었다고 할 수가 있다.

조상숭배신화에서는 이와 다른 설정을 하게 된다. 통일된 신을 죽이지는 않지만 적어도 조상인 하이누벨레를 살해한다. 무한한 것을 주는 신을 살해하였으므로 인간은 더 이상 신과 충족된 관계를 공유할 수 없었다. 오히려 살해된 신의 몸에서 인간의 농경 비밀을 알게 되었으며 그것을 경작하고 열매를 따먹으면서 인간의 삶은 비약적으로 발전하게 되었다고 하는 점을 알 수가 있다. 하이누벨레는 인간의 조상이고 이로부터 인간이 유래된 점을 알 수가 있다.

이 유형의 신화는 사고의 패턴을 달리하게 된다. 창세신화와 조상신화의 분별이 필요하다. 이 두 가지 유형의 신화는 신과 인간의 구분을 명백하게 하고 있는 공통점이 있지만 신화적 설정과 가설이 다른 점을 확인하게 된다. 그것은 세계를 바라보는 관점에 차이가 있다는 사실을 말하는 증거이다. 이 증거를 통해서 시대가 달리 작용하고 있으며 신화적 사고의 패턴이 다른 점을 볼 수가 있다.

하이누벨레신화는 원시신화이다. 창세기의 신화는 고대신화이다. 신화사의 성격을 달리하는 신화가 공존하면서 이처럼 특정한 신화를 보이는 것을 알 수가 있다. 원시시대의 신화에서는 세계를 바라보는 관계를 달리 구성하고 있다. 고대신화에서는 통일적 관점의 신화를 보여주고 있다. 원시신화와 고대신화에서 신과 인간의 관계를 청산하고 다음 단계로 나아가는 설정 방식이 다르게 되어 있으며 원시신화와 고대신화에 깊은 차별성이 있음이 확인된다.

「술의 유래」는 우리나라에만 특정한 신화적 가설을 갖춘 자료이다. 이 자료는 이야기 자체의 역사로 소중한 것인데, 여러 단계의 역사적 증거를 갈무리하고 있다. 주인공이 살해하는 인물의 설정부터 특정되고, 이야기의 결이 어긋나는 두 가지가 있는 것도 특별하고, 이야기의 요체에 해당하는 것이 특정한 점을 인정하게 된다. 그러면서도 이면적으로 정리된 내용에서 위에서 논한 하이누벨레신화의 특성을 잘 갖추고 있다.

하이누벨레신화의 성격을 온전하게 갖추었으면서도 그것과 일정하게 차별성이 있다. 첫째, 사람의 살해에 의해서 곡물을 얻는 점은 일치하나 여성이 아니라 남성이고 하나가 아니라 여럿인 점에 차이가 있다. 차이점에도 불구하고 사람의 몸에서 곡물이 나왔으므로 그 성격을 일부 갖추고 있다.

둘째, 곡물의 기원에 그치지 않고 조상신화의 의례적 요건을 갖추고 있는 점에서 하이누벨레신화와 일정한 거리가 있다. 의례가 등장하는 것은 아니지만 곡물로 빚은 술을 마시게 되면 조상의 혼령이 들어오고 이로부터 재현되는 점은 매우 이례적인 일이라고 할 수가 있다. 의례의 제사장이 선비·중·무당 등으로 이들이 살해되었다고 하고, 이들과 술을 마시게 되면 합일한다고 하는 점이 이례적인 현상이라고 할 수가 있다.

그것은 의례의 특성과 연결되고 이늘에 의해서 만날 수 있는 요긴한 요소이다. 그러므로 하이누벨레신화에서 갖추지 못한 것을 문화적으로 구성하고 있음이 특징적이다. 의례의 현상은 존재하지 않는 것은 아니다. 곡령을 숭배하는 현상을 이러한 각도에서 연결할 수가 있다. 조상숭배는 조령을 섬기는 것인데, 그것이 곡령숭배와 직결된다.「술의 유래」는 세계적인 의의가 있는 자료이다.

곡령을 섬기는 형태에서 조상과 만나는 방법은 여러 가지가 있다. 일단 조상의 신체를 직접 만나는 방법이 있다. 조상의 시신을 집 주위에 두고 필요하면 꺼내서 만나는 방법이 있다. 그러한 방법은 달리 뼈와 같은 조상의 신체를 섬기면서 만나기도 한다. 다른 하나는 조상이 가고 남긴 곡물을 통해서 만나는 방법이 있다. 조상이 남긴 첫수확물에 집착하면서 조상에게 이를 바치는 의례를 하게 된다. 구체적으로 '올게심니'나 '조구심니'를 하는 것이 그 사례이다. 이와 달리 술을 빚어서 조상에게 바치는 조라술의 전통도 이러한 각도에서 하는 방법이라고 할 수가 있다.

조상과 합일하는 수단 가운데 방법이 마시기와 먹기이다. 먹기는 흔히 있는 수단이지만 우리가 종종 잊곤 한다. 그것은 조상의 혼령과 하나가 되는 곡령의례이다. 이 곡령의례로 흔히 모셔지는 방식이 제석오가리, 삼신바가치, 진둥항아리 등으로 흔히 섬겨지는 것으로 새롭게 수확한 곡물을 바치는 의례이다. 그렇게 하는 방식은 매우 오래된 것이지만, 묵은 밥을 먹고 새로운 곡식을 넣어두는 것에서 서로 비교될 수가 있다. 이와 달리 더욱 중요한 것으로 음복이라고 하는 마시기 수단을 염두에 두어도 좋을 것이다.[11] 조상에게 술로 정성을 바치고 그것을 나누어서 먹는 의례가 진정한 조상합일의례와 관련된다는 점을 잊지 말아야 한다.

조상신앙과 곡령신앙은 모두 이러한 전통에서 우러난 구체적 의례이다. 실제로 전통적인 관점에서는 필요한 때마다 의례적 절차를 하는 것이 오랜 관례인데 현재는 그러한 전통이 살아있지 않다. 앞에서 말한 '심니의례'가 전형적 사례이다. 새로운 것이 나오게 되면 조상에게 감사의례로 바치고, 조상의 영혼을 기리는 관습이 있게 마련이다. 조상영혼 ancestor's spirit과 곡령 corn spirit이 하나로 인지되고 모든 곳에 조

---

11) 강영순, 제사상에 술을 올리는 이유, 「천안의 구비설화(직산읍편)」, 성환문화원, 2010, 41-43면. 두 개의 각편을 더 찾게 되었는데 이 각편 역시 이러한 유형의 산물이다. 그런데 이 각편에는 제사상에 술을 올리는 이유라고 하는 것으로 부연 설명되어 있으므로 이러한 각편으로 중요한 가차가 있다.

상의 혼이 배어 있다고 하는 사고의 근거가 이를 행하게 하는 사례로 발전하게 되었을 가능성이 있다.

이러한 사고의 근저에는 사람의 혼이 변화해서 동물이나 식물이 되었다고 하는 설정이 자리하고 있다. 전형적 사례로 사람이 살해되고 사람의 영혼이 자연적 동물로 변화했다고 하는 신화들을 들 수 있다. 그러나 우리나라 신화에서 이러한 자료를 찾기는 힘들다. 이러한 사실을 보이고 있는 것은 외국에서 흔하고 적도를 중심으로 하여 아프리카나 인도네시아, 아메리카 대륙에서 이 신화들은 많이 발견된다.

이 신화들은 동물의 혼령이나 식물의 혼령이 인간의 혼령과 동일하게 작동한다고 하는 내용을 담고 있다. 사람을 죽여 그 육신이 새로운 곡물이 되었다고 하는 생각을 드러낸다. 그러한 사례에 근거하여 프로베니우스(Leo Viktor Frobenius, 1873-1938)가 그의 저작인 《원시부족의 세계관》(Die Weltanschauung der Naturvölker)이라고 하는 저작에서 이러한 단계의 신화를 몇 가지로 정리해서 충분하게 보여준다. 낮은 단계의 저급신화를 언급한 대목에서 우리의 이야기를 이해할 수 있는 간접적인 자료가 발견된다.

신화의 가장 낮은 단계로 동물신화가 언급되어야 한다. 여기에서는 애니멀리즘을 운운하여도 아무런 지장이 없다. 이 시대에는 인간은 자연의 기구에 있어서 동석의 일부에 지니지 않는다고 생각하고 있었고, 비이성적 동물에 견주어서 인간이 이성적이며 또 보다 완전하고 능력이 우수하다고 결코 생각하지 않았다. 애니멀리즘에서 파생되어 나온 것으로 토테미즘과 동물우화를 들 수가 있다.[12]

---

12) Leo Viktor Frobenius, *Die Weltanschauung der Naturvölker*, Emil Felder, Weimar, 1898, S. 394.

"Als niederste Stufe der Mythologie musste die Tiermythologie bezeichnet werden. Man mag hier von Animalismus sprechen. Der Hauptcharakterzug der

경우에 따라서는 이와 같이 오래된 것도 있지만 이후 처음으로 개화하
게 되었던 세계관의 부분을 이루고 있는 것은 마니즘, 즉 조상숭배이다.
마니즘의 시대에는 또한 고급신화가 성장하는 선구적 성격으로서 저급신
화를 더 들 수 있다. 최초의 단계에 인간은 아직 천체의 운행이나 밤에
대해서는 주목하고 있지 않았다. 인간의 관심 범위는 동료인 인간의 운명
을 초월하지 않은 채 죽음의 문제에 결부되어 있었다.[13]

저급단계의 신화로 말한 동물신화와 성격이 일정하게 상통한다. 인간
을 자연의 기구로 생각하게 하고 동격으로 여기는 점이 일부 발견되기
때문이다. 살해된 사람의 시신에서 식물이 생겨난다고 하는 발상이 발
견된다. 사람과 자연이 분간되지 않고 서로 연결되어 있으며 사람과 자
연이 오고간다. 애니멀리즘과 성격이 근접하고 있다.
　「술의 유래」에서 이러한 요소가 발견되는 것은 그렇게 해석을 해야 한

---

animalistischen Weltanschauung ist Campbell (S. 171) aufgefallen." Er sagt: "Er
(ein Buschmann) konnte keinen einzigen Unterschied zwischen den Menschen
und dem Tiere angeben, sondern wusste nicht anders, als dass ein Büffel
ebensowohl als ein Mensch mit Bogen und Pfeil schiessen könne, wenn er solche
hätte." Daraus geht hervor, dass der Mensch sich in dieser Zeit noch lediglich
als gleichwertiger Teil der Naturmaschinerie hält, sich in keiner Weise als
vollkommener, fähiger, als vernünftig im Gegensatz zum unvernünftigen Tier
hält. Als Ausläufer des Animalismus sind der Totemismus und die Tierfabel zu
nennen. Vergl. m. Arbeit: "Die Buschvölker" i. d. "Afrika" 1898. Einen vielleicht
gleichartigen, zur Blüte aber erst späther gelangenden Teil der Weltanschauung
bildet der Manismus, die Ahnenverehrung. Wenn ich für das alte Wort
Ahnenkultus hier Manismus einsetze, geschieht es, weil das ältere nur von
Kultus respektive Verehrung, also nicht von Anschauung spricht; und weil von
Manismus das oft notwendige Adjektiv manistisch gebildet werden kann.

13) Leo Viktor Frobenius, S. 394 "Die Zeit des Manismus ist die der niederen
Mythologie als Vorläuferin der aus ihr erwachsenden hohen Mythologie. In dem
ersteren Stadium beachtet der Mensch noch nicht den Wandel der Gestirne, Tag
und Nacht; sein Interessenhorizont ragt nicht über das Schicksal des Mitmenschen
hinweg, es ist an das Problem des Todes geknüpft."

다는 뜻이다. 이와 함께 마니즘의 요소도 있다. 가령 죽은 사람을 기리는 조상숭배의 흔적은 이와 관련된다. 살해된 시신을 매장한 곳에서 곡식이 자라고 이 곡식이 술이 되었으며, 술에서 다시 조상의 혼을 만난다고 하는 설정은 이와 깊은 관련이 있다. 인간의 죽음으로 인간의 영혼과 만나야 하는 것은 마니즘의 신화적 성격을 가지고 있다.

「술의 유래」는 조상신앙과 곡령신앙의 특징을 지니고 있으며, 프로베니우스가 말한 그것과 어긋나지 않는다. 오히려 농경의 방법과 식물의 유래, 조상과 만나는 방법 등에 대해서 자세하게 말하고 있으므로 이를 중심으로 이 이야기의 가닥을 정리하는 것이 이상적인 방안이라고 할 수가 있다.

곡물의 수확은 인간의 죽은 혼령을 거두어들이는 행위이다. 그러므로 곡물을 수확하게 되면 곡령을 모시고 동시에 곡령에게 의례를 지내야 하고, 의례에서 곡물과 함께 술을 바치는 행위를 하여야 한다. 곡령에게 의례를 지낼 때에 필요한 방식이 두 가지이다. 하나는 곡령 자체를 모시는 의례이고, 다른 하나는 곡령이 담긴 술을 빚어서 이것으로 조상과 만나는 방식이 있다. 이 이야기는 의례에서 술이 하는 기능을 보여주는 사례이다.

곡령에게 제사를 지내는 실제적인 이야기는 존재하지 않는 것으로 파악된다. 다만 근래에 실제적인 사례가 발견되므로 이에 근거해서 곡령의례를 추론할 수 있으며, 유사한 의례로 '올게심니'를 하여 이것을 가지고 가족들이 가신을 모시는 절차도 넓은 의미의 곡령의례로 포함할 수 있다.

제석신앙의 이면에 잠재되어 있는 곡령신앙적 면모가 재평가되어야 한다. 신화는 의례적인 구술적 상관물이라고 하는 점은 이러한 각도에서 진정한 의의가 있다고 생각한다. 의례에 대한 발생과 함께 살해라고

올베심리: 도미의례(稻米儀禮), 전남 구례군 위안리, 1965.
장주근 촬영, CD5-1 민속1995-50272

서울잿배개 땡집 건궁제석, 서울 황학동, 2009년 6월 30일
김은희 촬영

하는 핵심적 모피프와 곡물의 유래라고 하는 사실이 서로 관련을 지으
면서 일정하게 작용하는 것이 제석신앙의 한 단면을 해명할 수 있는 의
의가 있음을 다시 생각해야 한다.

4. 넓게 알기

1) 일본의 유사설화

[1] [가구쓰치(軻遇突智)와 하니야마히메(埴山姬)의 자식 와쿠무쓰비(稚
産靈)]

해와 달이 생긴 뒤에 히루코(蛭兒)를 낳았다. 그런데 이 아들은 세 살
이 되어도 서지를 못했다. 이는 처음에 이자나기노미고토(伊奘諾尊)와
이자나미고토(伊奘冉尊)가 하늘의 기둥을 돌 때에 음신이 먼저 좋다는
말을 하였는데 이는 음양의 이치에 위배된 일이어서, 그 때문에 히루코
를 낳은 것이다.

다음에 스사노오노미고토(素戔嗚尊)가 태어났다. 이 신은 성질이 악하
고, 어느 때나 울고 성을 냈다. 이 신 때문에 많은 사람들이 죽고, 나라
의 푸른 산이 메말라 민둥산이 되었다. 그렇기 때문에 부모가 말하기를,
"만약 네가 이 나라를 다스렸다가는 틀림없이 반드시 백성들을 상하게
할 것이다. 그러니 너는 멀고 먼 네노쿠니(根國)를 다스리는 것이 좋을
것이다."라고 하였다.

다음은 도리노이와쿠스후네(鳥磐豫樟船)를 낳았다. 그래서 이 배에 히
루코를 실어서 물 흐름에 맡겨 떠내려가게 했다. 다음의 불의 신 가구쓰
치(軻遇突智)를 낳았다. 그런데 이자나기노미고토는 이 가구쓰치 때문에
불에 데어서 죽고 말았다. 죽으려는 순간에, 누우면서 땅의 신 히나야마
히메(埴山姬)와 물의 신 미쓰하노메(罔象女)를 낳았다. 가구쓰치는 이 하
니야마히메에게 장가를 들어 와쿠무스비(稚産靈)를 낳았다. 이 신의 머
리 위에서 누에와 뽕나무가 나오고, 배꼽에서 오곡이 나왔다.[14]

一書第二曰 日月既生 次生蛭兒 此兒年滿三歲 脚尚不立 初伊奘諾尊 伊

---

[14] 《日本書紀》

奘冉尊巡柱之時 陰神先發喜言 既違陰陽之理 所以今生蛭兒 次生 素戔嗚
尊 此神性惡 常好哭恚 民眾多死 青山爲枯 故其父母敕曰 假使汝治此國 必
多所殘傷 故汝可以馭極限之根國 次生 鳥磐豫樟船 輒以此船載蛭兒 順流放
棄 次生 火神軻遇突智 時伊奘冉尊爲軻遇突智所焦而終矣 其且終之間 臥生
土神埴山姫及水神罔象女 即軻遇突智娶埴山姫生稚產靈 此神頭上生蠶與
桑 臍中生五穀 罔象此云 《日本書紀》

[2] [오오게츠히메노카미(大氣津比賣神 おおげつひめのかみ)]

또한 스사노오노미코토(須佐之男命)가 오케쓰히메노카미(大氣津比賣
神)에게 음식을 달라고 하였다. 오케쓰히메노카미는 코와 입, 그리고 엉
덩이에서 여러 가지 맛있는 음식을 끄집어내어 여러 가지의 요리를 만
들어 바쳤다. 하야스사노오노미코토(速須佐之男命)는 그 모습을 엿보고
음식을 더럽힌 뒤에 바치는 것이라고 생각하여, 즉시 오케쓰히메노카미
를 죽이고 말았다. 그런데 살해당한 신의 몸에서 여러 가지 물건이 생겨
났다. 머리에서 누에가 생겨났고, 두 눈에서 볍씨가 생겨났으며, 두 귀
에서는 조가 생겨났고, 코에서는 팥이 생겨났으며, 음부에서는 보리가
생겨났고, 엉덩이에서는 콩이 생겨났다. 그러자 가미무스히노미오야노
미코토(神産巢日御祖命)는 이것들을 모아 씨앗으로 삼았다.[15]

又 食乞大氣津比賣神(おおげつひめのかみ) 爾大氣都比賣自鼻口及尻 種
種味物取出而 種種作具而進時 速須佐之男命(たけはやすさのおのみこと)立
伺其態 爲穢汙而奉進 乃殺其大宜津比賣神 故 所殺神於身生物者 於頭生
蠶 於二目生稻種 於二耳生粟 於鼻生小豆 於陰生麥 於尻生大豆 故是 神産
巢日御祖命(かみむすひのみおやのみこと)令取兹成種 《古事記》

---

15) 《古事記》

[3] [우케모치(保食神 うけもちのかみ)]

이자나미고토는 세 아들 신에게 명령을 내려 말하기를, "아마테라스오미카미는 다카마노하라를 다스려라, 쓰쿠요미노미고토는 해의 신과 나란히 하늘을 다스리라, 스사노오노미고토는 아오우나하라를 다스려라." 하였다. 이미 아마테라스오미카미는 천상에서 말하기를, "아시하라노나카쓰쿠니에 우케모치노카미가 있다고 들었다. 쓰쿠요미노미고토 네가 가서 보고 오너라." 하였다.

쓰쿠요미노미고토는 그 명령을 받고 지상에 내려와 우케모치노카미가 있는 곳에 도착하였다. 우케모치노카미가 머리를 돌려 땅으로 향하니, 입에서 밥이 나왔다. 또 바다를 향하니, 지느러미가 넓은 것과 좁은 것들이 입에서 나왔다. 그 여러 가지 물건을 다 갖추어서, 100개나 되는 많은 것들을 책상 위에 쌓아 올려놓고 대접하였다.

이 때 쓰쿠요미노미코토는 노하여 얼굴을 붉히며, "참으로 더럽고 천하구나. 나를 대접하는데 어찌하여 입에서 토한 것을 쓰느냐?" 하면서 꾸짖고 칼을 빼서 죽여버렸다. 그러고 나서 그 상황을 아마테라스오미카미에게 자세하게 보고하였다. 아마테라스오미카미는 그 말을 듣고 크게 화를 내면서, "너는 악한 신이다. 다시 너를 만나지 않으리라." 하고 하룻날 하룻밤을 떨어져 지냈다.

그 후 아마테라스오미카미는 우케모치노카미의 간호를 위하여 다시 이미노쿠미히토를 피견하였으니, 그가 도칙했을 때는 이미 우케모치노카미는 죽어 있었다. 그리고 그 신의 머리에서는 소와 말이 나오고, 이마에서는 조가 나왔다. 눈썹 위에서는 누에가 나오고, 눈에서는 피가 나왔다. 배에서는 벼, 음부에서는 보리와 콩, 팥이 나왔다. 아마노쿠마히토는 보고를 할 때에 이것들을 빠짐없이 지참하여 아마테라스오미카미에게 바쳤다.

이 때 아마테라스오미카미는 기뻐하며 말하기를, "이것들은 이 세상에 살아가는 창생들이 먹고 생활하기 위하여 필요한 것이다." 하며, 조와 피, 보리, 콩을 밭에 심을 종자로 하고, 벼는 논에 심을 종자로 삼았다. 또 이로 인하여 아마노무라카미를 정하였다. 그래서 그 벼의 종자를 처음으로 아마노사나타와 나가타에 심었더니, 그 해 가을에 수확을 할 때에 주먹 여덟 개의 길이가 될 만큼 성장하여 참으로 경사스럽게 되었다. 또 입 속에 누에를 머금고 그대로 실을 뽑게 하였다. 이것이 양잠이 일어난 시초이다.

一書十一曰 伊奘諾尊任三子曰 天照大神者 可以御高天之原也 月夜見尊者 可以配日而知天事也 素戔嗚尊者 可以御滄海之原也 旣而天造大神(あまてらすおおみかみ) 在於天上曰 聞葦原中國有保食神 宜爾月夜見尊(つきよみのみこと) 就候之 月夜見尊受勅而降 已到于保食神(うけもちのかみ)許 保食神 乃迴首嚮國 則自口出飯 又嚮海 則鰭廣鰭狹亦自口出 又嚮山 則毛麤毛柔亦自口出 夫品物悉備 貯之百机而饗之 是時 月夜見尊 忿然作色曰 穢哉 鄙哉 寧可以口吐之物 敢養我乎 迺拔劒擊殺 然後 復命 具言其事 時天造大神 怒甚之曰 汝是惡神 不須相見 乃與月夜見尊 一日一夜 隔離而住 是後 天造大神 復牽天態人往看之 是時 保食神實已死矣 唯有其神之頂 化爲牛馬 顱上生粟 眉上生蠶 眼中生稗 腹中生稻 陰生麥及大小豆 天態人悉取之去而奉進之 又時 天造大神喜之曰 是物者 則顯見蒼生 可食而活之也 乃以粟稗麥豆 爲陸田種子 以稻爲水田種子 又因定天邑君 即以其稻種始殖於天狹田及長田 其秋垂穎 八握莫莫然甚快也 又口裏含繭 便得抽絲 自此始有養蠶之道焉16) 《日本書紀》

---

16) Uke Mochi (保食神) is a goddess of food in the Shinto religion of Japan. When Uke Mochi was visited by Tsukuyomi she prepared a feast by facing the ocean and spitting out a fish, then she faced the forest and bountiful game spewed out of her anus, finally turning to a rice paddy she coughed up a bowl of rice. Tsukuyomi was so disgusted he killed her. Even her dead body produced food: millet, rice, and beans sprang forth. Her eyebrows even became silkworms. The

2) 하이누벨레 소녀

누누자쿠의 아홉 가족이 떠돌아다닐 때, 그들은 서-세람의 몇 군데 지역에 체류했으며, 오늘날 아히오로와 바라로인 사이의 숲속에 있는, 성스러운 장소인 타메네 지바에 상륙했다. 그 당시 사람들 중에는 결혼도 하지 않고 아이도 없는 아메타 Ameta라는 남자가 있었다. 어느 날 아메타는 자신의 개를 데리고 사냥을 나갔다. 몇 시간 후 개는 숲에서 한 마리 돼지의 흔적을 발견하고 한 연못까지 따라갔다. 그러나 돼지는 연못 속으로 달려 들어갔으며, 개는 연못가에 멈추어 섰다. 돼지는 더 이상 수영을 할 수 없어, 물에 빠져 죽고 말았다. 그 사이에 뒤따라온 아메타는 죽은 돼지를 건져 올렸다. 그는 돼지의 어금니에서 야자열매를 하나 발견했다. 그 당시 지상에는 아직 야자나무가 없었다.

아메타라는 이름 '메타 meta = 검은, 어두운, 밤'이라는 단어와 연관이 있다. 성스러운 장소인 타메네 지바의 이름, '지바 siwa = 아홉'이라는 단어와 관계가 있다; 타메네는 오늘날도 집회장소 옆의 춤추는 장소의 이름이다. 예의 그 성스러운 춤추는 장소 대신에, 아홉 군데의 그런 춤추는 곳들이 있었다는 사실을 이 이름이 나타내는 지도 모른다.

아메타는 야자열매를 직접 줍고, 돼지는 다른 사람들의 도움을 받기 위해 그대로 두었다. 돌아오는 길에 그는 한 나무 위에서 Kussu를 발견했다. 그는 야자열매를 바닥에 내려놓고 Kussu를 따기 위해 나무 위로 기어 올라갔다. Kussu를 거의 따려던 순간, 그는 누군가가 피리를 부는 소리를 들었다. 그는 주위를 둘러보았으나 아무도 볼 수 없었다. 그가

---

goddess is sometimes also called Ōgetsuhime-no-kami (大宜都比売神). Uke Mochi is also the Wife of Inari in some legends and in others is herself Inari.

다시 Kussu에 다가가서, 두 번째 손을 뻗쳤을 때, 다시 같은 피리 소리가 들렸다. 그러나 이번에도 아무도 보이지 않았다. 세 번째에도 다시 피리소리가 들려왔다. 그는 Kussu에서 물러나, 야자열매 쪽으로 돌아왔다.

그는 야자열매를 가지고 집으로 돌아와 야자열매를 한 곁에 놓고, 거기를 자롱 patola로 가려놓았다. 그리고 그는 집으로 들어가 잠을 자다가, 꿈을 꾸었다. 꿈속에서 한 남자가 그에게 다가와 말했다. "당신은 자롱으로 덮어 한 곳에 놓아둔 그 야자열매를 땅에 심어야 합니다, 왜냐하면 그 야자열매는 곧 싹이 틀 것이니까요." 다음날 아침 아메타는 야자열매를 가져다 심었다. 삼일 후에 야자나무가 높이 자라났다. 다음 삼일 후에는 꽃이 피었다. 그는 마실 것을 마련하기 위해 꽃을 따려고 야자나무를 기어 올라갔다. 그런데 일을 하다가 그만 손가락을 베어, 그 핏방울이 야자꽃 위로 떨어졌다. 그는 집으로 들어가 상처를 감았다. 삼일 뒤에 그 자리에 다시 갔을 때, 그는 야자잎 위에서 피와 꽃즙이 섞여서, 거기에서 사람이 생기는 것을 보았다. 사람의 얼굴은 곧 형상이 갖추어졌다. 다시 삼일 뒤에 갔을 때, 사람의 몸통도 생겨나 있었으며, 또다시 삼일 뒤에는 핏방울에서 한 작은 소녀가 생겨났다. 밤에 꿈에서 같은 남자가 나타나 그에게 말했다. "patola 자롱을 가져다가, 야자나무에서 나온 소녀를 조심스럽게 감싸서, 집안으로 데리고 들어가세요."

다음 날 아침 그는 patola 자롱을 가지고 야자나무로 가서 위로 기어 올라가 소녀를 조심스럽게 감쌌다. 그리고 아래로 데리고 내려와 집으로 갔다. 그는 그 소녀를 하이누벨레라 불렀다.

세람에서는 오늘날도 아이가 태어나면, 야자나무로 기어 올라가서 야자열매를 하나 자롱 파톨라로 감싸 집으로 가져오는 관습이 있다. '수건 Tuch'이라고 불리는 자롱 파톨라는 다른 생활관련 축제에서도 볼 수 있으

며, 왕뱀 patola를 연상시키는 뱀모형을 가지고 가야한다.(서문 17쪽 참조)

하이누벨레 Hainuwele라는 이름은 여러 마을에서 각각 독자적으로 언급되는 것에 따르면, 언어상으로 야자나무 가지라는 뜻이다. 그것은 '누벨레 nuwele = 야자나무' 그리고 '하이 hai의 ha = 가지'의 복합형이며, i는 3인칭의 소유격-접미사이다. 이런 관련 속에서 우리는 언어상의 특수성에 대해 주위를 기우려야 한다. austronesisch의 언어들 에서는 Hainuwele라는 단어와 같은, 소유격-후치형의 단어가 압도적으로 많다. 동-인도네시아의 몇몇 섬들만 여기에서 예외적이다. 세람과 부루 Buru, 남서부-섬들과 남동부-섬들의 언어는 소유격-전치가 지배적이다. 예를 들어 13번 이야기의 'nuweletetui'라는 단어는 '야자나무 꼭대기'라는 뜻이다. 이런 단어조합에 따르면, 세람어에서 야자나무가지는 원래 'Nuwele hai'여야 한다. 그러나 왜 이 단어는 예외적으로 소유격-후치 형태를 가지고 있는지, 대답하기 매우 어렵다. 이에 대한 많은 austronesisch 언어학자들의 의문들은 아무런 결론에 이르지 못했다. 암본권역의 모든 언어에 가장 정통한 것으로 보이는, E. Stresemann 박사는 아마도 "Hainuwele"는 차용어일 가능성이 있으며, 발음상으로도 세람의 언어감각과 잘 맞는다는 의견을 제시했다.

그녀는 매우 빨리 자랐으며, 삼일 뒤에는 이미 결혼할 수 있는 젊은 소녀(mulua)가 되었다. 그러나 그녀는 평범한 사람이 아니었다. 그녀가 변을 보면, 중국 접시들이나 징과 같은 값비싼 물건들로 된 배설물이 나와서, 그녀의 아버지 아메타는 아주 부자가 되었다.

그때 타메네 지바에서는 아홉 밤 동안 계속되는 큰 마로-춤 Maro Tanz이 행해졌다. 아홉 가족의 사람들이 여기에 참여했다. 춤을 추면서 그들은 커다란 아홉 겹의 나사 모양을 만들었다. 밤에 마로 춤을 출 때 함께 춤을 추지 않는 여자들을 가운데 앉혔으며, 춤추는 사람들에게는 Sirih와 Pinang를 갈아 먹으라고 주었다. 그 큰 춤 축제에 하이누벨레 소녀는 가운데 앉아서, 춤추는 사람들에게 Sirih와 Pinang을 건네주었다. 새벽녘에 춤이 끝나면, 사람들은 잠을 자기 위해 집으로 갔다. 두 번째 날의 저녁에 그들은 다른 장소에서 모였다. 왜냐하면 아홉 밤 동안 마로춤을 출 때, 매일 밤 다른 장소에서 춤판을 벌여야 했다. 그 때마다 하이누벨레는 Sirih와 Pinang을 나눠주기 위해 가운데 앉았다. 그러나 춤추는 사람들이 Sirih를 요청하지 않자, 그녀는 그 대신 산호를 주었다. 모든 사람들은 산호가 매우 아름답다는 것을 알았다. 춤추는 사람들과 밖에 서있던 사람들도 거기로 몰려들었으며 Sirih와 Pinang를 청했으며 산호도 얻었다. 사람들이 집을 돌아갈 새벽까지 그렇게 춤이 계속되었다. 다음 날 밤에 춤은 또 다시 다른 장소에서 벌어졌으며, 하이누벨레도 Sirih와 Pinang을 나눠주기 위해 가운데 앉아 있었다. 이날 밤에도 그녀는 아름다운 중국 도자기 Porzellan 접시(이른바 하나 hana)를 나눠 주었으며, 거기에 있었던 모든 사람들이 그 접시를 한 개씩 받았다. 네 번째 밤에 그녀는 더 큰 도자기 접시(이른바 키나 바투 kina batu)를 나누어 주었다. 다섯 번째 밤에는 덤불 베는 칼을 주었으며, 여섯 번째 밤에는 구리로 된 아름답게 만들어진 Sirihdosen을 주었으며, 일곱 번째 밤에는 금 귀걸이를, 여덟 번째 밤에는 아름다운 징을 주었다. 그렇게 하이누벨레는 밤이 바뀔 때마다 더 값비싼 물건들을 주었으며, 사람들은 이것을 아주 놀라워했다. 그들은 함께 모여서 의논을 했다. 그들은 하이누벨레가 그런 부를 나누어 줄 수 있는 것을 매우 시샘하고, 그녀를 죽이기로 결정했다.

큰 마로 춤 축제의 아홉 번째 밤에 하이누벨레는 Sirih를 나눠주기 위해 다시 가운데 자리에 앉았다. 그러나 남자들은 깊은 구덩이를 하나 팠다. 그날 밤에는 커다란 아홉 겹 나사 모양의 춤 가장 안쪽 원 안에서 레지에라 Lesiëla 가족이 춤을 추웠다. 나사 모양의 둥근 원형으로 서서히 춤을 추면서 그들은 하이누벨레 소녀를 구덩이로 몰고 가서, 그 안으로 던져 넣었다. 소녀의 비명소리는 마로-노래의 커다란 3화음 소리에 묻혀버렸다. 그녀 위로 흙이 부어지고, 춤추는 사람들은 춤을 추면서 구덩이를 발로 구르며 단단히 다졌다. 새벽녘에 마로-춤이 끝나고, 사람들은 집으로 돌아갔다.

마로-춤은 오늘날에도 밤에만 행해진다. 남자들과 여자들이 춤에 함께 참여한다. 한 남자가 춤을 인도하고, 위에 적힌 방법으로 서로 팔을 교차하면서 남녀가 매번 교대로 그를 따른다. 이런 방식으로 다채로운 행렬 속에서 춤추는 사람들의 행렬이 고조되고, 하나의 원을 만들었다. 행렬의 끝이 춤 인도자에게 이르면, 새로운 춤꾼들이 덧붙여져, 여러 겹의 나사가 될 때까지 최초의 원 주변을 나사모양으로 천천히 움직인다. 그렇게 형성된 춤추는 행렬들은 3화음의 노래에 맞춰 적절하게 발을 구르며 시계 반대 방향으로 원형을 그리며 맴돈다. 마로춤은 오늘날도 거의 의례적인 행사에서만 추게 되고, 이는 의심할 여지없이 죽은 자의 여행에 관한 생각과 가장 밀접하게 연관되어 있다.

하이누벨레 소녀가 나눠준 선물들은 동-인도네시아의 원시문화 속에 존재하고 있던 특별한 귀중품을 묘사하고 있다. 그러나 오로지 수입된 물품과 연관이 있으며, 고유한 생산물과는 관계가 없다.

마로-춤이 끝났으나 하이누벨레가 집으로 돌아오지 않자, 그녀의 아버지 아메타는 그녀가 살해되었다는 것을 알았다. 그는 아홉 개의 Ubi(신탁소의 니무못으로 쓰는 목제인 덤불류 식물)를 구해 가지고 집으로 가서 마로춤의 아홉 겹 원을 만들었다. 이제 그는 하이누벨레가 마로춤을 추는 장소에서 살해당했다는 것을 알았다. 그래서 그는 아홉 개의 야자나무 잎새를 가지고 춤추는 장소로 갔다. 그는 아홉 개의 야자나무 잎맥을 하나씩 땅에 꼽았다. 아홉 번 째 잎맥을 꼽으며 그는 마로춤의 가장 안쪽 원으로 들어갔다. 그리고 그 야자나무 잎맥을 다시 뽑아내자, 하이누벨레의 머리카락과 피가 묻어나왔다. 그는 그 자리를 파고 시신을 꺼내서 여러 조각으로 잘랐다. 그리고 몸 조각들을 춤추는 장소 전체 주변에 하나씩 묻었다. 그러나 두 팔은 묻지 않고, 익지 않은 바나나로부터 사람들이 생겨날 때 함께 태어난 여인인 무루아 자테네 mulua Satene에게로 가지고 갔다. 그녀는 그 당시에도 여전히 사람들을 지배하고 있었다. 그러나 땅 속에 묻은 하이누벨레의 시신조각들은 당시엔 아직 지상에 존재하지 않았던- 특히 그 이후부터 사람들이 주로 먹고 살게 된 식용구근으로 변하였다.

그리고 하이누벨레의 위는 커다란 단지가 되었는데, 이 단지는 오늘날에도 호니테투 Honitetu 마을의 지도자가 소유하고 있다고 한다. 이 단지는 신성하게 간주되었으며 무루아 하이누벨레 야쿠이 mulua Hainuwele jakui(하이누벨레 소녀의 위)라 불렸다. 그녀의 허파에서는 Ubi 열매가 생겨났는데, 특히 Ainte latu paite (말레이의 Ubimera; 이 열매는 보라색이다) 종류가 되었다. 소녀의 가슴에서는 또 다른 종류의 Ubi가 생겨났는데, 그 형태가 마치 소녀의 가슴과 같아서 Anite babau라 불렸다. 눈으로부터는 처음에 아홉 개의 구근이 눈알 모양인 Ainte mau라는 열매가 생겼다. 음부에서는 밝은 보랏빛이며 아주 맛이 있는 Ainte moni가 생겨났다. 엉덩이에서는 아주 마른 껍질이 있는 Ainte ka oku 종류가 생겨났다. (ka = 엉덩이, oku = 건조한) 귀에서는 귀처럼 생겨서 위로 자라는 Ainte leliëla가 생겨났다. 발은 Ainte jasane가 되었으며, 허벅다리는 커다란 Ubi-Sorte Ainte wabubua가 되었다. 머리는 Uku 열매(Ke-ladi), 정확히 말하면 Uke joijone 종류가 되었다.

인도네시아에는 한 소녀의 몸에서 구근열매가 생겨났다는 신화들이 있으며, 이 이야기들이 아주 다양한 형태로 널리 유포되어 있다.

아메타는 사람들에게 천벌이 내리기를 원했으며, 무루아 자테네는 살인을 했기 때문에 사람들에게 매우 화가 났다. 그녀는 타메네 지바의 한 장소에 커다란 문을 세웠다. 그 문은 사람들이 마로-춤을 출 때 만드는 것과 아홉 겹의 나사모양으로 되어 있었다. 무루아 자테네는 직접 문의 한 쪽에 커다란 나무기둥을 세우고 하이누벨레의 잘려진 두 팔을 양 손에 들었다. 그 다음에 그녀는 커다란 문의 다른 쪽으로 모든 사람들을 불러 모으고 그들에게 말했다. "나는 여기에 더 이상 살지 않을 것이오, 그대들이 살인을 했기 때문이오. 나는 오늘 그대들을 떠날 것이오. 이제부터 그대들은 모두 저 문을 통해 나에게로 와야 하오. 저 문을 통과하는 자는 인간으로 남을 것이지만, 통과하지 못하는 자에게는 다른 일이 일어나게 될 것이오." 사람들은 모두 그 나사모양의 문을 통과하려고 애를 썼다, 그러나 모든 이가 통과하지는 못했다. 문을 통과하지 못한 사람들은 무루아 자테네에게 갔는데, 그들이 동물이나 Geist가 되었다. 그렇게 해서 돼지와 사슴, 새, 물고기, 지상에 살고 있는 많은 geist들이 생겨났다. 이전에는 사람이었으나, 그러나 그들은 뒤 쪽에 무루아 자테네가 서 있는 그 문을 통과하지 못했다. 그러나 문을 통과한 또 다른 사람들은 무루아 자테네에게로 갔다. 몇몇 사람들은 나무기둥의 오른쪽으로, 다른 사람들은 왼쪽으로 지나갔다. 그러나 그녀는 지나가는 모든 이들을 하이누벨레의 팔로 때렸다. 그녀의 왼쪽으로 지나가는 사람은 다섯 개의 대나무-기둥을 뛰어넘어야 했다. patalima, Fünfermenschen이 이들의 혈통이다. 그리고 무루아 자테네의 오른쪽으로 지나간 사람들은 아홉 개의 내나무-기둥을 뛰어넘어야 했다. patasiwa, Neunermenschen이 이들의 혈통이다. (22번 주석 참조)

그러나 자테네는 인간들에게 말했다. "나는 오늘 그대들을 떠날 것이오. 그리고 그대들은 나를 더 이상 지상에서 보지 못할 것이오. 그대들이 죽게 되면, 그대들은 나를 다시 보게 될 것이오. 그러나 그대들은 나에게 오기 전에, 어려운 여행길을 겪어야 할 것이오." 이때부터 무루아

자테네는 지상을 떠나, 서-세람의 남쪽에 있는 죽은 자들의 산인 자라
후아 Salahua의 니투 Nitu가 되었다. 그녀에게 가고자 하는 자는, 죽어
야만 했다. 그러나 자라후아로 가는 길은 또 다른 니투에 사는 여덟 개
의 산들을 지나가야 했다. 그때부터 인간 외에 짐승도 Geister도 지상에
함께 있게 되었다. 그리고 그때부터 인간들은 Patalima와 Patasiwa의
두 부류로 나뉘게 되었다.

③ 우렁색시

1. 초다짐

「우렁색시」이야기는 신이담의 전형적 사례이다. 신이담은 달리 본격담이라고도 하고, 달리 마법담이라고 하는 용어도 쓰인다. 같은 말인데 번역하여 쓰는 쪽에서 이를 달리 쓰면서 용어가 번다해졌다. 아울러서 우렁이가 변하여 색시가 된다고 하는 관점에서 이 이야기는 변신담이라고 할 수가 있다.

우렁이나 고동, 조개 등의 다양한 것들이 있어서 변신이 되는 주체의 인물을 다양하게 보여주는 구실을 한다. 이야기의 배경도 밭, 논, 물 등의 다양한 공간적 설정을 하고 있는 점도 특별하다고 할 수가 있다. 그런 점에서 이 이야기의 기원과 원천이 문화적 환경과 관련되면서 변신담으로 형성된 것을 보여주는 것이 아닌가 한다.

이 민담은 단순형과 복합형이 있어서 이야기가 다양하게 전개된다. 게다가 단일한 유형에 머무르지 않고 유형적 간섭이 극심하게 일어나서 여러 가지 다른 이야기 합쳐져서 다양한 유형의 이야기가 복합되는 현상을 보이고 있다. 그런 점에서 이 민담은 다양하고 풍부한 의미를 만들어내는 구실을 한다.

이야기의 제목과 내용은 단순하지 않고 고도의 의미와 상징을 동시에 지니고 있다. 딱딱한 껍질 속에 아름답고 부드러운 여성이 살고 있어서 이를 우렁색시라고 했다. 우렁색시는 남성들 누구나 한번만 보면 쉽사리 빠져드는 아름다움을 간직하고 있다. 이 여성이 그림으로 그려져 바람에 휘날려 간 덕분에 임금님도 여인의 아름다움에 사로잡혀 결국 여인을 남편으로부터 빼앗아가고야 만다.

우렁색시를 화상으로 그려서 이를 간직하고 이를 숭배하는 남성들의 모습이 신기하게 보인다. 남성들의 궁극적 이상형이므로 남성들은 이 인물에게 곧장 함몰되고 빠져들어서 이 인물에게 매력을 갖게 되는 특징이 있다. 여성을 묘사하는 대목에서 여성이 풀숲에 숨어 있는데도 불구하고 빛이 나거나 황홀한 아우라가 발산되었다고 하는 것으로 해석할 수가 있는 여지가 있다.

여성을 통해서 남성들이 자신들의 모자라는 배우자로서만이 아니라, 무엇이든지 충족시킬 수 있는 힘을 준다고 하는 점도 인상적이라고 할 수가 있다. 가난한 총각에게 먹을 것과 입을 것을 마련한다든지, 가난한 남자들이 여성을 보고서 자신의 배우자로 삼아야 하겠다고 하는 생각을 낸다든지 하는 것은 이러한 것과 무관하지 않다고 할 수가 있다.

우렁색시를 찾기 위해서 남성은 새털옷을 입고 걸인잔치에 참여하여 임금에게서 다시 여인을 되찾고 왕이 되는 것이 이야기의 결말이다. 이 이야기는 여인을 두고 다툼을 벌이는 것이고, 갈등이 해소되자 남성은 왕이 되었다고 하는 것이 요점이다. 왕위계승을 두고 벌어지는 다툼에서 여인의 지혜와 사육제에 참여한 남성이 신비로운 옷을 통해서 능력을 보여주지만, 이 옷을 빼앗아 입은 왕은 땅에 내려오지 못하고 결국 하늘에 머물러 새가 되었다고 한다.

남성들의 마음 속에 도사리고 있는 아름다운 여인상을 흔히 아니마 Anima라고 한다. 우렁색시는 아니마의 전형이고, 이야기와 예술 창조의 핵심이 된다. 우렁색시가 남성을 실망시키지 않고, 남편이 자신을 찾고 왕위를 되찾도록 하는 점에서 궁극적인 여인상으로서 손색이 없는 면모를 발휘한다. 구원의 여인상이 곧 우렁색시이다. 이 이야기는 AT408의 유형에 속하는 것으로 세계적으로 널리 알려져 있다.

2. 자료

•「총각과 달팽이 처녀」[1]

그래, 그 저 한 총각이 혼자 사는데 그전에 총각이 혼자 사는데, 혼자 사는데, 맨날 낚시질을 좋아하는데, 만날 낚시질을 가서 고기 같은 걸 잡고 먹구 이러다가 하루는 낚시질을 갔는데 낚시대가 이래 휘면서 잘 안 올라 오드라. 그래서, 뒤로 당겨 갖고 보니까, 이러한 틀팽이[2] 그래서 틀팽이라고 있어요. (조사자: 틀팽이라뇨?) 틀팽이라고 물에 보면 있거든요. 껍데기를 만져 보면 밭에도 있고 축축하고 틀팽이라고 있어요. 틀팽이라고 이렇게 큰 기 물에도 있거든요. 골뱅이 같은 거. 집을 해서 짊어지고 댕기거든요. 이만큼 크더래요.

그래서, 억지로 집에 가지고 와서 비니루막에 구멍을 내가지고 이렇게 껍데기를 넣어 매달아 놓고 그래 놓고 하루는 사냥을 갔다가 오니가 식사를 아주 곱게 덮어 놨거든. 그래서 먹었지. 그래서, 이튿날 또 사냥을 하고 오니 또 역시 차려 놨드레. 그래서 먹었지. 그래서, 그 이튿날 또 사냥을 하고 오니 또 역시 차려 놨드레. 그래서 참, 이상하다 먹기도 잘 먹었어. 그래 먹고서는 그 이튿날 자고 일어나서 가만히 생각하니, '어느 분이 내 식사를 지어서 덮어 놨는가' 하는 생각을 해서 하루는 지켰대요. 하루는 어델가는 척 하고 가만히 지키니, 한낮이 되니, 한 열

---

1) 김선풍 외, 《한국구비문학대계》 2-8, 한국정신문화연구원, 1986, 869-873면.
2) 달팽이

한시쯤 되니 틀팽이 속에서 한 처녀가 나오더니, (조사자: 예) 그 차반상 (음식상)을 차려 놓고서는 시간이 되니 틀팽이 속으로 들어가니, '아, 그렇구나'하고 그 이튿날은 '내가 꼭 지켜 갖고 저 여자를 붙들 것이다' 이런 야심을 먹고 그래, 이튿째는 또 일하러 가는 척하고 지켰지. 그래 또 그 시간이 되니 나와. 나와서는 식사 짓는 것을 그만 꼭 받들어 못 들어가게 하니 틀팽이 속으로 처녀가,

"여보시오. 일주일만 참으면 당신의 부인이 될 건데, 왜 그것을 그 시간을 못 참아가지고."

그 어여쁜 아가씨가 그래 붙들어 놓아 있으니 일을 할 수 있나. 그래서, 일을 안 가고 아가씨하고 놀기만 하니 아가씨 하는 말이,

"당신 이렇게 놀면 안 된다. 모든 낭그 하시던가, 밭을 매러 가시던가 항상 우리 응, 농사 짓는 풍도를 항시 노력을 해야 한다."

색시가 너무 좋아 갈 수 있나. (조사자: 그렇지.) 그래서,

"나 당신이 못 믿어 못 같다."

이거야.

"그럼, 제가 내 화상을 내 모습과 똑 같이 그려서 두 장을 줄 테니까, 밭가에다 양짝 머리에다 팻말을 갖다 꽂고 거기 양쪽에다 화상을 걸어 놓고서, 당신이 빨리 밭을 매야 이 길을 빨리 메나갈 때는 저 짝 화상을 보고 저 짝을 멜 때에는 이 쪽 화상을 보고 이러면 당신 일도 빨리 하고 좋지 않으냐? 그리고 집에 올 때에는 화상을 갖고 오라."

그래서, 하루는 화상을 갖다 양쪽에다 붙여 놓고서는 밭을 총각이 죽자하고 맸다. (조사자: 응) 이 쪽으로 갈 때 빨리 매고 이 쪽으로 올 때 빨리 매고 그러니 일도 참 빨리 하지요. (조사자: 그렇지.) 그래서 해거름이 석양판이 됐는데 어떻게 하다 보니 난데없는 돌개바람이 위익 불어 가지고, 화상을 두 개 다 똑 떼가지고 공중으로 뱅뱅뱅 틀어서 화상을 그만 싹가지고 가버렸네. 세상에.

총각이 생각해 보니 어이가 없죠. 일을 이렇게 되니 할 수가 없나. 그 처녀가 보고 싶어서. 그래서, 그만 집으로 왔지 해는 지고. 와가지고,

"왜 당신 화상을 가지고 오지 않았소?"

"아유, 난데 없는 돌개 바람이 불더니 내 화상 당신 화상도 붙들 사이도 없이 공중으로 날라서 어디로 갔는지 흔적이 없다."

이거야. (조사자: 응)

"당신이 시간을 지키지 않았기 때문에 그러한 것이다."

"당신은 내일은 어떠한 환경이 나도 날 테니 탄탄한 감끈어 짜가지고 싸갖고 나를 집어 넣어가지고 못을 딱 쳐가지고 당신이 그 즉시 도망을 가라. 집에 있다 보면, 시간이 불 같이 환경이 난다."

이거야. 그래서, 이 총각이 감을 끈어 하나 짜가지고 그 처녀 그 어여쁘게 잘 생긴 처녀를 궤 안에다 넣고 못을 쓰러 박고서는 짊어지고 고만 도망을 간다. 그 처녀 내 버리고 갈 수가 없거든. 그래서, 그 처녀가 시키면 시키는 대로 그놈을 짊어지고 어데만큼 도망을 가다 보니 웬거나 서울에서 임금이 신하들을 시켜서 나졸을 해서 쌍가마를 해가지고서는 시골을 그냥 번쩍번쩍하게 내려 온다. 어떻게 되었는 것이 이 화상이 날라서 임금님 마당에 가서 떨어졌다. 그래, 임금님이 신하들을 시켜,

"이 화상을 갖다가 화상을 잃은 사람을 잡아 오너라. 화상과 똑 같은 사람을 갖다 찾아서 가마에 싣고 오너라."

이거야. 그러니, 나졸들이 신하들처럼 차리가지고 내려 왔나. 그래, 내려 오다 보니 이 총각이 그 갑을 짊어지고 도망을 치는 바람에 그 호화찬란한 물건을 보더니 눈이 뚱그레져 지가 어떻게 할 수 없어. 갑을 들어 덤부살이 밑에 갖다 풀을 뜯어 덮고 자기 혼자 저 먼 빈 집에 올라가서 저 사람들이 저기서 쉬나 안 쉬나 인제 망을 보는 거야.

그래, 그만 갑을 버리고서는 저 산등에 인제 들여다 보니 해필 그 갑을, 버를 그 장소에 와서 그 좌석에 와서 그 사람들이 쉬어 갔드라. 나졸

들이 딱 쉬드라 이거야.. 그 사람들이 쉬면서 덩굴 밑에 풀을 덮었는 데도 그 덤불 밑에 서기가 **빤짝빤짝 빤짝빤짝** 서기가. 지금은 보석이니 뭐, 그런 번지가 떨어질 때죠. 서기가 빈추니[3] 그 사람들이 저 풀숲 밑에 무가 저렇게 서기가 빈추는지 한번 가 보자. 아무도 없고 나무로 짠 갑 밖에 없다 이거야. 그래, 하도 사람들이 고만 그 갑을 가마 안에다 쥐 넣어 도로 고만 임금님한테 올라 갔지 돌아 서서. 올라 가니 세상에 가매는 들어오는데, 나졸들이 도로 휘양을 해서 임금님 마당으로 들어 오는데 서기가 그냥 환하게 임금님 계시는 곳에 서기가 비추거든. 그래서, 참, 좋아서 참, 임금님 참, 어여쁜 아가씨를 데려 오나 하고 임금이 너무나 고만 반가와가지고 가매 문부터 열어 보니 그 갑 밖에 안 들엇다 이거야. 그래 세상에. 근데, 그 나무로 짠 갑이 어찌 그리 서기가 빈추는지 나졸들을 시켜서 일래 받쳐 놓고서 그래 놓고서 신하들을 보고 뒤를 따라 뭐가 들어서 서기가 빈추나 까 놓고 보니 그 어여쁜 아가씨가 거서 나오드라. 그래서, 그 임금이 자기하고 그 임금의 부인이 되죠. 임금의 부인이 됐는데, (청중: 그만 그 총각을 허애졌지.) 그러나, 그 처녀가 그 임금님하고 결혼을 해가지고 부인이 됐어도 임금님 부인이 됐는데 무거 소원이 되겠는가. 아무것도 자기한테 소원될 게 없어. 그래서 일평상에 그 분이 수심을 펴고 용상이 올라 앉아서 매일 수심을 띄고 이래 이래 니, 그래, 한번은 그 자기 남편 되시는 분이 물었죠. 임금이 그 분이,

"당신이 일평상 살면서 뭣 때문에 수심을 짓느냐?"

그래서, 그 때서야 상세한 이야기를 하는 거야.

"내, 내가 시골에 있을 때 어떤 사연이 내려 와 그렇게 됐는데 내 첫사랑의 첫 부부가 그렇게 되어서 이렇게 되었습니다."

"그러면 어떠하면 그 사람을 볼 수 있느냐?"

---

3) 비추니

하니,

"그것은 임금님의 처분이지 제가 어떻게 할 수 있습니까?"

그래, 임금님이 석 달 열흘 그날을 백 일을 잔치를 벌였는데, 백일을 풀면 그 사람이 물론 여기 저기 잔치를 하면 도착할 것이다. 그래, 임금님 처분만 바랄 것이다. 그래, 석 달 열흘 잔치를 해도 보이지 않아서 다른 거지들은 다 모여드는데 그 분은 보이지 않아요. 글나 마지막 날에 가서 그 부인을 용상에 올라가서 내려다보니 그 자기가 과거에 사귀었던 총각이 아주 남루하게 해가지고 그 임금님 마당에 들어 와서 술을 마시고 거지 잔치를 한다.

"바로 저 하여튼 거지가 되어서 오든가 무거 되어서 오든가, 하여튼 그 분만 나타나거든 나한테 얘기를 해라."

말이야. 그 인제 종들을 시켜서 놨다.

"바로 저 분이다."

임금님이 그 분을 불러들여가지고 참 옷을 잘 입히고, 그래,

"저 분이다."

하니까 부인은 줄 수가 없고 자기가 결혼을 했으니까 그래 고을 원을 시켜서 그분을 잘 살게 만들어 주셨어.

3. 깊게 보기 : 「총각과 달팽이 처녀」의 구조적 심층 연구

1) 김금자 각편 version의 특징

이 각편의 작자는 김금자이다. 그러나 작자라고 하지는 않는다. 화자라고 하고 이야기꾼이라고 하고 구연자라고 하는 것이 일반적이다. 작자일 수 없는 이유는 독창성을 강조하는 것이 아니라, 집단의 기억을 일

정하게 전달하고 있는 유형의 구연자이므로 공동작과 개인작의 경계면에 입각하고 있기 때문에 이를 각편과 유형의 성격을 동시에 구현하고 있다. 그래서 이야기꾼이라고 하는 말을 하고 구연자라고 한다.

이 각편은 다양한 변이들로 가득 차 있다. 각편의 핵심적 변이는 서두에서 달팽이 색시를 얻는 대목에 있고, 결말에서 임금의 아내가 되어서 거지 잔치를 하는 점은 동일하지만 마지막에 자신의 전남편에게 고을원님의 자리를 마련해주는 것이 각별하게 변이되어 나타나는 점에서 특징적인 변이로 확인된다. 서두와 결말에서 보이는 변이가 각편의 특징을 결정하고 있다고 보인다.

서두의 변이는 일반적으로 남성이 밭을 갈거나 논을 갈면서 생기는 것인데 이 변이는 낚시나 사냥을 하면서 자신의 고단한 생업을 이어가고 있는 것으로 확인된다. 달팽이로 이루어지는 변이는 우렁이, 고동, 대수리 등으로 벌어지는 일반적 전개와 무엇이 어떻게 다른지 고민하게 하는 변이라고 생각한다. 그러나 특별하게 벌어진 변이가 이야기의 맥락을 어긋나서 이상하게 이루어지는 것은 아니다. 그런 점에서 이 변이는 아주 각별한 요소는 아니고 어휘적 차원의 변이라고 할 수가 있다.

결말의 변이는 이 이야기를 전남편 출세시킨 아내 정도의 의의를 부여할 수 있는 정도로 의미 변이를 심각하게 나타내는 것이라고 할 수가 있다. 이 이야기의 원형적인 의미를 추론할 수 있다면 이 이야기는 결말의 변이로 말미암아서 이야기의 본질적 의미에서 더욱 멀어지는 각편이라고 하지 않을 수 없다. 이 점에서 결말의 변이는 이 각편의 유형적 의미를 훼손하는 것일 수도 있음을 염두에 두어야 할 것이다.

김금자는 지역적인 유형의 전승자일 개연성도 있다. 이러한 특징적 변이가 각편에 일어나는 것은 김금자만의 의미 지향이 아니라 이를 전승하는 특정한 고장의 의미 추구 결과라고 할 수가 있다. 이 점에서 김금자는 지역적 사고 방식을 대표하는 인물이고 이에 의해서 본다면 김금자는 지역유형의 각편을 전승하는 대표자일 수가 있다. 김금자는 그러한 점에서 각별한 전승자이다. 그러므로 이를 중요하게 간주하면서 동시에 이를 새롭게 다루어야 할 것이다.

2) 김금자 각편의 유형구조적 다원적 의미

김금자 이야기의 각편을 온전하게 이해하기 위해서 이 작품의 구체적인 줄거리를 요약할 필요가 있다. 이 각편이 결함이 있다고 하더라도 유형 내에서의 변이를 구현하고 있으므로 커다란 장애가 되는 것은 아니다. 이 이야기의 결과를 요약하면서 이 이야기의 의미가 무엇인지 하나씩 검토하기로 한다.

1) 총각이 사냥질이나 낚시질을 하면서 혼자 살다.
2) 총각이 낚시질을 하다가 달팽이 건져 집으로 가져오다.
3) 총각이 다음날 사냥을 갔다 와서 음식상 차려진 것을 발견하다.
4) 총각이 그 이유를 찾은 끝에 여성을 발견하고 달팽이 속으로 못가게 하다.
5) 달팽이 색시는 정해진 기한을 어긴 것을 안타까워하였으나 둘은 혼인하다.
----
6) 총각이 예쁜 색시 때문에 이로 말미암이 이무 일도 인히먼시 무위도식하다.
7) 부인이 화상을 그려주어서 밭에 화상 두 장을 걸고 밭갈이를 하다.
8) 나무에 걸어두었던 화상이 돌개바람으로 말미암아서 날아가다.
9) 이 사실을 안 달팽이 여성이 자신들에게 불행이 닥치니 자신을 감으로 끊어서 궤에다 갑에 다시 넣어 감추어서 짊어지게 하고 도망가게 하다.
----

10) 날아간 화상이 임금님의 마당에 떨어져서 이 화상을 보고 임금이
    신하들로 하여금 가마에다 화상 속의 여성과 똑같은 여인을 잡아가
    지고 오라고 파견하다.
11) 총각이 도망가다가 갑을 덤불 숲에 숨기고 왔는데 사신 일행이 덤불
    속에 반짝이는 갑을 발견하고 이것을 가지고 임금에게 돌아가게 된다.
12) 임금이 갑 안에서 여성을 발견하고 이 여성을 임금의 아내로 삼게
    되다.

----

13) 여성의 얼굴에 수심이 가시지 않으므로 여성을 위해서 남편을 찾으
    려는 백일 동안 거지 잔치를 하게 되다.
14) 전남편이 거지 잔치에 나타나자 임금이 전남편을 고을 원님을 시켜
    잘 살게 하다.

  하나의 이야기가 원형적으로 다원적 의미를 가질 수 있다는 점을 인
정하면서 이 이야기를 전개하기로 한다. 일단 이 이야기는 여성의 신성
성이 주된 기능을 한다. 처음에 달팽이였다가 아름다운 아내로 변하고,
다음에 화상으로 그려지고, 임금의 아내가 되는 비약적인 발전을 거듭
하고 있다. 이 신비로운 비약이 이 이야기에서 주는 가장 큰 매력이라고
할 수가 있다. 그런데 이 비약에 일정한 조건이 있다. 그것은 단계마다
시간과 공간의 변화가 있으며, 시간과 공간의 변화마다 여성은 거듭 자
신의 신이한 면모를 다양하게 가지고 일관성이 있는 변화로 나아가고
있다는 사실이다. 그 비약이 어떠한 의미를 가지는지 논의하도록 한다.
  여성의 신비한 비약에도 한 남성에 대한 진정한 미련을 버리지 못하
고 여성에게 의존하고 있으며 여성의 도움에 의해서 새로운 삶을 살아
가는 점이 이 이야기 이해의 가장 소중한 대목이라고 할 수가 있다. 이
이야기를 근본적으로 살펴보면서 이 이야기의 맥락에 대한 이해를 온전
하게 할 필요가 있다. 이 이야기의 근본적 의미는 남성의 부족한 부분을

메워줄 수 있는 반려자의 의미가 매우 크다. 그런데 이 여성의 남성적인 결핍 상황에서 출현한다. 남성이 부족하기 때문에 이를 보완해줄 수 있는 상황이 필요했던 것이라고 할 수가 있다.

혼인 적령기에 적절한 배우자도 갖지 못한 궁핍한 남성이 주인공이다. 궁핍은 실제적이고 동시에 이러한 상황을 타개하고자 하는 것은 심리적인 것일 수가 있다. 심리적 충족에 이를 주선하고 나타난 여인이 바로 달팽이처녀이다. 달팽이 처녀는 겉이 딱딱한 껍질로 싸여 있는 특징이 있다. 그것은 우렁이, 고동이, 조개껍질 등으로 일정하지 않다. 겉은 딱딱한데 속은 부드럽고 속살을 드러내는 특징이 있다. 이 점이 이 이야기 이해의 핵심이 될 수가 있다.

껍질을 벗고 안의 심연으로 들어가는 점이 가장 돋보이고 이 과정에서 이 껍질과 껍질 속의 내용물은 깊은 관련을 가지고 있다. 껍질을 깨고 나온 여인은 누구인가? 이 여인은 바로 우리의 구원적인 여인상이라고 할 수가 있다. 여인은 남성의 결핍에 대해서 일정하게 충족을 가져다주는 존재이다. 먹을 것을 마련해주고 동시에 의식주와 함께 정신적 만족을 주는 존재라고 할 수가 있다. 이 여인의 도움으로 남성은 새로운 비약을 하게 되나 의존적인 존재에 머무르고 있다.

총각의 우렁색시에 대한 의존적 현상은 지속적이고 작품의 결말에까지 이어진다. 총각은 우렁색시의 비약적 발전에도 여전하게 의존적 성향을 드러낼 뿐만 아니라, 이 각편에 등장하는 모든 남성 역시 이러한 양상을 무시할 수가 없음이 드러난다. 우렁색시의 변모 양상에 대한 일단의 특징을 검토하기로 하자.

우렁색시는 몇 단계의 변모와 비약을 한다. 이를 정리하면서 그 의미를 정리하도록 한다.

1. 우렁이와 우렁이 색시의 둔갑 : 총각에게 밥과 음식 제공-남성과의 혼인
2. 우렁색시의 초상화로 둔갑 : 바람에 날려간 초상화-남성들의 흠모
3. 우렁색시의 궤속에로의 은둔 : 감출 수 없는 미모-우렁이에의 탈바꿈과 변형
4. 덤불 속에서 빛나는 궤와 갑 또는 우렁색시 : 만인의 발견-지존한 여성
5. 용상에 앉은 왕비 : 높은 반열에 오른 여성-왕비를 둘러싼 남성의 대결

1은 우렁이에서 색시로 변화하는 과정이다. 이 상징은 앞에서 말한 것처럼 껍질을 벗고 처녀로 변화하는 일차적인 상징을 갖는다. 새로운 존재로 탈각하는 것인데 이것이 마법담의 핵심적 요소이다. 남성에게 궁핍한 상황을 해결해주는 요소로 작용하며 남성은 이로 말미암아서 새로운 전환을 맞이한다. 심리적 변화이면서 동시에 신성한 존재에로의 변화를 말하는 것일 수 있다. 개인의 충족에 머물렀으며 이는 혼인이라고하는 형태로 완결된다. 그러나 이 결합은 불완전한 것이다. 남성이 금기를 어겼기 때문이다.

2는 초상화로 그려진 우렁색시가 다음 차례의 상징이다. 남성의 지나친 고착과 정체가 문제이다. 이를 해소하기 위해서 우렁색시가 자신의 모습이 그려진 화상을 주고 이를 독려하게 된다. 우렁색시를 떠나서 일을 할 수 있었던 것은 이 때문이다. 그러나 돌개바람이 일어나서 이 초상화가 날아가게 된다. 초상화의 존재는 그런 점에서 매우 중요한 구실을 하게 되고 다른 남성에게 발견되면서 그 미모에 탄복하게 된다. 남성들의 흠모하는 바가 되는 셈이다. 초상화는 그러한 점에서 중요하게 공통된 남성들의 내재하는 이성인 아니마의 면모를 가지게 된다.

3은 2에 의한 더 깊은 곳으로 회귀이다. 우렁색시의 존재가 탈각되고 그림으로 그려져 세상의 남성들에게 흠모되는 바가 불행이 될 수 있음을 직감하게 된다. 그렇기 때문에 다시 우렁이와 같은 껍질 속으로 숨을 수밖에 없다. 이러하게 하는데 중요한 작용이 자신의 원초적 내면 속에서 숨는 것인데 이를 재현하는 과정이 궤에 감추어서 은둔하고 도망가는 것이라고 할 수가 있다. 우렁이의 재현이라고 하겠으며 이것이 상징적으로 행위된다. 우렁색시는 그러한 자신의 존재를 감추기 위해서 무던히도 애를 쓰게 된다.

4는 그러함에도 불구하고 여성의 존재가 드러나는 대목이다. 임금의 명령으로 궤와 갑이 덤불 속에서 빛이 난다고 하는 것은 이 유형에서도 발견되는 공통된 면모이다. 빛이 난다고 하는 사실은 후광이 어우러진다고 하는 말인데, 이 과정을 통해서 여성은 만인의 공감하는 존재이고 지존의 여성임을 분명하게 하고 있다. 남성의 흠모가 구체적으로 실현되고 이 점은 거부할 수 없는 것임을 명시하고 있다. 우렁색시의 존재가 우렁이에서 탈각하는 것처럼 여기에서도 동일한 현상이 재현된다.

5는 만인을 군림하는 용상에 나란히 앉는 여성이 된다. 지존의 자리에 이르렀으며 누구도 이에 대해서 의심하지 않는다. 다만 남성이 여러 인물들이 모인 자리에서 이 여성을 두고 내기를 하거나 서로 다투는 일이 벌어지게 된다. 그렇게 해서 이 작품은 여성을 옹립하고 보호하려는 남성들의 다툼 정도로 해석해도 무방한 이야기가 된다. 남성의 존재는 여성을 위한 희생과 대결이라고 할 수가 있다. 분석심리학의 관점에서는 이 이야기는 남성의 심리에 내재하는 이성에 대한 의미 완결이라고 할 수가 있다.

이 이야기는 여러 가지 근원적으로 다룰 수가 있는 여지가 있다. 이상의 논의는 분석심리학에서 말하는 근본적 해석에 기초하고 있다. 남성 속에 내재하는 이성이라고 할 수가 있는 아니마에 대한 탐구가 이 이야기가 근본적인 의미라고 할 수 있는 국면이 있음을 말하는 것이라고 해석하고자 했다. 그렇다면 이 해석은 한 편의 이야기가 마음에서 일어나는 통일적 작용의 과정으로 해석하는 것으로 아니마에 대한 탐구는 한 편에서 중요한 의미를 가지게 된다. 가령 다음과 같은 대목을 들어보자.

> 그러므로 아니마 형상으로 파악할 수 있는 모습이기 위해서는, 전형적으로 여성적인 특징이 확실하게 그곳에서 인정될 필요가 있다. 여기서는 이 전형적인 여성적 특징에 특히 주의를 기울이기 바란다. 그렇게 함으로써 아니마 일반의 본성을 깊이 통찰할 수 있다고 생각하기 때문이다. 이러한 점을 생각하기 위해서는 문제가 되는 본성 가운데, 우선 많은 전설과 동화 속에서 알려진 님프·백조의 소녀·물의 정령·여신을 예로 드는 것이 좋을 것이다. 그녀들은 일반적으로 유혹적인 아름다움을 갖고 있지만, 절반밖에 인간이 아니다. 물의 정령처럼 물고기와 같은 꼬리가 있으며 백조의 소녀처럼 새로 화신한다.[4]

아니마의 자연 상태를 논하는 것이므로 이 논의는 매우 중요한 의미를 가지고 있다. 우렁색시 역시 온전한 인간은 아니다. 더구나 우렁색시가 노래, 곧 엠마 융은 이를 마법의 노래라고 하였다. 이 세상에 살고 싶어서 사랑의 포로로 남성을 꼬이는 노래를 하게 되는데 이 노래를 통해서 여성은 남성을 유혹하고 남성은 이 유혹에 넘어가서 이 세상과 결별하고 비극적 결말을 가져야 하는 것인데 이를 선명하게 보여주고 있다. 이 점에서 아니마의 존재는 고혹적인 존재라고 할 수가 있다. 아니마가 심층심리학의 마음 구조 때문에 유래된 것임을 알게 된다.[5]

---

4) Emma Jung, *Animus and Anima: Two Papers*, Spring Publications, Inc.; Fourth Printing edition, 1985, p. 66
5) 이부영, 《한국민담의 심층분석》, 집문당, 1994.

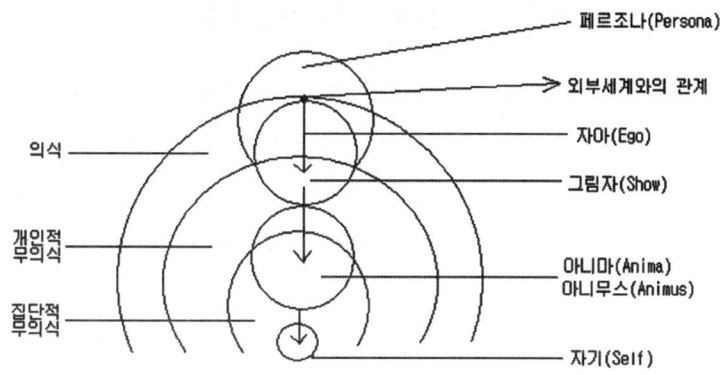

페르조나(Persona)

외부세계와의 관계

자아(Ego)

그림자(Show)

아니마(Anima)
아니무스(Animus)

자기(Self)

의식

개인적
무의식

집단적
무의식

마음의 구조 : 의식과 무의식, 자기의 실현과정

이 이야기를 입사식으로 읽는 견해가 있어서 서로 어긋난다. 입사식이라고 하는 것은 주목할 만한 견해인데 이에 대한 의문을 제기할 필요가 있다. 성인식의 과정이라고 할 수가 있는가, 아니면 다른 의례의 반영이라고 하는 것인지 이 점에 대한 논란이 적지 않다. 그렇기 때문에 이 이야기를 입사식으로 해석하는데 문제가 된다. 입사식을 특정하면서 논란을 하여야 할 것이다.

이 이야기는 맞이로부터 시작되었다. 우렁색시를 맞이하는 남성이 중시되어야 마땅하다. 여성을 두고 벌이는 남성들의 다툼이라고 하는 점은 인정된다. 남성과의 다툼이 핵심이고 남성들의 다툼은 결과적으로 왕의 즉위식과 연결된다. 왕의 즉위식은 만인이 보는 앞에서 공개적으로 이루어지는 옷바꿔 입기와 같은 절차이다.

그러므로 이 의식은 단순한 것은 아니다. 이것은 성인식은 아니고 맞이에 의해서 이루어지는 신격 옹립에 의한 사제자의 교체라고 보는 것이 가장 이 유형의 의미에 근접하는 것일 수가 있다. 말하지 않은 여인, 웃지 않은 여인이 마침내 웃었다고 하는 것도 이러한 신구교체간의 의미를 명확하게 하고 있는 절차 가운데 하나이다.

3) 유형적 복합에 의한 유형 간의 간섭작용

이 이야기는 유형에 대한 이름이 고정되어 있지 않다. 이 이야기의 유
형 명칭을 드러내는 이름이 다양하다. 이야기의 명칭이 다양할 뿐만 아
니라 어느 하나라도 고정되지 않은 다양한 의미가 있지 않으며 화소가
극심하게 변화하면서 이상한 유형 복합이 이루어지는 특정한 이야기라
고 하는 점을 인정할 필요가 있다.

그렇기 때문에 이러한 사정이 발생하고 이야기가 이루어지는 명칭의
변이에 주목해야 한다. 이 유형의 복합에서 이루어지는 근본적 변이를
검토할 필요가 있다. 이 점에서 이 이야기는 매우 주목할 만한 명칭 검
토가 이루어져야 한다. 지금까지 이에 대해 겹쳐지는 대목이 여럿이 있
으므로 이를 주목해야 한다.[6]

　　1. 「우렁색시」
　　2. 「새털옷신랑」
　　3. 「아내의 초상화」
　　4. 「웃지 않는 미녀」
　　5. 「솔개가 된 천자」

「우렁색시」의 기본적 유형에 대한 면모를 확인하게 되면 신성한 존재

---

6) 손진태, 《한국민족설화의 연구》, 을유문화사, 1948.
　　김현룡, 螺中美婦說話 形成考, 《국어국문학》55-56호, 국어국문학회, 1972.
　　유증선, 조개색시민담구혼고, 《한국민속학》5집, 민속학회, 1972.
　　최래옥, 관탈민녀형설화연구, 《장덕순선생화갑기념논문집》, 동화문화사, 1981.
　　이수자, 우렁색시형설화연구, 《이화어문논집》7집, 이화여자대학교 국어국문학과, 1984.
　　진은진, 「우렁색시설화연구」, 경희대학교 석사논문, 1995.
　　조희웅, 「색시 찾는 신랑」, 「아내의 초상화」, 「웃지 않는 미녀」, 「새털옷신랑」을 중심
으로, 《어문학논총》 25, 국민대학교 어문학연구소, 2006.2; 《이야기문학 실타래》, 글
누림, 2008, 104-149면.

가 출현하였는데 이를 발설하거나 알아보지 말아야 한다는 금기가 있다. 이 금기를 어기게 되어서 이 때문에 비극적 결말이 생기거나 서로 영원히 헤어지게 된다고 하는 것이 기본적 양상이라고 할 수가 있다. 이 점에서 이 유형은 동아시아의 기본적 유형을 제공하는 근간이 된다. 이 기본적 유형에 입각해서 다른 이야기의 여러 삽화들이 간섭하고 작용하는 것을 볼 수가 있다.

「우렁색시」는 색시의 출자를 중시하는 신화적 설정에 근거한 유형 명칭으로 이해해야 한다. 그러나 이야기가 유형이 아니라 다른 것을 검토해서 보면 우렁색시에 관련한 이야기를 중심으로 본다면 제일 중요한 요소라고 할 수가 있다. 「우렁색시」는 기본적 유형을 제공하는 것이라고 할 수가 있으며 이야기의 근간을 이루고 있다. 그러므로 이를 상위유형이나 기본유형으로 두고서 이를 일정하게 「우렁색시」 유형 계열로 취급하는 것도 한 가지 대안일 수가 있다.

「새털옷신랑」은 신랑의 출자를 중시하는 것으로 새털옷은 이야기의 서두와 결말에서 긴요한 호응을 하고 있다. 새털옷의 면모와 이에 대한 기능이 명확하게 일치하면서 적대자를 퇴치하는 것도 일정한 의의를 가지도록 구성하고 있다.

「아내의 초상화」는 가장 핵심적인 화소를 중심으로 하며 이 유형의 공통적 화소임을 강조하는 것이다. 초상화에 중심을 두고 아내의 초상화가 다른 사건을 부각하는 것을 강조하고 있다. 「웃지 않는 미녀」는 아내의 대처 방식에 대한 것을 강조하는 이야기이다. 웃지 않은 미녀 때문에 이 여인에게 일정하게 잔치를 베푸는 것이 작용하고 있다. 「솔개가 된 천자」는 결말을 중시하는 유형의 명칭이지만 결과적으로 강조점이 다른 것을 볼 수가 있다.

분절	이야기 제목	우렁색시	새털옷신랑	아내의 초상화	웃지 않는 미녀	솔개가 된 천자
주인공	남성	밭가는총각	새잽이총각	새잡이총각	새샙이	숯구이총각
	여성	우렁색시	베매기처녀	베짜는처녀	베짜기처녀	지나가던 여자
전반부	혼인	남성자청-금기	남성 자청	남성 자청	남성 자청	남성 자청
	초상화 제작	일하기 위해	일하기 위해	일하기 위해	새고기값대신	일하기 위해
	빼앗긴 아내	임금 고을원님	임금	임금	임금	천자
후반부	웃지않는여성	+	+	+	+	+
	걸인잔치	+	+	+	+	+
	옷 바꿔 입기	대결하기	바꿔 입기	바꿔 입기	바꿔 입기	바꿔 입기

4. 넓게 알기

1) 수신기(搜神記)

謝端 晉安侯官人也[7] 少喪父母 無有親屬 爲鄰人所養 至年十七八 恭謹自守 不履非法 始出作居 未有妻 鄕人共憫念之 規爲娶婦 未得

端夜臥早起 躬耕力作 不舍晝夜 后于邑下得一大螺 如三升壺 以爲異物 取以歸 貯甕中畜之 十數日 端每早至野 還 見其戶中有飯飮湯火 如有人爲者 端謂是鄰人爲之惠也 數日如此 端便往謝鄰人 鄰人皆曰 吾初不爲是 何見謝也 端又以爲鄰人不喩其意 數爾不止 后更實問 鄰人笑曰 卿以自取婦 密着室中飮爨 而言吾爲人飮耶 端默然 心疑不知其故

后方以雞初鳴出去 平早潛歸 于籬外竊窺其家 見一少女從甕中出 至竈下燃火 端便入門 取徑造甕所視螺 但見殼(殼原作女 據明抄本改) 仍到竈下問之曰 新婦從何所來 而相爲炊 女人惶惑 欲還甕中 不能得 答曰 我天漢中白水素女也 天帝哀卿少孤 恭愼自守 故使我權相爲守舍炊烹 十年之中 使卿居富得婦 自當還去 而卿無故竊相同掩 吾形已見 不宜復留 當相委去

---

7) 李昉等, 白水素女, 《太平廣記》三·卷六十二, 學古房.

雖爾后自當少差 勤于田作 漁采治生 留此殼去 以貯米谷 常可不乏

　端請留 終不肯 時天忽風雨 翕然而去 端爲立神座 時節祭祀 居常饒足 不致大富耳 于是鄉人以女妻端 端后仕至令長云 今道中素女是也 (出《搜神記》)

　사단은 진안군 후관현 사람이다. 어려서 부모를 여의고 친척도 없어서 이웃 사람에 의해 길러졌다. 17–18세가 되어서는 신중하게 행동하고 스스로의 품행을 지켰으며 법에 어긋나는 일을 행하지 않아, 비로소 이웃집을 떠나 독립생활을 하였다. 부인이 없었기에 마을 사람들이 모두 그를 딱하게 여겨 부인을 얻어 주려고 걱정했으나 그렇게 하지 못했다.

　사단은 밤늦게 자고 아침 일찍 일어나 직접 농사짓고 힘써 일하면서 밤낮으로 쉬지 않았다. 나중에 성읍 아래에서 세 되들이 병만한 커다란 소라 하나를 주웠는데, 특이한 물건이라고 생각하여 가지고 돌아가 항아리 속에 넣어 길렀다. 10여일 뒤부터는 사단이 매번 아침에 들에 나갔다가 돌아와서 보면 집에 밥과 국이 마련되어 있었는데, 마치 누군가가 해 놓은 것 같았다. 사단은 이웃 사람이 자기에게 은혜를 베푼 것이라고 생각했다. 이러한 일이 며칠 간 계속되자 사단이 곧 이웃 사람을 찾아가서 감사를 드렸더니, 이웃 사람이 모두 말하였다.

　"나는 애당초 그런 일을 하지 않았는데 어찌 감사를 받겠는가?"

　사단은 또 이웃 사람이 사실을 말해 주지 않는다고 생각했다. 그러나 그러한 일이 그치지 않고 자주 일어나자, 사단이 나중에 다시 진정으로 물었더니, 이웃 사람이 웃으며 말했다.

　"자네는 스스로 부인을 얻어서 남몰래 집안에 데려다가 밥 짓고 불때게 해 놓고는 날더러 남을 위해 밥을 했다고 말하는구먼!"

　사단은 아무 말 없이 그 영문을 몰라 마음속으로 의아해 했다.

　나중에 사단은 닭이 맡 울 때 나갔다가 날이 샐 무렵에 은밀히 돌아와 울타리 밖에서 자기 집을 몰래 엿보았더니, 한 소녀가 항아리 속에서 나와 부뚜막으로 가서 불을 지피고 있는 것이 보였다. 사단은 즉시 문으로 들어가 곧장 항아리 있는 곳으로 가서 소라를 살펴보았더니, 소라 껍데기만 보였다. 그래서 사단은 부뚜막 아래로 가서 그녀에게 물었다.

"신부는 어디서 왔기에 날 위해 밥을 하는 것이오?"

여자는 몹시 당황하며 항아리 속으로 들어가려 했으나 그럴 수 없어서 [하는 수 없이] 대답하였다.

"나는 은하수에 사는 백수소녀입니다. 천제께서 당신이 어려서 혼자 되었지만 신중하게 행동하고 스스로의 품행을 지킨 것을 불쌍히 여기셨기에, 나로 하여금 임시로 당신의 집을 지키면서 요리를 하게 하셨습니다. 10년 안에 당신의 살림살이가 풍족해져서 부인을 얻게 되면, 당연히 [은하수로] 돌아갈 작정이었습니다. 그런데 이유 없이 몰래 갑자기 들이닥치는 바람에 나의 모습이 이미 드러났으니, 이젠 더 이상 머물러서는 안되고 마땅히 당신을 버리고 떠나야 합니다. 이후로는 저절로 생활이 조금 나아지긴 하겠지만, 밭에서 열심히 일하면서 고기잡고 나무하여 생계를 꾸려 나가십시오. 이 소라 껍데기를 남겨 두고 갈 테니, 여기에 쌀을 담아놓으면 항상 떨어지지 않을 것입니다."

사단은 머물기를 청했지만 소녀는 끝내 허락하지 않았다. 그때 하늘에서 갑자기 비바람이 몰아치더니 소녀가 감쪽같이 사라졌다.

사단은 그녀를 위해서 신위를 모시고 절기마다 제사를 지냈다. 사단의 살림살이는 늘 풍족했지만 크게 부유하지는 않았다. 그래서 마을사람들이 참한 여자를 물색하여 사단에게 시집보냈다. 사단은 나중에 벼슬하여 현령까지 지냈다고 한다. 지금 길거리에 있는 소녀사(素女祠 원문에는 '祠'자가 없지만 《後搜神記》에 의거하여 보충함)가 바로 이것이다.

2) 柳夢寅,《於于野談》

進士柳克新之友 謂克新曰 吾聞汝洪魚之孫 有之是乎 克新笑曰 吾外家
舊有是說 非虛說語也 昔玄祖以前 有祖妣年過八十 以病沈綿閱月 一日謂
子孫及侍婢曰 吾病久甚鬱悶 思欲澡浴吾身 須具浴湯于靜室 戒一家愼勿
窺之 窺之則不吉 家屬爲陳浴器 香湯置別室 牢閤候于他室 欲入 如其言而
待之 有揚波擊水之聲 移時不絕而不已 舉家憂其傷也 欲入則詬之勿前 最
良久 排門入視之 全體略爲洪魚 家人聚而相議曰 雖爲異物 猶有生氣 斂葬
未安 俟其盡化 而後放之洋中[8]

진사 유극신의 친구가 유극신에게 말했다.
"내가 들으니 자네는 홍어의 후손이라 하던데 정말인가?"
유극신이 웃으며 말했다.
"우리의 외가에 예로부터 그런 말이 있으니 터무니없는 말만은 아닐
세. 옛날 현조 이전에 팔십 넘은 할머니가 있었는데, 병이 깊어 한 달이
넘도록 누워 계셨다네. 하루는 자손과 시비에게 말씀하시기를, '내가 오
랫동안 병으로 누워 있자니 무척 답답하고 괴로워 목욕을 하고 싶구나.
조용한 방에 목욕물을 갖추어 주려무나. 온 집안에 경계하여 삼가 엿보
지 말라고 하거라. 만일 엿보면 불길한 일이 생길 것이다고 하였다. 그
래서 목욕 도구와 항기로운 목욕물을 준비해 별실에 두고는 문을 굳게
닫고 다른 방에서 기다렸네. 청범대며 출렁이는 물소리가 한 시각이 지
나도록 그치지 않아서 온 집안사람들이 할머니가 상할까봐 걱정되었다.
그래서 들어가 보려고 하면 할머니가 들어오지 말라고 꾸짖었다. 한참
후에 문을 밀치고 들어가 보니 할머니의 온몸이 거의 홍어로 변해 있었
다. 그래서 집안 사람들이 모여 상의하기를 비록 이물이 되었지만 아직

---

8) 柳夢寅, 513 進士柳克新之友,《原文-於于野談》, 돌베개, 2006, 309면.

생기가 남아 있는데 염하여 장사지내는 것도 편치 않은 일이다라고 하며, 완전히 변하기를 기다린 후에 바다에 놓아주었다."고 한다.

3) 「蛤の草子(はまぐりにょうぼう)」(Hamaguri no sōshi), 《御伽草子(おとぎぞうし)》(Otogizōshi)

1] 漁師が、釣った美しい魚を飼っていると、いつも留守の間に食事のしたくができている。

2] 隣の婆に教えられ、訪れた女に呼びかけると、龍宮からあなたを助けにきた、と言うので、妻にめとり子供をもうける。

3] 人人が、魚の夫、と漁師をはやすので、男は妻に、出ていけ、と言い、妻は念を押したあと魚の姿にもどって海へ消え去る。

4] 男が外から歸ってくると家はなくなっており、家財は昆蟲に飛び去る。

5] 男は海邊で妻を搜して泣くうちにこうもりになる。[9]

---

9) 稲田浩二, 218 魚女房, 《日本昔話通觀》研究篇 1, 日本昔話とモンゴロイド-言語の比較記述-, 同盟舎出版, 1993, 259면.

1) 어부가 낚은 아름다운 물고기를 기르자, 항상 집을 비우는 사이에 식사 준비가 되어 있었다.

2) 옆집 할머니의 귀뜸으로 찾아온 여자에게 말을 걸자, 용궁에서 당신을 도와주라고 왔다고 하여 처로 삼아 아이를 얻는다.

3) 사람들이 물고기의 남편이라며 어부를 놀리자, 남자는 처에게 나가라고 하고, 처는 나갈 것을 다짐한 후, 물고기 모습으로 화하여 바다로 사라진다.

4) 남자가 밖에서 돌아오니 집은 없어져 버리고, 낳은 자식은 곤충이 되어 날아간다.

5) 남자는 바닷가에서 처를 찾아서 울고 헤매는 중에 박쥐가 된다.

④ 밥 안 먹는 마누라

1. 초다짐

「밥 안 먹는 마누라」는 신이한 이야기 가운데 하나이다. 이 이야기의 제목은 이야기가 전해지는 과정에서 달라져서 「밥 많이 먹는 마누라」 「밥 많이 먹는 색시」 등으로 다양하게 변이되는 것을 확인할 수가 있다. 이야기의 제목만이 달라지는 것이 아니라, 이야기의 본디 결도 달라지는 경우가 흔하다.

가령 밥을 많이 먹는 마누라와 밥을 많이 먹지 않게 생긴 여성을 다시 만나 혼인하였는데, 그 여성이 밥을 더 많이 먹게 되어서 남성이 난처하게 되었다고 하는 것이 결말이다. 이야기가 두 가닥으로 잇달아 있으나 먼저 이야기로 마무리되는 이야기의 쇠퇴과정을 거치게 되었다고 해도 과언이 아니다.

전통사회에서 여성이 밥을 많이 먹는 것은 매우 이례적인 흥거리였다. 그렇기 때문에 밥을 많이 먹는 여인은 구박덩어리였다. 오죽했으면 양푼이나 푼주에 밥을 비벼먹는 여성을 소박을 놓았다고 하는 관용적 표현이 존재할 정도다. 여성이 많은 밥을 먹어서 흠이 있다고 하는 것은 전통사회의 잘못된 관행이라고 할 수가 있다.

남성의 관점에서 보자면 여성이 밥을 많이 먹는 것은 흥을 볼만한 일이지만, 중세사회에서 여성들의 노동력에 의존하여 삶을 영위했던 사실은 간과할 수 없다. 절대적인 가사 노동력을 발휘한 덕분에 남성들은 안온하게 살았던 것은 아닌가 하는 의문이 든다. 이 이야기에서 여성이 밥을 많이 먹고 하는 일은 삶의 전체적 면모가 아닌가 한다.

여성이 많은 밥을 먹고서 남성들 못지않게 일을 하고, 생식적 능력이 탁월하여 많은 아이를 낳고, 일을 잘하는 여성이 되었다고 하는 것이 숨겨져 있는 공통적 설정이라고 할 수가 있다. 여성이 가지고 있는 신화적 능력 또는 신이한 능력이 사라지면서 생긴 일단의 변이와 차이가 여성을 기이하고 버림받아야 할 존재로 만든 점에서 이 이야기의 본래의 면모가 있는 것으로 추정된다. 그것은 중세사회가 빚은 비극이라고 할 수가 있다.

이 자료는 세계적 분포를 보이는 것인데, 특히 한국·중국·일본 등에서 널리 전승되는 것이 확인된다. 한국에서는 욕심 많은 남성이 밥을 많이 먹는 여성을 박대하고, 다시 새로운 여성을 얻었는데 그 여성이 너무나 밥을 적게 먹는데도 쌀이 줄어들어 살펴보니 머리 뒤꼭지에 주먹밥으로 뭉쳐 넣는 것으로 되어 있어서 심각한 변형이 이루어졌다.

왕성한 생식력을 지닌 여성을 죽이고, 새로 얻은 여성 역시 엄청나게 밥을 먹는다고 해서 남성이 낭패를 보는 이야기이다. 다른 민족, 특히 일본의 자료에서는 여성이 알고 보니 입이 큰 뱀이어서 남성을 해치기까지 한다는 점에서 이 자료의 괴물퇴치담으로서의 흔적을 읽을 수 있다. 게다가 오월 단오에 창포물로 머리를 감는 기원담으로 일징하게 작용하고 있어서 특정한 세시풍속의 기원을 해명하고 있는 자료이다.

우리나라에 이 이야기가 대략 10여 편 정도 전승되는데, 경우에 따라서 「밥 많이 먹는 마누라」로 되어 있기도 하다. 희한하게도 여러 자료에서 여성의 젖을 국수가닥으로 말하고 있어서, 여성의 젖가슴이 생명을 키워낸다는 상징을 표현하기도 한다. 여성의 생식력이 여러 모로 강조되는 자료이다.

2. 자료

• 「밥 안 먹는 마누라」[1]

옛적으 어떤 사람이 각시럴 하나 얻엇넌디 이 각시가 하도 밥얼 많이 먹어서 이거 야단났다 하고 이녀르 예펜네가 밥얼 얼매나 많이 먹넌가 보고 싶어서, 하루넌 오널언 놉얼 열 명 얻어서일얼 헝께 점심밥얼 열 사람 분 히각고 들로 가져오라고 허고 들로 나갔다. 각시넌서방말대로 밥얼 열사람 밥얼 히각고 들로 나갔더니 놉언 어디 있냐고 헝게 서방언 "글쎄오라고 힜더니 하나도 안 왔네. 그런디 밥얼 이왕 히왔잉게 다 먹고 가세" 험서 밥얼 먹기 시작힜다. 이 마누래란 것이 밥얼 먹는디 그 열 사람 먹을 밥얼 혼자 다 먹었다. 그리고 집이로 갔다.

마누래가 간 담에 이사람이 저그 집있넌 디럴 봉께 연기가 뭉게뭉게 올라오고 있었다. 밥얼 그만치 먹었으면 그만이지 집이 가서 멀히 먹는가 싶어서 쫓아가서 봉개 마누래넌 솥에다 콩얼 볶음서 볶아진 콩얼 주워먹고 있었다. 이 사람언 기가 맥혀서 에이 이런년 두었다가넌 집안 망허겄다 허고 때려 죽이고 배를 째 봉개 콩 볶은 것이 들어간 디 밥언 삭어 없어지고 콩이 덜 들어간 디 밥언 그대로 있었다. 밥얼 많이 먹고 콩얼 볶아 먹으면 밥이 잘 삭넌다고 헌다. 그래서 이 여자넌 밥얼 많이 먹고 콩얼 볶아서 먹어서 밥얼 삭후고 있었다.

그 뒤에 밥얼 안 먹넌 여자가 있다고 히서 이 여자럴 마누래로 데레왔다. 이 마누래넌 밥얼 통 먹지 않넌디 쌀언 통 먹지 않넌디 쌀언 펑펑 굴키만 힜다. 이상한 노릇이다 허고 하루넌 일 나간 치하고 나갔다가 다시 돌아와서 숨어서 봉개 이 여자넌 밥얼 한널벅지 히서 퍼놓고 뚤뚤 주먹밥으로 뭉쳐서 장배기 뚜껑얼 열고 거그다 너서 먹고 있었다. (1923년

---

1) 임석재, 《한국구전설화》(임석재전집8), 평민사, 1991, 262면.

5월 정읍군 소성면 두암리 이씨)

3. 깊게 보기 : 「밥 안 먹는 마누라」의 동아시아적 기원

1) 동아시아 설화 이해의 전제 : 흔한 유형과 드문 유형

동아시아설화를 대상으로 작업을 할 때에 감안해야 할 사안은 자료의 분포와 존재양상이다. 구전되는 자료와 문헌으로 기록된 자료 두 가지가 있어서 이를 균형감 있게 다루는 것이 필요하다. 구전자료와 문헌자료가 서로 층위별 차이가 있어서 이를 고려하면서 자료의 분포와 변이를 다루는 것이 필요하다.

설화의 유형을 모두 다룰 수 없다. 서로 비교가 가능한 자료 모두를 다루는 것이 이상적이지만 문제는 한정된 시간과 제한된 자료를 염두에 둔다면 모두 다루는 것은 장차 해야 할 지속적인 과제이다. 그렇다면 적극적 대안은 자료를 효과적으로 다룰 수 있는 방안을 모색하고 대안을 찾아가면서 이 문제를 해결해야 마땅하다.

아시아 설화 전체를 염두에 두면서 일단 동아시아 설화를 대상으로 흔한 유형과 드문 유형을 정리하면서 장차 아시아설화 전체의 분류 방안을 찾아보는 작업을 진행하기로 한다. 흔한 유형은 보편적이면서 광포유형을 말한다. 드문 유형은 특수하면서 드물게 발견되는 유형을 말한다.

보편유형과 특수유형이라는 말을 사용하는 것이 필요하지만 이러한 용어로 직접 대응하는 것은 작업이 성숙되지 않았으며 일단 작업의 가능성을 타진하는 것이므로 흔한 유형과 드문 유형이라는 말을 하면서 동아시아 설화에 주목하고 자료를 집적하기로 한다. 장차 보편유형과 특수유형이라는 용어를 쓸 수 있기를 희망한다.

이 글에서는 드문 유형 가운데 기존의 연구 성과에서 다루지 않은 자료에 주목하기로 한다. 그것이 곧 「밥 안 먹는 마누라」이다. 이 유형은 우리나라에서 대체로 10여 편의 각편을 가지고 있는 자료이다. 그러나 직접 채록된 자료는 불과 6편 내외로 되며, 나머지는 조사에서 언급되었으나 직접 필자가 채록하지 못한 자료이다. 전라남도 순천에서 대략 3편이 채록되었으나 제보자가 중풍으로 쓰러져서 자료로 집적하지 못했다.

우리나라와 일본에서는 모두 「밥 안 먹는 마누라」라는 유형으로 토착적 인식이 각편 명칭으로 정립되었다. 우리나라에서 다른 자료 가운데 「밥 많이 먹는 마누라」라고 되어 있어서 유형의 정확한 이름이 흔들리고 있으나 정확한 명칭에는 이견이 없다. 일본에서는 「食わず女房-蛇女房型」으로 되어 있다.[2]

다만 중국에서는 이 명칭도 없거니와 구전자료는 명확하게 인지되지 않았다. 중국에서는 문헌자료에 유사한 각편이 있어서 함께 비교할 수 있다. 《태평광기》에 「강남오생」이라는 자료가 유사한 자료임이 확인되었다.[3] 그러나 중국 자료에서는 밥을 많이 먹는지 안 먹는지 이 사실은 긴요한 사안이 아니다. 요괴나 야차로 변화하는 점이 아주 각별하다고 하겠다. 그래서 비교의 대상이 된다.

드문 유형의 자료를 다루는 방법은 결국 우리나라 자료는 자세하게 해석하고 다른 나라 자료는 성글게 할 수밖에 없는 형편이다. 현재로서는 다른 나라 자료는 장차 찾으면서 보완하고 비교의 결과를 보강하는 것이 최상의 방안이다. 대충하는 것이 아니고 일단 전체를 조망하기 위한 시론적인 작업으로 이러한 차선책을 마련한다. 전체적인 안목을 가

---

2) 稻田浩二, 《日本昔話通觀 : 硏究篇 2-日本昔話と古典》, 同朋社, 1989, 364면.
3) 李昉, 夜叉, 《太平廣記》卷三五六, 學古房, 2005.(김장환외역)

다듬고 이를 연구하는 것이 작업의 순서이다.

2) 「밥 안 먹는 마누라」 이야기의 심층적 실마리

「밥 안 먹는 마누라」 이야기는 지금까지 연구되지 않은 설화 유형이다.[4] 우리나라에 모두 여섯 편밖에 없고 이야기가 다소 엉뚱하게 진행되어서 그 동안 주목 받지 못했다. 심술 사납고 욕심 많은 남편이 밥을 많이 먹는 여성인 본마누라를 쫓아내고 다시 얻은 마누라가 밥을 먹지 않았는데, 나중에 알고 보니 밥을 머리에 감추어진 입에다 주먹밥으로 뭉쳐서 몽땅 먹어서 남편을 경악케 했다는 내용이다.

우리는 이 이야기에서 어떠한 의미를 읽어낼 수 있는가? 이 이야기를 액면 그대로 받아들여 사실적으로 의미 해독을 할 수 있다. 욕심 많은 남편이 결국 제 꾀에 제가 속아 서 곰을 피하자 범을 만난 격으로 해독할 수 있겠다. 그러면 남편에 대한 질타로 이 이야기가 마무리되어서 이 이야기는 심층적 의미보다 표층적 이해 차원에 머물 수밖에 없다. 이것이 이 설화의 요체인가? 이것만이 이 이야기의 전부인가? 이와는 다른 의미 해독은 불가능한가? 이야기를 두고 많은 생각이 맴돈다.

이 이야기는 두 명의 여성이 대조적으로 등장하며 남편과의 관계 속에서 다소 기행을 벌이는 것으로 되어 있다. 본처는 많은 밥을 먹고 살해당해서 배가 갈라지는 비참한 운명을 맞는다. 각편에 따라서 쫓겨나는 여성도 있으나 남편에게 맞아 죽거나 배를 찔려 죽는 무참함을 겪게 된다. 그래도 남편은 아랑곳하지 않고 후처를 얻어 사니 이것이 참으로 납득하기 어렵다.

---

4) 이 유형의 이야기는 현재 한국, 중국, 일본 등지에서 모두 확인된다. 따라서 이 설화는 보편적인 유형 가운데 하나라고 이해된다. 그러나 학계에서 이 설화의 보편적 존재에 대해서 언급되고 있지 않다는 사실이 이 설화 연구의 현 시점을 보여준다.

후처는 많은 밥을 먹지 않는데 양식이 줄어들어서 남편은 이 의문을 풀고자 한다. 나중에 알고 보니 여성이 머리에 감추어진 입을 열고서 여기에다 많은 밥을 한꺼번에 메주나 주먹밥처럼 뭉쳐서 넣는 것으로 되어 있다. 매우 기이한 발상이고 남편을 질타하는 이야기로 보기에는 납득하기 어려운 엉뚱한 발상이 이어진다고 생각한다. 따라서 두 마누라의 행위를 납득할 수 있게 이해하고자 한다면 이 이야기의 심층적 의미 탐색이 불가피하다고 할 수 있다.

이 이야기의 비밀은 밥을 많이 먹는 것과 신체 부위의 특정한 곳이 단계적으로 옮아가면서 이야기가 짜여진다는 사실을 주목하는 데서 풀린다고 생각한다. 밥은 입으로 먹고 똥은 밑으로 싼다. 그런데 입만 나타나고, 다른 이야기에서는 배가 나타나고 머리의 앞, 뒤, 위 등이 문제가 된다. 이 신체 부위의 단계적 전이가 성의 생식에 대한 의미를 갖추고 있다고 추정되며 주인공의 행위 속에 은유적인 심층이 있다고 판단된다.

또한 밥에 대한 다면적 의미를 거듭 생각해야 이 이야기의 비밀은 파헤쳐 진다고 생각한다. 밥은 쌀이 가공된 것이고 이야기에서 남녀 주인공을 만나게 하는 요소이다. 그런데 이 밥이 문제가 된다. 이야기 가운데 쌀, 밥, 콩 등이 거듭 등장해서 밥에 심층적인 뜻이 담겨 있다고 판단된다.

이 이야기를 이해하는데 고전적인 명제의 인용이 필요하다. 《孟子》에 나오는 '食色性也'라고 하는 말이다. 이 말은 고자(告子)가 한 말로 밥을 먹는 것과 색을 탐하는 것은 인간의 본성이라는 뜻이다. 밥을 많이 먹는 여성과 과도한 색을 과시하는 여성은 동일 의미를 산출하는 연결고리이다.

밥을 안 먹는 마누라가 아니라 밥을 많이 먹는 여성의 비밀이 밝혀져야 한다. 밥을 먹는 행위는 인간의 본성이고, 이 인간의 본성이 반영된 여성이 문제가 된다. 밥을 안 먹는 여성과 밥을 많이 먹는 여성은 필연적 관계가 있다. 이 두 여성은 신의 변천 과정을 뚜렷하게 함축하고 있으므로 이에 대한 비밀을 파헤쳐야 한다.

3) 「밥 안 먹는 마누라」의 서사단락 정리와 의미 해석

세상에 전하는 이야기 가운데 그 의미를 알기 어려운 알쏭달쏭한 이
야기가 제법 있다. 이야기는 태어나서 자라나고 사라지는 유기체적 속
성을 가지고 있으며 이야기는 한 군데 고여 있으면서 머물지 않는 특징
을 지니고 있다. 이야기를 가두어 두면 사람에게 해코지를 하는 '邪'가
있으므로 우리들 마음속에도 머물러 있게만 할 수 없는 노릇이다.[5) 수
수께끼 같은 이야기 가운데 「밥 안 먹는 마누라」 또는 「밥 안 먹는 각시」
라고 하는 이야기가 있다.[6)

「밥 안 먹는 마누라」는 참으로 갈피를 잡기가 어려운 이야기이다. 이
야기의 핵심적 내용을 간추리면 비교적 간단한 내용이다. 욕심 많은 남
자가 혼인을 했는데 자신의 아내가 밥을 많이 먹는 것이 불만이었다. 아
내를 내쫓고 새 마누라를 얻었는데 새로 얻은 마누라는 밥을 아주 적게
먹었으나 식량이 전처가 있을 때에 견주어 훨씬 많이 줄어들었다. 일을
나가는 척하고 살펴보니 후처가 밥을 많이 해서 주먹밥을 만들어 머리
에 있는 입을 벌리고 집어넣는다는 내용의 이야기이다.

이 이야기는 내용대로라면 욕심 많은 사내를 訓戒시키자는 이야기로
표면적 의미를 부여할 수 있다. 곧 밥을 어지간히 먹는 전처 마누라를
구박했으니 전처보다 외모상 입이 작은 아내를 얻어서 양식을 절약하려

---

5) 이야기가 해코지를 한다는 유형의 각편은 무척 많이 있으나 대표적 사례를 들면 다음
   과 같은 것이 있다.
   임석재, 《한국구전설화》8권, 평민사, 1989.
   정명실 구연, 이야기의 해코지, 《종로구 이야기판의 설화》, 종로문화원, 2001.
6) 「밥 안 먹는 마누라」 이야기는 모두 여섯 편이 채록되어 전승되는 것이 확인된다. 이
   점은 뒤에 상세하게 재론되기 때문에 그 쪽으로 미룬다.

고 했으나 훨씬 밥을 많이 먹는 무서운 아내를 만나서 어찌 할 수없는 군색한 경우를 당했다고 하는 이야기일 수 있다. 이 이야기를 액면 그대로 받아들이고 교훈적 의미만을 선택해도 이 이야기는 무의미하지 않다고 할 수 있다.

이야기를 이야기의 문맥대로 따라 읽는 일은 매우 절실한 일이기는 하다. 그러나 이야기는 순차적 구조 단락으로만 읽어서는 이야기의 본질이 밝혀지지 않을 수도 있다. 따라서 순차적 단락을 넘어서서 이야기의 심층에 자리 잡고 있는 의미를 탐색해야 마땅하다. 그것을 위해서 순차적 단락을 긴밀하게 따지고 병렬적 구조 단락을 분석해야 한다. 병렬적 구조 분석은 단순한 분석이 아니라, 종합이며 통찰이다. 행간의 이면에 감추어진 깊은 서사의 단락을 층위에 따라서 분석하는 것이 병렬적 구조 분석의 요점이 된다.

그런데 이 이야기는 겉으로 나타난 의미 말고도 속으로 숨어서 잠재된 의미가 훨씬 크기 때문에 그러한 사실을 이면적으로 따져서 이해해야 단순하게 교훈적 의미로 받아들이는 것보다 의의가 있는 이야기가 될 수 있다고 판단된다. 심층적 의미가 있다고 생각하면 이 이야기의 각편이 지니는 미세한 차이와 미세 화소에 주목하지 않을 수 없다. 이 차료는 모두 각편이 여섯 가지로 채록되었다.

항목 각편	제목	제보자	수록문헌	전승지	채록년도
가	밥 안 먹는 마누라	이씨	《한국구전설화》	전북 정읍	1923
나	밥 안 먹는 마누라	이병렬	《한국구전설화》	전북 익산	1988
다	밥 안 먹는 각시	왕만석 모친	《한국구전설화》	경남 거제	1970
라	밥 안 먹는 마누라	나말순	《한국구전설화》	경남 창녕	1971
마	밥 안 먹는 각시	원이지	《한국구비문학대계》	경남 거제	1979
바	밥 많이 먹는 마누라	최양순, 홍성분, 정혜문	《군포의 구전설화》	경기 군포	2004

여섯 편의 자료 모두 그 제목이 대동소이하다. 채록자가 작제 했을 가능성이 있으나 대체로 두 가지 명칭이 섞여서 쓰이고 있음이 확인된다. 하나는 마누라는 어휘이고 다른 하나는 각시라는 어휘이다. 두 가지 모두 의의가 있는 용어라고 판단된다. 마누라는 범칭이 아니고 일본 설화에서 말하는 '안 먹는 마누라くわず にょうぼう'이어서 신성한 존재에게 붙이는 명칭일 가능성이 있다. 이와 아울러서 각시 역시 단순하지 않다. 관습상 각시는 재래의 폭 넓은 활용의 뜻을 가지고 있으나 다소 무속적 관념에 비중을 들 수 있는 용어이다. 각시는 閣氏와 같은 한자어와도 관련이 있고 규방문학이나 고전국문문학의 용례를 유념하면 단순한 어휘가 아님을 알 수가 있다.

'마누라'이든 '각시'이든 밥을 먹지 않는다고 하는 사실에 초점을 두어야 할 것으로 보인다. 밥을 먹지 않는 마누라이거나 각시이므로 표면적인 의미만 갖는 것은 아니다 오히려 숨은 의미가 있을 개연성이 있다. 그 점을 인정하면서 사실 정리의 차원에서 제목만 문제 삼고자 한다. 이 설화의 제목에 얽힌 문제를 환기한다.

이 설화는 남성 보다는 여성 위주로 전승이 이어지고 있는 것으로 보인다. 이씨, 왕만석 모친, 나말순, 원이지 등의 여성 화자가 중심적인 설화 제보자임이 확인되고 남성 화자도 있으나 설화력이 없어서 과연 온당한 자료인가 의문이 있다. 이병렬 제보자는 각별한 사례인 듯하고 이 설화가 여성들이 주로 이야기를 하고 듣는 여성 화사의 실화 유형임을 다시금 환기할 필요가 있다. 설화 전승에 여성이 주도적 구실을 하며 동참한다.

전승지역은 전라북도와 경상남도에서 채록된 것으로 보아서 이 지역이 아마도 집중적 전승지일 가능성이 크다고 하겠다. 전라북도에서는 정읍과 익산에서 동일한 이야기가 채록되었고 경상남도에서는 창년에서 한 편, 거제에서 두 편이 채록되었다. 그 밖에 경기도 군포에서도 한

편 채록되어 있다.

여성들이 설화 전승의 주도적인 구실을 하는 사실은 이 설화 이해에 핵심적인 관건이 되리라고 생각한다. 여성들이 자신들의 내밀한 전승을 가지고 있으며 이 설화의 의미를 은밀하게 전승하다가 특별한 사정이 있어서 외부에 노출시켰을 가능성이 있다. 남자 쪽에서 이러한 이야기를 한다면 명확하게 여성을 밥 많이 먹는다고 타박하는 것일 수 있다. 그런데 여성들이 밥을 많이 먹어서 쫓겨나거나 죽임을 당한다고 하면 이 이야기는 설화의 주체를 다르게 해석해야 한다는 의미가 되리라고 생각한다.

채록년도는 1923년부터 2004년까지이니 거의 한 세기에 걸쳐서 전승이 확인되며 전승 과정에 잠깐씩 얼굴을 내밀어서 보여준 자료라고 할수 있다. 그렇다고 하더라도 전승의 얼개는 고스란히 유지되고 있었으며 이야기의 핵심은 변화되지 않고 있는 것으로 확인된다. 전승은 개인의 결과가 아니라 집단의 응집과 선택이기 때문에 이 이야기의 집단적 선택은 분명하게 이루어졌던 것으로 판단된다. 이 이야기의 핵심적 서사단락을 정리해서 각편 별로 파악하기로 한다.

핵심 서사단락	가	나	다	라	마	바
1. 무失父母하다	−	−	−	+	−	−
2. 後嗣 잇고자 하다	−	−	−	+	−	−
3. 仲信하다	−	−	−	+	−	−
4. 婚姻하다	+	+	+	+	+	−
5. 子息 많이 낳다	−	−	−	+	−	(+/−)
6. 밥 많이 먹다	+	+	+	+	−	−
7. 일꾼 밥하다	+	−	−	+	−	+
8. 그 밥 다 먹다	+	−	−	+	−	+
9. 煙氣 나다	+	−	−	+	−	
10. 콩 볶아 먹다	+	−	−	+	−	+

11. 배 가르다(죽다)	+	-	-	+	-	+
12. 내쫓다	-	+	+	-	-	+
13 後妻 얻다	+	+	+	+	+	-
14. 밥 안 먹다	+	+	+	+	+	-
15. 입이 적다	-	+	+	-	+	-
16. 쌀이 많이 줄다	+	+	+	+	+	-
17. 煙氣 나다	-	+	+	-	+	-
18. 알고 보니 머리에 밥 넣다	+	+	+	+	+	-
19. 前妻 데려와 살다	-	+	-	-	-	-
+: 단락 있음 -: 단락 없음						

각편 '가'는 모두 열 한 개의 단락이 있다. 단락소를 정리하면 '혼인하다 – 밥 많이 먹다 – 일꾼 밥 하다 – 그 밥 다 먹다 – 연기 나다 – 콩 볶아 먹다 – 배 가르다 – 후처 얻다 – 밥 안 먹다 – 쌀이 많이 줄다 – 알고 보니 머리에 밥 넣다'라는 단락으로 정리된다. 이 각편은 전처와 후처의 비중이 대등하게 되어 있으며 오히려 전처의 이야기에 비중을 두고 전개되고 있음이 확인된다. 전처의 이야기에 비중을 두고 있는 것은 과식의 증거이고 그 증거로 채택된 것이 일꾼 열 사람의 밥을 충분히 먹어 치운다는 뜻이 된다. 열 사람의 일꾼이 먹을 밥을 먹는다고 하는 것은 그 만큼의 일을 할 수도 있다는 뜻인데 여기서 그러한 묘사는 나타나지 않는다.

설화기 이상하게 단락이 구성되어 있으나 원문을 보면 일꾼 열 사람의 밥을 먹었다고 하는 것이 어떠한 사실의 변형일 수 있음을 말해 준다.

이녀르 예펜네가 밥얼 얼매나 많이 먹넌가 보고 싶어서, 하루넌 오널언 놉얼 열 명 얻어서 일얼 헝께 점심 밥얼 열 사람 분 히각고 들로 가져오라고 허고 들로 나갔다. 각시넌 서방 말대로 밥얼 열 사람 밥얼 히각고 들로 나갔더니 놉언 하난도 없고 저그 서방 혼자 있었다. …… 이 마누래란 것이 밥얼 먹넌디 그 열 사람 먹을 밥얼 혼자 다 먹었다.[7]

인용한 문면은 여인이 밥을 많이 먹는다고 하기보다는 일을 매우 잘한 것으로 보아야 할 듯하다. 일을 잘 했으므로 일꾼 열 사람의 몫을 하고, 그 대신에 밥을 먹은 것으로 이해해야 한다. 다른 나라의 자료에서 밥을 먹지 않고도 아주 일을 잘 했다고 하는 사례로 미루어서 여인이 밥을 많이 먹으면서 일을 열 사람의 일을 한 것으로 보아야 한다. 각편 '라'에서도 동일한 현상이 나타나므로 이것은 구연자 개인의 창조는 아니다.[8]

더욱 흥미로운 대목은 전처가 밥을 먹고 난 뒤에 벌이는 행각에 있다. 남편이 자신의 집에 연기가 나서 가보니 전처가 콩을 볶아먹고 있다는 것이다. 그러자 남편이 아내를 죽이고 배를 갈라서 보니 콩이 있는 쪽의 밥은 모두 삭았고 콩이 없는 쪽의 밥은 아직 삭지 않았다고 하는 것이다. 이 대목이 이 이야기에서 가장 이해하기 힘든 대목이 아닐까 한다. 아내의 배를 가르는 끔찍한 살인 행위에 어떠한 죄책감도 없고 오로지 먹은 밥과 콩이 만나서 소화가 되었는가 안 되었는가 하는 사실만 강조되어 있을 따름이다.

이 대목이 심상치 않은 것인데, 이를 확인하기 위해서 원문을 확인해 두고자 한다.

이 사람언 기가 맥혀서 에이 이런 년 두었다가넌 집안 망허겄다 허고 때려 죽이고 배를 째 봉개 콩 볶은 것이 들어간 디 밥언 삭어 없어지고 콩이 덜 들어간 디 밥언 그대로 있었다.[9]

콩과 밥이 필연적인 관계를 맺는다. 이 사실은 문면 자체로는 잘 이해

7) 임석재, 《한국구전설화 : 전라북도편 2》, 평민사, 1991, 262면.
8) 임석재, 《한국구전설화 : 경상남도편 2》, 평민사, 1991, 115면. 원문을 보이면, '여자 넌 열 그럭얼 뚝딱 다 묵으뿌릿다.'라고 되어 있다.
9) 임석재, 같은 책, 262면.

되지 않는다. 이에 관한 각편이 한 편 더 있어서 이 대목이 요긴한 의미를 가지고 있다고 생각한다. 그것이 곧 각편 '라'이다. 콩과 밥의 상관성은 나중에 풀어보기로 한다.

후처를 얻는 대목은 오로지 전처가 밥을 많이 먹었기 때문에 이에 대한 식량을 보충하려는 의도에서 밥을 안 먹는 마누라를 얻는데 있다. 밥을 적게 먹는데도 불구하고 자신의 아내가 들어온 이후로 훨씬 양식이 많이 줄어서 의심하고 살펴본 결과 후처 마누라가 가르마의 뒤 꼭지에다가 밥을 넣는 것이 확인된다. 이 역시 납득하기 어려운 설정이다. 특히 가르마 뒤 꼭지가 무슨 의미가 있는가 수긍하기 어렵게 되어 있기 때문이다.

각편 '나'는 모두 열 개의 단락으로 이루어졌다. '혼인하다 – 밥 많이 먹다 – 내쫓다 – 후처 얻다 – 밥 안 먹다 – 입이 적다 – 쌀이 많이 줄다 – 연기 나다 – 알고 보니 머리에 밥 넣다 – 전처 데려와 살다' 등으로 되어 있다. 각편 '가'와 다르게 전처의 행각은 거세되어 있고 오로지 밥을 많이 먹어서 내쫓긴 사실만 강조되어 있다. 이야기 각편이 후처의 행각에 초점을 두고 진행된다.

후처가 밥을 안 먹는 이유는 후처의 입이 적게 생겼기 때문이다. 후처의 입은 '변지내비 구녁'처럼 생겼을 따름이다.[10] 그래서 밥을 접시에다가 밥풀떼기 몇 개를 놓고서 먹어야 할 형편이다. 그런데도 불구하고 양식이 많이 줄어드는 것이 남편의 의문사항이나.

밥 때가 아닌데도 불구하고 집에서 연기가 나서 찾아가 보니까 아내가 밥을 해서 뭉쳐가지고 머리에 밥을 넣는 것으로 되어 있다. 머리 위의 장배기 뚜껑을 열고서 거기에다가 밥을 던져 넣는 것으로 되어 있다. 이 각편에서 주목되는 현상은 전처를 데려와서 사는 단락이 결부되어

---

10) 이 '변지내비 구녁'은 마당이나 길에 조그마한 구멍을 파고 그 구멍에서 사는 벌레를 이르고 그 벌레가 사는 구멍을 말한다.

있는 점이다. 다른 각편의 후처 행방이 유야무야 되는 것과 다르게 이 단락이 마지막으로 구비되어서 전처가 더 나았다는 것으로 이야기 결말 부분이 바뀌어 있다.

각편 '다'는 모두 아홉 개의 단락으로 이루어졌다. '혼인하다 – 밥 많이 먹다 – 내쫓다 – 후처 얻다 – 밥 안 먹다 – 입이 적다 – 쌀이 많이 줄다 – 연기 나다 – 알고 보니 머리에 밥 넣다 ' 등이 각편의 '다'의 전반 적 서사단락 연쇄이다.

각편 '다'는 앞서 살핀 '나'와 별반 다르지 않다. 다만 두 가지 단락에 서 차이가 확인된다. '입이 적다'고 하는 단락에서 후처의 입이 '뱅애'의 입처럼 작다고 하는 것이 사건의 상징적 구실을 하는 것으로 나타난다. 다음으로 머리에 쌀을 담는 장소에 차이가 있다. 뒤통수의 낭자에다 넣 는다고 되어 있다. 그러므로 머리에 밥을 넣는 것은 차이가 있지 않으나 위치에 있어서 미세한 차이가 생긴다고 할 수 있어서 주목된다. 그 밖의 단락은 대체로 일치한다.

각편 '라'는 모두 열네 개의 서사단락으로 이루어져 있어서 서사적 사건이 가장 풍부한 각편이라고 할 수 있다. 단락의 연쇄는 '조실부모하다 – 후사 잇고자 하다 – 중신하다 – 혼인하다 – 자식 많이 낳다 – 밥 많이 먹다 – 일꾼 밥하다 – 그 밥 다 먹다 – 콩 볶아 먹다 – 배 가르다 – 후처 얻다 – 밥 안 먹다 – 쌀이 많이 준다 – 알고 보니 머리에 밥 넣다' 등으로 연결된다.

각편은 이 유형의 주체인 세 인물이 모두 비중 있게 서술된다. 우선 남성의 처지가 상세하게 기술된다. 남성이 어렸을 때에 조실부모 했다 는 사실이 강조되어 있다. 자신의 가문을 번성시킬 책무와 함께 다시금 조상숭배를 해야 할 임무가 있음이 강조되어 있다. 이웃 사람의 중신으 로 해서 여자를 얻는 과정이 서술된다.

또한 남성의 혼인 이유가 더욱 상세하게 묘사되어 있고 이러한 혼인

이유의 절반을 여성이 감당하여 개입하고 있음이 확인된다. 그것은 조상봉사를 할 후손을 많이 두는 데 있다. 여성이 많은 아이를 낳았다고 하는 사실이 이 점을 말하고 있다. 아홉까지 아들을 낳아 주었으니 여성이 밥을 많이 먹는 이유와 그 도달점이 비로소 명확해진 셈이다.

전처는 자식을 많이 생산했을 뿐만 아니라 더욱 긴요한 일은 일꾼들의 밥을 모조리 먹어 치운다. 여성은 일도 많이 하고 식성도 엄청나다는 사실을 강조하고 있는 듯하다. 게다가 여성은 콩까지도 볶아 먹는다. 이 단락소는 각편 '가'와 동일하게 확인된다. 밥을 많이 먹고 그것을 소화시키기 위해서 콩을 볶아 먹는다고 한 점이 일치하고 그 점 때문에 무참하게 살육되고 여성이 죽는 이유도 된다. 과식이 원인이 되어서 여성이 배를 째이고 죽게 된다고 하는 것은 각편 '가'에서와 확인하는 바와 같이 충격적이다.

후처는 각편 '가', '나', '다'에서 있었던 행각을 모두 하고 있다. 입이 적다는 화소는 등장하지 않고 다만 머리에 밥을 넣는 위치가 차이가 있을 따름이다. 밥을 넣는 머리의 위치는 '따가리 장백이'라고 되어 있어서 머리임을 부인하기 어렵다. 이 밖에 다른 화소는 대동소이하다.

각편 '마'는 모두 일곱 단락으로 서사의 연쇄가 이루어진다. 그런데 이 연쇄는 후처 중심의 이야기도 되어 있어서 '혼인하다 – 후처 얻다 – 밥 안 먹다 – 입이 적다 – 쌀이 많이 줄다 – 연기 나다 – 알고 보니 머리에 밥 넣다' 등으로 되어 있다. 남편과 진처의 이야기는 모두 빠져 있고 후처의 이야기로 일관하고 있는 것이 각편 '마'이다.

게다가 '입이 적다'와 '알고 보니 머리에 밥 넣다'라는 단락에서만 차이가 확인된다. 입이 적은 사실은 병어의 입과 같다고 해서 각편 '다'와 일치하고 머리에 밥을 넣는 위치는 '뒷통수 가르매'라고 되어 있을 따름이다. 그렇다면 이야기의 핵심은 모두 후처의 이야기에 있음이 확인된다.

이로써 보건대 각편을 종합해서 보면 세 인물의 이야기가 연쇄적으로 결합되면서 각편 이상의 질서를 구축하고 있음이 확인된다. 세 인물인 남편, 전처, 후처 등이 공히 균등하게 서술되고 남편의 요구, 전처의 요구 부응, 전처의 살해, 후처의 기행 등으로 짜여져 있는 각편이 있는가 하면 이와는 다르게 전처의 과식, 후처의 기행 등으로 짜여져 있는 각편이 있는가 하면 오로지 후처의 기행으로 짜여진 각편도 있다. 이것을 정리해서 보이면 그 이유가 분명하다고 할 수 있다.

각편＼이야기	남편 이야기	전처 이야기	후처 이야기
각편 '라'	+	+	+
각편 '가'		+	+
각편 '나'			+
각편 '다'			+
각편 '마'			+
각편 '바'		+	

「밥 안 먹는 마누라」는 세 가지 이야기가 연쇄적으로 결합되어서 온전히 갖추어진 각편이 있는가 하면 남편 이야기가 탈락하고 남편과 전처 사이에서 생긴 사단을 강조하고 무참하게 살해되어 배가 갈라지고 배, 곧 위의 내용물이 확인되는 전처 이야기와 후처 이야기가 결합되어 있는 이야기가 있는가 하면 오로지 후처 이야기만 존재하면서 남편 이야기와 전처 이야기는 없이 후처 이야기만 있는 이야기가 있다. 아울러서 각편 '바'와 같이 전처이야기로만 되어 있어서 변이가 생긴 것도 있다. 후처 이야기가 「밥 안 먹는 마누라」로 강조되어 있음이 확인된다.

남편 이야기에서 핵심은 후사를 잇고자 하는 데에 있다. 조실부모한 사실과 조상봉사를 해야 하는 것은 배척해야 할 사실이 아니라 서로 연결된다. 이웃의 중신으로 적절한 배우자를 만나서 혼인하고 자식을 낳는 사실은 남편의 결핍된 상황을 보충하는 노릇을 한다.

전처 이야기에서 핵심은 과식이 문제로 된다. 밥을 많이 먹는 것은 경제적으로도 문제이만 진정한 노동이 없는 과식은 문제이다. 일꾼 열 사람의 일을 하지 않고 밥을 먹은 것은 소모적이다. 과식만이 문제가 아니라 과도한 성이 문제이다. 암시적이기는 하나 연기가 나는 일은 불이 피워진 것이고 불이 피워진 속에서 콩을 볶는 일이 문제이다. 콩을 볶는 행위는 과도한 성행위의 과장된 갈구이자 표현이다. 아내가 콩을 먹는 것은 남편의 아내 살해 원인이다.

다소 엽기적이기는 하나 전처의 배를 가르니 뱃속에 밥과 콩이 어우러진 결과가 주목된다. 콩이 간 곳에는 밥이 삭았고, 콩이 안 간 곳에는 밥이 삭지 않았다고 했다. 밥을 녹이는 콩의 비밀이 무엇인가? 일단 콩은 매개적 작용을 한다. 콩은 '공알'이라는 말이 있고 '불알'이라는 말이 있듯이 '배동'과 같은 중성적인 매개 기능을 한다.[11] 콩이 간 곳에 밥이 삭았다는 사실은 중재 작용의 결과를 예시하는 것이라고 할 수 있다. 과도한 밥과 과도한 음식의 소화가 내장 기관인 위에서 이루어지고 있는 일은 여성의 살해에 의해서만 확인된다. 아내 살해는 결코 간단한 일이 아니다.

밥, 성적 중재, 살해, 노동의 결핍 등이 복잡하게 얽혀서 드러나고 있다. 아내 살해와 배 가르는 단락이 있으면, 전처는 축출되었다고 하는 단락소가 없으며, 아내 살해와 배 가르는 단락이 없으면 전처가 축출된 단락소가 있다. 이 두 가지 단락소는 배타적 관계를 갖는다. 후처 이야기는 두 가지 단락소 가운데 어느 한 쪽이든 관계없이 성립한다.

전처와 후처가 대립한다. 전처의 과도한 식사와 다르게 후처의 최소한 식사가 대립하며 남편의 선택에 의해서 이러한 대립이 생성되었음은 물론이다. 게다가 흥미로운 대립은 정상적인 또는 과도한 입과 병어 입

---

11) 콩에 대한 기능의 의미는 나카자와 신이치, 《신화, 인류 최고의 철학》, 동아시아, 2003, 75-78면. 에 상세하게 분석되어 있다.

의 대립이다. 넓은 구멍과 좁은 구멍이 대립해서 많이 먹는 밥의 양과 적게 먹는 밥의 밥알 하나가 극단적 대립을 이룬다.

표면적 대립은 이면적 대립을 감추고 있다. 정상적인 입이 아니라 '변지내비 구녁' 또는 '병어 입'의 비정상적 입에 의해서 그러한 입의 저변이 가로놓인다. 그것은 머리카락에 의해서 가려지거나 앞과 뒤의 대립에 의해서 이면에 감추어진 대립이라고 할 수 있다. 앞의 입 구멍과는 다르게 머리 뒤나 위의 다른 구멍이 감추어져 있다. 그 입을 통해서 훨씬 많은 밥을 먹고서 양식을 축내고 있어 남성을 경악하게 한다.

그렇다면 이 세 가지 이야기에 숨겨진 이야기가 무엇인가 따져볼 필요가 있다고 생각한다. 이 이야기는 위에서 살핀 순차적 서사 단락으로도 이야기의 뜻을 해명할 수 있으나 이와는 다른 각도에서 숨겨진 병렬적 서사단락을 설정하고 찾아내야 이야기의 뒤틀린 뜻을 바로잡을 수 있다. 다음과 같은 어휘를 정리하자.

	밥을 삭이다	
후사 잇다 ———	콩 간 데는 삭다	——— 밥을 먹다
낳다	콩 안 간 데는 삭지 않다	
(하초)	(배/위)	(입)

위의 계열체는 평면적으로 나열되어 있으나 사실은 사람의 신체구조로 보자면 수직적 공간의 배열에 의해서 조정되어야 한다. 이 작품의 갖추어진 짜임새는 후손을 잇고자 하는 것이고 자손을 낳기 위해서 혼인하는 것으로 되어 있다. 이것은 생식기에 의한 것이고 직접적으로 사람의 하초와 관련된다. 생식기에 의한 생식적 욕구에 의해서 밑에서의 결합이 생식적 욕구를 충당하고 있음은 물론이다. 생식기가 있는 곳이 하초이고 생식기가 만나는 장소이다.

두 번째 있는 곳은 사람의 배에 관련되는 어휘들이다. 전처가 많은 밥

을 먹고 열 명의 놉을 대신했다고 했으니 생식적 욕구가 과도함을 말한
다. 사람의 배를 찌르고 갈라서 밥과 콩의 상태를 확인한다. 밥에 콩이
섞여서 적절하게 조화되고 소화된다. 반면에 콩이 없는 곳에서는 밥이
아직 소화되지 않았다고 하는 것은 정상적 중재나 조화가 실패한 것이
라고 할 수 있다.

배는 밥을 소화하는 것이지만 생식기의 상징적 작용을 암시하는 사례
일 수도 있다. 배는 소화 기관이지만, 소화기관 이상의 의미를 갖는다.
생명이 잉태되고 결합하는 현상을 이렇게 말하는 것이다. 콩과 밥이 만나
서 삭고 안 삭고 하는 문제가 제기되는 것은 이러한 뜻에서 의미가 있다.

밥을 먹는 행위는 입에서 이루어진다. 입은 말하고, 음식을 들이고,
숨을 내쉬는 기능이외에 한 가지 기능이 더 있다. 그것은 음식을 먹는
것과 같은 관련이 있다. 수저로 밥을 퍼서 먹는 행위는 성 행위와 유사
하다. 여성의 성기를 대음순(大陰脣), 소음순(小陰脣) 등으로 일컫는 것
역시 이 점과 무관하지 않다. 과도한 성의 요구가 과도한 밥을 먹는 행
위로 구체화 되어 있는 셈이다.

성적 표현의 단계가 밑에서 위로 올라오면서 남성과 전처의 경우는
정상적 관계로 발전한다. 다소 과식과 과도한 색의 문제가 있으나 전처
에서 별 다른 문제는 발견되지 않는다. 흔히 '食色性也'라고 말한 전례에
입각해서 보면 이들의 단계적 전이가 과도하기는 하지만 비정상적인 것
은 아니다.

그런데 사실은 「밥 안 먹는 마누라」의 후처 이야기가 문제로 된다. 사
람의 머리에 정면으로 보이는 입은 정상적이나 머리 뒤나 머리 위에 머
리카락으로 가려진 것은 감추어진 입이고 그것은 사람의 행태로 본다면
비정상적인 도착된 성의 욕구를 의미한다. 이 설화에서 머리에 세 가지
입이 제시되어 있다. 그것은 우리가 알고 있는 이목구비의 입이 있고 이
설화에서는 '가르마', '장백이' 등의 머리 위에 감추어진 입이 있고 다른

하나는 머리 뒤 꼭지나 뚜껑 낭자 등에 있는 입이 있다. 얼굴에 있는 입은 정상적인 입이라면 얼굴의 위나 뒤에 있는 입은 비정상적인 입이다.

후처가 입은 적은데도 불구하고 머리 위나 뒤에 거대한 입을 가지고 있는 것은 과도한 색욕이나 식욕에의 도착적 증세를 상징한다고 볼 수 있다. 남편의 요구가 오히려 무참해져서 정상적인 여자를 구했다가 도리어 비정상적 도착 증세가 있는 여성을 만나게 된 셈이다. 도착적 성은 이해가 불가능한 것은 아니다.

「밥 안 먹는 마누라」를 잘 이해하기 위해서 필요한 일은 이러한 상징적 단락소를 이해할 수 있는 화소의 확충에 있다. 밥은 사람과 사람을 연결하기도 하지만 사람과 동물을 연결시키기도 한다. 우리는 「우렁색시」와 「지네장터」의 두 가지 이야기를 통해서 남성과 여성이 맺는 관계를 근원적으로 이해할 수 있다.

「우렁색시」에서는 밭을 가는 총각과 밭에서 발견된 우렁이의 관계가 밥 또는 밥상을 매개로 연결된다. 우물이나 샘 속에 옮겨다 놓은 우렁이가 샘의 밑바닥에서 벗어나와서 껍질을 벗고서 아름다운 여성으로 변화된다. 우렁색시가 샘에서 나와 남성에게 밥상을 차려주는 일이 각별하다.

「지네장터」에서 순이가 두꺼비에게 밥을 주어서 두꺼비가 순이를 대신해서 죽는 과정이 이채롭다. 밥을 매개로 남성과 여성이 만나고 자연계의 생물이 사람을 위해서 죽는 일을 감행한다. 두꺼비가 남성의 구실을 하며 순이를 위해서 죽는 희생자 노릇을 하는 것은 특별한 일이다.

밥은 남성과 여성을 만나게 하고 자연계의 생물이 사람을 위해서 죽거나 사람으로 둔갑하는 일을 하게 하는 요소이다. 밥이 매개되어서 사람과 생물, 사람과 사람 사이의 사건이 발생하게 하고 촉매제 구실을 하는 것으로 나타난다. 밥은 문화적 수단인 동시에 자연과 문화의 매개체 구실을 한다는 사실이 이로써 입증되는 셈이다.

밥은 사람과 자연계의 생물만 연계시키지 않는다. 밥은 사람과 사람의 사이를 결합시키는 구실도 한다. 「지네장터」와 「우렁색시」에서는 사람과 생물 사이에 발생한 사건을 연결시키는 것이지만, 이와는 다르게 사람과 사람 사이의 사건을 형성하기도 한다.[12] 이에 적절한 사례가 「삼공본풀이」이다. 가믄장아기와 셋째 마퉁이가 만나서 처음 하는 일이 밥을 지어 먹는 일이다. 이 과정의 밥 짓는 일은 마를 삶아 먹는 것과 대립되는 것으로 처음에 '버렝이밥(벌레처럼 생긴 밥)'이라고 해서 마퉁이가 먹으려고 하지 않다가 맛을 들여서 먹는다. 사람과 사람 사이에서 결정적 구실을 하는 것이 곧 밥이다.

밥은 사람과 사람을 만나게도 하지만 사람과 사람을 헤어지게도 한다. 「밥 안 먹는 마누라」는 밥을 많이 먹는다는 이유 때문에 마누라가 쫓겨난다는 것이 주된 내용이고 다음으로 들어온 마누라가 밥을 엄청나게 많이 먹는다는 것이 핵심 내용이다. 밥을 많이 먹는 것과 밥을 안 먹는 것은 극단적인 대립이다. 남자의 욕심으로 인해서 밥을 많이 먹는 여인을 구박하자 밥을 안 먹는 여인이 더 많이 먹는다는 기이한 사태가 벌어진다. 사람의 과욕이 빚은 비극이라 할 수 있다.

남자는 쌀을 두고서 항상 과욕을 부리는 존재이다. 대표적으로 「쌀 나오는 구멍」 또는 「米穴」이라는 전설은 남자와 구멍 사이에 벌어지는 기이한 사건을 다루고 있다. 사건의 핵심을 정리하면 다음과 같다.

(1) 公州郡 儀堂面 銅穴寺에 작은 구멍이 있다.
(2) 이 구멍에서는 당일 먹을 양식거리의 쌀이 나오다.
(3) 하루는 住持가 장에 가며 上佐중에게 구멍에 나오는 쌀로만 밥을

---

12) 사람과 생물 사이에 쌀과 밥이 문제되는 것은 「창세가」나 「콩쥐팥쥐」 등의 계모형 설화에서도 동일한 양상이 확인된다. 의붓딸이 밥을 먹여서 쥐를 키우는 과정이 확인된다. 또한 「옹고집전」과 같은 소설에서 밥을 먹은 쥐가 둔갑해서 벌이는 갖가지 기이한 일들이 확인된다.

하라고 이르다.

   (4) 上佐중이 욕심을 내서 작대기로 구멍을 후비다.

   (5) 구멍에서 쌀이 나오다가 붉은 핏물이 흘러나오다.[13]

「밥 안 먹는 마누라」에서는 병어처럼 작은 입에 밥알을 넣는 것이 「쌀 나오는 구멍」에서 일용할 양식이 나오는 것과 대비된다. 남성의 과욕이 문제이다. 정해진 분량을 지키지 않고 그것을 더 크게 많이 요구하다가 낭패를 보는 이야기가 곧 「쌀 나오는 구멍」유형의 이야기 핵심이다.

이 유형의 이야기에서 유의해야 할 대목은 (4)와 (5)라고 생각한다. (4)는 쌀 나오는 구멍에 대하여 과욕을 부리는 장면이다. 행위가 작대기로 구멍을 파헤친다고 했으니 그것은 성적 결합의 은유적 표현이다. 정해진 양의 성행위를 음식에 빗대서 했을 가능성이 있다. (5)는 성행위의 구체적 표현이면서 은유적이다. 쌀이 더 이상 나오지 않고 붉은 핏물이 흘러나오는 것은 생식에 문제가 생겼음을 말하는 것으로 보인다. 구멍, 작대기, 핏물 등의 상징적 요소가 결합하면서 쌀과 성의 복합화 현상이 이루어진다.

「밥 안 먹는 마누라」는 밥을 매개로 하는 성적 은유를 다루고 있는 이야기이다. 밥을 먹지 않는 마누라가 현실적으로 되면서 도착적인 성의 모습으로 바뀌었으나 사실은 밥을 많이 먹는 여인의 생산성이 비틀린 결과이다. 거인의 여신이 타락하는 과정에서 밥을 먹지 않는 기이한 존재가 생겨났다.

---

13) 최상수, 동혈사의 쌀 나오는 구멍, 《한국민간전설》, 통문관, 1984, 144-145면.
   동일한 내용의 이야기가 쌀바위로 바뀌어서 전국적으로 전하고, 쌀 나오는 구멍으로도 전한다. 임석재가 펴낸 《한국구전설화》에서도 다수 확인되는 설화이다. 부여에 전하는 이야기는 한 노인과 관음보살이 짝이 되어 등장하고 관음보살이 쌀을 자신의 호리병에서 꺼내어 바위 밑에 세 개의 쌀알을 심자 쌀이 나오게 되는데 욕심을 부려 더 이상 나오지 않는다고 되어 있다. 최상수, 같은 책, 101-103면.

여신은 세 가지 방식으로 자신의 생산력을 입증한다. 우선은 거근 또는 거음의 방식이 있다. 여자의 성기가 너무나 커서 적절한 배우자가 없거나 다른 특이한 일을 했다는 것이다. 둘째는 오줌을 많이 싸거나 거대한 똥을 누는 것이다. 오줌을 많이 싸는 여신은 선류몽(漩流夢)과 같은 것을 통해서 표현되기도 하고,[14] 커다란 똥을 누는 여인은 지철로왕(智哲老王)의 이야기에서 전례를 찾을 수 있다.[15] 셋째는 음식을 많이 먹는 여인으로 「밥 안 먹는 마누라」와 같은 사례에서 이러한 예증을 찾을 수 있겠다.

「밥 안 먹는 마누라」의 명칭에서 신성한 여신의 흔적을 찾아낼 수 있다. 마누라는 신의 존칭 가운데 하나이다. 신성한 여신이 온전히 대접받지 못하고 구박 받는 존재로 전락하는 것이 이 이야기의 핵심으로 판단된다. 자식을 낳아서 후사를 잇고 많은 자식을 낳아서 집안을 일으켜 세워도 양식을 축낸다는 이유 때문에 밥을 안 먹는 여인으로 대체되는 것은 신성함의 몰락과정이다.

게다가 밥을 많이 먹는 여인을 죽이는 것은 신성한 왕 또는 풍요의 왕을 살해하는 살해 제의의 습속이 반영되어 있다.[16] 게다가 밥을 먹지 않

---

14) 初文姬之姊寶姬 夢登西岳捨溺瀰 滿京城 旦與妹說夢 文姬聞之謂曰 我買此夢 姊曰 與何物乎 曰鬻錦裙可乎 曰 諾 妹開襟受之 姊曰 疇昔之夢 傳付於汝 妹以錦裙酬之 後旬日 庾信與春秋公 正月午忌日[見上射琴匣事 乃崔致遠之說] 蹴鞠于庾信宅前[羅人謂蹴鞠爲弄珠之戲] 故踏春秋之裙 裂其襟紐 曰請 入吾家縫之 公從之 庾信命阿海奉針 海曰 豈以細事輕近貴公子乎 子因辭[古本云因病不進] 乃命阿之 公知庾信之意 遂幸之 自後數數來往 庾信知其有娠 乃噴之曰 爾不告父母 而有娠何也 乃宣言於國中 欲焚其妹 一日俟善德王遊幸南山 積薪於庭中 焚火烟起 王望之問何烟 左右奏曰 殆庾信之焚妹也 王問其故 曰 爲其妹無夫有娠 王曰 是誰所爲 時公昵侍在前 顔色大變 王曰 是汝所爲也 速往救之 公受命馳馬 傳宣沮之 自後現行婚禮,《三國遺事》, 太宗武烈王條.

15) 王陰長一尺五寸 難於嘉耦 發使三道求之 使至牟梁部 冬老樹下 見二狗嚙一屎塊如鼓大 爭嚙其兩端 訪於里人 有一小女告云 此部相公之女子 洗澣于此 隱林而所遺也 尋其家檢之 身長七尺五寸 具事奏聞 王遣車邀入宮中 封爲皇后 群臣皆賀《三國遺事》, 智哲老王條.

16) 제임스 프레이져, 《황금가지》, 한겨레신문사, 2003, 289-602면.

는 여인이 도착된 성의 방식으로 생존하는 것은 신의 타락과정이라고 말할 수 있다. 여신은 오로지 식충이라는 관점의 역사적 전환이 이루어졌다고 할 수 있다. 이러한 전통은 신의 죽음과 해체 과정을 반영한다.

3) 「밥 안 먹는 마누라」의 동아시아적 분포와 변이

(1) 여신의 죽음과 변이

숭배되고 숭앙받는 여신이 죽었다. 그것도 남성에 의해서 오로지 밥을 많이 먹는다는 이유 때문이다. 살해된 뒤에 더욱 끔찍한 일은 배를 가르고 내용물까지 확인하는 수모를 겪는다. 여신의 배 속에 발견된 사실은 밥을 삭이는 방식에 있다. 콩을 볶아서 먹음으로써 밥을 소화시켰다. 여신은 자신이 아는 소화 방법에 의해서 많은 양의 밥을 먹고 그것으로 기운을 얻고 있었다. 그것은 중재자로서의 기능을 하고 있었다는 것이다. 콩은 흔히 클리토리스라고 하는 음핵을 상징하는 것으로 알려져 있는데 그것은 여성의 성기 가운데 남성의 성기적 성향을 가진 것이고 이에 대응하는 것이 남성의 성기 가운데 여성의 성기적 성향을 가진 불알과 대조된다. 곧 콩은 조화의 핵심이었다.

살해된 뒤에 나타난 여신은 겉과 속이 달라서 문제이다. 겉은 살해의 위협으로 평범한 척하고 있으며 오히려 적게 먹는 비범성을 자랑한다. 겉과 다르게 속으로는 엄청난 대식가여서 숭앙받는 여신의 모습을 저버리지 못하고 속으로 강조하고 있음이 드러난다. 그것이 발각되어서 더 커다란 입으로 더 많은 양의 음식을 먹는 것으로 나타난다. 여성이 지니고 있는 본래적인 생식력은 이처럼 무한하고 영원한 것이다. 욕심 많은 남성이 이해할 수 없는 심층적 의미가 내재되어 있다.

신의 살해라는 장에서 영생불사를 꿈꾸는 신성한 의례로 신이나 왕을 살해하는 전통이 발견된다.

표리 간에 더욱 두드러진 현상은 정상적인 성이 매개가 되어서 과도한 성과 도착된 성이 집중적으로 나타난다. 아이를 낳을 수 있고 자손을 잇는 정상적인 성이 일을 많이 하고 노동을 하는 데에는 쓸모가 없다. 뱃속에 내재된 삭인 밥과 콩은 성적 은유이고 이에 관한 적극적 표현 방식이라고 할 수도 있다.

그러나 더욱 기이한 일은 머리로 밥을 먹는 일이다. 입으로 먹어서 배에서 삭히고 익히는 것이 아니라 머리로 주먹밥을 먹어서 그것을 소화시킨다고 하니 이것은 정상적인 행동은 아니라고 이해된다. 성의 행위로 보자면 이 행위는 과도한 성이기는 한데 도착된 성임을 부인하기 어렵다. 머리 뒤 꼭지나 낭자를 들쳐 내거나 머리 위의 가르마를 갈라서 주먹밥을 먹는 행위는 도착된 성행위와 유사하다고 할 수 있다.

신이 남성에 의해서 거부되고 밥을 많이 먹는 여성이 된 것을 여신의 타락이자 몰락이다. 간고한 상황 속에서도 도착된 성행위로 간고한 상황을 이겨내며 여신의 생명력을 유지하는 것은 눈물겨운 일일 수 있다. 여신은 죽었으나 여신은 죽지 않았다.

(2) 「밥 안 먹는 마누라」 설화의 동아시아적 변이

동아시아에서 드물게 존재하는 이 유형의 자료를 비교하면 흥미로운 결과가 나올 수 있다. 이 점을 인정하면서 비교 논의를 할 필요가 있겠다. 기본적인 시각은 여신의 죽음에 따른 변이가 핵심적인 이해의 방안이라고 할 수가 있다. 이를 비교하면서 각자의 의미와 특징을 추출하기로 한다.

「밥 안 먹는 마누라」는 기이한 사건 구성을 통해서 여신의 성격 변화와 여신의 죽음을 다룬 이야기임이 진실로 확인된다. 이 유형의 설화가 이웃하고 있는 일본에서도 발견됨으로서 이 설화의 세계적 보편성을 짐작케

한다. 이와 유사한 이야기가 일본뿐만 아니라, 중국에서도 존재한다. 일
본에서는 이 이야기가 유형으로 발달해 있고, 정식 명칭은 「食わず女房-
蛇女房型」으로 되어 있다.[17] 이 이야기의 핵심적인 내용을 정리하면 우리
나라의 「밥 안 먹는 마누라」 이야기의 이해에 도움이 된다.[18]

　　(1) 욕심 많은 남자가 입이 없는 여자가 있다는 말을 듣고 혼인하다.
　　(2) 쌀이 점점 줄어들자 숨어서 보니 여자가 머리의 입을 열고 밥을 던
져 넣다.
　　(3) 남자가 여자에게 헤어질 것을 요구하자 여자가 뱀이 되어서 남자를
桶에다 넣고 이고서 산으로 가다.
　　(4) 남자가 도망을 쳐서 菖蒲와 쑥이 있는 곳으로 숨자, 뱀이 따라오지
못하고 가버리다.
　　(5) 이것이 五月 名節에 菖蒲와 쑥을 지붕에 던지는 기원이 되다.

　일본의 이야기는 여인이 뱀의 둔갑이라고 해서 뱀을 퇴치하는 기원신
화로 바뀌어 있다. 뱀이 밥을 머리에 있는 입에다 넣는 화소가 일치한
다. 그런데 차이가 있다면 우리나라에서는 전처와 후처가 갈라져 있으
며, 전처가 무참하게 죽거나 쫓겨나고, 후처가 다시 들어와서 마침내 밥
을 많이 먹는 것으로 되어 있으니 상당히 이야기의 의미 지향이 달라졌
다. 뱀을 퇴치하는 기원의례까지 갖추어져 있어서 여성이 악마이거나
퇴치의 대상이 된다는 점에서 전혀 다른 의미를 갖고 있다.
　우리나라의 이야기는 모방담의 구조로 짜여져 있고, 후처가 밥을 많
이 먹는다고 해서 의미가 달라졌으나 결말이 없는 형태이다. 일본의 자
료는 후처가 벌인 행각이 중심이 되어서 여인의 정체가 밝혀지고 이 여

---

17) 稻田浩二, 《日本昔話通觀 : 硏究篇 2-日本昔話と古典》, 同朋社, 1989, 364면.
18) 關敬吾, 「食わず女房」, 《日本昔話資料集成 3》, 角川書店, 1955, 1139-1170면.

인을 퇴치하는 이야기가 중심이 되는 내용이 전개된다. 오월의 단오 명절과 같은 날에 지붕에 창포와 쑥을 던지는 행위의 기원을 해명하는 문화의 기원신화로 내용이 다르게 전개된다. 남성이 중심이 되는 이야기인 셈이다.[19]

이와 유사한 이야기가 중국의 《太平廣記》에도 전한다.[20] 온전이 부합하는 이야기는 아니다. 구성에 있어서 상당히 근접하고 있다. 그 이야기는 「江南吳生」이라고 되어 있다. 내용은 많이 달라져 있으나 이 자료의 얼개는 이와 유사하다고 할 수 있다. 이 이야기의 내용은 간략히 소개한다면, '吳生이 會稽에 여행을 하다가 劉氏의 딸과 혼인한다. 몇 년 뒤에 여인은 차차로 사나운 여인으로 변하였고 사냥해 온 토끼, 여우, 사슴의 내장을 모두 먹었다. 오생이 이를 알아내고 吏卒과 함께 추격하자 의복을 바꿔 입고서 夜叉(두억시니)가 되어서 도망했다.'는 내용으로 되어 있다.

중국의 이야기는 보다 직접적인 화소를 갖추고 있다. 유씨가 음식을 먹는데, 날고기 등을 먹고 사나운 여자로 바뀐 점이 강조되어 있다. 게다가 의복을 벗고 야차가 되었다고 했는데 야차는 불교에서 말하는 사나운 귀신 또는 두억시니이니 불교적인 영향을 받은 존재가 된다. 중국의 야차, 우리나라의 머리 뚜껑 열린 여자, 일본의 뱀 등은 그 변화가 격심하다고 할 수 있다. 나라 간에 중요한 차이가 있으니 이에 관련한 본격적 비교가 필요하다.

---

19) 이와 견줄 수 있는 이야기가 일본에서 달리 전한다. 그것이 「蛇女」이다. 「蛇女」는 '뱀 처녀가 아름다운 남자를 보고 여자로 변신하여 남자에게 구혼한다. 남자가 내를 건너서 도망하니 여자가 뱀의 몸으로 변신하여 내를 건너 쫓아간다. 남자가 도망가서 절의 종에 숨으니 뱀이 종을 흔들어서 죽인다.'는 내용으로 되어 있다. 이야기는 같은 내용이나 남성이 뱀에게 살해당하는 것으로 되어 있다. 稻田浩二, 《日本昔話通觀 : 研究篇 2-日本 昔話と古典》, 同朋社, 1989, 364면.

20) 「江南吳生」, 《太平廣記》三五六. 이 자료는 본디 「宣室志」에 실렸던 것을 재수록한 것이다.

한국·중국·일본의 이야기를 비교하면 다음과 같은 특징이 있으며 간략하게 정리된다. 이를 요약하기로 한다.

　가) 밥 안 먹는 여성이 등장한다.
　　가)1 한국에서는 여성이 두 명 등장한다.
　　가)2 일본과 중국에서는 여성이 한 명만 등장한다.
　나) 여성의 성격이 무엇인가 많이 먹는다.
　　나)1 한국에서는 밥을 많이 먹는다.
　　나)2 일본에서는 밥을 많이 먹는다.
　　나)3 중국에서는 닥치는대로 먹는다.
　다) 여성의 정체가 밝혀진다.
　　다)1 한국에서는 여성의 정체가 모호하다.
　　다)2 일본에서는 뱀으로 변화된다.
　　다)3 중국에서는 야차로 변화된다.
　라) 세시절기의 의례와 관련된다.
　　라)1 일본에서는 단오의 쑥과 창포로 액막이 하는 의례와 관련된다.
　　라)2 한국과 중국에서는 이 의미가 상실된다.

　세 나라에서 이 이야기는 결국 사람과 동물의 관계를 전제로 이물교혼담의 구성 위에서 성립한 이야기임이 분명한데 이것이 의미를 상실하고 전승되면서 변이가 생겼을 개연성이 있다. 신성한 여성과 혼인하여 살다가 생긴 파탄이 분명하게 되었음이 확인된다. 세 나라의 이야기가 지니는 의미에 대해서는 텍스트를 넘어서서 컨텍스트 연구를 해야만 이 문제가 해소될 수 있을 것으로 생각한다.
　일본에서는 이 이야기를 흥미롭게도 동화로 발전시켰다. 예컨대「안 먹는 마누라 くわずにょうぼう」라는 이야기의 재창조는 이에 적절한 사례이다.[21] 섬세한 어휘 구사력과 이에 걸맞는 이야기 구성이 놀랍고, 이

야기의 성격 자체도 상상력을 발휘해서 발전시켰다고 하겠다. 이야기를 그냥 가는 법이 없이 새로운 생명력을 불어넣는 점이 놀랍다고 하겠다. 우리나라에서도 이를 새롭게 재화한 이야기가 있다. 그것을 흔히 「밥 안 먹는 색시」라고 했는데, 이것이 곧 전통적인 이야기를 새롭게 변형한 이야기이다.[22)]

「밥 안 먹는 마누라」는 결코 여성을 나무라는 허황한 이야기가 아니다. 남성들의 욕망에 따른 학대에도 불구하고 여신의 성격을 유지하고 있는 여신들의 처절한 생존사를 기록하고 있는 설화이다. 여신이 자신의 모습을 은폐하고 도착적인 성의 모습을 간직하고 있어도 여신은 죽지 않는다는 생각을 단적으로 보여주는 설화이다. 이야기는 멈추어 있지 않고 자신의 모습을 끊임없이 바꾸고 있다.

4. 넓게 알기

1) 밥 안 먹는 마누라, 關敬吾, 《日本昔話資料集成 3》, 角川書店, 1955.

옛날 어느 곳에 혼자 사는 남자가 있었다. 그는 항상 밥을 안 먹는 마누라가 있있으면 좋겠다고 말하곤 했다. 그런데 어느 날 어떤 여자가 찾아와서, 자신은 밥을 먹지 않는 여자이니까 아내로 맞아달라고 했다. 남자는 정말 잘 됐다며, 그 여자를 아내로 삼았다. 과연 그 마누라는 남편

---

21) 稲田和子再話, 《くわずにょうぼうーこどものとも傑作集》, 福音館書店, 2003. 이 이야기를 분석해 보면 우리와 이야기 내용에 일정한 차이가 있다. 이야기의 주 대립은 남자와 마녀로 바뀌어 있어서 내용이 많이 바뀌어 있다는 느낌이 든다. 나중에 남자도 마귀였음이 밝혀지는 기이한 결말이 나타난다.
22) 김효숙·권사우, 《밥 안먹는 색시》, 천둥거인, 2006.

앞에서는 전혀 밥을 먹지 않았는데, 이상하게도 쌀이며 된장이 눈에 띄게 줄어들고 있었다. 어느 날 남자는 일하러 간다고 하고서는, 마누라의 모습을 엿보기로 했다. 남편이 나가는 것을 본 마누라는 쌀가마에서 쌀을 듬뿍 퍼내어 큰 가마에 넣고 밥을 짓는다. 그러더니 불에 쬔 주먹밥을 만들고, 된장국을 잔뜩 끓였다. 그리고나서 머리를 산발하더니 그 속에 있는 커다란 입을 꺼냈다. 마누라는 곤쿠에상쿠에(곤쿠에여, 먹어라) 하며 박수를 치면서 주먹밥을 머리 속에 있는 입 안으로 던져넣고, 국자로 된장국을 퍼 넣었다. 저녁 때가 되자 남편은 아무 것도 모른 척 하고 집으로 돌아왔다. 그는 마누라에게 이제 당신은 내 마누라로 적합하지 않으니 집에서 나가라고 했다. 마누라는 그렇다면 나갈 테니 커다란 바구니를 하나 만들어 달라고 했다. 남편이 커다란 바구니를 만들어 주자, 마누라는 갑자기 무서운 귀신 모습으로 변하여 남편을 바구니 속에 쑤셔 넣고, 곤곤山으로 메고 달려갔다. 남편은 어떻게든 바구니 속에서 도망쳐야 한다고 애를 태웠으나, 바구니가 너무 커서 밖으로 나갈 수 없었다. 간신히 나뭇가지가 머리 위에 늘어져 있는 것을 붙잡아 밖으로 나올 수 있었다. 남편은 쏜살같이 도망쳐 창포와 쑥 덤불 속에 숨어서, 뒤쫓아온 귀신할멈도 그를 찾아내지 못했다. 그렇게 해서 남편은 겨우 목숨을 구했다고 한다. 新潟縣南蒲原郡葛卷村

2) 강남오생(江南吳生),《太平廣記》

오씨(吳氏) 성을 가진 한 서생이 있었는데 강남(江南) 사람이었다. 한 번은 그가 회계(會稽)에 놀러 갔다가 유씨(劉氏)의 딸을 얻어 첩으로 삼았다. 몇 년 후에 오생은 안문군(鴈門郡)의 현령(縣令)이 되어 유씨의 딸과 함께 안문군으로 갔다. 유씨의 딸은 처음에 성격이 유순하기로 소문났는데, 몇 년이 지나자 갑자기 포악해져서 아무도 말릴 수 없었다.

그녀는 종종 자신의 뜻에 어긋나는 일이 있으면 즉시 화를 냈고 하녀를 마구 때리거나 심지어는 하녀를 물어뜯고서도 화를 풀 수 없었다. 오생은 그제서야 그녀가 사납다는 것을 알고 마음이 점점 그녀에게서 멀어졌다.

어느날 오생과 안문군의 부장(部將) 여러 명이 들로 사냥을 나갔다가 여우와 토끼를 많이 잡아와서 주방에다 그것을 두었다. 다음날 오생이 외출하자 유씨의 딸이 몰래 주방으로 들어가 여우와 토끼를 가져다 날로 먹었다. 유씨의 딸이 다 먹고 났을 때 오생이 돌아와 유씨의 딸에게 여우와 토끼가 어디에 있냐고 다그쳐 물었지만 그녀는 고개를 숙인채 대답하지 않았다. 오생이 화가 나서 그녀의 하녀에게 묻자 하녀가 대답했다.

"마님께서 다 드셨습니다."

오생은 비로소 유씨의 딸이 요괴라고 의심했다. 10여 일 후 현의 관리가 사슴 한 마리를 오생에게 바쳤는데, 오생은 그것을 정원에다 놓아두게 했다. 그리고 나서 오생은 유씨의 딸에게 멀리 다녀오겠다고 말하고 문을 나선 뒤 몸을 숨겨 몰래 살펴보았다. 유씨의 딸은 머리를 풀어 헤치고 소매를 걷어 올린 채 찢어질 듯이 눈을 치켜뜨면서 모습을 갑자기 바꾸더니 정원에 서서 왼쪽 손으로는 사슴을 잡고 오른쪽 손으로는 그 내장을 꺼내 먹었다. 오생은 [그 광경을 보고] 너무 두려운 나머지 땅에 엎드려 일어날 수 없었다. 한 참 후에 오생은 관리와 군졸 10여명을 불러 무기를 들고 집으로 들어갔다. 유씨의 딸은 오생이 온 것을 보고는 웃옷을 다 벗고 정원에 꼿꼿이 섰는데 바로 야차(夜叉)였다. 야차의 눈은 번갯불처럼 번쩍이고 이빨은 창날처럼 뾰족했으며 근육과 뼈는 꼬불꼬불 오그라들어 있었고 몸 전체가 푸른색이었다. 관리와 군졸들은 모두 두려워 떨면서 감히 나아가지 못했다. 야차는 마치 두려운 것이 있는 것처럼 사방을 둘러보더니 한 식경쯤 지나서 갑자기 동쪽으로 도망쳤는데, 그 속도가 매우 빨랐다. 결국 야차가 어디로 갔는지 알 수 없었다.
(『선실지』(宣室志))

　有吳生者, 江南人. 嘗遊會稽, 娶一劉氏女爲妻. 後數年, 吳生宰縣於鴈
門郡, 與劉氏偕之官. 劉氏初以柔婉聞, 凡數年, 其後忽曠烈自恃不可禁.
往往有逆意者, 卽發怒, 毆其婢僕, 或齧其肌血且甚, 而怒不可解. 吳生始
知劉氏悍戾, 心稍外之.

　嘗一日, 吳與鴈門部將數輩, 獵於野, 獵狐兔甚多, 致庖舍下. 明日, 吳
生出, 劉氏卽潛入庖舍, 取狐兔生啗之 且盡, 吳生歸, 因詰狐兔所在, 而劉
氏俛然不語. 吳生怒, 訊其婢, 婢曰: "劉氏食之盡矣." 生始疑劉氏爲他怪.
旬餘, 有縣吏, 以一鹿獻, 吳生命致於庭. 已而吳生始言將遠適, 旣出門,
卽匿身潛伺之. 見劉氏散髮袒肱, 目皆盡裂, 狀貌頓異, 立庭中, 左手執鹿,
右手拔其脾而食之 吳生大懼, 仆地不能起. 久之, 乃召吏卒十數輩, 持兵
仗而入. 劉氏見吳生來, 盡去襦袖, 挺然立庭, 內乃夜叉耳. 目若電光, 齒
如 戟刀, 筋骨盤蹙, 身盡靑色. 吏卒俱戰慄不敢近. 而夜叉四顧, 若有所
懼, 僅食頃, 忽東向而走, 其勢甚疾. 竟不如所在. (出『宣室志』)

⑤ 조마구

1. 초다짐

조마구는 괴물을 퇴치하는 이야기의 전형적 사례이다. 그런데 이 이야기의 중요성에도 불구하고 잘 해독되지 않는 이야기 가운데 하나이다. 흔히 이 이야기는 두 가지 유형으로 다시 세분된다. 조마구라고 하는 괴물의 이름이 강조되어 있는 이야기와 괴물의 면모가 '주둥이 닷발 꽁지 닷발' 등으로 되어 있는 것이 전형적인 사례이다.

조마구라고 하는 말의 소종래를 잘 알 수가 없었는데, 시인이 전하는 시에 그 용어에 대한 전력이 자세하게 밝혀져 있으며 이를 알게 된 것은 매우 주목할 만한 성과라고 할 수가 있다. 조마구네 나라가 존재하며, 조마구 병정들이 인간세계에 틈입하여 틈틈이 인간을 잡아가려고 노리고 있다고 하는 것이 이 이야기의 핵심적 면모라고 할 수가 있다.

시인들의 노력이 우리 인류의 역사에서 유익한가 무익한가 하는 논란이 있어 왔다. 그런데 한 시기 특히 중세시대의 상상력이 제약을 받았던 시대에 재래의 시적 상징과 의미를 찾던 시인들에 의해서 시적 상상의 원천으로 옛날이야기를 채집하고 시로 만들었던 시대가 있었다. 그 과정에서 전통적인 이야기를 원천으로 삼았던 사례가 있었다.

그러한 인물로 꼽을 수 있는 시인이 바로 우리나라 평북 정주 출신의 백석(白石, 1912-1995)이다. 백석과 같은 인물로 꼽을 수 있는 사례로 아

일랜드의 시인 윌리엄 버틀러 예이츠(William Butler Yeats, 1856-1939)를 들 수 있다. 백석과 예이츠는 산 곳과 시대가 다르지만 전통적인 이야기를 발굴하여 시도 쓰고 이야기도 모은 대표적인 인물이다.

조마구는 낯선 곳에 사는 괴물이다. 인간의 나라에 와서 자신의 나라로 인간을 잡아가는 구실을 하는 것이 이 괴물이라고 할 수가 있다. 이 괴물에 대한 이야기는 널리 알려져 있었으나 오늘날에는 다소 생소한 괴물이 되고 말았다. 그러한 의미에서 조마구라고 하는 괴물에 대한 탐구는 지속적으로 이루어져야 한다.

조마구는 괴물에 관련한 이야기이다. 조마구는 자료에 따라서 쥐의 얼굴을 한 난장이로 외발을 가진 존재라고 하기도 하고, 주둥이 닷발, 허리도 닷발, 꼬리도 닷발이어서 열다섯 발의 새라고도 한다. 두 가지 형상이 모두 각각 이야기로 전하고 있다. 이 괴물이 처음에는 열 다섯 발의 크기로 거대하지만 나중에 주인공에게 잡혀서 죽을 때에는 솥 안으로 들어가 죽는 것이므로 여기에 서두와 결말의 조마구 변환이 매우 중요한 숙제로 전한다.

이 이야기의 심층에 자리잡고 있는 것은 분석심리학에서 말하는 미숙한 아이의 성장과 깊은 연관성이다. 미성숙한 아이가 세상 경험을 하고, 자신의 어머니를 죽인 괴물을 찾아내어 죽인다는 점에서 괴물퇴치담의 면모를 가지고 있다.

괴물의 나라인 조마구네 나라에 가서 조마구를 죽이면서 아이가 얻어내는 여러 욕망의 결정체인 음식, 동물들의 의성어 등을 알아가는 것은 이 이야기에서 가장 주목되는 변이 화소이다. 신이한 이야기이지만 변신담의 성격도 일부 있고 영웅의 괴물 죽이기 이야기와도 일정 부분 닮아 있는 자료이다.

2. 자료

•「조마구라는 괴물」[1]

옛날 어떤 시골에 어머니하고 아들 두 형제가 살고 있는 집이 있었습니다.

어느 날, 어머니랑 아들 형제는 집을 비우고 모두 들로 일을 하러 나갔습니다.

점심때가 가까워져서 어머니는 점심을 지으려고 먼저 집으로 왔습니다.

어머니가 부엌에서 밥을 지어 놓고 상을 차리기 위해서 간장이며, 고추장이며, 반찬거리를 가지러 부엌 밖으로 나갔습니다. 이 사이에 조마구라는 괴물이 살짝 부엌으로 들어와서 부뚜막에 올라앉아 솥에 든 밥을 주걱으로 푹푹 다 퍼먹어 버렸습니다.

어머니가 부엌으로 돌아와 이 모양을 보고는 그만 화가 나서 부지깽이로 조마구를 한 대 후려 갈겼습니다. 그랬더니 조마구가 달아나기는커녕 아까보다 더 커져서는 해해 웃고 있었습니다. 어머니는 이것을 보자 더 화가 치밀었습니다. 그래서 또 한 대 때렸습니다. 조마구는 또 커 가지고 김치며 고추장이며 된장, 간장을 다 먹고는 해해 웃고 있었습니다.

어머니는 더욱 성이 나서

"이 망할 놈 같으니라구."

하면서 또 때렸습니다. 조마구는 더 커 가지고 어머니한테 달려들어 때리려 했습니다. 어머니는 더욱 부아가 나서 조마구를 자꾸자꾸 때렸습니다. 그랬더니 조마구는 때리면 때릴수록 더욱 더 커졌습니다. 그리하여 나중에는 큰 깍지통만하게 커 가지고 어머니한테 달려들어 두 눈을 배서 내던지고 어머니를 꽁꽁 묶어서 마당가에 서 있는 대추나무에다

---

1) 임석재, 《옛날이야기선집-우리나라편》, 교학사, 1978, 62~69면.

매어 달아 놓고는 어디론지 가버렸습니다.

아들 형제는 점심때가 다 되어서 점심을 먹으려고 집으로 왔습니다. 그런데, 어머니가 보이지 않아 여기저기 찾아봤지만 어머니는 보이지 않았습니다. 이웃집을 돌아다니며 우리 어머니 못 봤느냐고 물어 봤으나 아무도 못 봤다고 했습니다.

부엌에 들어가 보니까 솥에는 밥을 해 놓은 흔적이 있는데 밥은 하나도 없고 부엌 바닥에는 김치며 보시기며 고추장 그릇, 된장 그릇, 간장 종지가 흩어져 있었습니다. 형제는 이상하다고 생각하며,

"어머니이!"

하고, 크게 불러봤습니다. 그랬더니 마당의 대추나무에서

"나 여기 있다."

하는 어머니의 목소리가 들려 왔습니다.

아들 형제는 어머니가 대추나무에 매어 달려 있는 것을 보고 깜짝 놀래어,

"어머니 이게 어찌 된 노릇입니까?"

하고 물었습니다. 어머니는,

"조마구란 놈이 와서 해 놓은 밥을 다 퍼먹고 반찬도 다 먹고 내 눈을 빼고 이렇게 묶어서 여기다 매달아놓고 도망갔다."

하고 말했습니다.

형제는 그 말을 듣고 그만 화가 머리 끝까지 치밀어서 그 원수놈의 조마구란 놈을 잡아 없애야겠다고 단단히 마음먹었습니다. 그리고는 곧 조마구가 있는 데를 찾아갔습니다.

강을 건너고 고개를 넘어서 깊은 산중까지 왔습니다. 여기저기 찾아다니다가 어떤 음침한 데로 왔습니다. 거지에는 큰 기와집이 있었습니다. 그런 집에 조마구가 산다는 말을 그전에 들은 일이 있었기 때문에 형제는 부지런히 그 집으로 가 보았습니다.

그러나, 집 안에는 조마구는커녕 아무도 없이 텅 비어 있었습니다. 형제는 그 집의 다락에 올라가서 가만히 숨어 있었습니다.

얼마를 기다려 저녁때쯤 되니까 조마구가 들어왔습니다. 그러더니,

"오늘은 웬 일인지 인내(사람냄새)가 난다."

하면서 코를 실룩거리며 여기저기 집안을 돌아다녔습니다. 형제는 숨을 죽이고 가만히 엿보고 있었습니다.

조마구는 여기저기 집안을 살펴보다가 아무도 없는 줄 알고는 마루 끝에 걸터앉아서,

"오늘 저녁에는 뭘 해 먹을까? 콩을 볶아서 빠작빠작 깨물어 먹을까? 국수를 해서 후룩후룩 먹을까? 찰밥을 해서 참참 먹을까? 떡을 해서 떠럭떠럭 먹을까?"

하고 중얼거리고 있다가,

"옳지, 옳지, 떡을 해서 떠럭떠럭 먹어 보자."

하면서 부엌으로 들어가서 떡을 만들기 시작했습니다.

조마구는 한참 부산스럽게 법석대더니 떡을 다 만들어 놓고서는,

앞집에 가서 참기름을 빼앗아다가 발라 먹을까? 뒷집에 가서 들기름을 훔쳐다가 발라 먹을까?"

하고, 또 혼잣말을 하고 있었습니다. 그러더니,

"앞집에 가서 참기름을 빼앗아 와야지."

하고서는 휭 하니 나갔습니다. 형제는 이것을 보고 얼른 바닥에 내려와서 그 떡을 다 먹어버렸습니다. 그리고 다시 다락으로 올라가서 숨어 있었습니다.

조마구는 앞집에서 참기름을 빼앗아 가지고 왔습니다. 떡을 먹으려고 떡 함지박을 열었으나 떡이 하나도 없는 것을 보고는 화가 나서,

"어떤 놈이 내가 애써서 해 놓은 떡을 다 처먹었담!"

하며 소리소리 지르다가는,

"에이, 국수나 해서 후룩후룩 먹자."

하며 국수를 만들기 시작했습니다.

　국수를 만들어서 그 자리에서 후룩후룩 소리내며 다 먹었습니다. 그리고 마루 끝에 걸터앉아서,

"오늘 저녁에는 어디서 잘까?"

하고 중얼거렸습니다.

"안방에서 잘까? 안방에는 벼룩이 많아서 잘 수 가 없지. 사랑에 나가서 잘까? 사랑방에는 빈대가 나와서 잘 수가 없지. 벽장에서 잘까? 벽장에는 바퀴가 나와서 잘 수가 없지. 대청에서 잘까? 대청에는 모기가 많아서 잘 수가 없지. 봉당에서 잘까? 봉당에는 쥐벼룩이 많아서 잘 수가 없지……, 그럼 어디서 잘까? 옳지, 옳지. 가마솥에 들어가서 자는 것이 좋겠다. 가마솥에는 물 것이 없어서 편하게 잘 수가 있겠지."

하고 중얼거렸습니다. 그러더니 부엌으로 가서 가마솥을 열고 그 안으로 들어갔습니다. 조마구가 가마솥 안에 들어간 것을 본 형제는 살금살금 다락에서 내려와서, 형은 가마솥 뚜껑 위에 올라앉아 꽉 누르고 동생은 장작을 갖다가 아궁이에 불을 지폈습니다. 그랬더니, 조마구는

"아아! 거 가마솥 안이 따뜻해서 자기 좋구나. 아아, 기분 좋다! 오늘 밤에는 잠을 잘 자겠다."

하고 좋아하고 있었습니다.

　동생은 또 장작을 많이 갖다가 불을 자꾸 땠습니다. 그러자 가마솥이 뜨거워지기 시작했습니다. 조마구는,

"야, 가마솥이 더워 온다. 바람이나 좀 쐬고 잘까?"

하면서 가마솥 뚜껑을 열고 나오려 했습니다. 형은 힘을 주어 뚜껑을 눌러 나오지 못하게 했습니다.

　동생은 자꾸 불을 땠습니다. 가마솥이 닳게 되었습니다. 그러니까 조마구는,

"아이 가마솥이 뜨거워 온다. 이놈의 가마솥이 왜 뜨거워 오는 거야. 어디 어서 나가 보아야지 그런데, 이놈의 뚜껑이 왜 안 열릴까?"

하면서 소리질렀습니다. 형은 힘을 더 주어 가마솥 뚜껑을 못 열게 하고 동생은 장작을 자꾸 더 지펴서 불을 땠습니다. 가마솥은 빨갛게 닳았습니다. 조마구는,

"아니구! 뜨거워서 죽겠네, 나 타 죽겠네. 나 좀 살려주우."

하고, 아주 죽겠다는 듯 고래고래 소리질렀습니다. 그래도 형은 솥뚜껑을 더욱 힘 주어 누르고 동생은 불을 자꾸 땠습니다. 솥은 더욱 더 닳아서 바작바작하는 소리를 냈습니다.

조마구는 이렇게 닳은 가마솥 안에서 나오지 못하고 그만 죽었습니다.

형제는 이렇게 해서 몹쓸 조마구를 죽여 버리고 어머니의 원수를 갚았습니다.

조마구네 집에는 광이 많이 있었고 그 광 속에는 갖은 보물이 많이 있었습니다. 형제는 거기서 그 여러 가지 보물을 다 갖고 집으로 와서 어머니를 모시고 잘 살았다고 합니다.

• 「열댓 발 되는 새」[2]

이전에 주딩이 댓 발 허리 댓 발 꼬랭이 댓 발 열댓 발 되는 새가 있었느니 이 새가 어띤 집에 기이 그 집에는 쩌매한 얼라가 집을 보고 있었어요. "아가 너거매 워디 갔노?"카고 물었어요. "우리 엄매 장에 갔다." "너거 암씨[3] 워데 갔노?" "우리 암씨 논 갈로 갔다." "너거 오래비 워데 갔노?" "우리 오래비 서지[4] 갔다." "너거 생이[5] 워데 갔노?" "우리 생이

---

2) 임석재, 《한국구전설화》(임석재전집10), 평민사, 1987, 346-347면.

3) 아버지

4) 서재, 서당

서답 씨치로 갔다.""너거 어매 오거덜랑 감남ㄱ이다 걸어노라 캐라"이
라고 가삐맀단 말입이더.

저거매가 장이서 오이께네 이넘으 새가 오디이마는 저거매로 사족[6]
을 갈라서 감남ㄱ이다가 걸어났임이더. 오래비가 오디이마는 이거로 보
고 이거 우짠 노릇이냐고 물었입이더. 얼라는 주둥이 댓 발 허리 댓 발
꼬랭이 댓 발 열댓 발 되는 새가 와서 그랬다고 말했입이더.

오래비는 그넘으 새 원수갚아야겠다고 그 새로 잡으러 집을 떠났입이
더. 한참 가이 논 가는 사램이 있었입이더. "보소 주딩이 댓 발 허리 댓
발 꼬랭이 댓 발 열댓 발 되는 새 봤능기요?" 하이꺼네 그 논가는 사램
이 이 논을 다 갈어서 쩨리서 모로 숨거서 가실에 거두 주문 갈치주꼬마
캤입이더. 그래서 오래비는 논을 갈어서 쩨리서 모로 숨거서 가실어 거
두어 주었더이 저어기 서답을 씻넌 여자보고 물어보라 캤입이더. 오래
비는 서답씻는 여자한티 가서 "보소 주딩이 댓 발 되고 허리 댓 발 되고
꼬랭이 댓 발 되는 새로 봤소?" 쿤게네 "이 서답 다 씻거서 삶어서 헤어
서 풀 믹이서 농 안에 여어주문 일러주구마" 캤임이더. 그래서 여자가
해 돌라칸 대로 다 해주었더이 저어그 저 까마구한티 가서 물어보라 캤
입이더. 그래서 까마구한티 가서 "까마구야 까마구야 주둥이 댓 발 되고
허리 댓 발 되고 꼬랭이 댓 발 되는 새 봤나?" 쿤께네 "저 통시간[7]으
기더기[8]로 다 주어서 아랫물에 씻고 웃물에 헤어서 내 입에 옇어 주문
일러주구마" 그래 까마구가 해돌란 대로 다 해주이께네 저기 새 쫓는 아
한티 가서 물어보라 캤입이더. 그래서 새 쫓는 아한티 가서 "새 쫓는 아
야 주둥이 댓 발 되고 허리 댓 발 되고 꼬랭이 댓 발 되는 새 봤나?" 쿤

---

5) 형
6) 四肢
7) 便所間, 칙간
8) 구더기

께네 깔퀴 하나 줌시로 이거 구부리 가는9) 디로 따라가라 캤입이더. 그
래 깔퀴 구부러 가는 디로 따라갔더이 거기 주둥이 댓 발 허리 댓 발 꼬
랭이 댓 발 열댓 발 되는 새가 있었입이더.

있어서 가마이 보고 있이러께네 "오늘 지역은 밥을 해서 쪽지를까10)
죽을 쑤어서 호르르할까 떡을 해서 묵을까"캄서러 떡을 한 시리11) 쪄놓
고 장자네 집이로 칼 얻으로 가요. 그 새에 오래비는 그 떡을 죄다 다
묵어삐맀어요. 새가 칼로 얻어각고 와 보이 떡이 엄서서 쇠보고 이넘으
쇠야 니가 떡을 다 묵었지 하이께네 쇠는 음메음메 않묵었다 천장나무
밑이······12) 카이 보이게네 몰이 있어서 이넘으 몰 니가 떡 다 묵었구나
하이 몰은 애애 않묵었다 천장 밑이 마리 밑이······이라이께네 마리 밑이
개한티 가서 개야 니 떡 다 묵었지 했입이더. 개는 공공 않묵었다 천장
밑이 마당이······ 이래서 마당에 있는 닥13)한티 가서 닥 이넘으 닥 니가
떡 다 묵었지 카이 닥은 꼬꼬 않묵었다 천장 밑이 ······ 이래서 새는 이리
저리 댕기이라고 아무것도 굶고서 잤입이더.

안날에는14) 오늘은 죽을 쑤어서 호르르할까 밥을 해서 쪽할까 에라
죽 쑤어서 호르르하자 카고 죽을 쑤어놓고는 장자네 집이로 버러지 얻으
러 갔입이더. 그 사이에 오래비는 그 죽을 다 묵어삐맀입이더. 새가 와서
보고 죽이 엄시이이 이넘으 쇠야 니가 죽 다 묵었지? 음매음매 않묵었다
천장 밑이······ 하이꺼네 몰한티 가서 몰아 니가 죽을 다 묵었지 하이께네
몰은 애애 않묵었다 캐서 개한티 가서 니가 죽을 다 묵었지 하이께네 개는

---

9) 굴러가는
10) 먹어치울까
11) 시루
12) 천장 밑에 있는 것을 보라는 뜻
13) 닭
14) 다음날에는

공공 앓묵었다 캐서 닥한티 가서 닥아 니가 죽 다 묵었지 하이꺼네 닥은 꼬꼬 앓묵었다. 이라이 새는 이 날도 아무것도 몬 묵고 굶었입니더.

안날에는 오늘에는 밥을 해서 쪽지어야겠다 카고 밥을 지어놓고 장자 네 집이로 주개[15]로 얻으로 갔입이더. 그 사이에 오래비는 밥을 다 묵었 입이더. 새가 와서 보이 밥이 엄서서 야 이넘으 쇠야 니가 밥 다 묵었지 카고 몰한티 가서 니가 밥 다 묵었지 카고 개한티 가서 니가 밥 다 묵었 지 카고 닥한티 가서 니가 밥 다 묵었지 캤입이더. 새는 시때나 굶어노 이 기운이 엄서저서 고만 누벘입이더. 오래비는 기운업시 누븐 새로 총 을 한 방 노았더이 새는 이거 머이 문다 빈대가 무나 베루기가 무나 캄 서러 솥 안으로 드갔입이더. 오래비는 솥두방[16]을 깍 눌러놓고 불을 마 구마구 때서 솥이 빨갛게 달구어서 새는 솥 안에 죽기 했입이더.(1970년 7월 7일 거제군 거제면 서향리 옥만석 모친, 50세, 여)

3. 깊게 보기 : 괴물 「조마구이야기」의 정체를 찾아서

1) '조마구'를 찾기 위한 실마리: 白石 「古夜」

우리나라 이야기 가운데 괴물을 다룬 이야기가 적지 않다.[17] 괴물의 형상이 상징적으로 제시되어서 직접 뱀, 이무기, 호랑이, 미륵돼지 등으 로 구체화되는 경우도 있으나, 이와는 다르게 괴물의 정체가 다소 모호

---

15) 주걱

16) 솥뚜껑

17) 이 글을 쓰는데 어린이도서연구회의 여을환, 오호선선생님의 결정적 도움이 있었다. 못 찾은 자료를 제공해서 부족함을 메꿀 수 있었다. 그 점을 고맙게 여겨 글의 서두에 밝혀둔다. 그리고 이 글은 이미 2004년에 쓴 글이라 최신의 정보를 담고 있지 못하다. 그런데도 불구하고 글이 지니는 발상에 새로움이 있다고 생각해서 이를 소개하기로 한다.

해서 구체적이지 않은 괴물도 있다. 그에 관한 적절한 사례가 곧 '조마구'이다. 조마구는 일찍이 임동권과 임석재에 의해서 한 차례 정체가 밝혀진 바 있다.[18] 이 자료에서 조마구에 관한 형상은 구체적으로 제시되어 있지 않으나, 조마구가 괴물이고 사람을 해치고 사람과 비슷한 행위를 하면서 특히 먹성이 좋은 괴물로 나타난다. 조마구는 '조매기'라고도 하며 다른 이칭이 존재한다. 동일한 자료가 이후에 한 차례 더 채록된 바 있다. 이 자료에서는 '조마구'라고 명칭이 되어 있다.[19]

일제시대에 발표된 白石시인의 작품 가운데 「古夜」라는 작품이 있다.[20] 그 가운데 조마구라는 괴물이 묘사되어 있어서 이 괴물 이야기가 오랜 세월 속에 전승된 이야기임이 확인된다.

날기멍석을 져간다는 닭 보는 할미를 차 굴린다는 땅 아래 고래 같은 기와집에는 언제나 니차떡에 청밀에 은금보화가 그득하다는 외발 가진 조마구 뒷산 어느메도 조마구네 나라가 있어서 오줌 누러 깨는 재밤 머리맡의 문살에 대인 유리창으로 조마구 군병의 새까만 대가리 새까만 눈알이 들여다 보는 때 나는 이불 속에 자즈러붙어 숨도 쉬지 못한다
　　　　　　　　　　　　　　　　　　　　　　　「古夜」의 부분

---

18) 임동권, 《한국의 민담》, 서문문고, 1972, 101-102면.
　　임석재, 《옛날이야기선집-우리나라편-2권》, 교문사, 1978, 62-69면.
　　아마도 임동권이 먼저 이 자료를 채록해서 다루고 이어서 임석재가 개작해서 다루면서 이 이야기가 널리 퍼진 것으로 이해된다.
19) 최운식, 《한국구전설화집-서산·태안편》, 민속원, 2002, 307-309면. 이 이야기에서 주석 1번 자료와 피해자와 복수자가 서로 바뀌어 있다. 위의 자료에서는 어머니가 조마구에게 죽임을 당하는데 이 자료에서는 바로 아들이 죽는 것으로 되어 있다. 이야기의 구성에 엄청난 차이가 있음이 확인된다.
20) 白石의 이 작품은 민간신앙으로 전하는 여러 가지 귀신의 모습까지도 상세하게 전하고 있어서 시 연구뿐만 아니라, 신앙사 연구에도 매우 도움이 되는 작품이다. 동일한 계열의 작품으로 「마을은 맨천 귀신이 되어」라는 작품도 있다.

이 시에서 서정적 자아인 나는 어린아이로 이불 속에 숨어서 숨도 제대로 쉬지 못하고 있다. 왜냐하면 바로 조마구 때문이다. 이 이야기에서 조마구에 관한 중요한 정보가 집약적으로 제시된다. 조마구는 처음에 날기멍석을 져간다고 되어 있다. 날기멍석은 멍석에다가 널어 말리는 곡식을 멍석 채로 지고 간다고 했으므로 이 괴물이 곡식을 훔쳐가는 존재임이 확인된다. 또한 닭을 지키는 할머니를 발로 차서 굴리는 존재이기도 하다. 조마구는 사람 가까이에 살면서 사람에게 해꼬지를 하는 존재이다. 특히 할머니를 발로 차서 땅에 굴린다고 했으므로 이야기에서 당하는 어머니와 동일한 기능을 한다.

다음으로 제시된 사실을 정리하자. 조마구는 고래등 같은 기와집에 산다. 사람의 물건을 훔쳐서 잘 살기는 하는데 이 기와집의 위치가 문제이다. 곧 땅 아래라고 되어 있으니 지상과 다른 곳임이 분명하다. 그 집에는 언제나 두 가지가 있는데 하나는 가멸진 음식이다. 그것을 '니차떡'과 '청밀'이라고 표현하고 있다. 인절미와 인절미를 찍어 먹을 수 있는 꿀이 그득한 곳이다. 어린아이 입장에서는 참으로 신기하고 가멸진 곳이 아닐 수 없다. 다른 한편에서 풍부한 먹거리와 호기심어린 먹거리 가운데 한 차례 더 나아가 은금보화가 가득한 곳이다. 괴물이 사는 고장에서 먹거리가 즐비하고 아울러서 신기하게도 은금보화가 가득하다면 상상의 나래를 펴지 않을 수 없다. 참으로 가고 싶은 곳이다. 白石시인은 그러한 심정을 아주 흥미롭게도 그려놓고 있는 셈이다.

조마구의 생김새는 어떻게 생겼는가? 이것은 한결같지 않다. 우선 白石 시인은 두 가지 사실을 말하고 있다. 일단 외발 가진 존재라고 했다. 또한 '새까만 대가리'와 '새까만 눈알'을 하고 있다고 했다. 외발 가진 존재라고 했으니 기이하다. 이러한 존재는 괴물의 전례에 입각해서 본다면 과연 일관성을 가진다. 외눈이 또는 외눈백이와 일맥상통하기 때문이며, 이러한 괴물의 면모는 《山海經》에서 나오는 전통과 일치하기도 한다. 대가리와 눈알이 새까맣다고 하는 사실 역시 단순한 사실은 아니다. 괴물로서의 면모가 막연하기는 해도 일관성이 있게 구현된다.[21]

조마구는 땅 아래인 땅속의 존재만도 아니다. 조마구는 다른 한편에서 뒷산 어느 메에도 그들만의 나라가 있다고 했으니 색다른 설정으로 이해된다. 단수가 아니라, 복수로 설정되어서 '조마구네 나라'라고 되어 있다. 단수로 나서는 괴물이 아니라, 복수로 되어 있는 것은 흥미로운 사실이다. 괴물이 집단적으로 존재하면서 조마구네 마을을 형성하고 있기 때문이다. 단수가 아니라 복수로 존재하는 것은 이 이야기가 훨씬 다양하게 변형될 수 있는 가능성을 보여주는 증거이다.

조마구와 사람의 관계를 생각하자. 조마구가 사람을 엿보면서 호시탐탐 사람을 노리고 있음이 확인된다. 사람은 조마구에게 일방적으로 당할 수밖에 없다. 조마구의 습성이 사람의 곁을 떠돌면서 사람의 음식이나 여러 가지 연장을 탐을 내기 때문에 사람이 어떻게 하고 있는가 노리고 있다. 白石의 시에서 조마구가 문살에 대인 유리창으로 사람을 쳐다보고 있다는 사실만으로도 오싹하지만 흥미로움을 자아내는 존재임이 확실하다. 조마구가 사람을 쳐다보는데 시적 화자가 이 대상자가 되어서 숨도 못쉬는 과정을 실감나게 표현했다고 생각한다.

白石의 「古夜」라는 시를 읽으면서 우리는 아주 오래된 옛날의 이야기에 나오는 괴물 '조마구'의 정체를 찾아 나설 수 있는 실마리를 발견하기에 이르렀다. 조마구는 사람과 다면적 관계를 맺는 흥미로운 괴물이다. 조마구는 사람의 식량을 탐을 낸다. 조마구는 아주 이상한 장소에 살게 된다. 그런데 그곳은 아주 가멸진 곳으로 나타난다. 조마구는 고래등 같

---

21) 동일한 유형의 이야기는 아니나 다른 자료에서 조마구를 '꽁지 닷발 가진 존재'로 묘사하고 있기도 하다. 조마구가 꽁지 닷발이라고 하는 것은 매우 중요한 사실이다. 이에 관해서는 좀더 논의해야 할 사실이다.

김대숙, 조마구설화, 《한국민족문화대백과사전》, 한국정신문화연구원, 1991.

은 기와집에 산다. 조마구는 땅 속에 살기도 한다. 또한 조마구는 조마구네 나라라는 장소에 살기도 한다. 조마구는 사람을 채가기도 하는 존재여서 틈틈이 사람을 노리면서 사람 곁에 살기도 한다.

白石은 기묘한 시의 형식을 창안한 시인인데 시의 형식에다가 다시 옛날부터 전해오는 이야기를 함축적으로 요약해서 담고 있다.[22] 천만다행으로 괴물 조마구의 이야기를 비교적 원초적인 모습대로 상세하게 전하고 있으므로 오늘날 전승되는 이야기의 실상을 이해하는데 매우 소중한 지침이 된다. 괴물 조마구의 이야기는 현재 매우 이지러져 있으므로

---

22) 이 작품의 원문을 모두 제시하면 다음과 같다.

아배는 타관 가서 오지 않고 산비탈 외따른 집에 엄매와 나와 단둘이서 누가 죽이는 듯이 무서운 밤 집 뒤로는 어느 산골짜기에서 소를 잡어먹는 노나리꾼들이 도적놈들같이 쿵쿵 거리며 다닌다

날기명석을 져간다는 닭보는 할미를 차 굴린다는 땅 아래 고래 같은 기와집에는 언제나 니차떡에 청밀에 은금보화가 그득하다는 외발 가진 조마구 뒷산 어느메도 조마구네 나라가 있어서 오줌 누러 깨는 재밤 머리맡의 문살에 대인 유리창으로 조마구 군병의 새까만 대가리 새까만 눈알이 들여다 보는 때 나는 이불 속에 자즈러붙어 숨도 쉬지 못한다

또 이러한 밤 같은 때 시집갈 처녀 막내 고무가 고개 너머 큰집으로 치장감을 가지고 와서 엄매와 둘이 소기름에 쌍심지의 불을 밝히고 밤이 들도록 바느질을 하는 밤 같은 때 나는 아릇목의 삿귀를 들고 쇠든 밤을 내요 다람쥐처럼 밝어먹고 은행여름을 인두불에 구어도 먹고 그러다는 이불 위에서 광대넘이를 뒤이고 또 누어 굴면서 엄매에게 웃목에 두른 평풍의 새빨간 천두의 이야기를 듣기도 하고 고무더러는 밝은 날 멀리는 못 난다는 뫼추라기를 잡어달라고 조르기도 하고

내일같이 명절날인 밤은 부엌에 쩨듯하니 불이 밝고 솥뚜껑이 놀며 구수한 내음새 곰국이 무르끓고 방안에서는 일가집 할머니가 와서 마을의 소문을 펴며 조개송편에 달송편에 된두기송편에 떡을 빚는 곁에서 나는 밤소 팥소 설탕 든 콩가루소를 먹으며 설탕 든 콩가루소가 가장 맛있다고 생각한다

나는 얼마나 반죽을 주무르며 흰가루손이 되어 떡을 빚고 싶은지 모른다

섣달에 냅일날이 들어서 냅일날 밤에 눈이 오면 이 밤엔 쌔하얀 할미귀신의 눈귀신도 냅일눈을 받노라 못 난다는 말을 든든히 여기며 엄매와 나는 앙궁 위에 떡돌 위에 곱새담 위에 함지에 버치며 대냥푼을 놓고 치성이나 드리듯이 정한 마음으로 냅일눈 약눈을 받는다 이 눈세기 물을 냅일물이라고 제주병에 진상항아리에 채워두고는 해를 묵여가며 고뿔이 와도 배앓이를 해도 갑피기를 앓어도 먹을 물이다 (1936년 1월 「조광」)

이를 바로 잡는데도 매우 소중한 디딤돌이 된다고 생각한다.

2) 「조마구이야기」의 정체

조마구는 일단 괴물의 속성을 지니고 있다. 괴물인데 이상하게도 행동하는 특성이 있다. 우선 사람에게 와서 사람이 애써서 장만한 음식을 모두 먹어버리는 특징이 발견된다. 사람의 음식을 탐을 내는 속성이 있다. 白石의 「古夜」에서도 이러한 속성이 발견된다. 식탐을 한다고 하는 것으로 요약된다. 식탐을 할뿐만 아니라, 인간 가까이에 와서 저 나름대로 우스꽝스러운 짓을 한다.

조마구의 우스운 면모는 두 가지 각도에서 나타난다. 하나는 처음에 음식을 훔쳐 먹는 과정에서 발현된다. 음식을 훔쳐 먹는다고 여성에게 걸려 매를 맞는 과정에서 이에 아랑곳하지 않는 대꾸에 흥미로움이 있다. 여성이 부지깽이로 조마구를 때리자 조마구가 맞는 횟수에 따라서 점차로 커진다. 그러면서도 조마구는 이에 아랑곳하지 않으면서 해해거리면서 웃는다. 이러한 면이 있는 원문 자료 한 대목을 보도록 한다.

어머니가 부엌으로 돌아와 이 모양을 보고는 그만 화가 나서 부깽이로 조마구를 한대 후려갈겼읍니다. 그랬더니 조마구가 달아나기는커녕 아까보나 너 커져시는 헤헤 웃고 있었읍니다. 어머니는 이것을 보자 더 화가 치밀었읍니다. 그래서 또 한대 때렸읍니다. 조마구는 또 커 가지고 김치며 고추장이며 된장, 간장을 다 먹고는 해해 웃고 있었읍니다.[23]

조마구가 음식을 훔쳐 먹고 걸렸는데도 어머니의 부아를 돋우는 방법이 아주 특별하다. 우선 자기 자신의 몸집을 한 없이 부풀리면서 대꾸한

---

23) 임석재, 조마구라는 괴물, 《옛날이야기선집-우리나라편》, 교학사, 1978, 62-63면.

다. 마치 힘없고 어린 아이가 어머니에게 일방적으로 맞다가 자신의 몸집을 부풀리면서 저항하기 위해서 돌연히 커져가는 모습을 환상적으로 처리하는 만화와도 같은 장면이 떠오르는 대목이다.[24] 게다가 나중에는 맞다가 커지는 것에 그치지 않고 어머니와 크기가 같아져서 대드는 장면이 있어서 아주 흥미로운 과정이 연출된다.

게다가 조마구가 끊임없이 해해거리고 웃는 과정은 좀체로 납득하기 어려운 장면이다. 조마구가 아픔에 겨워서 점점 자학적인 모습을 보이는 것이라고 생각할 수도 있다. 그러나 오히려 조마구의 익살스러움으로 보아야 이 대목이 이해된다. 매를 치는 어머니에게 맞서서 즐거운 웃음을 선사한다. 조마구가 과연 이러한 모습으로 이야기에 묘사되고 있는가 하는 점은 한번의 재검토를 요구한다. 조마구가 이렇게 웃었다면 이러한 이야기의 모습은 매우 특별한 사례라고 이해된다. 이러한 현상을 이해하기 위해서 우리는 임석재의 자료에 관한 재검토가 불가피하게 요구된다. 임석재의 자료는 아동용으로 만든 것과 원자료를 수록한 것에 차이가 있다.[25] 이야기의 내용이 임동권이 채록한 자료와 매우 유사하다.[26] 익살스러운 조마구의 모습은 이 이야기의 핵심적인 구실을 하는 것이므로 조마구가 아주 흥미로운 존재임을 부인하기 어렵다.

---

24) 예쁜 동물이었던 그렘린이 물기를 만나서 괴물 그렘린으로 변하면서 커져 가는 것과도 일정한 관련을 갖는 이야기이다.

25) 임석재의 입담이 드러나는 이야기 대목을 보자.

조마구는 여기저기 집안을 살펴보다가 아무도 없는 줄 알고는 마루 끝에 걸터앉아서,
"오늘 저녁에는 뭘 해 먹을까? 콩을 볶아서 빠작빠작 깨물어 먹을까? 국수를 해서 후룩후룩 먹을까? 찰밥을 해서 찹찹 먹을까? 떡을 해서 떠럭떠럭 먹을까?"
하고 중얼거리고 있다가,
"옳지, 옳지, 떡을 해서 떠럭떠럭 먹어 보자."
하면서 부엌으로 들어가서 떡을 만들기 시작했습니다.

26) 이렇게 보는 근거는 임석재의 《한국구전설화전집》의 12권을 모두 뒤져 보아도 이와 동일한 이야기는 발견되지 않는다.

「조마구이야기」는 괴물이야기의 중요한 속성을 갖춘 것이므로 마땅히 이와 같은 각도에서 이 이야기의 정체성을 찾아야 마땅하다. 우리나라 의 이야기에서 괴물을 다룬 이야기가 적지 않다. 조마구는 무서운 존재 이면서도 다른 한편에서 어리석은 존재이기도하다. 무서운 존재라고 하 는 것은 사람을 해치기 때문이다. 어리석은 존재라고 하는 것은 결국 자 신의 모습을 주의 깊게 살피지 못하고 인간에게 죽임을 당하기 때문이 다. 조마구는 인간의 음식을 탐내는 탐욕스러운 존재이다. 이와는 다르 게 자신의 집에는 온갖 은금보화가 가득한 존재이기도 하다. 남의 것을 훔쳐서 잘 살면서도 결국 자기의 집에는 이 세상에는 없는 진귀한 보물 이 잔뜩 있는 것과도 같은 양상이다.

조마구는 여러 이야기에 나타나는 괴물과 상통한다. 먼저 떠오르는 인물은 「地下國大賊退治說話」의 지하국의 괴물과도 상통한다. 이와 아 울러서 꽁지닷발의 괴물과도 흡사한 면이 있다. 아울러서 돌개바람을 일으키는 괴물이야기와도 상통하는 측면이 있다. 이뿐만 아니라, 도깨 비의 속성과도 흡사한 면모를 가지고 있다. 문헌설화에서는 이상한 괴 물을 퇴치하는 영웅이야기인 「居陁知」, 「作帝健」, 「龍飛御天歌」의 사례 에서 이러한 괴물의 자취를 확인할 수 있다. 그것의 후대 이야기 변형인 「落小島砲匠獲貨」와 「隨使行薄相獲貨」 등에서도 괴물의 정체를 확인할 수 있다. 앞의 이야기에서는 괴물이 직접 재물을 주지 않고 도와준 용이 은금보화와 미인을 주는 것으로 되어 있으나, 뒤의 이야기에서는 괴물 의 몸속에서 은금보화가 나온 것으로 되어 있다.

「조마구이야기」의 정체를 찾기 위해서 현재까지 확인되는 조마구에 관련된 이야기의 각편을 열거해서 구체적으로 살펴보기로 한다.

1. 조마구라고 명칭이 붙어 있는 경우
(1) 임동권, 모기의 혼, 《한국의 민담》, 서문당, 1972, 101-102면.

(2) 임석재, 조마구라는 괴물, 《옛날이야기선집-우리나라편》, 교학사, 1978, 62-69면.

(3) 조희웅, 조마구, 《한국구비문학대계1-4》, 한국정신문화연구원, 1981, 36-40면.

(4) 최운식, 조마구, 《한국구전설화집-서산·태안편》, 민속원, 2002, 307-309면.

(5) 성기열, 모기의 유래, 《한국구비문학대계1-7》, 한국정신문화연구원, 1981, 349-350면.

(6) 최덕원, 깔다구와 모기가 된 이야기, 《한국구비문학대계6-7》, 한국정신문화연구원, 1984, 84면.

2. 주둥이 닷발 꽁지 닷발이라고 명칭이 붙어 있는 경우

(7) 진성기, 꼬리가다섯자 불알이 다섯 자인 새, 《남국의 설화》, 박문출판사, 1959, 157-160면./《신화와 전설》, 제주민속학구소, 2001, 226-229면.

(8) 정상박, 꼬랭이 닷 발 주딩이 닷 발, 《한국구비문학대계8-2》, 한국정신문화연구원, 1980, 322-326면.

(9) 최정여, 꼬리 닷 발 주딩이 닷 발 괴물, 《한국구비문학대계8-6》, 한국정신문화연구원, 1981, 34-37면.

(10) 임석재, 열댓발 되는 새, 《한국구전설화 10》, 평민사, 1987, 346-347면.

(11) 박계홍, 꼬랭이 댓발 주둥이 댓발, 《한국구비문학대계4-6》, 한국정신문화연구원, 1983, 188-189면.

이야기에서 등장하는 인물이 적대자로 조마구라고 설정되어 있는 경우와 이와는 다르게 괴물이기는 한데 꼬리가 다섯 자이고 주둥이가 다섯 자인 괴물인 경우로 나뉘기 때문에 1과 2로 갈랐을 따름이고 엄격한 구분의 준거를 마련해서 나눈 것은 전혀 아니다. 괴물의 이름은 다른데

도 불구하고 하는 행위나 성품은 대체로 일치한다. 아마도 외양의 생김
새를 강조하면서 이름이 잊혀진 경우와 이름이 기억되고 외양의 생김새
가 기억되지 못하는 경우로 양분할 수 있으리라 추정된다. 놀랍게도 두
가지 이야기는 일치하며 줄거리에 있어서도 커다란 차이가 있는 것은
아니다.

두 가지 이야기의 핵심적인 줄거리를 정리하도록 한다. 이야기가 천
차만별로 다른 것이 아니라 대개 서로 비슷하게 넘나들고 있기 때문에
이를 줄거리로 정리하고 개별적인 차이를 논의하는 것이 바람직하리라
고 예견된다.

가. 어머니가 아이/아이들을 일 하러 보내다.
　-가. 어머니가 일하러 간 사이에 아이/아이들이 집에 있다.
　　--가.조마구가 달걀로 굴러 들어오다.
나. '조마구/꽁지닷발 주둥이 닷발 괴물'이 찾아와서 가족의 존재를
　　묻다.[27]
다. 어머니가 지은 밥을 조마구/꽁지닷발이 훔쳐서 먹다.
라. 조마구/꽁지닷발이 어머니/가족을 해치다.
　-라. 조마구/꽁지닷발이 아이를 해치다.
마. ~조마구/꽁지닷발이 눈알을 빼서 매달아 놓거나 어머니의 가죽
　　껍질이나 고기를 널거나 솥에 국을 끓여 보관하다.
바. 아이/아이들이 조마구/꽁지닷발을 찾아 나서다.
　-바. 어머니가 조마구/꽁지닷발을 찾아 나서다.
사. 아이/아이들이 물것을 장만해서 조마구/꽁지닷발을 계략을 세우다.

---

27) 이하 자료에서 '조마구' 또는 '꽁지 닷 발 주둥이 닷 발 괴물'을 '조마구/꽁지닷발'이라
　고 약칭하기로 한다.

아. 아이/아이들이 여러 인물을 도와주고 조마구/꽁지닷발의 거처를 알아내다.

자. 아이/아이들이 조마구/꽁지닷발이 장만한 음식을 훔쳐 먹다.

차. 조마구/꽁지닷발이 물것 때문에 괴로워서 잠을 자지 못하다.

카. 조마구/꽁지닷발이 솥에 가서 잠을 자니 아이/아이들이 불을 지펴서 태워 죽이다.

타. 조마구/꽁지닷발이 다른 동물이 되다.

파. 아이/아이들이 조마구/꽁지닷발의 은금보화를 가져와서 부자로 살다.

  -파. 아이가 처녀와 만나서 잘 살다.

  --파. 아이들이 가족을 장사지내다.

이야기의 각편마다 이러한 단락이 구체적으로 어떻게 실현되는가 살펴보기로 한다. 단락의 존재 여부와 서사적 단락의 순서를 정리해서 보이기로 한다.

	1	2	3	4	5	6	7	8	9	10	11
가	+1	+1	+1	+1		+1					+1
-가							+1	+1		+1	
--가					+1						
나							+2			+2	
다	+2	+2		+2							
라	+3	+3	+2			+2	+3	+2	+1	+3	+2
-라				+3							
마	+4	+4	+3					+3		+4	+3
바		+5	+4			+3	+4		+2	+5	+4
-바				+4							
사	+5										
아		+6	+5				+5	+4	+3	+6	+5

자		+7	+6				+5			+7	(+6)
차	+6	+8	+7		(+2)		+6			+8	+7
카	+7	+9	+8	+5	+3	+4	+6	+7	+4	+9	+8
타	+8				+4	+5					+9
파		+10									
-파			+9								
--파							+7				

가는 조마구유형에서만 나타난다. 일을 하러 간다는 것은 사건 설정을 위한 것이지만 고통스러운 일을 한다는 뜻일 수 있다. 이야기에서 아이들이 격심한 일에 시달리면서 새로운 이야기에 접어든다. 계모이야기에서 이 점이 두드러진다. -가는 집을 보는 아이들만 있는 경우에 해당한다. 어머니가 일하러 가는 사이에 아이들이 집을 지킨다. 분별력이 없는 아이가 다른 사건에 휘말려 들 여지를 가진다. 어머니가 죽는 일과 아들이 죽는 일이 다르게 설정될 가능성을 갖는다. --가는 한편만 나타나는데 갑자기 달걀 모양을 하고 조마구가 나타나는 형국으로 되어 있다. 나는 한 편의 이야기에서만 나타난다. 가족이 어디에 있는지 묻고 차례대로 납치한다. 여기까지가 이야기의 서두 상황이다.

다는 어머니가 지은 밥을 조마구가 훔쳐 먹는데 이 밥은 아이를 위해서 장만한 경우가 대부분이다. 꽁지닷발이 나타나서 사람을 해치는 경우와 차이가 있다. 라는 4번 자료를 제외하고 모두 나타난다. 4번 자료는 -라로 되어있다. 괴물이 어머니를 해치는 것이 더욱 안정적이다. 4번 자료는 아이를 해쳤다고 해서 다소 비정상적으로 판단된다. 이야기의 와전이 구현된 결과이다. 마는 괴물이 어머니를 해쳐서 가죽 껍질을 벗기고 시신을 토막내 국을 끓이는 엽기적인 사건으로 구성된 단락이다. 아이는 이를 오해해서 어머니가 자신을 위해서 옷감을 준비했다고 생각한다. 심지어 어머니의 고기로 끓인 국을 먹기도 한다. 어머니의 살해로 인한 혼란 상황이다.

바는 -바와 함께 살해당한 시신을 보고 괴물을 찾아나서는 대목이다. 사는 쉽사리 찾은 괴물을 퇴치하는 계략을 짜는 단락이다. 이 단락은 오로지 한편의 자료에만 나타난다. 아는 바에 이은 괴물의 탐색과정에 나타나는 단락이다. 조마구와 꽁지닷발에서 두루 나온다. 여러 인물을 만난다. 논에 일하는 남자, 빨래하는 여자, 먹이를 찾는 까마귀 등이 그들이다. 이 인물들은 주인공에게 일을 단단히 시킨다. 일을 해주고 시간이 경과하는 속에 마침내 괴물의 장소를 알아가는 것으로 되어 있다.

자는 괴물과 만나서 하는 행위를 나타내는 단락이다. 괴물이 다단락에서 한 것처럼 괴물의 음식을 훔쳐 먹는 일을 한다. 괴물을 골탕 먹이는 일이 우습게 여겨지기도 하는 단락이다. 차는 물 것 때문에 잠을 자지 못하는 면모를 보이는 단락이다. 카는 이 유형의 이야기에서 가장 핵심적이며 모든 각편에 모두 등장하는 단락임이 확인된다. 솥 안에 가두어진 괴물을 불을 때서 해치우는 단락이다. 오기와 벼룩 같은 것들을 피해 편안한 잠자리를 찾는 괴물이 솥 안에서 잠을 자다가 불을 때주니 처음에는 따뜻하다고 좋아하다가 나중에는 솥이 닳아올라 타 죽는 단락이다.

타는 사건의 마무리 과정에서 생겨난 단락이다. 이 단락은 모기의 기원과 관련되는 것으로 조마구에게서 나온 결과물이 모기가 되었다고 하는 것이다. 이것은 한 자료에서만 나타난다. 파, -파, --파는 결말에 해당하는 것으로 모두 행복한 결말과 관련되는 이야기 요소이다. --파만이 예외적으로 육젓을 담근 시신을 수습해서 장사를 치루는 것으로 되어있다. 아이들이 괴물의 집에서 나와 현실로 귀환하는 방식을 이렇게 정리해서 다시 보여주는 방식이 여러 가지이다.

단락을 정리하니 모두 조마구유형이 서사단락이 풍부하고 상대적으로 꽁지닷발유형이 서사단락이 빈약한 형태로 나타난다. 단락의 핵심적인 내용을 정리하면 가-다는 서두로 괴물의 출현, 라-마는 괴물의 행각,

바-아는 괴물의 탐색, 자-카는 괴물의 살해, 타-파는 결말로 아이의
귀환 등으로 정리된다. 결국 이 이야기는 괴물이 중심이 되는 이야기이
면서 이 괴물의 정체를 찾아서 아이가 모험을 하고 그 괴물을 퇴치하고
귀환하는 이야기이다. 무서우나 흥미롭고, 엽기적 살해 과정이 있으나
통쾌한 보복 과정이 있는 아기자기한 이야기임이 확인된다. 특히 솥에
다가 괴물을 몰아넣고 솥을 달궈서 죽이는 과정은 앞부분의 살해당한
어머니의 면모와 좋은 대조를 이룬다.

  이러한 각편과 유형의 단락을 정리하면 각편마다 흥미로운 사실이 발
견된다. '조마구'와 '꽁지 닷 발 주둥이 닷 발'이라는 이야기는 서로 이름
만 다르지 사실은 같은 이야기라는 사실을 알 수 있다. 게다가 결말에서
'모기의 유래'를 해명하고 있는 점에서 세 가지 이야기가 한 통속에서 우
러난 것임을 확신하게 한다. 세 가지의 변이 유형이 존재하면서 이 이야
기가 전개되는 것으로 이해된다. 우선 이러한 공통점에도 불구하고 이
야기의 각편이 어떠한 특징이 있는가 살펴보고 공통된 이야기의 특성이
무엇인가 살펴보기로 한다.

  (1)은 여덟 개의 단락으로 구성된다. 결말 부분에 있어서 결정적인 차
이가 생긴다. 결말에서 조매기의 탄 시신을 강물에 띄우니 그것이 모기
가 되었다고 한다.[28] 서두에서 조매기가 음식을 훔쳐서 먹은 것을 어머

---

28) 조마구의 넋이 모기가 되었다고 하는 이야기는 조마구와 관련이 없이 전승되는 자료
    가 있어서 주목된다. 구체적인 자료가 최래옥, 모기의 유래, 《전북민담》, 형설출판사,
    1979, 211~212면. 의 책에서 확인된다. 조마구의 넋이 모기가 되었다고 하는 이야기는
    조마구유형에서 단 한 편만 발견된다. 모기의 유래담은 최래옥이 채록한 자료의 경우에
    다소 이야기의 문맥이 맞지 않는 이야기이다. 이야기의 핵심은 서사 단락으로 정리된다.
    가. 할아버지와 할머니가 어린 아이를 주워다가 기르다.
    나. 여자아이가 칠팔 세가 되어서 아침에 자고 저녁에 나가다.
    다. 지나가는 과객이 그 집에 유숙하다가 미행하다.
    라. 아이가 길손의 생피를 빨다.
    마. 과객이 그 사실을 할머니 내외에게 알리니 길손더러 알아서 하라고 한다.
    바. 과객이 여자 아이를 화장하다.

니가 분개해 하자 조매기가 어머니를 해치고 어머니의 가죽껍질을 울타리에다가 빨래처럼 널어놓은 것이 특징적이고 이를 아들이 자신의 다홍빛 저고리를 해주는 것이라 착각하는 것이 인상적이다. 이러한 단락소는 각편은 3번과 8번, 그리고 11번 각편에서도 나타난다. 게다가 조마구의 존재를 옆집 사람에게 묻는 것도 두드러지는 면모이다. 사단락이 있어서 모기와 같은 물것으로 조마구를 잡을 계략을 짜는 것도 인상적이다.

(2)는 동일한 유형의 이야기에서 가장 완벽한 짜임새를 갖추고 있는 각편이다. 모두 열개의 단락으로 이루어져 있다. 결말 부분에서 아들이 조마구를 해치우고 조마구의 집에 있는 은금보화를 가지고 부자가 되는 것은 가장 인상적인 결말이다. 이러한 결말은 「지하국대적퇴치설화」유형의 이야기에서 발견되는 것과 동일하다고 할 수 있다. 조마구의 음식을 훔쳐 먹는 것이 각별한데 이 과정에서 구연자의 섬세한 표현이 두드러진다.

(3)은 서두와 결말 부분에서 변이의 요소가 발견된다. 서두에서 어머니가 나무를 해오라고 내보냈는데 어머니가 죽어서 빨래와 국으로 화하고 이를 아들이 자신의 국으로 알고 먹는 것이 유일하게 나타나는 각편이다. 아들이 조마구에 의해서 자신의 어머니를 먹는 기이한 일이 벌어진다.[29] 조마구의 정체를 찾아서 아이가 나서고 마침내 찾아내니 조마구가 내외로 설정된 것도 각별하다. 결말 부분에서 그곳에 있는 처자와

사. 화장한 재가 날리어서 그것이 암모기가 되다.
　이상의 이야기는 「모기의 혼」이라는 각편 1과 일치한다. 한 가지가 일치한다. 결말 부분에서 화장한 재가 암모기가 된다는 사실이다. 조마구를 솥에서 태워 죽이고 그 재를 날리니 모기가 되었다고 하는 사실과 일치한다. 그러나 온전히 일치하는 이야기라고 보기 어렵다. 다른 각편인 5, 6, 11 등에도 모기의 유래에 관한 이야기가 존재한다.

29) 이러한 식인의 화소는 제주도에 전승되는 이야기에서 발견된다. 「오백장군」의 이야기에서 어머니가 자식들의 국을 끓이다가 솥에 빠져서 죽어 자신이 국거리가 되는 기이한 이야기가 있다. 이러한 사실을 모르는 아들들이 돌아와서 어머가 삶아진 국을 먹는 과정이 동일한 모습으로 확인된다. 현용준, 오백장군, 《제주도전설》, 서문당, 1996, 44-48면.

혼인해서 잘 사는 이야기는 이 각편에만 있다.

　(4)는 조마구에게 당하는 주체가 다르게 설정되어 있다. 조마구에게 아이가 먼저 죽임을 당하고 이를 해치기 위해서 어머니가 조마구의 정체를 찾아 나서는 것으로 되어 있다. 어머니가 조마구를 찾아내고 어머니가 조마구를 불에 태워 죽이는 것으로 되어 있다. 이 이야기는 다른 각편과 비교해서 보면 전혀 색다른 설정으로 되어 있어서 이야기 주체가 전승 과정에서 결정적으로 달라진 것이 아닌가 추정된다.

　(5)는 매우 불안정한 모습으로 되어 있는 자료이다. 모기의 유래담이 있는 점에서 흥미로우나 사건의 전개가 일관성이 없고 유기적이지 못하다. 그러나 사건의 구성은 비약적으로 생략되어 있음에도 불구하고 이어져 있다. 조마구의 생김새도 제시되어 있으며 나중에 모기가 되는 과정이 상세하게 제시된 각편이다.

　(6)은 역시 모기가 된 이야기의 내력담이다. 사건 구성이 온전하지 않으나 서두가 조마구유형과 일치하고 아들이 어머니의 복수를 해서 솥에 볶아 주둥이 댓발인 괴물을 찾아서 볶으니 마침내 이것이 모기가 되었다는 이야기이다. 이 각편은 모기의 유래와 꽁지댓발을 연결시킬 수 있는 단서가 들어 있는 각편이다.

　(7)는 제주도에 전승되는 자료이다. 꼬리가 닷 발이고 주둥이가 닷 발이라는 설정은 완전히 바꾸어서 주둥이가 아니라 붕알이라고 해서 각별한 변이가 괴물의 형상에서 생겼음을 확인하게 된다. 게나가 이야기의 주인공이 딸 셋으로 설정된 것도 특이하다. 제주도의 본풀이에 나타나는 양상을 계승하면서 이루어지는 변형이라고 생각된다. 또한 가족이 차례대로 등장하고 차례대로 낚아채어서 사라지는 것도 인상적이다. 괴물의 집을 찾아가는 과정에서 백발노인의 도움을 받는 것도 각별하다. 괴물이 내외로 설정된 일도 기억할 만하다. 딸 셋이 파리로 변해서 천장에 숨을 수 있다는 설정도 둔갑담의 흔적을 간직하고 있는 사례이다. 납

치된 가족이 젓으로 담가졌고 이들을 거두어서 장사를 치르는 것도 이
각 편의 특별한 점으로 판단된다.

(8)은 괴물이 등장해서 아이가 집에 혼자 있음을 확인하고 장에 갔다
가 오는 어머니의 사지를 갈라서 감나무에 걸어놓자 여동생이 오라버니
와 함께 괴물을 찾아 나서는 것이 특징적이다. 괴물의 정체를 확인하기
위해서 여러 인물을 만나서 일을 해주는 과정이 매우 소상하게 나타난
다. 괴물의 집에 가서 먹을 것을 훔쳐 먹자 괴물이 여러 짐승에게 묻는
과정도 흥미진진하게 이어진다.30) 오빠가 총을 놓자 괴물은 벼룩, 빈대
등의 물것으로 오해하여 가마솥 안으로 들어가자 오라버니와 누이가 솥
에 불을 지펴서 달궈 죽인다. 주인공이 오누이로 설정된 것은 아주 각별
한 면모이다. 동화로서의 특성이 아주 선명하게 집약되어 있는 점이 인
상적이다.

(9)은 다른 각편과 거의 비슷하나 이야기꾼의 이야기 솜씨가 탁월하고
괴물이 숨은 곳을 알아가는 과정이 상세하고 괴물이 숨은 곳을 명확하
게 표현하고 있어서 흥미롭다. 괴물이 숨은 곳은 수수대가 큰 것이 있는
데 그곳을 파서 보니까 그 밑에 기와집이 있다고 되어 있다. 그곳에서
밥을 훔쳐 먹고 그것을 지키는 괴물을 솥 안에 가둬서 결국 불에 태워서
죽인다. 서두에서 부모를 잡아먹는 과정이 있어서 이 점도 남다르다고

---

30) 괴물이 와서 떡을 먹은 사실을 알고 집의 짐승들을 취조하는 과정을 보면 이러한 사실
을 쉽사리 알 수 있다.
"아이고, 니가 묵었나? 이놈의 쇠야 쇠야, 니가 안 묵었나?"
"음매 음매, 안 묵었다. 천장 나루 밑에…"
"개야 개야, 니가 묵었나?"
"공공, 안 묵었다. 천장 나루 밑에…"
"말아 말아, 니가 묵었나?"
"애애, 안 묵었다. 천장 나루 밑에…"
"닭하 닭하, 니가 묵었나?"
"꼬꼬, 안 묵었다. 천장 나루 밑에…"(325면)

하겠다.

(10)은 꽁지닷발 유형에서 가장 완벽한 형태를 가진 이야기이다. 서사 단락이 풍부할 뿐만 아니라, 이야기가 섬세하게 짜여져 있다. 서사의 내용이 조마구유형과 거의 일치하는 각편이다. 오누이가 등장해서 장을 보러간 어머니의 행방을 묻고 어머니를 죽여서 감나무에 걸어놓은 것은 조마구유형의 설정과 일치한다. 오라버니가 어머니를 죽인 새를 찾아서 여행을 하고 그 과정에서 여러 인물의 도움을 받는 것도 등장하고 괴물의 음식을 훔쳐 먹는 것도 상세하게 나타난다. 그 점은 각편 6과 동일하다.[31] 각편 2, 3, 10은 내용이 완벽하게 일치하는 자료이다.

각편 (11)은 위에서 언급한 자료들처럼 완벽한 서사적 내용을 갖춘 이야기이다. 꽁지닷발의 괴물이 나중에 모기가 되는 과정을 상세하게 보여주고 있으므로 주목되는 각편이다. 단락 '자'에서 음식을 훔쳐 먹지 않고 음식에다 구정물을 끼얹어져서 이를 못먹게 하는 것이 아주 특별한 설정이다. 이 이야기를 구실삼아서 동일한 이야기가 다양한 변이형을

---

[31] 괴물이 와서 떡을 먹은 사실을 알고 이것을 집안의 동물들에게 묻는 과정이 동일하게 나타난다.

새가 칼로 얻어각고 와 보이 떡이 엄서서 쇠보고 이넘으 쇠야 니가 떡을 다 묵었지 하이께네 쇠는 음메음메 않묵었다 천장나무 밑이…… 카이 보이께네 몰이 있어서 이넘으 몰 니가 떡 다 묵었구나 하이 몰은 애애 않묵었다 천장 밑이 마리 밑이…… 이라이께네 마리 밑이 개한티 가서 개야 니 떡 다 묵었지 했입더. 개는 공공 않묵었다 천장 밑이 마당이…… 이래서 마당에 있는 닥한티 가서 닥 이넘으 닥 니가 떡 다 묵었지 카이 닥은 꼬꼬 않묵었다 천장 밑이…… 이래서 새는 이리 저리 댕기이라고 아무것도 굶고서 잤입더.

안날에는 오늘은 죽을 쑤어서 호르르할까 밥을 해서 쪽할까 에라 죽 쑤어서 호르르하자 카고 죽을 쑤어놓고는 장자네 집이로 버러지 얻으러 갔입더. 그 사이에 오래비는 그 죽을 다 묵어삐렀입더. 새가 와서 보고 죽이 엄시이이 이넘으 쇠야 니가 죽 다 묵었지? 음매음매 않묵었다 천장 밑이…… 하이께네 몰한티 가서 몰아 니가 죽을 다 묵었지 하이께네 몰은 애애 않묵었다 캐서 개한티 가서 니가 죽을 다 묵었지 하이께네 개는 공공 않묵었다 캐서 닥한티 가서 닥아 니가 죽 다 묵었지 하이께네 닥은 꼬꼬 않묵었다. 이라이 새는 이 날도 아무것도 몬 묵고 굶었입니더.(347면)

가질 수 있음을 판별하게 하는 각편이다. 이 자료는 서두에서 조마구가 어머니를 해치는 점에서 상통하고 결말 부분에서 다시금 조마구의 결말과도 부합된다.

괴물인 조마구와 꽁지닷발의 성격을 비교해도 두 이야기 유형이 분별된다. 조마구는 밥에 지대한 관심이 있다. 음식을 탐내고 어머니가 지은 밥이나 반찬을 훔쳐 먹는다. 밥에 지속적 관심을 갖는다. 밥을 훔쳐 먹다가 사단이 나서 결국 어머니를 해치는 것이 조마구에서 연결되어 나타난다. 이와는 다르게 꽁지닷발은 밥이나 반찬은 문제되지 않고 대뜸 어머니를 해치는 것으로 되어 있어 그 이유가 다소 불분명하다. 적극적으로 비교한다면 조마구가 꽁지닷발의 행위를 보완적으로 설명할 수 있다고 판단된다. 각편8에서 서사단락 '자'가 발견되기 때문이다. 물컷 역시 조마구유형에 우세하게 등장하여 쓰이는 화소이나 꽁지닷발유형에서 두 편인 각편8과 각편10에서만 등장한다.

조마구유형과 꽁지닷발유형의 각 편을 모두 비교해서 보면 두 유형의 친연성을 짐작할 수 있다. 각편 2, 3, 10, 11 등은 서두 상황만 차이가 있을 따름이고 나머지는 일치한다. 두 가지 유형이 동일한 자료임을 실감하게 한다. 괴물의 명칭에 결정적 차이가 있으나 아이들이 어머니나 가족을 해친 괴물을 찾아나서는 점은 동일하다고 할 수 있다. 조마구유형과 꽁지닷발유형이 결정적으로 같은 것은 각편 8과 9가 증명한다. 이에 반해서 각편 7은 제주도에 전승되는 것이어서 다소 제주도적 변형이 생긴 각편이라고 할 수 있다. 각편 9는 꽁지닷발유형 가운데에서도 해체적인 형태를 띄고 있는 각편이라고 할 수 있다. 조마구유형의 설화에서 각편 4는 격심하게 변형된 유형이라고 할 수 있다. 이야기의 결말에서 괴물의 몸체에서 모기가 나오는가 안나오는가 하는 점에 변이 유형이 발생한다.

이 이야기에서 중점적으로 검토하고자 하는 것은 괴물의 면모이다.

괴물의 면모를 정리해서 보이면 이 이야기의 맥락을 잡을 수 있으리라
판단된다.

　*괴물의 생김새
　괴물은 쥐새끼처럼 생겼다.
　괴물은 꼬리가 닷 발이고 주둥이가 닷 발 짐승이다.(9)
　괴물은 꼬리가 닷 발이고 주둥이가 닷 발인 새이다.(8)
　괴물은 꼬리가 닷 발이고 붕알이 닷 발이다.(7)
　괴물은 주딩이 댓 발 허리 댓 발 꼬랭이 댓 발 열댓 발 되는 새이다.(10)
　조마구/조마귀는 두들겨 패면 커지는 습성이 있다.(2, 4)
　조마구는 달걀처럼 생겼으며 알을 까고 부화한다.(5)
　괴물은 꽁지 닷발이고 주둥이가 닷발이며 조막손이 조마구라고 한다.[32]

　*괴물의 행적
　괴물은 사람의 음식을 탐낸다.(1, 2, 4)
　괴물의 관심사는 오로지 음식이다.(2, 3, 8)
　괴물은 사람을 해친다.(1, 2, 3, 4, 7, 8, 9, 10)
　괴물은 사람의 사지를 찢고 껍질을 벗겨서 **빨래처럼** 널어놓는다.(1, 3,
4, 8, 10,11)

　*괴물의 거주처
　조마구는 사람의 집 가까이에 있다.(1, 4)
　조마구는 깊은 산중의 큰 기와집에 있다.(2)
　조마구는 물 속의 갈리지는 곳의 닐니리 기와집에 있다.(3)
　괴물은 백년 먹은 뽕나무의 굴에 있다.(7)

---

32) 이에 관한 증언은 진퍼리 살군당 애기씨당의 김옥렴 당주가 한 말이다. 이 증언은
　2004년 10월 1일에 있었다.

괴물은 첩첩산중의 돌문 안에 있다.(11)
괴물은 갈퀴가 구불어가는(굴러가는) 대에 있다.(6, 8)
괴물은 수수대 밑의 굴 아래 큰 기와집에 있다.(7)

괴물의 생김새와 거주처가 대략 흡사하게 일치한다. 괴물의 생김새는 쥐새끼처럼 새까맣거나 괴물이 꼬리가 다섯 발이거나 주둥이가 다섯 발이라고 되어 있으며, 짐승이거나 새라고 되어 있다. 白石이 말한 바인 조마구와 외면적으로 일치한다. 차이가 있다면 白石은 외발가진 조마구라고 했으나 다른 설화 자료에서는 이러한 생김새는 확인되지 않는다. 상상의 소산이지만 외모가 특이하고 예전의 전승과 차이가 없다고 하는 것은 이 이야기가 오랜 기간에 걸쳐서 상상력의 유형으로 잡았다는 사실을 말해준다. 꼬리와 주둥이가 길다고 하는 사실 역시 기괴하기는 한데 이것이 주는 공포감 자체가 실감을 주지는 않는다.

그러나 조마구의 경우에 두들기면 더욱 커진다고 해서 단순한 상상력이 더욱 큰 두려움으로 이어질 수 있게 했다. 해당 대목을 비교하면 이러한 사실이 드러나리라고 예견된다.

어머니는 더욱 부아가 나서 조마구를 자꾸자꾸 때렸습니다. 그랬더니 조마구는 때리면 때릴수록 더욱더 커졌읍니다. 그리하여 나중에는 큰 깍지통만하게 커 가지고 달려들어 두 눈을 빼서 내던지고 어머니를 꽁꽁 묶어서 마당가에 서 있는 대추나에다 매어 달아놓고는 어디론지 가버렸습니다.(임석재, 63면.)

불막대기를 들구 한 번 때리니께 큰 강아지만큼 크더랴, 그게. 또 한 번 때리니께 어진간한 송아지만큼 크거든요. 아 그러더니, 시번 때리니께, 그눔이 대들어서 사람을 해코자 해서, 사람한지 잡아먹어 버렸시유.(최운식, 308면.)

조마구는 꽁지닷발과 다르게 사람과 대적해서 기이한 면모를 과시한
다. 사람이 부지깽이로 두들겨 패면 작은 몸집이 더욱 커지는데 단계별
도약이 있다. 두 문면에서 조마구가 커 가는 모습이 실제로 확인된다.
뒤의 문면에서 보다 흥미롭게 나타난다. 한껏 커진 존재가 사람을 해치
기까지 이른다. 그것이 곧 이 이야기에서 공포스러움의 극치를 이룬다.

사람을 해치는데 잡아먹는다고 했으나, 사람의 껍질을 벗겨서 널어놓
거나 아니면 사지를 절단하여 국을 끓이거나 나뭇가지 등에 걸어놓는다
고 했다. 이러한 사실을 잘 모르는 주인공이 멀리서 바라보고 자신을 위
해 마련한 붉은 옷감이라고 말하는 데서 착각은 극치에 달한다. 게다가
3번 자료에서 앞서 언급한 바와 같이 어머니의 시신을 국을 끓였으며
이것을 아들이 실컷 먹어서 엽기적인 면모를 과시한다.

식성이 개걸스러운 조마구나 꽁지닷발처럼 주인공도 이러한 식성을
닮아 가는 모습을 부인하기 어렵다. 조마구나 꽁지닷발이 음식에 탐닉
하는 것은 여러 자료에 고루 나타난다. 이러한 사실은 백석의 시에서도
확인된다. 식성에서 한 가지 흥미로운 사실은 괴물이 사람의 음식을 탐
내지만 괴물이 사람처럼 똑같이 먹으려고 한다는 사실이다. 갖가지 음
식을 찾아가는 면모를 구체적으로 확인할 수 있다. 특히 자료 2에서 음
식을 탐내는 모습이나 자료 6에서 나타난 괴물의 식탐은 생동감 있게
확인된다.

괴물의 거주처는 수평적인 곳과 수직적인 곳으로 살라진다. 대체로
이 두 가지 사실이 결합되어서 확장된다. 수평적인 곳은 다시 두 가지로
나뉘어서 사람이 사는 집 가까이에 있거나 아니면 아주 먼 곳으로 설정
된다. 수평적인 공간의 긴 여행 끝에 일정한 식물의 밑에 지하로 통하는
굴이 있고 그곳에 아주 근사한 기와집에 거처하는 곳으로 되어 있다. 수
평적인 공간에서 먼 곳으로 이동해 가는 주인공의 탐색이 흥미진진하게
이어진다.[33] 이러한 여행은 흔히 노동의 대가를 치르는 것이다. 그 가

운데 인상적인 자료 하나가 자료 6이다.

자료 6에서 논가는 아저씨-서답 빨래하는 아주매-까마귀-새 쫓는 아이 등에게 차례로 괴물의 정체를 물어나간다.[34] 동일한 면모가 각편 8에도 발견된다.[35] 매우 상세하고 다른 자료와 겹치는 면모도 있다. 오누이는 논가는 아저씨에게 물으니 요구 조건이 있는데 씨를 뿌리기, 모숭구기, 논매기, 가을걷이 등을 다 해주면 가을철에 일러준다고 한다. 이 과정을 통해서 노동의 품을 팔아서 괴물의 정체를 알아간다. 동시에

33) 이러한 여행은 전혀 색다른 것만도 아니다. 예컨대 「바리공주」「구렁덩덩신선비」「돌개바람」「원천강본풀이」 등에서 주인공이 겪는 고난과 상통한다. 수평적인 공간 이동에 의한 탐색과 수직적인 상승 또는 수직적인 하강이 이루어지는 변형만 있을 따름이다.

34) 이러한 단계적 전이가 매우 보편적으로 발견된다. 정보를 알려주는 인물이 상투적이라는 말이다. 전 세계적으로 분포하는 이야기에서 정보를 알려주는 인물이 대체로 유형적으로 등장하는 것은 의미하는 바가 심각하다고 할 수 있다. 이에 관한 적절한 사례가 「구렁덩덩신선비」에 거의 비슷하게 나타난다. 「구렁덩덩신선비」에서 까마귀-멧돼지-논일하는 할아버지-빨래하는 할머니-새보는 아이 등으로 정보제공자가 구성된다. 이에 관한 이야기는 대표적으로 다음과 같은 책에 정리되어 있다.

서정오, 구렁덩덩신선비, 《우리가 정말 알아야 할 우리 옛이야기 백가지》, 현암사, 70-78면.

35) 오래비는 그넘으 새 원수갚아야겠다고 그 새로 잡으러 집을 떠나입이더. 한참 가이 논 가는 사램이 있었입이더. "보소 주딩이 댓 발 허리 댓 발 꼬랭이 댓 발 열댓 발 되는 새 봤능기요?" 하이꺼네 그 논가는 사램이 이 논을 다 갈어서 쎄리서 모로 숨거서 가실에 거두 주문 갈치주꼬마 캤입이더. 그래서 오래비는 논을 갈어서 쎄리서 모로 숨거서 가실어 거두어 주었더이 저어기 서답을 씻넌 여자보고 물어보라 캤입이더. 오래비는 서답씻는 여자한티 가서 "보소 주딩이 댓 발 되고 허리 댓 발 되고 꼬랭이 댓 발 되는 새로 봤소?" 쿤게네 "이 서답 다 씻거서 삶어서 헤어서 풀 믹이서 농 안에 여어주문 일러주구마" 캤입이더. 그래서 여자가 해 돌라칸 대로 다 해주었더이 저어그 저 까마구한티 가서 물어보라 캤입이더. 그래서 까마구한티 가서 "까마구야 까마구야 주둥이 댓 발 되고 허리 댓 발 되고 꼬랭이 댓 발 되는 새 봤나?" 쿤게네 "저 통시간(便所間, 칙간)으 기더기(구더기)로 다 주어서 아랫물에 씻고 웃물에 헤어서 내 입에 옇어 주문 일러주구마" 그래 까마구가 해돌란 대로 다 해주이께네 저기 새 쫓는 아한티 가서 물어보라 캤입이더. 그래서 새 쫓는 아한티 가서 "새 쫓는 아야 주둥이 댓 발 되고 허리 댓 발 되고 꼬랭이 댓 발 되는 새 봤나?" 쿤게네 깔퀴 하나 줌시로 이거 구부리 가는(굴러가는) 디로 따라가라 캤입이더. 그래 깔퀴 구부러 가는 디로 따라갔더이 거기 주둥이 댓 발 허리 댓 발 꼬랭이 댓 발 열댓 발 되는 새가 있었입이더.(346면)

노동의 단계를 알아 나간다. 또한 서답하는 아줌마를 통해서 빨래하는 전 과정을 파악하게 된다. 빨래를 씻고, 삶고, 헹구고, 풀로 다리고, 농 안에 빨래를 개서 넣는 과정이 상세하게 제시된다. 결국 괴물의 정체를 알기 위한 과정이지만 일의 순서와 조리를 알아나가는 과정을 습득하게 된다.

사람의 일만 알아간다고 해서 괴물의 정체를 아는 것만도 아니다. 까 마귀를 등장시켜서 까마귀의 먹이를 대주는 구실을 한다. 사람의 통싯 간에 가서 구더기를 잡아 그것을 물에 헹구어서 까마귀에게 주어야 괴 물의 정체를 알 수 있다고 했다. 사람의 인분에서 까마귀의 음식이 나온 다는 범상한 진리를 말하고 깨끗한 것과 더러운 것의 분별심을 버려야 만 온전히 괴물을 찾아 나설 수 있다고 되어 있다. 이 고초를 거쳐야 자 연의 순환이 무엇인가 온전히 깨우칠 수 있도록 구성된다.

새 쫓는 아이는 「구렁덩덩신선비」 이야기에서처럼 결정적인 구실을 한다. 이 아이는 괴물의 정체를 아는 마지막 단계에서 등장한다. 가장 중요한 정보를 일러주는 것이다. 실제로 「바리공주」와 같은 이야기에서 도 소중한 비밀은 아이들이 일러준다. 일을 하고 빨래를 하고, 까마귀에 게 구더기를 잡아주는 것은 인식의 확장과 관련이 있고 정성으로 해결 하는 문제이다. 그런데 마지막 단계에서 새 쫓는 아이에게서만 가장 긴 요한 정보를 알 수 있도록 되어 있다. 그것은 깨끗한 마음을 가진 존재 만이 이 문제를 해명할 수 있다고 보는 것이다. 良知를 가진 존재가 최 종적으로 이 문제를 해명한다.

괴물의 정체를 찾는 데도 결국 일의 조리를 아는 미립이 필요하고 아 이처럼 깨끗한 마음을 가져야 가능하다는 사실을 거듭 일깨우고 있다. 사람이 모르는 미립과 지식의 아득한 그 너머에 이 두 가지 사실이 양립 할 수 있는가? 아이처럼 순수함을 잃지 않는 일과 무엇을 이루고자 애를 쓰는 갈구는 상반된다. 일의 조리를 알고 알음알이를 늘려 가면 결국 아이처럼 깨끗한 마음을 가질 수 없다. 그러나 이야기에서는 반드시 두 가지가 상호보완적인 관계에 있으며 둘을 합일시켜야 더 큰 지혜에 이를 수 있다고 가르친다. 통찰은 어떻게 오는가? 아이가 칼퀴 하나를 주면서 그것이 굴러가는 대로 가다보면 괴물이 있는 곳을 알 수 있노라고 말하고 있다. 이것이 이야기에서 말하고 있는 진리이다. 「구렁덩덩신선비」에서도 신선비가 있는 곳에 '주발 뚜껑을 타고 젓가락으로 노를 저어 저기 샘물 따라 들어' 가라고 되어 있다.

괴물의 거주처는 괴물이 사는 곳인데 대체로 땅속의 깊은 세계가 있어서 고유성을 가지고 따로 전개된다. 그곳에는 아주 반듯한 기와집이 있어서 아주 잘 사는 것으로 되어 있다. 수평적인 세계가 수직적인 세계로 전환되는 지점에서 조마구/꽁지닷발이 사는 곳으로 들어갈 수 있다. 깊은 산속이기도 하고, 물이 갈지는 곳이기도 하고, 뽕나무 뿌리가 있는 아래이기도 하고, 수수대 밑의 장소이기도 하다. 그곳은 신비로운 장소인데, 이 장소는 이른 바 지하국의 괴물이 사는 곳과 일치한다. 지상이 아니라, 지하의 장소에 사람이 도달하지 않은 특별한 기와집이 있다고 해서 예사로운 시각으로 도달할 수 없는 신비로움과 가멸진 곳임을 분명히 한다.

장소를 살펴보면 이곳이 白石의 시에 나타난 것과 그다지 다르지 않다. 백석이 묘사하기를 '땅 아래 고래 같은 기와집에는/ 언제나 니차떡에 청밀에 은금보화가 그득하다는/ 외발 가진 조마구 뒷산 어느 메도 조마구네 나라가 있어서'라고 되어 있다. 조마구가 있는 곳은 두 가지이다. 하나는 땅 아래에 고래같은 기와집이 있다고 했으므로 다른 괴물이 있다고 하는 사실과 일치한다. 다른 하나는 뒷산 어느 메에도 있다고 했으므로 이 곳에 있는 괴물이 일치한다. 만일에 산이라고 한다면 그곳은 곧 깊은 산이고 그것이 곧 조마구가 사는 곳이리라고 추정된다.

괴물은 분명히 일상적인 현장에서 발견되는 존재가 아니다. 게다가 일상적인 면모를 가진 존재는 아니다. 일상적인 비유의 차원에서 괴물이 형상화되는 것이기에 잘 알 수 있는 것에서 출발하여 잘 알지 못하며 다소 공포스러운 존재로 바뀌게 된다. 조마구는 그 자체로 이름이 공포감을 형상화한다. 꽁지닷발은 주둥이와 꼬리가 닷발이라고 되어 있어서 약간 기괴스럽기는 하나 그것이 행위와 결합될 때에 무서움을 자아낼 수 있다. 그러한 맥락에서 조마구도 행위와 결합되면 무서운 존재인 것은 분명하다.

조마구 이야기는 괴물의 정체성을 확인할 수 있는 이야기이나 다른 한편에서 이 이야기의 유형적 정체성을 파악하는데도 도움이 된다. 이 이야기는 두 가지 하위 유형이 있으나 이 하위유형의 근거는 명칭 상의 차이만을 있을 따름이고 거의 같은 유형의 이야기임이 확인된다. 조마구와 꽁지닷발이라는 말의 차이가 있을 따름이다. 조마구이야기의 유형적 정체성을 오히려 인접하고 있는 다른 이야기에서 구해야 마땅하다.

조마구이야기는 두 가지 자료에 근거해서 유형적 동질성을 확보할 수 있다. 하나는 「地下國大賊退治說話」에서 찾을 수 있다. 지하국에 바로 괴물이 숨어 있는 장소가 있다는 점에서 비교의 대상이 된다. 차이점이 있다면 지하국의 괴물은 지상에 가서 여성을 납치했다면 조마구/꽁지닷발은 지상에 가서 특정 인물을 해치고 돌아왔다는 점이 차이가 있다. 그래서 이 이야기에서는 지상에서 찾아온 인물과 지하국의 괴물이 대결하며 싸운다. 이와는 다르게 조마구/꽁지닷발에서는 아이들이 괴물을 퇴치하는 것으로 되어 있다. 여성과 혼인하는 이야기와 괴물을 죽이고 부자가 되는 이야기는 분명히 다르다.

이와 다르게 「돌개바람」 역시 이 이야기의 정체성을 증명할 수 있는 적절한 사례라고 이해된다. 「돌개바람」은 괴물이 등장할 때에 돌개바람이 이는 특성에서 이 이야기의 면모가 발견된다. 어머니의 시신 가죽껍질이 울타리나 빨래줄 또는 나뭇가지에 널려 있는 것은 돌개바람의 자취와도 일정한 상관성이 있다. 「돌개바람」은 외연적 가능성만 있을 따름이고 사실은 돌개바람은 각시 도둑놈이다. 도둑놈이 간 곳은 '해도 안 뜨고 달도 안 뜨는 거문골'이라고 할 수 있다. 이곳이 지하의 세계이다. 「돌개바람」은 「地下國大賊退治說話」의 변형담으로 이해된다.

조마구/꽁지닷발은 사람의 음식을 탐내는 괴물인데 인간을 해쳐서 이를 찾아나서는 복수담의 성격이 있는 자료이다. 이 이야기는 20세기 전반에 걸쳐서 전승된 자료이다.

3) 「조마구/꽁지닷발」의 숨겨진 뜻

이 이야기는 왜 하고 들었는가? 전승을 통해서 말하고자 하는 바가 무엇인가 이제 살펴보기로 한다. 이 이야기의 뜻은 못된 괴물을 해치고 어머니나 가족의 복수를 했다고 하는 것이 결말이다. 이야기를 이렇게 규명하자면 이것은 겉 뜻만 아는 것이다. 이 이야기의 감추어진 뜻이 있다면 이 이야기의 뜻은 무엇인가? 이야기의 속뜻을 알아낼 필요가 있다. 이 이야기는 어린 아이가 성숙한 의식을 찾아가는 이야기라고 할 수 있다.

이 이야기의 속뜻을 알아내기 위해서 이 이야기의 대립적인 상황을 정리할 필요가 있다. 조마구/꽁지닷발의 괴물과 어머니가 대립하고 있다. 둘 사이에 일정한 거리가 잘 유지되고 있었는데 여기에 불균형이 초래되었다. 어머니는 아들을 위해서 음식도 장만하고 옷도 장만할 수 있는 존재이다. 이와는 다르게 조마구/꽁지닷발이라는 괴물은 아들을 위해서 마련한 옷이나 음식을 훔쳐 먹고 이것을 어머니의 허울로 정리하고 있다. 껍질을 벗기거나 어머니의 국을 끓였다고까지 해서 철저하게 어머니를 해체하고 있다. 자애로운 어머니와는 전혀 다른 성품이 괴물에게서 발견된다.

어머니와 조마구의 대립이 심각하게 발전한다. 조마구가 음식을 훔쳐 먹었는데 조마구를 어머니가 부지깽이로 때린다. 조마구는 맞을수록 점차로 커져서 마침내 어머니를 해치거나 잡아먹는 상태로 바뀐다. 어머니가 조마구에 의해서 잡혀먹어 어머니의 면모는 사라지게 된다. 이것이 긴요한 변화라고 생각한다. 그러나 이 둘 사이를 매개하면서도 대립적인 위치에 놓인 인물이 곧 아이들이다. 아이는 때로 형제이거나 오누이거나 아이로 형상화되어 있는데 이들은 어머니의 자애로움과 어머니를 해치는 잔인한 괴물의 중간에 가로놓여 있음이 확인된다.

조마구가 갈라놓은 어머니의 껍질을 자신의 옷을 만들어 주는 옷감으로 착각한다. 어머니가 사망했는데도 사태의 진상을 옳게 파악하지 못한다. 게다가 한편의 자료에 한정된 것이기는 하지만 어머니의 살코기로 만든 음식을 먹으면서도 어머니의 몸인지를 모르는 기이한 일이 벌어진다. 조마구가 어머니를 해친 사실을 전혀 눈치 채지 못하고 있다. 조마구가 잡아먹은 어머니의 모습은 나중에 알기는 하지만 둘 사이의 균형이 무너져서 중요한 전환이 이루어졌음을 알아차리지 못한다.

이 혼돈은 사태의 실상을 알아차리면서 정리되기 시작한다. 갑자기 나타나서 자애로운 어머니를 해친 인물이 누구인가 탐색을 통해서 대상의 인식을 명확하게 한다. 이 과정이 수평적 확장을 통해서 탐색을 하고 이어서 수직적으로 하강하면서 증거를 잡아간다. 내면의 깊은 무의식 저층을 탐색하면서 자신의 어머니를 해친 악의 근원을 찾아나간다. 이 과정에서 여러 사람의 도움을 받는다. 마음의 내면을 알아가기 위해서 여러 인물을 만나서 고난을 겪어가면서 자기를 알고 괴물의 흔적을 찾아가는 행위가 매우 인상적이다. 수평적 확장과 수직적 탐색은 동일하게 괴물을 찾아가는 일이지만 별다른 의미를 갖는다.

수평적 확장에 의한 탐색은 별도의 의미를 갖는다. 이 과정은 아이들이 사리를 판별하는 인식의 과정이다. 논일하는 과정을 체험하면서 밥이 공짜로 주어지는 것이 아니라, 생명을 키워서 거둬들이는 인식을 갖게 한다. 평상시에 모르고 있던 삶의 이면을 철저하게 탐구한다. 이어서 서답 빨래를 하는 여성을 만나서 옷이 어떠한 과정을 통해서 자신들에 게 입혀지는가 탐구한다. 애초에 어머니가 다홍저고리를 해준다고 하는 것이 이와 같은 체험을 전제한 것이라고 볼 수 있다. 이어서 자연물과의 교감이 요구된다. 그렇게 해서 등장한 인물이 곧 까마귀이다. 다른 이야 기에서는 동일한 탐색에 멧돼지가 등장하기 때문에 땅위와 하늘에서 사 는 동물과의 교감이 문제된다.

수직적 하강에서는 내면에의 탐색이 시작된다. 나무뿌리에 있는 굴을 지나서 땅속에 들어가 기와집에 도달하게 된다. 기와집에는 지상에서 있는 물건이 있으나 모두 음식이 풍부한 것으로 나타난다. 이 음식을 아 이들이 훔쳐 먹는 것은 지상에서 조마구가 하는 행위와 다르지 않다. 조 마구가 음식을 훔쳐 먹듯이 아이들이 결국 동일한 행위를 반복한다.[36] 아이들이 일단 인식의 확장을 통해서 이러한 변모를 꾀한 뒤의 행위이 기에 단순하지 않다. 참다운 의미를 알고 음식을 먹는 것이기 때문이다.

물것의 존재 또한 요해하기 어려운 면이 있다. 물것은 괴물을 괴롭히 는 존재이다. 물것이 괴물을 괴롭힌다. 자극적인 행위를 통해서 괴물을 괴롭히고 마침내 그것을 솥 안으로 몰아넣는 결정적 구실을 한다. 물것 은 사람에게는 괴롭히는 존재이지만 악의 근원인 괴물을 다룰 수 있는 유일한 것이다. 무의식의 심층에서는 매우 소중한 존재이다. 이 물것을 통해서 결국 아이들은 심연으로 괴물을 물리치는 수단이다. 심지어 각 편 1에서는 아이가 물것인 벼룩을 풀어서 괴물을 죽일 방도를 찾는다. 물것이 중요한 요소라고 하는 것이 이러한 이유 때문이다.

---

36) 조마구유형만 식탐을 한다. 꽁지닷발유형에서는 후반부에서 아이들이 꽁지닷발의 음 식을 훔쳐 먹는데 이것이 제대로 이해되지 않는다. 그것은 전반부에서 있었던 화소가 생략되면서 생긴 현상으로 이해된다. 후반부에서 괴물의 음식을 왜 훔쳐 먹는가 납득하 기 어려운데 그것을 조마구유형이 해명하고 있다.

　동일한 행위의 반복 끝에 아이들은 괴물을 솥 안에 가두는데 성공한다. 괴물이 아무 것도 물지 아늑한 곳을 원하자 솥 안에 이를 마련하도록 유도한다. 불을 지펴서 괴물을 솥 안에서 못나오도록 한다. 그래서 결국 괴물을 달궈서 태워 죽이는 것이다. 이렇게 하자 아이들은 자신의 어머니를 해친 괴물을 죽이고 어엿한 어른으로 성숙한다. 괴물과 어머니로 갈라졌던 잘못된 인식을 청산하고 이를 극복하는 새로운 비약이 이루어졌다고 할 수 있다. 아이들은 어머니의 자애로움을 받고 자라다가 이어서 괴물에 의해서 침탈된 사례를 극복하고 제대로 사물을 인식하고 어둠을 걷어 낼 수 있었다. 결말에는 아이들이 은금보화를 차지하면서 부자가 되거나 처녀와 혼인해서 잘 살거나 자신의 가족을 찾아서 장례를 해준다고 해서 통과제의의 단계를 마무리하는 면모도 확인된다.

　조마구/꽁지닷발은 무의식과 의식 사이에 발생한 억압과 갈등을 극복하고 아이가 어른으로 발전하는 이야기임이 확인된다. 의식의 억압은 아이가 일을 하러 갔다가 돌아와서 밥을 먹지 못한다고 하는데서 생긴다. 물론 옷도 챙겨 입지 못한다. 억압적인 상황 속에서 괴물이 나타나서 마음껏 먹고 억압을 주는 어머니까지도 해치는 자유를 구가한다. 무의식의 밑에서 괴물이 밀고 올라와서 현실적인 의식의 혼란을 초래한다. 혼돈스러운 자아는 무의식의 출현에 의해서 한 동안 당황스러워 하다가 마침내 자아를 찾아가는 탐색을 시작한다. 자아의 탐색은 이 괴물이 어디에서 출현했으며 혼란을 일으킨 장본인을 퇴치해야만 불균형이 시정될 수 있게 된다.

　수평적인 이동을 통해서 힘든 노동과 일의 조리를 파악하는 자기의 내면 정리 방법을 이해한다. 자기의 내면에 도사리고 있는 불필요한 혼돈을 시정하고 마음에서 제시하는 길에 귀를 기울이고 지혜를 합치자 마음속에 숨어 있는 무의식의 통로를 발견한다. 무의식에 침투하여 내려가자 기와집도 있고 먹을 것이 풍부한 장소임을 깨우치게 된다. 그곳에서 괴물을 속이고 음식을 충족한다. 그리고 마침내 괴물이 다른 것에 간섭받지 않고 가마솥으로 피하자 자아의 밝은 빛을 발휘해서 괴물을 태워 없앤다. 괴물을 해치고 밝은 자아의 이면에 숨어있는 자기를 발견하게 된다. 자아와 자기가 합쳐지면서 혼란이 걷히고 의식의 각성이 이루어진다.

이 이야기는 괴물에 관한 보편적인 심상을 보여준다. 무의식에 잠재된 원형의 상징인 원형 상으로서의 조마구는 긴요한 구실을 한다. 집단적 무의식에서 원형은 보이지 않고 원형의 상들만 볼 수 있다고 말한다. 원형 상으로서의 조마구는 단순한 괴물이 아니다. 우리의 내부에 도사리고 있는 무의식의 원형 상을 말하는 구체적 상이라고 할 수 있다. 동일한 괴물이 지하국의 도적이거나 괴물인 것은 이 때문이다. 무의식의 괴물은 반드시 양면성을 가진다. 악한 존재이지만 이를 잘 바꾸면 곧 인간의 삶을 풍부하게 만드는 무진장한 은금보화의 보물 같은 것이기도 하다. 늘 어두운 곳이 아니라 깊은 어둠에 도사리고 있는 밝고 긍정정인 에너지가 흐르는 장소이기도 하다.

이 이야기는 사회적 자아를 완성하는 의식의 각성담이라고도 전제할 수 있다. 그러나 오히려 무의식의 심층을 발견하고 무의식의 내부에 도사리고 있는 괴물을 퇴치하고 이 괴물을 긍정적인 인식의 전환 수단으로 삼아 의식과 무의식의 조율을 이야기하고 있는 이야기라고 말할 수 있다. 괴물이 나타나서 어머니를 잡아먹고 그 괴물을 찾아서 여행을 하고 마침내 내면의 심층에 도달하여 괴물을 죽이면서 자아가 발견되는 기이한 결론이 나는 이야기라고 할 수 있다.

이 이야기는 「해와 달이 된 오누이」와 구조적으로 대립한다. 두 이야기의 핵심적인 공통점은 살해당한 어머니, 어머니를 해친 괴물, 그 사이에서 방황하는 아이 등으로 나타난다. 이 이야기는 아이와 어머니 및 힘센 동물 등이 등장하는 것이다. 가족 사이에 발생하는 문제를 다루는 이야기이다. 아버지는 등장하지 않고 어머니와 직접적으로 대응하는 동물이거나 괴물만 등장하고 있다. 「조마구/꽁지닷발」과 「해와 달이 된 오누이」라는 설화는 가족 사이에 생기는 이 대립 요소가 의미하는 바와 구현된 바가 차이가 있으나 거의 유사함을 통해서 이 이야기가 동화로서 적절한 구성을 이루고 있음이 확인된다.

이 이야기가 운용되는 방식도 결정적으로 차이가 나는 대목이 있기도 하다. 이를 구조적으로 정리하고 이에 관한 의미를 따져보기로 한다. 「해와 달이 된 오누이」 유형의 이야기에 대해서는 한 차례 상세한 분석이 이루어진 바 있으므로 이에 의존해서 논의하기로 한다.[37] 두 유형의 이야기에 나타난 구조적 대립의 요소를 정리하면 이것은 다음과 같은 대응을 유추할 수 있다.

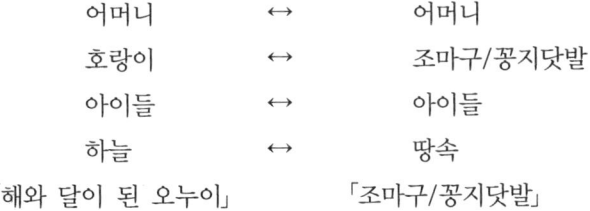

어머니	↔	어머니
호랑이	↔	조마구/꽁지닷발
아이들	↔	아이들
하늘	↔	땅속
「해와 달이 된 오누이」		「조마구/꽁지닷발」

어머니와 동물이 맺는 관계를 생각하며 비교하자. 어머니와 호랑이는 서로 잡아먹고 먹히는 관계이나. 어머니와 호랑이는 아이에게 무의식의 원형상으로 양가성을 지니고 있으며 무서움과 동력을 지니고 있는 동일체의 표면과 이면이다. 자애로운 어머니와 무서운 호랑이는 양면적 면모인데 이들이 서로 관련되고 전환된다. 어머니와 조마구 역시 같은 각도에서 논의된다. 조마구가 사람의 음식을 매개로 어머니를 해친다. 둘 사이의 전환은 없으나 양가성을 성립시키는 것은 확인된다. 두 이야기

37) 이부영, 호랑이와 세 아이, 《한국 민담의 심층 분석》, 집문당, 1995, 108-132면.

에서 계기가 되는 요소 역시 무시할 수 없다. 잔치 집에서 아이를 위해서 가져오는 떡이나 아이를 위해서 장만한 밥이 호랑이나 조마구에 의해서 먹히는 것은 동일하다. 음식을 매개로 둘이 직접 관련된다.

아이들은 어머니와 호랑이 또는 어머니와 조마구 사이에서 혼란스러워 하다가 비로소 적대자의 틈입을 인식한다. 호랑이가 어머니 노릇을 하는 사실을 알아차리고 이로부터 도망친다. 어머니의 껍질이 옷감인 줄 알거나 어머니의 고기가 국인 줄 알다가 조마구에 의해서 죽임을 당한 사실을 알고 조마구를 찾아 나선다. 그러나 호랑이에게 수세에 몰려 도망치는 이야기와 조마구를 찾아 나서는 것은 분명히 다르다. 게다가 호랑이에게 몰려서 도망가는 아이들이 하늘에 의존하는 것은 문제이다. 아이들이 스스로의 힘으로 어려움을 극복하지 않고 하늘에 비는 의존적 면모와 사태의 핵심을 간파하고 대결과 쟁취를 선택하지 않고 회피와 은둔을 하고자 하는 심리적 경향이 확인된다. 하늘을 향해서 수직적으로 상승하고자 기원하고, 그곳에 도달하는 공간적 구성은 이 이야기의 독자성이다.

이에 반해서 조마구의 정체를 찾아 나서서 발생한 어려운 문제를 직접 해결하려는 아이들에게는 적극적 심리와 영웅적 의지가 확인된다. 조마구가 어디에 있는가 찾아나서는 과정에서 아이들이 여러 인물의 도움을 받지만 그 원천에는 아이들의 자발성이 내재해 있다. 게다가 조마구를 만나서 처치할 때에도 초월적인 인물의 도움은 없다. 순전히 자신들의 노력으로 이 문제를 해결한다. 땅속으로 들어가서 괴물을 죽이는 일은 무의식의 심연에 들어가서 내부의 두려움을 걷고 자신의 의지로 관철하여 악을 퇴치하는 것과 동일한 의미를 갖는다.

결말 부분에서 아이들이 해와 달이 되는 것은 무의식의 상태를 벗어나서 참다운 자아를 회복하는 과정이라면, 아이들이 불을 지펴서 조마구를 태우는 것은 마음의 참다운 빛으로 적대자인 괴물을 죽여서 자아의 참다운 빛을 회복하는 과정이다. 아이들이 자아를 찾아서 자기를 찾는 구현의 과정이 종교적 구원을 가지는 경우와 인간의 초월적 의지를 가지는 경우로 양분되는데,「해와 달이 된 오누이」설화와「조마구」설화는 전혀 다른 해법을 보여주는 심리적 성향의 표현물이다.

4. 넓게 알기

1) 지하세계의 대도둑 퇴치

옛날 어떤 한량(무사를 말함)이 과거를 보러 경성으로 가는 도중, 그는 어떤 큰 부자가 딸을 도둑에게 뺏겨 슬퍼하고 있다는 소문을 들었다.「딸을 되돌려 오는 사람에게는 내 재산 절반과 딸을 주겠다」라는 방을 8도에 붙여서 한량은 그 처녀를 데려 와 보려고 결심하였다. 그러나 그 도둑이 사는 집이 어딘지 조차 아는 사람이 없었다. 정처없이 걷고 있는 사이에 어느날 그 한량은 길가에서 세 명의 초립동(젊은 무사를 말함)을 만나 그들과 의형제의 맹세를 맺었다. 그리고 네 명의 무사는 도둑의 집을 찾으러 떠났다. 도중에 그들은 다리가 부러진 한 마리의 학을 만났기 때문에 가여워서 붕대(헝겊)로 정성스럽게 매 주었다. 그 학은 독수리 때문에 그 보금자리와 새끼들을 잃고 - 독수리는 자주 학의 둥지를 노린다 - 게다가 한 쪽 다리마저 부러졌던 것이었다. 학은 기뻐하면서 무사들에게 꽤 먼 맞은편 산을 가리키며「당신들은 도둑의 집을 찾고 계시죠, 저쪽에 보이는 저산을 넘어서 또 그 저쪽의 산을 넘어서 또 그 쪽의 산에 들어가면 그곳에 커다란 바위가 있습니다. 그 바위밑에는 하얀 조개껍질 파편이 있을테니까 그것을 치워보세요. 조개껍질 밑에는 바늘귀 정도의 좁은 구멍이 있는데 그 구멍을 파나가다 보면 점점 커지는데 그 밑에는 넓고 넓은 별천지 세계가 있습니다. 그 세계의 왕이 당신들이 찾고 있는 도둑입니다.」라고 말하였다. 무사들은 학과 작별하고 산을 넘고 또 산을 넘어 가르쳐준 장소로 가서 바위를 발견하고 바위밑에 있는 하얀 조개껍질 파편을 제거하여 보았다. 그랬더니 정말로 그곳에는 조그마한 구멍이 있었는데 그 구멍을 파 내려감에 따라서 점점 커다랗게 되더니 구멍 밑에는 넓은 별천지 세계가 보였다. 그렇지만 그 구멍은 매우 깊었기에 쉽사리 그 밑까지 내려갈 수가 없었다. 그래서 그들은 풀과 칡넝쿨을 뜯어와서 긴 밧줄을 만들었다. 그리고 나이어린 사람이 먼저 그 밧줄을 타고 구멍 밑까지 내려갔다. 내려가는 도중에 만약 위험한 일이 생기면 그 잡고 있는 밧줄을 흔들어서 신호하여 위에 있는 사람들은 재빨리 그 밧줄을 잡아 올리기로 하였다.

제일 막내동생 무인은 조금 내려가더니 밧줄을 흔들었다. 무서워서 더 내려갈 수가 없었기 때문이었다. 다음 무인은 반정도 내려가서 밧줄을 흔들었다. 그 다음 무인은 3분의 2 정도 내려가서 두려워 밧줄을 흔들었다. 마지막으로 가장 큰 형인 무인이 내려가게 되었다. 그는 동생들에게 「너희들은 아직 어려서 갈 수 없다. 내가 도둑을 죽이고 돌아올 때까지 여기서 기다리는 것이 좋겠다. 그때에도 밧줄을 흔들테니 너희들은 나를 끌어올려다오.」라고 말해 두고 밧줄을 잡고 구멍으로 뛰어 내려 유유히 그 밑에 도착하였다. 그곳은 넓은 지하국으로 훌륭한 집이 많이 세워져 있었다. 그는 도둑의 집이라 생각되는 제일 큰 집옆에 있는 우물가에 서있는 버드나무 위로 몸을 숨기고 도둑의 동태를 살피고 있었다. 잠시 시간이 흐르자, 아름다운 여인이 그 우물가로 물을 길러 나왔다. 여인이 물을 항아리 가득 기른 다음 물항아리를 머리에 얹으려고 할 때 그는 버드나무잎을 한움큼 따서 뿔뿔이 물항아리 위에 떨어뜨렸다. 그러자 여인은 「어머, 얄미운 바람이군.」하면서 물항아리의 물을 버리고 새로 물을 길었다. 여인이 다시 물항아리를 머리에 얹으려고 하였을 때 그는 또 버들잎을 떨어 뜨렸다. 여인은 또 물을 다시 길었다. 세 번째에 여인은 나무 위를 올려다 보았다. 그리고는 그곳에 한 「바깥세상 사람」을 발견함과 동시에 놀라기도 하고 반갑기도 하여서 물어보았다. 「당신은 도대체 어떻게 이런 곳까지 오셨습니까?」라고. 그는 그녀에게 처음부터 끝까지 이야기해 주었다. 그러자 여인은 더욱 깜짝 놀라 「당신이 찾고 계시는 여인은 사실은 저입니다. 그러나 도둑은 엄청난 장사입니다. 여하튼 저를 따라 오십시오.」라고 하고는 그를 어두운 광 속에 숨기고 커다란 철판을 하나 갖고 와서 그것을 그의 앞에 놓아 두고는 「당신이 어느 정도 강한지 시험하려고 하니, 이 철판을 들어 올려 보십시오」라고 말하였다. 그는 겨우 그 철판을 들어 올렸다. 그러자 여인은 「그런 힘으로는 도저히 그 도둑을 죽일 수 없습니다.」라고 하고 도둑집에 마련되어 있는 동삼수를 매일 여러번 갖고 와서 그에게 주었다. 그는 그 동삼수를 마시고는 드디어 두 개의 큰 쇠방망이를 두 손으로 자유롭게 사용할 수 있게 되었다. 어느날 여인은 커다란 칼을 갖고 와서 건네 주면서 「이 칼은 그 도둑이 사용하는 것입니다. 도둑은 지금 자고 있는데 한번 자기 시작하면 석달하고도 열흘동안 자고 일을 하더라도 석달하고도 열흘동안 일하고 음식을 먹더라도 석달하고도 열흘 동안 먹습니다. 지금은 자기 시작한지 꼬박 열흘이 지났습니다. 이 칼로 도둑을 베어 주십시오.」라고 하였다. 무인은 그 칼을 받아들고 용감하게 도둑의 침실-여인이 안내해 주어-로 들어갔다. 도둑이 무서운 두 눈을 뜨고 있어서 무인은 무서워 그 자리에 서 있자 여인은 웃으면서 「이 도둑은 눈을 뜬 채로 잠자고 있는 것입니다.」라고 가르쳐 주었다. 무인은 도둑의 목을 온힘을 다하여 베었다. 그러자 도둑의 머리는 잘라진 채로 천장으로 튀어 오르더니 순식간에 또 원래 제자리로 달라붙으려고 하였다. 그러자 그 때 여인은 준비해 가지고 온 재를 손바닥에서 펴 보이고 재빨리 그것을 목부분에 뿌렸다. 그래서 머리 부분은 원래대로 붙을 수가 없게 되어 도둑은 결국 죽고 말았다.

무사는 여인과 함께 도둑의 창고를 하나 하나 조사해 보았다. 한 창고에는 금·은보화가 가득차 있었고 다른 창고에는 쌀이 가득 쌓여 있었다. 또 다른 창고에는 말과 소가 많이 매여져 있었고 다른 창고에는 사람의 해골이 가득 쌓여 있었다. 그것은 모두 도둑에 의해 죽은 사람의 뼈였던 것이다. 또 다시 다른 창고를 열어 보니, 그곳에는 거의 죽어가고 있는 남자와 여자가 가득차 있었는데 그들(무사와 여인)은 재빨리 미음을 만들어 그 사람들에게 마시게 하여 살려주었다. 그리고 도둑의 금은보화와 쌀, 말, 소 등을 그들에게 나눠 주었다.

무인과 여인은 몸에 지닐 만큼의 보물을 갖고 그 여인과 같이 도둑에게 잡혀온 다른 세 명의 아름다운 처녀도 데리고 출구인 그 구멍 밑까지 왔다. 그리고 밧줄을 흔들었다. 땅 위에서 기다리고 있던 세 명의 젊은 무인들은 큰 형의 귀환이 너무나도 늦어져서 분명히 도둑에게 죽임을 당했을 것이라고 생각하여 단념하고 돌아가려고 하던 참에 때마침 밧줄이 흔들려서 매우 기뻐하며 밧줄을 끌어 올렸다. 무인과 네 명의 처녀는 한 사람씩 올라갔다.

네 명의 무인은 네 명의 처녀를 구해내고 각자 그 부모들에게 데려다 주었다. 처녀의 부모들은 한없이 기뻐 그들의 딸을 각각 무인들에게 시집을 보내고 또한 많은 재물까지 그들에게 선물하였다. 그 부자의 딸을 큰 형인 무인이 얻은 것은 두말할 나위도 없는 것이다. 부자집 딸은 결혼 첫날밤에 남편에게 이렇게 말하였다. 「소녀는 그 도둑에게 잡혀간 그날부터 도둑한테 몸을 강요당하였지만, 소녀는 몸이 아파서 그런 일을 할 수 없다고 잘 속였습니다. 그리고는 몰래 소녀의 허벅지 살을 베어 그것을 증거로서 도둑에게 보였습니다. 도둑은 소녀의 상처를 치유하려고 여러가지 약을 사용하여 소녀의 상처는 며칠 지나 치유되었습니다. 그러나 치유될 때마다 소녀는 다시 살을 베어 일부러 새로운 상처를 만들었습니

다. 그래서 지금까지 정조를 지켜온 것입니다. 부디 이것을 보아 주십시
오.」 그렇게 말하고 그녀는 자신의 허벅지를 보였다. 과연 그곳에는 커
다란 상처가 아직 치유되지 않고 있었다. 무사는 약속대로 아름다운 처
녀와 부잣집 재산의 절반을 얻고 행복하게 살 수 있었다고 한다.

1926년 3월 16일, 대구시 본동 이상화군 이야기

6 새끼 서발

1. 초다짐

「새끼서발」의 이야기는 집 떠나는 주인공을 다루는 것이라고 할 수가 있다. 사람이 일정한 연령기에 도달하면 새로운 차원의 인생길로 들어서게 된다. 대체로 소년기나 영유아기에 머무를 수 없는 것처럼 일정하게 자신의 구실을 할 수 있는 위치로 옮겨가게 된다. 그렇게 하려면 집에 머무를 수 없으며, 다정한 어머니의 품에서도 벗어나야 한다.

주인공이 게으름뱅이여서 어머니에게 구박을 받는 것이 이 이야기의 서두 대목이다. 도대체 왜 이렇게 형편없고 하는 일이 없이 뒹굴고 노는지 어른으로서는 납득하기 어렵다. 자신의 길을 찾아야 하는 주인공의 모색과 다르게 어른들은 이들의 앞날에 어떠한 축복도 할 수가 없다. 그 게으름뱅이에게 결국 집을 떠나라는 충고를 하게 되고 주인공은 길을 나서게 된다.

자신의 게으름 덕분에 새끼줄을 꼰 것이 겨우 세 발 뿐이다. 이것이라도 들고 나서야 무엇인가 밑천을 삼을 수가 있게 된다. 주인공은 이것을 들고 길을 나서게 되고, 자신의 길을 찾아서 떠난다. 주인공은 새끼 서발을 들고 나서기도 하고, 달리 좁쌀 하나를 주워서 나서기도 한다. 기본적 발상은 동일한데, 무엇을 들고 나서는가에 따라서 이야기의 결은 전혀 다르게 전개된다.

이 이야기는 특정한 일을 하는 젊은이가 좁쌀 한 톨로 점점 이득을 보는 교환을 하고 마침내 혼인에 성공한다는 내용이다. 달리 새끼 서발이 이러한 구실을 하기도 한다. 그러한 각도에서 일종의 형식담에 속하며 그 가운데서도 누적적 형식담이므로 누적담에 속한다고 하겠다. 그러나 누적담이 본질적인 것은 아니다. 어떠한 일이 다른 것의 원인이 되어서 꼬리에 꼬리를 물고 일이 이어져서 기대한 대로 이루어지는 내용이다. 이러한 점에서 「새끼서발설화」과 「좁쌀 한톨로 장가간 총각」은 유형적으로 동일한 것임을 알 수가 있다.

우리는 하찮은 것이 고귀한 것이 되는 일정한 비약을 볼 수가 있다. 행운은 우연하게 주어지는 것이지만 그 행운의 실타래는 묘한 것이어서 우리를 경이로운 세계로 이끌어가곤 한다. 작은 것이 큰 것이 되는 비약은 말로 표현할 수 없는 일일 수가 있다. 그러한 인생의 교훈과 진리를 보여주는 것이 바로 이 유형의 이야기임을 절감하곤 한다.

이 설화는 세계적으로 분포되어 있다. 동아시아는 물론하고 유럽에서도 이 이야기가 채록되어 전한다. 인도의 경우에 동일한 이야기가 《자타카 *Jataka*》의 첫 번째 자료로 되어 있어서 이 유형의 원형적인 자료로 확인되며, 이 이야기의 기원과 분포를 짐작하게 한다. 연쇄적인 이야기가 이어지는 형식담으로서 매우 중요한 자료이다.

총각이 처녀를 만나서 혼인하는 행복한 결말로 되어 있지만 게으름뱅이가 자신의 운명을 스스로 개척한다고 하는 점에서 이 이야기는 긱별한 의미를 가진다고 할 수가 있겠다. 이야기에서 행운이 이어지기도 하지만, 동일한 연쇄담이 불행으로 이어지는 것도 있어서 이야기가 한결같지 않음을 주목해야 할 것이다.

2. 자료

•「조 이삭 하나로」[1]

옛날, 어느 곳에 게으른 젊은이가 있었습니다. 그는 얼마나 게을렀던지 먹고 잠자는 것만이 하루의 일과였습니다. 하루는 그의 어머니가 하도 속이 상해서, "이 녀석아, 넌 어쩌자고 하고한 날 먹고 잠만 자느냐. 다른 사람들은 밭을 간다, 조를 심는다 하며 부모를 돕는데……." 하고 꾸짖었습니다. 그러자 이 젊은이에게도 조그마한 양심은 남아 있었던지 어머니의 말을 듣고 나더니, "그럼, 나도 조나 심게 씨앗이나 주셔요."라고 대꾸를 하였습니다. 어머니는 게으른 아들의 대꾸가 의외로 기특해서 조 한 말을 지게에 얹어 괭이와 함께 주었습니다.

젊은이는 그것을 지고 산으로 갔습니다. 그리고는 또 잠이 들어 버렸습니다. 눈을 떠보니 이미 어둑어둑한 저녁이 되어 있었으므로, 아무데나 한 곳에 구덩이를 파고 조 한 말을 몽땅 그곳에 묻고는 어슬렁어슬렁 집으로 돌아왔습니다. 어머니는 아들을 보자 너무 기뻐서, "그래 조는 다 심었니?" 하고 물었습니다. "예, 심었습니다." 젊은이는 시원스레 대답하고 방으로 들어갔습니다. 이윽고 계절이 바뀌어 추수 때가 되었습니다. 하루는 어머니가, "애야, 너도 지난번에 심은 조를 거두어야 하지 않겠니?" 하고 말하자, 게으른 아들은 지게를 지고 낫을 들고 산으로 올라갔습니다. 지난번 조 한 말을 심은 곳에 가보았더니 조가 꼭 한 포기만이 자라서 머리를 푹 숙이고 있었습니다. 그는 한 포기의 조를 베어서 지게에다 지고 집으로 어슬렁어슬렁 돌아왔습니다. 어머니가 그를 보더니, "이 녀석아, 그래 이게 추수한 거란 말이냐? 썩 나가거라. 너 같은 놈은 좀 고생을 해야 사람이 되겠다." 하고 집 안에 들여 주지를 않았습

---

1) 최인학, 《민간설화》(민간진흥문고), 계몽사, 1980, 108-110면.

니다. 젊은이는 할 수 없이 조 이삭 하나를 들고 터덜터덜 걸어 길을 떠났습니다.

얼마를 걷는 동안에 땅거미가 졌습니다. 근처를 살펴보니 마침 여관이 있어서 그리로 들어갔습니다. 젊은이는 여관 주인에게 조 이삭을 맡기면서, "이 조 이삭은 나라님께 바칠 것이니, 잘 간수했다가 주시오." 하고 말했습니다. 주인은 속으로, '별 사람이 다 있구나.' 하고 생각하고는 조 이삭을 아무데나 던져두었습니다. 아침이 되어 젊은이가 주인에게 맡겨 두었던 조 이삭을 달라고 하였습니다. 주인은 아무리 찾아보았으나 밤사이에 이 집 다락에서 들끓던 쥐들이 그것을 다 먹어 버렸기 때문에 없었습니다.

젊은이는 이 말을 듣자, "그럼, 내 조 이삭을 먹은 쥐라도 잡아 주시오." 하고 말하였습니다. 여관 주인은 하는 수 없이 쥐를 한 마리 잡아 주었습니다. 젊은이는 쥐를 들고 또 길을 나섰습니다. 해가 지자, 또 여관을 찾아 들어갔습니다. 젊은이는 여관 주인에게 쥐를 맡기면서, "이 쥐는 나라님께 바칠 것이니 잘 보관했다가 나에게 주시오." 하고 말하였습니다.

여관 주인은 젊은이가 좀 정신이 나간 사람이라고 생각하면서 그 쥐를 아무데나 팽겨쳐 두었습니다. 아침이 되어 젊은이가 여관 주인에게 맡겨 둔 쥐를 달라고 하자, 여관 주인은 당황하였습니다. 알고 보니 그 여관의 고양이가 쥐를 잡아먹었던 것입니다. 이 말을 들은 젊은이는. "그럼 그 쥐를 먹은 고양이라도 나라님께 대신 바쳐야 할 테니 잡아다 주시오." 하고 말하자, 여관 주인은 할 수 없이 고양이를 젊은이에게 내주었습니다. 그래서 젊은이는 고양이를 안고 또 길을 나섰습니다. 그러는 동안에 해가 져서 또 여관에 들었습니다. "이 고양이는 특별한 고양이라 나라님께 바치려는 것이니 잘 간수했다가 주시오." 젊은이는 주인에게 말하고 고양이를 맡겼습니다. 아침이 되어 여관 주인에게 고양이를 돌려 달라고 하자, 주인은 아주 미안한 표정으로 자기 집에서 기르는 개가 고양이를 물어 죽였다는 것이었습니다. 그래서 젊은이는 고양이 대신 개를 받아 가지고 다시 길을 떠났습니다.

또 여관에 묵은 젊은이는 아침이 되어 주인에게 개를 돌려 달라고 했더니, 주인은 매우 당황한 표정으로 자기네 당나귀가 간밤에 개를 뒷발로 차 죽였다고 말했습니다. 젊은이는 나라님께 바칠 개를 죽였으니 보통 일이 아니라면서 야단을 쳤습니다. 끝내 젊은이는 개 대신 당나귀를 받아 가지고 다시 길을 떠났습니다. 이번에 묵게 된 여관에서도 주인이 당나귀를 끌어다가 외양간에다 매어 두었습니다. 아침이 되어 여관 주인이 외양간에 가 보니, 옆에 매어 있던 여관집의 두 뿔 소가 당나귀를 뿔로 받아서 죽여 놓았습니다. 이것을 알자 젊은이는 여관 주인에게 큰 소리를 쳤습니다. "나라님께 바칠 당나귀를 죽였으니 이 여관은 이제 온전하지 못할 것이다." 여관 주인은 쩔쩔 매면서 당나귀대신 두 뿔 소를 젊은이에게 넘겨주었습니다.

젊은이는 두 뿔 소를 몰고 또 길을 걸었습니다. 이리하여 젊은이는 나라님께서 사시는 서울에 다다랐습니다. 이리저리 거리구경을 하다가 다시 밤이 되어 어떤 여관에 들었습니다. 젊은이는 여관 주인에게, "이 두 뿔 소는 내일 나라님께 바칠 것이니 잘 간수했다가 주시오." 하고 말하였습니다. 그런데 이 여관집 주인에게 원래 도둑놈의 심보가 있는 아들이 하나 있었는데, 두 뿔 소를 보니 통통히 살이 쪄서 값을 제대로 받을 것이라 생각하고 밤새 몰래 몰고 가서 장관 집에다 팔아 버렸습니다. 아침이 되어 젊은이가 소를 돌려 달라고 하자, 그제야 여관 주인은 소가 없어진 것을 알았습니다. 주인은 젊은이에게 사정했습니다. "이건 저희 자식놈의 탓이오니 돈으로 물어 드리겠습니다." "아니오. 대체 어떤 놈이 나라님께 바칠 두 뿔 소를 샀단 말이오?" "저어 어떤 장관 댁에서 샀다고 합니다." "장관이라고? 그놈의 장관을 어서 내 앞에 썩 데려오시오!"

젊은이가 소리쳤습니다. 여관 주인은 장관에게도 저렇게 큰 소리를 땅땅 칠 수 있는 젊은이야말로 장관보다 더 높은 사람이리라 짐작하고 쩔쩔매며 장관 댁으로 갔습니다. 그리고 장관을 만나 지금까지의 이야기를 하였습니다. 그랬더니 장관은 껄껄 웃으면서 그 젊은이를 데려오라고 하였습니다. 여관 주인이 돌아와서 장관의 말을 전하자, 젊은이는 여관 주인의 안내로 장관 댁으로 갔습니다. 장관을 보자마자 젊은이는 대뜸, "나라님께 바칠 두 뿔 소를 댁에서 샀다고 하니 당장 내놓으시오!" 하고 소리를 질렀습니다. 장관은 속으로 웃음이 나왔지만 억지로 참으면서, "그 소는 이미 잡아서 먹어 버렸는데 어떻게 돌려드리겠소?" 하고 시치미를 뗐습니다. 젊은이는 또, "그럼 그 소를 잡아먹은 사람을 당장 내 앞에 데려다 놓으시오!" 하고 소리쳤습니다. 장관은 젊은이의 용기와 지혜가 여간 아니라는 것을 알고 자기 딸을 데리고 나왔습니다.

젊은이가 보니 장관의 딸이 여간 마음에 드는 게 아니었습니다. 젊은이는 예쁜 장관의 딸을 아내로 맞으려고 마음먹었습니다. 장관이 젊은이에게 말했습니다. "이 아이는 내 딸인데, 바로 그 쇠고기를 먹은 임자요. 어떡하겠소." 장관의 말이 떨어지자마자 젊은이는 장관 딸의 손을 잡아끌면서, "좋소. 그럼 두 뿔 소 대신에 이 여자라도 데리고 가겠소. 할 수 없지요."라고 말하였습니다. 장관은 속으로 이만한 재치와 용기가 있으면 장래 큰 일꾼이 되리라 생각하고 자기 딸을 젊은이에게 주었습니다. 이리하여 게으른 젊은이는 장관 댁의 사위가 되어 행복하게 잘 살았답니다.

•「새끼 한 발로 부자가 되다」[2]

옛날, 한 가난한 여인이 게으른 자식과 살고 있었다. 어느 정도냐 하면 아랫목에서 밥 먹고, 윗목에서 똥 싸는 정도로 게으른 자식이었다. "일을 하라, 일을 하면 건강에도 좋아." 아무리 말을 해도 아들은 거들떠보지도 않았다. 어머니는 여러 가지 생각을 하여 일을 시키려고 했지만 말을 듣지 않았다.

세월은 흘러 게으른 자식이 20살이 되었다. 어머니는 참으로 수가 없어 마침내 "너 같은 건 집에 있으나마나 썩 집을 나가라!" 하고 말하자, 게으른 놈은 그제야 입을 열고 "그럼 짚을 갖다 주세요." 하고 말하는 것이었다. 어머니는 짚을 가지고 뭘 할까 하고 한 단 갖다 주었다. 그러자 그 짚으로 새끼를 꼬는 것이었다. 그러나 하루 종일 꼰다는 것이 석 자뿐이었다. 어머니는 어이가 없어 "너 그걸 가지고 집을 나가라!" 하고 말하자, 게으른 자식은 자기가 꼰 새끼 서 발을 가지고 집을 나갔다.

게으른 놈은 걷기 시작했다. 한참을 가니까 독장수 한 사람이 묶은 끈이 끊어져 오가지도 못하고 서 있었다. 이것을 본 젊은이는 "내게 항아리를 한 개 주면 이 새끼를 줄게." 하자, 독장수는 엉터리 같은 제안이긴 하지만 어쩔 도리가 없어 할 수 없이 교환하기로 했다. 그는 새끼 서 발과 바꾼 항아리를 들고 다시 걷기 시작했다. 어느 마을에 들어서자 공동 우물이 있는데 한 여인이 물을 푸고 있었다. 여인은 그만 실수로 옆에 놓은 물 항아리를 깨뜨리고 말았다. 울상이 되어 있는 것을 보고 젊은이는 가까이 다가가서 "만일 내게 쌀 서 말만 주면 이 항아리를 주지." 하고 말을 건넸다. 항아리 한 개가 쌀 서 말 값이 안 되지만 여인은 할 수

---

2) 崔仁鶴,《韓國の昔話》(世界民間文藝叢書 100), 東京, 三彌井書店, 1980, 16~21면. 1973년 5월에 충청남도 청양 황씨 할머니에게 채록한 자료라고 소개하고 있다. 당시 황씨 할머니는 93세였다고 전한다.

없이 바꾸기로 했다.

젊은이는 또 길을 걸었다. 한참을 가니까 주막이 있는데 그 앞에 당나귀 한 마리가 쓰러져 있었다. 그는 그것을 보자 "이 죽은 당나귀 주인은 누구요?" 하고 물으니 "나요. 무슨 일인데 그러오." 하고 그 옆에 있던 노인이 대꾸를 했다. "쌀 서 말을 줄 테니 이 죽은 당나귀를 내게 주시오." 노인은 처음에는 농담인 줄 알았지만 그것이 진실인 줄 알자 흔쾌히 당나귀를 젊은이에게 주었다. 그러자 당나귀가 번쩍 살아나는 것이었다. 게으른 놈은 당나귀를 탔다. 당나귀는 초분이 있는 곳으로 가는 것이었다. 마침 초분 앞에 다다랐을 때 갑자기 비가 쏟아지기 시작했다. 게으른 놈은 비를 피하기 위해 초분 안으로 들어갔다. 그곳에는 아름다운 처녀의 시체가 있다가 갑자기 움직이기 시작하더니 재생하는 것이었다. 그는 처녀에게 물을 마시게 했다. "나를 다시 살아나게 해 주셔서 고맙습니다." 그녀는 젊은이에게 예를 갖추었다. "당신은 어느 집 딸입니까?" "나는 이 고을의 촌장 집 딸입니다."라고 대꾸했다. 젊은이는 딸을 당나귀에 태우고 촌장 집으로 갔다. 촌장 집에서는 죽은 줄 알았던 딸이 살아 돌아오는 것을 보고 대단히 기뻐했다. 그래서 촌장은 젊은이에게 "이것도 하늘의 인연인지 모르오. 그러니 내 딸을 그대에게 주리다." 이렇게 말하고 이내 결혼식을 올렸다.

몇 날이 지나 젊은이는 부인을 당나귀에 태워 고향으로 향했다. 가는 도중 비단장사를 만났다. 세 사람의 상인은 눈이 부실 정도로 아름다운 신부와 훌륭한 당나귀를 보자, 탐이 나서 어떻게 해서라도 신부와 당나귀를 빼앗으려고 했다. "젊은이여, 우리 내기를 하지 않겠나?" 하고 세 사람의 상인들은 젊은이를 꾀었다. "뭘 걸고 내기를 할까요." "우리가 지면 이 비단을 전부 줄 테고, 젊은이가 지면은 신부와 당나귀를 주시오." "좋지요." 하고 내기가 시작되었다. 내기란 수수께끼 풀기였다. 상인들은, "먼저 문제를 내게." "아니오. 당신이 먼저 문제를 내보시오." "아냐

젊은이가 먼저 내야지." 결국, 젊은이가 먼저 문제를 내기로 했다. 젊은
이는 아무 생각도 없이 "좋아요. 그럼 문제를 낼게요. 새끼 서 발에 항아
리, 항아리와 쌀 서 말, 죽은 당나귀에 죽은 딸은 무엇이지요?" 하고 물
었다. 세 상인은 서로 얼굴을 맞대었으나 한 사람도 맞추는 사람이 없었
다. 그래서 결국 젊은이가 이긴 셈이다. "그러면 가지고 있는 비단은 모
두 내 것입니다."라고 말하자, 상인들은 제각기 가지고 있던 비단을 둘
러메고 도망치려고 했다. 젊은이는 "이것은 틀리지 않습니까? 자, 모두
내게 바치시오." 하고 말했다. 상인들은 막무가내로 달아나려고 했다.
젊은이는 원님에게 이 사실을 고발했다. 붙잡혀 온 상인들은 모두 비단
을 빼앗기고 말았다. 젊은이는 훌륭한 당나귀에 촌장의 딸을 신부로 최
고급의 비단을 가지고 부모가 있는 마을에 돌아왔다. 그 후로 젊은이는
행복하게 잘 살았다고 한다.

3. 깊게 보기 : 「새끼서발」의 경제구조적 원리에 의한 의미 탐색

1) 「새끼서발」을 보는 눈

이야기는 집단에 의해서 만들어진 것이므로 이야기의 뜻이 단순하지
않는 것이 예사이다. 하나의 이야기에도 여러 가지 뜻이 있으며, 흔히
우리가 아는 이야기에도 이야기의 층위와 의미가 있는 것은 경험하는
바이다. 그래서 이야기가 항상 다차원의 산물임을 경험하곤 한다. 이야
기의 의미를 해독하는 방법과 시각은 그러한 점에서 전혀 다른 차원의
이야기임을 명시하고 있다.

이야기를 보는 눈은 하나일 수 없다. 어떤 이야기는 분석심리학의 방
법이 적절하고, 또 어떤 이야기는 의례의 반영으로 해석하기에 적절한

것이 있기도 하고, 이야기의 구조적 짜임새가 긴요한 것이 있기도 해서 완전하고 적절한 연구 방법이 존재할 수 없음을 절감한다.

그러므로 이야기의 연구는 방법론의 다양성을 실험하는 방식으로 경쟁적으로 이루어져야 온전한 가치를 가질 수가 있다고 생각한다. 그렇다면 이야기 방법론의 통일성은 어디에서 구해야 마땅한가? 그것은 이야기에서 구하는 것이 바람직할 수도 있다. 그런 점에서 이야기의 해석 방법은 다차원적으로 중요한 것임을 거듭 일깨우곤 한다.

「새끼서발」은 게으른 소년이 집에서 구박을 받다가 집을 나가서는 성공하고 혼인하여 집으로 되돌아오는 이야기라고 할 수가 있다. 소년이 게으르다고 하는 것을 들어서 이를 개인의 의식 성장담으로 보거나 성인식을 치러야 하는 소년의 입사식으로 보고자 하는 것에 일정한 의의를 부여할 수도 있을 것이다. 그러나 이야기에서 소년이 어른으로 자라나는 과정이 긴요한 점을 인정할 수는 있지만 과연 이 이야기가 전부인가는 의문스럽다.

특히 아이가 짚으로 꼬아서 만든 새끼 서 발이 도대체 무슨 의미가 있는지도 의문을 가중시키며 이것이 일정하게 거듭 순환되면서 나중에 처녀에까지 이르는 과정도 의문투성이이다. 이 과정에 대한 의문이 마법담의 핵심이라고 할 수가 있는 신비로운 비약을 암시하고 있어서 단순한 성장담이나 입사식으로 보기에 적절한가 하는 의문을 다시금 생각하게 한다. 그리고 이야기의 특성상 이것을 무엇이라고 하는지 의문이 생겨난다. 이 이야기를 두고 다음과 같은 논점들을 상정할 수 있다.

1] 혼인 적령기의 남성이 행운에 의해서 여성과 혼인하는 이야기이다.
2] 남성이 적절한 물물교환에 입각해서 여성과 혼인하는 이야기이다.
3] 신, 인간, 재화 사이에 벌어지는 보이지 않는 질서를 구현하는 이야기이다.

4] 물의 교환과 증여가 합쳐진 순수증여의 혼인과 죽음에 관한 이야기이다.

1]의 각도에서 의미를 파악하는 것은 매우 소중하다. 그러나 천편일률적인 해석에 떨어질 우려가 있겠다. 집을 나선 주인공이 적절한 배우자를 만나서 혼인하는 과정이 긴요하며, 단편적인 주제와 의미 해석은 지양되어야 한다. 이야기의 의례적 기원에 관한 해석은 긴요하기는 해도 표면적인 획일화가 되어서는 안 된다.

1]과 같은 방법을 우리는 전형적으로 입사식담으로 보는 것이다. 인류학에서 말하는 방법을 원용하여 이야기를 역사적 의미가 있는 것으로 보는 견해라고 할 수가 있다. 특히 이러한 견해를 적절하게 보고 있는 것이 블라디미르 프롭(Vladimir Yakovlevich Propp, Владимир Яковлевич Пропп)이다.[3] 《마법담의 역사적 기원》에서 이러한 깊은 고민의 흔적을 보여주고 있으며 제의와 이야기가 단편적으로 문제되지 않고 상부구조와 하부구조의 관련을 문제삼고 이를 반영으로 해석하는 기본적 맑시즘의 관점과 일정하게 관련된다. 이야기와 제의, 제의와 이야기가 일면적으로 작용하지 않고 다면적으로 작용하는 것을 볼 수가 있다. 따라서 프롭의 이야기를 단편적으로 원용하는 것은 적절하지 않다.

2]는 이 이야기에 대한 표면적인 해석을 벗어날 수 있는 단서이다. 연쇄담이 있는 대목에 대한 적극적인 해석의 여지를 안고 있다. 그러나 문제는 남성이 적절한 물물교환을 하는 과정이 연쇄담으로 해석되어서는 곤란하다. 물물교환의 의미 이상이 내재하고 있으며, 이 질서로 이 이야기 모두를 해명할 수 없을 것이다.

---

3) Vladimir Yakovlevich Propp, *Исторические корни волшебной сказки*(Istoricheskie korni volshebnoy skazki), 1946; *Les racines historiques du conte merveilleux*, Gallimard, 1983; *Historical Roots of a fairy tale*, Labirint, 2009. 이 책의 원제목은 마법담의 역사적 기원이라고 하는 것인데 중간에 번역되는 과정에서 제목이 일부 바뀐 것을 확인할 수가 있다.

　물물교환이라고 하는데 남성에게 다가오는 행운의 연속이 무슨 의미
가 있는가? 이 행운이 물물교환으로 연쇄되는 이면의 다른 작용은 없는
가 하는 점을 거듭 고찰해야만 한다. 따라서 단순한 경제적 원용으로서
보이는 일련의 물물교환은 적절한 해석이 아닐 수가 있으며 이것이 본
질이 아닐 수도 있음을 시사하게 된다. 물물교환담의 성격을 누적담으
로 이야기하는 것도 역시 이 점에서 부적절하다고 할 수가 있다.

　3]은 위의 해석보다 더욱 본질에 근접한 이야기이다. 궁극적으로 인
간과 인간 사이의 재화가 오고가는데, 이 재화는 단순한 것에서 복잡한
것으로 진행된다. 혼인도 결과적으로 재화가 안겨다준 행운일 뿐이다.
왜 어리석고 게으른 인물에게 이 행운이 따르게 되, 이 행운의 이면에
흔히 말하는 신이 있어야 한다. 그런데 신은 드러나 있지 않다.

　우리나라의 이야기에서 이를 볼 수 있는 근거는 많지 않다. 그러나 이
웃하고 있는 일본의 이야기 전통에서는 이 점이 선명하게 드러난다. 짚
이 문제인데 이를 우리는 다음과 같은 이야기 각편에서 쉽사리 찾아낼
수가 있다.[4] 관음보살, 인간, 재화 등의 관련 속에서 벌어지는 일련의
관점을 제공하고 있다. 관음보살의 신성한 지시가 이 이야기의 발단을
이루게 되므로 이러한 해석은 일단의 의의를 가진다.

　4]는 이 이야기를 본질적으로 파악할 수 있는 가장 중요한 해석의 실
마리를 제공할 수 있다. 교환, 증여, 순수증여 등이 핵심적이라고 한다
면, 교환은 배제하고, 증여는 인정하되 단순한 선물 이상의 의미를 구현
하는데, 그것은 명예나 부 따위를 중시하면서 신의 얼굴을 탐구하는 이
야기임을 알 수가 있다. 세 가지 교환 형태에 의해 일련의 구조가 결정
되고 있는 점에 주목해야 이 이야기의 핵심을 이해할 수 있을 것이다.

　혼인담, 연쇄담, 행운담, 순수증여담 등의 해석이 단계적으로 제시되

---

4) Seki Keigo, *Types of Japanese Folktales* (Asian Folklore Studies, Vol.XXV,
　Tokyo, 1966), p.106. #201.

어 있다. 혼인의례의 반영으로 보기에는 여러 불만족스러운 해석이 있다. 연쇄담은 오히려 연쇄의 의미가 무엇인지 생각하게 한다. 행운담은 그럴 듯한 해석이기는 한데, 행운의 이면에 보이지 않는 실제적인 의미가 무엇인지 생각하게 한다. 순수증여담은 왜 이 이야기가 죽음과 혼인이라고 하는 문제와 연계되어 있는지 생각하게 한다.

이야기가 물물교환의 외피를 쓰고 있지만 단순한 물물교환의 이야기가 아니다. 아득한 옛날에 이룩된 이야기의 이면에 이상한 바람이라고 할 수 있는 신바람, 행운바람, 하우hau,[5] 조에Zoe[6] 등에 대한 기림이 있다. 인간의 경제적 이상이라고 할 수 있는 행운아의 이상을 강조하는 이야기이다. 순수증여담의 이면에 자리 잡고 있는 다양한 각도의 이야기 의미를 확인하게 한다.

2) 「새끼서발」의 경제구조적 원리와 해석

교환의 실상이 중요하므로 이 실상에 대한 분석과 전체적 의미가 무엇인지 긴요한 의미를 가지고 있다고 하겠다. 「새끼서발」 유형에서는 그 교환의 실상이 단계적으로 진전되어 있으므로 이를 예시하면 다음과 같다.

집에서 하루 종일 꼰 새끼 서발→새끼 끈이 끊어진 옹기장수의 옹기 →물동이를 깬 여인과 쌀 서 말→주막집에서 죽은 당나귀→당나귀의 초분 안의 죽은 예쁜 색시→마을촌장집에 가서 아버지에게 혼인 허락을 득함→자신의 집으로 되돌아오는 와중에 세 상인과 수수께끼 내기를 하

---

5) 하우는 영적인 힘으로 물건이 이동하면 생기는 이상한 바람을 뜻한다. 선물을 주고 싶은 마음이 핵심이다.
6) 고대 그리스에서 개체의 생명을 Bios라고 말하고, 개체성을 초월한 영원한 보편적 생명을 Zoe라고 한다.

여 비단 획득→자신의 집으로 되돌아와서 행복하게 살다

　민담의 중요한 공식이 혼인 적령기의 남성이나 여성이 집을 떠나서 혼인하는 이야기의 공식을 갖추고 있다는 실례를 전형적으로 확인할 수 있다. 주인공이 미련둥이이고 게으름뱅이이지만 결과적으로 혼인 적령기에 집을 나서서 행운이 가득한 교환을 하여 혼인을 획득하고 부를 차지한다는 것이 주요 내용이다. 이야기에서 이루어지는 물물교환을 보면서 사건이 단계적 진전을 거듭하고 있음을 알 수 있다.

　물물교환은 기본적으로 경제적 장치라고 할 수가 있겠는데, 이 경제에 대한 자각이 있거나 살림살이를 도모하는 자신의 미립을 중심으로 하는 것은 아니고 재화의 교환이 가지는 모든 결과는 행운의 연속이고 주인공이 모르는 신비한 질서에 입각하고 있다. 따라서 교환은 단순한 경제적 전환이라고 보기 어려운 측면이 있다. 주인공이 모르는 운명이 있으며 이 운명에 순종하면서 이 이야기는 인생살이의 거대한 질서를 체험하면서 인간에게 다가오는 운명과 행운이라는 공식을 생각하게 하는 이야기이다.

　죽은 당나귀와 죽은 처녀의 발견과 교환이 매우 중심적인 개념이라고 할 수가 있는데, 재화적 가치가 있는 것을 죽은 것과 바꿀 수 있다고 하는 것이 요체이다. 당나귀가 초분의 처녀에게 안내한다는 점에서 이 이야기의 교환은 단순한 것 이상의 의미를 가지고 있다. 비단장시치 세 사람은 사족처럼 붙어 있으면서 결국 이 이야기는 행운의 연속을 아는 사람만이 삶의 비밀을 풀어낼 수 있다는 안내까지 깃들어 있는 셈이다.

　이야기에서 보이는 근간은 물물교환이지만 이 교환은 단순한 물물교환은 아니다. 작은 것에서 큰 것으로 진행되면서 인간의 본질적 욕망을 자극하는 교환임을 눈여겨 볼 필요가 있다. 이 교환의 근간은 계속 이어지는 행운이라고 할 수가 있다. 행운을 교환하게 되는 것은 매우 중요한 관점인데 이를 중심점으로 삼아서 근본적 교환의 의문을 풀어가야 할 필요가 있다.

교환과 증여는 근대 이전에 성립된 경제적 형태이다. 근대의 자본주의가 들어서기 전에 이를 바탕으로 하는 몇 가지 원리가 있었으며 그것이 우리를 풍요롭게 하는 원리라고 할 수가 있다. 우리가 예상할 수 있는 중요한 경제적 원리는 몇 가지로 압축된다. 그 가운데 소중한 것이 바로 마르셀 모스의 《증여론》[7], 마르크스의 《자본론》[8], 조르주 바타이유의 《저주의 몫》[9], 장 보드리야르의 《소비의 사회》[10] 등을 합쳐서 이해하게 되면 중요한 핵심이 드러난다. 이 가운데 핵심적인 사항을 정리하게 되면 나카자와 신이치의 《사랑과 경제의 로고스》가 될 것이다. 여기에서 다룬 핵심을 정리하게 되면 다음과 같다.

세 가지 형태 분류		내용
순수증여(sheer-gift)		순수증여는 보이지 않는 힘에 의해서 이루어진다. 그 힘은 물질화되지 않으며 현상화되지도 않는다. 자연이 해마다 사람에게 시혜하는 식물과 동물처럼 사람은 받기만 하고, 주는 사람도 없고, 받는 사람도 없으며, 주고받는 물건도 없다. 오로지 주고받는 행위만 있는 보시이고, 부처가 말한 무주상보시(無住相布施)가 적절한 사례이다.
증여(gift)	순수증여에 근접한 증여	선물의 순환 고리를 이해하면 적절하리라고 판단된다. 책을 읽고 그 책을 남에게 선물하고 종국에 그 선물을 되돌려 받는 행위가 적절한 사례이다. 자신이 시혜를 베풀고 그것이 다시 자신에게 되돌아오는 이상한 힘이 바로 순수증여에 가까운 증여이다. 순환의 의미나 힘을 알지 못한 채 순환하는 관계를 보여주는 증여이다.
	교환에 근접한 증여	선물이 의무가 되는 사례이다. 가령 생일잔치나 가정의례에서 발생하는 일정한 축의금과 부의금과 같은 것이 적절한 증여이다. 선물에 일정한 의무가 생기고 이를 되갚아야 하는 관계가 증여라고 할 수가 있다. 이 점에서 증여의 의미를 다시 생각하게 하는 힘이 있으며, 점진

7) 마르셀 모스, 《증여론》, 한길사, 2002.(이상률번역)
8) 마르크스, 《자본론》 1·2, 비봉출판사, 2005.(김수행번역)
9) 조르주 바타이유, 《저주의 몫》, 문학동네, 2003.(조한경번역)
10) 장 보드리야르, 《소비의 사회》, 문예출판사, 1992.(이상률번역)

		적 교환의 의미까지도 갖게 한다.
교환(exchange)		교환은 같은 가치를 가진 것들을 교환하는 것을 의미한다. 교환은 소비의 사회에서 발생하는 관계를 의미한다. 물이 교환되며 상품이 적절한 사례이다. 상품은 교환되고 확정적인 것이 되려는 성향이 있으며 철저하게 인격이나 마음은 배제되는 원칙을 가지고 있다. 가치는 계산가능한 것이면서 언제든지 사람에게 일정한 가치를 요구하고 이것이 없으면 이루어지지 않는 근대의 개념으로 정착한 것일 수가 있다.

세 가지 것은 서로 분별되는 것만은 아니다. 깊이 연결되어 있으므로 단계적으로 관련된다고 하지 않을 수 없다. 순수증여에서 증여와 교환이 나왔으며, 현재의 질서는 교환이 절대적인 기능을 한다는 점을 알 수가 있다. 순수증여의 정신은 원시적인 시대에서부터 비롯되었으며, 종교가 순기능을 하는 단계에서 이러한 순수증여는 진정한 면모를 가진 것이었다고 할 수가 있다.

증여가 유형적으로 순수증여와 교환에 근접하고 있는 것으로 나누어지는 것은 증여가 보편적인 형식으로 오랫동안 유지되었던 것을 말해주는 증거이다. 증여의 원리가 마음을 담고 있으며 물적인 단계의 다양성을 나누는 것이라고 할 수가 있다. 증여의 원리는 인간관계를 촉진하던 시대의 산물임을 알 수가 있다.

교환은 물적인 것들의 시대에 가치를 개입하는 시대의 산물이다. 물신주의 사회에서 발생하는 인간의 정신과 인격이 배제되는 철저한 교환만을 진제로 하는 것임을 알 수가 있다. 인간의 영혼이나 정신이 없는 시대에 오로지 교환만이 지배한다. 이 때문에 인간 사회는 풍부해지는 측면이 있으나 다르게 본다면 교환이 절대적으로 불행하게 하는 시대가 되었다.

순수증여, 증여, 교환은 서로 깊이 연결되어 있으며, 이 연결 고리가 바로 라캉이 말하는 서로의 중첩된 관계인 보르메오의 고리를 형성한다. 서로 분리되지 않는 완전한 삼위일체의 전통에 의해서 서로 얽혀 있

는 것이 이 보르메오의 고리가 상징하는 바이다. 세 가지 경제적인 패턴
은 깊은 관련이 있다.

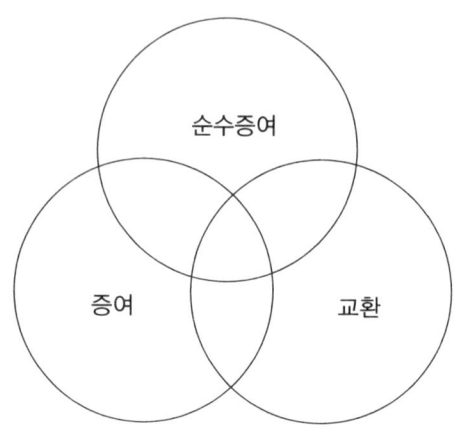

순수증여·증여·교환은 불가분의 관계에 있다. 이는 보르메오의 삼
위일체 문장(紋章)이 암시하듯이 서로 긴밀한 관계에 있다. 순수증여에
서 증여로, 증여에서 다시 교환으로 전환되는 점을 암시하고 있다. 서로
불가분의 관계에 있으므로 이들은 교환의 경제 원리를 이해는 데도 일
정한 기여를 할 수가 있을 것으로 보인다. 이 점에서 세 가지의 원리를
적용하는 것은 훌륭한 준거이다.

세 가지 관련을 생각할 수가 있는 적절한 예증이 하나 필요하다고 하
겠다. 그러한 사례를 두 가지만 들어보도록 한다. 일본에서 전승되는 것
과 인도에서 전승되는 것이다. 이 두 가지를 제시하면 다음과 같다.[11]

◈ The Man Who Made a Fortune from a Straw(지푸라기로 행운을

---

11) 成耆說, 累積譚의 韓日 비교, 《韓日說話의 比較》, 인하대학교출판부, 1988. 이하 인
　용문은 이 책에 근거한다.

만든 사람)

A man prays to kannon for good luck. He receives sacred information
from kannon that he should take whatever his hand touches first
when he goes back from the Temple. At the gate of the temple he
strumbles on a stone and touches a straw on the ground. He takes
it to a horse-fly (bee, or dragon-fly) which he has caught on the
way. He exchanges the horse-fly for a broad leaf(or something to
wrap with), the leaf for some fruit(miso, radish, or medicine), and
the fruit for rice(gold, a horse, on a sword, or some treasure). He
(a) becomes a rich man, or (b) destroys a ghost with the sword to
rescue a woman and marries her.[12]

한 사람이 관음보살에게 행운을 기원하였다. 그 사람은 관음보살에게
신성한 정보를 얻게 되었는데 그가 절에서 집으로 돌아갈 때에 처음 손에
닿는 것이 무엇이든 간에 그것을 가져야만 한다는 것이었다. 절 입구 문
에서 그는 돌부리에 걸려서 넘어졌다가 땅에 짚을 만지게 되었다. 그는
길을 가다가 길에서 잡은 말파리(또는 꿀벌, 잠자리)를 잡게 되었다. 그는
그것을 넓은 잎(때로는 싸는 것과 함께)을 위해서 말파리를 바꾸게 되었
으며 넓은 잎은 어떤 과일(된장, 홍당무, 약)로 바꾸고, 그리고 어떤 과일
은 쌀(황금, 말, 칼, 또는 어떤 보물)로 바꾸었다. 그는 (a)부자가 되었으
며, 또는 (b) 칼로 귀신을 죽여 위험에 처한 여성을 구하고 그녀와 혼인하
였다.

◈ '소도금사'(小鍍金師)

한 젊은이가 "길에 죽어져 있는 쥐의 시체를 누구든 주워 오면 立身揚名
할 수 있을 텐데"라는 鍍金師(原文에는 보살이 도금사로 이 세상에 태어나
豫言한 것으로 설명되어 있음 …… 筆者)의 말을 듣고, 그 쥐를 주워 선술

12) Seki Keigo, *Types of Japanese Folktales* (Asian Folklore Studies, Vol.XXV, Tokyo, 1966), p.106. #201.

집에 가져가서 고양이 밥으로 1전(錢)에 팔았다. 그리고, 그 돈으로 꿀을
사 물에 타 꽃장수에게 주고 꽃을 받았다. 그 꽃을 팔아 30전이 되었다.
그러는 동안 폭풍우가 지나고 대궐 정원에 나무가 엉망이 되자, 젊은이는
그것을 치워 주는 댓가로 그 꺾어진 나무들을 받기로 했다. 젊은이는 많
은 아이들에게 꿀물을 타 주고 일을 시켜 그 어수선한 나무와 꽃을 산더미
처럼 쌓고 60전을 받고 팔았다. 앞서의 30전과 모두 90전으로 큰 독을
사, 마실 물을 그득히 담고 풀 베는 사람들에게 마시게 한다. 그리고 무슨
사례를 원하느냐는 그들에게 부탁할 일이 있을 때까지 기다려 달라하고,
그동안 친해 둔 장사꾼으로부터 馬商人이 500필의 말을 팔러 온다는 정보
를 듣는다. 젊은이는 풀 베는 이에게 자기에게만 한 묶음씩 달라고 하고
자기가 파는 풀이 다 떨어질 때까지는 팔지 말도록 부탁하여, 500명이나
되는 풀 베는 이들과 약속이 성립됐다. 그리고 각각 한 묶음씩 풀을 받아
이튿날 말장수에게 자기만이 풀을 팔아 돈을 모았다. 그리고 며칠 후 이
번엔 큰 배가 도착한다는 소식을 듣고, 곧 마차를 한 대 준비하여 배가
닿자마자 배 안의 物品을 모두 사 버렸다. 결국 다른 商人들은 이 젊은이
에게서 비싼 값으로 사지 않을 수 없었다. 이리하여 일거 50만원의 大金
을 벌었다13) 그리고 鍍金師에게 가 自初至終을 이야기했더니, 그는 영리
한 이 젊은이에게 자기 딸을 주었다.14)

우리는 이 두 가지 외국의 설화를 주목하고 이 이야기의 본질이 무엇
인지 생각해야만 한다. 그것은 특정한 신성한 존재가 서두에 개입하고
있으며, 이 존재의 개입에 의거해서 이 이야기를 통하여 행운과 교환이
지속되는 점을 환기해야만 한다. 이 이야기에서 주어지는 행운은 그러
한 각도에서 이루어지는 일종의 순수증여와 교환의 문제를 집중적으로

---

13) 이 話型은 恰似 日本의「牛の鼻ぐり : 소코뚜레」와 같다(永田義直 編著, *op. cit*, pp.857
~858)
14) 松村武雄 訳, イソド古代民話集, ディータカ(上) (東京, 現代思想社, 1977), pp.13~15,
第一話 (筆者 抄訳).

다루고 있음이 사실이다. 그렇기 때문에 이 이야기를 통해서 행운과 증여가 결합하고 증여에 의한 교환을 중첩시키는 이야기임을 확인하게 되며, 이것이 본질이라고 할 수가 있다.

3) 세계적 분포와 변이

동일한 이야기가 여러 민족에게 전승된다. 현재까지 확인된 것은 한국, 일본, 인도, 중국, 영국, 폴란드, 필리핀, 집시족, 프랑스, 독일 등지에서 활발하게 전승되는 점을 알 수가 있다. 이 자료에 대한 일반적 이해를 중심으로 세계적 분포를 확인하고 이를 통해서 자료의 위상을 알아가는 일이 긴요하다.[15] 이를 체계적으로 비교하고 정리한 선행 연구에 입각해서 정리하면 다음과 같은 표가 된다.[16]

---

15) 稻田浩二, 《日本昔話通觀》(硏究篇 1: 日本昔話とのモンゴロイド(Mongoloid)), 同朋舍, 1993, 92-96면.
　　稻田浩二, 《日本昔話通觀》(硏究篇 1: 日本昔話と古典, 同朋舍, 1998, 100-102면.
　　두 자료집에서 중요한 유형적 변이와 문헌, 세계적 분포에 관한 일관된 관점을 가지고 비교하였으므로 무척 도움이 된다. 이 유형을 기본적으로 「藁しべ長者(わらしべちょうじゃ)」라고 해서 다루고 있다. 유형의 고전과 분포를 아는데 이보다 긴요한 자료는 없을 것으로 추정된다.
16) 成耆說, 累積譚의 韓日 비교, 《韓日說話의 比較》, 인하대학교출판부, 1988. 이하 인용문은 이 책에 근거한다.

비교국가	주인공	교환의 경과	최종적 결과	무대	초월적 힘
韓國	(1)게으른 아들	새끼서발→항아리→떡→송장→처녀 (결혼)⇒수수께끼 내기→부자	수수께끼에 이김	노정	행운(○)
	(2)과거보러 가는 나그네	좁쌀 한 알→쥐→고양이→말→소→ 정승의 딸(결혼)	정승의 사위	주막	행운(○)
日本	(1)과거보러 가는 나그네	지푸라기+등에→귤→피륙 3필→말 →집·토지	집·토지의 주인이 됨	노정	행운(●)
	(2)가난한 젊은이	지푸라기+등에→보자기→과일→쌀 (말, 칼, 돈)	부자와 결혼	노정	행운(●)
印度	가난한 젊은이	(쥐→꿀→30전)+(정원정리→나무→ 60전)⇒90전→큰독→물供給→馬飼 料供給→船商→50만원	도금사의 사위 됨	노정	행운(●)
필리핀	원숭이	꼬리→면도칼→나무→과자→(개)	개에게 물려 죽고, 과자도 빼앗김	노정	동물담 불운(○)
프랑스	가난한 사나이	이(虱)→암탉→돼지→당나귀→下女 →개(개가 코를 물어뜯고 도망)	코를 물어 뜯김	노정	동물담 불운(○)
불가리아	가난한 사나이	콩 한 쪽→수탉→돼지→황소→죽은 女屍→암캐→(암캐가 코를 물어 뜯 음)	코를 물어 뜯김	노정	동물담 불운(○)
잉글랜드	할멈	개→단장→불→물→황소→고깃간주 인→새끼→쥐→고양이→암소→건초 [전환](牛乳)→고양이→쥐→새끼→ 고깃간주인→황소→물→불→단장→ 개	처음 목적을 달성	집 부근	회귀적으로 귀환(○)
집시	가난한 집시	밀 한 알→암탉→고양이→개→황소 →말→大金	큰부자	노정	행운(○)

(●): 있음. (○): 없음

이 비교표가 의미하는 바를 해석해 보고자 한다. 주인공은 모두 혼인 적령기에 있는 남성이다. 예외적으로 필리핀에서는 원숭이로 되어 있고 영국의 자료에서는 할멈으로 되어 있으므로 해석이 달라져야 할 것으로 보인다. 이를 주의하면서 공통적으로 제시되는 것은 집 떠나는 남성의 주인공이 핵심이라고 하겠다. 다음으로 주요한 것은 이야기의 경제적 관련을 해석할 수가 있는 이른 바 초월적인 존재가 개입하는가 여부이

다. 왜냐하면 주인공의 행위가 단순한 즉물적인 교환의 형태인 물물교
환에서 이루어지는 향배의 해석이 달라질 수가 있기 때문이다.

초월적 존재의 약속이나 보상이라고 한다면 이는 일종의 순수증여 과
정이 물물교환이라고 하는 형태의 마법으로 작용하고 있기 때문이다.
주인공에게 이루어지는 행운은 마법이지만 마법의 저변에 있는 신성한
존재의 기원과 축복이 그 결과로 나타나는 것이다. 마법적인 도구가 개
입하게 되면 그 작용에 우리는 경이로운 민담의 주인공을 생각할 수가
있지만 물물교환의 형태로 이어지는 영혼이나 특정한 기운의 작용을 연
상할 수가 있기 때문이다. 초월적 존재가 없는 것은 마법담의 연속으로
해석할 수 있는 과정만 있을 따름이다.

교환의 형태가 이루어지는 것은 단순하지 않다. 경과가 모두 다르게
되어 있는데 우리의 자료에서는 이 양상이 심각하게 전개된다. 「새끼한
발」의 변이형에서 죽은 당나귀나 죽은 여성을 살리는 대목이 있기 때문
이다. 그것이 부활의례 또는 재생의례와도 일정하게 관련되기 때문이
다. 초분에 가서 비를 피하는 것은 예사로운 설정은 아니라고 생각된다.
그러나 이러한 요소가 없는 곳에서는 단순한 교환이며 부를 증대하는
이상한 힘을 전제로 하고 있다. 부자가 되는 것은 기쁜 일이다. 그 부가
어디에서 오는지 우리는 이 경제 행위의 의미를 생각하게 한다.

따라서 경제적 관점에서 본다면 부자가 되는 것도 긴요하지만 재화를
통해서 일정하게 아내를 얻는 것도 이채로운 구실을 하게 된다. 혼인담
의 형태로 간 것이 매우 이례적인 설정이라고 할 수가 있다. 혼인의 구
성은 아무래도 우리, 일본, 인도에서만 나타나는 현상이다. 혼인과 부자
가 되는 것은 어떠한 밀접한 관련을 가지고 있는 것이라고 생각한다. 이
를 통한 일반화를 서두를 필요가 없지만 이는 매우 주목할 만한 문제이
다. 여자와 혼인하면 남자가 부자가 되는가? 부자가 되니 여자와 혼인
하게 되었는가? 이러한 문제에 대한 근본적 대답을 하는 것은 아니지만

이를 통해서 논할 수가 있을 것이라고 생각한다.

이 이야기는 기본적으로 누적담이다.[17] 주인공이 초월적인 원리가 아니라 일반적으로 속셈을 하면서 계산한 것은 아니지만 물물교환이 결국 일정하게 누적된다고 하는 사실을 염두에 두어야만 이에 개입한 여러 정황을 해결할 수 있을 지도 모른다. 왜 누적시키면서 연쇄적인 것인가 하는 셈법이 이 이야기의 표면으로 노출되었지만 이는 원시적 원리에 입각한 것인지도 모르겠다.[18]

4. 넓게 알기

「遺老說傳」

옛날에 首里에 한 기괴한 사람이 있었다.[19] 이름은 次良이라고 한다. 그의 부모는 나이가 많고 가업이 형편없어 먹고 살기가 힘이 들었다. 하루에 먹을 양식이 충족되지 않았다. 그렇지만 次良은 어리석고 게으르고 또한 일을 하지 않았다. 18살에 이르러 부모의 교훈을 듣지 않고 부

---

17) Hans-Jörg Uther, *The Types of International Folktales. A Classification and Bibliography. Based on the System of Antti Aarne and Stith Thompson. Part II. Tales of the Stupid Ogre, Anecdotes and Jokes, and Formula Tales(FF Communications, 285)*, Academia Scientiarum Fennica, 2011, pp.511-534.

   Cumulative Tales 2000-2100

   Chains Based on Numbers, Objects, Animals, or Names 2000-2020

   Chains Involving Death 2021-2024

   Chains Involving Eating 2025-2028

   Chains Involving Other Events 2029-2075

   Catch Tales 2200-2299

18) Vladimir Yakovlevich Propp, *Russkaya Skazka*, ILU, 1984. 「러시아 민담」이라고 번역할 수 있는 책에서 누적담 또는 연쇄담의 정체를 해명하려고 힘을 쏟았다.

19) 김헌선번역, 《류큐설화집》, 보고사, 2009.

모의 노고를 돌보지 않고 밤낮으로 잠만 잤다. 늙은 어머니가 밥을 하고 次良은 자다가 일어나서 먹고 또 다시 잠을 잤다. 음식만 축내는 허송세월을 했다. 사람들이 이것을 비웃고 잠벌레 또는 잠충이라고 불렀다. 次良의 부모는 크게 노하여 그를 싫어해서 방기헤서 먼 곳으로 보내려고 했어도 그래도 애정으로 마음이 약해져 수개월을 미뤘다. 次良은 갑자기 꾀를 내서 부모의 슬하를 나와 멀리 가기를 청하였다. 노부모를 향해서 말하기를 "소자에게 아주 많이 필요한 것은 백로입니다." 간절히 노모에게 졸랐다. "소자를 위해서 한 마리를 사서 이것을 저에게 주면, 저의 원은 그것으로 족합니다." 노모는 그에게 백로가 필요한 연유를 물었다. 次良은 아무 말도 하지 않았다. 즉시 그에게 말하였다. "집이 매우 가난하고 무슨 돈이 있어서 그것을 살 수 있느냐." 노모는 이렇게 말했지만 次良의 몸이 아주 약하고 다른 사람들 같지 않아서 만약에 죽기라도 하면 후회스러울 것이 두려워 돈을 마련해서 사람을 山숍로 보냈다. 그래서 백로 한 마리를 사서 그것을 그에게 주었다. 次良은 매우 좋아하고 깊숙이 백로를 감추고 사람들 눈에 띄지 않았다. 어느 날 한밤중에 근처 부자집에 사람들이 다들 자고 있는 것을 보고서 품속에 백로를 품어 안고 신선모양의 분장을 하고 몰래 정원에 큰 나무에 올라가 큰 소리로 부자집 주인을 불러서 말하기를, "빨리 정원으로 나와서 天帝의 칙서를 들어라." 부자 부부는 꿈을 꾸다 경악하여 황망히 뜰로 나왔다. 次良 그가 나무 위에서 말하기를 "나는 인간이 아니다. 지금 옥황상세의 명을 받아서 너희 집에 강림해서 너희들에게 알리노라. 너희는 남자아이를 키우지 않고 단지 여자아이를 낳은 것은 命이 그뿐이다. 원망하지 말아라. 그리고 너희의 여자아이가 금년에 16살인데 빨리 혼처를 정해서 기쁨을 얻어라. 곧 그 애를 次良에게 시집보내고 그리고 너의 가통을 이어라. 그리고 그의 부모를 불러 너희 집에서 봉양하고 천수를 다하라. 지금 次良이 사람들에게 조소를 당하고 있지만, 그는 안으로 성실하고 영

리하고 명백하여 후일에 이르면 반드시 크게 번영할 것이다. 그러니 지
체하지 말아라. 만약에 이 칙서를 따르지 않고 미룬다면, 반드시 죄를
받을 것이고 그 죄는 가볍지 않을 것이다." 부자 부부는 재삼 절을 하고
꿇어 앉아 말하기를, "소인의 딸이 벌써 품부 받은 천성이 민첩하고 용
모가 아름다워, 많은 매파가 있어서 중매를 섰는데 아직 허락하지 않았
습니다. 지금 천제의 칙서를 받으니 감격은 이루 말할 수 없습니다. 그
래서 칙서를 따르겠으며 감히 틀림이 없습니다." 우러러 꿇어 엎드려 사
례를 했다. 次良이 말하기를 "내가 天宮에 돌아가서 이 명에 따른다고
하겠다." 그리고 즉시 백로를 놓아서 하늘로 날려보냈다. 부자 부부는
매우 존경하는 마음을 가지고 고두백배하고 집안으로 들어가서 잤다. 次
良은 크게 속여서 일이 성사된 것을 대단히 기뻐하며 나무에서 내려와
자신의 집으로 돌아갔다. 다음 날 아침 부자집의 부부가 친히 次良의 집
에 찾아와 그의 부모를 향하여 말하기를 "저희 딸 乙鶴이, 16세에 이르
러 아직 정혼을 하지 않았는데, 바라건대 次良을 청하여 우리의 사위로
삼고 가업을 이어주기를 원하며, 또 당신 부부도 우리집에 와서 평생 모
시고, 그리고 양가의 연을 맺기를 바랍니다." 次良의 부모는 대단히 놀
라서 이것은 기이한 일이라고 말하고 "저희 아이의 성격이 게으르고 늘
잠만 자고 있으며, 사업도 할 수 없고, 하물며 모든 사람들의 웃음거리
가 되고 있는 것은 당신도 알고 있는 것과 같습니다. 우리는 그것 때문
에 대단히 걱정을 하고 있는데, 어째서 그런 말을 하고 있습니까. 또 우
리 두 사람을 당신집에 불러서 부양하신다는 말을 하였는데, 이것은 대
단히 믿기 어려운 일입니다. 결코 사양하고 당신의 말을 따를 수 없습니
다." 부자 부부가 말하기를 "우리들이 늙은이 당신들을 속이는 것이 결
코 아니라, 바로 어제 밤 天帝의 사자가 내려와서 그 같은 일을 말했습
니다."라고 낮은 목소리로 고하였다. 次良의 부모는 그것을 듣고, 마침
내 그 말을 믿으며 마음속으로부터 기뻐했다. 즉시 혼인할 것을 허락했

다. 나중에 좋은 날을 택하여 혼인의 예를 갖추고 사위를 맞이하고 가통을 잇게 하고, 또한 그의 부모를 불러서 부자집에서 대접「供養」하였다. 그 후에 次良이 마음을 닦고 허물을 고치고, 많은 좋은 일을 행하여 그의 집을 일으켰다. 사람들이 기이하다고 하였다. 次良은 종전에는 우매하고 잠꾸러기이고 일도 할 줄 몰랐는데 지금은 영리하고 능하고 복을 받은 사람이다. 생각컨대 반드시 先世 祖宗의 덕을 입어서 仁을 심어 가업을 일으켜 세우고, 하늘의 도움으로 복을 받아서 가정을 번창시킨 사람이었을 따름이다.

往昔之時首里有一奇怪的人. 名曰次良. 他父母年高. 家業蕭條. 燃眉歃用. 不足日供餐食. 然而他次良. 愚昧懶怠. 並不做産業. 年至十八歲. 不聽父母之敎訓. 不顧父母之勞苦. 晝夜貪眠. 老母親炊伙食. 次良睡起就吃. 吃完就睡. 而受用飮食. 空空度日. 人皆欺之. 又笑之. 叫曰睡蟲 次良. 父母大怒. 而厭棄他. 要流放遠地. 奈愛情甚溺. 挨延數月. 次良忽起一奇之謀. 伺候老父 出門遠行. 向老母曰. 小兒所深要者白鷺也. 懇乞老母爲小兒. 買得一雙. 以爲給與. 我願已足矣. 老母問他要白鷺之緣由. 次良黙然無言. 卽謂他曰. 家甚貧乏. 那有價錢買得給你. 老母亦意謂. 次良身體柔弱. 不像成人. 若一旦夭死. 恐有追悔. 遍挪價錢. 撥人往山舍. 代買白鷺一雙. 以便給他. 次良深喜大悅. 深藏白鷺. 不與人而看. 一夜更深. 偸看鄰居富家. 人皆睡去. 懷抱白鷺. 裝扮祭仙容貌. 密攀庭前大榕樹. 高聲大叫富家主曰. 火速出庭. 以聽天帝勅諭. 富家夫婦. 夢中驚訝. 慌忙出庭. 次良自他樹上曰. 予非人間也. 今奉玉皇之命. 降臨汝宅. 諭知汝等. 汝不養兒子. 只生一女者. 命乎數也. 不足怒怨. 而汝一女. 年今十六歲. 可早婚定以得洪禧. 則將其女娘. 嫁他次良. 以繼汝家統. 且招移他父母. 養於汝家. 以終天年矣. 今次良雖爲人見欺. 他內衷誠實. 伶俐明白. 至於後日. 必有大昌榮. 勿以遲懼. 若有違此諭. 挓延日久. 決然獲罪非輕. 富家夫婦.

再三跪拜曰. 小女賦性敏捷. 容貌艶美. 多有氷媒. 而遴選女婿. 未曾許人.
今蒙天帝勅諭. 感激無地. 隨就凜遵天諭. 不敢有違. 俯伏稱謝. 次良曰.
吾回天宮. 可以後命. 卽放白鷺.

　向空而飛去. 富家夫婦. 愈加尊信. 叩首拜送. 遂入家內而睡去. 次良大
悅騙得完竣. 自樹上而 降. 回來自家. 翌朝富家夫婦. 親到次良之家. 向他
父母曰. 小女乙鶴. 年至十六歲. 未成定親. 願請次良爲餘女婿. 以嗣家業.
且延汝等夫婦於吾家供養一生. 以結兩家之緣. 次良父母大驚. 奇之異之
曰. 小兒性情怠惰. 晝夜睡眠. 不做一事業. 況復爲人被笑. 汝之所素知也.
我父母也愁憂他. 何故有出此語也哉. 又是我等二名. 招到貴府. 垂憐飼養
之言. 難以遵信. 固以推辭. 不敢從命. 富家夫婦曰. 豈敢騙欺汝老身乎.
將其昨夜天使降臨. 諭知吾等之事. 低聲密細. 告說一遍. 次良父母聽其
事. 纔信其言. 心中歡喜. 卽許定親. 後選吉辰. 乃備婚姻之禮. 以爲娶嫁.
遂嗣家統. 並招他夫婦. 供養富家. 自此之後. 次良修心改過. 克行善事.
以興他家. 人皆奇之曰. 次良從前. 愚昧甘睡. 不知産業. 而今伶俐能幹.
以承介福者. 想必先世祖宗樹德種仁. 創業垂統. 自天祐之. 報之以福. 以
致此家庭昌榮者哉云爾.

⑦ 외쪽이

1. 초다짐

신화적 주인공이 보여주는 공통적 문법 가운데 하나가 비정상적 출생이다. 비정상적으로 출생한 인물이 탁월한 능력을 가지고 있으며 예사롭지 않은 삶을 살아간다고 하는 것이 기본적인 이야기의 얼개로 작동한다. 「외쪽이」는 그러한 이야기에 눈도 하나, 팔도 하나, 다리도 하나 등으로 불완전한 신체를 가진 인물이 등장하는 방식으로, 일정한 변이를 겪은 민담으로 추정된다. 본격적 민담이며, 신이한 일을 성취하는 인물의 이야기임을 볼 수가 있다.

외쪽이는 반쪽이, 반쪽애기 등으로 알려져 있는 자료이다. 온전한 몸을 갖지 못한 인물이 태어나서 신이한 능력을 발휘하는 것이 이 이야기의 핵심적 면모라고 하겠는데, 이 이야기의 기원은 멀리 주몽신화와 유리태자 신화로부터 비롯된 민담임을 보여주고 있다. 대체로 이 이야기는 탄생과정, 형제와의 갈등, 부친의 원수 갚기, 부잣집 딸과의 혼인 등의 내용으로 구성된다.

비정상적인 아이가 정상적인 아이로 자라난다고 하는 것이 중요한 주제인데, 이 과정은 심리학적 가설로 풀릴 수 있는 긴요한 자료이다. 미성숙한 아이가 성숙한 아이로 자라나게 되며 자신의 아버지를 찾아서 인정을 받는 것이 이 이야기의 이면적 의미라고 하겠다. 그러한 이면적 의미를 갈무리하고 있으면서 이야기의 요체가 되는 점을 감추고 있다.

이 이야기는 본디 영웅담이었을 것인데 설정에 변이가 생기면서 이야기의 결이 달라진 것이라고 생각한다. 영웅이야기가 민담적으로 변모되면서 신화적 설정이 달라졌지만 뼈대가 남아서 용력, 주술, 지혜 등을 갖춘 인물이 진정한 승리자가 될 수 있음을 보여주는 것이 이 이야기의 의미라고 판단된다.

비정상적인 인물이 의미 있는 인물로 자라기 위해서 필요한 것은 대결과 혼인이 핵심이라고 할 수가 있다. 대결과 혼인은 서로 분리되는 것이 일반적인 양상이다. 그런데 이 이야기에서는 범과의 대결을 이긴 외쪽이가 범을 죽이고 나서 얻은 범 가죽을 가지고 와서 이를 탐낸 이웃집 부자의 딸을 혼인 상대로 구한다는 점에서 긴밀한 연계 관계를 지니고 있다.

앞에서는 전형적인 영웅담의 면모를 지니고 있으나, 뒤에서는 혼인담의 면모로 되어 있어서 한 인물의 일대기를 완성하고 있다. 그러므로 이 이야기의 뿌리는 전형적으로 신화에서 찾아야 하고, 민담적 변이를 거치면서 오늘날까지 이어져 온 것임을 분명하게 인지할 수가 있다.

외쪽이는 생식적 불완전성에서 기이한 것도 아니고, 신체적 불온전함에서 비롯된 것도 아니다. 신성한 탄생을 상징적 요소로 하여 완전함을 찾아나가는 이야기의 주인공이 바로 외쪽이라고 할 수가 있다. 외쪽이의 면모를 통해서 우리는 성장하는 주인공의 완전한 성취 과정을 살펴볼 수가 있을 것으로 기대된다.

사람이 태어나고, 자라고, 다투고, 혼인하는 과정의 이야기는 전형적 공식이다. 외쪽이의 삶이 우리에게 반추하게 하는 것은 역경을 이기고 힘써 나아가야 하는 것을 말하고 있다. 주어진 조건을 한껏 다른 것으로 전환시키면서 이를 통해서 새로운 비약을 가능하게 하는 것은 외쪽이의 일생을 통해서 거듭 확인해야 할 우리들의 자화상이다.

2. 자료

• 「**외짝이**」[1]

전날 한 사람은, 장가들어 각구서, 인제 참, 살림을 하구 있넌디.

아, 살림을 하구 있넌디, 중이 오놔서 뚜드러싸커던? 그러닝개 인저 시집왔이닝개 인저 아들이던지 딸이던지 좀 날라구 좀 성성 좀 디리구 워쩌구 허던 챔인디, 복주께(바리께)에다가서는 쌀 한 복주께 해서 거무 줄 힐쩍 덮어서는 갖다 줬단 말여. 그러닝개 대사 말이,

"어어, 많이 불공두 많이 허신 모냥인디 이눔 잡수먼언 아딜 샘 형제 날 게요."

바랑이서 오이 시 개를 줘, 동지 슫달이.

"암두 주주말구 혼자 잡수이오?"

아 인저 두 개를 건진 먹었는디 인저, 그 자기 신랭이 나무해 각구 오놔 사랍문 열으라구 한단 말여? 그래 사랍문 열어주구 그러구서는 밥 채려다 주구서는 욱방이 앉어서 인저 그것을 머너라닝개, 넹겨다 보머,

"아, 뭘 먹거? 이 방이 오놔(와서) 나하구 하냥 같이 먹지 왜 거가 혼자 먹어?"

그러닝개…… 두 개는 먹구 말여, 하나 남었는디 쪽 쪼개서는 자기 신랑 한 쪼각 주구 자기가 한 쪼각 먹었담 말여.

그런디 그달부텀 태기가 있어서는 아딜 성제를 났네? 시채 났능 것이 외짝이를 났어. 오이 반 쪼각을 먹어서. [청중 : 아아……]

그러는 제제에 인저 즈이 아버지는 인저, 어, 포수질얼 댕이덩가 총노 러[2]가서는 호랭이한티 물려 죽었담 말여.

---

1) 박계홍, 《한국구비문학대계》4-4, 한국정신문화연구원, 1983, 99-106면.
2) 총 가지고 사냥하러

그래 인제 큰 아들이랑 두채 아들이랑,

"우리덜두 총질 배애(워) 각구서 그 호랭이 그여 웬수갚으야겄다."

그래 간다구 해싸닝개 즈이 어매가,

"에, 느이덜이 공부 월마나 했나 무르겄다만서두 느이 아버지는 공부할 적이 내가 물 이구 들어오라구 그래서 물동이다 총을 냅대 노먼 구녕이 뻥 뚫어지구 물이 흐르다가, 재차 노먼언 물이 맥히구 그러더라."

"그럼 어머니가 물 가 이구 와보시오."

아 물 이구 오는디 보닝깨 즈야(아)버지마냥 영낙읎이 되거던?

"가야겄다."

구. 하닝개,

"아녀. 느이 아버지는 나 빠안뜻허게 두뤄눅구 배꼽 위에다가서 엽전 한푼 놓구서는 저기서 총으루 노먼 엽전만 '땡그런' 허게 네러 앉더라아."

"어머니 그럼 그냥 해봐요." [청중 : 응.]

이…… 영낙읎이 노…… 엽전만 땡그런허니 네러 앙거던?

"갈라먼 가 봐라."

구. 아 가만 두니 이놈으 「외쩍이」는 즈이 어매 데리구 있이라닝개 대애꾸우 저두 간다능 기여. [청중 : 응.] 저두, 인제 몰래 인제, 모리찌임 갈 테먼 널 앞서서 이눔 쇡이느라구, 저기 가느라닝개 벌써 쫓아왔지이? 크은 집… 정자나무가 크은 눔 하나 있어.

"너 저 가 칡 가 끊어각구 오너라."

"예."

칡 끊어각구 오닝개,

"너 그 정자나무 가 지(기)대 서라."

지대 스는 눔 성제 달려들어서 찬찬 감었단 말여.

"이눔, 인제 누가 만나먼 풀러 줄 게구, 인제 못 따러올 테지."

아 저어끔(저만큼) 가다보닝개 이넘이 '끙'허더니 짊어지구서는 집으루

달음박질한단 말여. [청중 : 웃음]

"어머니이? 어머니."

"왜 그러니?"

"성덜이 이것 갖다가서 마당 갓이다 노면 정자나무 그늘집이라구 갖다 노라구 해요?"

"그럼 거기다 놔라."

아 깔짝 깔짝 벌써 또 거기 쫓아왔거던? 그거 안되겠어.

"너 저 가 칡 또 끊어각구 오너라."

"예."

납자악헌 바우 돌팍 큰 님이 있는디,

"너 저 가 두러놔라."

거기가 두러누닝깨 그눔으루다 찬찬 감어서 묶어 놨단 말여? 아 저기만치 가다가 보닝개 아 이눔이 그 바위 그눔얼 지구서 집이루 가베렸어? [청중 : 아하.]

"어머니? 어머니."

"왜 그러네?"

"성덜이 이것 갖다가 정자나무 밑이다 노먼언 갈구 앉게 여름이 깔구 앉게 갖다 노라."구.

"그럼 거기 어따 놔라."

정자나무 밑이다 빠안뜻허게 놓구서 깔짝 깔짝 뛰 갔지.

"할 수 읎다. 너두 아마, 에, 느이 아버지 아버지 웬수갚으러 갈라구 그러는 모냉잉게, 가자."

그래 참 말하자면언. [청중 : 재게는 그 할아버지지?]

말하자면 그 저 호랭이 사는 고랑 그 끄트머리 거기가 팥죽장사 늙은이 가 있어. 거기 가서, 인저 성어머니 상꾸서는 인저, 그 얘기를 다아 하구 인저 메칠 묵고 그라는디. 아 이눔덜이 시어머니를 대접을 꽹장히 잘 허거든? 그러닝깨 이거… 참 이 셩어매라는 이두.

"내가 시키는 대루 해라?"

"예."

"요기 올라가면언 정자나무 저어, 웽그렁 뎅그렁한 지와집 앞이 정자나무 밑이서 새악시가 바느질허구 앉았어. 그러닝깨 그눔얼, 느이덜 둘일랑은 '내가 데리구 산다 내가 데리구 산다' 그러구선느 그 「외짝일」랑 뒤통수에 대구 총 놔라. 그러면 그게 암호랭이다. 그 뒤 가면 또 하나 있어. 그러닝깨 그눔 둘만 잡으면 느 아버지 웬수는 다 갚어. 여기 들어가는 포수는 그 호랭이가, 암눔 둘이 빈변태돼 각구 여자돼 각구서는 그냥해서 다 잡어 먹는다."

아니나가나(아니나 다를까) 보닝개 차암 이뿐 샥시가 앉았어. 그래 참 셩어매 말을 꼭 곧이듣구서는 '내가 데리구 산다구 내가 데리구 산다.'구 하다 「외쪽이」다(가) 대가리다 총을 냅대 노닝개는 쓰러져 죽는디 보닝개 암눔여. 참 그래 인저 「외짝이」보구서,

"껍데기 벡겨 널어라."

껍데기 벡겨 훌쩍 널구, 또 그 우에 올라가서 또 그냥……

그냥 허구서는, 창고문을 열으닝개 창고문을 열으닝개 참 **뻑다구**만 수북하단 말여.

"에에, 우리 아버지 **뻑다굴**랑 이 아래루 오소로로 쏟아지쇼." [청중 : 응.]

그래 인저 오소로로 쏟아진 눔 싸서 인저 「외짝이」가 지구.

또 한 간데 가보닝개 총이 수부욱허단 말여.

"우리 아버지 총일랑 '뗑'허구 자빠지라."

구. '뗑'허니 자빠지닝개 「외짝이」보구 지구. 그러구 네러가서는 네러가서 인제 호랭이 껍데기 돈을 해서 인저, 에, 거시기에다 져각구선느, 인저 셩어먼네 집이럴 갔어.

"차암 느덜이 재주 용항 게 아니라 낸다(내가) 일러줘서 그려. 차암 잘했다. 잘했어. 그러나 느이 어머니가 시방 호상이 가게 생겼다. [청중 : 아아…….] 그러니 슥달 열흘 가야 느이 집이를 가는디, 어트갈래애?"

"걱정 말어요오 걱정마."

아 이늠이 「외짝이」가 그래싸커던? [청중 : 예에.] 그래서 댕이다 인저 저녁 먹구 나서는 인저 호랭이 껍데기 둘 짊어지구 즈이 아버지 총 뭐 몰짱 짊어지구서는 깔짝 깔짝 떠 가능거여.

가보닝깨, 날이 건지임 샜는디, 밤이 그냥 갔어. 건지임 샜는디 즈이 어머니가 나자빠졌거던? 그래 인제 뷝이 들어가서는 인저 무읍을 끓여다 가서는 한 그릇 멕이닝개, 목안이 소리루다가서,

"인제 살었다. [힘없이] 저어기 저 보라 저 뒵문이 저기 저 호랭이가 저러구 앉었으니 내가 죽게 생겼다."

보닝깨는 쭈그리구 앉었어? 호랭이가. 또 한 그릇 끓여다 놓구서는 냅대 총으루 쏴 질르닝깨 깜짝 떠 올라가서는 지붕이루 떠 올라갔어. 인제 그늠 멕여각구서 인제 정신차리라구서[3] 보닝개, 또 네러 네러 앉억거던? [청중 : 아아……]

그냥 밤이 한 서너 번 했더니만은 그늠두 나자빠져 뒈졌어. 그늠두 껍데기 홀쩍 벡켜서 인저 저기서 각구 온 눔 둘허구 해서 지붕허구 울타리허구 냅대 이렇게 펴서 널었넌디, 파알—간하니 참 좋거던?

그 아랫집 부잣집 사램이 그거 호랭이 껍데기 그거 욕심나서 밀어.

"외짝아 외짝아."

"예?"

"느 아부지 웬수 갚었네?"

"예. 갚었어요. 호랭이 껍데기 보잖어요?"

---

3) 정신을 차리게 하고서

"너 나허구 내기 좀 한 번 하자."

"무슨 내기요?"

"오늘 저녁이 오놔서 우리 딸을 훔쳐가면 너를 사우를 삼을 게구우, 못 훔쳐가면 호랭이 껍데기 시 개를 나를 주기루 그냥 내기를 하자." [일동 : 웃음]

"그럭 허시오."

인저 이 사람은 인저 그냥 내기를 했이닝개 동네 사람 몰짱 군 풀어서 인제 사립문께 울타리께 워디…… 사무…… 잔뜩 진치구서 모두 석거던? [청중 : 예.] 불 켜 달구 모두. 이눔언 심두 안 딜이구 집이서 인저 이를 대롱이다 한 대롱 잡었어 밤새. [청중 : 음. 이가 그리두 많덩가가베.] [일동 : 웃음] 그렇게 해쌌더니 또 인제 개똥 줏으러 추석 추썩 네러가닝개,

"너 이눔 왜 엊저녁에 안 왔니?"

"엊저녁이 우리 아부지 칭구가 오놔서 우리 아버지 워트게 웬수갚은 얘기를 하는디 원제 올 겨를이 있이요?"

"오늘 저녁이는 꼭 올래?"

"아 꼭 오지요."

"그래 꼭 오너라."

그날은 또 베룩을 한 대롱 잡었단 말여 밤새. [청중1 : 에해.] [청중2 : 베룩도 많덩가베?] 그래 암만 잠 읎다구 해두 이틀 저녁 뻐뜩 새났이닝깨 그 얼마나 졸릴 게여? [청중 : 흥.]

"너 엊저녁 왜 또 안 왔니?"

"어제 저녁이는 우리 할아부지 지사요."

"그래 오늘 저녁이는 꼭 올래?"

"예. 꼭 오지요."

인제 그날 저녁이는, 인제 갈 텐디, 에, 빈대를 한 대롱 잡었어 또. 그 이튿날 식전이 개똥 줏으러 가. 아 이누미이, 사무, 늙은이가 죽을라

구…… 싸하구우,4)

"이눔 새끼 왜 사람을 그지, 그집말을 허느냐."

구. 인제 뭐라구 그집말을 허구서는 인저,

"오늘 저녁이는 꼭 가지요."

"그래라."

인제 가보닝깨 인제 그거 잡응 거 몰짱 호랑(호주머니)이다 놓구서 가보닝개, 그 저 울타리 있는디, 지대 슨 눔 상투 풀러서 울타리다 츰매두 몰르구유, 그래 인저 뵈문께 슨 눔 몰짱 뵈문이다 풀러서 츰매두 몰루구, 인저 떡시루 쪄논 눔 떡 쏟구서는 시루 대갈빼기다 써 놔두 몰루구, 솥 가서 [청중 : 웃음] 대갈빼기다 써 놔두 몰르구, 정신읎단 말여. 그렁닝깨 인저, 장모, 장모 될 부인네게다는 성낙곽을 손이다 쥐 주구 [테이프 교환] 그러구서는 인제, 인제 저, 장인 섬이다는 인저 황 갖다가서 칠해 놓구, 그냥 허구서는, 방이 들어가 새악시 자는 디다가서 베룩얼한 대롱 톡토옥 털으닝깨, 꿈지러억 꿈지럭 허더니 '아이 따거, 아이 따거.' 허더니마는 읍방이루 넘어간단 말여? 그러구 읍방이다 또 인저 빈대를 한 대롱 톡토옥 털으닝깨 인저 마리가 두뤄넜단 말여. 거기다가 또 인저 이를 한 대롱 톡토옥 털으닝깨 인제 마당이가 두뤄넛단 말여.

그눔 들쳐 억구서는,

"새악시 훔쳐가네에!"

허구서는 들구 집이루 달음박질했단 말여. [청중 : 웃음]

그러닝깨 인저, 몰짱 잠 깨가지구서,

"어려?!"

상투 잡어…….

"아 이눔아 놔라, 놔."

---

4) 해쌌고. 즉 기다리는 데 지루해함을 뜻하는 말.

해싸쿠. 시루, 시루 씌워 논 눔언,

"하늘은 무너졌어두 빌(별)은 났다."

구 해싸쿠. [청중 : 웃음]

아 인저, 장인되는 사람은 인저,

"불 키라."

구 해싸닝개는 장모라(가) 가서 성낙곽…… 쥐어…… 불 켜서는 인저 섬가이 붙었는 눔 고드랫독 내둘러서 함 번 '팍'……. [청중 : 웃음]

인제 애는 새악시 훔쳐가지구 가서 인저, 둘이다 인저 홀짝 벅구서 목간허구서는 인저 옷 한 벌 싹 입혀 놓구서는 잤단 말여.

그러구 헐 수 읎이 인저 장가들어각구서 인저 호랭이 껍데기두 못찾구 그러구서는 인저 사는디. 슥달 열흘만이 즈이 성덜언 철덕 철덕 왔더랴.

그래서 그 사람덜 억그제까장 살다가서 죽어서 생여 나갔어. [청중 : 그 어제 그 푸짐하던 그 생여구먼?] [일동 : 크게 웃음]

그런디 밑빠진 병이다. 청주 한 병 놓구? [청중 : 응.] 밑빠진 도실박이다. 인절미 한 도실박 놓구우 [청중 : 응.] 그래각구서는 인저 다리 한짝 읎는 땅개비게다 실쿠서 가는디. 저 아랫집 가이가 들구⁵⁾ 짖어싸닝개 말여어? [청중 : 웃음] 아 인저 인절미루다 팽개를 치닝개 똥구녁이가 쪘어. 인절미가. [청중 : 크게 웃음] 그러닝깨, 아 집 쥔은 그걸 빼먹을라구 흐흐…… 배지를 참 가이 꼬랑댕이를 작구 뺑뺑뺑뺑뺑 돌아댕겼싸데에? [일동 : 크게 웃음]

---

5) 그저, 마구.

3. 깊게 보기 : 「외쪽이」 설화의 신화적 전통과 유형적 특징

1) 특정 인물이 문제되는 이야기들

우리는 우리에게 전하는 이야기 총량 가운데 특이한 인물의 이야기를 기억할 수 있다. 가령 남성으로는 어른과 아이, 여성으로도 역시 어른과 아이 등의 문제가 되는 것을 알 수 있다. 예를 들면 비리공덕할아비, 마고할미, 주먹이, 도토리신랑, 샛별머슴, 버들도령, 무장승, 밤손이, 범아이, 구렁덩덩신선비, 손없는색시, 밥안먹는마누라, 새털옷신랑, 아기장수, 외쪽이 등이 그러한 사례이다. 할머니의 경우는 너무 많아서 일일이 예거하지 못할 정도이다.

특정 주인공이 생래적으로 또는 후천적으로 특이한 성격을 가지는데 결정적인 구실을 하게 되었다. 그러한 특정 주인공에 대한 일반적인 내용이 있으므로 이에 대해서 주목하고 접근할 필요를 느낀다. 주인공이 특정되었으므로 이야기의 성격을 이 주인공들을 중심으로 살펴보는 것도 필요하겠기 때문이다. 서사적인 갈래인 이야기도 주인공의 특성을 중점에다 두고 보면 매우 긴요한 기준을 찾을 수 있을 것으로 보인다.

인물은 신화시대부터 비롯되면서 다층적인 면모를 가질 수 있었으며, 그 잔상이 현재에도 전승되고 있는 것은 그 결과를 일정정도 반영하고 있는 것으로 된다. 그러면서도 이야기의 전폭을 두고 있는 인물의 이야기가 전승되는 것을 볼 수가 있는데, 그에 관한 적절한 사례가 외쪽이가 아닌가 한다.

임석재는 자료를 모으면서 이야기의 제목 명명을 한 대표적 인물인데, 외쪽이와 반쪽이를 구분하려 했던 것을 일부 확인할 수 있다. 그렇다고 이 구분이 일관성을 가진 것도 아니다. 때로는 반쪽이라고 하고, 때로는 불운한 장사라고도 해서 이른 바 「아기장수전설」과 서로 관련을 지으려고 했던 사실도 확인된다.

외쪽이는 다양한 이름을 가지고 있으니 반쪽이, 외짝이 등이 그러한 사례이다. 이 인물은 기형적인 모습을 하고 있다. 가령 이야기에서 구체적으로 제시되기도 하고, 이와 달리 막연하게 이야기되기도 하는데 온전한 아이가 아닌 점은 분명하다. 팔도 하나, 다리도 하나, 눈도 하나 등이 되는 것이기도 하다. 외쪽이는 아무튼 이야기의 구성에서 그러한 면모를 가지고 있다고 생각한다.

주인공이 그렇게 된 데는 이유가 있다. 엄마가 특정한 음식을 온전히 다 먹지 않고 절반만 먹었다는 것이 원인이 되어 결국 불완전한 신체의 외쪽이가 탄생한다. 흔히 세 가지가 기본이 되고 마지막에 남은 것이 반쪽이었다고 한다. 아들을 낳으려는 정성 끝에 주인공이 온전하지 못한 것을 먹었다고 하는 것이 기본적인 성격을 결정한다. 온 개를 먹고 낳은 아이와 반 개를 먹고 낳은 아이가 서로 대조를 이룬다. 그 결과 마지막에 낳은 아이는 온전하지 않은 모습이다.

주인공인 외쪽이는 무슨 일을 할 수 있을까? 형과 어떠한 사이일까? 이 이야기는 그러한 사실에 대해서 아무 말을 하지 않는다. 두 형은 온쪽이이고, 막내는 외쪽이라고 하는 사실만 말하고 있다. 이것은 신화적이면서 민담적인 성격을 가진 설정에서 비롯되었다고 이해된다.

주인공 3형제로 관용적으로 반복되는 전통이 이 이야기에서도 확인된다. 그러나 이들은 신화적 성격도 일부 가지고 있다. 그러한 점에서 이 주인공은 다층적인 환기를 하게 하는 부분이 있다. 외쪽이는 능력이 주어진 부분이 있지만 온전하지 못한 외모에도 불구하고 탁월한 능력을 가지고 있다.

2) 외쪽이의 능력 발휘와 대결 과정 :
여러 이야기의 중충적 환기

(1) 외쪽이의 아버지 상실

외쪽이는 외모와 다르게 능력을 가지고 있다. 그 능력은 탁월한 힘이 된다. 이 힘을 발휘하는 계기가 곧 아버지의 죽음 때문이다. 아버지가 호랑이에게 죽었다. 전형적인 부친 상실의 핵심이 이 과정에서 드러난다. 금강산 포수의 공식대로 부친의 부재는 호랑이로부터 기인한다. 부친 원수인 호랑이를 죽이기 위해서 집을 나서지 않을 수 없다. 그 과제는 삼형제 모두에게 주어지나 외쪽이는 무시된다.

신화적으로 아버지는 흔히 씨앗만을 제공하고 사라지는 존재이므로 부재가 당연하다. 외쪽이는 신화적인 근거를 일정 부분 기대고 있으므로 그 전통을 무시할 수 없었다. 게다가 출생 과정에서 아버지는 부정적인 작용을 하지만 결과적으로는 외쪽이의 신이한 능력을 제공하는 주체이기도 하다. 아버지가 특정한 음식을 먹어버렸기 때문이다.[6] 아버지와의 정신적인 탯줄이 공유되고 있다. 아버지와 아들의 유대가 강한 것은 음식 하나를 각기 나누어 먹었기 때문이다.

우리는 이 과정을 이해하는데 유리 왕자의 전형적 사례를 환기하지 않을 수 없다. 유리가 주몽에게서 받은 반쪽의 칼은 그러한 상징적인 공유과정이다. 이 신물은 서로의 신분 확인을 위해서도 필요하지만 일정한 권능을 나눠가졌다는 설정으로부터 비롯된다. 외쪽이의 아버지가 먹을 것을 먹어서 아들이 외쪽이가 되었다고 하는 것은 이러한 신화적 구

---

6) 그러닝개…… 두 개는 먹구 말여, 하나 남었는디 쪽 쪼개서는 자기 신랑 한 쪼각 주구 자기가 한 쪼각 먹었담 말여.
　그런디 그달부텀 태기가 있어서는 아덜 성제를 났네? 시채 낳능 것이 외짝이를 낳어. 오이 반 쪼각을 먹어서.

조를 이으면서 생긴 변이이다.

외쪽이와 아버지의 유대는 매우 긴밀한 것이다. 그러나 이 유대는 쉽사리 사라진다. 흔적만이 있을 따름이고, 아버지는 호랑이 사냥을 나갔다가 죽었다고 함으로써 이야기는 아버지 상실에 깊은 의미를 두는 쪽으로 변형된다. 이 이야기의 변형은 단박에 이루어지지 않았으며 여러 가지 이야기가 중첩되면서 만들어졌을 개연성이 있다.

(2) 외쪽이의 능력 발휘

외쪽이의 능력 발휘 과정이 이루어진다. 그것은 죽은 아버지의 원수를 갚기 위한 과정에서 선명하게 드러난다. 그런데 이 과정은 외쪽이보다는 다른 두 형의 연습 과정에 더욱 충실한 면모를 나타낸다. 아이들을 연습시키는 쪽이 결국 어머니이고 아이들의 능력 향상에 관여한다. 그것은 마치 유리 혼자서 능력을 발휘하는 것과 서로 부합된다.

능력은 흔히 군사적 능력인데, 총을 쏘아서 물동이를 맞추거나 배꼽 위에 있는 엽전을 맞추는 것이다.[7] 이 능력 발휘에 두 형은 서로 통과하게 된다. 이 과정에서 외쪽이는 별다른 능력 발휘를 하지 못한다. 두 형은 탁월한 총 솜씨를 가진 것으로 판명되어서 결국 아버지의 원수를 갚으려고 길을 나서게 된다.

이 역시 모두 신화적 증거와 견주어서 볼 수가 있다. 그러한 구체적인

---

7) 그래서 물동이다 총을 냅대 노면 구녕이 뺑 뚫어지구 물이 흘르다가, 재차 노면언 물이 맥히구 그러더라."
　"그럼 어머니가 물 가 이구 와보시오."
　아 물 이구 오는디 보닝깨 즈야(아)버지마냥 영낙읎이 되거던?
　"가야겠다."
　구. 하닝개,
　"아녀. 느이 아버지는 나 빠안뜻허게 두뤄뵉구 배꼽 위에다가서 엽전 한푼 놓구서는 저기서 총으루 노면 엽전만 '땡그런' 허게 네러 앉더라아."

대목은 다음과 같은 주몽의 행적에서 비롯된다. 적대자를 물리치는 것
보다 오히려 신화에서는 자신의 군사적 능력을 발휘하는 것이 매우 긴
요한 것으로 된다.

> 어머니에게,
> "파리들이 눈을 빨아서 잘 수가 없으니 어머니는 나를 위하여 활과 화
> 살을 만들어 주오."
> 하였다. 그 어머니가 댓가지로 활과 화살을 만들어 주니 스스로 물레 위
> 의 파리를 쏘는데 화살을 쏘는 족족 맞혔다. 부여(扶餘)에서 활 잘 쏘는
> 것을 주몽(朱蒙)이라고들 한다.[8]

주몽이 스스로 능력을 발휘하는 것이 바로 형들의 능력과 일정한 관
련을 가지는데 그 과정에서 서로의 일체감을 가지고 있다. 형들은 신화
적 외피를 쓰고 있으며 이것이 삽화적으로 일치한다. 그런데 능력을 가
지고 있는 쪽은 형인데 이야기에서 실질적인 것은 외쪽이에게 집중되고
있으니 이것이 민담적인 해체 과정이라고 할 수가 있다. 형제로 능력이
나누어지면서 발생한 결과이다.

오히려 외쪽이는 원수를 갚으려고 떠나는 인물들과 함께 나서다가 이
과정에서 능력을 발휘하는 것이 매우 중요한 변이 요소로 등장하게 된
다. 두 형이 외쪽이를 정자나무와 바위에 묶어 두었으나 정자나무와 바
위를 어머니에게 가져다 드리는 능력을 발휘하게 된다. 외쪽이는 전혀
다른 각도에서 능력을 발휘하게 된다. 그런데 이것은 신화적인 설정에
서 비롯된다.

---

8) 謂母曰 群蠅噆目 不能睡 母爲我作弓矢 其母以蓽作弓矢與之 自射紡車上蠅 發矢卽中
扶余謂善射曰朱蒙 (李奎報, 「東明王篇」, 《東國李相國集》, 民族文化推進會, 1978)

(동명왕이) 나이가 많아지자 才能이 다 갖추어졌다. 金蛙王은 아들 일
곱이 있는데 항상 주몽과 함께 놀며 사냥하였다. 왕의 아들과 따르는 사
람 40여 인이 겨우 사슴 한 마리를 잡았는데 주몽은 사슴을 퍽 많이 쏘아
잡았다. 왕자가 시기하여 주몽을 붙잡아 나무에 묶어 매고 사슴을 빼앗았
는데, 주몽이 나무를 뽑아 버리고 갔다.9)

주몽의 절륜한 힘이 작용하면서 나무에 묶어둔 것을 빼내는 능력을
발휘하는 것과 일치한다. 금와왕의 일곱 아들과 주몽의 대결이 각기 다
르게 되어 있지 않은데, 여기에서는 그것이 형제의 대결로 바뀌어 있다.
형제의 대결이 정상적으로 이루어지지 않지만 삽화의 측면에서 이 점이
외쪽이에게 동일하게 구현된다.

가) 아 저어끔(저만큼) 가다보닝개 이넘이 '꿍'허더니 짊어지구서는 집
으루 달음박질한단 말여. [청중 : 웃음] "어머니이? 어머니." "왜 그러니?"
"성덜이 이것 갖다가서 마당 갓이다 노먼 정자나무 그늘집이라구 갖다 노
라구 해요?"

나) 거기가 두러누닝깨 그눔으루다 찬찬 감어서 묶어 놨단 말여? 아 저
기만치 가다가 보닝개 아 이넘이 그 바위 그눔얼 지구서 집이루 가벼렸
어? [청중 : 아하.] "어머니? 어머니." "왜 그러네?" "성덜이 이것 갖다가
정자나무 밑이다 노먼언 갈구 앉게 여름이 깔구앉게 갖다 노라."구.

가)와 나)는 큰 나무와 바위를 가져다가 어머니에게 드리는 모습을 드
러내고 있다. 이것은 어머니에 대한 일종의 효행적 의미를 가지고 있다.

---

9) 年至長大 才能竝備 金蛙有子七人 常共朱蒙遊獵 王子及從者四十餘人 唯獲一鹿 朱蒙射
鹿至多 王子妬之 乃執朱蒙縛樹 奪鹿而去 朱蒙拔樹而去 (李奎報, 「東明王篇」, 《東國李相
國集》, 民族文化推進會, 1978)

민담적 특징을 가지고 있으면서 어머니를 위하는 주인공의 특성을 드러
내는데 이 이야기가 사용되고 있다. 나무와 바위가 어떠한 의미를 가지
고 있는지 명확하지 않다. 그러나 암석과 나무가 기이한 작용을 하는 신
화적 전례로 본다면 이는 일정하게 생동하는 상징의 연쇄를 구성하기도
한다.

  힘이 모자라고 외모가 부족한 인물이 결국 능력을 발휘하고 어머니에
게 함께 떠나기를 권고 받는 것이 능력 발휘의 결과이다. 외쪽이의 설화
에서 이러한 현상이 반복적으로 등장하며 불가분의 관계로 되는 것을
확인할 수 있다.

(3) 외쪽이 돕는 팥죽어멈

  주인공의 능력이 걸출하지만 일단 집을 나서서 외딴 곳인 호랑이 사
는 골에 이르러서 호랑이를 찾을 길이 막연하다. 이 대목에 이르면 주인
공은 거의 무방비 상태이고, 아무런 힘이 없는 인물임을 알 수가 있다.
민담의 주인공이 겪는 고난을 쉽사리 상정할 수 있다. 주인공은 고립되
어 있으므로 이를 타개하는 기본적인 인물 설정을 필요로 한다. 이 인물
이 바로 원조자이다.

  원조자는 흔히 할머니와 할아버지로 되는 것이 예사인데, 여기에서는
팥죽을 쑤어 파는 인물이다. 팥죽장사 할머니는 중층적인 성격을 지닌
원조자이다. 본풀이에서도 등장하고, 「팥죽할머니와 호랑이」와 같은 사
례에서 이 인물이 출현한다.[10] 특히 이 인물의 기원을 해명하기 위해서

10) 이 유형의 이야기는 여러 각편이 있다. 이 이야기의 주된 각편을 소개하기로 한다.
  조희웅,「지게가 져다 버린 범」,《한국구비문학대계》1-9, 한국정신화연구원, 1982.
  (안성군)
  류종목외,「호랑이와 할머니」,《한국구비문학대계》8-4, 한국정신문화연구원, 1980.
  임석재,《임석재채록 한국구전설화》2권-「호랑이를 잡아먹으려던 호랑이」/ 5권-「할
머니를 구해준 지게 쇠똥바늘 맷돌 달걀」/ 6권-「할머니와 호랑이」/ 7권-「노인과 호랑

는 이 이야기에 집중해야만 한다.

이 이야기에는 세 가지 부류의 인물이 등장한다. 첫째는 팥죽 할머니이다. 이 인물은 절대적인 힘을 상징하는 호랑이 앞에서 아무 것도 할 수 없는 무력한 존재로 그려져 있다. 그런데 할머니의 상징성은 때로는 다채로운 변이를 겪고 있어서 단순한 존재는 아니라고 판단된다. 인간의 상징인지 아니면 깊은 내력이 있는지 명확하게 판단되지 않으나 아무튼 복합적인 인물이다.

할머니는 밭에다 팥을 심고 이것을 가꾸다가 호랑이를 만난다. 호랑이에게 팥을 심어놨으니 가을까지 자신을 잡아먹는 것을 유보해달라고 부탁한다. 호랑이는 이 말에 수긍하고, 가을에 다다르자 익은 팥으로 팥죽을 쑤다가 팥죽을 먹고 나면 자신이 호랑이에게 죽을 것을 염려하게 된다.

둘째는 호랑이이다. 호랑이는 절대적인 강자이고, 힘이 없는 할머니와는 매우 대조적인 성격을 가진 존재이다. 그러면서도 절대의 강자가 아니라 할머니의 시키는 일에 따라서 엉뚱한 짓을 하는 인물이기도 하다. 가령 할머니의 말을 듣고 부엌으로 가거나 아궁이를 뒤진다거나 하는 등이 나타나며, 할머니가 시키는 대로 따라 하는 어린아이의 순진함이나 어수룩한 면을 엿볼 수 있다.

할머니와 호랑이는 서로 적대적인 관계에 있다. 전형적으로 이 인물의 대립은 여러 가지 이야기에서 등장하게 된다. 가령 「해와 달이 된 오누이」라는 이야기 속에서 발견되는 것이 바로 이 이야기의 대립상황이다. 다만 차이가 있다면 호랑이와 어머니가 떡을 매개로 하고 있는 점에

이」「여인을 도운 계란 자라 물개똥 송곳 절구통 멍석 지게」「할머니를 도운 계란 자라 물개똥 송곳 절구통 멍석 지게」/ 9권-「할머니를 도와준 파리 바늘 달걀 게 절구 덕석 지게」/ 10권-「할머니를 도운 파리 달걀 게 덕석 지게」/ 12권-「날파리 밤 송곳 지게 멍석이 도와준 할머니」, 평민사, 1990.

서 차이가 있을 따름이다. 여기에서는 그러한 음식의 대립이 없지만 나중에 할머니가 팥을 길러 팥죽을 쑤는 점에서 일치하는 면모이다.

셋째는 호랑이를 물리치는 조력자군이다. 이들은 하나가 아니라 여럿이다. 그 때에 할머니에게 팥죽을 달라고 하고 팥죽을 매개로 한 여러 사물이 등장한다. 부석짝 안의 잿 속에 숨은 달걀, 물항아리 속에 숨은 자래, 부석짝 바닥에 엎드린 물개똥, 부석짝 바닥에 꼿꼿이 선 송곳, 부석 문지방 위에 선 도구통, 마당에 넓게 퍼진 덕석, 마당 한 구석에 선 지게 등이 바로 할머니를 도와주는 사물들이다.

할머니가 호랑이에게 잡아먹히지 않도록 할머니를 도와주는 존재로 모두 영민하나 일상생활에서 이른 바 하찮은 존재들이다. 가령 달걀, 자라, 절구, 지게 등 모두 부엌이나 생활의 일부로 구성되고 있지만 모두 할머니를 돕는 지혜로운 존재들이다. 각자 호랑이를 어떻게 물리칠지를 생각해 놓고 적당한 곳에 일종의 연쇄적인 작용을 통해서 마침내 호랑이를 물리친다.

팥죽할멈과 호랑이의 이야기는 유머스러운 소담으로 변형되었지만 본디 이 이야기는 신성한 신들의 다툼을 특징으로 하고 있었을 가능성이 있다. 할머니는 대모신의 흔적을 가지고 있다. 외지에서 들어선 사나운 신과 대결하려는데, 이 할머니를 돕는 것들은 상상력의 총화이지만 집안의 여러 연장들이 유의미한 생명을 가진 것들이다.

농경신과 수렵신이 서로 대립하여 내기를 했는데 이 내기에 농경신인 할머니가 져서 결국 죽을 운명에 처하자 문화적 조력자들이 모두 들고 일어나서 침입자인 호랑이를 물리치는 것이 이야기의 핵심에 해당한다. 자연적인 것과 문화적인 것의 대립으로 변하고 호랑이를 물리치는 과정에서 일어나는 우스꽝스러운 대목은 이 이야기가 소담으로 변화하면서 생긴 결과이다.

호랑이는 문화적인 것과 극단적 대립에 속한다. 자연적 야생의 상징이고, 사람을 잡아먹는 육식의 근성을 버리지 못한 존재이다. 이 호랑이를 물리치는데 있어서 문화적으로 창조된 하찮은 미물이 매우 중요한 구실을 하게 된다. 농경의 상징인 할머니가 팥죽을 쑤어서 이들을 먹이고 이들이 연합해서 야성을 가진 존재를 모두 물리치게 된다.

팥죽할멈은 문화적 징표를 가진 인물이다. 외부 세계에서 들어오는 것을 막아내는 인물이고, 그러한 기능을 하는 신이고 문화적 능력을 가진 인물인데 구원자이자 원조자가 위기에 몰렸으나 여러 동참자들이 등장하면서 호랑이를 물리치고 질서를 회복한다고 하는 것이 이야기의 요점이다.

그런데 「외쪽이」 설화에서 이 인물은 이제 수세에 몰려 있지 않고 외쪽이를 도와서 적대적인 세력 가운데 하나인 호랑이를 물리치는 구실을 하게 된다. 수세에 몰려 있던 인물이 어떻게 원조자 노릇을 하게 되었는지 소종래를 알기 어렵지만 유사한 일을 하게 된 인물들이다. 팥죽어멈 등의 행위는 원조자로 되면서 한층 심각한 변이를 가지게 되었음을 알 수가 있다.

팥죽어멈과 외쪽이는 서로 수영어머니와 수영아들의 관계로 맺어진다. 팥죽어멈은 원조자이고 정신적 지도자이다. 호랑이의 특성을 간파하고 이들을 물리치는 구실을 하게 된다. 외쪽이는 이 원조자를 만나서 자신의 능력을 십분 발휘하고 형들과 다르게 이들을 물리치면서 자신의 힘까지 발휘하게 된다. 지혜와 힘이 결합됨으로써 적대자를 물리치게 된 것이다. 그러한 점에서 흥미로운 결합이다.

(4) 외쪽이와 호랑이의 대결

외쪽이와 호랑이 대결은 외쪽이가 이미 팥죽어멈을 통해서 정보를 가지고 있었으므로 유리한 입장에서 전개된다. 호랑이는 정상적인 대결을 하지 않고 오히려 인간으로 둔갑해서 내외가 함께 죽임을 당하게 된다. 이 설정 역시 재래의 호랑이와 인간의 대결을 이용하고 있지만, 민담적 상황으로 바뀌어 있음을 부인할 수 없다.

대결은 두 차례에 걸쳐서 이루어진다. 각편에 많은 변이가 있어서 일률적으로 말할 수 없지만, 핵심은 암컷호랑이와 숫컷호랑이 둘이서 각기 나누어서 죽임을 당하는 것이 요점이다. 암컷은 여성으로 변해 있었는데 총으로 쏘아서 이를 퇴치한다. 숫컷호랑이는 집으로 돌아와서 어머니를 협박하고 있었으므로 이를 다시 쏘아서 죽이게 된다.

대결은 호랑이의 둔갑으로 말미암아서 특정한 면모를 가지게 되었는데, 별다른 양상이 아니고 그저 외쪽이에게 죽임을 당한다. 다만 외쪽이의 어머니가 숫컷호랑이로 말미암아서 고통을 당하자 이를 살리고 호랑이까지 죽이는 것으로 결말이 지어진다. 정상적인 대결이라고 할 수 없고 비정상적인 대결이 우세하다. 그것이 일방적이기도 하다.

(5) 외쪽이와 아버지의 재회

외쪽이는 아버지와 재회한다. 이 재회의 과정에서 아버지의 뼈나 총이 중요한 구실을 한다. 이미 아버지는 죽었으므로 아버지가 살아나지 않으나 행방불명된 아버지와 아들이 재회하는 신화적 공식은 이 민담에서 지속적인 가치를 가진다. 뼈와 총은 아버지의 상징이고 민담적 변용이다.

아들이 죽은 어머니를 찾아나서거나 죽은 아버지를 찾아나서는 이야기는 우리에게 흔하지 않은 것이다. 그러나 이웃하고 있는 일본의 이야기에서 이 대목은 비교적 많이 발견된다. 가령 어머니와 재회한 인물이 결국 어머니의 해골을 만난다고 하는 이야기와 같은 사례는 우리에게 흔한 것은 아니다. 죽은 아버지의 뼈를 찾은 외쪽이는 이로써 아버지와 재회한다.

외쪽이는 아버지의 총도 찾아낸다. 아버지의 상징적 도구이자 영웅적 능력의 상징일 수도 있는 총을 찾아서 이를 두고 서로 재회하는 광경은 매우 인상적이라고 할 수가 있다. 부러진 칼을 가지고 다시 합치는 것과도 일정한 관련이 있으며,[11] 집안의 우는 쇠 있다고 하면서 찾아오는 만신의 단골 계면돌기와 같은 전통이 이렇게 상징적으로 변형되었다고 하는 점을 인지할 수 있다.

(6) 외쪽이의 혼인

외쪽이 이야기는 여기에서 끝이 나지 않는다. 더욱 중요한 것은 이야기가 삽화적인 특성을 일정하게 가지면서도 지속적으로 이어진다고 하는 점이다. 이웃하고 있는 인물이 외쪽이가 가지고 있는 호랑이의 껍질을 탐을 내서 다시 대결을 벌인다. 그런데 이 대결은 총을 가지고 겨루는 군사적 대결은 아니다. 오히려 지혜를 발휘해서 대결을 하게 된다. 이 대결은 누가 가르쳐 주는 것도 아니고, 결국 외쪽이 혼자서 하는 대결임이 분명하다.

욕심을 내는 인물인 부자와 외쪽이의 대결은 부자와 영웅의 대결인데, 딸을 두고 내는 것이므로 이들은 서로 깊은 관련이 있지만 민담적 변형이라고 하지 않을 수 없다. 외쪽이가 지혜를 발휘해서 이들은 서로 혼인을 하게 된다. 영웅은 힘과 지혜를 가지고 여인과 혼인한다는 전형적인 방식을 그대로 이어받았다고 하겠다.

그러나 이 대목에서 소담적인 변이가 아주 눈에 띈다. 민담은 한 차례

---

11) 類利聞堂柱有悲聲 其柱乃石上之松木 體有七稜 類利自解之曰 七嶺七谷者 七稜也 石上松者 柱也 起而視之 柱上有孔 得毁劍一片 大喜 前漢鴻嘉四年夏四月 奔高句麗 以劍一片 奉之於王 王出所有毁劍一片合之 血出連爲一劍 王謂類利曰 汝實我子 有何神聖乎 類利應聲 擧身聳空 乘牖中日 示其神聖之異

둔갑을 하고 시대적인 변이를 겪게 되면 그것은 흔히 이른 바 소담으로
변하게 된다. 가령 독일어권에서 보이는 마법담 Märchen과 쉬방크
Schwank의 기본적인 변이가 드러나 있다는 사실이다. 외쪽이가 쉬방
크의 성격을 지혜로 구현한다.

외쪽이가 부자집의 사람들을 괴롭히기 위해서 준비한 도구가 곧 빈
대, 벼룩, 개똥 등이고, 장인의 상투를 매고 장인의 수염에 황을 발라놓
는 기발한 행동은 모두 외쪽이의 지혜이지만 다른 한편에서는 지혜이기
도 하지만 다른 각도에서 보면 웃음을 자아내는 요소라고 할 수가 있다.
이야기의 진지함이 사라지고 신성성 대신에 웃음을 유발하는 요소가 들
어가서 이러한 변형이 생겼다고 할 수가 있겠다.

(7) 형식담의 결말

외쪽이의 이야기는 여기에서 종말을 맞지 않는다. 한 차례 더 이어지
는데 이것이 이야기의 전형적인 생리를 보여주고 있다는 점에서 매우
중요한 의미를 가지고 있다. 형식담적인 특성을 가지고 있으면서 전형
적인 것과 다르게 이야기의 형식을 마무리하는 것을 도입하고 있는 점
이 확인된다. 그러한 점에서 이 이야기는 매우 중요한 구실을 한다.

외쪽이의 생애 결말에서 혼인할 신부감을 구하는 이야기가 이미 소담
으로 변형되어 있으므로 이러한 이야기의 생리가 자연스럽게 이어진다
고 할 수가 있겠다. 소담의 형식으로 변형되고, 그 결과 이러한 이야기
가 이어진다고 하는 것은 매우 중요한 현상이라고 할 수가 있겠다. 결말
이 형식담으로 된 것은 매우 주목되는 현상이다.

이상에서 논의한 바를 종합적으로 재정리하기로 한다. 다소 산만하게
오고간 사실을 정리하자면 다음의 네 가지로 압축해서 말할 수 있다. 서
로 깊은 관계를 가지고 있지만 이들을 갈라서 말하면 다음과 같다.

1] 외쪽이 이야기는 기본적으로 영웅의 일생을 근간으로 하는 민담이다. 이 민담은 영웅의 일생이라고 하는 기본 얼개를 구성한다. 이 점에 대해서 이의가 없을 것이다. 그런데 문제는 이야기의 얼개를 앞뒤로 다른 요소가 첨가되면서 이야기가 다양화되고 변질되었다. 주인공의 설정에서부터 형제라는 복수의 인물을 등장시키고 있는 점 등은 이 설화만의 특징이다. 이뿐만 아니라 결말에서는 형식담에 입각한 소담의 성격을 첨부하기도 한다. 그러나 본질적인 면모는 아버지를 죽인 적대자를 물리치는 영웅의 투쟁담을 핵심적인 요소로 하고 있음이 확인된다.

2] 특정 신화의 얼개가 민담의 잔상으로 이어진 결과를 보여주는 민담이다.

외쪽이 민담은 여러 요소로부터 다양한 원천을 가지고 와서 이야기에 해체하여 반영하고 있다. 가령 특정한 인물에 특정한 성격을 부여하는 방식 자체가 매우 이질적인 면모를 반영하면서 변형하고 있다. 이 점은 위의 삽화나 특정한 단락에서 가지고 있는 특성을 통해서 이미 중요한 사실을 확인하게 되어 있다. 이러한 변화나 변이는 이야기 이해에서 매우 긴요한 구실을 하게 된다.

3] 신이한 민담에서 다시 형식담으로 결말을 맺는 특정한 해체를 보여준다.

외쪽이 민담은 신화와 민담, 민담과 형식담 등의 구체적인 성격을 하나의 각편과 자료로부터 유도하고 있다. 이 점에 있어서 이 이야기는 매우 중요한 특징을 구현하는데 전체의 각편 모두가 이러한 성격을 구현하는 것은 아니다. 위에서 검토한 각편이 거의 유일하게 이러한 성격을 총체적으로 보여주는 자료가 아닌가 한다. 그러한 점에서 이 이야기 각편은 재조명되어야 한다.

4] 외쪽이 이야기의 의미 해명 : 자아의 다면적 성장과정 반영

하나의 진정한 개아가 어린이에서 어른으로 발전한다고 하는 것은 어

떠한 의미를 가지는지 이 이야기는 반성하게 한다. 온전한 자아 탐구가 이 이야기의 요체라고 여러 논자들이 거듭 강조해서 말한 바 있다. 자아의 성장은 불완전하고 불안한 것이다. 그러나 굽히지 않고 온전한 자아를 찾기 위해서 이 이야기는 잇단 모험을 감추고 있다.

자아의 성장에서 필수적으로 요청되는 것은 집안의 위협이나 적대감을 털어내는 것이다. 아버지가 부재하고, 형들이 자신을 늑약하는 것은 불가피한 시련이다. 형들과 대결은 본격화되어 있지 않으나 온전한 것과 온전하지 못한 것의 대결에서 결국 온전한 것의 승리보다 온전하지 못한 것의 승리가 값지다.

가정 내의 자아 확립을 위해서 사회적 자아의 확립이 긴요하다. 그런데 이러한 자아의 확장을 위해서 항상 일정한 원조자가 필요하다. 이 원조자는 일종의 멘토 mentor이다. 정신적인 충고나 도움을 줄 인물이 반드시 필요하다. 이 멘토는 오디세우스가 자신의 자식 교육을 부탁한 선생인 Mentor에서 비롯되었다. 가정인 사회에서 자아의 성장은 불가피하다.

외쪽이가 가정의 개아에서 사회적 자아로 성장하자 죽은 아버지도 만나고, 죽게 될 어머니도 살리는 것은 이러한 성장과 무관하지 않다. 그 과정에서 형이나 멘토는 갑자기 행방불명된다. 모든 이야기가 완결된 구조를 가져야 하는 것은 아니지만 이 이야기에서 가지고 있는 특정한 부분에 부모와의 재회와 구하는 과정은 이에 건실한 사회적 자아로 성장했다는 말이다.

자아의 성장에서 마지막으로 완결되는 것은 자신의 위업을 달성하는 것이다. 신화시대에서는 이 과정이 나라를 건국하거나 영웅이 민족의 위기를 구하는 것으로 되어 있지만 이제 민담의 시대에서는 과거의 유산을 반드시 고수할 필요가 없다. 여기에서는 가장 중요한 것이 결국 온전한 가정을 꾸리고 자신의 배우자를 구하는 것이 요점이다. 이웃의 부자집 여인을 아내로 삼는데 사회적 지혜가 필요했다. 영웅의 군사적 능력을 효용이 닿지 않는다.

기존의 연구에서 외쪽이 이야기를 자아의 성장담으로 본 것은 두루 타당하지만 핵심적인 부분에 있어서 이 과정의 전형적인 면모를 단편적으로 해명한 것은 불만이다. 타당한 해석은 어떻게 이루어지는가? 그것은 이야기를 선입견 없이 바라보면서 자신의 깊은 생각과 만나야 가능하다고 본다. 이 이야기는 그러한 점에서 매우 중요한 가치를 가지고 있으며, 자아의 진정한 성장을 위해서 이 이야기는 많은 부분을 감추어놓았음을 실감하지 않을 수 없다.

3) 외쪽이민담의 유형 간섭 현상과 본질

외쪽이의 각편이 대략 19편 정도 된다. 경우에 따라서 더 발견될 수도 있다고 생각된다. 이 자료는 워낙 각 편 사이의 편차가 심각하고 유형적으로도 문제가 되는 자료이다. 그러므로 이를 중심점으로 삼아서 본질적인 논의를 다시 하지 않을 수 없다. 그래서 유형연구와 화소연구에 이른 바 일정한 기여를 할 수가 있다.

이 이야기는 유형적으로 매우 많은 간섭을 받고 있는 자료라 할 수 있다. 이 문제는 유형적인 차원에서도 문제되고 나아가 화소 차원에서도 문제가 될 소지가 있는 사례이다. 유형적으로 간섭받고 있다고 하는 것은 유형의 복합도 아니고, 유형적인 관련성을 다면적으로 가지고 있는 것을 말한다. 다른 자료에서 흔하게 나타나지 않던 일이 이 이야기에서 왜 발생하는가 이 문제를 이 자료로 해명할 필요가 있다.

외쪽이 자료를 모아서 보면 이 이야기가 온전하게 전승되지 않고 여러 이야기 유형과 서로 상관적인 관계를 받으면서 간섭을 보이고 있는 것을 볼 수가 있다. 여러 이야기의 유형적 간섭에서 가장 눈에 띄는 것을 정리하면 다음과 같다.

가] 동명왕신화

나] 아기장수전설
다] 사가 되는 이야기
라] 단똥장수(*)
마] 강원도포수

바] 팥죽할머니와 호랑이
사] 형식담

일곱 가지가 이 유형의 이야기에 간섭하고 있는 모든 것은 아니다. 자료에 따라서 이 현상이 더욱 색다르게 나타나는 것도 있고, 이와 달리 많은 복합이 이루어질 수 있을 것이다. 이야기 유형이 불안정하고 계속 흔들리고 있으므로 이러한 간섭에 의한 복합이 이루어졌을 개연성이 있지만 이를 그렇게 치부하지 말고 이 이야기에 대한 근본적인 의문을 가지고 풀어야 할 것으로 보인다.

가], 나], 다], 라]는 유형적으로 관련된다. 가]는 기본적으로 이 유형이 어디에서 비롯되었으며 어떠한 시대의 산물인지 명확하게 보여주는 증거이다. 유형적인 얼개의 근간을 구성하고 있으며, 외쪽이 이야기가 신화시대의 산물이라고 하는 증거를 강력하게 보이고 있는 것이다. 유형적인 특성과 함께 이야기의 삽화도 놀라울 정도로 일치하고 있어서 주목을 요구한다.

나]는 외쪽이 이야기의 근본적인 특성을 완전하게 탈바꿈하여 전설적인 유형으로 인지하고 이를 변형하고 있는 사례이다. 특히 특정한 자료

는 이 문제를 명확하게 보여주고 있다. 그런데 이 현상은 여러 각편에서
일어나고 있으므로 이를 중시해야 마땅하다.

　전국적으로 널리 전승되는 「아기장수전설」과 유형적으로 섞여서 간섭
작용을 일으키는 자료 가운데 각편 하나를 소개하기로 한다.[12]

　　옛날에 한 여자가 나이 먹도록 아이가 없어서 늘 아이 놓기를 원하다가
　반쪼가리를 낳았다. 반쪼가리라도 키우는데 아랫목에 뉘어 놓고 나갔다
　가 오면 웃목에 있고 이레도 안가서 말을 했다. 그리고 어머니에게 반쪼
　가리 낳다는 말을 하지 말라고 했다. 하루는 반쪼가리가 어머니에게 팥
　한 말과 좁쌀 한 말을 달라고 해서 뒷산에 올라가 큰 바위에다 억새풀을
　때리자, 바위가 벌어지고 반쪼가리는 팥과 좁쌀을 벌어진 곳에 넣어놓았
　다. 그 후 나라에서 반쪼가리가 세상에 나왔다고 반쪼가리를 그대로 두었
　다가는 큰일이라면서 잡으러 왔다. 반쪼가리는 미리 알고 숨었다. 나라에
　서 반쪼가리 어머니에게 길 가는 사람인데 날이 저물어서 이 집에서 쉬어
　가겠다고 했다. 이 사람들이 집 안을 살펴보아도 반쪼가리가 보이지 않았
　다. 칼을 들이밀며 반쪼가리의 행방을 물으니, 어머니가 겁이 나서 뒷산
　바위 안에 숨어 있다고 했다. 이 사람이 산에 올라가 억새풀로 바위를 때
　리자 바위가 벌어지고 반쪼가리가 나왔다. 팥 한 말은 모두 말이 되어가
　고, 좁쌀은 모두 병정이 되어 가고 있었다. 그런데 바깥 바람을 쐬더니 모
　두 다 녹아 없어졌다. 석달 열흘만 있었더라면 완전한 말과 병정이 되어
　반쪼가리가 서울 가서 왕이 되었을 것이다.

　이 자료는 아기장수전설의 전형적인 특성을 가지고 있으면서도 인물
의 특성은 「외쪽이」 설화와의 유사성이 매우 크다. 괴물 아기를 낳았다
는 점에서는 이 유형 말고도 진인출현설과 같은 것이 있는데 이 인물의

---

12) 임석재, 不運한 壯士, 《한국구전설화: 경상남도편 I (임석재전집 10)》, 평민사, 1990,
　　127면.

이야기는 바로 그러한 성격을 일정하게 반영하고 있다. 특히 결말에 있어서 이러한 이야기의 성격을 반영하고 있는 것은 진인이 나서서 세상을 구했을 것이라고 하는 점에서 일치되는 자료라고 하겠다.

그러나 나]는 유형적으로 간섭을 받아서 변형된 자료이다. 이러한 사례로 우리는 하동군의 자료를 하나 더 들어볼 수 있을 것이다. 이 자료는 명칭 자체도 일치해서 「반쪼가리 애기장수」라고 되어 있다.13) 외쪽이와 아기장수는 일정 부분 서로 관련을 가진 자료임을 알 수가 있다. 그러한 전통이 변형된 사례를 다시 생각해야 할 것이지만 이 자료가 가지고 있는 특징을 우리는 유형적 차원에서 이해해야 할 것으로 보인다.

다]는 전형적으로 이야기를 가두어 두면 사악한 존재가 되어 사람을 해치게 된다는 이야기를 말한다. 이 이야기는 유형적으로 존재하는데 이 이야기 중요한 요소가 이야기에 들어가 있는 것을 볼 수가 있다. 「사가 되는 이야기」, 「이야기귀신」 등으로 알려진 자료인데, 이 자료는 경성에서 전승되던 자료이다.14)

라]는 더욱 심각한 변이가 초래되었다. 근본적으로 아기장수전설과 합쳐진 유형적 변이가 일어난 각편인데도 불구하고, 전면적이면서 동시에 부분적으로 유형적 변이가 생긴 것을 볼 수가 있다. 그러한 점에서 이 자료는 매우 소중한 의의를 가지고 있다. 유형변이, 삽화변이, 화소변이라고 하는 초유의 일이 발생했다.

마]에서 바]까지는 유형적으로 존재하는 것이 아니라 화소적으로 동시

---

13) 김승찬 외, 반쪼가리 애기장수, 《한국구비문학대계 8-14 : 하동군 근남면》, 한국정신문화연구원, 1986, 216-218면.
  이러한 자료 이외에도 이 자료의 본질적인 면모를 가지고 있는 것이 거의 대등하게 이루어지는 것으로 다음과 같은 자료를 더 거론할 수 있겠다.
  최정여 외, 한쪼가리와 반쪼가리 형제, 《한국구비문학대계 7-16 : 구미시 선산군》, 한국정신문화연구원, 1983, 123-126면.
14) 임석재, 외쪽이, 《임석재전집 5 한국구전설화 : 경기도편》, 평민사, 1999, 166-169면.

에 삽화적으로 존재하는 것이라고 할 수가 있다. 라]는 앞에서 논의한 바와 같이 팥죽어멈의 소종래를 구조적으로 고찰하면서 이 인물의 성격이 바로 이야기의 한 요소로 변형되는 과정을 말한 것이다. 그것은 앞에서 말했으므로 길게 말하지 않는다. 이야기의 전형적 인물이 등장하는 것에 이러한 인물이 구조적으로 강조되는가 알 수 있는 소중한 자료이다.

마]는 흔히 단 똥을 팔아서 부자가 된다고 하는 이야기의 전형적인 사례와 관련된다.[15] 그러나 이야기의 후반부에서는 「아기장수전설」의 유형을 일정하게 따르면서도 나라에 일어난 난리를 구한다고 하여 「아기장수전설」의 구조도 파괴되었다. 유형적으로 간섭하는 것과 관련되면서도 파괴가 일어났다. 이 이야기의 유형이 구조적으로 존재하는데 해체가 되어서 전승되는 꼴을 갖추고 외쪽이 이야기와 결합된다.

바]는 앞에서 다룬 것이다. 다룬 자료가 각별하고 하나밖에 없지만 이 이야기의 특성을 이해하는데도 도움이 되므로 이를 특별하게 재론한다. 이야기가 전승되는 과정에서 이러한 형식담의 결말을 가지는 이야기가 있게 마련이고 이야기판의 생리에 의해서 우스개로 이어지는 현상을 아무튼 매우 중요한 변이를 가지고 있는 것이라고 하겠다. 그러한 점에서 이 이야기 유형은 지속적인 의의를 가졌던 것이라고 생각한다.

외쪽이 이야기가 소중한 이유는 이 자료가 이야기의 시대적 변화를 보여주고 있으며, 동시에 이야기가 가지고 있는 유형적 변이와 화소적 변이를 폭넓게 보여주는 자료라는 점 때문이다. 이야기는 근본적으로 신화·전설·민담 등으로 나누는 것이 일반적인 것이 아니다. 논의의 편의를 위해서 자의적으로 분류한 결과이고, 이야기의 실상은 매우 복잡하게 얽혀 있는 것이 일반적인 양상이다. 분석적인 범주에 따라서 이야기를 어떻게 보여줄 수 있는지 그 편차와 분포가 쉽사리 상정되지 않는

---

15) 임석재, 반쪽이, 《임석재전집 4 한국구전설화 : 강원도편》, 평민사, 1995, 231-232면.

다. 그러한 점에서 이 이야기가 근본적인 성찰을 요하게 한다.

　이야기가 유형적으로 간섭되는데, 그것은 흔히 두 가지로 된다. 하나는 유형 자체가 개입되어 있으면서 서로 섞이는 간섭 작용을 만날 수 있다. 유형적으로 전혀 다를 것인데, 이야기가 유형적인 변이를 일으키면서 근간이 흔들리는 경우가 생긴다. 유형적 변이 가운데 가장 필요한 것이 이야기의 인물이 갖고 있는 기본적 성격을 흔들지 않으면서 이야기를 비틀기도 한다. 유형적 변이에서 복합과는 다른 것인데, 이점을 외쪽이는 분명하게 보여준다.

　화소적 변이 역시 간단한 현상은 아닌데 화소는 삽화적으로도 개입하고 화소적으로 결합하기도 한다. 화소적 변이는 삽화적으로 되는 것이 한 편이고, 나머지는 다른 자료와 다르게 구성된다. 그 구성에 있어서 기본적인 변이가 일어나는 것이 화소적 변이의 결과이다. 그러나 유형 전체에 영향을 미치는 것은 아니라고 생각된다. 이 점에 있어서 일정한 한계를 가지고 있다.

　종래에 이러한 것에 대한 변이를 유형변이와 화소변이라고 하는 결과만을 연구한 바 있다.16) 하나의 이야기 유형과 각편 가운데 이러한 편차가 발생하는 것은 왜일까? 유형적으로 변이되지 않고, 여러 유형이 간섭작용을 하는 점은 매우 중요한 사실이다. 게다가 특정한 이야기는 화소적인 차원에서도 유형적인 변이보다 화소가 움직이면서 유형적으로 간섭되는 현상을 만날 수 있다.

　이상의 논의를 정리해서 결과를 두고 해석을 하게 되면 우리는 다음

---

16) 임재해,《설화작품의 현장론적 분석》, 지식산업사, 1991. 이 논문에서 세 가지 사례인 「김현감호설화」와 「호국룡설화」를 들어서 이야기를 다각도로 분석하면서 이른 바 유형변이와 화소변이라고 하는 필자의 생각을 달리 해서 변이유형의 원형화소와 종속화소, 변이형의 원형화소와 종속화소 등을 다루고 변이유형과 변이형을 주목한 바 있다. 중요한 생각이지만 이제 이를 단일한 유형과 유형의 각편 사이에서 다시 다루면서 거시적인 문제를 다루지 않을 수 없게 되었다.

과 같은 간섭 작용의 결과에 대한 해석을 할 수가 있게 된다. 그러한 점에서 매우 중요한 결과를 포함하고 있으며 해석의 가능성을 열어주고 있다.

가] 동명왕신화 : 이야기의 기본 얼개 기원
나] 아기장수전설 : 이야기의 유형적 변이
다] 사가 되는 이야기 : 이야기의 삽화적 변이
라] 단똥장수(*) : 이야기의 유형적 변이, 삽화적 변이, 화소적 변이
마] 강원도포수 : 이야기의 유형적 변이와 화소적 변이
바] 팥죽할머니와 호랑이 : 이야기의 화소적 변이
사] 형식담 : 이야기의 유형적 변이와 무관

외쪽이 이야기 유형은 단일하게 이야기의 독자성을 유지하는데 불안정한 부분이 있다. 그것은 화소적으로도 그렇고 유형적으로도 그렇다. 대략 19개의 각편이 채록되었는데, 인물의 성격이 온전하지 못한 외쪽이 내지 반쪽이 성격을 가지고 있으며, 그 점을 기준으로 삼는다면 반쪽이는 더욱 유형적으로 불안정한 것이며 화소적으로 얼마든지 확대 가능한 것으로 판단된다. 유형을 고정적으로 논의하기 위해서 그간에 기능이나 단락소를 도입해서 이를 온전히 하려고 했는데 그것은 어디까지나 유형의 실상을 고정하기 위해서 노력한 결과이다. 실제 전승은 그렇게 간단하지 않으며 유형 사이의 간섭이 얼마나 심각한 결과인지 분명하게 보여준다.

화소 연구 역시 기본적으로 낱낱의 결과를 해체하여 병렬적인 구조를 착안하지 못한 점이 문제이다. 화소를 모두 해체하면 이야기의 실상이 해명되는 것은 아니다. 이야기를 형성하는데 기본적인 관계가 소중한데, 이 관계를 착안하지 못해서 생긴 결과이다. 외쪽이 이야기는 여러

이야기의 간섭에 의해서 성립된 이야기이다. 소종래로 본다면 위에서 예시한 것이 전부는 아닐 수 있으며, 경우에 따라서 더욱 다양한 이야기의 원천을 제공할 수도 있으며 얼마든지 변형이 가능하다.

기본적으로 이 이야기에서 인간과 자연, 인간과 인간 등이 기본적 대립축으로 작용한다. 외쪽이와 호랑이, 외쪽이와 형, 외쪽이와 부잣집 사람 등이 바로 그러한 인물들이다. 여러 인물이 중첩되고 다면적으로 확장된다. 그것이 이야기의 본질이라고 판단된다. 이야기의 다면적 구성이 이 이야기의 유형과 화소가 어떻게 활용되는지 일러준다.

이야기가 유형적으로 결정되면서 자연과 인간의 축을 버리고 인간과 인간의 축을 결정하는 것도 있으며, 이야기의 기본적 대립이 상실되는 것도 있음이 확인된다. 가령 「아기장수전설」과 같은 유형과의 간섭에 의한 복합은 이러한 현상을 대변한다. 그리고 자연과 인간의 대립축을 상실한 채 다른 대결을 추구하는 경우도 있음이 확인된다.

특정 인물이 유형적으로 부분적인 결합을 하고 이어서 인물의 비극적 패배를 바꾸고 승리하는 인물로 변화되는 경우도 있고, 이와 달리 강원도에서 채록된 자료에서는 이 인물이 단동장수와 결합해서 인물을 긍정적으로 변화시키는 구실을 하기도 한다.

그래서 행복한 결말로 내용이 바뀌는 경우도 있다. 바람직한 변화 가운데 주목되는 것은 이 과정에서 다른 유형과의 결합이 눈에 띄게 되는 점이다. 또한 온전한 하나의 유형이 사건으로 개입되면서 외쪽이 유형과 결합되는 것도 있어서 단순하지 않다.

가장 심각하게 이루어진 유형적 변이 가운데 흥미로운 것은 「사가 된 이야기」와 결합하면서 이룩된 것이다. 외쪽이와 형의 대결에서 외쪽이를 죽이자고 결단을 내려 호랑이에게 잡혀 가라고 보내 산에 두었는데 중이 셋이서 지나가다가 못된 형을 죽이자고 하면서 샘물의 종구레기, 돌배, 송곳 등이 되어서 형을 죽이리라고 한 것을 엿듣고 이를 구한다는 내용이다.

외쪽이와 형들이 우호적인 관계를 가지면서 이야기가 행복한 결말로 바뀌는 현상을 볼 수가 있다. 유형과 주제가 완전히 달라져버리는 경우가 된다. 그런데도 이 이야기에서 호랑이와 외쪽이는 비록 암시적이기는 해도 서로 관련을 일정하게 가지고 있는 것을 볼 수가 있다. 근본적 대립이 망각되고 이야기의 요소가 유형과 함께 변해버리는 경우도 존재하게 된다. 이것이 심각한 문제라고 판단된다.

이야기에 여러 인물이나 사건이 상징적으로 등장한다. 이 인물과 사건은 각기 소종래를 달리한 채 등장한다. 가령 위에서 확인하듯이 여러 가지 자료가 있는데, 그 가운데서도 단똥장수와 결합하면서 이러한 변화가 유형적으로 삽화적으로 그리고 화소적으로 이룩되는 것을 볼 수가 있다. 그러한 사례가 심각한 변이의 요소라고 할 수가 있다.

그러한 관계를 총괄적으로 정리해서 일정하게 이를 도표로 제시하면 다음과 같이 될 수 있다. 기본적 대립과 이들의 이야기 전개가 이루어지는 과정이 선명하게 드러난다.

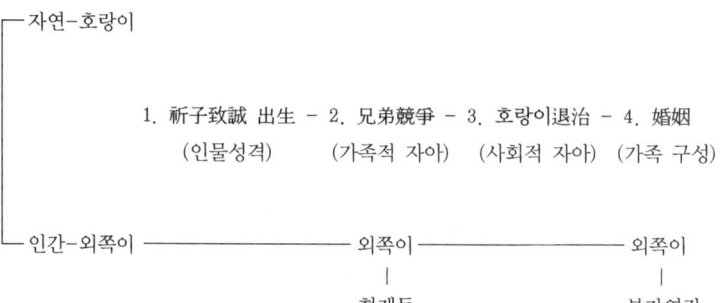

```
┌─ 자연-호랑이


        1. 祈子致誠 出生 - 2. 兄弟競爭 - 3. 호랑이退治 - 4. 婚姻
          (인물성격)      (가족적 자아)  (사회적 자아)  (가족 구성)


└─ 인간-외쪽이 ──────────── 외쪽이 ──────────── 외쪽이
                             │                    │
                           형제들               부자영감
```

4. 넓게 알기

1) 유리태자신화

유리가 어려서부터 기이한 기절이 있었다 한다. 소년 때에 참새 쏘는 것을 업으로 삼았는데 한 부인이 물동이를 이고 가는 것을 보고 쏘아서 뚫었다. 그 여자가 노하여 욕하기를,

"아비도 없는 자식이 내 물동이를 쏘아 뚫었다."

하였다. 유리가 크게 부끄러워하여 진흙 탄환으로 쏘아서 동이 구멍을 막아 전과 같이 만들고 집에 돌아와서 어머니에게,

"내 아버지가 누구입니까?"

하고 물었다. 어머니는 유리가 나이 어리기 때문에 희롱 삼아 말하기를,

"너는 일정한 아버지가 없다."

하였다. 유리가 울며,

"사람이 일정한 아버지가 없으면 장차 무슨 면목으로 남을 보겠습니까?"

하고 드디어 스스로 목을 찌르려 하였다. 어머니가 깜짝 놀라 말리며,

"아까 한 말은 희롱 삼아 한 말이다. 너의 아버지는 천제의 손자이고 하백의 외손인데 부여의 신하되는 것을 원망하다가 도망하여 남쪽 땅에 가서 국가를 창건하였단다. 네가 가보겠느냐?"

하였다. 대답하기를,

"아버지는 임금이 되었는데 아들은 남의 신하가 되었으니 내가 비록 재주 없으나 어찌 부끄럽지 않겠습니까?"

하였다. 어머니가,

"너의 아버지가 갈 때 말을 남기기를 '내가 일곱 고개 일곱 골짜기 돌 위 소나무에 물건을 감추어 둔 것이 있으니 이것을 찾아 얻는 자는 내 자식이다.' 하였다."

유리가 산골짜기에 가서 찾다가 얻지 못하고 지쳐 돌아왔다. 유리가 당
(堂) 기둥에서 슬픈 소리가 나는 것을 들었는데 그 기둥은 돌 위의 소나
무이고 나무 모양이 일곱 모서리였다. 유리가 스스로 해득하기를,

"일곱 고개 일곱 골짜기라는 것은 일곱 모서리이고, 돌 위 소나무라는
것은 기둥이다."

하고 일어나 가 보니 기둥 위에 구멍이 있었다. 그 구멍에서 부러진 칼
한 조각을 얻고 크게 기뻐하였다. 전한(前漢) 홍가(鴻嘉) 4년 여름 4월에
고구려(高句麗)로 달아나서 칼 한 조각을 왕께 받들어 올렸다. 왕이 가지
고 있는 부러진 칼 한 조각을 내어 합하니 피가 나면서 이어져 한 칼이
되었다. 왕이 유리에게,

"네가 실로 내 자식이라면 무슨 신성(神聖)함이 있느냐?"

하니, 유리가 즉시 몸을 날리어 공중에 솟구쳐 창구멍으로 새어 드는 햇
빛을 막아 기이한 신성을 보이니 왕이 크게 기뻐하여 태자로 삼았다.

類利少有奇節云云 少以彈雀爲業 見一婦戴水盆 彈破之 其女怒而罵日
無父之兒 彈破我盆 類利大慙 以泥丸彈之 塞盆孔如故 歸家問母日 我父是
誰 母以類利年少戲之日 汝無定父 類利泣日 人無定父 將何面目見人乎 遂
欲自刎 母大驚止之日 前言戲耳 汝父是天帝孫 河伯甥 怨爲扶餘之臣 逃往
南土 始造國家 汝往見之乎 對日 父爲人君 子爲人臣 吾雖不才 豈不愧乎
母日 汝父去時有遺言 吾有藏物七嶺七谷石上之松 能得此者 乃我之子也
類利自往山谷 搜求不得 疲倦而還 類利聞堂柱有悲聲 其柱乃石上之松木
體有七稜 類利自解之日 七嶺七谷者 七稜也 石上松者 柱也 起而就視之
柱上有孔 得毁劍一片 大喜 前漢鴻嘉四年夏四月 奔高句麗 以劍一片 奉之
於王 王出所有毁劍一片合之 血出連爲一劍 王謂類利日 汝實我子 有何神
聖乎 類利應聲 舉身聳空 乘牖中日 示其神聖之異 王大悅 立爲太子

8 주머니에 갇힌 이야기(이야기주머니)

1. 초다짐

세상에 기이한 이야기가 많고도 많다. 이 이야기가 바로 그러한 범례에 해당한다. 이야기의 핵심은 매우 간단하다. 어느 도령이 혹사하게 이야기를 좋아했다고 한다. 그런데 이야기를 글로 적어서 주머니에 가두게 되자, 기이한 일이 벌어진다. 주머니에 갇힌 이야기들이 서로 공모하여 혼례를 치르려는 도령을 거듭 죽이려고 한다는 내용이다. 주머니에 갇힌 이야기들이 드디어 주인공을 죽이려고 하는 사악한 존재가 된 것이다.

이야기에서 다행스럽게 도령의 종이 주머니의 이야기들이 공모하는 사실을 엿듣고서 도령의 신혼 초례에 동행하여 거듭 되는 이야기들의 공격을 막아내고서 마침내 이야기의 주인공을 구해낸다고 하는 것이 이야기의 결말이나. 도령을 이야기의 공격으로부터 막아내고 이를 슬기롭게 이겨나간 종은 마침내 도령과 대등한 대우를 받으면서 새로운 존재로 거듭 태어나게 된다.

이 이야기는 이야기에 관한 이야기이므로 이른 바 메타스토리(meta-story)이다. 또는 이야기에 관한 이야기이므로 메타포크테일(meta-folk-tale)이라고 해도 과언이 아니다. 그렇다면 이야기의 진실한 뜻은 무엇인가? 그것은 단순하게 요약되지 않으며 쉬운 문제도 아니다. 그러나 대략 세

가지 뜻으로 이를 정리할 수는 있을 것으로 보인다.

이야기는 가두어서는 안된다고 하는 것이 첫 번째 주제이다. 이야기는 구전되고 전달되는 특징이 있다. 도령이 이야기를 종이에 글로 적어서 주머니에 가두어 두었기 때문에 이야기들의 쑥덕공론이 생기게 된 것이다. 이야기를 흐름 자체로 살려놓아야지 이를 글로 적어 머물게 해서는 안된다고 하는 점이 두드러지게 나타난다.

이야기는 오래되면 사악한 존재로 되는데 어떠한 행운 속에 뒤따르는 마가 되는 점을 잊지 말아야 한다. 구체적으로 실행되는 과정 속에서 주인공의 갈증이나 고비 때에 나타나서 선을 가장하고 독이나 마 또는 사가 되는 것이 이야기의 두 번째 주제이다. 인간의 욕망을 한껏 강조하지만 이 경우에 항상 등장하여 주인공을 위협하는 점이 이를 암시한다고 할 수가 있다.

이야기는 표면과 이면이 있을 수 있다. 도령이 모아놓은 이야기를 주머니에 가두었다고 하는 것은 표면적 현상이다. 그러나 한편 이야기들의 모의와 공박이 벌어지는 것은 당연하고 이것은 이면이라고 할 수가 있다. 도령의 분신이 남자종이 이를 엿듣고 이들의 간계를 알아내는 것은 표면이 아니라 이면을 보아야 한다고 하는 전형적인 방식이라고 할 수가 있다. 도령은 표면을 대변하는 자이고 욕망대로 하는 자라고 한다면 남자 노비는 이면을 대변하는 인물이고, 욕망을 잠재우고 이면을 살피는 지혜로운 자임을 볼 수가 있다.

결과적으로 이 이야기는 이야기하는 자와 이야기를 듣는 자의 소통, 이야기의 전승 속의 지속과 변화, 이야기의 표면과 이면 등을 두루 의사소통하는 것이 본질이라고 하는 점을 강조하는 이야기이다. 이야기에서 도령의 혼인식을 무대 배경으로 하는 것은 이러한 전통과 무관하지 않다고 할 수가 있다.

혼인식을 통해서 말과 글, 이야기의 표면과 이면 등을 다루고자 하는 것은 그러한 각도에서 매우 주목할 만한 것임을 절감하게 한다. 이야기를 하고 듣는 것이 긴요하다. 이야기는 하고 듣는 것이며 표리를 알아가는 것이라는 핵심적인 논쟁을 지니고 있는 이야기라고 할 수가 있다.

더욱 근본적으로 이 이야기는 구전문화와 문자문화의 기본적 갈등 선상 위에서 출발하고 있는 이야기이다. 구전문화의 직접성, 공격성, 단순함 등과 달리 문자문화의 간접성, 순정함, 복잡함 등이 다면적으로 얽혀 있다. 이야기의 대립이 지니는 기본적 면모를 총괄적으로 염두에 두고 도령과 하인, 주인과 노복, 상층과 하층, 구전성과 기록성 등의 다양한 층위에서 이를 정리한다면 이야기에 대한 이야기가 이러한 이야기의 이면에 도사리고 있음을 거듭 확인하게 된다.

이야기의 유형적 변이도 주목된다. 가령 순연한 이야기 유형으로 된 것도 있고, 이와 달리 이야기의 유형적 변이가 복합적으로 일어나서 「지네장터」유형과 결합되는 것도 있음이 분명하게 확인되는 면모이다.

2. 자료

• 「이야기 주머니」[1]

서낭에서 글을 배우게 됐는데. 인제 글을 배우면서 글을 다 마치고는 한 사람이 한 자루씩 이야기를 인제 하는데. 쭉 돌아가면 다 하는데, 배우는, 글 배우는 학생이 한 사람이, 한 사람으는 고마 이야기가 없어. 글을 못하고, 벌을 받고 이래. 그래가주 늘 집에 이야기를 들리돌라고 할아부지한테. 그래가주 그 이야기를 적었어요. 전부 적었어. 적어가 자기 공부 방에다가 주머니를 하나 요래 달아나 두고, 한 자루씩 이야기

---

1) 조동일, 《한국구비문학대계》7-6, 한국정신문화연구원, 1979, 78-84면.

를. [청중 : 그거 이얘기 주미이(주머니)라 카디.] 그래 주머니에설라 한 자리 듣고는 적어가 옇고, 또 한 자리 캐가주고 적어가 옇고, 인제 그 머리는 좋다보이께, 그 이야기는 다 외우지. 옇고, 옇고, 일 년 동안을 그저 이야기 주머니에다 꼭 차례로 적어 옇는게라. 꼭 적어 옇는데.

참 그래 인자 그 집에 식모도 있고, 머 그 부자집, 선비집이니까. [청중 : 머슴도 있고.] 하인도, 하인도 있고. 머 많이 있었어. 인제 참 그 사람이 글로 다 배우고, 커서 장개를 가게 댔는데. 그래 참 결혼 날자도 떡 받아놓고 이래 있는데. 하루는 이 집 식모가 부엌에서 인제 소죽 끼리는 거 가마솥이 있그덩, 근데 거그다 소죽을 끼리고 불로(불을) 옇고 있다가 이, 머 방에서 마 재재불 재재불 재재불 소리가 나그덩 거.[청중 : 이얘기다.]

그 몸종이 거 인제 불 옇고 소죽 끼리는데, 끼맀디이, 방아서 하도 이야기 소리가 나서 문을 열어 보이께네, 아무도 아무도 없는데 소리가 나. 이상하다 싶어. 또 부엌 앞에서 불을 때가민서 이래 들다가이, 아무래도 이상해, 그래가 곱게 방문을 열고 보이께네, 마 천장에서 소리가 나그덩. 그래가, '이상하다. 천장에서 무슨 이런 이야기 소리가 이렇게 나는고?' 싶어가, 가만가만 보이, 들아다보이께, 갈랑 갈랑한 주머니 속에서러 재재발 재재발 재재발 이야기 소리가 나는게라. 그래가주고 가마 들어보이,

"야, 오늘 이 집이 아무것이가, 낼 인제, 새복에(새벽에) 장가를 인제 가는데, 가그덜랑, 그래 아무것이 니는 가다가 가다가 [청중 : 산딸기] 목마리다 카그덜랑 새파란 샘물이 대서, 되어라."

이래그덩. 그래고 또,

"아무것이 니는 가다가 [청중 : 산딸기] 딸기가 대가주고 막 저거 해라." 이래고, 또,

"아무것이 니는 또, 그래도 그 놈이 그걸 먹고 안죽으면, 또 가다가

청실배가 대라(되라)."

했그덩. [청중 : 신랑 방에.][말 참견하는 사람에게] 가만 있어. 그래가,
"청실 배가 대라"이랬그덩.

"그래 청실배가 대가주고……"

[먹을 것이 도착해서 잠시 중단.]

"그래 청실배가 대가주고 그저 말을 타고 가그덜랑, 그저 말 머리에
청실배가 들었다 났다, 들었다 났다 하라."

하그덩.

"그래가 그걸 안따먹그럴당."

[청중이 소란하니 나무라면서] 이야기 들어요. 남우 이야기 다 씩어
요. 하마 다 잊어뿐 이야기, 중퉁미기(중간)도 하다가, 끝도 하다가 이래
는데.

"그래도 그 놈이 안죽그덜랑, 마지막에 나는"저기 댄다 했어. "큰, 신
방에서, 나는 큰 구렁이 대가주고서 그 놈을 저 물어 죽이야 댈따고."
이랬어. [청중:이야기 적여 여논 아를?] 이야기 적어 논 아를. 장개 가는
사람으로(사람을). "그래라"이래그덩. 그래 참 내일이가 아이라. 결혼식
이 아이라, 내일이가 그 집 맹(역시) 약혼식이고, 그런 날인데. 인제 마
이런 이야기를 식모가 들었는게라. 몸종이.

그래 턱 듣골라 가여, 가마 생각크이 같잖지도 안하그덩. 그래 옛날에
는 그래 놓고, 머 신행도 하고 머 이런 머 하잖니꺼. 그래가 가마 생각크
이 도저히 자기 주인 살릴라는 연구를 해 보이, 저거 없어.

그래가, 이래가 뚜꺼비 한 마리를 키웠는게라. 자기가 뚜꺼비를 한 마
리, 부뚜막에 요래, 부뚜막 요리, 부뚜막 디에다, 부뚜막을 요래 뚜꺼비
들어갈 만춤 자기를 해놓고, 파고 묻어 놓고는, 항상 밥을 하면 거 수지
밥을 거 뚜꺼비를 좋어.

"이 뚜꺼바. 어예든동 이 밥을 먹고, 저거 우리 주인을 살리야 댄다."

하고서, 늘 밥 줄 때마다, 늘 수지밥을 주고, 똑 줄 때마다 인제 자기 주인을 살려야 댄다는 그런 말을, 말을 하고. 그래 키웠는게라. 키우이, 참 그래가 인제 어느덧 세월이 가서, 인제 장가갈 날이 떡 댔는데.

여자 몸종이 따라가라 카니껴. 따라가그러 하나, 몬따라가그러 하그덩. 그래는데, 막 장가가는 날이, 말, 말 잡는 인제 그거로 인제 이 몸종이 자기가 말을 잡고 가겠다이게라. 가겠다 하이, 집에서 난리가 나는게라. 어떻게 양반 집에, 그런 일이 있느냐고. [누가 들어와서 잠시 중단.] 그래서, 이런 일이 있느냐고 난리가 나그덩. 그래 그예기나(그러거나) 말기나 안댄다고, '내가 말을 몰아야 댄다고.' [또 한 사람이 들어와서 잠시 중단.]

"내가 말채를 몰아야 댄다."

하면서, 기여이 따라나섰지 머. 그예게나 말게나 아무 소리도 안하고, 나 나섰는게라. 그래 나서가주 인제 간다. [청중 : 누가 말군이래?] 몸종이, 그 여자 몸종이 마 말채를 잡고 갔지. [청중 : 자기 혼자만 알고?] 혼자만 알고. 그러이 여자라도 좀 큰 사람이지. [청중 : 그렇지.]

그래가주 턱 가는데, 가다이 참 목이 말라 죽는다 카는게라. 목이 말라. 어에든동, 말채를 잡고, "죽으나 사나 옆도 디도 돌아다보지 말고 가자." 이게라. 그래게나 말게나. 가다 생각하이,

"목이 말라, 물이 먹고 싶어 안대겠다. 말 멈차라."

하이께네, [감격스러운 목소리로] 앞에 새파란 샘물이 마마 빵긋빵긋 웃는 샘물이 마 새파라이 막 나타나그덩. 그 물이 보이 먹구 저바(먹고 싶어). 철철철철 물이 나타나는게라. 이거 먹을라고 마,

"말채를 멈추어라!"

하이께네, 몸종이 [힘차게] 탁 말을(말을) 털쳐가주고 막 더 달리뿌그덩. 더 달리뿌이,

"이 요망한 것이 어디 마 함부래 오늘 아침부터 나서가주고. 오지 마

라 카이 따라나서가 이런 짓을 하느냐!"

하면서, 상각 가는 머 손이고 머고 난리가 났지. 머 그렇기나 말기나 말채를 몰아 막 달리가이,

"저 여자가 말이지, 먼 기가 있노? 왜 저르노?"

하면서, 고 저 머고? 상각 가는 사람이고 마 다 따라가는게라. 그래가 턱 가다이께네, [감격스러운 목소리로] 옆에 죽 가는데, 마 이래 가미(가면서) 목이 마르이께네, 그거 물 음슥(음식) 밖에 생각이 안나그덩. 그래 옆으로 썩 가는데, 산 기슭을 이래 지내가는데, 마 [소리를 높여서] 딸기가 마 벌겋게 마 있그덩. 마,

"예라, 이 멈추어라! 이 딸(딸기) 쫌 따먹고 가자. 먹고 가겠다고."

이랬지. [강하게] 또 말채를 쳐가주고, 막 말로(말을) 몰았는게라. 그래 몰아가 또 갔다. 그래가 그 고개를 지내서 또 갔는데. 그리고 인자 가다가 보이께네. 인제는 고마 마 한참 가다니까, 마 [감격스럽게] 청실배가 그 저 말머리에 들었다 났다, 그저 말이 펄쩍 펄쩍 띠가미 자꾸 말채로 치이, 이놈우 말이 펄떡 펄떡 띨꺼 아이라. 그래 띠이께네, 말머리에 그 저 청실배가. 딸라 카이 내러와뿌고, 또 딸라 카이 또 올라오고. 또 말이 띨거 아이라.

그 적새는(그제야) 이 말로(말을) 멈차라 소리도 안했는 게라. 멈차라 카이 하마 말을 안들으이, '내가 이 배를 따먹어야 되겠다' 싶어가주고, 그저 말머리 철컥 카이 올라가고 니러가고. [일동 : 웃음] 올라가고 니러가고 이래다보이 배밭을 다 지내뿌렀어. 그래 참 가미, 그래다 신부방에 떡 댔다.

첫날밤에 신부방에. 근데 이 몸종이 갈 직에 그 참 뚜꺼비 믹이, 일년 동안 믹있는거로 뚜꺼비를 자기 품속에 여가 갔는게라. [몸종이?] 몸종이. 여가 갔그덩, 여가주고 갔는데. 그래 인지 턱 가이, 첫날밤에 턱 자는데, 이 몸종을 쫓아낸다 말이라 문 밖으로. 쫓아내는거로 죽으나 사나

몬나간다 카고, 이 문, 문을 붓잡고 앉았는게라.

[청중 : 신랑 방아서?] 예, 신방 문 밲에. 문을 뿟잡고 앉아가 있다가, 그래 머 하 그 어예노, 아무리 때리도 안대고. 아무리 쫓아도 안대이. 그래, 그대로 나두는거지. 그래 신혼 방아 부부가 떡드가 앉았다.

그래 첫날밤을 턱 자고 있는데, 신부가 턱 저 하고 잠이 들었어. 그래 잠이 들었는거를, 한밤중 재밤중 넘으이께네,

"이놈이 어떤 놈인데, 아무 짓도 해도 니가 안쏙아넘어가나?" 하민서, 큰 구렁이가 슬 나오디마는 고마 마 사람 몸을 디리 디리 감고 막 들어서그덩. 그래 그마 몸을 감고 들어서이, 이 사람들은 자니라고 몰라. 자니라고 모리고 턱 늘어 자고 있는데. [청중 : 신랑을?] 응. [청중 : 감는다. 구리가?] 그래가주고 뼈이 있다가이, 막 감그덩. 한참 감은 디에,

"이놈아, 인제는 해보자."

커그덩. 그때 뚜꺼비를 마 들랐는게라.

"이 뚜껍아. 어예든동 우리 주인 살리라."

이게라. 그래가 마 방문 싹 열고 들랐뿌랬는데. 들랐디마는, 이 뚜꺼비가 하마 그래 키우고 하매 해놓이께네, 독을 하매 이때까지 쓰고, 그래 그래 키워놓이, '어예든동 니는 커서 우리 주인 살리야 댄다고.' 밥을 조가민서 늘 그래 일러두고 해 놓이께네, 살릴 요량하고 지는 목숨 버릴 요량하고, 마 그래 컸어. 그래놓이, 들라놓자 말자 독을 썼는게라. 그래 독을 쓰고 이래이께네, 그래 마 고마 마 사람을 감았든 구리가 독을 씨고, 또 또꺼비가 독을 씨고, 이래놓이, 마 방안이 마 안개가 [감탄하는 소리로] 자욱히 끼었그덩. 자욱히 끼었는데.

이 독을 씨면, 구렁이하고 뚜꺼비하고 독을 서로 씨이께네 뚜꺼비 독이 더 시다네요. [청중 : 지네 바라. 지네,][청중 다른 사람 : 아 뚜꺼비 힘이 더 시구나.] 시다니도. 그래가주고 마 이 뚜꺼비가 고마. [청중 :

거 나중에 죽는다.] 응, 독을 디게 씨이께네, 이 구렁이가 감았던 구렁이가 고마 떡 고마 마 나자뻐져뿌렜어. 방안에 마 턱 나자뻐져뿌렜다. 그 적새는 이 뚜꺼비가 독을 얼매나 썼든동, 뚜꺼비도 고마 죽어뿌렜어. 뚜꺼비도 죽어뿌고.

그래자이 날이 새는게라. 날이 새이께네, 머 하인들하고 머 머 거 머난리지. 와서 들와보이께네, 머 일라보이, 구리 뚜꺼비 다 죽었그덩. 그 적새는 마 하인 몸종이,

"여봐라!"

꼬, 마 호령을 쳤는게라. 호령을 치이, 마 몸종이 와서 '여봐라'꼬 호령을 치이, 다 웬 일인고 싶어, 들바다 보그덩. 들바다 보이, 떡 일이 그래댔다 말이다. 일이 그래 대놓이, 인제는 마 그 몸종을 떠받들고 마 이래 가주고. 그 사람이, 죽을 사람이 그 몸종 때민에 살았는데.

그 이야기를 그래 적어 놓면, 숨 몬시게 그래 적어여 놓면 이야기 새가 인다니도.[2] 그 이야기 새가 일어가주고 그래댔드라니도. 그래가 잘 살았다니도.

3. 깊게 보기 : 「주머니에 갇힌 이야기」, 그 진실성을 찾아서

1) 이야기를 가두면 어떻게 되나?

이야기는 하고 듣는다. 이것이 이야기의 본질이다. 하고 들으면서 여러 곳으로 널리 퍼져나가는 것이 기본적인 속성이다. 이야기를 혼자서만 알고 있으면 부자가 되는 것도 아니다. 이야기를 여럿이 함께 나누고 더

---

2) 이야기를 적어 넣어 두기만 하고 하지는 않으면 이야기 새가 일어서 주인을 해치게 된다는 말이다.

불어서 전해야만 이야기는 가멸진 자산을 윤택하게 가질 수 있다. 이야기를 전달하고 이야기를 들어야만 이야기의 흥취에 깊게 빠질 수 있다.

이야기 가운데 앞서 말한 이야기의 기본적인 속성을 문제삼은 것들이 있어서 주목된다. 그것이 여러 이름으로 전한다. 가령 「이야기주머니」, 「이야기봉다리」, 「사가 되는 이야기」 등이 그러한 사례이다. 비교적 간단한 내용인데도 흥미로운 결과가 도출되는 특별함이 있다. 이야기가 이야기 귀신이 된다라고 하는 성격을 보여주는 대표적인 것이라고 할 수가 있다.

이 이야기는 이야기에 관한 기본적인 성격을 보여주는 특별한 이야기이다. 이 이야기는 현재까지도 충분하게 전승되고 있으며, 전승되는 양상이 각별하다. 이 가운데 어느 특정한 각편만 선정해서 다룰 일은 아니다. 일단 이 이야기를 요점적으로 이해하고 이 각편에 대한 전반적 이해를 도모할 필요가 있다. 이 이야기의 요점을 요약해서 일단 정리하기로 한다.

1] 옛적에 한 사람이 아들을 두었는데 아들이 서당에 다니면서 서당 아이들이 한 이야기와 놀러온 어른들이 하는 이야기를 적어서 주머니에 넣어두었다. 몇 해를 이렇게 했더니 이야기를 적은 종이가 주머니에 가득 찼다.

2] 아들이 장가를 가게 되었는데 시중을 드는 종이 같은 나이라서 한 방에서 지냈는데 하루는 종이 잠을 자다가 깼는데 어디서 소근거리는 소리가 나서 들어보니 도련님이 차고 자는 주머니에서 소리가 났다. 자기들을 적어서 주머니 속에 가두어 두기만 하고 바깥 구경을 시켜주지 않아 답답해서 견딜 수가 없다고 하며 원수를 갚자고 했다.

3] 하나가 장가가는 길가에 청실배가 되어 배를 따먹게 해서 죽여야겠다고 하니까 또 한 놈은 장가가는 길가에 딸기가 되어 있다가 딸기를 따

먹게 해서 죽이겠다고 하고, 다른 놈이 길가에 옹달샘이 되어 바가지를 띄워놓고 물을 떠먹어 죽게 하겠다고 하고, 또 다른 놈은 대청에 깔아놓은 덕석 밑에 실뱀이 되어 숨어 있다가 북향재배를 할 때 쏘아 죽이겠다고 하고, 또 다른 놈은 큰상의 떡국이 되어 있다가 떡국을 먹으면 목구멍에 걸려서 죽게 하겠다고 했다.

4] 종이 이 말을 다 듣고는 주인 아들이 장가갈 때 타고 가는 말의 마부가 되어 따라가겠다고 했다. 상전과 도령이 안 된다고 말려도 종은 자기가 꼭 가야 한다고 우겨서 마부가 되어 따라갔다.

5] 장가를 가는데 얼마쯤 가니까 길가에 배나무가 있는데 청실배가 열러 있으니까 도령은 배를 따오라고 했다. 마부가 못 들은 척하고 말을 빨리 몰아서 그곳을 지나갔다. 또 가는데 딸기가 주먹만한 것이 달려 있으니까 딸기를 따오라고 했는데 마부는 못 들은 척하고 말을 빨리 몰아 지나갔다. 한참을 가니까 옹달샘에 맑은 물이 있고 바가지가 떠있으니까 신랑은 물을 떠오라고 했다. 마부는 얼른 말을 몰아 그곳을 지나갔다. 신부집에 가서 대례청에서 신랑이 북향재배를 하려고 하는데 시중드는 종이 신랑을 들어서 방에 갖다놓았다. 신랑 앞에 큰상을 갖다놓아서 신랑이 떡국을 먹으려고 하는데 종이 큰상을 밖으로 내던져 못 먹게 했다.

6] 시중을 드는 종이 마부로 따라와서 여러 가지 해괴한 짓을 해서 행례를 방해한 것을 본 상전은 집에 와서 종을 죽이려고 하니까 종은 죽기 전에 할 말이 있다고 했다. 종의 말을 다 들은 상전은 자기 아들을 살리려고 그렇게 한 것을 알고 아들을 살려준 은인이라고 고마워하고 종 문서를 태우고 양아들을 삼아서 글도 가르쳤다. 그래서 과거를 보아 벼슬도 하게 되어 잘살았다고 한다.[3]

3) 임석재, 邪가 된 이야기, 《한국구전설화 : 경상남도편(임석재전집 11)》, 평민사, 1991, 108-110면.

문면을 분절해놓고 보니 이 이야기는 매우 중요한 단계적 진전이 있다. 그러나 이 진전에 일정한 이야기의 비약이 있으며 점점 난해해져서 이야기의 결말에 이르러서 너무나 뻔한 이야기로 변하는 특징이 있다. 의미맥락은 분명해도 도대체 이 이야기가 어떠한 의미를 가지는지 도대체 알기 어려운 구석이 있다. 이야기가 둔갑해서 이야기를 주머니에 가둔 인물에게 복수를 하려는데 이 소리를 듣고 계획을 알아차린 하인이 이야기의 복수를 무마하는 것이다.

이 이야기는 해괴하기 이를 데 없다. 이야기를 적어서 주머니에 모아놓자 이야기가 다른 것으로 둔갑해서 죽이려고 하는 것이 본질적인 것이라고 할 수가 있다. 이야기를 가두면 곧 사 또는 새가 된다고 하는 것이 이야기의 주제이다. 그러나 이 주제만으로 이 이야기가 모두 이해되는 것은 아니다. 도대체 이 이야기의 진정한 주제는 무엇인가? 다만 이야기를 가두어 두면 사가 되는 것이 어떠한 의미와 의의를 가지는가?

2) 이야기의 표면적 주제와 이면적 주제

이야기는 겉의 주제와 속의 주제가 따로 있는 것처럼 보인다. 이야기의 표면적 주제를 알아보는 것도 유용하지만 이 이야기의 이면적 주제가 무엇인지 먼저 분석을 할 필요가 있다. 그렇게 하기 위해서는 남김없이 가지고 있는 의미와 맥락을 차근하게 정리할 필요가 있다. 그리고 일정정도 이야기의 비약이 상징의 연속으로 이루어지는 점을 이해할 필요가 있다.

서두 상황은 이제 물미가 트인 서당의 서동임을 이해할 필요가 있다. 물미가 트였다고 하는 것은 사물의 이치도 알고 글도 아는 데까지 일정정도 성숙한 아이가 되었다는 뜻이 된다. 동학이나 어른들이 하는 이야기를 종이에 적어서 이 이야기를 주머니에 넣었다고 했으며 여러 해 동안 이야기를 적은 종이가 주머니에 가득하게 되었다고 하는 것이 서두의 핵심이다.

남성들 사이에서 하고 들은 이야기를 적는 행위는 일종의 구전적 속성을 지닌 것과 다르게 이야기를 문자로 정착시킨 행위이므로 유동하는 것을 고정시켰다는 뜻이 된다. 그렇게 가둔 이야기는 도대체 어떠한 것이기에 이야기의 속성이 다른 것으로 둔갑하게 되는가 하는 점이 매우 중요한 전환을 이룬다고 하겠다.

이야기 주머니는 이야기를 많이 하는 사람, 이야기가 실타래처럼 길게 이어지는 사람을 뜻하는데, 여기에서는 그러한 것이 아니다. 이야기 보따리가 아니라 이야기를 은밀하게 가두어 두는 뜻으로서 이야기 주머니가 작동하고 있어서 다르다. 이야기를 많이 알고 말하는 것이 아니라 이야기의 자유로운 속성을 속박하고 혼자만의 비밀로 간직하게 됨으로써 생긴 변화를 말하는 것일 수 있다.

이야기가 가지고 있는 특징은 구체적으로 제시되어 있지 않다. 다만 은밀하게 감추어지고 기록된 무엇이다. 그렇다면 이야기는 그 자체로 특정한 산물이다. 이야기가 무엇인지 구체적으로 되어 있지 않으나 나중에 이야기기 둔갑하여 변화하는 것을 보면, 상징적 속성이 우세하게 된다.

이야기는 상징적인 내용물로 가득 찬 남성들의 욕망과 일정하게 관련을 가지고 있으리라고 본다. 그런데 자연스럽게 돌아다니면서 공론화되어야 할 것이 결국 은밀하게 감추어지고 간직되면서 병이 생길 것으로 우려되는 상황이 된다. 이야기는 성의 욕망을 상징하는 어떠한 에너지와도 같은 구실을 하게 된다. 그 에너지가 발산되지 않는 것은 문제이고, 그것을 내면의 어디에다 꼭꼭 감추어 둔 것이 문제이다. 서당의 도령은 충만하게 된 욕망을 내면화해서 지나치게 편중되게 간직만 하고 있다고 할 수가 있다.

 장가를 가게 된 것이 중요한 사건의 설정이다. 장가를 간다고 하는 것은 생식적 욕구를 발산할 수 있으며 새로운 대상을 만나서 직접 배설을 할 수 있는 것이다. 그러므로 중요한 인격적 전환과 생리적 탈출구를 갖는 방편이 된다. 장가가는 것은 그러한 인격적 전환의 증거물로 된다.

 그런데 하인이 장가가기 전에 한 방에서 이야기의 주머니에서 나오는 소리를 듣는다. 문자로 정착된 것들끼리 서로 주고받는 말을 해득하고 이해하는 위치에 있게 된다. 핵심은 이야기들이 갇혀 있어서 갑갑했으므로 이제 중요한 혼인식을 앞두고 상징물로 되어서 이들이 신랑을 죽일 것이라고 하는 것이다.

 신랑은 전혀 모르는 사실을 하인이 이야기 주머니의 이야기들이 하고 듣는 것을 엿듣고서 이 사실을 알아차리게 되었다. 영문이 잘 닿지 않는 대목이다. 그러나 한 편 신랑을 죽이겠다고 하는 것은 실제의 죽음이라기보다는 특정한 것에 깊은 천착을 하게 하는 것이다. 가령 이야기의 둔갑에 의한 것이므로 그것이 곧 죽음처럼 깊은 애착을 의미한다. 달리 과도한 성적 집착일 수 있다.

 신랑은 흠뻑 빠져 있고 고착되어 있어서 전혀 객관화되지 않았으며, 무슨 소리인지도 전혀 이해하지 못한다. 그런데 오로지 하인만은 이들의 소리를 들었으며 그들의 해코지 내용에까지 깊은 파악에 이르렀다고 할 수가 있겠다. 신랑의 탐닉하고 하인은 그들의 음모를 파악하고 있다. 문자로 인식할 정도로 보이는 것에만 익숙해 있다. 반면에 하인은 그들의 이야기에 귀를 기울이고 있어서 대조적이다.

 신랑과 하인이 한 방에 잔다고 하는 것이 주목된다. 둘은 지체의 차이를 드러내고 있지만 오히려 지체를 넘어서서 더욱 깊은 차이가 있다. 같은 방에서 하나는 자고 있고, 다른 하나는 깨어 있다. 몰입한 인물은 주인이고, 각성한 인물은 하인이다. 하인은 주인을 따르도록 되어 있다.

 신랑과 하인은 하나의 마음인데, 욕망으로 점철된 자아와 통제력으로 아울러진 자아가 한 마음에서 자라나 있다. 욕망이 먼저이고, 통제는 나중인 것이 혼인을 앞둔 젊은 혈기를 가진 인물의 면모가 아닌가 한다. 따라서 이야기에서는 신랑과 하인이라고 할 수 있겠으나, 달리 이들은 마음의 두 자아로 상징되는 것으로 해석과 추론을 할 수가 있다. 둘은 장가가는 것을 앞에 두고 교묘하게 서로 대립하고 있으며 이야기라는 특정한 주체와 맞서게 된다.

각편에 따라서 신랑과 하인의 지체 관계가 아니라, 부자와 빈자로 바뀌어 있는 경우도 있지만 둘의 상징적 의미는 그다지 다르지 않다고 생각한다. 성적 욕망에 과잉된 인물과 성적 욕망이 다이어트된 인물이라는 질적 차이를 가진 것으로 해석할 수 있겠기 때문이다. 지체의 차이과 부의 차이는 그렇게 심각한 것이 아니라고 본다.

이제 이야기가 신랑에게 복수하겠다고 하면서 변화된 것이 매우 중요한 것이다. 이야기의 둔갑이므로 이야기를 가둔 신랑의 이야기 내용이 모습을 드러내는 것이기 때문이다. 이 이야기를 두고서 그간 온전한 해석을 하지 못했는데, 이제 그 미지의 봉인을 뜯어내고 단계적인 고양과 상징적 비약을 차례대로 해석할 수 있을 것이다.

순서가 각기 다르지만 이야기의 결에 따라서 이야기가 둔갑해서 죽이겠다고 하는 것을 열거하기로 한다.

옹달샘물-딸기-청실배-실뱀[구렁이 · 지네 · 송곳 · 바늘 · 바늘쌈]-떡국

이 순서가 일관되게 연결되는 것은 아니다. 순서는 다르지만 대체로 구성요소로 거의 유사하게 등장하므로 이들을 해석하는 것의 일관성을 가져야 한다. 이야기가 둔갑하는 것이므로 우리는 이 문제를 예사로이 넘길 수 없다. 물-과일-성기 상징 등으로 되는 것이 우세하게 관찰된다. 성기 상징은 이 가운데서 따로 언급될 필요가 있다. 나머지는 인간

의 욕망을 간여하는 특징적이다. 그러면서도 성과 깊은 관련이 있는 상
징물이다.

물은 여성의 상징이다. 옹달샘물은 처녀의 근원적 샘물과도 같은 존
재이다. 과도하게 마시면 위태로운 존재이다. 욕망을 가진 남성은 이것
에 깊이 천착하지 않을 수 없다. 남성의 성욕이 지향하는 근본적 지향의
식이 여기에 있음이 물론이다. 자발적인 본성이며 이 본성은 거부할 수
없다. 그러므로 이를 통제하고 욕망을 조절해야 할 대상이다.

신랑과 하인이 갈등하고 대립하는 것은 당연하다. 그냥 지나치느냐
머물러 마시느냐의 갈림길에서 하인의 말고삐는 조여지고 통제되었다
고 할 수가 있겠다. 시퍼런 빛으로 솟아오르는 것은 여성의 성적 상징으
로 충만한 것이 아닐 수 없다.

딸기 역시 그러한 성적 탐욕의 상징이다. 붉은 딸기는 여성의 상징이
다. 딸기는 묘한 과일이다. 일단 열매가 붉고 크며 탐스럽다. 게다가 열
매에 점점이 씨앗이 있어서 남성성을 암시하는 것 같지만 동시에 과일
에 씨앗이 있으므로 이것이 다산다생식의 상징인 것을 알 수가 있다.

이야기가 이것으로 변해서 남성을 공격하겠다고 하는 것은 여성적 고
혹성을 말하는 것이며, 생명력으로 공격하겠다고 하는 말이다. 딸기는
여성의 성적 상징 자체이다. 이 과정에서도 신랑이 하인과 갈등하지 않
을 수 없다. 역시 하인이 그냥 지나치게 된다.

배는 다즙의 단 맛이 나는 특별한 것이다. 배에서 우러나는 각별한 맛
도 긴요하지만 다즙의 단맛이 가지는 상징이 중요하다. 돌배나 아그배
는 우리에게 익숙한 과일인 동시에 그 단맛은 여성의 농밀한 성적 상징
으로도 이해할 수 있다. 다즙의 배는 여성과 일정한 관련을 가진다. 하
인과 신랑이 갈등하지만 이 역시 지나치게 된다.

구렁이, 실뱀, 지네 등은 남성의 상징이다. 흔히 말하는 팰리시즘
phallicism의 상징이다. 이것이 되어서 도령을 죽이겠다고 하는 것은

매우 이례적이다. 그러나 이 동물들이 신혼 초야의 방에서 작용하는 것을 중시해야 한다. 이들은 강렬한 남성의 성적 상징으로 여성의 성기를 공략하는 것이기도 하다.

그러한 상징적 면모가 변형되어 작용하는 것이 곧 송곳이나 바늘이 된다. 모두 무엇을 예리하게 뚫는 작용을 하는 것이다. 그런데 여성의 상징적 욕망이 우세하다가 신혼의 초야에 이루어진 예리한 것의 변용이 무엇을 의미하는가? 그것은 과도한 성적 탐닉이 이제 여성에 대한 공격의 양상으로 바뀌는 성적 상징의 전환을 시사한다고 여겨진다.

각편에서 흥미롭게도 구렁이나 지네가 신랑의 코를 깨물어버리겠다고 하는 것은 더욱 재미난 상징이다. 코가 코를 깨무는 격이어서 이 전환은 간단하지 않은데, 남녀 두 사람의 과격한 성적 충동과 그 표현을 의미하는 것으로 보인다. 성적 상징의 변화가 긴요한 구실을 하는 것을 볼 수가 있다. 이 과정에서 마침내 하인은 이러한 것들을 모두 발견하거나 퇴치하고 의미를 부여하고 해결하는 것으로 되어 있다.

그런데 특별한 각편에서는 떡국이 하나 더 있다. 떡국을 먹을 때에 죽이겠다고 하는 것이다. 떡국은 나이를 상징하는 것이다. 떡국이 잔치 음식일 수도 있느냐 떡국을 먹으면 나이 한 살을 먹는 전통을 말하는 것을 환기할 수 있을 것이다. 가령 서울 지역의 무가 가운데 '떡국이 농간을 했느냐? 졸다가 깨쳤느냐?'라는 말이 있다. 곧 성장을 의미한다.

단순하게 치우친 성적 욕망을 통제하지 못하면 어른이 되는 것이 쉽지 않다. 그 점을 환기하기 위해서 떡국으로 둔갑해서 이야기가 죽이겠다고 한 것이다. 다른 것과 달리 특별한 상징이지만 단순하게 어른이 되는 상징이 아니다. 진정한 어른이라면 억제되는 자아의 의지를 진정으로 가져야 하는 것이다. 떡국이 상징적인 의미를 각별하게 가지는 것은 이 때문이다.

이야기가 둔갑해서 복수하겠다고 한 것은 이렇게 보면 확연하게 일련의 특징으로 점철된 상징임을 알 수가 있다. 첫째는 인간의 생식을 위한 욕구의 상징으로 대변되는 것이 전반적으로 확인된다. 여성의 성적 상징을 위한 것들이 근원적인 것들로 드러나 있다. 옹달샘의 샘물, 크고 붉은 딸기, 청실배 등은 여성적인 상징에 가까운 것들이다. 그것은 신랑이 신행의 길에서 취하고자 하는 음식들이나, 근본적으로 억제되어야 할 것들이다. 신랑은 취하고자 하고, 하인은 막고자 한다.

둘째는 남성의 성적 욕망이 극대화된 것들이다. 가령 남성의 성적 상징을 풍부하게 상징하는 것들이 있으며, 상대적으로 그러한 것들이 변형된 송곳과 바늘이라고 하는 것은 남성 성기의 상징이고 여성성을 공략할 수 있는 것으로 판단되는 상징이다. 그러나 이 상징들은 신방에서 이루어지는 점에서도 매우 중요한 의미를 가지고 있다. 이 역시 신랑은 위협적인 위치에 있으며, 이야기가 둔갑한 것이므로 위험하다. 반면에 하인은 이것마저 막아내는 구실을 하게 된다.

셋째는 떡국이 관련된 것으로 혼인식은 성인식과 관련된다. 신랑과 신부가 초야를 치르는 것은 성인식의 변형과 혼인이 결합된 것을 의미한다. 이 과정에서 떡국이라는 상징이 사용되면서 진정한 어른이 되는 것을 보여주고자 하는데, 그것이 곧 한편에서 치우친 것이므로 떡국은 상징적으로 헛되게 나이를 먹는 현상을 경계하는 문제를 야기하게 된다. 신랑은 먹으려고 하고, 하인은 막으려고 한다. 육체적 성장과 정신적 각성이 수반되지 않는 성인식과 혼인식은 무의미하다고 할 수가 있다.

이 세 가지 상징은 매우 복합적으로 결합되어 있으나 많은 것을 환기하게 된다. 서당에 다니던 도령이 이야기의 주머니에 가두어 두었던 것이 둔갑한 결과이므로 개인적인 내면의 성적 자극으로 이룩된 결과물이다. 이 이야기들이 공모해서 신랑을 죽이려고 하므로 여기에 일정한 상징적 작용이 있게 마련이다.

몰입된 신랑과 각성한 하인은 신랑의 혼인식으로 엮어 있다. 하필 혼

인을 하는 찰나에 이러한 이야기의 복수들이 이루어지려는가 하는 점이
이 이야기를 이해하는 핵심적인 관건이다. 그것은 진정한 어른으로 인격
적 전환을 암시하는 결과이다. 신랑과 하인이 하나의 결합에 의해서 움
직이는 것은 그러한 결과를 두고 혼인식에 맞추어야 한다는 뜻이 된다.

신랑과 하인은 이야기를 가둔 이야기 주머니를 횃대에 걸어놓은 한
방에서 출발하여, 이야기가 음모를 꾸미면서 도사리고 있는 공간적 배치
를 말을 타고 통과해서 신방에까지 함께 한다. 이 둘은 말을 탄 존재와
말고삐를 쥔 존재로 결속된다. 말은 욕망에 쉽사리 도달할 수 있는 수
단이 되지만, 말고삐를 쥔 사람은 욕망을 억제하고 위험을 벗어나서 예
정된 행보대로 갈 수 있는 것을 암시하게 된다.

그렇게 된 결과물을 모아서 총체적으로 해석할 필요가 있다. 이 이야
기는 근간은 혼인식이 핵심이고 한 남자의 인격적 전환과 사회적 자아
를 형성하는 이야기임을 알 수가 있다. 그러므로 유년의 자아에서 성년
의 자아로 옮아가는 이야기임이 분명하다. 내면적 성에 대한 집착에서
벗어나서 외면적으로 공인된 성적 탐닉으로 옮아가는 전환을 말하는 것
임을 알 수가 있다.

그러한 과정에서 신랑과 하인은 지속적으로 대립하고 있으며 전혀 상
반된 관점에서 상황을 이해하고 해결하는 모습을 보이고 있다. 그것은
이야기의 서두에서 결말까지 일정하게 관련을 가지고 있는 것임을 알
수가 있다. 그 단계의 변화에 대해서는 나중에 말하기로 하고, 일단 이
둘의 두드러진 태도를 비교하기로 한다.

이들은 삼중의 대립적 면모를 이룬다. 첫째, 이야기를 주머니에 가둔
인물과 이야기의 음모를 알아내는 인물로 대립을 보이고 있다. 둘째, 특
정한 요소에 집착하여 이것을 한 군데 모아놓았지만, 다른 인물은 이를
객관화해서 냉정하게 살피고 있다. 셋째, 감각과 욕망에 충만하고 방종
적으로 행하려고 한다면, 다른 인물은 자기통제력이 발휘되는 인물이다.

위에서도 분석하였지만 내면적 집착을 하는 인물의 폐쇄적 면모와 내면의 소리를 들어서 이를 냉정하게 집중할 수 있는 인물의 논리적이고 개방적인 면모를 대변한다. 외부에서 내면으로 진행된 과잉적 면모가 이야기를 주머니에 가둔 것이라면, 내면에서 우러나는 깊은 저층을 살필 수 있는 것이 이야기에서 우러나온 소리를 들려주는 것이라고 할 수가 있다. 그러한 점에서 둘은 서로 깊은 차별성을 가진다고 할 수가 있다.

둘째는 이것을 가능하게 하는 특정한 요소가 요점이다. 한 쪽은 상징적인 면모를 가지고 있으며 고착적이고 성적 상징과 은유로 가득 차 있다. 나머지 한 쪽은 시각적인 고착에서 벗어나서 이 상징을 통제하고 이들의 음모를 알아챌 수 있을 만큼 객관적인 특성을 지닌다.

셋째는 한 쪽은 감각과 쾌락의 욕망에 치우쳐 있는 것과 달리 다른 한 쪽은 감각과 쾌락의 욕망을 넘어설 수 있으며, 욕망과 욕망의 통제라는 놀라운 관계를 가지고 있다. 이야기의 둔갑물의 음모를 넘어서는 것은 이러한 과정에서 매우 중요한 의미를 지닌다.

이야기의 흥미와 쾌락이 갇혀서 머물면 단순하게 그치지 않고 욕망으로 지배되어서 나타나고 결과적으로 심각한 변이가 생기게 되는 것을 볼 수가 있다. 그러한 점에서 이 변화는 무시할 수 없는 것이다. 이야기를 가두어서 생긴 변화를 우리는 생각하지 않을 수 없다. 그러므로 신랑과 하인은 서로 깊이 있게 연결되어 있으며 상징적인 의미를 절반씩 공유한다.

신랑과 하인은 주종의 관계이다. 사춘기나 성적 에너지가 넘쳐나는 사내에게 흥미와 쾌락의 욕망이 주인이고, 이를 통제할 수 있는 능력을 박약하다. 욕망이 우선하고 이성적 통제가 나중에 자리한다. 신랑이 하인으로 관계를 맺거나 부자와 빈자로 관계된다고 하는 것은 앞에서 이미 말했다. 욕망과 이성, 충동적 갈증과 갈증의 억제력 등이 주된 관계를 주종의 관계로 표현하였다.

신랑과 하인은 한 방에서 잠을 잔다고 했는데, 이 과정에서 중요한 전환이 이룩된다. 욕망은 감각에 의존한다. 감각이 휴지되는 순간은 잠을 자는 순간이다. 前六識의 眼耳鼻舌身意의 六根이 잠을 잘 때에 비로소 七識이 활동하는 것처럼 하인은 비로소 욕망의 근원들이 무엇으로 움직이는지 내면을 들여다 볼 수가 있다. 그래서 이야기의 음모를 알아차리게 된다.

둘은 이후에 활동을 하게 된다. 한쪽은 욕망에 다시 충실하게 된다. 마시고 먹는 일에 매달린다. 그러나 이와 달리 고삐를 쥔 쪽에서 이로부터 벗어나서 욕망을 통제하고 먹어서는 안될 것을 알아 적절하게 대처한다. 욕망에 사로잡히지 않고 내면에서 울린 경고를 기억하고 이를 실행한다. 그러한 음모에 현명하게 대처하게 된다.

욕망을 가진 쪽에서는 억제된 육체적 관심과 정신적 성숙이 결합하면서 어른이 되어야만 비로소 욕망 이상의 성취를 할 수 있다고 하는 점을 알아차리지 못한다. 하인의 행위는 전혀 생뚱맞고 괴로운 요인이다. 그것은 자신의 욕망을 가로채는 것처럼 보인다.

결말에서 둘은 이 과정을 거치면서 하나로 합일되는 특성을 갖고 있다. 하인과 신랑이 의형제를 맺는 경우도 있고, 하인을 양아들을 삼아서 뒤를 아름답게 했다고 하는 것이 결말이다. 어떠한 각도에서든 둘은 하나로 귀일되는 특징이 있다. 욕망의 충동과 욕망의 억제라고 하는 면모를 진정으로 합치면서 신랑은 진정하게 어른이 될 수 있있다.

우리에게 마음을 이루는 두 부분이 있다고 하는 점은 널리 알려진 사실이다. 통제되지 않는 부분과 통제되는 부분이 그것이다. 둘은 갈등하면서 화합한다. 둘이 서로 갈등하면서 문제를 일으키는 것도 있으며, 문제를 해결하는 것도 있다. 이 이야기는 이야기에 관한 이야기이면서 인간의 심성 이면에 잠재된 인간의 마음 내부를 들여다보는 이야기임을 알 수 있다.

이야기의 흐름 속에서 중요한 성적 상징과 장치가 있으며 성적 자극을 일으키는 부분과 통제되는 부분이 있다고 하는 것이 이 이야기의 이면적 주제를 판가름하는 기준이 된다. 이야기를 가두어두는 행위가 이야기의 서두에서 아리송하게 시작되었지만, 그것이 모두 혼인식에 집중된 것을 보게 되면 이 이야기는 터무니없는 것이 아니고, 진정한 자아의 성장과 성숙한 어른이 되는 경과를 담고 있다는 점을 알 수가 있다.

막힌 자아가 트인 자아로 전환하는 과정을 담은 이야기는 매우 드물게 발견되는 소중한 이야기이다. 이야기가 모두 각편마다 차별성을 가지고 있다. 그렇지만 위에서 얻은 결론은 각편에 두루 해당되는 특징을 고스란히 간직하고 있다. 감각에 막히면 감각을 넘어서는 진정한 이성은 되살아나지 않는다. 쾌락에서 벗어나서 쾌락의 끝과 쾌락을 넘어서는 분명한 자각이 필요하다.

혼자만의 문제에 골몰하는 것 역시 적절하지 않다. 두루 유통되는 과정에 공개되어야 혼자만의 독단에서 벗어날 수 있다. 이야기가 주고받는 것인데도 불구하고 이를 가두어 두려고 한 것은 문제의 양상이 간단하지 않다. 그것은 해소되어야 하고 널리 유통되어야 하는 것임을 알 수가 있다. 이야기는 하고 들으면서 돌고 돌아야 하는 생명력을 갖고 있다. 성적 호기심 역시 내면적으로 고착되면 충동으로 문제가 된다. 공인되고 공개적으로 억제될 수 있어야 진정한 것이다.

이 이야기의 진정한 주제일 수 있다. 표면적인 주제와 달리 이면적 주제는 인간의 마음, 어딘가에 도사리고 있는 심층적인 이야기임을 알 수가 있다. 심층에 다가서기 위해서는 이야기에서 제시하고 있는 이면을 보아야만 가능한 것이다. 이렇게 해서 이 이야기의 이면적 주제를 규명할 수 있었다.

여기의 풀이 과정에서 보인 문제의 제기나 해결은 전인미답의 경지를 이룬 것일 수 있다. 이렇게 얻은 결과는 전인미답의 경지이지만 각편적 변이에 대해서도 이 결론은 대화를 할 수 있어야 하고, 이와 다르게 표면적 주제에 대해서도 언급할 수 있어야 마땅하다.

3) 이야기의 각편적 변이와 표면적 주제

각편이 한 아홉 편 정도 되는데 이상에서 얻은 이면적 주제에 대한 결과를 분석한 결과에 상이한 각편이 있어서 심각하게 문제될 수 있다. 일단 온전하게 전승된 결과가 아닌 결락이 이루어진 자료는 그다지 큰 문제가 아니다. 그러나 가장 심각하게 변이는 「이야기 주머니」라고 하는 경상북도 영덕군에 전하는 이야기에서 발견된다.4)

이 각편이 문제되는 것은 이야기의 주머니에서 발견되는 근본적 대립이 달라졌기 때문이다. 핵심은 신랑을 돕는 인물이 남성이 아니라 여성이다. 여성은 몸종으로 이야기에 근간에 개입하면서 이와 같은 변형이 이루어졌음이 확인된다. 여성으로 설정되면 앞에서의 해석에 근간이 흔들리게 된다. 그러므로 이 문제는 정면에서 다루면서 문제의 해석에 어떻게 기여하는지 다루지 않을 수 없다.

먼저 이 변형이 본질적인지 검토할 필요가 있다. 다른 각편에서 한결같이 남성 둘이 등장한다. 남성은 부자와 빈자, 주인과 하인 등의 관계로 되어 있다. 그래서 신행에 자연스럽게 함께 가는데, 여기 각편에서는 몸종이 여성으로 되어 있어서 사건의 어지 구성이 생기게 된다. 그러한 작위적 구성에서 가장 이채로운 것은 신행을 따라가겠다고 하는 것에서 정점에 이른다.

더구나 이 자료는 동반자가 남성과 여성으로 되어 있는 것에 그치지 않고 적대자를 해치는 방법에 있어서도 매우 특별한 유형적 복합이 이

---

4) 조동일, 이야기 주머니, 《한국구비문학대계》 7-6, 한국정신문화연구원 어문연구실, 1980, 78-84면. 구연자는 문문희인데 이야기 주머니를 구연하였다.

루어진 자료이기도 하다. 전설 가운데 이른 바 「지네장터」라도 하는 것이 있다. 여성 주인공이 인신공희의 대상이 되자 자신의 밥을 아껴서 키운 두꺼비가 지네와 대결해서 목숨을 지켜준다고 하는 것이 이 유형의 핵심적인 내용이다.

몸종이 상전 신랑을 해치우겠다고 하는 이야기들의 공모를 듣고, 이를 구하기 위해서 두꺼비를 하나 의도적으로 키우는 것에서 유형적 복합이 확인된다. 그래서 신방에 마침내 두꺼비를 넣고서 지네와 대결하여 마침내 지네를 죽이는 것이 이야기의 결말이다. 그러므로 본디의 「사가 되는 이야기」 유형에다 「지네장터」 유형의 이야기를 섞어서 넣으면서 이야기의 근본적인 변이가 유형적으로 이루어졌음이 확인된다.

하나의 유형적 복합에 의한 변이가 이루어지는 것이 이러한 차원에서만 이루어지는 것은 아니다. 전혀 이 유형의 이야기가 다른 유형의 이야기에 삽화적으로 작용해서 삽입되는 경우도 있기 때문이다. 가령 「외쪽이」 유형의 이야기에서처럼 이 유형의 이야기 근간이 무너지면서 외쪽이가 형들을 해치는 이야기 귀신을 막아내는 이야기로 되는 경우도 있다.

그러나 이 자리에서 유형에 대한 논의를 길게 할 수 없는 형편이고, 핵심은 남성과 여성의 관계로 바뀐 경우에 남성과 남성을 두 자아의 분열과 작용 내지는 한 마음의 두 인물이라고 하는 변형으로 볼 수 있는가 하는 점이 요점적인 것의 핵심이다. 우리는 이에 대해서 충동적 자아와 억제적 자아의 관계를 명시하여 해석한 바 있다. 대상에 대한 반응을 달리하는 두 남성의 관계가 이 남성과 여성의 관계로 바뀌어서도 지속적인 의미를 갖는 점을 부인할 수 없다.

남성과 여성의 관계가 되었는데도 불구하고, 남성은 충동적이고 여성은 억제적이며 사회적인 지위의 관계에서도 동일한 면모를 가지고 있음을 부인할 수 없을 것이다. 그러한 점에서 유형적 변이에도 불구하고 이야기가 둔갑한 것에 반응하는 양면성을 여전히 유지하고 있으며, 억제적인 자아가 최종적으로 승리하면서 진정한 어른으로 인격적 전환을 알리고 있는 점은 동일하다고 하겠다.

이야기의 결말에서 분열 작용을 했던 두 자아의 원만한 통합은 이루어지지 않는다. 곧 여성과 남성의 화합이 이루어지지 않으며 어떠한 보상도 이루어지지 않는다. 그런 점에서 이야기의 결말은 다소 의외의 상황으로 전개되지만 이러한 결말이 남성의 성적 충동과 이에 대한 통제로 성숙한 인격을 갖는다고 하는 의미를 본디 망실하는 것은 전혀 아니다. 그러한 점에서 이야기의 결말은 평이한 것일 수도 있다.

이 유형의 이야기는 의미 해석이 이러한 것만으로 한정되거나 고착되어야 하는 것은 아니다. 이야기의 의미 해독은 매우 광범위하게 그리고 다각도로 열려 있음을 환기하지 않을 수 없다. 작품은 무한하게 개방되어 있으므로 의미 역시 다양하고 다층적인 경우가 허다하다. 그러므로 이 작품을 다르게 읽는 방법도 필요하다.

우리가 앞에서 미루어 두었던 이 이야기의 제목에 걸맞는 방식으로 이 이야기를 해독할 필요가 있다. 제목은 한결같이 조사자가 명명하지만 조사자는 이야기를 하고 듣는 이야기판의 생리에서 이 제목을 취하는 것이 예사이다. 그렇게 해서 명명된 이야기의 제목이 아주 각별하다. 「이야기 주머니」, 「이야기 봉지」, 「사가 된 이야기」, 「이야기의 해꼬지」, 「이야기 귀신」 등이 그것이다. 대체로 이 제목에 원칙적으로 합의하는 것을 볼 수가 있다.

우리는 이 이야기의 표면적 주제를 제목에서부터 해독을 시작할 필요가 있다. 이야기의 주머니와 봉지는 서로 같은 것이다. 이야기 주머니는 달리 이야기줌치, 얘기줌치 등으로 불리기도 한다. 그런데 문제는 이 이미지가 부정적인 면모를 가지고 있다. 달리 이야기보따리는 많은 이야기를 담고 있으면서 언제나 풀어 젖힐 수 있는 것으로 알려져 있다. 가령 동학의 2대 교주인 최시형을 이야기보따리라고 한 것은 개방적인 면모를 말하는 증거이기도 하다.

이야기 주머니는 억압적이고 유통되지 않는 심상이 있으므로 이를 주목해야 할 것이다. 이야기의 구전적 속성을 방해하고 움직이지 않도록 하는 것이 이야기의 제목에서 풍기는 바이다. 가두어 둔 이야기가 공모해서 인간에게 해꼬지를 한다고 하는 것은 매우 중요한 설정이다. 이를 해꼬지라고도 하고, 이야기가 사가 된다고 한다든지, 이야기 귀신이라고 하는 것은 같은 의미를 가지고 있다고 하겠다.

그렇다면 이 이야기는 어떠한 의미를 가지고 있는 것인가? 여기에서 인물의 근본적 대립으로부터 이 이야기의 근간을 찾아내 볼 수 있을 것이다. 이야기를 문자로 고정시켜 가두는 인물과 이야기 주머니에서 이야기들의 공모를 들을 수 있는 인물의 대립이 주된 것이다. 이야기를 문자로 정착하는 것과 이야기를 이야기로 들을 수 있는 것의 근본적 대립이 이 이야기의 표면적 주제를 형성한다.

바로 이 지점에서 문자문화와 구전문화의 충돌이 확인된다. 유식한 도령과 무식한 하인의 전형적 대립은 문화적인 충돌과 위기를 한 차례 담고 있는 것이라고 판단된다. 구전문화의 가장 핵심이 되는 것은 이야기문화이다. 이야기문화시대에 이야기는 정서적 친화력을 일으키는 수단이었다. 이야기를 하고 들으면서 이야기의 본질을 이해할 수 있었던 것이다. 도령이 서당에 다니면서 문자를 익히고 이야기를 잊지 않기 위해서 이를 문자로 기록하고 이야기 주머니에 담는다고 하는 것은 이야기를 기록해서 문자로 정착하여 이른 바 책과 같은 형태로 정착하는 행위를 의미한다.

여럿이 하고 듣는 이야기를 문자로 기록하면서 이를 개인적인 용도로 정착하는 것이 기록문화 내지 문자문화의 특징이다. 공동의 전승을 개인의 창작으로 바꾸는 것은 문화적으로 아주 중요한 시대적 전환을 알리는 구실을 하는 것이다. 구전되는 것이 요점인 것을 기록으로 바꾸면서 문화사에 일대의 충격이 반영되었다고 할 수가 있겠다. 상층은 구전을 보조적인 것으로 보고 기록문화 문자문화로 반영하여 바꾸어 나갈 수 있었을 것이다. 바로 이 단계의 문화적 전환이 이 이야기에는 일정하게 반영되어 있다고 할 수가 있겠다.

하층의 사회적 지위가 낮은 인물은 문자문화와 다르게 문화를 향유하고 전승을 이루어나간다. 한 방에서 신랑과 하인이 함께 자는 때에 이야기 주머니에 갇혀 있는 인물들의 심각한 두런거림을 듣는다. 그것은 구전문화의 전승과 전통에 익숙한 인물에 의해서 청취되고 듣게 된다는 점에서 주목을 요한다. 문자와 담을 쌓고 혜택을 누리지 못한 집단은 구전에 절대적으로 의존할 수밖에 없었을 것이다.

이야기 주머니의 살아있는 이야기는 고사 직전인데 바로 하인에 의해서 이들의 비밀이 청취된다. 그렇게 해서 신랑을 죽이자고 하는 것이 본질이다. 이들이 원용하면서 문자문화로 자신을 가둔 인물에게 복수하는 방법은 구전되는 이야기에서 가장 중요한 기능을 하는 상징적인 장치들임을 환기할 필요가 있다. 예사 이야기에서 드러나는 본질을 이러한 각도에서 우리는 알 수 있을 것이다.

샘물 또는 웅달샘물은 이야기에서 여러 인물을 살리는 핵심적인 구실을 하게 된다. 그 이야기 가운데 대표적인 것이 「손 없는 색시」의 손이 재생되는 샘물이 적절한 사례이다. 어디 이뿐인가? 「구렁덩덩신선비」에서 샘물을 따라서 이상한 세계로 들어간다. 딸기는 「버들도령」이나 「강화도 효자이야기」 등에서 한창 이야기의 핵심적인 것으로 사용된다.

청실배는 구전되는 본풀이인 「초공본풀이」나 「손 없는 색시」 이야기에서 한층 다양한 구실을 하는 것이다. 바늘, 송곳 등의 쓰임새는 매우 긴요한 구실을 하고, 지네와 구렁이는 이야기에서 흔하게 등장하는 구실을 하게 된다. 이러한 것들은 모두 구전되는 이야기에서 이룩되는 것으로 곧 이야기의 핵심적인 상징이나 구성소로서의 가치를 지닌다.

그러한 이야기의 핵심적인 요소가 변형되면서 중요한 이야기로 바뀌었다. 곧 도령의 적대적인 요소로 작용되면서 이야기의 구전문화적 저항이 시작되었다. 그런데 이 이야기에서 핵심적으로 문제가 되는 것은 구전문화의 옹호자가 구전문화의 반격을 막아내는 구실을 하게 된다는 점이다. 그것은 구전문화에 대한 이해가 있지만 구전문화와 기록문화, 상층과 하층의 원만한 통합을 통해서 공존을 해야 하는 필연성 때문이다.

구전과 문자, 상층과 하층 등의 요소가 서로 대립하면서 조화하는 것이 이 이야기의 핵심이다. 신혼 초야를 원만하게 치른다고 하는 것이 두 문화의 합일이라고 할 수가 있다. 이러한 각도에서 남성과 여성으로 상징된 각편의 의미를 자못 각별한 의미를 가진 것으로 해석될 수 있다.

재래의 전통문화는 모성과도 같은 특징을 가진다. 새로이 등장한 문화는 엄격한 부성과도 같은 특징이 있다. 신혼 초야를 두 이질적인 문화 가운데 원만한 합일을 통해서 이룩하지 않을 수 없는 것이다. 두 문화의 특징을 갖추면서 한 단계 성숙한 것으로 나아가려면 구전문화의 특징을 인정하면서 살아 숨 쉬게 하는 특징을 구현해야 마땅하다.

상층의 구전문화와 하층의 구전문화가 이야기를 매개로 해서 충돌하면서도 다시 융합되어야 할 필연성을 이렇게 해서 구현하고 있다고 하겠다. 이 이야기는 이야기에 관한 이야기이면서 이야기의 역사적 부침을 담보하고 있다는 점에서 남다른 이야기라고 할 수가 있다. 그러한 점에서 이야기의 특징은 매우 긴요하고 절대적인 의미를 가지고 있는 존재임을 새삼스럽게 인식할 수 있다.

구전문화는 선재하는 것이고 원형질적인 특징을 가진다. 문자문화는 후래한 것이고 원형질을 정착하는 하나의 부차적 단계로서의 특징을 지닌다. 구전문화와 문자문화는 차별적인 것이면서 동시에 보완적인 관계에 있다. 이야기를 주인공 삼아서 이야기에 관한 시대적 통찰을 담고 있으며 문화적인 복합과 의미를 가지고 있다는 점에서 이 이야기는 근원적인 산물임을 알 수가 있다.

문자문화에 익숙한 인물이 혼인식을 하는 것은 일정한 의례의 반영이다. 성인식이라고 하는 의례를 이용하여 이야기에서 발견되는 성인식의 얼개를 활용하여 문화사적 위상을 재점검하고 문자문화에 익숙한 인물들에게 구전문화의 충격을 주자고 하는 것이 이 이야기의 표면이 이루고 있는 다면적 환기이다. 문자문화에서 구전문화로 바뀌는 혁명적 복원이 아니라 서로 합일하고 동거하면서 삶의 근본을 되새기면서 이야기를 이끌겠다는 다짐이 있다.

본래 이야기란 남에게 들은 이야기를 또 다른 사람에게 전달함으로써 공간적으로 이동하고 시간적으로 전승되는 데에 그 본질이나 생명이 있다.5) 이러한 과정을 통하여 특정한 사회와 역사에 부합되는 이야기의 진실이 개발되고 이야기의 흥미가 확장될 수 있는 가능성이 확보되는 것이다.

이 이야기의 유형에서처럼 이야기들을 가두어두기만 하면, 이야기가 가진 개방적 진실이 고정되고 생명마저 단절시키고 마는 결과를 가져올 뿐이다. 그것은 이야기의 본질이 아니다. 이야기는 구전이라는 생명력을 가지고 하고 들으면서 널리 유통되어야 한다. 이야기를 이야기답게 살리는 적절한 방식이 곧 이야기를 유통하는 것이라고 하는 점을 절감하게 하는 이야기의 진실성에 관한 이야기임을 알 수가 있다.

이 이야기는 근본적인 대립이 이야기를 주인공삼아 하는 이야기이다. 이 점이 매우 긴요한 설정이다. 사람과 이야기 사이에서 존재할 수 있는 근본적인 갈등이 일어나는 것으로 설정하여 이야기를 주인공으로 형상

---

5) 장덕순외, 《구비문학개설》, 일조각, 1971. 민담의 의미를 논하는 대목에서 이 이야기
   의 근본적인 가치를 논했으므로 이를 가져와서 재론한다.
   韓國口碑傳承의 硏究(成耆說, 一潮閣, 1976)
   韓國口碑文學大系(韓國精神文化硏究院, 1980~1988)

화시키고 있어서 매우 주목된다. 다른 각도에서 본다면 우리 민족이 지니고 있던 이야기에 관한 인식의 수준이나 이야기를 꾸미는 솜씨가 어느 정도였는가를 살필 수 있는 자료이다.

4) 「사가 되는 이야기」 유형의 세계적 분포와 의의

이 이야기와 비슷한 것이 세계적으로 분포한다. 따라서 민족적 독창성은 세계적인 자료와의 비교 위에서 증명 가능하다. 일단 이야기가 주인공이 되어서 이것이 사람을 해치는 이야기는 우리나라 이외에도 존재하는지 의문이다. 그러나 이야기의 해코지로 이어지는 이야기는 우리에게서만 발견된다고 하는 점에 존재 의의가 있다.

유사한 이야기는 가까이 있는 일본에서 발견된다. 이 이야기가 정확하게 일치하는 것은 아니지만 특정한 것이 죽었다가 사람에게 복수하는 이야기로 가령 關敬吾(세키 슈세이)가 명명한 이야기로 「고양이와 호박(猫と南瓜)」이 적절한 사례이다. 이 이야기의 요점을 정리하면 여행자가 하룻밤을 여각에서 자게 되었는데, 고양이가 물고기를 잡아먹는 것을 보고 주인에게 고하자 고양이가 여행객을 공격하게 된다. 고양이를 죽여서 묻었는데, 거기에서 호박, 풀, 또는 밀감 등이 생겨났다. 집안사람이 들으니 그곳에 소리가 나서 파보니 고양이의 해골이 있었다. 생긴 과일이나 풀에는 사람을 죽이는 독이 있었다.[6]

동물과 사람 사이에 생긴 일인데, 동물이 둔갑해서 식물이 되고, 식물이 다시 사람을 해치려고 하는 둔갑을 한 점이 긴요하다. 대신에 식물이 하는 말을 사람이 알아듣고서 이를 미리 예방하는 것이 있어서 우리의 이야기와 긴요하게 일치하는 측면이 있다. 전반적으로 동식물과 인간의 기본적인 대립을 이루면서 식물이 되어서도 인간을 공격하나 그 사실을 사람이

---

6) 關敬吾, 《日本昔話集成》3卷, 角川書店, 1995, 1241-1247면.

알고서 예방하는 점에서 서로 같은 설정을 일정 정도 담고 있는 것을 볼
수가 있다. 그런데 문제는 엄격하게 일치하지 않는다는 점이 있다.

이와 달리 이러한 유형의 이야기는 그림 형제가 채집한 민담집인《그
림형제민담집》가운데 68번 마법담에서도 확인된다. 그러한 유형으로
적절한 것이 이른 바 Aarne-Thompson type 325이다.[7] 그림 형제의
민담집에서는 「도둑과 선생」이라고 할 수 있다.

이 이야기의 요점은 교회에 가서 그의 아들에 대한 응답을 들었다. 장
차 이 아이를 어떻게 키울 것인지 하는 것인가 하는데 교회문지기가 서
있다가 도둑으로 키우라고 했다. 도둑으로 키우기 위해서 선생 도둑에
게 맡기면서 자신은 아무 것도 교육비로 줄 수 없다고 했다. 대신에 아
버지가 아들을 알아볼 수 없다면 일정한 교육비를 내기로 약속하였다.

한 해가 지나서 아버지가 되돌아와서 난장이가 나타나 충고를 하게
되었다. 자신은 그 돈을 준비할 수 없어서 걱정이었는데, 난장이가 작은
빵 조각을 들고 굴뚝 밑에 가서 보면 아들이 무엇으로 변했는지 알 수
있었기 때문이다. 아버지는 굴뚝에서 숨어 있다가 빵 조각을 던지자 아
들이 양동이에 있는 것을 발견하게 되었고, 아들을 선생 도둑으로부터
찾아서 되돌아올 수 있었다.

도둑이 된 아들은 자신을 개로 변신하게 해서 그를 다른 사람에게 돈
을 받고 팔았으나 도망을 쳤다. 그런데 다시 아들은 말로 변해서 팔기로
했는데 반드시 말 재갈을 풀어줄 것은 금기로 내렸는데 이틀 벗기지 않
은 채 말을 선생 도둑에게 팔았다. 선생 도둑은 그렇게 해서 아들을 잡
아 두었는데 아들 도둑은 처녀에게 재갈을 풀어줄 것을 요구하자, 처녀

---

7) Stith Thompson, *The Folktale*, p.69, University of California Press, Berkeley
Los Angeles London, 1977.

   Jack Zipes, *The Great Fairy Tale Tradition: From Straparola and Basile to the
Brothers Grimm*, p.347.

는 말이 말을 하는 것을 놀랐으나 곧 말의 요구대로 했다.

아들은 참새로 변해서 공중으로 도망가자 도둑 선생도 뒤를 좇아 참새로 변해서 싸우게 되고, 다시 도둑 선생이 져서 물로 물고기가 되어서 도망을 가자 아들이 물고기가 돼서 싸우고, 도둑 선생이 져서 다시 수탉이 되어서 도망가자 아들은 여우가 되어서 수탉이 된 선생을 물어죽이게 되었다.[8]

위의 이야기를 보면 요점이 확인된다. 사람과 사람, 사람과 동물, 남성과 여성 등이 중요한 대립 인자가 되어서 선생 도둑과 제자 도둑의 둔갑 변신담으로 매우 긴요한 구실을 하게 된다. 이 과정에서 동물의 말을 알아들은 처녀가 말의 재갈을 벗겨주어서 결국 아들은 마음대로 변할 수 있었고, 마침내 아들은 선생 도둑을 죽일 수 있었다.

아들과 선생이 둔갑해서 다투고 마침내 선생을 죽였다고 하는 것은 성장담으로 매우 중요한 과정을 담고 있다. 그러나 핵심은 사람이 둔갑해서 말의 재갈이 채워져 있는 것에 있다. 이 재갈을 푸는데 있어서 말의 말을 알아들은 처녀의 개입이 긴요하다. 재갈이 풀어지자 선생과 본격적인 대결을 할 수 있었으며, 마침내 이길 수 있었다.

그러나 이 이야기는 그렇게 간단한 구조로 되어 있지 않다. 먼저 교회에서 기도하면서 하느님의 응답을 듣는 과정에서 하느님과 인간의 거래가 있는데, 이 역시 온전한 것은 아니다. 교회 문지기가 도둑이 되라고 개입해서 트릭으로 와전되어 있다. 하느님이 아닌 문지기의 허망한 말에 속아 넘어갔다.

아들을 맡기면서 이루어지는 도둑 선생과 아버지의 거래 역시 간단하

---

8) 유사한 사례로 다음과 같은 것을 더 들 수 있을 것이다. 「마술사와 제자 (The Magician and His Pupil)」는 서로 다투어서 변하는 것에 차이가 있다. 「농부 워터스키와 선생과 제자 (Farmer Weathersky and Master and Pupil)」에서는 인도와 유럽에서 현저하게 고정적인 형태로 널리 알려져 있다. 「거장 라타니오와 그의 제자 디오니기 (Maestro Lattantio and His Apprentice Dionigi)」는 문학적으로 정착된 사례이다.

지 않다. 돈이 없어서 결국 엉뚱한 내기를 하게 되었으며 아들의 도둑질 연습이 자신에게 성공하는 것으로 보여야 돈을 주겠다고 하는 허망한 약속을 했기 때문이다. 이 거래 역시 정상적인 것은 아니라고 보인다.

1년 뒤에 찾아간 아버지는 돈이 없었던 차에 난장이가 나타나서 이 고민을 해결하게 된다. 아버지가 자신의 능력이 없는데도 원조자의 도움을 만나서 아들과 선생 도둑의 변신을 알아차릴 수 있었다. 아들은 양동이에 새가 되어서 숨어 있었다. 그러므로 난장이가 결국 아이를 찾아내준 것이다.

아들은 개와 말로 변하면서 아버지에게 일정한 돈과 부를 안겨주지만 결국 아들이 말로 변하면서 이룩된 재갈을 풀어주지 않는다. 이 재갈은 선생 도둑의 처녀에게서 벗겨질 수 있었다. 처녀는 말의 말을 사람의 말로 알아들었으며, 결과적으로 선생을 죽이고 둘이서 온전한 삶을 터득하는 이야기라고 할 수가 있다.

이 이야기는 다중적인 결합을 하고 있으며, 너무 많은 이야기를 환기하게 된다. 아들을 온전하게 키우기 위해서 필요한 여러 가지들이 있다. 아들과 선생이 우선적으로 문제된다. 교회에서 태어나 호적 신고를 해야 하는 전통에서 일단의 변형이 이루어졌다. 아들에게 변신을 하는 마법을 가르치는 것이 핵심이다. 선생과 제자는 아들 교육이 반드시 필요한 것이나.

아들이 정상적인 인간으로 자라기 위해서 교육이 필요하지만 결국 그것까지도 일종의 재갈이다. 개나 말로 둔갑한 것은 스스로 한 일이지만, 결과적으로 아버지와 하느님의 의도이다. 이 과정은 순응이지만 다시금 이에서 벗어나기 위해서 필요한 것은 재갈을 풀고 자신의 의도를 억압하고 있는 교육의 틀을 벗어나야 한다. 처녀와 함께 벗어나서 갖가지 둔갑을 해서 선생을 죽이는 것은 이러한 과정의 의식 성장이라고 하는 것을 알 수가 있다.

우리는 몇 가지 자료를 통해서 「사가 된 이야기」 자료가 세계적으로 매우 독특한 자료임을 알 수 있으며, 이 과정에서 우리 이야기의 세계적인 자료로서 위상을 찾을 수 있었다. 문제는 이야기의 궁극적인 면모를 확인하기 위해서 필요한 것이 곧 모든 이야기의 둔갑과 변신이 기본이고 이 과정에서 변신한 존재가 하는 사람의 말을 알아듣는 사람이 있어서 이를 해결해야 하는 것이 요점이다.

그러한 이야기가 고정적으로 이야기에 관한 이야기로 변형된 것이 눈에 띈다. 다른 민족의 이야기에서는 바로 둔갑과 함께 이 둔갑된 존재에게서 나오는 사람의 말을 인간이 알아듣고 결정적인 전환에 동조하는 것이 요점이다. 사람의 성장이나 의식의 각성에서 위기를 넘기고 변화하는 것으로 매우 중요한 구실을 하는 것이라고 하겠다. 이 점에서 이야기의 고유한 가치가 구현된다.

4. 넓게 알기

1) 지네 이야기

* 구렁이나 지네한테 처녀를 제사지내는 이야기를 아느냐고 물었더니, 제보자가 안다고 하면서 이 이야기를 했다. 이 제보자는 최명숙 제보자의 질녀이며 임시반상회가 끝난 뒤 이야기 판에서 둥지 노래를 많이 했다.

가난한 집 저 총각하고 서재에 둘이 댕기는데, 그래 저 가마이 저 부잣집 아들이 장개를 가게 딱 돼 가 있는데, 날로 받아노이, 요 눔우 지네란님(놈)이 막 수작을 끼미거든(꾸미거든). 그래 가난한 집 그 아들이 처게.그 동자가 가마이 들으이, 지네가 한단 말이,

"조 놈우 자석 장개 가는데, 내가 가다가 옹당새미(옹달샘)가 되어 가지고, 옹당새미가 되어가, 조 놈우 자석을 목 말라가, 내가 물 믹이가 직일 기다. 또 안 죽으믄 내가 저게, 안 되믄 내가 저 하늘에 천도복숭이 돼 가지고 내가 조 놈우 자석을 직일 기다."

하더이,

"또 그래가 안 되믄, 내가 저 대리청에 드가 가지고, 행리 할 적에 내가 절로 하거든, 막 코로 물고 딩기러져 직일뿌기라."

카이. 그래 고 소리 들었다, 봤다. 그래 그 총카이 그래,

"아뭇 기, 니 장개 갈 적에, 내 니 관대함을, 옛날에는 관대함을 지고 가거든, 관대함을 내가 지고 따라갈 기이까네 그래, 그래 하라."카이, 그래 그 눔 관대함을 지고 떡 따라간다. 따라가이 한 군데 가이 옹당새미 물이 시청겉은 물이 천지로 있는데.

물 묵고 짚다(싶다)고 각중에 법사질로 치고 말 시우라고(세우라고) 야단이 났거든. 마상을 타고 가는데, 마부로 말 시우라고 야단인데, 마 이 총각이 뒤에 감서, 친구가 관대함을 지고 말로 재촉을 하고 가자고, 어서가자고 그래 상각 따라가는 아부지가 막,

"저 눔우 자식이 막 넘우 자식 직인다."

고 야단이 나거든. 외동 아들인데 직인다고 야단이 나거든 그래 가, 그래도 쫓아 간다. 쫓아 가이깨네, 또 한 군데 가이, 마 하늘에 천도복숭이 막 주룽주룽 열어가 있거든. 열어가 있는데 저 눔우 진도복숭 따 묵고 짚아 또 환장을 한다.

또 말 시우라고 야단이 나고 이라이 또 이놈은 또 말로, 또 채로 쳐 가지고 재촉을 해 가 또 간다. 또 가이까네,

"저 눔우 자석이 넘우 자석 직인다."

고 야단이 나거든. 그래 대리청(대례청)에 떡 행리 할라꼬 들어 서 가 있는데, 덕석을 펴고 지상을 채리 놓고 있는데, 그래 절로 할라 카이, 뒤에

서가 있다가 이 친구가 왈칵 밀어뿌이까네, 막 지상이고 뭣이고 다 쏟아
지고 그래 자빠지뿌거든. 그러이 마 상객들캉 절에(곁에) 예청에 손님들
하고,

"저 놈 잡아라."

고 야단이 나고, 뭉치라고, 발로가 뭉치고 굿이 나거든. 그래가 뭉치 놓
고 보이,

"그랄 기 아이라, 장두(長刀)칼로 갖다가 여 갖다가 삐익 둘러 서고,
그래 한문(한번) 덕석을 함 열어 보라."

이라거든. 덜씨보라 카이, 덜씨보이 체이(키) 짝 겉은 지네가 벌건 놈이
한 바리 눕어가 있더란다. 그래이,

"이거 보라고, 이 님(놈)이 들어서러, 이 지네가 들어서러 옹당새미가
되었다가, 하늘의 친도복숭이 되었다가 그래 이래 직일라꼬 이란다."카
이, 그래 그 사람을 참 논을 한 도리로 주고, 결의형제를 삼아가 그 집아
들이 돼가 참 잘 사더래요.[9]

2) 도둑과 선생

얀이라고 하는 인물이 아들에게 한 가지 기술을 가르쳐 주고자 하여,
교회에 가서 아들에게 무엇을 가르쳐 주었으면 좋은가 하고 하느님에게
기도를 하였다.[10] 그러자 교회지기가 옆에 서 있다가 도둑질을 가르치

---

9) 김승찬·박기범, 박분준 구연,《한국구비문학대계》8-9, 한국정신문화연구원 어문연
구실, 1982, 1039-1041면.

10) Brüder Grimm, 68. De Gaudeif un sien Meester.,《Kinder-und Haus-Märchen》
Band 1, Große Ausgabe. 1819, S. 369-371
Jan wull sien Sohn en Handwerk lehren loeten, do gonk Jan in de Kerke un
beddet to ussen Herrgott, wat üm wull selig (zuträglich) wöre; do steit de Köster
achter dat Altar un seg: "dat Gaudeifen! dat Gaudeifen (gaudieben)!" Do geit Jan
wier to sien Sohn: he m st dat Gaudeifen lehren, dat hedde em usse Herrgott

segt. Geit he met sienen Sohn un sögt sick enen Mann, de dat Gaudeifen kann: do goht se ene ganze Tied, kummt in so'n graut Wold, do steit so'n klein Hüsken met so'ne olle Frau derin; seg Jan: "wiet ji nig enen Mann, de dat Gaudeifen kann?" "Dat känn ji hier wull lehren, seg de Frau, mien Sohn is en Meester dervon." Do kührt (spricht) he met den Sohn, of he dat Gaudeifen auk recht könne? de Gaudeifs-Meester seg: "ick willt juen Sohn wull lehren, dann kummt övern Johr wier, wann ji dann juen Sohn noch kennt, dann will ick gar kien Lehrgeld hebben, un kenne ji em nig, dann müge ji mi twe hunnert Dahler giewen."

De Vader geit wier noh Hues un de Sohn lehret gut hexen un gaudeifen. Asse dat Johr um is, geit de Vader alle un grient, wu he dat anfangen will, dat he sienen Sohn kennt. Asse he der so geit un grient, do kümmt em so'n klein Männken in de Möte (entgegen) dat seg: "Mann, wat griene ji? ji sind je so bedröft!" "O, seg Jan, ick hebbe meinen Sohn vör en Johr bie en Gaudeifs-Mester vermet, do sede de mig, ick söll övert Johr wier kummen un wann ick dann mienen Sohn nig kennde, dann söll ick em twe hunnert Dahler giewen, un wann ick em kennde, dann höf ick nix to giewen; nu sin ick so bange, dat ick em nig kenne un ick weet nig, wo ick dat Geld her kriegen sall." Do seg dat Männken, he söll en Körsken Braut met niemen un gohen unner den Kamin stohen: "do up den Hahlbaum steit en Körfken, do kiekt en Vögelken uht, dat is jue Sohn."

Do geit Jan hen un schmit en Körsken Schwatbraut vör den Korf, do kümmt dat Vügelken daruht un blickt der up. "Holla! mien Sohn, bist du hier?" seg de Vader. Do freude sick de Sohn, dat he sienen Vader sog; awerst de Lehrmeester seg: "dat het ju de Düvel in giewen, wu könn ji süs juen Sohn kennen!" "Vader, loet us gohn," sede de Junge.

Do will de Vader[1] met sienen Sohn nach Hues hengohn, unnerweges kümmt der ne Kutske an föhren, do segd de Sohn to sienen Vader: "ick will mie in enen grauten Windhund maken, dann kann ji viel Geld met mie verdienen." Do röpt de Heer uht de Kutske: "Mann, will ji den Hund verkaupen?" Jau, "sede de Vater." "wu viel Geld will ji den vör hebben?" "Dertig Dahler." "Je, Mann, dat is je viel, men wegen dat et so'n eislicke rohren Ruen (gar schöner Rüde) is, so will ick en behollen." De Heer nimmt en in siene Kutske, asse de en lück (wenig) wegföhrt is, do sprinkt de Hund uht den Wagen dör de Glase, un do was he kien Windhund mehr un was wier bie sienen Vader.

Do goht se tosamen noh Hues. Den annern Dag is in dat neigste Dorp Markt, do seg de Junge to sienen Vader: "ick wil mie nu in en schön Perd maken, dann verkaupet mie; awerst wann ji mie verkaupet, da möt ji mie den Taum uttrecken,

라고 하였다. 얀은 아들에게 도둑질을 배우라고 하면서 도둑질을 잘하
는 도둑을 찾으려고 아들을 데리고 갔다.

숲의 작은 오두막이 있었는데 이곳에 늙은 여자가 있어서 이 여자에
게 도둑질을 잘하는 인물을 묻자, 자신의 아들이 도둑질을 잘하는 인물
임을 소개하였다. 도둑은 얀에게 자신이 도둑질의 명수이고, 얀의 아들
을 맡기고 가면 일년 뒤에 와서 아들을 알아보면 수업료를 받지 않겠고,
알아보지 않으면 수업료 2백 달러를 받겠다고 하였다.

집으로 돌아온 얀은 일을 하고 아들은 열심히 도둑일을 배우게 되었
다. 일년이 되어서 아들을 만나러 가는 와중에 길에서 걱정을 하였는데,
난쟁이가 나타나서 무슨 걱정이 있느냐고 말하여 도둑과 약속한 바를
이야기하였다. 그러자 난쟁이는 빵을 들고서 난로가에 서 있으면 대들
보의 바구니에서 얼굴을 내미는 새가 있을 것이며 그것이 아들이라고
일러주었다. 그러자 도둑집에 가서 그렇게 하자 새가 얼굴을 내밀어서
이 아들을 알아차리자 틀림없이 악마가 일러주었다고 저주를 퍼부었으
며 그렇게 해서 아들을 데리고 돌아올 수 있게 되었다.

돌아오는 길에 마차가 옆으로 지나가자 아들이 자신이 개로 되어 있
을테니 자신을 비싼 값에 팔라고 부탁하였다. 커다란 개로 변한 것을 보

---

süs kann ick kien Mensk wier weren." Do treckt de Vader met dat Perd noh't
Markt, do kümmt de Gaudeifs-Meester un köft dat Perd för hunnert Dahler, un
de Vader[2] verget un treckt em den Taum nig uht. Do treckt de Mann met dat
Perd noh Hues un doet et in en Stall. Asse de Magd öwer de Dehle geit, do segd
dat Perd: "tüh mie den Taum uht, tüh mie den Taum uht! Do steiht de Magd un
lustert:" "je kannst du kühren?" Geit hen un tüht em den Taum uht, do werd
dat Perd en Lüning (Sperling) un flügt öwer de Döhre un de Hexenmeester auk
en Lüning un flügt em noh. Do kümmt se bie ene (zusammen) und bietet sick,
awerst de Meester verspielt un mäk sick in't Water un is en Fisk. Do werd de
Junge auk en Fisk un se bietet sick wier, dat de Meester verspielen mot. Do mäk
sick de Meester in en Hohn, un de Junge werd en Voß, un bitt den Meester den
Kopp af; do is he storwen un ligt daut bes up düssen Dag

고 신사가 자신에게 팔라고 하자, 아들을 값비싼 가격으로 팔 수 있었는데 자신은 다시 마차의 창에서 뛰어내려 아들로 변하여 아버지와 함께 길을 갈 수 있었다. 다음날 이웃 마을에 장이 섰는데, 그곳에서 다시 아들은 말로 변하였으며, 아들은 자신을 비싼 값에 팔되 반드시 재갈을 벗겨달라고 하였다. 아버지는 비싼 값에 아들을 팔았지만 불행하게 재갈을 벗겨주지 못하였다.

　말은 도둑에게 천 탈러에 팔렸으며, 마굿간에 넣어버렸다. 그런데 한 처녀가 마굿간 앞을 지나가자 아들은 자신의 재갈을 풀어달라고 부탁하였다. 재갈을 풀어주자 아들은 참새로 변하여 문밖으로 날아갔다. 도둑도 참새로 변하여 아들과 싸웠다. 도둑이 져서 물속으로 도망가서 물고기로 변하자, 아들은 다시금 물고기로 변화하여 싸워 이겼는데, 도둑이 져서 이번에는 수탉으로 변화하였으며, 아들은 여우로 변하여 수탉의 머리를 물어뜯었다. 결국 도둑은 죽게 되었다. 다시 살아나지 못했다.

⑨ 하늘을 나는 조끼

1. 초다짐

　사람이 하늘을 날 수 있는가? 이러한 상상이 신화와 이야기를 만들어
낸 사실을 잘 알고 있을 것이다. 그리스신화 다이달로스의 전형적 사례
가 여기에 해당한다. 그러나 이것이 바탕이 되어서 결과적으로 하늘을
나는 날틀인 비행기가 가능하게 되었으며, 비행기기의 꿈은 지속적으로
이어지는 것을 볼 수가 있다. 신화와 과학, 이야기의 상상과 과학적 추
론은 둘이 아니다.

　예전에 우리나라 이야기 가운데 하늘을 나는 주인공으로 삼은 이야기
가 더러 있었다. 그러한 이야기는 아주 오랜 내력을 지니고 있으며 신화
적 주인공이 대결을 하거나 승리를 다지기 위해서 나는 새로 변화하는
전통을 흔하게 찾을 수가 있었다. 이 전통을 이어받은 이야기가 바로「하
늘을 나는 조끼」와 같은 이야기로 구체적인 변용을 겪었다고 할 수가 있
겠다.

　이 이야기는 대략 11편 내외의 자료가 현재까지 전승된다. 이 이야기
의 명칭이 한결같지 않아서 문제인데, 가령「재복댁이」,「재덕이」,「신
바닥이」,「굴묵직이」등으로 나타나는 것을 볼 수가 있다. 그러나 화소
를 밝혀서 말한다면「하늘을 나는 조끼」라고 명칭하는 것도 그다지 나
쁘지 않다고 생각한다.

이 이야기는 총각이 장가가는 이야기이다. 그런데 이 이야기의 근본적 가닥은 계모형 설화 가운데 「신데렐라」의 이야기에 근간을 두고 남성을 주인공으로 변형시켰을 가능성을 조심스럽게 점치게 한다. 남성 중심의 이야기인가 여성 중심의 이야기인가에 근본적 차이점이 내재하는 것을 볼 수가 있다.

서두에서 계모가 들어와서 고통을 받는 인물이 차례대로 원조자를 만나서 이들의 도움으로 마침내 아름답고 지혜로운 여성을 만나는 것이 요점이라고 할 수가 있다. 그런데 이 여성을 만나서 자신의 신이함을 증명하는 방식으로 하늘을 나는 조끼와 퉁소를 선택하고 있다. 또한 서두의 설정이 결말로 이어지는 과정에 무도회와 같은 마을굿이 있는 점도 특별한 설정이라고 할 수가 있다.

그러나 여기에 소개하는 이야기는 다소 이례적인 각편이라고 할 수가 있다. 장인 영감과 대결하고 장인 영감을 솔개로 만드는 것이 그러한 증거이다. 오히려 적절한 문맥은 「재복데기」의 이야기에서 흔하게 발견되는 것을 볼 수가 있으므로 이를 참조하면 이 이야기의 원래 면모가 무엇인지 알 수가 있을 것으로 추정된다.

하늘을 나는 수단으로 사용되는 조끼가 핵심적인 화소이다. 이 화소는 비상술을 자랑하던 무당들의 전통적인 탈혼이나 하늘여행의 산물과 상징적으로 연결된다고 할 수가 있다. 탈혼을 하거나 빙의를 하면서 이러한 여행을 하는 이야기가 된 것도 특별하지만 시베리아의 샤만이 하는 행동과 깊은 관련이 있는 것으로 추정된다. 그런 점에서 이 이야기의 중요성을 거듭 강조해도 좋을 것이다.

하늘을 나는 방법에 대한 의문을 풀어가는데 이 이야기는 깊은 자취를 가지고 있는 마법담 가운데 하나라고 할 수가 있다. 이야기의 결이나 내용으로 보아서는 아주 볼품없는 작품 같이 여겨질지 모르지만 일련의 하늘 여행을 중심으로 하면서 「새털옷신랑」, 「우렁색시」, 「신데렐라」 등과 같은 이야기의 복합이 일어나는 핵심적인 이야기라고 할 수가 있다.

2. 자료

•「하늘을 날 수 있는 조끼」[1]

넷날에 한 총각이 있더랬넌데 이 총각에 오마니[2]레 죽어서 홋오마니[3]레 들어왔다. 이 홋오마니는 이 총각에 밥에 왼 아레는 조팝[4]을 담구 고 우에 구더기를 두구 왼 우에 니팝[5]을 하눌 착 세워서 담아서 주었다. 이 총각이 그 밥을 먹다가 구역이 나서 먹디 못하느꺼니 아버지레 보구서 "이거 안돼갔다, 너 집 나가는 수밖이 없다" 하구 나가라 하멘 떡을 많이 싸서 주었다.

이 총각은 집을 나와서 덩체없이[6] 가드랬넌데 가다가 중 하나이 만냈다. 이 중은 배레 고파서 죽을라구 하구 있어서 이 총각은 개지구[7] 가던 떡을 다 주었다. 그러구 또 가드랬넌데 이 번에넌 자기레 배가 고파서 어떤 부재집에 가서 밥좀 주시요, 했다. 그 부재집에 맏딸이 보구선 에이 티껍다[8] 하구 대문을 닫구 들어가구 둘째딸두 아무것두 주디 않넌데 셋째딸은 불상하다멘 제가 먹넌 밥을 갯다[9] 주었다.

---

1) 임석재, 《한국구전설화》(임석재전집2), 평민사, 1989, 220면.
2) 오마니 : 어머니.
3) 홋오마니 : 계모.
4) 조밥
5) 니팝 : 이팝, 곧 쌀밥.
6) 덩체없이 : 정처없이.
7) 개지구 : 가지고.
8) 티껍다 : 더럽다의 평안도 방언.
9) 갯다 : 가져다.

이 총각은 그 밥을 다 먹구 어데 잠잘 데가 없갔나[10) 하구 뒷동산으루 올라갔다. 올라가느꺼니[11) 토깽이[12) 두 마리가 멀개지구[13) 서루 쌈을 하구 있었다. "너딜 어드래서 쌈질하네?"하구 물으느꺼니 쪼깨[14) 하나를 내 보이멘 이걸 서루가락[15) 개지갔다구 쌈한다구 말했다. 그러느꺼니 이 총각은 "야 너딜 그걸 개주구 쌈질할 것 없이 그걸 나 주구 쌈하딜 말라"하느꺼니 그카라구 하멘 그 쪼깨를 주었다. "그른데 이 쪼깨는 멀 하년 쪼깨가?" 하구 물으느꺼니 그 쪼깨는 입구서 달마구[16)를 채우문 하늘루 올라갈 수 있구 달마구를 **빼**구 쪼깨를 벗으문 다시 알루루 내레 오는 쪼깨라구 말했다.

총각은 이 쪼깨를 얻어개지구 가다가 어떤 부재집에 갔다. 가서는 부재녕감[17)과 나는 하늘을 날으느 벨난[18) 쪼깨를 개지구 있다구 말했다. 그러느꺼니 녕감은 고롬 한번 하늘을 날라 보라구 했다. 그래서 이 총각은 쪼깨를 입구 달마구를 채우구 하늘에 날랐다가 다시 따에 내레왔다. 부재녕감은 그거이 욕심이 나서 팔라구 했다. 이 총각은 안 팔갔다구 하느꺼니 돈을 많이 주갔으느꺼니 팔라구 자꾸 졸라서 팔았다. 이 녕감은 자기두 날라보갔다 하구서리 쪼깨를 입구 달마구를 채우구 하늘루 올라가 날았다. 그런데 이 녕감은 내레오는 방법을 배우디 않아서 따에 내레오디 못하구 하늘루만 날아다니다가 솔개미[19)레 돼서 송구두[20) 하늘을

---

10) 없갔나 : 없겠나.
11) 올라가느꺼니 : 올라가니까.
12) 토깽이 : 토끼의 방언.
13) 멀개지구 : 무엇을 가지고.
14) 쪼깨 : 조끼.
15) 서루가락 : 서로 각자.
16) 달마구 : 단추.
17) 부재녕감 : 부자 영감.
18) 벨난 ; 별난.

날구 있다구 한다. 이 총각은 그 부재녕감의 재산을 차지하구 부재레 대
서 먼저 밥주던 부잿집 셋째 딸을 데불러다가[21] 색시 삼아서 잘살았다
구 한다.

*1937년 7월 定州郡 郭山面 鹽湖洞 桂昌沃
*1937년 7월 新義州府 霞町 崔錫根 (단, '솔개미'를 '가마구'로 하고 있다.)

3. 깊게 보기 :
「하늘을 나는 조끼」, 「새털옷」의 구조적 유형학과 화소학

1) 유형과 화소의 상호관련

특정 인물이 하늘을 날아올라가는 이야기가 널리 퍼져 있다. 하늘을
날아오르는 연장은 날개, 깃털옷, 조끼, 새털옷, 때로는 바구니 등이 이
러한 기능을 한다. 단순하게 오고가는 용도로 사용되는 바구니는 긴요
하기는 하지만 인물의 공간 이동에 도움이 된다는 점에서 거의 같은 기
능을 한다. 그러나 인물에 몸에 부착되어서 주술적인 능력을 발휘하지
않는 점에서 차이가 있다.

이들은 단순한 화소이지만 이야기의 유형과 깊은 관련이 있으며, 화
소와 유형이 구조적으로 상호작용을 하지 않을 수 없다. 다음 화소에 대
한 정리를 하면서 이 이야기를 정리할 필요가 있다.

가] 날개
나] 비늘

---

19) 솔개미 : 솔개.
20) 송구두 : 상기도, 곧 아직도의 고어적 표현을 방언으로 쓴 듯.
21) 데불러다가 : 데려다가.

다] 깃털옷
라] 조끼
마] 새털옷
바] 바구니

날개는 흔히 「아기장수전설」 유형에서 등장한다. 날개와 유사한 기능을 하는 것이 비늘이다. 이들과 관련이 있으면서 흔히 다른 상대적인 보조자가 있게 마련인데, 이것이 용마, 천리마 등과 같은 것이 거의 동일한 직능을 수행한다.

이 날개는 주인공의 탁월한 능력을 보장하고 있다. 그것은 바로 천상에 오르내릴 수 있는 능력이며, 천상에서 내려온 존재임을 알리는 기능을 한다. 천상에서 내려온 인물의 영웅적 능력을 증명하고자 할 때에 겨드랑이 밑에 있는 날개, 깃, 그리고 용마, 비늘이 이러한 기능을 수행하는 것을 볼 수가 있다.

깃털옷은 「나무꾼과 선녀」와 관련된다. 천상의 존재이거나 새의 화신인 인물이 인간으로 잠시 변신하고 있는 과정에서 얻은 도구이다. 이 날개옷을 감추어서 결과적으로 여성과 혼인하는 것이 본질적인 요소이다.

천상계의 존재이고 인간으로 변화한 흔적을 알려주는 점에서 위의 「아기장수전설」 유형과 거의 동일한 기능을 한다. 그러나 아기장수의 날개는 자신의 흔적을 직접 보여주는 증기이며, 이를 물리치면 온전한 기능을 하지 못하게 되어 영웅의 비극적 죽음을 야기시키는 결과로 이어진다.

그러나 날개옷 또는 깃털옷은 여성의 소종래를 말하면서 여성의 혼인을 가능하게 하는 요소이며, 또한 이 때문에 서로 이별하는 요소가 되기도 한다. 그러므로 동일한 연장이 누구에게 결부되어 있으며 어떠한 용도로 사용되는가에 따라서 전혀 다는 의미를 가지게 된다. 그러한 점에서 서로 차이가 있음을 확인하게 된다.

조끼의 화소는 「하늘을 나는 조끼」 또는 「재복데기」 유형과 관련된다. 조끼는 민담에서 특정한 주인공의 천상 비상 능력을 보여주는 요소이다. 모자라고 고난을 당하는 인물이 다른 인물들에게 신이한 능력을 발휘하는데 있어서 하늘을 나는 조끼가 쓰이고 있음을 확인하게 된다. 조끼와 함께 퉁소가 쓰이는 것을 볼 수가 있다. 퉁소가 함께 쓰이는 것은 매우 중요한데 주술적인 도구로 사람과 사람의 공감을 자아내고 신이한 능력을 발휘하도록 하고 있어서 주목된다.

조끼는 지상의 존재가 천상의 존재로 날아올라갈 수 있는 능력을 담보하는데 사용된다. 조끼를 입고서 천상에 날아다니면서 신이한 능력을 다른 인물들을 제압하는 것은 이례적인 사용이다. 인간이 천상에 비상하여 날아올라가는 것은 이계여행의 소중한 도구임을 말하는 증거이다. 그것은 샤만의 저승 여행에서 사용하는 날개옷의 변형이거나 보호령인 천둥새와 일정한 관련을 가지고 있다.

새털옷은 「새털옷신랑」 유형의 이야기에서 등장한다. 새털옷은 왕이 될 능력을 가진 인물을 결정하는 요소이다. 새털로 만든 옷을 입고서 왕과 내기를 하고 왕의 지위를 차지하는데 사용한다. 그러나 원래의 왕은 문화적 쟁패 속에서 패배하고 새털옷을 입고서 하늘로 올라가 내려오지 못하고 천상의 솔개가 되었다고 하는 것이 결말이므로 새털옷은 조끼와도 다른 독자적인 기능을 한다.

새털옷은 가난한 인물이 왕이 되는 과정 속에서 주술적인 도구 노릇을 하므로 영웅적인 능력을 갖거나 특별한 능력을 구현하는 것도 아니다. 야생의 수렵과 채취의 흔적을 가진 인물로 되어 있으므로 위에서 보인 능력과 전혀 상반된다. 그리고 이 옷을 벗고 남편은 문화적 권능을 가진 왕이 되지만, 왕은 솔개가 되어서 하늘로 올라가는 점에서 이례적인 기능을 하는 화소이다.

바구니는 특정한 공간 이동 시에 사용되는 것이다. 가령 「나무꾼과 선녀」, 「지하국대적퇴치설화」 등에서 인물이 공간을 옮겨가고자 할 때에 사용하는 도구이다. 그런데 이 공간 이동에서 항상 특정한 날개옷을 가진 존재나 새등의 도움을 받는 점에서 서로 일치하는 점을 볼 수가 있다. 그래서 홑으로 떨어져 있는 것은 아니다. 그러므로 이를 함께 고찰해야 한다.

화소는 자체로 의의가 없으며 동일한 내용이 특정한 유형과 결합하면서 전혀 다른 이야기가 되는 것을 확인할 수가 있다. 이 화소와 유형의 관련을 생각하면서 의미를 살피는 것이 필요하다. 유형과 결부되면서 각별한 요소로 작용하고 입체적인 작동을 하는 것으로 볼 수가 있다. 화소와 유형은 서로 관련된다.

화소 연구는 구조적이면서 공시적인 분석이어야 한다. 아울러서 유형론적 접근을 해야 마땅하다. 유형의 요소라고 하기보다는 오히려 다른 각도에서 구조적인 전체적 설계와 관련된 완벽하고도 적절한 분석의 도구여야 한다는 말이다. 그래서 서로 깊은 관련을 가지고 있면서도 중요한 변이를 예측하게 하는 것이어야 한다.

구조적 화소는 알랜 던데스가 프롭 Propp과 파이크 Pike의 구조주의 이론을 혼합해서 모티핌 motifeme과 알로모티프 allomotif를 개념을 포함한 분석적 프로그램이다. 던데스가 북미인디언의 이야기를 대상으로 삼아서 구조를 탐색하는 과정에서 이 구조적 화소에 대한 개념의 요소가 등장했다.

구조라고 하는 것은 떠돌아다니는 화소의 무작위적 집적도 아니고 게다가 우연한 고려가 될 수 없음을 밝혔다. 구비전승의 자료에 접근하는 형태론적 접근인 공시적 구조는 밀만 패리와 로드의 구비공식구 이론 Oral-Formulaic Theory과 비교된다.[22]

동시에 화소 연구는 유형론적 구조의 발견이지만 동시에 통시적인 배

치 속에서 의미를 가져야 마땅하다. 단일하게 이룩된 구조적 공시성이
통시적 변화로 용해되어야 진정한 의미를 가지고 있을 수 있다. 그러한
적절한 예증이 다음과 같이 해체되어야 한다. 그것은 근본적인 병렬적
구조의 체계적인 이해와 관련되어야 한다.

자연		연장		문화
1] 하늘	→	날개/비늘	→	땅
2] 하늘	←	새털옷	←	
3] 하늘	↔	깃털옷	↔	
4] 하늘	↔	조끼	↔	

　기본적인 대립의 근간은 자연과 문화이다. 자연은 초월적이면서도 동
시에 야성적이다. 문화는 현실적이면서 동시에 새로운 삶의 개조이다.
자연과 문화는 이야기에서 신화적 대립을 말하는 것이고 근본적인 변화
가 불가능한 불가항력적 대립을 말하는 것이다. 이 둘의 변증법적 조화
가 곧 도구이다. 이 도구의 사용은 일방적인 방향과 쌍방적인 방향으로
나뉘어서 이 때문에 4가지의 하위 구분이 가능하게 된다.
　1]과 2]는 일방적이다. 내려오거나 올라가면 도저히 회복 불가능한 상
태를 말한다. 아기장수는 내려와서 실현하지 못하고 비극적 최후를 맞

22) Alan Dundes, From Etic to Emic Units in the Structural Study of Folktales,
Jornal of American Folklore, Vol.75, 1962, 25-56.
　Alan Dundes. The Morphology of North American Indian Folktales. *Folk
Fellows Communications* No. 195. Helsinki: Suomalainen Tiedeaka temia, 1964.
　Employing a blend of Propp's and Pike's structuralist theories and an analytical
program that includes the concepts of motifeme and allomotif, he explores the
structure of AI folktales. Finds that they are "structured and should no longer
be considered as haphazard and random conglomerates of free-floating motifs"
(p.110). An important and often-cited epitomization of the synchronic, morphological
approach to the materials of oral tradition that may be fruitfully compare d to the
analyses of Parry and Lord.(Oral-Formulaic Theory).

이한다. 오령거를 타고 올라가지 못하는 격이다. 지상에서 영웅적 능력을 구현하지 못하고 실패하는 본보기로 이 둘의 조화가 부정적으로 작용한다.

2]는 1]의 부정이다. 땅에서 구현한 질서를 하늘에서 구현하려고 하다가 실패한다. 천상에서 지상으로 다시 지상에서 천상으로 옮겨 다녀야 하는데 그 통로를 상실한다. 천상에서 지상으로 지상에서 천상으로 오고가는 일을 하지 못하는 것이 이 대목에서 주목된다. 그래서 왕이 솔개가 되는 비운을 겪는다. 그러나 새로운 동물의 기원과 함께 질서를 이룩하고 문화는 안정된다.

3]과 4]는 쌍방적이므로 위의 둘과 준별된다. 그러나 무엇을 기준삼아서 이룩되는가에 따라서 다시 갈라진다. 3]은 쌍방적이기는 하지만, 동시에 하늘을 우위로 두고 무대의 실현을 하늘에서 구현하고자 하는 점에서 차이가 있다. 물론 이야기의 전개에 따라서 이 방향의 유동적 공간 이동이 있지만 중심은 하늘에 있다.

4]는 쌍방적이지만 동시에 지상에 중심을 두고 전개된다. 지상에서 벗어나서 신이한 능력을 구현하려고 하는 점에서 차별성이 있다. 천상에 올라가서 무엇을 이룩하는 능력은 현실적인 지상을 긍정하자는 쪽이다. 천상을 벗어나서 지상에 내려와서 혼인을 해야 하는 것이 기본적인 목표로 된다.

1]은 영웅신화의 흔적을 말해준다. 영웅의 능력을 구현하기 위해서 이러한 설정이 불가피하다. 그러나 영웅의 신화적 능력이 거세되고 전설의 주인공이 되는 심각한 변이가 있다. 혼인은 거세되고 지상의 살해가 모티프와 결정적인 구실을 하게 된다. 영웅신화에서 영웅전설로 전환을 보여주는 자료이다.

2]는 자연물의 기원을 말하는 기원신화이다. 자연물의 기원신화이기는 해도 유형적 간섭에 의해서 민담적 속성을 일부 가지고 있는 변이유

형의 이야기임을 알 수가 있다. 유형적 변이와 자료의 변이는 불가피하게 이루어지는 현상임을 알 수가 있다. 자연물로의 전환과 이야기의 혼재는 매우 시사적인 현상이다. 문화적 질서를 새로이 수립하고 자연으로 되돌아가는 것은 매우 긴요한 의의를 가진다.

3]은 민담적 변이가 극심한 자료이다. 그러나 신성혼의 일부 흔적을 가지고 있으며, 본래 기원신화에서 민담으로 이행하였을 가능성을 보여주는 점에서 매우 중요한 자료이다. 다른 민족에서 이 자료가 기원신화로 작용하는 것은 이러한 가능성의 시사를 뒷받침하는 증거이다. 샤만의 이계여행과 관련되는 민담이다.

4]는 역시 민담적 변이가 극심한 자료이다. 그러나 이 이야기는 본디 샤만의 이계여행과 관련되리라고 하는 추정을 가능하게 한다. 퉁소와 조끼가 이중적인 구실을 하는 것 자체가 그러한 양상을 보여주고 있는 증거이다. 그러한 의미에서 이 자료는 매우 중요한 샤만의 탈혼 현상과 관련된다. 그러한 계모형 이야기와 뒤섞인 혼인 위주의 이야기임을 알 수가 있다.

2) 「새털옷신랑」 이야기의 유형복합적 볍칙

이 유형의 이야기는 다른 유형과 복합되는 과정이 있으므로 이를 중심으로 하는 상세한 논의가 필요하다. 이 유형의 핵심적인 내용을 정리하게 되면 다음과 같다.

한 가난한 총각이 새잡이를 하면서 비렁뱅이 노릇을 하면서 구명도생을 하다가 우연히 아름다운 아내를 얻게 된다. 새를 잡아 구운 것을 얻어먹고서 그렇게 되는 경우가 있다. 남자가 아름다운 아내로 말미암아서 좀처럼 일을 할 생각을 하지 않는다. 그렇게 해서 먹기 살기가 어렵게 된다. 아내는 자신의 초상화를 그려주어 일터로 보냈다. 남자는 그 초상화를 나뭇가지에 걸어놓고 일을 시작하였다. 이 때 갑자기 강한 바람이 불어와 초상화를 날라 가버렸다.

바람에 날린 초상화는 임금이 있는 궁중 뜰에 떨어졌다. 이를 발견한 임금은 초상화의 주인공을 찾아오라는 명령을 내리게 된다. 임금의 부하들은 전국 방방곡곡을 찾아다닌 끝에 초상화의 미녀를 발견하여 억지로 임금에게로 데려갔다. 미녀 아내는 헤어지면서 새털옷을 입고 걸인잔치를 할 테니 참석해달라고 말하면서 잡혀간다. 임금은 그녀를 왕비로 삼았다.

아내를 잃은 남자는 다시 새잡이를 하며 구걸하고 다녔다. 이 때 임금은 미녀의 마음을 돌리려 애를 썼으나 초상화의 미녀는 도무지 웃을 줄을 몰랐다. 그리하여 걸인잔치를 열어달라는 왕비의 요청에 임금은 기꺼이 응하였다. 궁중의 걸인잔치는 상당히 오랫동안 계속되었다.

걸인잔치를 하는데도 불구하고 왕비의 본디 남편은 좀처럼 나타나지 않았다. 잔치가 끝나는 마지막 날 새털옷을 입은 왕비의 원래 남편이 참석하여 새털옷을 입고서 유쾌하게 춤을 추었다. 이 모습을 본 왕비는 그동안에 좀처럼 웃지 않고 있다가 비로소 웃음을 터뜨렸다.

그러자 임금은 그 웃음의 원인이 새털옷 때문이라 생각하고 걸인을 불러 옷을 바꿔 입자고 명령하였다. 임금의 옷을 입은 남자는 용상으로 올라가 앉고, 임금은 새털옷을 입고서는 하늘로 올라가서 내려오지 못했다. 다시 만난 부부는 왕과 왕비로서 행복하게 살았다.[23]

남녀 만남이 중요한 설정인데 이 점이 분명하지 않다. 남편이 되는 인물은 흔히 새를 잡아먹고 사는 인물이다. 수렵이 중요한 요건이다. 아내

---

[23] 표준형을 정리해서 보여준 결과이므로 이를 각편의 차원과 변이를 존중하여 정리하는 작업도 별도로 요구된다.

는 소종래가 분명하지 않다. 아름다운 여성이므로 이 여성은 달리 다른 조건이 있었을 것인데 흐려져 있다. 신분적으로 고귀한 인물이 부자집 딸로 변형되었다.

흥미로운 현상은 여성이 남성에게 새를 잡아먹은 것을 얻어먹은 것으로 되어 있다. 그러나 여성은 여러 각편을 종합해서 보면 베매기를 하는 인물이다. 혹은 베를 짜서 일을 하는 여성이다. 이 여성은 새털옷을 입은 남성과 대조적인 구실을 하는 인물이다. 한쪽이 야생의 자연을 말한다면, 다른 한쪽은 직조의 문화를 말한다. 둘은 이러한 과정에서 결합한다.

이 둘의 결합은 「우렁색시」에서 밭을 갈고 있는 남성과 고동의 변형이라는 것과 대조적인 측면을 구현하고 있다. 「우렁색시」와 「새털옷신랑」이 구조적으로 뒤바뀐 이야기라고 하는 점에서 서로 동일한 측면이 있다. 새털옷-베매기의 대립이 논갈기-우렁이 색시로 전환되어 있다.

문화적으로 이행한 남성이 게으름을 피우게 된다. 게으름으로 말미암아서 구명도생을 할 수 없음은 물론이다. 둘은 창조적 결합에서 문화적 행위를 할 수 없는 미숙함이 매우 중요한 구실을 하게 된다. 방법을 몰라서이기도 하고, 남성이 여성에게 과도한 성적 탐닉에 몰입해 있으므로 이것이 문제이다.

일을 하고 성적 탐닉을 하는 것은 생산적이지만 일하지 않고 과도하게 밀착하는 것은 낭비적이다. 생산적이기를 원한 쪽에서 이를 해소하는 방안으로 자신의 그림을 그려서 일을 할 수 있도록 독촉한다. 그림을 걸어놓고 드디어 일을 하면서 생산력을 도모할 수 있었다. 이 그림이 바람에 날아가서 결과적으로 새로운 갈등을 야기한다.

이 여성의 문화적 능력은 미인으로 형상화되어 있고, 이 여성을 탐내는 왕이 등장한다. 왕은 높은 지위의 권좌를 누리는 존재이지만, 여성의 능력을 실제적으로 인정하지 않고 미모만 탐하는 존재일 따름이다. 그러므로 생산력에 대한 인식이나 실제적인 능력에 대한 평가는 이루어지지 않았다.

이미 정해진 남성과 여성의 혼인에 갈등이 생기고 격에 맞지 않는 원치 않는 결합이 이루어진 것이 문제이다. 왕은 과도한 욕심이 문제이고 여성을 통하여 자신의 문화적 권능을 입증하려는 면모를 가지고 있다. 이 점이 심각한 갈등의 소인이고 이 갈등에 여성은 동조하지 않는다. 신분적 지위로 여성을 취하고 여성의 진정성을 얻지 않는 것은 잘못된 결합이다.

남성 사이에 일정한 다툼이 없는 것도 이 이야기의 심각한 결함이다. 여성을 사이에 두고 서로 간의 갈등이 있어야 하는데 이에 대한 갈등이 없이 일방적으로 주도권을 행사하는 것이 이 이야기의 문제점이라고 할 수가 있다. 오히려 이 갈등은 일부 본풀이 자료들에서 상세하게 나타난다.[24] 재산이 많은 인물이 다른 곳으로부터 와서 여성을 두고 대결하는 것이 기본적인 내용이다.

삼각 갈등의 기본적 요소가 있으나 대결과정이 없으므로 이 과정에서 생기는 갈등의 요인을 생각하여야 한다. 남성은 다시금 혼자 예전의 행위로 돌아가서 기본적인 행위를 지속해야 한다. 이러한 점에서 남성은 자연적이고 본래의 목적으로 돌아갔음이 확인된다. 삼각 갈등의 흔적이 여기에 있음이 확인된다.

삼각 갈등에서 우위를 점한 왕이 여성을 납치하지만 남편은 잔치에 참여하면서 놀이를 한다. 이 놀이가 옷을 바꿔 입는 일을 하는 것은 매우 중요한 의미가 있다. 옷을 바꾸어 입고서 이 때문에 사건이 뒤바뀌는 상황은 신화나 본풀이에서 흔하게 나타나는 현상은 아니다.

옷을 입고서 사건의 전환이 일어나는 사례로 흔히 「광청아기본풀이」

---

24) 김헌선, 함경도 본풀이 「돈전풀이」 연구, 《구비문학연구》 제31집, 한국구비문학회, 2008.
　　김헌선, 「일월놀이푸념」 연구, 미발표 원고.

나 다른 민족의 「가지각색 털복숭이아가씨 Allerleirauh」와 같은 데서 이 내용을 찾을 수 있다. 그러나 삼각갈등과 같은 차원의 이야기는 오로지 하나밖에 없는 것은 아닌가 한다. 대체로 이 이야기에서 중요한 것은 새털옷을 왕이 바꿔 입는 것이 요점이다.

「우렁색시」 유형에서도 아내를 왕에게 빼앗긴 남편이 아내가 일러준 대로 용궁에 가서 신이한 보물을 얻어와서 왕과 대결하는 이야기가 삼각 갈등에서 전형적인 대결담으로 발전하게 된다. 바로 그것이 이 「새털옷신랑」의 이야기와 관련된다고 하는 점을 말하는 증거물이다. 거의 동일한 유형의 이야기인데, 두 가지가 인물의 기능만 바뀌었다.

이 이야기에서 남성은 수동적인 기능을 하고, 여성은 적극적인 기능을 한다. 그러나 여성의 적극적인 기능 역시 특별한 능력이 있는 것은 아니다. 왕에게 잔치를 열어달라고 하고, 거기에 새털옷 신랑이 참여해서 특별한 기능만을 수행할 따름이다. 그러한 점에서 매우 소극적인 방법의 대결을 한다.

옷을 바꿔 입은 왕이 지상에 내려오지 못함으로써 주인공이 저절로 승리하게 된다. 이에 대한 세부적인 사항이 설명되지 않았으므로 이 점이 매우 의문스러운 면모이다. 두 유형의 자료는 서로 남성과 여성이 누가 중심에 서느냐가 가장 중요한 차이점을 형성한다. 둘의 얼개가 너무나 비슷해서 판단이 안서는 대목이 있다.

우렁색시중심형에서는 우렁색시가 적극적인 기능을 하고 우렁색시가 자신의 바다에 용왕을 소개해서 나중에 대결할 수 있도록 돕는다. 용궁에 다녀온 총각이 왕과 대결해서 왕을 물리치고 왕이 되는 결말구조를 갖는다. 왕과 총각은 서로 세 차례에 걸쳐서 대결을 한다. 산에 있는 나무를 베는 내기, 강 건너는 내기, 바다 건너기 내기 등이 이러한 내기에 해당한다.

이 내기에서 우렁색시는 가락지를 주고 이것을 가지고 용궁에 가서 이 내기에 이길 수 있는 여러 가지 방편을 구한다. 가령 첫 번째 내기는 산에 나무 베기에서는 표주박을 얻어와서 그 속에서 나온 난장이들이 나무를 베어서 내기에 이기게 된다.

두 번째 내기는 강을 건너기 내기에서는 용궁에서 가져온 말라깽이 말을 타고서 강을 날아간다든지 하는 것이 요점이다. 세 번째 내기는 배를 타고 바다 건너기인데 이 내기에서 왕은 비극적 최후를 맞이한다. 그렇게 해서 왕을 물리치고 왕노릇을 하는 것이 결말이다. 전왕의 부하들이 그를 왕으로 추대하였다.

새털옷신랑은 좀 더 다른 각도에서 이 이야기를 이끌어가고 있다. 새털옷신랑이 주도적인 구실을 하되 핵심은 새털옷을 바꿔 입는 것이 요점이다. 그런데 이 내기가 도대체 맥락이 안잡힌다. 그러나 둔갑담의 흔적이 있으며 둔갑술에서 인물의 내기 실패형에 해당하는 것이 아닌가 추정된다.

두 유형의 근본적 형태를 생각하기 위해서 필요한 사실은 이 형태의 원래 면모가 무엇인지 생각해야 한다. 남성과 여성이 삼각갈등을 겪으면서 혼사장애가 일어나는 것이 본질적인지 의문이 생긴다. 약탈혼에 입각해서 보여주는 신화적 흔적이 변형되어 나타나는 결과인 점에서 동일하다.

신화에서 약탈혼의 흔적이 선명하게 나타나는 것은 바로 고구려건국신화 가운데 해모수신화이다. 해모수가 유화와 혼인하는 과정에서 약탈혼의 흔적이 명확히 드러난다. 유화를 약탈한 것이 본질적이라고 하겠다. 그러나 이 문제는 하백과 해모수의 대결로 구체화된다. 서로 둔갑하면서 신화적 대결을 벌인다.

이 얼개가 유지되면서 민담에 이르러서 변화가 생겼다. 우렁색시에서는 용왕이 우렁색시의 도움으로 사위를 돕는 기능을 한다. 그러므로 약탈혼의 차원이 달라진 것이다. 외부 세력이 침입해서 평화로운 가정에

약탈을 자행하고 서로 온전한 관계를 해치는 구실을 하는 것이 새로운 남성이 존재한다. 그래서 가정을 지키기 위해서 이를 막아야 한다.

새털옷신랑에서는 용왕의 존재는 사라지고 남성 혼자서 새로운 적대자를 물리쳐야 하는 기능을 수행하게 된다. 신랑은 일방적으로 적대자에게 침탈당하지만 여성의 슬기로 이를 물리치는 기능을 하는 점을 주목해야 한다. 새털옷은 단순한 사냥꾼이라고 하기보다는 천상계적 증거를 보여주는 것이다. 둔갑담의 흔적으로 이해하여도 무방하다.

이 세 가지 신화와 민담을 비교하면서 인물의 기능과 인물 사이의 다툼을 어디에 두고 전개되는가에 따라서 선명한 구도를 읽어낼 수 있다. 이 세 가지 이야기의 얼개를 비교하면 다음과 같다.

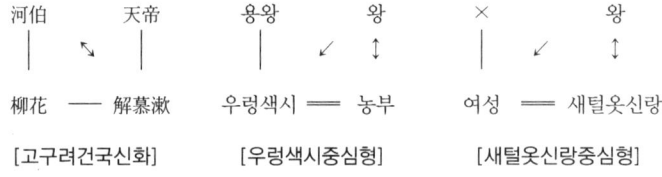

= : 우호적 관계, ↕: 대립적 관계, ╱: 일방적 강탈관계, ┃: 상하관계

이렇게 본다면 중요한 특징이 선명하게 드러난다. 그것은 갈등의 근간이 달라졌음이 확인된다는 점이다. 장인과 사위의 대결이 신화적 설정이었다면, 신랑과 외간남자인 왕이 결과적으로 행복한 가정을 훼손하며 삼각 갈등으로 발전하고 있다. 이 남성은 여성의 미모에 반하여 가정을 훼손하기에 이른다. 그러므로 삼각 갈등의 전형을 이러한 각도에서 이해할 수가 있다.

삼각 갈등을 전형으로 하는 이야기가 더 많이 있다. 가령 「성주풀이」나 「칠성풀이」가 이에 해당한다. 위의 이야기 구조를 이어가는 것이 있다. 「성주풀이」에서 거의 동일한 내용의 이야기가 전한다. 구조적으로 서로 일치하는 부분이 있어서 이를 중심으로 보면 일치한다. 「칠성풀이」 역시 동일한 구조임을 보여준다.

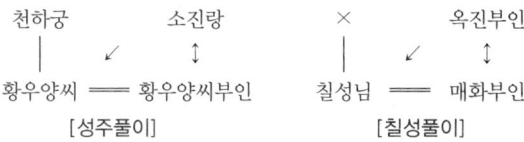

「성주풀이」는 삼각 갈등이 가정을 중심으로 전개되는 점에서 위에서 다룬 것과 일치한다. 소진랑과 황우양씨가 옷을 바꿔 입고서 이 때문에 삼각의 갈등이 전개되는 점도 매우 일치한다. 그러나 그 결과가 결말로 이어지는 것은 아니다. 황우양씨가 돌아와서 소진랑을 물리치는 과정이 있어서 「새털옷신랑」과 다르다.

「칠성풀이」에서는 삼각 갈등이 전혀 다르게 전개된다. 매화부인과 옥진부인이라고 하는 여성의 갈등이 전제된다. 따라서 남성 사이에 전개되는 갈등의 쌍과 다르다. 칠성님과 옥진부인이 함께 살면서 전처의 소생인 일곱 아들과 벌이는 갈등의 연속이 있어서 단순한 삼각 갈등이 아니라 2대와 1대의 다툼이라고 하는 점이 특징적이라고 하겠다.

이 유형의 이야기는 매우 유형적인 차원에서 다채로운 변이를 보이고 있다. 그 자료가 다음과 같은 양상으로 드러난다. 이것이 매우 중요한 자료의 분포와 변이로 연결되므로 이 점에 대한 동이점을 논의할 필요가 있다.

구전설화] 「우렁색시」, 「새털옷신랑」
구전서사시] 「일월놀이푸념」·「돈전풀이유형」
문헌설화] 《醒睡稗說》·智婦瞞盜, 《攪睡襍史》

구전설화가 긴요한 점은 반복하지 않아도 되는 사실이다. 그리고 구전서사시에서 두 가지 이야기가 있다고 하는 점은 이미 상세하게 연구되었다. 그런데 문헌설화에서는 두 가지 상이한 각편과 이본이 있어서 이를 논란할 필요가 있다. 이 이야기가 문헌설화로 전하는 것은 매우 긴요한 대목이다.

하나는 초상화와 관련되는 내용이다. 아름다운 아내에 대한 그림에 대한 전통의 이야기가 있다. 이것은 우리나라 이야기는 아니다. 다만 그림 속의 여성과 혼인한 것이므로 모티프에 관련되는 이야기이다.[25] 다른 하나는 삼각 갈등을 핵심적인 내용으로 한다. 그러면서도 「일월놀이푸념」의 내용과 일치하고 있으므로 이를 주목해야 마땅하다.

「智婦瞞盜(현명한 아내 도둑을 속이다)」로 번역할 수 있는 제목이 그 요점을 드러낸다.[26]

---

25) 「醒睡稗說」「취교패설」
　대명 시에 진사 조안이 화공 처에게 연장도 한 폭을 얻었는데 그림에 미인이 그려져 있었다. 조안이 말하기를 "이 그림처럼 아름다운 여자를 얻을 수 있겠는가?" 화공이 말하기를 "어렵습니다. 이것은 신기한 그림이요. 이름이 진광입니다. 벽 위에다가 걸어두고 이름을 불러서 백일이 되지 않으면 반드시 응감할 것입니다. 그리하여 백가들이 그림과 회를 채색하여 주환의 규칙으로 다시금 살리면 화할 것입니다."라고 하였다.
　조안이 귀가하여 그 말대로 이를 시험하니 과연 아름다운 여인을 얻었다. 몇 개월을 함께 사니 옥동자를 낳았다. 면모는 형형하고 찬 구슬처럼 아름다우며 신기는 가을 물처럼 응결되었다. 조안이 말하기를 "심히 이들을 사랑했다."고 하였다. 그 벗이 상세하게 그 이야기를 듣고 조안에게 말하기를, "이는 요물이다. 일찍 이를 제거합시다. 내가 신이한 칼이 있으니 가히 베기로 합시다."
　이날 저녁에 진광이 울면서 말하기를 "첩은 이에 남악 지상선이니 길이 수건과 빗으로 받들고자 하고 종당에 해로하고자 했습니다. 이제 그대가 요사스러운 사람의 말을 믿고 낳은 아이를 의심하니 가히 오래 머물 수 없습니다. 이에 그 자식을 안고 연장도로 올라갔다." 장상에 한 동자가 첨가되었다.

26) 이우성 · 임형택편역, 《이조한문단편집》 상 · 중 · 하권, 일조각, 1973.
　서대석편저, 《조선후기문헌설화집요》 1 · 2권, 집문당, 1991.
　이강옥, 《한국야담연구》, 돌베개, 2006.
　이와 유사한 이야기가 야담집에 많이 전하고 있음이 확인된다. 이에 대한 내용을 정리한 이우성과 임형택의 조사에 의하면 이 이야기는 문헌설화에 전사되었다. 가령 《東稗洛

◆ 智婦瞞盜, 《攪睡襍史》

한 선비가 외로울 뿐 아니라 집안조차 가난하여 나이 이십에 영남에서 장가갔더니, 그 처가 절세미인일 뿐 아니라 재주가 비상하여 일년 동안에 능히 생활을 그에게 의지하게 되었다. 그해 늦은 세밑에 처가 고향에 다니러가겠다 하거늘, 선비가 허락하여 말 한 필을 얻어 처를 태우고 선비는 보행하여 가더니, 오륙일 동안 가는데 저녁에 어느 주막에 이르러 자게 되었었다.

밤중에 문득 문 밖에서 사람의 지껄이는 소리와 말 울음소리가 들리는지라 선비가 놀라 일어나 등불을 켜고 오똑하니 앉았는데, 문득 한 사람이 많은 부하를 거느리고 선비의 방으로 들어오는 지라, 선비가 맞이한즉, 그 사람이 나이는 삼십에 극히 준걸스럽고 거룩하여 품격과 거동이 動蕩하고, 몸에는 藍天翼을 입고 모양이 마치 亞將이나 大將과 흡사

誦》의 「昔有二文士」와 《東野彙輯》의 「轎中納髮誑賊帥」에 전한다. 그러나 《삽교만록》에 전하는 것이 가장 잘 가듬어졌다고 한다. 동일한 내용이 《奇觀》이나 《攪睡襍史》등에도 전한다. 이 가운데 《雪橋漫錄》에 전하는 것, 이를 옮기면 다음과 같다. 《雪橋別錄》卷四 漫錄 五: 有二士 自童稚交驩 嘗與約通家 其先娶者 引一人見之 一人次娶而妻有殊色 引先娶者見之 一見便長吁而起 仍棄其家 不知所去

其後十餘年 次娶者登第 出宰於湖南 路出德裕山下 忽見武夫百餘騎擁一美丈夫 跨駿馬 前一金轎而來 與次娶者叙話 仍大聲而曰 汝之攄美妻 亦已十餘年 今則恭輸於我 使婢傳於內曰 以天下絶色 而從天何屠夫 已經十餘年 今則移載于我轎 以配天下美丈夫如何 遂引轎而躬入內舍 次娶者無可奈何 亦隨之而入見 其妻欣然迎笑而入于金轎 先娶者大喜 顧次娶者曰吾之不殺汝 猶有故人之情也 次娶者隨轎而出 百騎電馳而金轎鵠逝 次娶者瞻望仃立 淚下沾襟 無意治行 而吏卒沮喪無人色

良久 婢 自內出曰 夫人傳語何不治行 次娶者驚入曰是何夫人也 夫人笑曰主公豈以我爲入賊轎而去乎 次娶者 措目而更視之曰 子何爲在此 無乃神乎 夫人笑曰 無多言 速治行事 越宿于大邑也 次娶者曰子己明入賊轎而去矣 何自而復來 子亦有遁形之術乎 夫人曰吾素不學妖術 何遁形之有哉 向入賊轎者 非吾也 乃婢也 自先娶者之見我長吁而起 棄其妻而逃也 吾已料其爲劇賊 而早晚有此事故 傾貨 買一婢貌類我者 而凡日紅粉衣裳 一如我使不可辨而待之矣 今已擄入賊轎而使之勿言眞僞 一生享奠寵 自今吾其無患矣 次娶者大喜而曰 何不早告我 而使我幾欲死何也 夫人曰深謀秘機雖夫婦間 不可預告而致有令漏故 并秘其婢 而不見于主公矣 次娶者 奇倖之 情好益篤

하였다. 내외 부하의 그 수를 알지 못하겠는데, 그 사람이 선비와 더불어 인사가 끝난 다음에,

"그대는 어떠한 사람인데 일찍이 한 번도 면식이 없는 터에 깊은 밤중에 가난한 선비의 방을 찾으셨나?"

하고는 선비가 물으니,

"나로 말하면 산중에 숨어 사는 사람으로 수하에 거느린 졸도가 천만을 넘고, 부귀 또한 방백(方伯)을 부러워하지 않을만하나, 다만 나이 삼십에 아직 장가를 들지 못하였음이라. 대대 시골 여인은 가합할 리가 없고 해서, 이제 賢兄이 부인을 데리고 고향으로 돌아가매, 부인이 아름답고 또한 현숙하기가 세상에 짝이 없단 말을 듣고, 이 말씀이 극히 무례한 줄은 아나, 형이야 서울 분이요 아내 구하기도 또한 어렵지 않을 터인즉, 이제 내가 찾은 뜻은 현형의 실내를 구하여 산중에서 內助를 삼고자 하니, 오천 금으로써 원컨대 바꾸는 것이······한번 형의 뜻이 어떠하시오?"

"세상에 어찌 白地에 남의 처를 빼앗는 자가 있으리오? 또한 어찌 처를 돈 받고 파는 이치가 있으리오?"

얼굴빛이 새파랗게 되어 떨면서 말하니,

"형은 왜 생각이 그렇게 모자라시오? 이 일이 예의가 아닌 줄 모르는 것이 아니로되, 내가 이미 여기 올 때에 이 말을 하였은즉 어찌 이를 중지할 수 있으리오. 형이 만일 내 말대로 한 후에 이 돈으로써 다시 賢室을 택하시면 오히려 상처 없이 몸을 보존하여 돌아갈 것이거니와, 만약 듣지 않을 경우에는 형은 한 몸이요, 나로 말하면 많은 부하를 거느렸으니, 마땅히 겁탈하여 가지고 돌아가리니, 형의 낭패뿐이고 또한 오천 금도 잃어버릴 터이니, 어찌 생각이 이에 미치지 않는가?"

하고 크게 웃으며 말하니, 선비가 놀라 눈물을 흘리던 차에, 벽을 격한 안방에서 갑자기 여인이 선비를 부르거늘 선비가 들어간 후에, 그 사람

이 가만히 벽을 격하여 그들의 말을 들은즉 그 처가 말하기를,

"이것이 큰 변이니 가히 입으로 서로 싸울 일이 아니와요. 또한 힘으로써도 항거할 수 없사오니, 그들이 반드시 큰 도적으로 이와 같이 말한즉 어찌 능히 꺽으리까! 또한 생각컨댄 첩이 낭군 집에 들어온 후에 기한을 이기지 못했삽고, 또한 자녀가 없거늘 저 사람에게 몸을 허락하면 첩도 평생에 부귀를 누리고, 낭군도 또한 오천금으로 다시 현처를 얻으며, 널리 밭과 집을 장만하고, 가히 부잣집 늙은이가 될 터이니, 이것이 어찌 낭군과 첩의 양편이 다 좋은 일이 아니리까? 일이 여기에 이르렀은즉 가히 벗어날 길이 없삽기에, 곧 그렇게 허락하시와 몸 까닭으로 하여 귀하신 몸을 손상치 말게 하시옵소서."

하고,

흐느껴 우는 소리가 슬프기 그지없었다. 선비가 그 말을 듣고 그의 손을 잡고 통곡해 가로되,

"내 비록 죽을지언정 어찌 참아 그대와 생이별하리오."

"대장부가 어찌 그리 녹록하시오? 첩도 또한 즐거운 일이 아니니 속히 나가도록 허락하시오."

하니 선비가 마음에 슬프고 분하여 어찌할 수 없는지라, 밖으로 나오니 그 사람이 웃으면서,

"잠간 방안의 애기를 들은즉 과연 현부인이라, 그대는 어찌 한 때의 정을 금하지 못하고 큰 災禍를 취하고자 하는고?"

선비가 맥없이 앉거늘 선비의 처가 종놈들을 불러,

"내 마땅히 장군을 따라 가리라. 머리 빗고 세수하고 새 옷 갈아입을 동안에 너희들은 마땅히 때를 맞추어 교자輔子와 하인으로 하여금 기다리게 하여라."

하니, 그 사람이 듣고 크게 기꺼워하여, 곧 행구를 대령하고 한편으로 오천 금돈을 방 안으로 들여오니, 선비가 넋이 몸에 붙어있지 않은 채

앉아 있었다. 두어 식경 지난 후에 선비의 처가 교자를 타고 나오거늘, 여러 도적이 교자를 붙잡고 옹호하여 나오니, 그 사람이 크게 기뻐 선비를 謝別한 후에 함께 따라 가더라. 선비가 통곡하고 다시 안방에 들어와 보니, 처가 전과 같이 단정히 앉아 웃는 얼굴이 기막히게 아름다운지라, 죽은 사람 만난 것 같아 또한 반갑고 또한 놀라며,

"이것이 어찌된 일이오?"

"낭군은 가만히 앉으셔서 저의 말씀을 들으시와요. 저도 적이 깊은 밤에 부하를 거느리고 와서 겁탈하여 돌아가면 우리 두 사람이 무엇으로써 면하리오. 저를 오천 금으로써 바꾸자 함은 선심이오니, 허락치 않사오면 오직 겁탈을 면하지 못할 뿐 아니라, 낭군 신상이 어찌 될지 알지 못하여, 제가 꾸며서 낭군께 청하여 아까 말과 같이 한 것은 도적으로 하여금 마음을 놓고 방심케 하고자 한 것이옵니다. 제 몸종이 모양이 곱고 나이 또한 첩으로 더불어 비슷한 고로 급급히 치장하여 치송하였사오니, 도적이 반드시 나로 알고 기뻐하리이다. 몸종 아이도 가히 부귀를 얻을 것이요, 낭군은 처를 잃지 않으시고 또한 많은 재물을 얻었사오니, 크게 재산을 불군지라, 어찌 일이 마땅함을 얻음이 아니리이까?"

"그대의 賢知는 내가 능히 만 분의 일도 따를 수 없도다. 꿈에서 처음 깬 것 같소."

하며 칭찬하니,

"일이 어찌할 수 없게 되와 부득이하여 조그만 계책을 베푼 것뿐이오이다. 무엇이 그리 칭찬하실 만하겠나이까?"

하고 바리 바리(駄駄)돈을 싣고 시골로 가서 널리 밭과 집을 사서 벼락부자가 되고, 그 후에 벼슬까지 높아져서 백수해로 하고 자손이 만당하였다.[27]

---

27) 智婦瞞盜, 《攬睡襍史》

영남의 한 고장 선비가 절세미인을 얻어서 재산이 요족하게 되었다. 세밑이 되어서 친정 나들이를 하다가 하룻밤을 주막에 머무르게 되었는데 도적이 부인을 탐낸다. 많은 돈을 주고 도적이 미인 아내를 사고자 하니 선비는 당황했으나 다른 방에 있는 여성이 도적의 제안을 수락하고 응하는 척하다가 몸종을 옷을 갈아 입혀서 대신 보내고 돈도 벌고 위기를 모면했다고 하는 것이 요점이다.

이 이야기는 평안도의 「일월놀이푸념」에서 궁산선비와 명월각시의 행복한 가족을 훼손하기 위해서 배선비가 많은 돈을 가지고 와서 명월각시를 두고 내기를 하고 마침내 내기에서 이긴 배선비를 속이기 위해서 몸종을 대신 치장해서 내보내는 것과 거의 같은 내용이다. 따라서 이 본풀이와 「智婦瞞盜」는 비교할 만한 가치가 있다.

3) 유형과 화소에 대한 이론적 내력과 경과

이야기 연구에서 선편을 잡은 핀랜드학파의 유형과 화소는 고전적 개념이지만 오늘날에 다시 계승할 필요가 있는지 전면적 재검토가 필요하다. 유형 type으로 이야기가 독립적으로 전승하는 것이라고 했으며, 화소 motif는 이야기를 구성하는 요소라고 했다. 둘은 어떠한 관계에 있는가?

이야기는 무더기로 되어 있어서 한 이야기를 알고 싶으면 이야기 더미에서 찾아보는 것이 한 가지 방법이다. 이야기의 세부적 모습을 알고 싶으면 이야기의 구성 요소를 살펴보면 어느 정도 이야기의 특성을 파악하게 된다. 그런데 이야기의 구성 요소가 한두 가지가 아니다.

「농군의 아내」와 「잘 알다마다요!」라고 하는 이야기는 공통적인 이야기의 내용을 가지고 있다. 전혀 유형적으로 다른 것인데도 불구하고 이야기가 같은 소재로 얽혀 있음을 확인하게 된다. 무엇이 같은가 남녀가 같고 남녀의 혼인관계를 전제로 한 인물이 같다는 점이 인정된다. 이 같은 점만 일치하는가?

그렇지 않다. 주인공인 남녀가 만나게 되기도 하고, 헤어지게도 되는 물건이 대단히 중요한 구실을 한다. 그것이 곧 새털옷과 단추가 세 개 달린 긴 옷이다. 옷인 점에서 같은데, 여하튼 하늘을 나는데 소용된다는 공통점이 있다. 하지만 하늘을 날아서 주인공이 비극적으로 죽기도 하고, 적대자를 죽음으로 몰아넣는 점에서도 같다.

새털옷과 하늘을 나는 조끼는 신이한 물건이다. 옷에 특정한 장치가 되어 있어서 하늘을 날아올라가는 구실을 한다. 「농군의 아내」에서는 단순한 새털옷이라고 해서 우스꽝스러운 주인공을 부인과 만나게 하는 구실을 한다. 그러나 유형적으로 본다면 「새털옷신랑」에서는 적대자가 하늘에 날아올랐다가 결국 땅에 내려오지 못하고 독수리가 되는 점에서 하늘을 나는 도구임이 확인된다.

하늘을 나는 조끼는 「잘 알다마다요!」에서는 기능이 명확하지 않지만 실제로 「재복데기」유형에서는 하늘을 날아올랐다가 내려오는 구실을 하는 연장이다. 남녀가 혼인하는 구실을 하기도 해서 매우 중요하게 사용하는 연장임을 알 수가 있다. 새털옷과 하늘을 나는 조끼가 하는 구실을 거의 일치한다.

하늘을 나는 옷은 유형적으로 두 가지에만 있는 것은 아니다. 가령 「나무꾼과 선녀」와 같은 자료에서도 이러한 날개옷은 결정적인 구실을 한다. 하늘에 있는 여성이 지상에 있는 남성과 혼인하는데 날개옷을 감춘 것이 발단이 되었다. 날개옷은 하늘과 땅을 연결하는 소중한 연장이다.

하늘과 땅을 연결하는 것이 이것만 있는 것은 아니다. 가령 두레박, 박넝쿨, 하늘에 닿은 나무 등은 하늘과 땅을 이어주는 소중한 구실을 한다. 이 요소가 변화해서 하늘에 날아오르는 새도 비슷한 구실을 하게 된다. 단조로운 이야기에서 소박하게 하던 구실을 하는 것을 전반적으로 보면 지상과 천상을 연결하는 다중적인 장치가 되는 것을 알 수가 있다.

이야기로 구성되기 위해서 필요한 것은 남녀의 인물관계와 이야기에서 두 인물의 관계를 구성하는 데에 따라서 이야기의 다중적인 요소가 필요하게 된다. 천상과 지상이라고 하는 공간적 배경을 구체화하는데 있어서 핵심적인 구실을 하는 것이 곧 옷이다. 천상과 지상을 연결하는 데 옷은 빠질 수 없는 구실을 한다.

이야기는 이 관계 속에서 다양하게 구성된다. 이를 정리하면서 이 문제가 확장 가능한 것인지 기본적으로 검토해보자. 남녀의 인물, 이들의 관계가 특정한 시공간의 구조 속에서 변환된다. 그 공간의 구성 요소에 의해서 연계될 가능성을 보여준다.

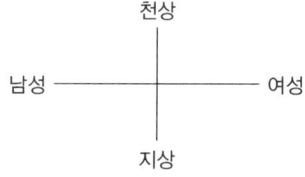

「농군의 아내」는 남녀가 삼각의 갈등으로 전개된다. 새털옷은 적대자를 물리치고 여성과 남성을 만나게 하는 구실을 하는 것이다. 새털옷으로 남성과 여성의 부부관계를 회복하지만, 적대자는 새털옷을 입고서 용상에서 밀려나거나 하늘에 올라가서 독수리가 되는 것으로 마무리된다.

「잘 알다마다요!」에서는 남녀가 부부로 살다가 긴 옷을 입고서 하늘에 올랐다가 남편은 떨어져서 죽었으므로 비극적 결말을 맞이했다. 그러나 남성은 하늘에 올라가서 독수리가 되었고, 여성은 물고기가 되었다고 하는 것이 결말이다. 남녀관계가 화합이 아닌 분리로 되었으며 결정적인 차이가 있다.

「나무꾼과 선녀」에서는 남녀가 날개옷을 매개로 해서 만났다가 다시 두레박을 타고 올라가고 지상에 천마가 이끄는 수레를 타고 내려온다. 그러나 불행하게 비극적인 결말을 통해서 천상과 지상이 분리된다. 날개옷, 두레박, 수레 등으로 거듭된 변이가 이루어진다. 남녀의 관계 파탄을 맞이한다.

「해모수신화」에서는 천제의 아들 해모수가 오룡거가 이끄는 수레를 타고 내려와서 지상의 유화와 결연한다. 남녀관계를 전제하면서 수레가 구실을 한다. 수레를 타지 못한 유화는 지상에 남아서 분리되어야 하는 결말을 맺는다. 남녀관계가 다시금 확인된다. 「단군신화」에서 기본관계에 나무가 구실을 한다.

남녀관계가 한결같이 등장하지 않고 달리 오누이관계, 형제관계 등으로 성립한다. 여성과의 관계 속에서 성립하기도 한다. 가령 「해와 달이 된 오누이」, 「천지왕본풀이」, 「삼승할망본풀이」, 「김알지신화」 등에서도 동일한 요인이 변형되면서 인물관계가 달라지는 것을 확인하게 된다.

오누이가 하늘에 이르기 위해서는 하늘에서 내려오는 동아줄이 필요하다. 대별왕과 소별왕이 하늘에 올라가기 위해서는 박넝쿨이 필요하다. 생불할망이 하늘에서 내려오기 위해서는 지상에 있는 나무가 필요하다. 김알지 출생에서는 이른 바 나무가 필요하다. 줄도 필요하므로 이중적이다.

4. 넓게 알기

1) 김화경, 「농군의 아내」, 《북한설화의 연구》, 영남대학교출판 부, 212-214면.

옛날 마음 착하고 부지런한 한 농군 총각이 아름답고 순진한 처녀에게 장가를 들었다. 그런데 가난한 살림인지라 장가를 든 며칠 후부터 아침 저녁거리가 떨어지게 되었다. 농군은 어떤 일이 있어도 부지런히 일하여 아내에게 쌀 걱정은 시키지 않으려고 애를 썼으나 가난한 살림살이는 여전하였다.

어느 날 농군은 지게를 지고 산에 나무하러 갔다. 나무 한 짐을 듬뿍 해 가지고 집으로 내려오다가 고개턱에서 쉬는 참에 멀리 바라보이는 자기의 오막살이를 내려다보았다. 울타리 옆에서 호박밭 김을 매는 아내가 눈에 안겨왔다. 가난할수록 더 부지런히 일하고 서로 도와 살아가겠다고 일하는 아내를 보니 모든 피로가 일시에 사라져 버리는 것만 같았다.

농군은 흐뭇한 마음을 참지 못해 김매는 아내의 화상을 그렸다. 비록 얼굴은 똑똑히 보이지 않았지만 그의 눈앞에는 아내의 어여쁜 얼굴이 생생히 떠올랐던 것이다.

한참 후에 그는 아내의 화상을 지게에 걸고 집을 향해 걸었다. 그런데 지게에 걸었던 아내의 화상은 불어오는 바람에 그만 날려가고 말았다. 한참 걸어가다가 아내의 화상이 바람에 날려간 것을 알게 된 농부는 오던 길을 되돌아서 찾아갔으나 끝내 찾지 못하고 말았다.

그런데 날려간 아내의 화상은 금산왕 일행의 손에 들어갔다. 여인의 화상을 본 순간 금산왕의 눈은 황홀해졌다.

"오! 이 세상에 이 같이 어여쁜 여자가 있는가?" 금산왕은 꿩 사냥을 단념하고 당장 이 화상에 그려진 여인을 찾아오라고 호령하였다. 왕을 따라 왔던 나졸들이 일시에 흩어져 인근 마을로 돌아다니면서 찾기 시작하였다.

그 후 며칠이 지나서 긴 창을 든 나졸들이 농군의 집으로 밀려들었다.

"우리는 금산왕의 신하들인데 금산왕께서 지금 너의 처를 급히 부르기에 왔다."

"국사에 바쁘신 금산왕께서 남의 처를 왜 부르시오?."

"그것은 우리가 알 일이 아니니 꼬치꼬치 더 묻지 말고 어서 네 처를 부르라."

농군은 남의 유부녀를 제 마음대로 농락하려는 왕의 소행과 그런 일을 강박 하는 신하들의 행동이 더욱 괘씸하였다. 그리하여 농군은

"너희들이 왕의 명을 받고 왔다니 내가 대신 가겠다."고 나섰다.

그러자 나졸들은 강제로 달려들어 농군의 아내를 마당으로 끌어내왔다. 농군의 아내가 악을 쓰리라 생각하고 나졸들은 단단히 묶어갈 차비를 하였는데 뜻밖에도 농군의 아내는 잠시 기다리라 하고는 방으로 들어가서 옷을 갈아입고 나오는 것이었다.

이 광경을 보고 있던 농군은 놀라지 않을 수 없었다. 이제는 아내도 믿을 수 없구나 하는 생각이 들었다.

집을 나서던 아내는 나졸들에게 잠시 밖에서 기다리라 하고는 방에 도로 뛰어들어와 남편에 귀띔하였다.

"활쏘기와 뜀뛰기 그리고 춤추는 법을 익히세요. 제가 며칠 후에 잔치를 차리겠어요. 그 때 사냥한 새의 털들을 모아 새털 옷을 지어 입고 오세요."

이 말을 듣고야 아내가 곤경을 피하기 위하여 무슨 꾀를 꾸민다는 것을 알아차리고 마음이 가라앉았다.

어느덧 며칠이 지났다. 농군의 아내를 끌어들인 왕은 그 미로에 황홀해서 말하였다.

"오! 정말 그림에 나오는 선녀 같군. 오늘부터 옷을 단정히 하고 내 가까이에 있으라."

왕의 영이 있은 후 여인의 앞에는 갖가지 음식이 차려지고 궁중은 가무로 흥성거렸으나 농군의 아내는 웃지도 않고 말 한마디도 없었다. 이러한 여인의 태도에 왕은 노기가 차서

"왜 아무 말이 없는고. 부처가 아니거든 목석같이 앉아있지 않을 것이니 무슨 연고인가?"하고 말하는 것이었다. 농군의 아내는 왕이 노여움

을 품게 되자 겨우 입을 열어 말하기를

"소인에겐 일찍 어린 시절에 헤어진 오라버니 한 분이 있사온데 이렇게 흥겨운 날을 맞으니 한없이 그리워지나이다. 걸인 잔치를 차려 놓으면 소인의 마을이 흥겨울 것 같사오니 방방곡곡에 방을 붙여 걸인들을 모이게 함이 소인의 소원인 줄 아뢰오."

이리하여 금산왕은 즉시로 걸인 잔치를 크게 차렸다. 나라의 각처에서 궁정으로 모여드는 걸인 가운데는 여인의 남편도 있었다. 농군은 아내가 시키던 대로 활쏘기, 뜀뛰기, 춤을 능숙하게 익혔고 새털 옷도 해입었다.

걸인 잔치 첫 날 농군은 아래 끝에 앉았다. 그랬더니 걸인들에게는 음식상을 다 차려주고 농군만 빼돌리는 것이었다. 이튿날에는 위 끝에 앉았더니 역시 빼돌리는 것이었다. 마지막 날에는 복판에 앉았는데 궁녀들이 갖가지 음식들을 상다리가 부러지게 차려왔다. 큰상을 받자 새털 옷을 입은 농군은 더덩실 춤을 추기 시작하였다. 이를 보고 있던 농군의 아내는 춤추는 남편과 눈이 마주치자 흐흐 웃었다.

왕은 그 새털 옷을 입고 춤을 추면 여인이 더욱 기뻐하리라 생각하고 농군더러 옷을 바꾸어 입자고 하였다. 새털 옷을 바꾸어 입은 왕은 춤을 추기 시작하였다. 그러자 아내는 남편에게 용상에 앉으라 하고 신하들을 시켜

"저 춤추는 걸인을 당장 쫓아내라."고 영을 내렸다. 신하들은 영문도 모르고 새털 옷을 입은 임금을 내쫓았다. 쫓겨난 왕은 기가 차서 그만 죽고 말았다. 이렇게 하여 부부는 다시 만나게 되었으며 고향에 돌아가 행복하게 살았다 한다.

2) 가린 미하일롭스끼, 「잘 알다마다요!」, 《백두산민담1》, 창작사, 1987, 101-103면.

옛날에 남편과 아내가 살고 있었습니다. 이들은 착한 사람들이었지

만, 다만 한 가지 흠이라면, 누가 이야기를 하든지간에 결코 한 번도 상대방의 이야기를 끝까지 듣는 법이 없다는 점이었습니다. 그러고는 "알아요, 잘 알다마다요!"하고 큰소리를 치곤 하는 것이었습니다.

하루는 이들 부부 집에 웬 사람이 긴 옷을 한 벌 들고 찾아왔습니다. "이 옷을 입고 단추 하나를 채우면,"하고 그는 이야기를 시작했습니다.

"당신은 땅에서부터 두 자쯤 위로 솟아오르게 될 겁니다. 단추 두 개를 채우면 하늘 높이의 반 정도까지 날아 오르게 되고, 세 개를 채우면 하늘 꼭대기를 날게 될 겁니다."

남편은 땅 위로 다시 돌아오는 방법에 대해서는 묻지도 않고 이렇게 외쳤습니다.

"잘 알아요!"

그는 긴 옷을 몸에 걸치고, 단숨에 단추란 단추는 모두 잠그고는 하늘로 날아 오르기 시작했습니다.

이 모습을 본 그의 아내는 밖으로 달려나가 큰 소리로 외쳤습니다.

"저것 좀 보세요. 저것 좀 봐! 우리 남편이 하늘을 날아요!"

이렇게 외치며 달려가다가 그녀는 그만 벼랑 아래로 떨어지고 말았습니다. 계속 하늘만 바라보느라고 미처 벼랑이 있는 줄은 몰랐던 것입니다. 벼랑 아래에는 강이 흐르고 있었습니다. 후에 사람들 사이에서는 남편은 하늘을 떠돌다가 독수리가 되었고, 강에 빠진 아내는 작은 물고기가 되었다는 이야기가 전해 내려오고 있습니다.

이 이야기는 물론 오늘날까지도 이들 부부와 같은 어리석음을 지닌 사람들에게는 아주 좋은 교훈이 되고 있습니다.

3) 하이보우(灰坊, はいぼう太郎) 이야기

영주 집에 마미찌가네라는 남자 아이가 태어났는데, 세 살이 되어 어머니가 돌아가지고 새어머니가 들어왔다. 아버지가 없자 가혹하게 대한 새어머니는 얼굴의 상처와 헝클어진 머리가 마미찌가네 탓이라고 해서 쫓겨나게 했다.

마미찌가네는 아버지가 준 말과 좋은 옷을 입고 남쪽으로 길을 가다가 말을 뛰게 해서 강을 건너고, 산을 넘어 한 곳에 이르러서 할아버지를 만나 부잣집에 찾아가 일을 하게 되었다.

마미찌가네는 여러 일을 하다가 부엌일을 시켜달라고 해서 일곱 개의 아궁이를 만들어 부엌일을 처리하자 모두 기뻐했다. 모두 함께 가는 연극 구경에 핑계대고 혼자 숨겨둔 말을 타고 옷을 입고 갔다. 모두들 공중에서 내리는 마미찌가네에게 절을 하였지만 장자의 딸이 그를 알아봤다.

모레 또 연극 구경을 갔다. 또 남은 마미찌가네는 장자 딸에게 들켜서 함께 연극구경을 갔다. 돌아온 후 장자딸이 아팠는데, 세 명의 무당이 고용한 남자를 신랑감으로 삼으라고 했다. 장자는 딸은 마미찌가네가 자기 옷을 찾아 입고 나타나자 술을 따랐다. 결혼식을 거행하고, 부모님께 문안인사 다녀오겠다며 하루의 여유를 얻었다.

마미찌가네가 갈 때 뽕나무 열매를 먹어서는 안된다고 아내가 금기를 말했지만 그만 먹고 말았다. 그러자 마미찌가네가 숨이 끊긴 채로 집에 도착했다. 말 울음소리를 듣고 어머니가 어머니를 나가보게 해서 말에 물려 죽었다. 아들이 죽은 것을 본 아버지는 아들을 술통 안에 넣고 뚜껑을 닫았다.

장자의 딸은 남편이 뽕나무 열매를 먹은 것이 분명하니 시쥬루물(죽은 자를 살리는 물)을 넣은 단지를 준비해 그 집 앞으로 찾아가서 시쥬루물로 남편의 몸을 닦아주었다. 그러자 마미찌가네가 일어났고, 살아서 아버지를 모시고 처갓집으로 돌아와 잘 살았다.

⑩ 환혼석(還魂石)

1. 초다짐

「환혼석」은 혼이 돌아오게 하는 신비한 돌에 관한 이야기이다. 이 신이담은 완전한 서사의 결이 존재하지 않는다. 유독 우리나라가 아닌 다른 곳에서는 이에 관한 완형의 이야기가 전승되는데, 우리나라에서는 단편적인 이야기만이 전승되고 있다. 그런 점에서 이 이야기는 희한한 이야기 가운데 하나이다.

자패석(紫貝石)의 전통은 아주 오래되었다. 자패석에 관한 이야기의 전통이 오랜 것을 여러 문헌에서 전하고 있다. 자패석은 달리 연석이라고도 한다. 제비들이 자신들의 새끼가 다치거나 생명을 잃었을 때에 먼 곳에 날아가서 자패석이나 연석을 가지고 와 둥지에 두면 새끼가 되살아날 수 있다고 한다.

죽은 생명을 살리는 돌에 관한 이야기가 우리나라에 전승되는 것 자체가 이례적인 일이라고 할 수가 있으며, 그것이 구전이나 문헌에 동시에 나타나는 것은 퍽 다행스러운 일이라고 하지 않을 수 없다. 과연 죽은 생명의 혼을 돌아오게 한다는 생각의 기원과 양상은 어떻게 되어 있는가? 어찌 보면 황당한 생각일 수 있는데 이러한 이야기를 서로 다른 기원을 이루면서 전승되는 것은 아무리 보아도 이례적인 현상이라고 하지 않을 수 없다.

그러나 영원한 생명을 구하려는 인류의 오랜 꿈은 여러 가지 이야기를 만들어내고, 동물들에게서 인간들이 모르는 비밀을 빌릴 수가 있다고 하는 이야기를 지어냈는데 그것이 자패석이나 연석, 또는 환혼석과 같은 이야기를 지어냈을 가능성이 있다. 신비한 돌이 생명을 구하고 손상을 막을 수 있다고 하는 관념은 특별한 설정이다.

그러나 인간의 부주의가 문제이다. 인간이 실수를 하고 이 때문에 영원한 생명을 보장받은 인물이 그것을 잃어버리는 것이 근본적 문제라고 할 수가 있다. 왜 인간은 영원히 살 수 없는가 하는 문제와도 직결되어 있는 문제이기도 하다. 주어진 생명을 연장할 수도 있는데 인간은 그 소중한 기회를 내팽겨치는 일이 거듭되었다.

「환혼석」에서만 이러한 면모가 확인되는 것은 아니다. 주인공이 저승여행을 하고 생명수를 구하는 이야기는 여러 가지 자료에 전한다. 인간이 저승에 가서 꽃과 물을 구하여 되돌아와서 죽은 사람을 살리는 전형적인 이야기들이 이와 관련되는 것이다. 주인공 가운데 바리공주와 같은 여성이 있어서 죽은 이들이 있는 곳을 넘어서서 새로운 원천을 구하는 임무를 맡은 인물이 있음을 더러 확인할 수가 있다.

사람들이 모르는 비밀을 새나 동물이 알고 있다는 것과 인간이 저승을 직접 다녀오는 일은 서로 깊은 관련이 있는데, 민담과 신화의 갈림길이 이렇게 해서 생겨났던 것으로 추정된다. 오늘날에 남아 있는 이야기에서 민담의 자료들은 중국의 신선전과 결합하여 변형되기도 하고 일부 자료는 구전으로 전하면서 원래의 형태보다 더욱 다양한 형태로 발전되는 것을 볼 수가 있다.

우리나라 이야기는 하나의 단편적인 자료로만 되어 있으며, 삽화적인 자료만이 남아 있는 것을 볼 수가 있다. 그런데 이웃하고 있는 나라에서는 이 이야기의 원래 가닥이 어떻게 된 것인지 알 수가 있는 자료가 있으므로 비교설화학적 관점에서 비교하고 논의해야만 본질에 이를 수가 있다고 생각한다. 영원한 생명을 구하려는 이상한 돌에 관한 이야기가 여기에 있음을 특기할 필요가 있다.

2. 자료

• 「환혼석」[1]

아산현(牙山縣) 마을 가 큰 나무에 학(鶴)이 둥지를 틀고 깃들어 있었다. 학은 알을 아직 쪼지 않고 품고 있었는데,[2] 마을 아이가 그것을 가져다 놀다가 알을 쪼개니 이미 깃털이 나 있었다. 마을 노인은 아이를 꾸짖으며 둥지에 가져다 놓게 했으나 새 새끼는 이미 죽은 뒤였다. 암놈과 수놈은 알이 깨져 새끼가 죽어 있는 것을 보고 슬피 울기를 그치지 않았다. 한 마리가 둥지를 지키고, 한 마리는 멀리 나가 오지 않더니 3, 4일 만에 돌아왔는데, 한참 지나자 새끼가 다시 살아나 알에서 나와 일제히 울었다. 마을 노인이 기이하게 여기고 둥지에 가 살펴보니, 둥지 안에 푸른 돌이 있는데 밝게 빛나는 것이 예뻐서 가져다 상자에 넣어 두었다.

마을 노인의 아들은 무사(武士)였다. 종사관(從事官)으로 뽑혀 연경(燕京)에 갔는데, 그 돌을 저자에 걸어 놓고 자랑하니, 호상(胡商)이 구경하고 기이해 하며 말했다.

"당신은 이것을 어디에서 얻었소?"

"학 둥지에서 얻었습니다."

---

1) 柳夢寅, 《於于野談》, 돌베개, 2006, 237~238면.
2) 줄탁동시(啐啄同時)를 하지 않은 것을 말한다. 내외가 서로 부응하여야만 이루어지는 깨침의 도리를 말하는 것인데, 여기에서는 아직 이루어지지 않은 깨침을 두고 하는 말이다.

호상은 천 금에 팔라고 청하고는, 돈이 준비되지 않아 저자에서 구해 올테니 열 겹으로 싸서 깊이 간직하고 기다려 달라고 말했다. 무사는 크게 기뻐하며 맑은 물을 가져다 깨끗이 씻고 모래로 때를 없앴다. 구관조(九官鳥)의 눈처럼 볼록 튀어나온 자국은 거친 돌로 문질러 제거했다. 그리고 채색 비단으로 보자기를 만들어 거듭 싸고 무늬 있는 나무로 궤를 만들어 넣고 봉하여 자물쇠를 채우고는 그를 기다렸다. 호상이 값을 준비해 와서 궤를 열어 보고는 크게 놀라며 말했다.

"이 돌이 며칠 사이에 정기를 잃어 이제 쓸데가 없어지고 말았소. 벽돌 한 조각과 무엇이 다르겠소?"

무사가 말했다.

"무슨 말입니까?"

"이 돌은 서해의 유사(流沙)[3] 지역에서 나는 것으로, 환혼석(還魂石)이라 부르지요. 이것을 죽은 사람의 품 속에 놓아 두면 곧 소생한답니다. 지금 모래로 문질러 그 눈을 빼버려 신령한 정기가 사라졌으니 장차 어디에 쓰겠소? 애석하구려. 비록 그렇지만 멀리 떨어진 지역의 보배로서 인력으로 이르게 할 수 있는 것이 아니니, 가져다가 노리개로나 삼아야겠소."

그러고는 십 금을 주었다. 무사는 천금을 잃고 단지 십 금에 판 것을 여러 날 탄식하며 가슴 아파하다가 돌아왔다.

牙山之縣 有鶴樓于村傍大樹 卵未啄抱 村兒取而戲之 剖其卵 羽毛已成 村老呵之 俾還其巢 雛已斃矣 雌雄見其卵破雛死 悲鳴不已 一守其巢 一遠逝不返 三四日而後還 久之 其雛復活 出卵齊鳴 村老異之 往窺其巢 巢中

有靑石 明熒可愛 遂取來篋之

　村老之子武士也 差從事官赴燕京 懸其石以衒市 胡商覸而奇之曰 爾從何 得此 曰 得諸鶴巢 胡商請以千金貨之 金未準 將賖之市 願十襲深藏而待之 武士大喜 將淸水淨洗之 沙而磨其垢 有痕凸若鸇鴒目 用悼石軋去之 彩錦 作褓 重裹之 文木造櫝 緘鎖之 以待之 胡商準其價而來 發視之 大驚曰 是 石數日來 失其精 今無用矣 何異於一片甎乎 武士曰 何哉 曰 是石出西海 流沙地域 名還魂石 置之死人懷中 立甦 今以沙石 軋去其目 神精喪矣 將 焉用之 惜哉 雖然絕域之寶 非人力所致 欲取爲無用之甎耳 遂以十金償之 武士嗟悼彌日 失千金 只售十金而還

3. 깊게 보기 : 「환혼석(還魂石)」 이야기의 근원을 찾아서

1) 죽은 학을 살린 희한한 돌

　신비한 이야기가 세상에 많이 유전한다. 이야기가 전하는 것 가운데 죽은 사람을 살리는 이야기가 흔하고, 그 가운데서 죽은 목숨을 재생하는 여러 가지 특별한 이야기가 있으므로 이를 주목해야 한다. 인간은 스스로 죽음에서 벗어날 수 없으나 생명을 다시 살리는 신기한 돌을 찾는 이야기가 존재한다. 이 돌을 환혼석이라고 하는데 이것이 구전으로 전하는 이야기 가운데 환혼석의 이야기가 있는데 이를 살펴보기로 한다.

　충청남도 아산에는 학이 많았다고 한다. 이 학에 의해 구한 어느 신비의 돌의 이야기가 전해 내려온다. 학이 너울너울 날아다니는 학마을에 하루는 마을 아이들이 학의 알을 들고 박생원에게 찾아 왔다. 알은 깨져 있었고 형체를 거의 갖춘 새끼 학이 죽어 있었다.

평소 학을 영물로 여겼던 마을이라 이런 일이 있자 야단을 치고 알을 있던 곳에 두라고 말했다. 이미 죽은 생명체였지만 어른의 분부대로 다시 둥지에 갖다 놓았다. 그런데 그 다음날 이었다. 죽었던 학이 다시 살아 난 것이었다. 아이들로 부터 말을 들은 박생원은 너무 의아해서 둥지로 가보았다. 정말 새끼 학이 살아 있었다. 어제까지만 해도 늘어져 있던 학이 팔팔하게 살아 있는 것이다.

너무 신기하여 박생원은 나무 위로 올라가 둥지를 보았다. 그리고는 여기저기 뒤지더니 주먹만한 돌을 발견 하였다. '죽은 학이 살아난 것은 이 돌 때문이었는지도……' 그리하여 그에 의해 내어진 돌은 그의 조카의 손에까지 가게 되었다.

조카는 중국으로 갈 참이었는데 떠날 때 그 돌을 가지고 나섰다. 중국에 도착한 그는 이내 그 돌의 신비함을 알리고는 살 사람이 나타나길 기다렸다. 이윽고 두 상인이 나타났다. 그들은 돌을 보자 눈빛이 달라졌다. "이것은 돈으로 따질 그런 흔한 물건이 아닙니다. 죽은 생명을 다시 살리는 돌입니다."

상인들의 말이 끝나자 그는 천금에 돌을 파려는 의사를 밝혔다. 돈의 액수가 큰지라 상인들은 며칠 후 돈을 가지고 다시 오기로 하고는 사라졌다. 돌의 임자가 나타나자 그는 매우 기뻐했다. 그리고 그들이 다시 오기 전에 돌을 깨끗이 닦았다. 계속 손질을 하자 지저분했던 돌이 차차 말끔해졌다. 그러다가 그는 돌의 면에 또 다른 삭은 돌이 박혀 있는 깃을 발견했다. 그리고 이내 떼어버렸다.

며칠 후 상인들은 준비한 돈을 들고 나타났다. 박생원의 조카는 반갑게 맞으며 돌을 내어 주었다. 그런데 갑자기 상인들이 실망스런 표정을 지었다. "이 돌은 이제 평범한 돌에 지나지 않소."

상인들은 다시 가버렸다. 그 작은 돌을 떼 내어서 그만 돌의 정기가 사라져버린 것이었다. 그 돌이 죽은 혼을 다시 부른다 하여 환혼석이라

불렀다 한다.[4]

그런데 유몽인(柳夢寅, 1559-1623)이 지은 야담집에서도 거의 동일한 이야기가 전하고 있다. 앞서 '2.자료'에서 예시한 원문과 번역문을 보면 현재 구전되는 이야기와 하등 다르지 않은 것을 알 수가 있다. 그러므로 이 이야기는 17세기 이전부터 구전되다가 유몽인에 의해서 문헌으로 다시 기록되었을 가능성이 있다. 문헌설화의 원문을 보면 다음과 같다.

牙山之縣 有鶴樓于村傍大樹 卵未啄抱 村兒取而之 剖其卵 羽毛已成 村老呵之 還其巢 雛已斃矣 雌雄見其卵破雛死 悲鳴不已 一守其巢 一遠逝不返 三四日而後還 久之 其雛復活 出卵齊鳴 村老異之 往窺其巢 巢中有靑石 明熒可愛 遂取來之

村老之子武士也 差從事官赴燕京 懸其石以衒市 胡商覩而奇之曰 爾從何得此 曰 得諸鶴巢 胡商請以千金貨之 金未準 將之市 願十襲深藏而待之 武士大喜 將淸水淨洗之 沙而磨其垢 有痕凸若目 用悼石軋去之 彩錦作褓 重之 文木造 緘鎖之 以待之 胡商準其價而來 發視之 大驚曰 是石數日來 失其精 今無用矣 何異於一片와甀乎 武士曰 何哉 曰 是石出西海流沙地域 名還魂石 置之死人懷中 立甦 今以沙石 軋去其目 神精喪矣 將焉用之 惜哉 雖然絶域之寶 非人力所致 欲取爲無用之甀耳 遂以十金償之 武士嗟悼彌日 失千金 只十金而還[5]

구전으로 전하는 이야기가 문헌으로 정착된 결과 이러한 이야기가 전

---

4) 《한국민족문화대백과사전》충남 아산군편의 대목에서 이를 확인할 수 있다. 그러나 원문은 없고, 전자문서로 돌아다니는 것이 전부인데, 이는 문헌설화를 옮긴 것으로 판단된다.

5) 柳夢寅, 367. 還魂石, 《於于野談》, 돌베개, 2006, 237-238면.

하는 것으로 판단된다. 이 전설과 다르게 신비하게 치료하는 온천에 관한 이야기도 있어서 학과 관련된 특정한 이야기가 있음을 확인하게 된다. 구전되는 온천의 효험에 대한 이야기도 결과적으로 학이 자신의 새끼를 치유하는 점에서 일치하는 특징이 있다. 인간의 치료 효험을 잘 모르는데, 학이 온천의 효험을 일러준 것이기 때문이다.

가난한데다가 절름발이라는 이유로 삼대독자를 혼인시키지 못하는 노파가 백일기도를 드렸더니, 관세음보살이 나타나 "내일 마을 앞 들판에 나타난 절름발이 학의 거동을 살펴보라." 하고 일러주었다. 다음 날 정말 학이 날아와 앉는데 절뚝거리는 것이었다. 그러고는 며칠을 한 발로 껑충껑충 뛰더니 완치되어 날아가는 것이었다. 노파가 학이 날아간 자리에 가 보니 펄펄 끓는 물이 솟아오르고 있었다. 노파가 이상하게 여겨 아들의 다리를 끓는 물에 넣었더니 신통하게 치료가 되고 그 뒤 아들은 양가의 처녀와 혼인을 해 노파의 소원이 성취되었다는 이야기이다.[6]

학이 직접 방법을 보여주지만 관음보살의 말이 매개되어 있으므로 불교설화의 외피를 쓰고 있다. 그러나 치유의 방법과 실상을 전달하는 것은 학이므로 학의 관점에서 이를 살펴야 할 것으로 본다. 학은 환혼석으로 자신의 새끼를 살렸을 뿐인데, 인간이 환혼석에 값을 매기고 죽은 사람을 살릴 수 있다고 하는 특징을 가지고 있다. 딩정 역시 이러한 방법과 깊은 관련이 있다.

죽은 것을 살리는 보배가 특정한 지역에서 나온다고 하는 것은 다른 민족의 설화에서도 전승되는 것이다. 그러나 단편적으로 인간을 살리는 도구라는 점만 우리 설화에서 전하고 있을 뿐이고, 본디 이 이야기가 어

6) 《한국민족문화대백과사전》 충남 아산군편의 설화와 민요 대목에서 이를 확인할 수 있다.

떠한 의미가 있으며, 단순한 화소를 넘어서서 다른 요소와 관련된다고
하는 것이 매우 중요한 사실이다.

아산에 전승되는 이야기 가운데 지역적 특색을 반영한 것으로 「환혼
석전설」과 「온천전설」이 이에 적절한 사례이다. 약간의 신비주의적 속
성도 가지고 있으면서 사람을 살리는 신비한 전통의 힘이 돌과 온천수
에 있다고 하는 생각이 확인된다. 이 이야기는 매우 이채로운 것 같아도
전통적인 설화 특히 세계의 보편적인 이야기 속에서 흔하게 발견되는
주제이다.[7]

새가 물어온 紫貝나 燕石 등이 신비한 치료 효험이 있다고 하는 이야
기는 널리 전승되는 것이고, 흔히 켈트족 이야기나 일본의 이야기 속에
서 이 전승의 주요한 부분이 충분하게 전승되고 있다. 그러한 점에서 환
혼석의 이야기는 아산의 자랑거리로 내세울만하고 가치를 가지고 있는
전승인 점을 거듭 되새기게 된다.

일본설화와 중국에 전승되는 이야기로 우리는 「竹取物語(たけとりもの
がたり)」를 들 수 있다.[8] 나카자와 신이치가 상세하게 다루었으나 오늘
우리의 시각에서 재론하면서 이 자료를 음미할 필요가 있다. 중국에서
전하는 藏族의 「斑竹姑娘」을 들 수 있다.[9] 두 이야기는 매우 흡사하여

7) 中澤新一, 《人類最古の哲學》(東京: 講談社, 2001);《신화, 인류 최고의 철학》, 동아
시아, 2003, 59-69면.(김옥희번역) 이러한 작업은 南方熊이라는 연구자에 의해서 「燕
石考」라는 글에서 새롭게 입증된 바이다. 南方熊은 일본학계에서 새롭게 주목받는 연구
자이다. 연석의 정체에 대해서는 다음과 같은 글이 있다. "《太平御覽》卷五一引《闕子》
宋之愚人得燕石于梧臺之東 歸西藏之 以爲大寶 周客聞而觀焉 主人端冕玄服以發寶,
貨匣十重, 緹巾十襲 客見之 盧胡而笑曰 此燕石也 與瓦甓開 主人大怒, 藏之愈固 后以"
燕石"喩不足珍貴之物"
8) 김충영, 《일본고전문학의 흐름과 배경》, 고려대학교출판부, 2008, 66면. 쓰쿠리모노
가타리(作り物語) 가운데 그 효시로 이르는 작품이다.
9) 田海燕編, 《金玉鳳凰》, 少年児童出版社, 中華人民共和国·上海、1961.
　田海燕編·君島久子訳, 《チベットのものいう鳥》, 岩波書店, 1977.

일찍이 주목받은 바 있다.

2) 일본의 「竹取物語(たけとりものがたり)」

「竹取物語(たけとりものがたり)」는 다음과 같이 전하는 내용이다. 이 이 야기는 달리 「카구야히메(かぐや姫)」로도 널리 알려져 있는데 혼인하고 싶지 않은 처녀에 관한 전형적 이야기라고 할 수가 있다.

옛날 대나무를 베어 생계를 유지하는 노인이 있었다. 어느 날 반짝이 는 대나무에서 예쁜 여자 아이를 발견했다. 그 아이는 아름답게 성장했 다. 이름도 카구야히메[かぐや姫]라고 지었다. 이후 노인은 대나무에서 많은 황금을 얻으며, 아무 부족함 없이 하루하루를 보냈다.

카구야히메의 소문은 날로 번져 여기저기서 구혼이 들어왔다. 모두 거절했으나 최후에 5명만이 남았다. 카구야히메는 구혼자의 진심을 캐 기 위해 각각 어려운 문제를 내놓았다. 첫째 남자인 石作黃子에게는 천 축에 있는 부처님의 돌 발우(鉢盂)를, 두 번째인 공자인 車持黃子에게는 봉래(蓬萊)의 구슬가지(玉枝)를, 세 번째 공자인 右大臣阿倍御主人에게는 불타지 않는 불쥐(火鼠)의 가죽옷을, 네 번째 공자인 大納言大伴御行는 용의 머리에 있다는 오색의 구슬을, 그리고 마지막 다섯 번째 남자인 中 納言石上麻呂에게는 제비가 기지고 있다는 자패(紫貝)를 각각 찾아오게 했다.

모두들 열심히 찾았다. 그러나 어느 것 하나도 실제로 있는 것이 아니 었다. 여기에 5명의 귀공자들은 모두 실패하고 말았다. 마지막으로 황 제(帝)도 카구야히메를 탐내어 왔다. 카구야히메가 수심에 차 있자 황제 가 물었다. 이때 카구야히메는 자기의 정체를 밝혔다. 카구야히메는 달 나라 궁성에서 왔다. 이제 8월 15일 밤이 되면 자기를 맞이하러 오기 때문에 승천해야 된다는 것이다.

이윽고 8월 15일 밤이 되자, 황제가 수천 명의 군사로 하여금 지키게 했건만 달에서 온 공중을 나는 수레는 유유히 카구야히메를 태우고 하늘로 올라갔다. 그러나 가기 전 카구야히메는 이 세상과 작별의 정을 나누기 위해 글과 불사약을 남겼다. 황제는 "카구야히메가 없는 마당에 이런 글과 불사약이 무슨 필요가 있느냐?" 하면서 그 글과 불사약을 쓰르가(駿河)에 있는 산 정상을 향해 던져 버렸다. 이것이 富士山의 지명 유래가 되었다.[10)]

---

10) 稲田浩二, 130. 竹娘, 《日本昔話通觀》研究篇 2, 同朋舍, 1998, 127-129면. 이 이야기는 일본의 여러 자료에 다양하게 전승되고 문헌으로 이른 시기에 정착되었다. 가령 最古의 写本은 天正年間(安土桃山時代)의 문건으로 존재한다. 그러나, 10世紀의 『大和物語』, 『うつほ物語』나 11世紀의 『栄花物語』, 『狭衣物語』 등 『竹取物語』에의 언급이 있는 것을 볼 수가 있다. 또한 『源氏物語』 「絵合」 巻에 나오는 이야기의 처음 출현하는 것이 곧 다케토리모노카타리이다. 또한 이들 이야기와 관련된 사실들이 『丹後国風土記』, 『万葉集』巻十六, 『今昔物語集』 등의 문헌에 전하고 있으며, 謡曲 「羽衣」와 옛날이야기인 昔話 「天人女房」, 「絵姿女房」, 「竹伐爺」, 「鳥呑み爺」 등을 들 수 있다. 이 설화의 요체를 들면 다음과 같다.

今は昔、竹を取り様々な用途に使い暮らしていた竹取の翁(おきな)とその妻の嫗(おうな)がいた。翁の名は讃岐造といった。ある日、翁が竹林に出掛けていくと、光り輝いている竹があった。不思議に思って近寄ってみると、中から三寸ほどの可愛らしい女の子が出て来たので、自分たちの子供として育てる事にした。その後、竹の中に金を見付ける日が続き、翁の夫婦は豊かになっていった。翁が見つけた子供はどんどん大きくなり、三ヶ月ほどで年頃の娘になった。この世のものとは思えない程美しくなった娘に、人を呼んで名前を付ける事になった。呼ばれてきた人は「なよ竹のかぐや姫」と名付けた。この時、男女を問わず人を集めて、三日に渡り祝宴をした。

幼子を見つける竹取の翁 世間の男達は、高貴な人も下層の人も皆何とかしてかぐや姫と結婚したいと思った。その姿を覗き見ようと竹取の翁の家の周りをうろつく公達は後を絶たず、彼らは竹取の翁の家の周りで過ごしていたが、その内に熱意の無い者は来なくなっていった。最後に残ったのは好色といわれる五人の公達で、彼らは諦めず夜昼となく通ってきた。五人の公達は、石作皇子、車持皇子、右大臣阿倍御主人、大納言大伴御行、中納言石上麻呂といった。

彼らが諦めそうにないのを見て、翁がかぐや姫に「翁も七十となり今日とも明日とも知れない。この世の男女は結婚するもので、お前も彼らの中から選ばないか」というと、かぐや姫は「なぜ結婚などしなければならないの」と嫌がるが、『『私の言う物を持って来る事

　서두 대목에서 인상적인 것은 일정하게 여성주인공이 바로 대나무에서 태어나는 화소를 가지고 있다. 대나무에서 태어나 아버지에게 많은 부를 가져다주는 것은 바로 전형적인 하이누벨레신화의 연작 서두를 연상하게 한다. 나무에서 태어난 사실과 일치하고, 그로 말미암아서 주인공에게 많은 부를 가져다주면서 주인공의 여성성이 문제로 된다.

　여러 구혼자가 나서서 혼인하려고 하면서 많은 보물을 요구하는데서 이 이야기는 달라진다. 구혼자에게 구할 수 없는 진귀한 보물을 주는 하이누벨레와 달리 오히려 여성이 여러 인물들에게 귀한 보물을 가져오라

が出来た人と結婚したいと思います」と彼らに伝えてください」と言った。夜になると例の五人が集まって、或る者は笛を吹き、或る者は和歌を詠い、或る者は唱歌し、或る者は口笛を吹き、扇を鳴らすなど行っていた。翁は公達を集めてかぐや姫の意思を伝えた。

　その意思とは石作皇子には仏の御石の鉢、車持皇子には蓬莱の玉の枝、右大臣阿倍御主人には火鼠の裘（かわごろも）、大納言大伴御行には龍の首の珠、中納言石上麻呂には燕の子安貝を持って来させるというものだった。どれも話にしか聞かない珍しい宝ばかりで、手に入れるのは困難だった。

　石作は只の鉢を持っていってばれ、車持は偽物をわざわざ作ったが職人がやってきてばれ、阿倍はそれは燃えない物とされていたのに燃えて別物、大伴は嵐に遭って諦め、石上は大炊寮の大八洲という名の大釜が据えてある小屋の屋根に上って取ろうとして腰を打ち、断命。結局誰一人として成功しなかった。

　そんな様が帝（みかど）に伝わり、姫に会いたがった。喜ぶ翁の取りなしにも関わらず彼女はあくまで拒否を貫くが、不意をついて訪ねてきた帝に姿を見られてしまう。しかし、一瞬のうちに姿を消して地上の人間でない所を見せ、結局帝をも諦めさせた。しかし、帝と和歌の交換はするようになった。

　月へ帰って行くかぐや姫帝と和歌を遣り取りするようになって三年の月日が経った頃、かぐや姫は月を見て物思いに耽るようになった。八月の満月が近付くにつれ、かぐや姫は激しく泣くようになり、翁が問うと「自分はこの国の人ではなく月の都の人であり、十五日に帰らねばならぬ」という。それを帝が知り、翁の意を受けて、勇ましい軍勢を送る事となった。

　そして当日、子の刻頃、空から天人が降りて来たが、軍勢も翁も嫗も戦意を喪失し抵抗出来ないまま、かぐや姫は月へ帰っていく。別れの時、かぐや姫は帝に不死の薬と天の羽衣、帝を慕う心を綴った文を贈った。しかし帝は「かぐや姫の居ないこの世で不老不死を得ても意味が無い」と、それを駿河国の日本で一番高い山で焼くように命じた。それからその山は「不死の山」（後の富士山）と呼ばれ、また、その山からは常に煙が上がるようになった。

고 한 것이 인상적이라고 하겠다. 여성이 나서서 구혼자에게 보물을 구해오라고 하는 것은 이례적인 일이며 이들은 보물을 구할 수 없음은 물론이다.

구혼자에게 구해 오라고 하는 이상한 물건은 이 세상에 없는 신기한 것들이다. 그러한 것을 구해올 수 있도록 도모하고 있는 카구야히메는 혼인을 하고 싶지 않는 특별한 여성인 셈이다. 이들에게 요구하는 보석이 진귀한 것이지만, 오로지 한 남성에게만 이 사실을 말하고 자신의 새로운 세계의 질서를 따라야 하는 존재임을 강조하고 있다.

카구야히메는 바로 월궁에서 온 존재이기도 하고 월궁으로 되돌아가야 할 존재이기도 하다. 7월 15일에서 8월 15일이라고 하는 것은 매우 인상적인 일이면서 이 기간에 달로 돌아가는 것은 매우 이례적인 현상으로 보인다. 밤의 세계, 달의 세계로 귀환하는 일이야말로 세시절기의 례와 깊은 관련이 있는 현상이다.

이 이야기는 다른 각도에서 후지산의 내력에 관한 이야기이기도 하다. 후지산이 된 것은 카구야히메가 황제에게 불사약과 글을 주었는데 이것을 쓰르가에 던져서 후지산을 만들었다고 한다. 산천의 전설을 이룬 것이 진정한 것인지 의문이 들 수 있으나 이 때문에 후지산의 내력을 알 수 있게 되어 의문이 해소된다.

우리의 환혼석과 이 이야기는 도대체 어떠한 내력으로 연계되는가? 그것은 비교적 간단하다. 다섯 번째 구혼자가 가지고 와야 하는 자패와 연계된다. 中納言石上麻呂는 제비에게 가서 燕의 새끼를 편안하게 하는 조개를 가지고 와야 하는데 이것이 곧 자패이다. 자패는 붉은 자패를 가지고 있는 것이 주된 내용이다.

구할 수 없는 보물 가운데 자패가 있는 것은 아주 특별한 일이다. 새가 물어다 주는 특별한 보석은 구하기도 어렵고 이 보석은 생명을 구하는 특징이 있었음을 알 수가 있으며 자패의 구실이 이러한 면모를 확인

하게 되는 것을 볼 수가 있다. 그러한 점에서 이야기의 부분과 전체라는
차이에도 불구하고 여기에 중요한 공통점이 있음이 확인된다.

3) 阿坝藏族(Ābà Zàngzú)의「斑竹姑娘」

중국 사천성 근처에 있는 아바 티베트족·창족 자치주 (阿坝藏族羌族自
治州)에 있는 아바장족의 이야기에 전승되는「斑竹姑娘」역시 동일한 내
용이다. 이 이야기의 제목은 바로「대나무 아가씨(斑竹小姐)」라고 바꿀
수 있을 것으로 본다. 금사강가의 장족이 전승하는 이야기로 알려져 있
다. 이 이야기가 본디 구전되는 것인데 일찍이 일본에 소개되고 번역되
었다. 이 이야기는《타케토리모노가타리》와 거의 같은 이야기여서 일찍
이 번역되고 주목한 바 있다.[11] 이 이야기의 핵심적 내용은 다음과 같이
되어 있다.

金沙江 호수에는 풍경이 아름답고 기후가 따뜻한 지역이 있다. 그 마
을 사람들은 대나무 심는 것을 좋아했고, 특히 난죽(楠竹) 심는 것을 좋
아하였다. 난죽은 녹나무보다 컸으며, 쓰이는 곳도 훨씬 많았다. 마을
어느 한 가난한 모자는 조상이 물려주신 대나무 숲을 지키고 있었다. 하
지만 그곳을 관리하는 족장은 매우 탐욕스런 사람이어서 마을의 모든
대나무들을 사늘여 그 대나무들이 큰 후에 잘라버리라고 하였다.

이 가난한 모자는 슬픔을 참으며 하루하루 커가는 난죽을 그저 바라
볼 수밖에 없었다. 아들은 그 중 난죽 한 그루를 매우 좋아하여, 그 난죽

---

11) 伊藤清司,「竹取物語」形成の一項考察,
　　伊藤清司·百田弥荣子,《竹取物語の源流考》
　　君島久子,《藏族の斑竹姑娘故事と竹取物語》, 1972年2月
　　伊藤清司,《赫奕姬の誕生》, 1973年2月
　　烏丙安, 藏族故事《斑竹姑娘》和日本《竹取物语》故事原型研究, 2008년 11월.

위에 눈물을 흘리자 난죽 위에 반점이 생겼다. 그러나 대나무가 아들의 키와 비슷할 무렵 대나무는 더 이상 자라지 않았다. 어느덧 1년이 지나고 족장은 대나무를 베기 위해 사람들을 불렀다. 아들은 사람들이 잠깐 정신을 파는 사이 그 난죽을 깊은 못(저수지)에 감추었다.

후에 그것을 위로 던져 꺼내었다. 그런데 이상한 것은 대나무에서 울음소리가 들리는 것이었다. 아들은 조심스레 난죽을 쪼개어 보았다. 뜻밖에 그 안에는 귀여운 아이 한명이 있었다. 그 여자아이는 아들과 키가 비슷했으며, 그렇게 모자는 그녀를 대나무 아가씨라고 불렀다. 세월이 흘러 성장해 가며 그 둘은 서로 사랑하게 되었고, 어머니 역시 그녀가 자신의 며느리가 되었으면 하였다.

그 탐욕스런 족장이 죽은 후, 그의 아들(土司的 兒子)은 상인의 아들(商人的 兒子), 관청 관리의 아들(官家的 兒子), 거만한 아이(驕傲的 少年), 소심하고 허풍쟁이인 아이(胆小而又爱吹牛的 少年)들과 친구가 되었다. 이 다섯 명의 아이들 중에는 재능과 학식을 갖춘 이가 한명도 없었다. 그들은 대나무 아가씨를 보고 청혼을 하기도 하였다. 그럴 때면 엄마는 아들이 없어 무척 곤란하였다. 그리하여 대나무 아가씨는 그들에게 어려운 문제를 하나씩 내어주며 3년이란 시간 안에 해결하라고 하였다.

족장의 아들에게는 부딪혀도 깨지지 않는 금종을, 상인의 아들에게는 던져도 부셔지지 않는 옥나무를, 관청의 아들에게는 불에 타지 않는 불쥐의 가죽을, 거만한 아이에게는 제비 집안의 금 달걀을, 소심하고 허풍쟁이인 아이에게는 해와 달의 이마 위에 맺힌 땀방울을 가져오라고 하였다.

5명의 소년은 모든 방법을 다 생각하여 각자의 문제를 해결하려 했지만, 결국엔 모두 실패하였다. 족장의 아들은 미얀마(缅甸)에 금종(金鐘)이 있다는 말을 들었지만 그것은 변경의 경고를 알리는 종이라 군사들이 밤낮 지키고 있어 훔쳐온다는 것은 불가능한 일이었다. 그래서 그는 깊은 산 속에 있는 구리로 된 종을 가져와 금으로 도금한 뒤 그녀에게 주었다. 그녀가 망치로 그것을 때리자 금박이 벗겨지며 구리로 된 종에 큰 구멍이 뚫렸다. 족장의 아들은 부끄러워 긴급히 도망을 갔다.

상인의 아들은 천하에 옥나무(玉樹)가 있다는 소리를 들었지만, 산을 넘고 재를 건너는 고생을 하기 싫어 손재주가 뛰어난 장인 몇 명을 모셔 최고의 옥나무(玉樹)를 만들도록 하였다. 그가 그녀에게 옥나무를 전해 주려고 할 때 장인이 와서 임금을 주지 않았다며 앞서 옥나무를 깨뜨리 고는 고개를 돌려 가버렸다.

관청 관리의 아들은 멀리까지 왔지만 불에 타지 않는 불쥐의 가죽(火鼠皮衣)을 찾지 못하였다. 후에 그는 깊은 산 속 선조의 묘에 있다는 말을 듣고 곧장 그 곳으로 갔다. 거기서 그는 돌로 된 상자 하나를 발견하 였다. 안에는 보따리 하나가 있었는데 열어보니 붉은 빛의 쥐 가죽의 긴 옷 한 벌이 있었다. 그가 그녀에게 그것을 건네자 그녀는 불을 붙였다. 그러자 그 옷은 한 줌의 재가 되었다.

거만한 소년은 모든 집 처마 밑에 있는 제비집을 부숴 금 달걀(金卵)이 발견되지 않도록 하였다. 어떤 한 소년이 그에게 麻天台의 그림이 그려 진 대들보 위에 금 달걀이 있다고 속였다. 하지만 麻天台가 너무 높아 그는 있는 힘을 다하여 제비집을 향해 손을 뻗으려는 순간 암컷 제비가 그의 눈을 쪼았다.

소심하고 허풍쟁이 소년은 하인에게 많은 금과 무기를 주며 바다로 가서 용주(龍珠)를 가져오라고 하였다. 그러나 2년이 지나도 아무도 가 져오는 사람이 없었다. 어쩔 수 없이 그 소년은 하인을 데리고 배를 타 고 바다로 나갔다. 하지만 그들은 태풍을 만나 남쪽의 외딴섬으로 던져 졌다. 이렇게 다섯 명은 모두 실패를 하고 대나무 아가씨는 아들과 결혼 하여 행복하게 살았다.[12]

4) 「다케토리모노가타리」와 「반죽고낭」의 비교

두 이야기는 서로 깊은 공통점과 차이점을 구현하고 있다. 이 두 이야기는 비교연구거리인데, 이들을 개괄적으로 비교할 필요가 있다. 두 이

---

12) 田海燕編,「斑竹姑娘」,《金玉鳳凰》, 少年児童出版社、中華人民共和国・上海、1961.

在金沙江畔有一处风景秀丽、气候温和的地方。村里的人们喜欢种竹子,尤其喜欢种楠竹。楠竹比楠木长得还高, 用处也非常多。村里一户贫穷的母子守护着祖先留下来的竹林。但管辖这一带的土司是一个非常贪婪的人, 他买下了村里所有的竹子, 并命令长成后砍掉。

这户穷人家的母子忍着眼泪看着楠竹一天一天向空中长去。少年朗巴(西藏语"儿子")非常喜欢其中的一棵楠竹。朗巴的眼泪落到楠竹上,楠竹便长出斑点来。可是,竹子长到和朗巴一般高的时候,就再也不长了。过了一年,土司派人砍楠竹来了。朗巴趁土司派来的人没注意, 把那棵楠竹藏到深渊中, 后来又把它拽了上来。可奇怪的是,从竹子中传来了哭声。朗巴小心地劈开楠竹一看, 里面竟有一位可爱的孩子。女孩和朗巴差不多高, 母子俩都叫她"斑竹姑娘"。随着年龄的增长, 两个年轻人相爱了,母亲也希望她能够成为自己的儿媳。

那个贪婪的土司死后, 他的儿子便和商人的儿子、官家的儿子、骄傲的少年、胆小而又爱吹牛的少年成了朋友。这5个人根本没什么真才实学。他们看到美丽的斑竹姑娘便来求婚。朗巴不在, 母亲感到很为难。斑竹姑娘于是给他们每个人出了一道难题, 并给予他们3年的时间来解决。让土司的儿子……寻找撞不破的金钟;让商人的儿子……寻找打不碎的玉树;让官家的儿子……寻找烧不烂的火鼠皮衣;让骄傲的少年……寻找燕窝里的金蛋;让胆小而又爱吹牛的少年…寻找海龙额头上的分水珠。5个男子都想尽办法去解决各自的难题,但最后都失败了。

土司的儿子听说缅甸有口金钟, 但那是边境的警钟, 并有雄兵昼夜守护根本不可能偷走。于是, 他从深山中偷了一口铜钟, 镀上金给了斑竹姑娘。斑竹姑娘用锥子一戳, 金箔脱落, 铜钟被戳了一个大洞, 土司的儿子羞得急忙上马逃走。

商人的儿子听说通天河有棵玉树, 但他不想受爬山越岭之苦, 便聘请手艺高超的工匠数人, 用上等的玉石制成玉树。但当他把玉树交给斑竹姑娘的时候, 那些工匠却来了, 责备他不付工钱上前打碎玉树, 并将其扭走。

官家的儿子到了很远的地方也没找到烧不烂的火鼠皮衣, 后来, 他听说深山中的一座古庙有, 便去了。他在那发现了一个石匣, 里面有一个包裹, 打开一看, 是一件火红色的鼠皮袍子。他把它交给斑竹姑娘, 可斑竹姑娘用火一点, 鼠皮袍子就被烧成了灰烬。

骄傲的少年破坏了人家屋檐下的燕窝却没有发现金蛋。有个少年骗他说摩天台的画梁上有金蛋。那摩天台很高, 这人废了九牛二虎之力, 刚要把手伸向燕窝的时候, 被雌燕啄破了眼睛。

胆小而又爱吹牛的少年给了仆人很多金银和刀枪, 让他们到海里取龙珠。可是, 等了两年谁也没回来, 没办法只好自己带着仆人乘船出海。他们遇到了大风, 被抛到南海的孤岛上。

总之, 这5个人都失败了, 斑竹姑娘和朗巴结为了夫妻, 他们过上了幸福的生活。

야기는 서사적인 구성 자체가 공통점이 있다. 아울러서 *서사적 전개의
공통점 속에서 차이점을 지닌다.

「다케토리모노가타리(竹取物語)」

1. 대나무 노인 부부가 대를 베어 먹고 산다.
2. 노인이 대나무 속에서 여성을 발견한다.
3. 여성이 아름다워 여러 구혼자가 나선다.
4. 여성은 구혼자에게 난제를 제시한다.
5. 구혼자들이 난제를 못 풀어 혼인을 거절당한다.
6. 제(帝)가 오니 자신의 정체를 소개한다.
               ×
7. 제가 불사약과 글을 던져 富士山을 만든다.

「반죽고낭(斑竹姑娘)」

1. 모자가 살면서 난죽(楠竹)을 사랑한다.
2. 아이가 대나무 속 여성을 발견한다.
3. 관리 아들의 친구들이 구혼자로 나선다.
4. 여성은 구혼자에게 난제를 제시한다.
5. 구혼자들이 난제를 못 풀어 혼인이 거부된다.
               ×
6. 아들과 대나무 아가씨가 혼인한다.
               ×

　서사의 내용에 있어서 깊은 공통점이 있어서 시대를 뛰어넘는 무엇이
있는 것처럼 보인다. 여성의 신이한 탄생이 대나무 속에서 이루어지고
이 신이한 탄생을 한 여성이 사람을 부자가 되도록 만드는 능력이 있다.
그러나 공통점의 이면에 차이점이 있어서 대나무로 연명하는 노인 부부
가 대나무 속의 여성을 발견하지만, 반죽고낭에서는 모자가 이 아가씨
를 발견해서 깊은 차이점을 보여준다.

　반죽고낭에서는 마음씨가 나쁜 관리인과 관리인의 아들이 횡포를 저
지른다. 그러나 모자는 한 대나무에 대한 깊은 사랑을 간직하고 있어서
차이가 있다. 빈부에 의한 사회적 갈등이 훨씬 강조되어 있어서 문제이
다. 그러나 이러한 갈등이 다케토리모노가타리에서는 발견되지 않는다.
사회적 갈등이 없어서 주인공 단순하게 자신의 처지가 혼인할 처지가
아님을 강조하고 있다.

　구혼자들은 모두 다섯 명으로 되어 있다. 구혼자의 순서나 기능이 서
로 일치하므로 이 역시 매우 중요한 비교점이다. 이 세상에서 구할 수
없는 것을 구해오라는 공통점이 있다. 구혼자는 정칭과 부정칭의 차이

가 있다. 구혼자와 구혼자에게 낸 문제를 비교해서 보이면 다음과 같다.

비교 순서	「竹取物語」의 구혼자와 문제		「斑竹姑娘」의 구혼자와 문제	
첫 번째	石作皇子	천축의 돌발우 (仏の御石の鉢)	土司的儿子	미얀마의 금종 (缅甸有口金钟)
두 번째	車持皇子には	봉래산의 옥가지 (蓬莱の玉の枝)	商人的儿子	천하의 옥나무 (通天河有棵玉树)
세 번째	右大臣阿倍御主人	불쥐의 가죽 (火鼠の裘)	官家的儿子	타지 않는 불쥐의 껍질 (不烂的火鼠皮衣)
네 번째	大納言大伴御行	용머리의 옥색구슬 (龍の首の珠)	骄傲的少年	제비집의 금란 (屋檐下的燕窝 金蛋)
다섯 번째	中納言石上麻呂	제비의 자패 (燕の子安貝)	胆小而又爱吹牛的少年	바닷가의 용주 (海里取龙珠)

이상의 표에서 확인하듯이 각각의 이야기에서 구혼자들에게 부과한 문제가 거의 대동소이함을 알 수가 있다. 구혼자의 순서나 명칭에 있어서 약간의 차이가 있지만 내용상 거의 동일한 내용으로 되어 있는 것은 놀라운 유사성을 말한다. 그러나 공통점의 이면에 차이점 역시 적지 않다. 과제를 부과한 쪽에서는 이 세상에서 구할 수 없는 것이지만, 티벳의 이야기에서는 이것을 구하려고 하는 일종의 속임수가 있어서 이에 대한 조작을 한다. 진실성이 결여된 면모를 구혼자들이 보여준다. 그러나 다케토리모노가타리에서는 구혼자들이 보여준 것은 이 세상의 불가능한 것들임을 보여주는 결과이다.

결과적으로 이 세상에 구할 수 없는 것을 구해오라고 해서 혼인하지 않겠다는 여성의 의지를 표명한다. 그러나 「죽취물어」에서는 구할 수 없는 것을 구하라고 해서 혼인하고 싶지 않다는 자신의 의지를 내세우는 이야기라면, 「반죽고낭」에서는 자신을 발견해준 인물과 혼인하고 싶다는 의지를 표명하는 것이라고 할 수가 있다.

이 세상에서 얻을 수 없는 것이라고 하는 공통점을 가지지만 모두 불사의 영원함을 상징하는 것이다. 그것은 종교적인 배경을 가진 것으로 이른 바 불교, 도교, 토착신앙, 구전되는 이야기의 전통과 풍속 등에서 발견되는 것들임을 보여주고 있다. 여기에서 우리 이야기의 「환혼석」이 같은 발상을 공유하고 있는 이야기임을 알 수가 있다.

이국에 있는 불교와 관련된 것들이 그러한 전통과 관련이 있으며, 신선이 사는 삼신산의 옥나무 가지 등은 이에 해당한다. 동시에 불쥐의 타지 않는 쥐 껍질 역시 이에 해당하는 면모를 가지고 있다. 그러나 불타지 않는 쥐껍질은 어디에서 기인하는지 확실하게 알 수가 없다. 제비집에 있는 자패는 매우 오래된 전통과 관련된다. 용머리의 용구슬 역시 토착적인 신앙에서 비롯된 것일 수 있다.

우리에게도 영원한 생명을 안겨주는 이야기의 상징 요소들이 적지 않다. 가령 금척릉에서 보이는 금척의 전설 역시 이와 동일한 기능을 수행하는 상징물이다.[13] 늙지 않는 샘물 등도 동일한 발상을 가진 대상이라고 하겠다. 온천이나 환혼석이나 청석 등은 동일한 기능을 수행하는 것일 수 있는데, 이에 대한 전통은 서로 견주어 보아할 것으로 보인다.

이와 유사한 이야기는 세계적으로 널리 퍼져 있다. 가령 「길가메시서

---

13) 강진옥, 금척설화,《한국민족문화대백과사전》, 한국정신문화연구원, 1990. 이 설화의 개요는 다음과 같다.

조실부모하고 고생히며 자란 어떤 머슴이 어느 날 큰 꿈을 꾸었다. 꿈 자랑만 하고 내용 이야기도, 일도 하지 않자 화가 난 주인이 관가에 고발했다. 결국 상납 관리들을 거친 뒤 임금 앞에 가서도 꿈의 내용을 말하지 않으므로 화가 난 왕이 투옥시켜 머슴은 죽을 날만 기다리게 되었다.

그러던 중 그 머슴은 우연히 감옥 안에 들락거리는 쥐를 죽이게 되었는데, 다른 쥐가 자 같은 것을 물고 와서 죽은 쥐의 가로 세로를 재니까 죽었던 쥐가 되살아나는 것을 보고 그것을 빼앗았다. 마침 임금의 딸이 죽을 병에 걸려 백약이 무효라는 소문을 듣고 자청하여 그 자로 공주를 살렸으므로 부마가 되었다.

중국의 천자가 그 소식을 듣고는 자기의 딸도 살려 주기를 청했으므로 역시 살려 준 뒤, 그 머슴은 두 나라의 부마가 되었다. 머슴은 두 부인의 시중을 받으면서 비로소 자기가 꾸었던 꿈의 내용을 이야기하였다.

사시》에서 보이는 길가메시가 우트나피쉬팀에 가서 영원한 생명의 잎사귀를 가지고 오는 것 역시 이러한 각도에서 음미할 만하다. 우리나라에서 보이는 「바리공주」의 양유수와 꽃을 구하는 이야기 역시 이러한 각도에서 음미할 만한 것이라고 하겠다.

그런데 두 이야기에서 중요한 차이점이 있어서 주목된다. 「죽취물어」에서는 황제와 여성이 불가능한 사랑을 공유하게 되고 황제는 이 때문에 좌절하고 영원한 생명을 포기한다. 본래 여성은 하늘의 달나라로 되돌아가야 하는 여성이다. 하늘의 여인이 지상에 내려와서 대나무에서 태어난 것이다.

다른 인물에게 낸 어려운 문제도 자신의 비밀을 밝히게 하는 하나의 암시였음이 확인된다. 한 인물에게만 이 사실을 말한 것은 중요하다. 게다가 황제에게 자신의 존재를 밝히고 황제에게 불사약과 글을 주었는데, 이 부분의 거부가 가장 핵심적인 면모이다. 황제가 이를 인정하지 않았기 때문이다. 그래서 비극적 결말을 이루고 있으며, 지명전설과 관련된다. 전설적 결말은 매우 인상적이라고 할 수가 있다.

그러나 「반죽고낭」에서는 그렇지 않다. 여성이 태어난 곳의 대나무를 인정하고 알아보아준 인물이 있기 때문이다. 그 인물과 혼인하기 위해서 대나무아가씨는 거듭 거부를 했던 것이다. 이 거부는 결과적으로 한 미천한 남성과의 혼인을 성사시키는 구실을 한다. 그래서 결말에서 민담적 가능성을 보여주면서 이야기가 행복한 결말을 갖게 된다.

초월적인 세계의 해법에 기대지 않고 민담적인 환상성을 통해서 구체적인 현실의 혼인을 이룩하는 것을 보여준다. 신분적 지체가 낮은 인물이 다른 경쟁자를 물리치고 결과적으로 혼인에 성공한다. 혼인을 하고 행복한 결말을 맺는 방식은 이상적인 차이점을 가지고 있음이 확인된다.

두 이야기는 본질적이고 구조적인 차이점을 가지고 있다. 따라서 화소적 차원의 생명력으로만 이를 입증할 수 없다고 생각한다. 구조적 차원의 이야기를 보아야만 이 이야기의 전통이 해명될 수 있는 것으로 판단된다. 이야기의 전통에 입각해서 구조적으로 접근해야 하는 것은 매우 설득력이 있는 방법이 될 수 있다.

4. 넓게 알기

1) 중국의 황복관 이야기

유사한 내용의 이야기가 《太平廣記》에 채록되어 전한다. 엄격하게 대응하는 이야기는 아니지만 이 이야기와 매우 유사하면서 동궤의 자료인 것이 확인된다. 그러나 대나무에서 탄생한 것과 다르므로 과연 이것을 유사한 이야기로 볼 수 있는지 의문이 든다. 다만 여성이 하늘로 복귀해야 한다는 점에서 동일한 내용의 이야기임을 알 수가 있다.

황관복(黃觀福)은 아주(雅州) 백장현(百丈縣) 사람의 딸이다. 어려서부터 냄새나는 채소와 비린 것을 먹지 않았고 청정함을 좋아했으며 집안이 가난해서 향을 구할 수 없자 잣나무의 잎과 열매를 향으로 삼아 태웠다. 매번 조금도 움직이지 않고 고요히 앉아 있을 때면 아무 것도 하지 않았는데 하루 종일 있어도 따분해 하지 않았다. 때로 잣나무 잎을 먹고 물을 마실 뿐 오곡 먹는 것을 좋아하지 않았다. 부모도 그녀를 아껴서 그녀의 뜻대로 하도록 했다. 이미 성년이 되어 시집갈 나이가 되자 갑자기 부모에게 말했다.

"문 앞의 물 속에 아주 이상한 물건이 있습니다."

그녀는 평소에도 여러 차례 부모에게 기이한 일이 일어날 징조를 말한 적이 있었고 종종 진실임이 입증되었다. 그래서 부모는 그 말을 듣고 그런가 보다 하고 생각하고 그녀와 함께 가서 보았다. 물은 과연 용솟음 치고 있었고 황관복은 곧 스스로 물 속으로 뛰어들었다. 한참이 지나도 그녀가 나오지 않기에 부모가 물 속을 뒤지자, 나무로 만들어진 오래된 천존상(天尊像)이 하나가 나왔다. 그 천존상의 금빛 채색은 이미 벗겨져 얼룩져 있었지만 모습은 딸과 똑같았다. 천존상을 꺼낸 뒤 물은 곧 맑고 고요해졌다. 그녀의 부모는 나무 천존상은 바로 길 위에 놓아둔 채, 울부짖으며 돌아왔다. 그녀의 어머니는 때때로 길에 나가 천존상을 바라보며 끊임없이 그녀를 그리워했다. 그러던 어느 날 갑자기 오색구름이 몰려오고 선악(仙樂)이 울려 퍼지더니, 황관복이 수많은 시위병과 세 명의 여인을 이끌고 마당으로 내려와 부모에게 말했다.

"소녀는 본래 상청의 신선입니다. 작은 잘못을 저질러 인간 세상에 귀양온 것이었습니다. 기한을 다 마쳐서 다시 천상으로 돌아가게 되었으니 너무 걱정하지 마십시오. 같이 온 세 사람 중 한 명은 옥황시녀(玉皇侍女)이고, 한명은 천세시신녀(天帝侍辰女)이며, 한명은 상청시서(上清侍書)입니다. 이제 떠나면 다시는 오지 않을 것입니다. 오늘 이곳에 온 것은 돌림병으로 많은 사람이 죽을 것이니 부모님께 금을 드려 집을 익주로 이사시켜 흉한 시기를 피하게 하기 위해서입니다."

곧 금 몇 덩어리를 남기고는 하늘로 올라가 떠났다. 부모는 그 말대로 집을 촉군으로 이사했다. 그 해에 역병이 돌았는데 여주와 아주에서 특히 심해서 그 곳에 사는 열 명중 서너 명이 죽었으니 이때는 당나라 인덕연간(麟德年間: 664-665)이다. 지금 세간에서 황관불(黃冠佛)이라고 부르는데 이것은 천존도상을 알지 못했기 때문이며, 게다가 말이 전해질 때 와전되어서 황관복을 황관불이라고 한 것이다.

黃觀福者 雅州百丈縣民之女也. 幼不茹葷血 好清靜 家貧無香 以柏葉柏子焚之. 每凝然靜坐 無所營爲 經日不倦. 或食柏葉 飲水自給 不嗜五穀.

父母憐之 率任其意. 旣竿欲嫁之 忽謂父母曰 門前水中極有異物 女常時多
與父母說奇事先兆 往往信驗. 聞之 因以爲然 隨往看之. 水果來洶湧 乃自
投水中. 良久不出. 漉之 得一古木天尊像 金彩已駁 狀貌與女無異. 水卽澄
靜. 便以木像置路上 號泣而歸.

其母時來視之 憶念不已. 忽有彩云仙樂 引衛甚多 與女子三人 下其庭
中. 謂父母曰 女本上淸仙人也 有小過 謫在人間. 年限旣畢 復歸天上 無至
憂念也. 同來三人 一是玉皇侍女 一是天帝侍辰女 一是上淸侍書. 此去不
復來矣. 今來此地 疾疫死者甚多 以金遺父母 使移家益州 以避凶歲. 卽留
金數餠 升天而去. 父母如其言 移家蜀郡.

其歲疫毒 黎雅尤甚 十喪三四 卽唐麟德年也. 今俗呼爲黃冠佛 蓋以不識
天尊道像 仍是相傳語訛 以黃冠福爲黃冠佛也. (出《集仙傳》)[14]

　　여신선에 대한 내용이지만 위에서 살핀 이야기 등과 일정하게 대응한
다. 황복관이 본래 신선이어서 엄격하게 자기 관리를 하다가 물에 빠져
서 죽고 다시 하늘로 복귀했다고 하는 것이 요점이다. 그것은 마치 일본
의 가쿠야히메가 자신의 월궁으로 환원하는 것과 다르지 않다. 그러나
물에서 신선이 되어서 복귀한다는 것은 전형적인 「나무꾼과 선녀」의 이
야기와 대응한다.

　　황복관의 엄격한 자기 관리가 예를 들면 채식을 하고 특정한 나무와
연계되어 있는 것이 특별하다고 할 수가 있다. 그러한 점에서 내나무에
서 태어났거나 대나무 속에서 나왔다고 하는 것은 허망한 현상은 아니
다. 사람의 신이한 탄생 능력을 강조한 설정으로 이해할 수 있다.

　　그러면서도 황관복이 천존불이 되거나 역병을 막는 효험이 있는 것을
보여주면서 이 불상의 영험함을 말하는데 이것은 불교와 결탁된 특별한

---

14) 黃觀福, 《太平廣記》卷第六十三　女仙八.

변형으로 확인된다. 신선과 관련되고 사람이 죽지 않는 것은 매우 이례적인 일이라고 판단된다. 영원한 생명을 자신이 가지고 있는 것은 특별하다.

신선이 부처이고, 부처가 신선인 기이한 일이 이 자료에서 확인된다. 여성의 긴요한 특징을 구현하면서도 전통적인 이야기를 신선이나 불교에 복합하려는 현상이 분명하게 확인된다. 이야기의 전통 속에서 이 자료는 매우 긴요한 변형의 흔적을 간직하고 있으므로 눈여겨보아야 할 자료라고 하겠다.

2) 독일민담 KHM 16「뱀이 물어온 세 잎사귀 (Die drei Schlangenblätter)」

가령 《어린이와 가정을 위한 민담집(Kinder und Hause-Märchen)》에서 KHM 16「뱀이 물어온 세 잎사귀 (Die drei Schlangenblätter)」와 같은 것이 동일한 이야기이다. 이 이야기의 유형적 분류는 이미 한 차례 시도된 바 있다. 그렇게 해서 얻은 결과가 곧 Aa-Th Type 612「뱀이 물어온 세 잎사귀(Die drei Schlangenblätter)」로 분류 항목을 차지하고 있다.

이 이야기는 괴팍한 성질을 가지고 있는 공주에 대한 내용이다. 이 내용이 과연 본질적인 것인지 의문이 있지만 이 이야기의 원래 면모가 불사의 약이나 물건을 통해서 다시 살아나는 핵심적인 모티프를 말하는 것이므로 서로 관련된다. 핵심적인 내용을 간추리면 다음과 같다.

아들이 가난한 아버지를 도와주기 위해서 집을 나왔다. 전쟁터에 참여해서 전공을 세운 결과, 아들은 사령관이 되어서 왕으로부터 신임을 한 몸에 받는다. 왕에게 성질이 괴팍한 공주가 있었는데 먼저 죽는 인물의 뒤를 따라서 함께 묻힐 수 있는 사람만이 자신의 남편이 될 수 있으며, 자신 역시 남편이 죽으면 따라서 죽겠다고 공언하면서 신랑감을 구하였다. 공주의 아름다움에 반한 아들은 앞뒤를 고려하지 않고 공주와 혼인하였다.

그런데 공주가 중병이 들어서 죽게 되자 공주와 함께 무덤에 묻히게 되었다. 아들은 네 자루의 초와 네 개의 빵, 포도주 네 병만을 가지고 그곳에 있었는데, 뱀이 나타나 공주에게 다가가자 이를 네 토막을 내서 죽였다. 잠시 후에 다른 뱀이 나타나서 그 광경을 보고 다시 돌아가서 잎사귀 세 잎을 가지고 나와 뱀이 잘라진 곳과 뱀의 입에 놓으니 다시 붙었다. 그 잎사귀를 가지고 공주의 눈과 입에 붙이자 다시금 되살아났다. 그렇게 해서 공주는 되살아났다. 아들은 그것을 충직한 하인에게 간수하라고 했다.

다시 살아난 공주는 이 사실을 잊고 자신의 아버지인 왕을 만나러 가는 뱃길에서 선장과 짜고 아들을 물에게 빠져 죽이는 일을 감행했다. 충직한 하인은 작은 배로 아들을 건지고는 생명의 잎사귀를 아들에게 붙여서 살려낸다. 아들은 미리 왕에게 와서 이 사실을 왕에게 고하였고, 왕은 공주와 선장을 배에 가두고 뱃바닥에 구멍을 내서 죽이게 된다.

이 이야기는 매우 복잡한 변형이 생겼다. 그러나 마법담의 근간 구조를 겨냥하면서도 이 이야기의 핵심적인 모티프를 가지고 있다. 게다가 결말 부분에서는 마법담의 근간 구조도 훼손당하고 있으므로 이 이야기의 원래 면모가 무엇이었는지 궁금하다고 할 수가 있다. 이야기는 민족과 환경에 따라서 전혀 다른 이야기로 된다고 하는 점이 확인된다.

아들이 집을 나서서 전쟁터로 가는 것은 집 떠나는 주인공의 전형을 구현한다. 전쟁터에서 전공을 세워서 이 인물이 크게 되는 점은 매우 인상적인 면모라고 할 수가 있으며, 이 전공의 의미는 명확하지 않다. 숨겨진 문면을 추론하자면 사윗감의 취재에 들었다고 보아도 가능한 이야기가 아닌가 한다.

그러나 남성과 달리 여성은 혼인하고 싶지 않은 여성으로 되어 있다. 그 조건이 자신이 죽으면 함께 따라서 죽어야 한다는 것이 그것이다. 순장을 하듯이 인간이 죽어야 한다고 하는 것은 매우 억울한 사정이다. 그러한 의도는 결과적으로 혼인할 수 없다는 것이다. 혼인하지 않으려는 전형은 이미 일본의 가구야히메, 그리고 장족의 반죽고랑에서 확인된 바 있다.

생명을 살리는 잎사귀는 우리나라의 환혼석과 일치한다. 중국과 일본에서는 이것이 구할 수 없는 보배로 되어 있다. 이것을 구하면 죽은 생명을 살리는 이야기로 되는데, 이에 대한 근간이 잘못된 것을 볼 수가 있다. 생명의 잎사귀를 이용해서 주인공이 살아날 수 있었던 것은 전형적인 환혼석의 변형이다.

그러나 정작 달라진 점은 이 보물을 다시 주인공을 살리는데 사용하고 충직한 하인이 목숨을 구해주어서 이 인물이 자신의 뜻을 사용하는 대로 나아가게 된 점이다. 자신을 해치려던 선장과 공주를 함께 죽게 하는 것은 까다로운 요구 조건의 실현이면서 자신의 행복한 결말을 추구하는 것으로의 변형으로 이해된다.

KHM 16 「뱀이 물어온 세 잎사귀(Die drei Schlangenblätter)」183)

가난한 아버지와 아들이 있었다. 너무나 가난해서 밥을 굶을 처지가

---

15) Brüder Grimm, 16. Die drei Schlangenblätter, *Kinder und Hause-Märchen(1819)*
  Es war einmal ein armer Mann, der hatte einen einzigen Sohn, er konnte ihn aber nicht mehr ernähren. Da sprach der Sohn: "lieber Vater, es geht euch so kümmerlich, ihr könnt mir das Brot nicht mehr geben, ich will fort und sehen, wie ich mir durch die Welt helfe." Da gab ihm der Vater seinen Segen und nahm mit großer Trauer Abschied, der Sohn aber ward Soldat und zog mit ins Feld. Als er vor den Feind kam, da gings scharf her und regnete blaue Bohnen, daß seine Kammeraden von allen Seiten niederstürzten. Endlich fiel auch ihr

Anführer, da wollten die übrigen fliehen, aber der Jüngling trat heraus, sprach ihnen Muth ein und rief: "unser Vaterland wollen wir nicht lassen!" Da folgten sie ihm und er drang ein und schlug den Feind. Wie die Nachricht zum König kam, daß dieser allein die Schlacht gewonnen hätte, erhob er ihn, machte ihn zu einem mächtigen und angesehenen Manne und gab ihm große Schätze.

Dieser König hatte eine schöne aber wunderliche Tochter, die einen seltsamen Schwur gethan. Wer nämlich ihr Herr und Gemahl werden wolle, müsse versprechen, sie nicht zu überleben, also daß wenn sie zuerst stürbe, er sich lebendig mit ihr müße begraben lassen; dagegen wollte sie ein gleiches thun, wenn er zuerst stürbe. [89] Dieser Schwur aber hatte alle Freier abgeschreckt, weil ein jeder sich fürchtete, lebendig ins Grab gehen zu müssen. Nun sah der Jüngling, als einer der ersten an des Königs Hof, die schöne Tochter und ward von ihrer Schönheit ganz eingenommen, daß er endlich bei dem alten König um sie anhielt. Da antwortete der König: "wer meine Tochter heirathet, muß sich nicht fürchten lebendig in das Grab zu gehen;" und erzählte ihm, was sie für einen Schwur gethan. Aber seine Liebe war so groß, daß er das Versprechen that und an die Gefahr nicht dachte, und da ward ihre Hochzeit mit großer Freude gefeiert.

Nun lebten sie eine Zeit lang glücklich und vergnügt mit einander, da geschah es, daß die junge Königin krank ward und kein Arzt ihr helfen konnte, also daß sie starb. Und als sie todt da lag, fiel ihm mit Schrecken ein, was er versprochen hatte, daß er sich lebendig mit ihr wolle begraben lassen und der alte König ließ alle Thore mit Wachen besetzen, damit er nicht entfliehen sollte und sprach, nun müßte er halten was er gelobt hätte. Als der Tag kam, wo die Leiche in das königliche Gewölbe beigesetzt wurde, da ward er mit hinab geführt und dann das Thor verriegelt und verschlossen. Neben dem Sarg stand ein Tisch, darauf ein Licht, vier Laibe Brot und vier Flaschen Wein, wenn das zu Ende ging, mußte er verschmachten.

Nun saß er da bei dem Sarg voll Schmerz und Trauer und aß jeden Tag nur ein Bißlein Brot, trank nur einen Schluck Wein, und sah doch, wie der Tod immer näher rückte. Da geschah es, daß er einmal aus der Ecke des Gewölbes eine Schlange hervorkriechen [90] sah, die sich der Leiche näherte. Und weil er dachte, sie käme um die Leiche zu verletzen, zog er sein Schwert und sprach: "so lang ich lebe, sollst du sie nicht anrühren" und hieb die Schlange in drei Stücke. Ueber eine Weile sah er, wie eine zweite Schlange aus der Ecke herauskroch, doch als sie die andere da todt und zerstückt liegen fand, kroch sie eilig zurück, kam aber bald wieder und hatte drei Blätter im Munde. Dann nahm sie die drei Stücke von der Schlange, legte sie zusammen wie sichs gehörte, und that auf jede Wunde eins von den Blättern. Alsbald fügte sich das Getrennte aneinander und die Schlange regte sich, war lebendig und beide eilten fort; die Blätter aber blieben auf der Erde liegen. Der Mann hatte alles mit angesehen und dachte: "welche wunderbare Kraft muß in den Blättern stecken! haben sie die Schlange wieder lebendig gemacht, so helfen sie vielleicht auch einem Menschen." Da hob er sie auf und legte eins davon auf den Mund der Todten und auf jedes Auge eins. Alsbald bewegte sich das Blut in ihrem Leib und stieg in das bleiche Angesicht, daß es sich wieder röthete. Da zog sie Athem, schlug die Augen auf und öffnete den Mund und sprach: "Ach Gott! wo bin ich?" "Du bist bei mir, liebe Frau," antwortete er, und gab ihr etwas Wein und Brot um sie zu stärken, und erzählte ihr dann alles, wie es gekommen, und er sie wieder ins Leben erweckt. Da stand sie fröhlich auf und sie klopften an der Thüre; so laut, daß es die Wachen hörten und dem Könige meldeten. Der König kam selbst und öffnete die Thüre; da standen beide frisch und gesund und er führte sie hinauf und freute sich mit ihnen, [91] daß nun alle Noth überstanden war. Die drei Schlangenblätter aber, die der junge König mitgenommen, gab er einem treuen Diener und sprach: "verwahr sie sorgfältig und trag sie zu jeder Zeit bei dir, wer weiß, wie sie uns noch helfen können."

Es war aber, als ob der Frau, seit sie ihr Mann wieder ins Leben erweckt, das Herz sich ganz verändert und umgekehrt hätte. Und als nach einiger Zeit eine Fahrt nach seinem alten Vater geschehen sollte und sie aufs Meer kamen, vergaß sie gänzlich seine große Liebe und Treue, und es erwuchs in ihr eine böse Neigung zu dem Schiffer. Und als der junge König einmal da lag und schlief, ging ihre Bosheit so weit, daß sie zu dem Schiffer sprach: "komm und hilf mir, wir wollen ihn ins Wasser werfen und zurück fahren dann will ich sagen, er wär gestorben und du wärst würdig, mein Mann zu werden und die Krone meines Vaters zu erben." Da faßte sie ihm am Kopf und der Fischer an den Füßen und warfen ihn über Bord, daß er im Meer ertrinken mußte. Nun wäre der Frau ihr Anschlag gelungen, wenn nicht der treue Diener alles mit angesehen hätte, der machte heimlich ein kleines Schifflein von dem großen los und fuhr der Leiche nach, und fischte sie wieder auf. Darauf nahm er die drei Schlangenblätter und legte sie ihm auf Augen und Mund, davon ward er alsbald wieder lebendig.

Nun sprach er zu dem Diener: "wir wollen rudern Tag und Nacht, damit wir früher bei dem alten König anlangen." Der König aber, als er sie wieder sah, verwunderte sich und sprach: "was ist euch begegnet?" Da erzählte ihm der junge König alles [92] und der alte sprach: "ich kanns nicht glauben, daß meine Tochter so schlecht soll gehandelt haben," und hieß sie beide in eine verborgene

되자 아들은 아버지의 짐을 덜어 주어야겠다고 생각하고 스스로 먹고
살 길을 찾아 집을 떠났다. 마침 한 부강한 나라의 왕이 전쟁을 벌이고
있었기 때문에 아들은 그 나라의 군대로 들어가 전쟁에 참가 했다. 그리
고 총알이 빗발치는 전쟁터를 누비며 용감하게 싸운 덕에 아들은 왕에
게 신임을 받아 사령관의 직책에 오르고 많은 상금도 받아 그 나라에서
유명한 인물이 되었다. 그런데 그 왕에게는 아름답기는 하지만 성질이
괴팍한 딸이 하나 있었는데, 그 공주는 자신과 결혼한 남자는 자신이 먼
저 죽게 되면 산 채로 자신과 함께 무덤에 묻혀야만 하고 자신도 남편이
먼저 죽으면 함께 묻히겠다고 공언하고 신랑감을 구하고 있었다.

　전쟁터에서 용감했던 젊은이는 공주의 결혼 조건에도 겁내지 않고 공
주의 아름다움에 반해 앞뒤 가릴 것도 없이 공주와 결혼을 했다. 그러나
얼마가지 않아 공주가 중병에 걸려 의사들의 노력에도 불구하고 죽고
말았으며 젊은이도 함께 묻히게 되었다.

　생채로 무덤 속으로 들어가게 된 젊은이는 기가 막히고 두려웠으나
약속을 이행하라는 왕의 엄명에 어찌해 볼 도리도 없이 공주의 시신과
함께 지하 묘지에 갇히게 되었다. 무덤에 갇힐 때 함께 넣어진 네 자루
의 초와 빵 네 덩어리, 포도주 네 병만이 젊은이에게 허락된 전부였으며
죽음이 점차 젊은이에게 다가오고 있었다.

Kammer gehen, da sollten sie sich vor jedermann heimlich halten. Bald darauf
landete die Frau mit dem großen Schiff und kam vor ihren Vater mit ganz
betrübtem Gesicht. Sprach er: "meine Tochter, warum kommst du allein, wo ist
dein Mann?" "Ach, antwortete sie, wie in großer Trauer, er ist plötzlich auf dem
Meer krank geworden und gestorben; dieser gute Schiffer hat mir beigestanden
und weiß, wie alles zugegangen ist." Da öffnete der König die Kammer und hieß
die beiden herausgehen und als sie ihren Mann erblickte, war sie wie vom
Donner berührt und sank auf die Knie und rief um Gnade. Der König aber
sprach: "da ist keine Gnade, er hat für dich sterben wollen und du hast ihn im
Schlaf umgebracht, du sollst deinen verdienten Lohn haben. Da ward sie mit
dem Schiffer in ein löcheriges Schiff gesetzt und ins Meer hinausgetrieben."

그러던 어느 날 지하무덤의 한 구석에서 한 마리 뱀이 나타나 공주의 시신 쪽으로 기어가는 것을 보고 젊은이는 뱀을 칼로 내리쳐 네 도막을 냈다. 그런데 잠시 후 또 다른 뱀이 나타나더니 앞의 뱀이 도막나 죽은 것을 보고 되돌아갔다가 다시 입에 세 개의 초록색 잎사귀를 물고 되돌아 왔다.

그리고 죽은 뱀의 도막 난 자리에 잎사귀를 한 장 씩 붙이니까 놀랍게도 죽은 뱀이 되살아나는 것이 아닌가. 그 모습을 모두 지켜 본 젊은이는 두 뱀이 사라지자마자 황급히 땅에 떨어진 잎사귀를 집어 공주의 입과 두 눈에 올려놓았다. 그랬더니 공주도 역시 깊은 숨을 몰아쉬면서 되살아났다.

이렇게 해서 두 사람은 모든 사람들의 환대 속에 다시 삶으로 돌아올 수 있었으며 젊은이는 이 기이한 잎사귀를 믿음직한 하인에게 잘 간수하라고 맡겨 두었다. 그런데 죽음에서 돌아온 공주는 마음이 변해서 남편인 젊은이가 자신을 구해주었다는 사실도 잊은 듯 젊은이의 아버지를 방문하려고 배를 타고 여행을 가던 도중에 배의 선장과 짜고 젊은이를 바닷 속에 던져 버렸다.

그러나 불행 중 다행으로 충성스러운 하인이 공주의 눈을 피해 작은 배로 주인을 바다에서 건져 올렸다. 그리고 자신이 보관하고 있던 잎사귀들을 젊은이의 입과 눈에 붙여 주어서 그도 역시 다시 살아나게 되었다. 그리고 주인과 하인 두 사람은 힘을 다해 노를 저어 공주와 선장보다 먼저 왕에게로 돌아가 공주의 배신을 고하였다. 왕은 진실을 밝히기 위해 두 사람을 아무도 모르게 숨겨 놓고 뒤 늦게 나타난 공주에게 사위의 행방을 물었다. 그러나 자신의 남편이 이미 먼저 와 있다는 사실을 알지 못하는 공주는 선장을 증인으로 세우며 남편은 병이 들어 죽었다고 둘러댔다. 그렇게 공주의 거짓과 배신을 확인한 왕은 많은 구멍이 뚫린 배에 공주와 선장을 태워 바다로 보내 파도 속에 휩쓸려 죽게 했다.

⑪ 독장수구구

1. 초다짐

　가난한 독장수가 독을 팔아서 이익을 남기겠다고 하는 허망한 생각을 하다가 잘못하여 자신의 지게 얹힌 독을 지게 작대기를 차서 그만 몽창 깨트린다고 하는 이야기를 말한다. 독장수를 주인공으로 삼으면서 그의 어리석은 생각을 비웃어주고 이로부터 일정한 교훈을 얻게 되는 이야기가 바로 이 유형의 설화이다.

　「독장수구구」는 속담처럼 굳어진 말이지만, 본래는 이야기에서 유래되었다. 혼자서 헛된 생각을 하면서 셈하는 것을 독쟁이구구라고 한다. 이 이야기는 일종의 허황한 생각을 말하는 것인데 이것을 사상누각담이라고 한다. 헛된 이익을 생각하는 것은 모래 위에 누각을 쌓는 것과 같은 데서 유래된 것이다.

　이야기의 성격 상 근본석으로 이러한 이야기는 소화이다. 웃음을 자아내는 말이지만 이 웃음이 시니컬하고 조롱하는 데서 기인하는 것이므로 풍자적인 웃음을 전제로 하는 것이다. 소화이면서 동시에 어리석은 생각을 말하는 것이고, 어리석은 생각을 달리 치우라고 하는 것이므로 치우담의 성격을 가지고 있는 것이라고 해도 틀린 말은 아니다.

　이 이야기는 구전으로 전하는 것과 문헌으로 전하는 것이 모두 다 있어서 이 이야기의 오랜 내력을 역사적으로 알 수가 있는 자료이기도 하다. 가령《어우야담》과《성수패설》과 같은 자료에서 동일한 이야기가 전승되는 것을 볼 수가 있다. 이 이야기의 핵심적 전승의 과정을 볼 수가 있는 구체적 증거라고 할 수가 있다.

그런데 이 이야기는 작은 것에서 큰 것으로 셈이 이어지는 누적담의 성격까지 구성소로 갖추고 있다. 그 결과가 무참하게 깨어지는 것이 결말일 따름이다. 결말 부분에서 깨어진 꿈에 대한 허망함으로부터 우리는 일련의 결과를 도출할 수가 있다. 허망한 꿈을 잊어야 한다는 점이다. 주식 투자를 해서 부자가 되는 것이나 이를 통해서 허망함을 달래려고 하는 것은 현대인의 속성이 아니라 인간의 본연적인 속성을 말하는 것이라고 할 수가 있다.

허황한 생각은 꼬리에 꼬리를 물고 이어지는 것을 볼 수가 있다. 이 소개한 이야기 외에 가장 흥미로운 것은 독장수가 고대광실로 좋은 집을 짓고, 처와 첩을 두겠다고 하는 생각을 가지고 있었으며, 처와 첩은 사이가 좋지 못하고 여성이 잘못하면 여성을 때려야겠다고 하는 생각에 미치면서 손을 들어 때리려도 하다가 마침내 자신의 옹기를 바쳐놓은 지게 작대기를 쳤다가 낭패를 보는 이야기로 이어지기도 한다.

주어진 분수에 맞게끔 사는 것이 가장 이상적인 방안이라고 할 수가 있다. 생각을 확대하고 헛된 셈을 거듭하면서 이를 통해서 일련의 일확천금을 얻으려고 하는 생각은 파멸에 이르는 것을 쉽사리 보게 된다. 독장이구구가 되지 말아야 하고 현실에 발을 딛고 살아야 한다고 하는 생각은 우리를 건강하게 하는 활력소가 된다.

치우담과 같은 유형의 자료는 기본적으로 다양한 이야기를 가지고 있지만 우리에게 인간적 교훈을 주고자 하는 것이 요체이다. 치우담을 통해서 우리 자신을 들여다보게 되고 그러한 과정을 통해서 인간의 기본적 욕망을 억제하고 스스로 생각을 키워나가는 것이 긴요하다고 하는 가르침을 우리에게 준다.

사상누각담은 우리 뿐만 아니라 이웃하고 있는 동아시아문명권을 비롯하여 여러 곳에서 공통적으로 발견되는 이야기임을 알 수가 있다. 역사적으로 허망한 생각을 가지고 물정을 모르는 일을 해서는 안된다고 하는 점을 분명하게 하는 이야기에 대한 생각은 서로 다른 문화 속에서 공통적으로 흐르는 주제임을 명시하고 있다.

2. 자료

•「옹기 장사」[1]

어떤 옹기 장사 하나가 옹기 한 짐을 사서 짊어지고, 촌으로 팔러 가다가 무겁기도 하고 다리도 아파서 길가에 지게를 버텨놓고 잠시 쉬었습니다.

곰방 담뱃대에 담배 한 대를 턱 붙여 물고 땀을 씻으며 한숨을 휘유 쉬더니, 자기 신세를 타령하되 "어떤 사람은 팔자가 좋아서 고대광실 좋은 집에 금의옥식으로 호강을 하고, 나 같은 놈은 팔자가 어떻기에, 삼간초가 하나 없어 악의악식도 마음대로 못하여 오뉴월 삼복중과 동지섣달 설한풍에 추위 더위를 무릎 쓰고 이와 같이 등짐장사로 세월을 보내고, 구구하게 살아가니 참 가련하고 한심한 인생이다. 무엇하러 이 세상에 나왔던고." 하고, 담배만 퍽퍽 태우고 먼 산을 바라보며 멀거니 앉아서 있었습니다. 마음을 다시 돌려 생각하더니, "그리하여 못 쓰겠다. 이제부터는 나도 규모 있게 경제하여, 돈을 좀 모아보겠다." 하고, 독장사로 부자될 예산을 하여 보았습니다.

짊어 놓은 옹기 짐을 가르치면서 "저 독 한 개를 일원에 사왔은즉, 갔

---

1) 沈宜麟, 《朝鮮童話大集》, 漢城圖書株式會社, 1926.

다 팔면 이원은 염려없이 받을 것이다. 이원을 받거든 또 점에 가서 독 두 개를 받아가지고, 또 촌으로 가서 팔면 이번에는 사원이 될 것이다. 이와 같이 일원 자본이 이원이 되고, 이원이 사원이 되고, 또 사원이 팔 원, 팔원이 십육원과 같이 자꾸 곱절씩 늘어가면, 나중에는 독을 여러 만개 살 수도 있고 여러 만원 재산을 만들 수도 있다. 이러고 보면 소원 성취가 될 것이니, 나도 남과 같이 경치 좋은 곳을 찾아서, 고대광실을 지어놓고 문 앞에는 논과 밭을 장만하고, 집안에는 남노여복을 많이 두 고 쾌락하게 살 것이다. 옳다 좋다 이만하면 걱정 근심 없을 것을 이때 까지 몰랐구나. 얼싸 좋다 내 팔자야"하고, 혼자 좋아서 돌아다니며 덩 실덩실 춤을 추다가, 옹기 짐 버텨놓은 지게 작대기를 발로 쳐서, 이때 까지 예산하던 옹기 짐이 조각조각 깨어지고 장래 부자도 허사가 되었 습니다.

•「주리파옹(籌利破甕)」[2]

천지간 만물에는 일정한 분수가 있지 아니한 것이 없다. 가난하고 부 유한 것이나 얻고 잃는 것이 계획한 대로 망녕되이 구할 수 있는 것은 아니다.

당나라 사람의 소설에 나오는 말이다.

어떤 가난한 사람이 힘써 노력한 끝에 옹기 하나를 마련했다. 밤에 옹 기 속에서 잠을 자면서 마음속으로 생각했다.

"이 옹기를 팔면 옹기 두 개를 마련할 수 있을거야. 이자가 이미 곱절 이 되고 곱절에 곱절 이자를 계속 불리면 끝이 없겠군."

드디어 기뻐하며 춤을 추다가 자신도 모르게 옹기를 깨뜨려 버렸다.

근래에 남쪽지방에 옹기를 파는 것을 업으로 하는 가난한 장사꾼이

---

2) 柳夢寅, 籌利算甕,《於于野談》

있었다. 하루는 옹기를 짊어지고 가다가 힘이 들어서 나무아래에서 쉬었다. 짐을 지팡이로 받쳐놓고 지팡이 옆에 앉아 가만히 생각했다.

"이 옹기 하나를 팔면 옹기 둘은 마련할 수 있겠지. 둘은 넷, 넷은 여덟, 여덟은 열여섯, 열여섯은 서른둘, 서른둘은 예순넷, 예순넷은 백스물여덟…… 이렇게만 되면 천만 개도 될 수 있을게고 이문은 끝이 없겠지. 그러면 나는 집에 수천 금의 돈을 쌓아놓을 수 있고 좋은 논밭에 어리어리한 집도 가질 수 있을게다. 그 집 주인 늙은이가 되면, 어진 아내와 예쁜 첩도 제 발로 찾아 올 게 틀림없어. 아내는 왼쪽에 앉히고 첩은 오른쪽에 앉혀놓고 예쁜 모습을 쳐다보며 사랑도 할 수 있을게고 사이에 앉아서 장난도 칠 수 있을테니 이만한 즐거움이 어디 있겠는가?"

드디어 기뻐하며 날뛰었다.

잠시 후 생각해 보았다.

'아내와 첩이 방을 함께 쓴다면 반드시 싸울거야. 이때 사납게 소리쳐서 그들의 질투를 막아야지. 어찌 내 소리를 듣고 공손히 물러나지 않겠는가?'

기지개를 펴다가 옹기를 떠 받치고 있던 지팡이를 치게 되었다. 지팡이가 옹기에 닿자마자 우지직거리며 무너져버렸다. 상인은 놀란 채 길게 한숨 쉬며 말했다.

"아내와 첩을 함께 두면 과연 해롭구나."

아! 두 이야기 모두 옹기 셈을 한 것이 어찌 이렇게도 서로 비슷한가? 우리나라와 중국은 산천이며 인물이 대체로 서로 비슷하긴 하지만, 어리석은 것을 웃음거리로 만드는 것에 이르러서도 이같이 우연히 들어맞으니, 이상도 하다.

凡天地間萬物 莫不有一定之分 貧富得失 固不可以計畫妄求也 唐人小說云 有貧人 辦得隻甕 夜宿甕中 中心計日 此甕賣之 可辦二甕 其息已倍

轉生倍息 其利無窮 不覺瓷破

頃世南中 有一貧賈 業販瓷 一日負瓷而行 儢倦 憩于樹下 以杖撑其任 坐
杖傍 黙思之曰 賣此一瓷 則可得辦二目 二化使 推而量之 四而八 八而十
六 十六而爲三十二 三十二而爲六十四 六十四而爲百二十八 若此則可至于
千萬 而其利無窮

吾可賴此而家思千金 買壤田美杳 起廣厦隆棟 作一富家翁 則賢妻美妾
亦當自至 坐妻于左 嬌容婉色 顧眄可愛 我處於兩間而戲之不亦樂乎 遂喜
趿不已 俄而又念曰 妻妾同室 必致勃谿 我於是時 厲聲而禁其妬 豈不我聽
因作擧手摩退之狀 伸兩臂而撌之撑任之杖 忽被觸而仆瓷 卽未然而破 賈驚
顧長歎曰 竝畜妻妾 果有害也 聞者捧腹 吁前後籌瓷 何其相類也

我東與中國 山川人物 興廢事變 略相彷彿 而至於癡騃之可笑 亦若是偶
合 異哉

3. 깊이 보기 : 「독장수구구」 이야기의 기원과 분포

1) 「독장수구구」의 줄거리

가난한 독장수가 헛된 꿈에 잠겨 좋아하다가 독을 깨뜨려 실망한다는
내용의 설화를 이른다. 이 이야기는 일종의 소화(笑話) 가운데 치우담(癡
愚譚)에 속하는 설화이다. 어리석은 인물의 공상을 내용으로 말하므로
이를 바보 이야기의 부류에 넣어도 타당할 성 싶다. 속담에도 공상적인
이익 셈하기를 '독쟁이구구'라고 한다.

이 이야기는 「독장수구구」로 달리 「독쟁이구구」로 이르기도 한다. 옹
기를 파는 독장수가 이문을 계산하다 마침내 부자가 되는 꿈을 꾸고 이
때문에 불행하게 된다는 것이 이 이야기의 핵심에 해당한다.

이 이야기는 일종의 허황한 생각을 가진 사람을 경계삼아 말하는 것으로 이른 바 사상누각담(沙上樓閣譚)과 같은 계통의 이야기로 말할 수 있다. 이 이야기는 다음과 같은 줄거리로 되어 있다.

어느 가난한 독장수가 독을 팔려고 지고 가다가, 무더운 여름이라 시원한 나무 그늘에서 잠깐 쉬었다 가기 위하여 독을 진 지게를 막대로 버티어 놓고 그 밑에 앉아 엉뚱한 궁리를 시작하였다.

독 하나를 팔면 이득이 남아서 다시 두 개를 살 수 있고, 다시 두 개를 팔면 네 개를 더 살 수 있고, 이런 방식으로 계속 이익을 남기다 보면 가히 천만금을 쉽게 얻게 되므로, 큰 부자가 되어 많은 논밭을 사 들이고 고래 등 같은 집을 짓고서 장가를 들게 되면, 어진 아내와 예쁜 첩이 모여들어 그들을 좌우에 거느리고 즐기게 되니 어찌 즐겁지 않을까 하고 생각하게 되었다.

이런 흥취를 이루다가 문득 생각하니, 아내와 첩을 같은 방에 있게 하면 필시 그들은 서로 다툴 것이므로 호령으로 꾸짖고 그래도 말을 안 들으면 손을 들어 이렇게 때려야겠다고 하면서, 두 팔을 뻗어 때리는 시늉을 하는 순간 지게를 받쳤던 막대기를 건드려 지게는 넘어가고 독은 박살이 나고 말았다.

독장수는 얼떨결에 놀라서 탄식하기를 역시 처첩을 두는 것은 해로운 일이라고 하였다. 이 이야기는 문헌으로 전하는 섯의 줄거리인데 구전되는 이야기 가운데 다른 유화에서는 독을 깨뜨린 이유가 소나기를 피하기 위해서, 또는 한밤중에 잠자기 위해 독 속에 들어가 있다가 공상을 하던 끝에 춤을 추거나 발길질을 하다 독을 깨뜨리는 것으로 변이되기도 한다.

허황한 생각으로 공상을 거듭 하다가 이 때문에 자신의 공상을 촉발한

도구를 상하게 한다는 것이 가장 중요한 요소이다. 이 이야기를 사상누각
담이라고 하는 것은 서양의 이야기나 속담에서도 공중누각 air castle
이라고 하는 말이 있어서 이를 받아들여 쓴 것이다.[3] 그러나 달리 이
자료를 흔히 말하는 백일몽이라고 해도 무방할 듯하다. 이 이야기는 세계
적으로 넓게 분포하며 다양한 원천을 가지고 있음이 확인된다.

2) 「독장수구구」의 문헌적 전거

이 야담은 구전으로 전하는 것을 기록한 결과이다. 흔히 「독장수구구」
로 널리 구전되는 것을 중국의 것과 견주었다. 그런데 이 이야기가 《어
우야담》에서 옮겨왔다고 하면서 《고금소총》에 수록되어 연구자의 노고
를 요구하였다. 이 자료가 《어우야담》의 자료로 알려진 것에 몇 가지 단
계의 전이가 있었다.

《어우야담》에 전하는 결과를 옮겨 적은 것이 이른 바 동양문고본 《고
금소총》이다.[4] 유몽인의 《어우야담》에서 옮겨왔다고 하는 이야기가 모
두 19편이 수록되었다. 그런데 두 편의 이야기만 현재 전하는 《어우야담》
의 다른 이본에서 확인되지 않는다. 그러므로 야담 가운데 이본으로 전하
는 것에서 옮겨 적어 이것이 《고금소총》에 수록된 것으로 보인다.

손진태가 《조선민족설화의 연구》에서 이 사실은 언급하면서 중국에
서 유래되었다고 하며 민족설화의 형성에 대한 일례로 다룬 바 있다.[5]

---

3) Air Castles : folktales of Aarne-Thompson-Uther type 1430 about daydreams
of wealth and fame
아르네 톰슨 유형을 유터가 확장한 유형 번호 1430번으로 된 이야기 유형이 전승된다.
부와 명예에 관한 유형적 명칭이 바로 이 유형이라고 할 수가 있다. 이 이야기는 다양하
게 전승되고 있음이 확인되고, 세계적 범위에서 비교할 만한 가치가 있다고 하겠다.
4) 정용수, 《古今笑叢·蓂葉志諧》, 국학자료원, 1998.
5) 손진태, 《조선민족설화의 연구》, 을유문화사, 1947.

손진태가 이 사실의 문헌적 전거가 《어우야담》에 있다고 함으로써 거듭 후대의 연구자에 의해서 이 사실이 다시 확대되고 인용되었다.6) 최인학 은 《어우야담》에 없다고 해서 이 사실을 부정했으나 이본이 다양한 《어 우야담》에 따르면 과연 그렇게 될 수 있는지 재고가 요청된다.7)

이 자료의 원문을 그대로 옮겨 오면 다음과 같다.

凡天地間萬物 莫不有一定之分 貧富得失 固不可以計畵妄求也 唐人小說 云 有貧人 辦得隻瓮 夜宿瓮中 中心計曰 此瓮賣之 可辦二瓮 其息已倍 轉 生倍息 其利無窮 不覺瓮破

頃世南中 有一貧賈 業販瓮 一日負瓮而行 憊倦 憩于樹下 以杖撑其任 坐 杖傍 黙思之曰 賣此一瓮 則可得辦二目 二化使 推而量之 四而八 八而十 六 十六而爲三十二 三十二而爲六十四 六十四而爲百二十八 若此則可至于 千萬 而其利無窮

吾可賴此而家思千金 買壞田美沓 起廣厦隆棟 作一富家翁 則賢妻美妾 亦當自至 坐妻于左 嬌容婉色 顧眄可愛 我處於兩間而戲之不亦樂乎 遂喜 足不已 俄而又念曰 妻妾同室 必致勃谿 我於是時 厲聲而禁其妬 豈不我聽 因作擧手摩退之狀 伸兩臂而搖之撑任之杖 忽被觸而仆瓮 卽未然而破 賈驚 顧長歎曰 竝畜妻妾 果有害也 聞者捧腹 吁前後籌瓮 何其相類也

我東與中國 山川人物 興廢事變 略相彷佛 而至於癡駭之可笑 亦若是偶 合 異哉8)

중국 것과 우리 것이 비교된다. 그러나 이 자료에서 긴요한 것은 중국

---

6) 조희웅, 독장이구구설화, 《한국민족문화대백과사전》, 한국정신문화연구원, 1990.

7) 최인학, 기원과 전파의 문제-'독쟁이구구'의 본향을 찾아서-, 《구전설화연구》, 새문 사, 1994.

8) 유몽인, 籌利算瓮, 《古今笑叢》(於于野譚)

자료와 우리 자료의 차이다. 중국의 자료에서는 독장수가 독안에서 잠을 자다가 꿈을 꾸고는 독을 깨트렸다고 되어 있다. 당인소설에 전한다고 했는데, 과연 그런지 의문이다. 이 자료에 대한 근원자료를 찾을 수 있을지 의문이 든다.

《어우야담》에 이어지는 대목은 천금을 마련한 공상이 다시 처첩을 얻고 둘 사이의 시기가 작용하자 이 둘을 말리는 대목에서 손으로 치려다가 결국 받쳐놓은 지게 작대기를 때려서 이 때문에 결과적으로 옹기를 깼다는 것이 결말이다. 중국에서 주어진 이야기와 유몽인이 적은 이야기는 서로 다르지만 동일한 유형에서 비롯된 것임을 알 수 있다.

문헌적 전고 가운데 하나가 곧 조재삼(趙在三, ?-?)의 《송남잡지》에 실린 방언이다. 옹산이라는 말이니 곧 옹기장수의 셈법이고 이를 달리 독장이 구구라고 하는 것인데 유몽인의 기록과 차이가 없다. 중간에 비를 만나서 독 안에 들어가서 셈을 하다가 결과적으로 옹기를 깼으며, 이로 말미암아서 이 말이 유래되었다는 사실을 증언하고 있다.

小說云 貧人止能辨隻甕 適路逢雨 坐甕中計日 賣此一而二爲利無窮 逐喜舞不覺甕破 今羞擬之計謂 甕算出此[9]

이 이야기가 20세기의 초엽에도 채록된 바 있다. 沈宜麟(1894-1951)이 지은 《조선동화대집》에 「옹기 장사」라는 제목으로 수록되어 있다. 간행년도가 1926년이므로 그 전에 전승되던 자료가 채록되었을 가능성이 있다. 옹기장수의 구구셈이 처음 우리말로 기록된 것이 바로 앞서 '2. 자료'에서 첫 번째로 예시한 「옹기장사」이다.

---

9) 趙在三, 甕算, 方言條, 《松南雜識》

우리 말로 된 이야기 책에 이 전통적인 이야기가 들어간 것은 매우 이
례적인 일이라고 하지 않을 수 없다. 교훈적인 면모가 있어서 이 이야기
의 본래 면목을 살리는 과정에서 이 이야기를 넣었을 개연성이 있을 것
이다. 그런데 이 이야기는 일본에 많이 전승되지 않는 것으로 보아서 우
리의 본디 이야기로 되었을 개연성이 있다.

허황한 꿈을 갖지 말고 열심히 노력해야 한다는 점을 환기하는 이야
기이다. 우리에게 문헌적 전거와 구전양상의 자료를 두 가지 모두 가지
고 있다고 하는 점은 매우 인상적인 일이다. 그런데 이 이야기는 세계적
으로 널리 퍼져 있는 것이므로 이를 확인하고 어떠한 각도에서 연구해
야 하는지 살펴보기로 한다.

3) 「독장수구구」의 세계적 분포와 변이

이 이야기는 세계적인 분포를 보이면서 여러 가지가 전승된다. 이 이야
기는 대체로 다각도의 자료를 보여주는 글에서 일차적으로 확인된 바 있
다.[10] 그러나 다른 한편의 자료에서 더욱 많은 이야기가 있으므로 이를
주목해서 보아야 다양한 자료의 분포를 알 수 있을 것으로 짐작된다.

동일한 이야기가 어떻게 분포되어 있는지 이를 살펴보기로 한다. 이
이야기의 세계적 분포에 대해서 개량된 이야기 유형으로 이를 찾아서
정리한다. 개량된 유형이라고 하는 것은 아르네-톰슨의 유형을 덧보태
고 다시 정리했다는 뜻이다.

동아시아에 분포하는 이야기는 구전으로 된 것이 매우 많을 것으로

---

10) 최인학, 기원과 전파의 문제-'독쟁이구구'의 본향을 찾아서-, 《구전설화연구》, 새문
사, 1994. 이 글은 일본의 이나다와 세키의 자료 분류를 참조하여 다양하게 고찰한 것이
다. 그런데 이 이야기의 다양한 원천을 널리 찾지 않고 일차적인 논의와 자료에 의존해
서 실상을 모두 파악했다고 보기에는 무리가 있다. 게다가 역사지리학파의 견해를 존중
한 것도 납득하기 어려운 측면이 있다.

보인다. 그런데 중국의 자료와 일본의 자료가 그다지 많지 않다. 일본측의 연구자 기록만 살펴보았으므로 이는 재론의 여지가 있다. 다음은 그 분포 상황이다. 중국측의 자료는 에버하르트의 유형론에 입각해서 정리한 것이다.

동아시아		
중국	한국	일본
바보의 예측11)	독장이구구	부자되는 궁리12)(金儲けの胸算用)
바보의 예측		

　공상의 내용은 거의 일치한다. 중국은 달걀을 파는 것으로 공상하고, 우리는 독을 가지고 공상하고, 일본은 술병을 가지고 공상한다. 내용은 거의 천편일률적으로 일치하지만 이 내용들은 작은 것을 가지고 큰 것을 만들어가는 것이다. 게으르거나 모자라는 인물이 생각을 하다가 이 생각 끝에 셈으로 말미암아서 망하는 것이 본질이라고 하겠다. 각편은 우리가 가장 풍부하고 여러 각도에서 다양한 이야기를 가지고 있음이 확인된다.
　인도아대륙을 중심으로 전승하거나 문자로 전하는 이야기가 다양하게 전승한다. 특히 인도에서부터 출발해서 여러 곳에 전파되었다는 가설에 입각해서 보면 이 이야기는 매우 중요한 전통을 수립한 것으로 보인다. 기원적 2세기경의 고대 문헌으로 인도에 《판차탄트라(Panchatantra)》가 있으며, 여기에 대표적인 이야기가 전승된다.13) 판차탄트라는 다른 말로 하면 다섯 토막의 지혜라는 뜻이다.
　이 이야기가 아랍어로 번역되어서 《칼릴라와 딤나》로 전승되어 번역

---

11) Wollfram Eberhard, T*ypen chinesischier Volksm　rhen*, Dit Schwanke, No. 4 FFC 120, 1937, 279면.
12) 關敬吾, 《日本昔話集成》3-1, 角川書店, 1955, 276면. 유형번호 437번.
13) 판디트 비쉬누 샤르마, 《판차탄트라》, 태일출판사, 1996.(서수인역)

되었다.[14) 이 이야기가 다른 문헌에도 전승되는 것을 확인할 수 있으며,
은둔자인 수피의 꿈으로 된 것이 대표적인 사례이다. 이 이야기가 전승
되면서 이 유형이 인도에서 넘어갔으리라고 하는데 정확하게 계보가 나
와 있으므로 이것이 주된 내용임을 알 수가 있다. 다양한 전승 경로로
된 이 이야기를 두고 우리는 많은 부분을 첨가하여 해석할 수 있으나 사
상누각담의 전통이 있음이 확인된다.

유대의 이야기에서도 이 유형의 이야기가 다양하게 수록되었다. 가령
유대인의 이야기 전통 속에서 달걀을 파는 인물의 허황한 생각과 수도
승인 랍비가 가지고 있는 잘못된 생각을 보여주는 것에서도 일정한 유
형적인 일치점이 확인된다. 그런 점에서 아랍어권의 중동에서도 이 이
야기가 다양하게 전승되고 있었음을 확인하게 된다.

인도와 아랍		
인도	아랍	유대
브라만의 꿈 (Brahman's Dream, Panchatantra) 브라만의 백일몽	이발사의 다섯 형들 (Barber's Fifth Brother, 천일야화) 파키르와 버터 항아리 (Fakir and His Jar of Butter, 천일야화)	부자가 된다는 생각 때문에 달걀을 깨뜨린 사람 (Egg Seller Who Struck It Rich, Sadeh, Jewish Folktales)
		현명한 교훈, 수도승과 꿀 항아리 A Wise Lesson; or, The Dervish and the Honey Jar (Jewish).

유럽에 더욱 다양한 이야기가 전승된다. 상황의 설정은 대체로 비슷하고
다양한 나라에서 여러 변형된 자료가 전승된다. 그러나 이야기의 본격적
면모가 가다듬어진 것은 바로 그림형제의 이야기에서 확인된다. 두 가지
이야기가 있는데 모두 과장된 인물이고 게으름뱅이로 된 점이 각별하다.

---

14) 바이다바지음, 《칼릴라와 딤나》, 강, 1998.(이동은역)

더구나 두 가지 이야기는 인물의 성격을 대조적으로 대립시켜서 보여
주고자 하는 점도 남다르다. 뚱뚱한 여성과 말라깽이 여성을 주인공으로
해서 서로 대립시키는 점은 이러한 면에서 대조적인 구현이다. 그러나
이야기에 따라서 공상을 궁리하다가 마침내 성공하는 인물의 이야기도
있는데, 그것과 대립되는 점에서 각별한 면모를 지닌다.

러시아에서는 민담과 민담을 개작한 이야기가 모두 있어서 흥미롭다.
레오 톨스토이가 이야기를 듣고 자신의 창작품으로 작성한 것이 확인된
다. 그것이 곧 「농부와 오이」이다. 레오 톨스토이는 그의 형으로부터 많
은 이야기들을 들었다고 한다. 이 이야기를 가다듬어서 여러 이야기를
재구성했는데, 구전으로 전하는 것에 근거했을 개연성이 많다.

프랑스의 라 퐁텐느가 지은 우화에서 두 편이 연속되면서 독장수구구
이야기가 있는 것을 확인할 수 있다. 그리스의 이솝우화에서도 이 점이
확인된다. 스웨덴이나 스페인에서도 이 이야기가 널리 전승되는 것이
확인된다. 이밖에도 여러 민족에게 이 이야기가 있으면서 전승이 활발
하게 이어지는 것을 확인하게 된다.

유럽		
독일	러시아	프랑스코
게으른 하인츠15) (Der faule Heinz, KHM, Nr. 164.)	거지의 거창한 계획16) (Beggar'sPlan, Afanasyev)	신부와 죽은 사람 Curate and the Corpse (La Fontaine, 7권 11번째 우화)17)
말라깽이 리제18) (Die hagere Liese, KHM, Nr. 168.)	백일몽 (Daydreamer, Afanasyev) 농부와 오이 (The Peasant and the Cucumbers : Russia, Leo Tolstoy).	젖 짜는 여인과 우유통19)
그리스 이솝우화	스웨덴	체코
젖 짜는 여인과 그녀의 양동이20) The Milkmaid and Her Pail (Aesop).	사내 녀석과 여우21) The Lad and the Fox (Sweden, Gabriel Djurklou).	Die dumme Frau, Sirov tka, Tschechische Volksm rchen, Nr. 34.

4. 넓게 알기

1) 옹기장수

아득한 옛날에 옹기장사를 하는 사람이 있어. [청중:음.] 근데 옹기짐을 짊어지고 댕기다가 큰 독을 짊어지고 인저 독을 팔러 가는 챔인디, 무인지경을 갔어. 가다가 보니께 소낙비가 그냥 느닷없이 퍼붓는디, 뭐 당최 감당을 할 수가 읎거든, 그러니 비 피할 디가 있이야지? 그래서 독을 엎어 놓고 독 속이가 들앉아 있는겨. 독을 뒤집어 씨고 앉았는게지 인저.

아 그런디 비는 들구 쏟아지구 뭐 캄캄만 한게 독안이가 들어가 앉았응께 캄캄할 거 아녀?"

근디 거기서 인저 생각이 나오는겨. 이 독을 가지고 팔아 가지고 돈이 암만이 남는디, 또 무슨 물견을 사 가지고 이 눔을 팔아서 돈이 암만이 남는다. 그 놈 팔아 가지고 또 워디가 물견을 사 또 팔구 또 팔구 댈구 이러카다가 보니께 돈이 아주 수천 냥이 남았단 말여.

15) Grimm, Der faule Heinz, KHM, Nr. 164. 김열규, 《그림형제 어린이와 가정을 위한 동화집》 2권, 현대지성사, 1997.
16) Alexander Nikolayevich Afanasyev (Александр Николаевич Афанасьев) (1826-1871) Народные русские сказки (*Narodnye russkie skazki*)(*Russian Fairy Tales*), 1855-1863. 《러시아민화집》, 현대시싱사, 2000.(서미서역)
17) 장 드 라 퐁텐, 《라 퐁텐 우화집》상·하권, 지식산업사, 2004.(민희식역)
18) Grimm, Die hagere Liese, KHM, Nr. 168. 김열규, 《그림형제 어린이와 가정을 위한 동화집》 2권, 현대지성사, 1997.
19) 장 드 라 퐁텐, 《라 퐁텐 우화집》상·하권, 지식산업사, 2004.(민희식역)
20) *Aesop's Fables*, translated by V. S. Vernon Jones (London: W. Heinemann; New York: Doubleday, Page and Company, 1912), pp.25-26.
21) Gabriel Djurklou, *Fairy Tales from the Swedish*, translated by H. L. Brækstad (New York: Frederick A. Stokes Company, 1901), p.85. Booss, Scandinavian Folk and Fairy Tales, p.203.

야! 인제 돈을 많이 벌었으닝께 장개를 들어야 겠단 말여. 아 그래 장
개를 들었네. 장개를 들고 보니께 집이 있이야지 살림을 하지.

이저 집을 짓는다. 목수를 불러다가 산이가 재목을 내다가서는 다듬
어서 집을 참 큼직하게 하나를 잘 져 났어. 그래놓고 집만 커드라니 먹
을게 있어? 농사를 지야 겠단 말여. 논을 사방 이 돌아 댕기메 사구. 여
기 가서도 사고. 저기 가서도 사서 이제 수천 석 지기를 사가지 고서 인
저 행랑을 두고 머심을 두고서는 농사를 짓는디, 아! 그거 뭐 기룬게(괴
로운 게) 옳지.

그런디 또 생객(생각)이 한 가지 들어 간단 말여. 작은 마누라 생각이
나. 작은 마누라를 하나 은었네. 작은 마누라를 하나 은어다 놓구서루
있는디, 아 이것들이 차닥 차닥 서루 강짜를 해 가며 싸운단 말여. 아
뭐 일러두 안 듣구 댈구 싸워.

그라니께,

"예이 이 년들 좀 맞어 봐라. 네 이 년 싸우지 마, 이 년 싸우지 마,
이 년 싸우지 마……."

하면서 마누라를 양쪽 마누라를 패느라고 주먹질을 하다가 아 독을 냅
따 쌔렸던 말여. 청중:독안이서?] 응-아! 독이 '버썩' 깨졌어.

아 그러니께 그냥 놋낟같은(노끈같은) 쏘내기가 들구 퍼붓는디, 독이
깨졌이니 그냥 쏘 내기를 함빡 맞았단 말여.

"아이고 옹패기 장사했다."

구 말여. [웃음]22)

---

22) 박계홍·황인덕 조사, 오영석 구연, 《한국구비문학대계》 4-2, 한국정신문화연구원
어문연구실, 1980, 210-212면.

12 옛날이야기 이제 그만

1. 초다짐

이야기를 어떻게 마칠 것인가? 이에 대한 이야기가 한 무더기 전승되고 있다. 이야기를 끝내기 위한 안간힘을 볼 수가 있는 다양한 이야기가 전승된다. 이러한 이야기를 우리는 형식담이라고 할 수가 있다. 긴 이야기를 마무리하는 것이 이야기의 결사 방식이라고 할 수가 있다. 이야기를 잇고 자르는 수완이 이야기꾼의 솜씨이고 동시에 이야기를 통해서 보여주는 것은 매우 주목할 만한 것이라고 할 수가 있다.

어떤 이야기꾼은 이야기를 마치면서 별난 재담과 행위를 하곤 한다. 그것은 성은 고이고, 이름은 만이라고 하면서 마치는 말을 하기도 한다. 그러므로 이야기를 고만하겠다고 하는 의사 표시를 한 것이다. 고만이라고 하는데 이야기가 더 진행되는 것은 아니다. 이야기를 마치는 것에 관한 이야기라고 하는 점에서 이러한 이야기는 형식담이라고 할 수가 있다.

이와 달리 이야기를 그만두는 방식에 대한 재담도 있어서 이야기를 마무리짓는 방식에 대한 의문을 제기하고 푸는 방식도 갖가지이다. 그러나 가장 기걸찬 방식 가운데 하나는 이야기를 해준다고 하면서 골마를 까고 자신의 성기를 드러내놓고 보여주고는 화를 버럭 내는 방식일 것이다. 남성 화자들이 이러한 방식을 택하는 것을 많이 볼 수가 있다.

그런 점에서 이야기의 결사 방식으로는 매우 충격을 주는 방식이라고 하겠다.

그것은 많은 것을 생각하게 하는 방식이라고 할 수가 있다. 가령 이야기를 끝을 내는 것이 아니라 이야기를 이어가는 방식이라고 할 수가 있다. 오픈 엔딩이라는 방식과 클로징 엔딩이라고 하는 것 가운데 위의 방식은 작품을 열어두고 개방적으로 이야기를 이끌어가는 방식이라고 할 수가 있다. 자신의 성기를 내놓고 무엇을 하고자 하는지 말을 하지 않은 채 이야기를 이어가는 점이 두드러진다고 할 수가 있겠다.

그렇게 마무리한 이야기 속에 가장 흔하게 듣는 말도 있다. "잘 먹고 잘 살았더래." 등과 같은 사례가 그것이다. 이 점에서 주인공들은 여전히 이야기의 지속적 진행을 암시하면서 잘 살고 있음을 보여주는 것일 수가 있다. 그러한 점을 착안한 막스 뤼티의 민담에 관한 글 역시 그러한 전통을 환기하는 적절한 사례이다. "지금도 잘 살고 있더래."(So leben sie noch heute)와 같은 것은 적절하다.[1]

옛날이야기는 시작도 긴요하고 끝도 중요하다. 시작은 "옛날에 옛날에 아주 오랜 옛날에"로 시작하고, 마무리할 때에는 "오늘도 그들은 아주 잘 살고 있더래." 등으로 관용구를 이루면서 이룩되는 것을 볼 수가 있다. 이 점에서 옛날이야기는 서두와 결말이 호응하며, 이야기의 종류나 갈래에 따라서 이러한 전통이 다르게 작동한다.

우리가 아는 민담의 서두와 결말은 그러한 각도에서 시작과 끝이 일정하게 작동한다. 신화, 전설, 민담 등에서 이 호응은 전혀 다르게 움직이는 것이지만 이러한 각도에서 본다면 민담의 보편성과 주어진 관계는 이야기를 다시금 환기하게 한다. 이야기는 단순한 거짓말이 아니라 현실적이거나 환상적이거나 경험에 근거하고 있는 현실적인 갈래임을 분

---

1) Max Lüthi, *So leben sie noch heute: Betrachtungen zum Volksmärchen-Kleine Vandenhoeck-Reihe 1294*, Vandenhoeck & Ruprecht, 1989.

명하게 하고 있다.

2. 자료

• 자료 1[2]

[제보자 : 짧은 얘기 먼지 해야걱구먼. …잊어버렸다. 짧은 얘기.]
[청중 : 가만히 좀 있어.][제보자 : 짧은 얘기는 말여….]
얘기는 얘기 쐭기는 쇄기. 다 됭기여.
[청중 : (잔뜩 긴장하고 있다가) 폭소.]

• 자료 2[3]

　그래서 그 사람덜 억그제까장 살다가서 죽어서 생여 나갔어. [청중 :
그 어제 그 푸짐하던 그 생여구먼?] [일동 : 크게 웃음] 그런디 밑빠진
병이다. 청주 한 병 놓구? [청중 : 응.] 밑빠진 도실박이다. 인절미 한
도실박 놓구우 [청중 : 응.] 그래각구서는 인저 다리 한 짝 읎는 땅개비
게다 실쿠서 가는디. 저 아랫집 가이가 들구[4] 짓어싸닝개 말여? [청
중 : 웃음] 아 인저 인절미루다 팽개를 치닝개 똥구녁이가 쪘어. 인절미
가. [청중 : 크게 웃음] 그러닝깨, 아 집 쥔은 그걸 빼녁을라구 흐흐…
배지를 참 가이 꼬랑댕이를 작구 뺑뺑뺑뺑뺑 돌아댕겼쌌데에? [일동 :
크게 웃음]

---

2) 박계홍 외, 《한국구비문학대계》4-6, 한국정신문화연구원, 1984, 656-657면.
3) 박계홍, 《한국구비문학대계》4-4, 한국정신문화연구원, 1983, 99-106면.
4) 그저, 마구.

• 자료 3[5]

장서방 나무하러 가세 배가 아파 못가겠네 무슨 배 자라 배 무슨 자라
옥 자라 무슨 옥 솔 옥 무슨 솔 다박 솔 무슨 다박 천지 다박 무슨 천지
노고 천지 무슨 노고 질 노고 무슨 질 풀무질 무슨 풀무 골풀무 무슨 골
망건 골 무슨 망건 당 망건 무슨 당 서낭당 무슨 서낭 개 서낭 무슨 개
버들개 무슨 버들 칡버들 무슨 칡 방아칡 무슨 방아 물레방아 무슨 물
한강 물 무슨 한강 떼한강 무슨 떼 개미떼 무슨 개미 왕개미 무슨 왕 임
금 왕 무슨 임금 우리임금 무슨 우리 발 우리 무슨 발 피 발 무슨 피 닭
피 무슨 닭 용닭 무슨 용 꾸리 용 무슨 꾸리 실꾸리 무슨 실 무명실 무슨
무명 장 무명 무슨 장 바리 장 무슨 바리 통바리 무슨 통 비지통 무슨
비지 콩비지 무슨 콩 새 콩 무슨 새 촉새 무슨 촉 물레 촉 무슨 물레 자
물레 무슨 자 글자 자 무슨 글자 끝 글자 무슨 끝 이야기 끝

3. 깊게 보기 : 옛날이야기 이제 그만

1) 옛날이야기를 끝내려는 안간힘

우리는 이야기를 시작하는 처음 대목에 대해 앞서 주목했다. 이제 이
와 반대로 이야기를 어떻게 마무리 짓게 되는지 살펴보기로 한다. 이야
기를 끝내려는 여러 가지 수작이 있게 마련이다. 그러한 수작으로 우리
는 이야기의 밑천을 삼아서 이따금씩 기발하게 마무리하는 일군의 이야
기가 있음을 주목할 필요가 있다.

이야기를 결말짓는 방식은 여러 가지가 있다. 일단 시작한 이야기를

---

5) 한상수, 《한국구연동화》, 앞선책, 1993, 96면.

마무리 짓기 위해서 이야기를 간단하게 마무리하게 되는데, 그러한 방법으로 가장 익숙하고 낯이 익은 방법은 이야기를 이야기로 끝내는 방법이 있다. 간단한 이야기를 거들먹거리다가 이야기를 마무리하는 것이 적절하게 선택되는 방식이다.

가령 자 내가 옛날이야기 하나 해주지 하고서 이야기꾼이 나섰다가 주인공이 성은 고요, 이름이 만이니 옛날이야기 이게 고만이라고 하는 방식이 있다. 사람들이 이야기를 하나 하는가 보다 하고 기대하다가 갑자기 주인공이 고만이라고 하니 더 이상 이야기를 들을 수 없다고 하는 것이 이야기를 마무리 하는 것이라고 할 수가 있다. 이야기가 그만 중동무이가 되어 끝이 나버리고 만다.

이야기가 황당무계해서 더 이상 진행이 되지 않는 이야기가 수두룩하다. 이야기가 밑도 끝도 없고 진행도 되지 않는 이야기가 아주 흔해서 이러한 이야기는 시작이 곧 끝인 이야기가 대부분이다. 가령 다음과 같은 이야기가 이에 적절한 사례이다.

> [제보자 : 짧은 얘기 먼지 해야걱구먼. …잊어버렸다. 짧은 얘기.]
> [청중 : 가만히 좀 있어.][제보자 : 짧은 얘기는 말여….]
> 얘기는 얘기 쐑기는 쇄기. 다 됭기여.
> [청중 : (잔뜩 긴장하고 있다가) 폭소.]6)

이야기를 이어가는 형식담은 화자와 청자의 관련이 매우 중요한 구실을 하게 된다. 이야기꾼이 이야기를 하려고 비스르는 사이에 이야기를 듣는 이야기의 청자가 잔뜩 기대를 하고 있다가 결국 헛된 기대 때문에 웃음을 자아내는 것이 이러한 이야기의 주요한 특징을 이룬다. 이야기를 어떻게 하는가가 이 이야기의 핵심이다.

---

6) 박계홍·황인덕 채록, 김광웅화자, 《한국구비문학대계》 4-6, 656-657면.

먼저 짧은 이야기를 하나 하겠다고 하면서 뜸을 들이다가 청중의 흡인력을 유도한다. 청중이 집중하게 되면 엉뚱한 이야기를 하게 된다. 이이야기로 선발되는 것은 앞뒤가 닿지 않아도 그 자체로 웃음을 자아낸다. 이야기는 이야기, 속이기는 속이기라는 말을 구수한 사투리를 쓰면서 한 것이 바로 이 이야기의 요점이라고 하겠다.

이야기를 진득하게 기다리는 청중의 기대치를 무너뜨리고 사람들의 엉뚱한 기대를 한낱 웃음으로 바꾸어놓는 기대와 좌절, 긴장과 이완이 이러한 이야기의 요체이고, 말솜씨나 사람들의 흥미를 유발하는 것이 전적으로 이야기꾼의 작전이다. 이 작전이 잘 먹혀야 이야기꾼으로서 인정도 받고 결국 자신의 이야기로 사람들을 웃길 수도 있다.

2) 이야기 끝내기 위해 핑계거리삼아 하는, 이야기꾼 녀석들의 괴상한 짓

옛날이야기를 해준다고는 사람들을 꾀어 이목을 집중시킨 다음에 괴상한 짓을 일삼는 이상한 이야기꾼들이 있기도 하다. 이야기를 끝내는 특별한 짓인데, 나름 설득력도 있고 유쾌한 웃음을 주는 특별한 짓이기도 하다. 그런데 그러한 결말 방식이 일정한 유형을 이루고 있으며, 이야기와 이야기판의 생리 속에서 탄생한 것임을 알 수가 있다. 대체로 세 가지 유형으로 정리된다.

일단 이야기를 한다고 하면서 욕을 냅다 갈기면서 하는 유형이 있다. 이야기를 해준다고 졸리기 귀찮아서 하는 행위인데, 욕을 먹으려고 이야기를 청하지 않았으나, 이야기꾼이 이야기를 한다고 하면서 갑자기 상스러운 욕을 하면서 이야기를 끝내는 유형인 것이다. 욕이 무서워서 더 이상 이야기를 청하지도 않고 이야기보다 욕을 먹을 수 있기 때문에 조심하게 된다.

이야기를 해준다고 하면서 이상한 이야기를 한 끝에 무서움을 주는 유형이 존재한다. 가령 어느 특정한 곳에서 교통사고로 특정 차에 목숨을 잃은 여인이 귀신이 되어서 거듭 나타나게 된다. 다른 운전기사의 차를 빌려 탄 여인이 이야기를 듣는 자신을 지목하고 바로 네가 나를 차로 치여 죽였다고 하면서 이야기를 듣는 사람을 깜짝 놀라게 하는 유형의 이야기가 있다. 그러한 이야기의 결말 유형은 매우 오래된 전통 속에서 시대를 달리하면서 거듭 전승되는 것이다.

이야기를 해준다고 하면서 성을 버럭 내면서 이야기를 하지 않겠다고 하는 방식도 있다. 그 대신에 자신의 밑천은 이것밖에 없다고 하면서 자신의 성기를 내놓는다. 이야기가 과연 그러한 것인지 의문이 있으나 이러한 이야기 처리 방식은 마을의 사랑방에서 흔하게 있던 일임을 우리는 기억하게 된다. 이야기의 밑천도 없으니 자신의 밑천도 이것뿐이라고 하는 일정한 기능을 하고 있다.

남성들이 하는 짓과 여성들이 하는 짓이 조금은 다르고 남성들이 하는 짓은 사랑방에서 별난 짓을 한다면, 여성들은 깜짝 놀라게 하는 것으로 흔하게 정리된다. 남성들이 욕도 하고 성기도 꺼내놓는 것을 통해 곧 남성들이 이야기의 전통을 달리 해석한다고 하는 사실을 확인하게 된다. 여성들은 무서움을 유발하면서 이야기를 마친다. 이야기를 해서 설득력을 주면서 하는 이야기 결말 처리방식에서 놀라는 일을 하게 하는 것임을 알 수 있다.

옛날이야기를 마치기 위해서 이야기꾼들이 듣는 사람을 놀라게 하고, 욕을 하고, 성기를 꺼내놓는 것은 매우 희한한 일이다. 그러나 전통적으로 이야기가 살아 있을 때에 이야기를 두고 갖가지 재미있는 이야기를 하던 짓에서 이러한 전통적인 유형이 비롯되었음을 우리는 알 수가 있다. 사람이 모여 살고 가까이 얼굴을 대고 살던 시절에 이야기를 마치기 위해서 이러한 짓을 했을 것으로 보인다.

이야기를 하면서 이야기로 사람을 놀라게 하고 이야기로 별난 짓을 하는 것은 일종의 시대적 축복이었다고 하겠다. 사람은 항상 이야기 속에서 일상을 벗어나는 즐거움을 누리는 일을 했는데 이러한 일은 일상을 벗어나서 이야기를 마치는 별난 인식과 형상을 일종의 퍼포먼스로 하는 것이다. 진지한 것을 받아들이다가 갑자기 놀라서 폭소를 자아내는 것은 흔한 일이 아니다.

3) 이야기는 거짓말이라며 마치는 이야기

이야기 가운데 이야기의 성격을 규정하면서 이야기를 마무리하는 것이 있다. 이것이 곧 이른 바 이야기로 이야기를 마무리 짓는 각별한 방식이라고 하겠다. 이야기를 시작해서 보여주는 이야기의 성격을 먼저 말한다. 이야기의 성격을 결정하는 중요한 요인이 거짓말이라고 하는 것인데 다음의 이야기 두 편을 보기로 한다.

옛날에 사람이 [앞말을 고쳐서] 이백이(이야기)란 놈이 되백이(되)를 짊어지고 뒷동산을 비슥비슥 올라가이께네 꼭대기만 배가 조롱조롱 열었더래요. 말 없는 중우마리 안에다가 한거씩(많이) 따 가지고 귀틀 없는 청에다 두울 구분께나(굴리니까) 둥치 없는 모가지가 수두룩 하더래요.[7]

이야기가 되백이를 짊어지고 뒷동산을 올라가서 배가 열린 것을 보았는데 그것을 말기 없는 중의에다 많이 따서 귀틀없는 대청에다 굴리니 둥치 없는 모가지가 수두룩하다는 것이 요점이다. 모두가 꾸며낸 거짓말이다. 이야기가 되를 짊어지고 갈 수도 없으며, 말기 없는 중의나 귀틀 없는 청이나 둥치 없는 모가지나 있을 수 없는 것을 말한다. 핵심은

---

7) 정상박·성재옥·김현수, 이병현화자, 《한국구비문학대계》 8-4, 145~145.

이야기가 거짓말이라고 하는 사실이다.

이야기의 기본적인 성격은 거짓말이다. 그 거짓말을 우리는 하고 듣는다. 그러나 거짓말이지만 거짓말에 흥미를 느끼고 거짓말을 알아가는 참말이 있다. 거짓말을 참말로 듣고 그 속에서 깊은 뜻이 있는 것을 깨우치게 된다. 그것이 진정한 의미가 되는 점을 알 수가 있다. 이야기를 통해서 이야기를 정의하는 이상한 이야기가 이러한 이야기가 거짓말이라고 하는 것이다.

위의 이야기보다 더욱 분명한 의미를 가지고 있는 같은 유형의 이야기를 하나 보기로 한다. 이 이야기를 통해서 거짓말이 이야기이며, 이야기는 거짓말을 통해서 진정한 의미를 획득하는 것임을 깨우칠 수 있다. 거짓말이라고 하는 것이 직접 노출되는 이야기이다.

이박이(이야기) 또박이 질머지고 안동 산천을 떠억 올라가이, 기동(기둥)없는 집안에 문살 없는 문이 떠억 있는 기라. 달구지(다리) 없는 노리(노루)가 한 마리 풀썩 뛰어나오는데, 지게 작대기 갖고 잡았는 기라. 잡아서 지게가지 없는 지게에다 떡 징가갖고(지워서) 사람 없는 장에 가서 떠억 팔아 논게네 구멍 없는 돈[8]을 떡 받았어요. 받아가지고 두렁 없는 논을 떠억 사 놓고 물을 떡 대 놓았는 기라. 대 놓고 물 보러 가인께나 거짓말만 동동 떴더란다. [청중 : 웃음][9]

이루어질 수 없는 상황을 가정해서 이야기를 꾸며내는 것이 이야기의 핵심이다. 그런데 이러한 이야기가 매우 유형화되어 있음에 우리는 주목할 필요가 있다. 서두가 항상 이야기가 무엇을 업고 나서는 것으로 되어 있다. 가령 이가 아이를 업고 간다던지 아니면 이야기가 바구티를 업고

---

8) 구멍 없는 엽전은 있을 수 없는 것.
9) 정상박·김현수·성재옥, 우영자화자, 《한국구비문학대계》 8-11, 466~466.

간다던지 하는 상황이 바로 이러한 이야기의 근본적인 상황 설정이다. 경상남도에서는 이야기가 또박이를 짊어지고 있다고 해서 각별하다.

이렇게 운을 뗀 다음에는 현실적으로 불가능한 상황을 거듭 이어간다. 그런데 여기에서 우리는 은유적 언설의 사고를 만나게 된다. 곧 '○○이 없는 ○○'이라고 하는 수사법과도 같은 것을 거듭 늘어놓으면서 이야기를 이끌어간다. 결국 그러한 과정을 통하여 이야기는 거짓말이라고 하는 상황을 되게 하는 것을 볼 수가 있다.

한참 이야기를 늘어놓고 이어가는 과정에서 우리는 같은 유형의 말을 관용적으로 늘어놓으면서 사설시조와 만나는 것을 확인할 수도 있다. 이야기가 거짓말이라고 하는 설정이 결국 시의 수사적 언술과도 일치하게 되는 것을 알 수 있다. '그런데 의사를 찾아가는 도중 길에서 중과 고자가 싸움을 하고 있었습니다. 고자가 중의 상투를 쥐고, 중은 고자의 불알을 쥐고, 싸우는 것이었습니다.'라고 하는 이야기 한 대목이 있다.[10] 이러한 상황은 사설시조에서도 이어지고 있는 것이 확인된다.[11]

사람의 근본적인 언어에 대한 허구적 인식이 확대되면 이야기가 되고 이야기를 통해서 이야기의 허구성이 강조되는 것을 확인하게 된다. 이야기가 가지고 있는 근본적인 거짓말의 특징을 구현하는 것이 이 대목이라고 하겠다. 사람의 거짓말은 결국 사태의 본질을 이해하는데 매우 중요한 기능을 하는 것이고, 언어적 비유나 이야기의 허구성은 같은 특징을 가지게 된다. 게다가 이야기의 속성을 아는데 있어서 이처럼 절실한 것은 없으며, 불교적인 언어관과도 일맥상통하는 대목임을 알 수가 있다.

---

10) 임동권, 《한국의 민담》, 서문당, 1972.

11) '중놈은 승년의 머리털 잡고 승년은 중놈의 샹토 쥐고/ 두 쓰니 맛밋고 이왼고 져왼고 쟉쟈공이 쳔느듸 못 쇼경이 구슬 보니/ 어듸셔 귀머근 벙어리는 외다 올타 ᄒᆞ느니', 정병욱, 《시조문학사전》, 신구문화사, 1974, 447면.

이야기가 거짓말이라고 하면서 이야기를 마치는 이야기가 있으며 그 방식이 어디에서든 일정하게 관용구를 이룬다. '자루 없는 쇠스랑으로 그 보따리를 건져내어 펴보니 그 속에는 새빨간 거짓말만 달싹달싹'이라고 하거나, '죽은 노루는 팔딱팔딱 뛰면서 "이건 모두 거짓말이오"하고 외치기에 보니까, 정말 노루가 아니고 온통 거짓말이었다.'라고 하는 결말이 있다. 이야기가 거짓말이라고 하는 것을 강조하면서 이야기를 마치는 방식이다.

이와 다르게 이야기가 거짓말이지만 이야기와 현실을 연결시키면서 이야기가 현재의 지속적인 거짓말임을 강조하는 이야기도 있다. 이러한 이야기는 이야기를 맺는 방식에서도 주목을 요하는 것인데, 이러한 이야기의 본질이 거짓말임을 강조하면서 이어지는 것임을 새삼스러이 알 수가 있다. 이러한 이야기의 결말은 장차 깊게 연구되어야 할 것이지만 이러한 이야기를 하나 들어보면 이렇다.

그래서 그 어머니를 찾으러 가니까, 동네 사람들이 아 누구 아들 아버지 원수 갚아 가지고 호랑이 잡아 가지고 왔다고, 그냥 난리를 치고, 그 호랑이를 잡아 가지고 동네에서 큰~ 잔치를 했다가, 그냥 그걸 진자 엊그제께 죽었데요.[12]

그래서 그 사람덜 억그제깨장 살다가서 죽어서 생여 나갔어. [청중 : 그 어제 그 푸짐하던 그 생여구면?] [일동 : 크게 웃음] 그런디 밑빠진 병이다. 청주 한 병 놓구? [청중 : 웅.] 밑빠진 도실박이다. 인절미 한 도실박 놓구우 [청중 : 웅.] 그래각구서는 인저 다리 한 짝 없는 땅개비게다 실쿠서 가는디. 저 아랫집 가이가 들구[13] 짓어싸닝개 말여어? [청중 : 웃음]

---

12) 김광순, 아버지의 원수를 갚은 반쪽이, 《수원시 이의동지》, 수원시, 350-354면.
13) 그저, 마구.

아 인저 인절미루다 팽개를 치닝개 똥구녁이가 쪘어. 인절미가. [청중 :
크게 웃음] 그러닝깨, 아 집 쥔은 그걸 **빼먹을라구** 흐흐… 배지를 참 가이
꼬랑댕이를 작구 **뺑뺑뺑뺑뺑** 돌아댕겼싰데에? [일동 : 크게 웃음]14)

위의 두 대목은 전통적인 이야기 유형 가운데 하나인 「외쪽이」 유형의
결말을 보여주는 것이다. 앞의 것은 김광순이 구연한 것인데 비교적 간
단한 결말이다. 엊그제까지 잘 살다가 죽었다고 하는 것이 본질이다. 아
주 먼 이야기가 아니라 최근까지 이어진 거짓말임을 강조하는 것이라고
하겠다.

그와 다르게 뒤의 것은 임성호가 이야기한 것인데, 결말을 맺는 방식
이 아주 각별하다. 엊그제까지 살다가 주인공이 죽어서 상여를 매고 나
갔다고 하는 것이 요점이다. 그런데 이야기를 맺는 거짓말의 관용구가
덧붙어 있다. 이야기가 거짓말에 불과하다는 것을 거듭 강조하면서 한
바탕 웃음으로 이어지게 하는 것을 확인하게 된다. 분명히 이야기는 거
짓말임을 알 수가 있다.

밑 빠진 병에다 청주를 넣고, 밑 빠진 도실박에 인절미를 넣고, 인절
미를 다리 한 쪽 없는 땅개비에다 싣고, 개가 짖으므로 이를 인절미로
팽개를 쳐서 이것이 개 똥구멍에 끼어서 이것을 빼 먹으려고 개꼬리를
잡고서 잡으러다닌다고 하는 것이 결말이다. 이 결말이 현재진행형이고
사람들에게 웃음을 자아내게 하는 요인이고, 거짓말임을 알 수가 있다.

일반적인 이야기를 하면서 그 뒤에다 이어서 하는 점에서 전형적인
형식담의 형식을 벗어나고 있다. 이야기를 다하고서 일종의 뒷풀이 격
으로 이야기를 객관화하는 독자적인 방식인데, 이야기의 형식담으로 매
우 중요한 특징을 가지고 있다.

---

14) 박계홍, 《한국구비문학대계》 4-4 : 보령군 대천읍, 한국정신문화연구원, 1983, 99~106면.

이야기는 이야기일뿐이지만 이야기의 전반적인 특징을 생각하게 하고 이야기 속에서 빠져나와 이를 보여주는 것으로 객관화하는 방식이라고 하겠다. 이야기는 세 대목으로 나누어진다. 앞에서 쳐드는 것으로 시작하는 것을 말하고, 중간에는 본대목이고, 뒤에서는 뒷풀이를 하는 것이다.

4) 옛날이야기 이제 그만 끝

옛날이야기는 더 이상 할 수가 없다. 피곤하기도 하고 밑천이 떨어졌기 때문이다. 이것을 마치는 좋은 방법이 없을까? 앞의 경우처럼 고만이라고 해도 되지만 유쾌하게 마치는 방식이 필요하다. 그것이 곧 다음과 같은 말을 통해서 하는 것이다. 말꼬리 이어가기에다 얹어서 이야기를 마치는 것이다.

장서방 나무하러 가세 배가 아파 못가겠네 무슨 배 자라 배 무슨 자라 옥 자라 무슨 옥 솔 옥 무슨 솔 다박 솔 무슨 다박 천지 다박 무슨 천지 노고 천지 무슨 노고 질 노고 무슨 질 풀무질 무슨 풀무 골풀무 무슨 골 망건 골 무슨 망건 당 망건 무슨 당 서낭당 무슨 서낭 개 서낭 무슨 개 버들개 무슨 버들 칡버들 무슨 칡 방아칡 무슨 방아 물레방아 무슨 물 한강 물 무슨 한강 떼한강 무슨 떼 개미떼 무슨 개미 왕개미 무슨 왕 임금 앙 무슨 임금 우리임금 무슨 우리 발 우리 무슨 발 피 발 무슨 피 닭 피 무슨 닭 용닭 무슨 용 꾸리 용 무슨 꾸리 실꾸리 무슨 실 무명실 무슨 무명 장 무명 무슨 장 바리 장 무슨 바리 통바리 무슨 통 비지통 무슨 비지 콩비지 무슨 콩 새 콩 무슨 새 촉새 무슨 촉 물레 촉 무슨 물레 자물레 무슨 자 글자 자 무슨 글자 끝 글자 무슨 끝 이야기 끝[15]

---

15) 한상수, 《한국구연동화》, 앞선책, 1993, 96면.

이야기를 하면서 말을 이어가는 놀이는 아이들 사이에 아주 널리 행하던 관습이다. 말을 그치지 않고 이어가야 재미와 진정성을 얻을 수 있다. 말을 이어가자고 하는 끝에다 이야기의 끝을 덧보탰으므로 이야기가 끝나는 아쉬움을 없앴다. 이야기를 마치면서 이야기를 노래처럼 하게 된 것은 아주 각별한 일이다.

위에 말꼬리를 이어가는 대목은 이른 바 노래로 된 것이 아주 흔한 현상이다. 형식적으로 말꼬리를 이어가는 것이 노래로 발견되고 전국적으로 발견된다. 그러므로 이야기를 결말을 맺는 방식이 아주 각별한데, 이 각별한 방식이 결국 노래와 이야기의 어디엔가 머물고 있으면서 이따금씩 원용되면서 사용되고 있음이 확인된다.

그래도 무엇인가 아쉬움이 있다. 이야기가 이제 그만 끝이라고 하니. 이야기를 이렇게 급하게 마무리지어서는 안될 것 같다. 이야기를 마무리하는 방식이 새삼스러이 필요하다고 하겠다. 그 끝을 마무리하기 위해서 이야기를 아주 사납게 옹그라뜨리는 방식이 있다. 그렇게 해서 나온 것이 이야기를 더 이상 진행할 수 없도록 하는 것이다. 그렇게 하는데 이 이야기는 매우 긴요한 것이 된다.

> 옛날에 찌그락 빠그락이가 있었는데 그 집에는 감나무가 두 나무가 있어 감이 주룽주룽 열려서 하루는 올라가서 감을 따려고 했습니다. 그때 도둑놈이 들어와서 물건을 훔쳐 가려고 해서 찌그락 빠그락은 급히 뛰어 내리다가 찌그락은 찌그러지고 빠그락은 빠그라졌습니다.[16]

> 옛날 어느 깊은 산골에 초가집이 두 채 있었는데 앞집에는 옥순이네가 뒷집에는 쪅순이네가 살고 있었다. 어느 날 이곳에 비가 내리기 시작했다. 며칠 동안 쉬지 않고 비는 계속 내렸다. 그러자 옥순이네 집은 오그락

---

16) 임석재, 《한국구전설화》: 전라북도편II (임석재전집 8), 1990, 417면.

오그락하며 오그라지고 찍순이네 집은 찌그럭찌그럭하며 찌그러졌다.[17)]

어렸을 때부터 귀에 못이 박히도록 들었던 말이 있다. 항상 동생들과 다투고 있으면 맨날 너희들이 찌구락 짜구락 다투면, 결국 함께 망하는 길이니 화해하라고 하는 말이었으며, 또한 이야기의 결말에 관용적으로 사용되던 맺음말이기도 하다.

4. 넓게 알기

이가 아기를 업다

'이얘기'가 어서 나왔는고니, 이 어뜬 사람이 둘이 사는디 애기 볼 사람도 없고 방안에다 뉘여 놓고 인자 가서 밥을 허고 남자는 일허로 갔는디, 방안에서 애기가 울어 쌌그든.

아 그래서 인자 불 때놓고 애기 보듬으로 가 본께 애기가 없어. 눗든 자리가 없어. 본께 이가 애기를 업고 벼람박으로 기어 가드라. 그래서 이얘기라 했다 근다고. [청중: 웃음][18)]

---

17) 한상수, 위의 책, 97면.
18) 최덕원 조사, 백금문 구연, 《한국구비문학대계》 6-6, 한국정신문화연구원 어문연구
실, 1982, 312-312면.

제3부

이야기의 지역유형 발견

① '세상 물정 모르는 선비 이야기'의 유형적 특징과 의의

1. 머리말

비록 설화연구에서 고전적 주제이기는 해도 설화 연구의 인물론은 인물전설 뿐만 아니라, 인물의 근본적 성격을 논하는데 있어서 아주 효용성이 있는 주제이다. 설화의 인물론에서 요긴한 것은 인물의 능력 여하에 따라서 또는 인물의 능력 등급에 따라서 설화의 성격과 인물론이 구분될 수 있다는 점이다. 설화의 인물 등급이 높은 인물이 있는가 하면, 이와는 달리 인물의 능력이 모자라고 등급이 낮아서 남들에게 웃음을 전하는 인물이 있기도 하다. 그래서 설화의 인물이 신인, 진인, 이인, 범인, 바보 등으로 갈라진다.

인물의 능력에는 여러 가지가 있으므로 이것을 주목해야 한다. 등급이 낮은 인물은 바보와 같이 모자라는 인물이 있기도 하지만 가끔은 어리석은 인물 가운데 모자라는 인물이 글 읽는 선비여서 문제가 된다. 글읽는 선비를 주제로 삼아서 이야기하는 경우에 설화에서 일러주는 진실은 많이 안다고 세상을 잘 사는 것이 아니고, 세상의 경험이 중요하다고 하는 것을 말하는 경우가 있어서 설화의 인물론은 다시금 그 중요성을 일깨운다. 곧 선비가 책을 읽었다고 해서 전부가 아니라고 하는 점이다. 책을 읽어서 아는 것과 세상을 살아서 아는 경험 둘이 중요하고, 인식과 체험이 항상 일치하는 것은 아니라고 하는 진리이다.

그러므로 설화 연구에서 주체의 능력에 따라서 인물의 등급이 나누어
지는 것은 설화 주제의 보편적 유형론이자 진리이다. 예사사람보다 뛰
어난 능력을 가진 인물이 있는가 하면, 그렇지 못한 인물도 있어서 모자
란 능력을 가진 인물로 설화유형의 한 부분을 이룩하고 있다. 모자란 능
력을 가지고 있는 경우도 갖가지여서 일률적으로 논의하기 어려우나,
대체로 글을 읽는 선비 가운데 흐리멍텅한 인물이 있으므로 주목해야
마땅하다. 이들의 인물유형은 빼어난 능력을 가진 인물유형과 대척적인
국면에 있다.

요컨대 세상 물정 모르는 선비 이야기는 글 읽는 선비가 문리는 트였어
도 사리에 어둡다는 내용을 핵심적으로 갖추고 있다. 그런데 그러한 인물
의 성격이 대표적으로 특정 인물에 부과되어 있으니 조선 중기의 김백곡
(金栢谷)과 정역간(鄭易簡)이라는 인물이 그들이다.

이 가운데 가장 유명한 인물은 김백곡이다. 백곡(栢谷)은 호이고 득신
(得臣)이 이름이다. 김득신은 세상에 널리 알려져 있는 구전설화의 주인
공일 뿐만 아니라, 구전되는 설화가 문헌설화에 등재하기도 해서 구비
설화와 문헌설화의 양면에서 자취를 남겼고, 1910년대 이래의 국문으로
된 재담집 주인공으로 등장하기도 했다. 그러나 김득신과 유사한 행적
을 보인 정역간도 무심히 보아 넘길 수 없는 인물이다. 정역간은 조선
숙종 시대의 선비로 봉화군 물야면 오록리에 살았던 인물로 춘추라는
호를 가진 인물이다.[1]

세상 물정을 모른다고 하는 것과 글을 잘 읽는 인물이라고 하는 것은
서로 대척적인 위치에 놓여 있다. 경험이 많은 것과 책만을 읽는 것은
분명하게 다른 것이라고 할 수가 있다. 구전설화에서 민중들이 세상 물
정을 모르는 선비를 다루는 것은 이 때문에 소중한 것이고, 능력 정도의

---

1) 김원길, 《안동의 해학》, 현암사, 2002, 29면. 오록리는 풍산 김씨의 세거지이나 간혹
   정씨의 타성바지도 살았다고 소개되어 있으며, 대표적인 인물로 정역간을 들고 있다.

여하에 따라서 구분되는 문제라고 하기보다는 인식과 경험의 거리를 말하는 것이라고 하겠다. 인식과 경험의 차이는 단순한 것이 아니라, 세상물정을 알아서 처신을 하면서 자신의 경험과 일치시키며 문제의 실상을 인식하고 실천해야 한다는 생각을 드러낸다.

이 선비들의 유형에 대한 연구는 온전하게 이루어지지 않았다. 구전설화의 인물 유형론 가운데 뛰어난 인물인 이인과 유사한 선비에 대한 연구는 이루어진 적이 있다.[2] 하지만 이 인물들과 대립적인 위치에 있는 모자라는 인물에 관한 논의는 이루어진 바 없으며 설화 연구자들에게도 이 인물유형은 아예 주목되지 않았다. 그런 점에서 이 인물은 자료의 발견이라고 하는 점에서 소중한 연구의 가치와 의의가 있으며, 지식인의 자아성찰의 주제를 가진 이야기로서 설화 일반론으로 발전할 수 있는 의의를 갖는다고 생각한다.

선행 연구에서는 설화 분류를 통해 이 문제를 한 차례 다룬 바 있다. 그러나 본격적인 논의가 아니라 설화에 대한 유형분류의 성격이 있어서 온전한 것이라고 보기 어려운 실정이라고 하겠다. 《한국구비문학대계》의 한국설화 유형분류에서 이 인물들을 다음과 같은 인물형으로 분류한 바 있다.[3]

「242-9유형: ‘세상 물정 모르는 선비’ 유형」
「444-11: ‘정신없는 녀석’ 유형」

---

2) 조동일, 구전설화에 나타난 이인의 면모, 《한국설화와 민중의식》, 정음사, 1985. 이인은 선비로 도가와 불가의 풍모를 둘 다 가지고 있는 인물형이다. 그런데 같은 계통이면서 능력 때문에 오히려 세상의 물정을 모르는 인물이야기로 된 것이 있어서 이를 주목할 필요가 있다.

3) 조동일·이복규·강진옥·박순임,　《한국설화유형분류(1)》，　한국정신문화연구원, 1989.

  두 가지 인물유형은 상이한 인물의 성격을 갖추고 있는데도 동일하게 분류되어 있어, 일부 설화유형 분류에 있어서 심각한 문제가 제기된다. 242-9는 유형 명칭으로 본다면 '세상 물정 모르는 선비'이고, 444-1은 유형 명칭이 '정신없는 녀석 유형'이다. 그런데 두 인물의 유형이 온전하게 갈라지지 않는다. 그러므로 이들 인물의 복합적인 성격을 일부 인정하면서 이들의 상관성을 논하는 것이 필요하다고 생각한다. 본고에서는 정신없는 녀석에 가깝다고 생각하면서 동시에 세상 물정 모르는 선비 유형의 설화로 다루고자 한다. 정신없는 녀석과 일정 부분 겹치는 인물유형이라고 하겠다.

  다루고자 하는 인물유형은 두 가지 성격을 모두 가지고 있으므로 이들을 일관되게 분류하고자 하면 이 가운데 하나를 선택해야 한다. 그러나 분류의 근간이 복합적이고 이중 분류가 될 수도 있는 것이므로 이 인물유형에 관한 엄격한 분류의 논란을 문제 삼기보다는 세상 물정에도 어둡고 세상사는 태도가 미숙한 인물로 함께 묶어서 다루고자 한다. 동일한 인물이 이중적으로 분류가 이루어짐을 넘어서서 이 인물간의 공통점을 정리해서 일관된 논의를 하는 것으로 논제를 삼는 것이 적절하다고 생각한다. 그런 점에서 이를 흐리멍텅한 선비의 특성을 간추려서 세상 물정 모르는 선비라고 하는 것이 바람직하리라고 생각한다.

  이 인물 유형에 대한 논의는 연구된 적은 없지만 일찍이 이 인물에 대한 세간의 관심은 지속적으로 이루어진 바 있다. 특히 개화기 시대인 1910년대에 이 인물 유형에 대한 국문본의 출간이 이루어진 바 있어서 매우 소중한 단서이다. 해양어부가 「엉터리들」이라고 하는 재담집을 내면서 이 인물이 지니고 있는 의의를 한 차례 논의한 바 있다. 본격적인 논의는 아니지만 이 인물들의 중요성을 자각하고 재담집의 내용으로 삼으면서 남을 속여먹는 인물과 알음알이가 있어도 결국 아무짝에도 쓸모없는 헛된 지식을 가지고 있는 인물에 대한 비교론을 전개한 점에서 이 인물 유형의 착안은 일찍이 이루어진 셈이다. 그런 점에서 세상 물정 모르는 선비는 재담집의 주인공으로 소중하게 인식된 바 있다.[4]

문헌에 전하는 인물에 대한 것을 한 차례 정리한 것으로 김백곡의 특징을 논한 글도 있다.[5] 실제로 김백곡은 머리가 나빠서 여러 차례 글을 읽었다고 한다. 아둔해서 여러 번 글을 읽었다는 것을 「독수기(讀數記)」와 「고음병(苦吟病)」이란 글로 남긴 인물이다. 여러 차례로 글을 읽고 외우려고 했던 인물로 실제에 근거한 행적을 정리했다. 그러나 일화적 행적과 설화적 행적은 전혀 다른 것임을 알 수가 있다. 선비의 사실적 행적이 아니라 설화적 진실이 무엇인가 아는데 이 인물은 새삼스러이 논의를 할 가치가 있다.

그런데 이 인물유형에 대한 인식이 재담집으로만 있었던 것은 아니다. 다른 각도에서 본다면 이 인물유형은 구비전승과 문헌전승 자체로 오랜 동안 이어져 왔던 것임을 새삼스러이 확인하게 된다. 이 인물유형의 특징을 인정하면서 이 인물에 대한 논의를 체계적으로 할 필요가 있다고 생각한다. 그러한 논의를 위해서 이 인물유형을 착목하고 논의의 줄가리를 세우기 위한 방편으로 이 인물유형에 대한 논의를 시도하기로 한다.

---

4) 해양어부,《엉터리들》, 간행연도 미상. 네 명의 인물전설을 수록하고 있는데, 정수동, 봉이 김선달, 정만쇠, 김백곡 등이다. 이들 인물의 상호관계를 다루면서 면밀하게 비교론을 전개했다. 이 글의 핵심을 옮기면 다음과 같다. '저 네 사람이란 것은 정수동(鄭壽銅) 김봉이(金鳳伊) 정만쇠(鄭萬釗) 김백곡(金柏谷)이니 그네의 거즌 말 가튼 참일 그것은 이다음 원문으로 넘기고 예서는 그네의 인격상으로 나타난 그 자격만을 서로 대조하랴 한다. 김백곡 그 한사람은 다른 세 사람에 비하야 정반대의 인물이다 그 리유는 다른 세 사람은 텬연 그대로 된 사람이다 이 사람덜은 실재인 자체로써 세상에 나타낫스나 김백곡은 텬연으로 되지 못한 사람이다 헛것인 객체로써 세상을 살엇다 다시 말하면 백곡은 거즛으로써 산 사람이오'라고 해서 김백곡에 대한 인물 유형론을 일찍이 전개했다.

5) 정민,《미쳐야 미친다》, 푸른역사, 2004. 독서광의 본보기로 김백곡을 한 차례 다루었다. 전기적 사실에 대한 내력을 정리해서 도움이 되나, 문헌설화적 관점에서 다룰 특징이 있음이 다시 확인된다.

일단 이 인물유형의 자료를 두 명의 인물로 집약하고 이 인물들의 기발한 행적이 어떠한 의의가 있는지 살펴보기로 한다. 특히 이러한 인물에 해당하는 것이 곧 김득신과 정역간이라고 하는 인물이다. 두 인물은 실재했거나 실존했을 개연성이 있는 인물인데 인물전설로 남아 있으면서 인물의 행적이 웃음을 자아내는 특징이 있다. 이 인물들이 가지고 있는 유형적 특징과 설화인물론으로서의 의의를 논하는 것이 바람직한 결과를 얻을 수 있을 것으로 기대된다.

이 설화유형 전체에 대한 논의는 아니지만 이 인물유형에 대한 기본적인 문제의식을 담으면서 논의의 일반화를 꾀할 수 있다는 점에서 자료와 이론 양면에서 긴요한 의의를 가지고 있는 것이라고 생각한다. 자료의 전폭을 다루면서 이 인물유형에 대한 체계적인 언급을 하는 것이 이상적이겠으나 사정이 간단하지 않다. 필자가 현지 조사한 체험에 입각해서 이 인물을 발견한 것이므로 일단 이 대상에 대한 의미를 부여하고 논란하는 것이 바람직하다고 여겨서 두 인물만을 대상으로 한다.

2. '세상 물정 모르는 선비 이야기' 인물의 자료와 흐리멍텅한 행적

1) 흐리멍텅한 인물의 자료

이 인물유형의 자료는 다음과 같이 정리된다. 일단 두 인물의 자료를 문헌 자료와 구전 자료로 나누어서 정리하기로 한다.

人物 類型	形態	話題	探錄者	收錄文獻
栢谷 金得臣	구전설화	김백곡의 건망증	서대석	《한국구비문학대계4-3》, 635면
	구전설화	관상쟁이 김치와 건망증이 심한 아들 김득신	최래옥	《한국구비문학대계5-3》, 164면.
	국문채록	흐리멍텅 김백곡	海洋漁夫	《엉터리들》(한국정신문화 연구원 장서 029470.)
	한문채록	김백곡 김득신의 이야기	《溪鴨漫錄》	
	한문채록	김치의 아들 김백곡	《記聞叢話》	
春秋 鄭易簡	구전설화	春秋의 逸話	성균관대학교	《安東文化圈學術調查報告書》, 111-112면.
	구전설화	정역간 이야기	한국학대학원	1985년 10월 24일 안동현지조사 필자 채록

　인물 유형에 대한 공통점을 논하기에 앞서서 자료의 분포가 매우 특이한 면모를 지닌다. 두 인물은 공통된 사실을 지니고 있다. 행적이 일치한다는 점이다. 사실적인 행위에 일정하게 근거를 두고 있겠으나 이 인물들이 일정한 공통점을 지니게 된 것이 이 인물에 대한 내력을 두고서 성립된 구전설화적 유형론에 근거하는 점 때문임을 일정하게 인식해야 할 것으로 보인다. 전혀 다른 인물인데도 불구하고 허구성에 입각한 것이 아니라 인물의 행적이 일치한다고 하는 것은 이야기를 전하는 인물의 공통된 유형구조에 입각하여 전승된다는 뜻으로 이해해도 될 것이다.

　두 인물에 대한 이야기는 공통된다. 그 내용은 김득신과 정역간이 세상물정 모르는 선비 이야기로서의 뚜렷한 공통점을 지니고 있다. 두 인물에 관한 생애 내력은 나중에 밝히기로 하고 두 인물이 설화에 어떻게 등장하고 있는가 살펴보기로 한다. 김득신은 구전설화, 문헌설화, 재담집 등에 폭넓게 등장하는 인물이지만, 정역간은 오로지 구전설화에만 등장할 따름이다. 김득신은 문헌설화에서 다양한 면모를 가진 인물로 나타나는데, 때로는 시화의 주인공으로, 때로는 현자의 인물로 나타나기도 하지만 건망증이 있고 사리를 터득하지 못한 인물로 그려지고 있어 구전설화와의 일치점을 보인다.6) 이에 견주어서 정역간은 일관된 특징을 가지고 나타난다. 글은 읽었으나 사리에 꽉 막힌 인물이라는 사실이다.

김백곡 득신에 대한 행적은 건망증에 기초한다. 태생에서부터 흐리멍텅한 정신을 가진 사람이므로 아무리 글을 읽어도 결국 기억하지 못한다고 하는 것이 공통점이라고 하겠다. 그러한 인물이 가끔 엉뚱한 상황을 만나서 일정하게 웃음을 자아낸다. 세상사 처리에 미숙하고 자신보다 못한 하인에게서도 자신의 행적을 고칠 수 있는 계기를 부여받는다고 하는 것은 아주 특별한 행적이라고 하겠다. 그 점에서 김득신의 인물 내력이 구전, 국문기록, 문헌설화에서 공통된다고 하겠다.

이에 견주어서 정역간이라고 하는 인물은 오로지 구전으로만 전하는 인물인데 글을 읽은 선비이지만 행적이 막히고 세상 물정에 어두울 뿐만 아니라, 글을 전혀 알지 못하였지만, 진실한 체험을 통해서 마침내 식견을 얻었다는 점에서 김득신과 닮았으면서도 엉터리와 같은 행적을 보이고 있어 주목되는 인물유형이라고 하겠다. 구전설화에서 두 편의 자료가 선택되었음에도 불구하고, 인물의 행적은 놀랍게도 일치하는 자료임을 명백하게 알 수가 있다. 그런 점에서 일정 부분 서로 일치하는 자료이다.

---

6) 김백곡 득신은 본관이 안동(安東)이다. 자는 자공(子公)이고, 호 백곡(栢谷)·귀석산인(龜石山人). 음보(蔭補)로 참봉(參奉)이 되고, 1662년(현종 3) 증광문과(增廣文科)에 병과(丙科)로 급제, 가선대부(嘉善大夫)에 올라 안풍군(安豊君)으로 습봉(襲封)되었다. 후에 화적(火賊)에게 살해되었으며, 당시 시명(詩名)이 있었다. 저서에 《백곡집(栢谷集)》《종남총지(終南叢志)》 등이 있다.

2) 인물의 흐리멍텅한 행적과 내력

두 인물의 이야기는 여러 가지이지만 크게 보자면 인물의 출생과 그 인물들이 펼친 행적에 관한 이야기로 양분할 수 있다. 그것을 정리해서 논의하기로 한다. 김득신의 출생 과정을 밝혀주는 이야기가 있으며 김 득신의 능력이 어떠한 경로를 통해서 갖추어지게 되었는가 하는 점이 구전설화에 갖추어져 있다. 이에 견주어서 정역간의 출생 내력은 존재 하지 않는다.

김득신의 출생 내력은 두 가지이다. 첫째는 김득신이 신이하게 탄생 했다는 것이다. 김득신의 부친이 마포에서 벼슬살이를 하며 거주했는데 꿈에 용이 나타나서 자신이 승천할 수 있도록 '용'이라고 말해달라는 것 이었다. 김득신의 부친은 꿈에 부탁한 사실을 잊고 있다가 '네가 용이 냐?'라고 해서 겨우 용의 승천을 도왔으므로 자손을 둔하게 내렸으니 그 인물이 곧 김백곡이다.[7] 김백곡이 둔하고 정신이 없게 된 것은 출생 시 에 용의 승천을 온전히 돕지 않았기 때문이다.

그런데 이러한 이야기는 전혀 터무니없는 화소가 아니라, 호국룡의 승천을 돕는 김부대왕이야기의 승천담과 일정한 관련이 있다.[8] 용을 예 사로운 존재로 인정하지 말고 특별한 존재로 인정해야 용은 새로운 비 약을 하고 승천이 가능하다. 용이 꿈에 거듭 나타나서 김득신의 부친에 게 부탁했으나 '네가 용이냐?'라고 해서 신성한 존재에 관한 신성성 인 지 여부가 온전히 이루어지지 못했다. 그러한 결과 비상한 재주를 가진 존재가 탄생하지 못하고 모자란 인물이 탄생하게 되었다는 것이다. 결 국 부친의 잘못으로 모자라는 인물이 태어났다.

---

7) 서대석, 김백곡의 건망증, 《한국구비문학대계 4-3 (아산군편)》, 한국정신문화연구원, 1982, 635면.

8) 조동일, 《인물전설의 의미와 기능》, 영남대학교 민족문화연구소, 1978, 48-54면.

그러나 구전설화와 달리 실제로 전하는 김득신의 출생담은 전혀 다르게 되어 있다. 김백곡의 아버지 金緻가 꿈에 老子를 만나고서 잉태했으므로 노자의 유명인 老聃을 본떠서 아이의 이름을 夢聃으로 지어주었다고 했으며, 장차 크게 될 것을 기뻐하며 기대했는데 아이는 아주 정신없는 녀석이 되고 말았다고 한다.[9] 머리가 아주 나빴는데 아버지의 격려로 열심히 노력해서 새로운 일을 하는 것이 요점이라고 하겠다. 태몽과 관련되지만 구전과 문전에 이러한 차이가 있다.

김득신의 출생 내력 가운데 두 번째 것은 뛰어난 관상쟁이이면서 사주쟁이인 김치가 자신의 자식이 태어난 날의 사주를 보니 훌륭한 문장가가 태어날 것으로 점쳤으나 아이가 태어나자마자 병이 들어 죽었다. 그런데 홍수가 나서 죽은 아이가 물에 떠내려 가다가 살아났지만, 그 덕분으로 백치가 되었다고 하는 것이다. 예정된 사주팔자를 어기고 모자라는 사람이 된 것이다. 흔히 뛰어난 사주쟁이의 망한 내력으로 아이의 탄생과 관련이 있으니 이도 모자라는 인물을 실현하는 예증으로 일정한 구실을 하게 된다.

이러한 인물은 출생 자체에서 능력 손실이 있게 되는데, 그것은 병 때문이다. 사주가 좋아도 병에 걸려서 되살아나 그 아이가 온전한 능력을 발휘하지 못하고 능력 자체를 손상당한다고 하는 것이 그것이다. 후천적 환경 속에서 선천적 능력이 훼손당한 것으로 보고 있다. 그런 점에서 이 문헌에 전하는 것은 서로 판이하게 다르다.

문헌에 전하는 김득신의 출생 내력은 두 가지 모두 김득신이 왜 모자라게 되었는가 하는 것을 보여주는 공통점이 있으나 전혀 다른 각도에서 해명한다. 하나는 부친의 잘못으로 생득적으로 모자람을 갖추게 되었다고 하는 것이고, 다른 하나는 후천적으로 병을 앓아서 백치가 되었

---

9) 정민, 위의 책.

다고 하는 것이다. 어느 쪽이든 김득신이 모자라게 된 사연을 밝히는 것
이므로 흥미롭다.

이에 견주어서 정역간이라고 하는 선비의 출생담은 존재하지 않는다.
다만 중간의 일화와 같은 행적만 전하고 있어서 정역간의 설화 내용이
특정하게 핵심만 전하고 있는 것임을 알 수가 있다. 모자라게 된 사정은
자세하게 전하지 않고 모자란 행적만이 전할 뿐이다. 대체로 정역간의
설화는 선비 집안에서 태어나서 엉뚱하게 글을 읽고 살아야 하는 처지
임을 전하고 있다고 하겠다. 시골의 이름 없는 선비로 살면서 웃음거리
가 될 만한 인물이었으므로 출생과 관계없이 그의 행적이 전하고 있는
것으로 생각된다.

김득신과 정역간이 보여준 행적은 대체로 일치하고 자신만의 글 솜씨
나 글에서 익힌 이치가 현실 속의 삶에서 어긋나 곤욕을 치르는 것이 문
제가 된다. 김득신과 정역간의 행적은 글하는 선비라는 점에서 문제가
되지, 선비가 아니었다면 완전히 천치 바보가 된다는 점에서 차별화되
는 측면이 있다. 이들의 주요 행적을 정리해서 다루어 보기로 한다.

　(가) 격심한 건망증
　(나) 논두렁 막기
　(다) 가족관계 새삼스럽게 확인하기
　(라) 망제 지내기
　(마) 세상물정 어둡기
　(바) 과거 실패하기
　(사) 시 대구 짓기

(가) 격심한 건망증은 김득신에게 많이 나타나는 일이다. 건망증이 심
한 것은 몇 만 번을 읽는 것과 짝이 되어서 김득신의 모자라는 면을 부

각시키는 것으로 나타나는 화소이다. 정역간에게는 그러한 일이 없다. 김득신은 책 한 권을 거듭 만 번이나 다 읽고서 글을 지었으며 지은 글을 또 천 번씩이나 퇴고를 했다. 그런데도 불구하고 온전히 기억하지 못해서 자신보다 지체가 낮은 마부나 하인에게 그 구절을 듣고 김득신이 탄복해 마지않았다고 하는 것을 설화가 말해준다. 김득신이 지은 「古文三十六首讀數記」에서 36편의 글을 만 번 이상 읽은 행적을 적어놓은 사실이 있다.

김득신의 이러한 면모는 비단 그에게만 해당되지 않는다. 우리네 일상생활에서도 건망증이 발휘되면 알고 있던 것도 모르게 되고 때로는 전혀 새롭게 알게된 사실인 마냥 다가오기도 한다. 무엇이 진실인가 하는 의문이 김득신의 행적에서 확인된다. 김득신이 조금 지나치다고 할 수 있을 따름이고 문자를 아는 것이 부질없는 일처럼 보일 수도 있는 것은 보고 아는 것보다 들어서 아는 것이 훨씬 가치로운 일이기 때문이다.

김득신의 건망증에 관한 이야기가 「엉터리들」의 재담집에도 전하고 있다. 이 이야기 가운데 하나를 옮겨 보면 김득신의 건망증이 어떠한 것인지 실감할 수가 있다.[10]

마상에 봉한식 「馬上逢寒食」

김백곡이 글을 읽으면 책 한 권에 대하야 만 번식을 읽고 글을 지으면 글자 한자에 대하야 천 번식을 단련하는 성실로서 어느 째는 만 번이나 읽은 글을 깜아케 이저 버리기를 잘 한다 한식날 말을 타고 길을 가며 글자 하나에 천 번 식을 단련하야 글 한 싹을 지엿는데 그 글 싹을 아모리 채우랴고 애를 써야 채워 즈지가 안어서 고민하는 소리가 부지중에 입 밧그로 여러 번 나왓다.

---

10)《엉터리들》, 김백곡편.

말 몰고 가던 마부가 백곡의 고민하는 소리를 듯고「무엇을 그리심니까」뭇는다 백곡은「글 한 싹을 지여 노코 그 글 싹을 못 채워서 그린다」대답하니 마부는「무슨 글싹임니까」뭇는다 백곡은「무슨 글싹이면 네가 알겟느냐」고 비우스며「마상에 봉한다」이라 대답하니 마부는 백곡의 말 ᄯ치 써러 지자마자「도중에 속모춘『途中屬暮春』이라지요」얼는 대답한다 백곡은 마부의 민첩한 시재에 탄복하기를 마지 엇다

그런데 김백곡이 부르고 마부가 화답한 글은 당(唐)나라 사람 송지문(宋之問)의 시로서 그 당시 초학자(初學者)덜의 처음 배우는 글 귀임으로 말 배우는 어린 아히 까지도 입에 익은 글귀이다 그런데 김백곡은 이 째에 그 글이 고시(古詩)싹임을 이저 바리고 자긔의 창작으로 안 것이다.

말 위에서 한식을 만났다는 일화이다. 말을 모는 구종배가 김백곡이 외우던 이야기를 듣고서 잊어버린 나머지를 채워서 들려준 이야기로 김백곡이 구종배의 외운 것에 감탄하는 이야기인데, 이야기의 내력이 여러 차례 변이되어서 전승된다. 실제로 전하는 이야기에서는 구종배에게 절을 하고 김득신이 구종배가 되겠다고 하는 것으로 결말의 변이가 생긴 것이 요점이라고 하겠다.[11] 그것은 사실에 근거한 것이라고 하기보다는 인물을 바라보는 민중의 의식을 말하는 것일 수 있다. 구종배보다 못하다는 것이 아니라 구종배도 능히 할 수 있는 일을 하지 못하는 것이 요점이다. 결말에서의 변이는 그렇게 해서 생긴 것이다.

(나) 논두렁 막기는 김득신과 정역간 모두에게 나타나는 이야기이다. 김득신의 논두렁 막기는 《溪鴨漫錄》에 전해질 따름이고 구전에서는 확인되지 않는다. 김득신의 부친이 김득신에게 논의 논두렁에 물이 새는

---

11) 정민, 위의 책, 일화 3으로 전하는 대목이다.

데 이 구멍을 흙으로 막으라고 했다. 김득신이 논두렁 안쪽에서 막지 않고 밖에서 막으니 막을 수가 없었다. 그래서 부친이 이 사실을 두고 글을 지으라고 하니 '欲防其流 先塞其源'이라고 해서 문장은 뛰어났으나 사리에 어두웠음을 말하고 있다.

정역간 역시 논두렁에 물을 보러 갔다가 김득신과 같이 해서 도저히 논두렁에 새는 물을 막을 수 없었다. 마침 이웃 머슴이 그 사실을 보고 논두렁 안에서 흙을 막아서 물이 새는 것을 막을 수 있었다. 정역간은 이 사실을 신통하게 여겨서 「防水記」을 지었으니 '欲防其水 防其源 乃防其水'라고 글을 지었다.

김득신과 정역간의 논두렁 막기는 문리와 사리가 얼마나 다른가 보여주는 일화이다. 문장이 글자만을 따라서 구성된다면 문리는 충족해도 사태의 이치를 갖추지 않으면 아무 쓸모가 없게 된다. 일의 단순한 묘리를 이웃집 머슴에게 배우는 정역간의 일화는 훨씬 교훈적이고 가치가 있는 것으로 판단된다.

(다) 역시 (나)와 연결되어 있으나, 지나친 글읽기가 엉뚱한 실수로 이어지는 것을 다룬 이야기이다. 이러한 이야기는 정역간에게 발견되지 않고 오히려 김득신에게 흔히 발견된다. 김득신이 자기의 집에서 출발해서 다시 돌아와서 자신의 아내와 내외를 하거나 남녀유별한 법례를 내세워서 웃음을 자아내기도 한다. 이치만을 글로 알아서 생기는 윤리의 문제를 다루고 있다.

김득신의 가족관계 확인하기로 「아들과 어미에게 대한 자기」라는 설화이다. 김득신이 자기와 자기 아내를 생각하다가 아들의 어머니인 아내와 산 것은 망발이었다고 생각하고, 자신의 잘못이 너무 커서 문밖의 출입을 삼가고 당질과 상의한 결과 마침내 곡기를 끊고 '죽으리라'고 결단을 내렸다. 집안사람이 모두 경황이 없었는데, 당질이 다시 와서 '伯魚의 어머니가 공자와 어떠한 관계인가?'라고 묻자 김득신이 퍼뜩 자신의 잘못을 깨닫게 되었다는 것이다.

김득신은 글자로 사물의 이치와 세상의 묘리를 깨우쳤기에 실제에 취약한 관념론자임을 일깨우는 일화이다. 세상살이의 공연한 의심을 내서 다양한 역동적 관계를 깨우치지 못하고 오로지 글에만 매달려 있는 김득신의 행적을 비판적으로 바라보고 있다. 공자의 행적을 들먹이자, 자신의 의문이 기우였음을 안다고 하는 것이다. 이 이야기를 통해 글만 아는 선비가 얼마나 허망한지를 알게 한다.

(라) 망제 지내기는 정역간의 이야기에서만 발견된다. 정역간이 제사를 앞두고 선친이 물고기를 좋아했으므로 물고기를 잡을 요량으로 냇가에 갔다. 맨손으로 잡힐 듯한 물고기가 잡히지 않아서 이 물고기를 잡으려다가 바라리(海底里)까지 이르렀다. 밤이 저물어서 친구인 김참판 집에 들어갔다가 그곳에서 망제를 지내게 되었다. 김참판은 친구의 부탁으로 제상을 진설했는데, 정역간이 보이지 않았다. 새벽이 되어 돌아온 정역간은 도포없이 제사를 지낼수 없어 도포를 가지러 집에 갔다온 것이다. 그러면서 정역간은 제사상에 편이 없음을 탄식했다.

망제를 지내기로 해놓고 도포를 가지러 집에 갔다가 오는 것은 납득할 수 없는 처사이다. 게다가 망제임에도 불구하고 온갖 격식을 차리라고 하고 떡이 없다고 아쉬워하는 것은 정말로 웃기는 일이다. 아는 것에 비해 행동하는 것이 한결 어리석음을 드러내는 일화라 할 수 있다.

제사가 긴요한 일이기는 해도 정역간의 행위는 도무지 앞뒤가 맞지 않다. 책에만 매달려 살았으니 세상일을 어떻게 해야 하나 아득하기만 하고 일의 조리를 잡을 줄 모르는 면이 망제의 사례에서 쉽사리 드러난다. 그래도 안목은 있어서 정역간이 제사상에 편을 올려야 한다는 관념을 버리지 못하고 있다.

(마) 세상물정 어둡기에서는 장터에 가는 사람에게 무엇을 부탁하는 내용으로 이와 같은 이야기는 두 인물에게서 공통적으로 발견된다. 김득신과 정역간이 제수를 장만하거나 며느리가 짠 무명을 팔기 위해서 생판 모르게 지나가는 사람에게 돈을 주거나 무명을 맡기는 데서 일의 사단이 생긴다. 천진난만하게 장에 가는 사람에게 제수 흥정을 하라고 돈을 주는 김득신이나 장터에 무명을 가지고 가서 공손하게 인사하는 젊은이에게 무명을 주는 것은 세상물정에 어리석은 두 인물의 면모를 밝혀준다. 부탁을 받고 장에 간 인물이 돌아올 리 만무한 것은 당연하다.

두 인물에 관한 어리석음의 강조는 세상물정에 어두운 것을 강조하기도 하고, 오히려 순진한 그들의 성품도 아울러 드러내고자 하는 속뜻도 있다. 인물이 되바라져서 영악한 인물도 있으나, 그와는 다르게 세상물정을 몰라 순진한 모습과 이로 인해 사리분별이 어두운 모습인 그 양자를 입체적으로 바라볼 수 있다. 그러나 이 인물 이야기의 진실은 사리에 어두운 인물은 당해도 싸다는 생각이 깃들어져 있다.

(바) 과거에 실패하기는 정역간이야기에만 전승된다. (가)에서 (마)까지는 이러한 인물의 부정적인 면이 강조되어 있으나, (바)에서는 참다운 면이 무엇인가 알아차리게 하는 내용도 일부 전승된다. 흔히 조선후기의 구비전승되는 숙종대왕 미복담유형과 상통하는 이야기이다. 그런데 내용 설정 자체가 뒤바뀌어 있다. 정역간이 친구들과 서울에 과거하러 왔다가 구경을 하게 되었는데 친구늘이 창녁궁을 속여서 부자집이라고 했다. 정역간이 이곳에 들어가서 서실을 보니 자신이 그렇게 읽고 싶었던 「春秋左氏傳」이 있었다. 이것을 소리 내서 읽자 마침 숙종이 이를 발견하고, 평민인 체하고 문답을 주고받는다.

정역간과 숙종 사이에 오고간 문답 가운데 시의 내용도 일부 전하고 있어서 시를 정리하면 다음과 같다.

肅宗 : 路草蟲聲濕	풀잎에 이슬 내리니 벌레소리 촉촉하고
易簡 : 風枝鳥夢危	가지 끝에 바람 불어 새 꿈이 위태롭구나
肅宗 : 一朵西施顏	한 떨기 꽃은 서시의 얼굴 같고
易簡 : 七竅比干心	일곱 구멍은 비간의 마음이라

숙종과 역간의 문대와 대시에서 숙종은 역간의 민첩한 대구를 보고서 南人 한 사람 얻은 것을 기뻐하였다. 그래서 숙종은 과장에서 시답지로 쓸 定草紙를 한 권 주고서 반드시 이곳에다 시지를 쓸 것을 권했다. 그러나 그 시지에다 친구들의 농간으로 답을 적어준 채 그 정초지를 양보해서 정역간은 과거에 참방하지 못한다. 정초지에 적어준 시는 다음과 같이 되어 있다.

試題 : 不踐石
秋風吹而過赤壁   가을 바람 불어서 적벽을 지나가고
聽水落而停步   물 떨어지는 소리 듣고 걸음을 멈춘다.
詔女媧而補天   여와를 명해서 하늘을 깁고
仰蒼蒼而頭載   푸른 하늘을 우러러서 머리를 실었네

숙종이 정역간을 불러서 사연을 듣고 정역간에게 "그대는 벼슬살이에 합당치 못하니 돌아가 글만 읽으라"고 명했다고 한다. 김득신의 처지와 다르게 정역간은 과거를 본 사실이 드러나 있고, 김득신은 좋은 가문 출신이어서 그 가문을 빛낸 후광을 입어서 벼슬살이에 지장이 없었던 듯하다. 정역간의 과거 실패하기는 세상물정에 어두운 정역간의 면모를 한층 더 절실하게 보여준다. 마음만 바르고 글만 읽었지 세상의 형편을 도무지 모르니 조롱거리만 된다.

(사)에서 보이는 시 대구 짓기는 김득신에게 많이 등장하는 삽화이다.

김득신은 그의 탄생 내력에 암시되어 있듯이 문호로서의 기색이 뚜렷하므로 그의 일화에 시에 관련된 이야기가 흔하다. 김득신이 萬讀하고 천 번 단련해서 얻은 한시 한 편을 들어보자.

驢背春眠足	나귀 등에서 봄 잠이 들어서
靑山夢裏行	산속을 꿈속에 가다가
覺來知雨過	깨고 나니 비가 지나간 것을
溪水有新聲	시냇물 소리를 듣고 알았네

김득신은 꼼꼼한 시상의 전개가 돋보이고 唐律을 모방한 시가 장기였다고 할 수 있다. 그러나 김득신의 한시가 이러한 것만 있지 않았다. 그가 애써서 채운 대구가 있다.

假僧樹折軒迎月 가죽나무 꺾어지니 마루가 달을 맞이한다.
眞婦蔬香頰知春 참미나리 향기로우니 입안에서 봄인 것을 깨닫겠다.

김득신이 간신히 대구를 채우고 기뻐하면서 이 시를 당질에게 보여주었다. 그러자 당질이 이를 신랄하게 비판하면서 어찌 僧과 婦를 대구할 수 있느냐고 하면서 중과 며느리를 대구한 것은 망발이라고 꾸짖었다. 그래서 김득신은 당질에게 밍발푸리를 하지 않을 수 없는 딱한 처지가 된다. 김득신의 유려한 시상보다는 이 시에서는 음차와 훈차를 가리지 않는 육담풍월과 같은 수준을 보여준다. 이러한 현상은 김득신 일화에 두드러져 나타난다. 김득신의 어전스럽고 답답하고 우스꽝스러운 면모가 희작시와 연결된다는 사실은 주목될 만한 일이다.

두 인물의 이야기를 정리해서 보이면 다음과 같은 요소로 되어 있음이 확인된다. 이를 일대기의 형식으로 정리하면서 보이면 다음과 같다.

인물의 이야기	세부적인 삽화	김득신	정역간
인물의 출생담	용의 승천 부탁 까먹은 이야기	+	-
	죽었다 살아나기	+	-
인물의 행적담	격심한 건망증	+	
	논두렁 막기	+	+(방수기)
	가족관계 새삼스럽게 확인하기	+	-
	망제(望祭) 지내기	-	+
	세상 물정 어둡기	+	+
	과거 실패하기	-	+
	시 대구 짓기	+	-

위의 서사단락을 정리해서 보면 결국 온전한 이야기로 출생과 행적이 전하는 것은 김득신이며, 정역간은 온전하게 전해지고 있지 않음이 확인된다. 두 인물의 행적이 뚜렷하게 일치하는 것은 논두렁 막기와 세상 물정 어둡기라고 하는 것이다. 나머지는 서로 일치하지 않는다.

인물전설에서 발견되는 공통점을 어느 정도 확인하게 된다. 인물전설의 주된 특징은 삽화적인 전개가 특징이고, 인물전설에서는 삽화적 전개가 보편적인 것을 알 수가 있다. 훌륭한 인물의 행적을 체계적으로 전달하는 성자전 hagiography의 양상과 전혀 다르다고 하겠다. 성자전은 일반적으로 일대기가 단편적이기는 해도 어느 정도 구성되는데 그것과 전혀 다르다.

이 인물의 전설적인 삽화가 전하는 진실은 세상 물정 어두운 인물에 대한 내력을 전하고 있다는 점이다. 결국 인물의 흐리멍텅한 면모가 이야기를 전하는 쪽에서는 전혀 다르게 인식된다. 선비가 글을 읽고 처신하는 것이 보기에 훌륭한 것이 아니다. 달리 본다면 세상의 경험과는 무관하게 다소 엉뚱하게 보이고 게다가 누구나 경험적으로 알고 있는 일을 전혀 모르고 있어서 사리에 막힌 인물로 비처지기 일쑤이다. 그런 점에서 이야기를 전하는 쪽에서는 긍정적인 인물로 보지 않고 부정적인

인물로 평가한다. 이 때문에 웃음을 자아내는 인물로 말하고 있는 점을
확인하게 된다.

3. 세상 물정 모르는 선비 이야기의 설화적 특징과 의의

두 인물의 이야기는 명백하게 인물전설이다. 김득신 전설은 비교적
광범위한 지역에서 채록되고 문헌설화에도 등장하고 재담집으로 간행
된 바 있어서 주목된다. 이에 반해서 정역간 전설은 안동 일대에 전승되
고 채집되는 이야기이다. 정역간은 수수께끼 같은 인물이나 조선시대
숙종 때에 봉화군 물야면 오록리에 살았던 선비이고 호는 춘추(春秋)라
고 전할 따름이다. 정역간 인물전설은 1960년대 채록된 것과 1985년에
채록한 것 두 가지가 있으니 전하는 내용 역시 거의 다름이 없다고 할
수 있다. 정역간이라는 선비의 이름을 이간으로 읽어야 하나, 1984년
태화당 경로당에서 채록한 전례에 따르면 정역간이라 이름했으므로 그
이름을 따르기로 한다.[12]

두 인물의 전설이 갖는 핵심은 두 가지이다. 선비가 과연 글만 읽어서
모든 사물이나 사리에 통달했는가 하는 판단을 뒤집어 보게 한다. 김득
신과 정역간은 글을 많이 읽었어도 세상사에 어두운 엉터리임이 판명되
었다. 글 속에서 깨닫는 문자의 이치가 삶의 이치가 될 수 없다는 명확
한 주제로 드러난다. 다른 하나는 이들에게 삶의 미립이나 이치를 가르
치는 인물은 글을 읽지 않은 지체 낮은 인물이 대부분이라는 점에서 글
만 아는 것보다 삶의 일을 아는 것이 긴요하다는 것을 깨우치게 한다.

---

12) 《周易》「繫辭傳上」에 易簡이라는 말이 나온다. 易則易知 簡則易從 易知則有親 易從則
  有功이라는 데서 유래한 이름으로 추정된다. 정역간이 허구적 인물일 가능성도 있으며,
  그렇다면 이름은 역설적이다.

선비들의 굳어진 세계를 격파할 수 있는 것은 삶의 체험에서 우러난 진리이다. 일상의 진리에 천착하지 않고 문자의 이치에 사로잡힌 엉뚱하고도 흐리멍텅한 선비들의 관념세계를 우스꽝스럽게 바라보는 즐거운 웃음이 있다. 그 웃음은 설화의 천진난만한 인물관에서 비롯되므로 비극적으로 구현되지 않고 오히려 여유롭게 바라보는 것이 특징이다. 김득신과 정역간이라는 인물만 선발되었다기보다는 많은 선비 가운데 다양한 인물이야기가 있었을 것인데 그것이 흩어지고 오로지 김득신과 정역간 인물전설에 집중되었으리라 추정된다.

두 인물의 이야기는 동일한 유형의 인물 이야기를 새롭게 연구해야 할 사실에 대한 시사점을 준다고 하겠다. 일단 1910년대 재담집인《엉터리들》이라고 하는 책에서 했던 말이 중요한 시사점이라고 할 수 있겠다. 인물의 유형론에 대한 진실을 담고 있는 견해이므로 일정 부분을 인용하고 논의를 해야 할 것으로 보인다. 이 인물에 대한 비교론은 설화의 인물유형론을 구조적이고 체계적으로 연구해야 하는 착안을 제기하고 있는 점에서 매우 소중한 기여를 할 수 있다고 하겠다.[13]

세상에는 참과 거짓이란 것이 잇서서 사람의 일에도 참과 거짓이 부터 단이고 사람의 말에도 참과 거짓이 무더 단인다 참과 거즛? 무엇이든지 텬연으로 된 것을 참이라 할 것이오 텬연으로 되지 안은 것을 거즛이라 할 것이다 말하자면 참은 자체이며 거즛은 객체임으로 참은 자체인 실재이고 거즛은 객체인 헛것이다 (중략) 이러한 가온대서 사람이란 것은 참일 가튼 것즛말도 하는 물건이오 거즛말 가튼 참일도 하는 물건이다 (중략) 저 네 사람이란 것은 정수동(鄭壽銅) 김봉이(金鳳伊) 정만쇠(鄭萬釗) 김백곡(金柏谷)이니 그네의 거즌 말 가튼 참일 그것은 이 다음 원문으로 넘기고 예서는 그네의 인격상으로 나타난 그 자격만을 서로 대조하랴 한

---

13) 해양어부,《엉터리들》, 서문.

다 김백곡 그 한사람은 다른 세 사람에 비하야 정반대의 인물이다

　인용한 대목에서 참과 거짓에 관한 일반적 전제를 말하고, 사람은 허구적 진실성을 추구하는 존재이기도 하고, 사실적 허구성을 말하는 존재임을 이어서 논하고 있으며, 그러한 사례로 인물전설의 사례를 논하고 있다고 하겠다. 이 비교론은 설화 일반의 속성을 논하면서도 동시에 인물간의 상호관계를 논하는 근거로서 적실하게 활용할 수 있는 것이다. 참과 거짓의 경계가 모호하고 이 경계를 상정하고 논하는 것은 상호관계적이라고 하는 전제이다. 거짓이 강조되면서 여기에 참뜻이 있다고 하는 인물이 있는가 하면 거짓말 같은 참을 가지고 있는 인물도 있는 것이다.
　설화 분류론의 일반적 전제로서 이 인물에 대한 이야기는 매우 이질적이어서 한 자리에서 논할 수 없다. 가령 설화의 일반적 분류로는 지략담(智略譚)이나 치우담(癡愚譚)으로 될 인물비교론을 참과 거짓을 들어서 이렇게 논의하고 나니 정확하게 내용이 무엇인지 다시금 생각하게 된다. 김백곡과 같은 인물은 세상 물정에 어두운 막힌 식견의 소유자이지만, 전혀 배우지 않고 저자거리를 돌아다니면서 자신의 이득을 챙기는 인물과 다른 속성을 지니고 있다. 해양어부가 이를 착안해서 허구적 진실성과 사실적 허구성을 비교하면서 전하려고 하는 것은 이야기의 참된 가치이다.
　일단 이 인물에 대한 특정한 위치를 가늠하고 새삼스러이 인물유형론으로 재론해야 할 사정이 명확해졌다. 설화인물유형에 관한 일반적인 전제는 인물의 능력 여하에 따라서 구분해야 하는 것인데, 그러한 인물유형론이 온전한 것이 아님을 알 수가 있다. 분류론의 이상과 인물유형론의 실상은 전혀 다른 각도에서 문제가 될 수 있다고 생각한다. 그러한 점에서 '세상 물정 어두운 선비'는 자료의 폭넓은 분포와 특징을 지니고

있다는 점에서 매우 특별한 면모를 가지고 있는 자료라고 생각한다.

이야기를 하고 들으면서 향유하는 사람들에게 학자들이 분류하는 설화인물유형과 다른 진실의 추구가 있음이 확인된다. 선비는 조선시대의 이상적인 인물이었다. 그러나 책을 읽으면서 엉터리짓을 하거나 지식에만 사로잡혀서 사리를 따지지 못하는 인물을 그려서 풍자적 웃음을 추구하는 것으로 이러한 인물들을 문제삼았다. 그런 점에서 이 인물들에 대한 웃음의 본질이 무엇인지 거듭 생각하게 한다.

시대에 적응하지 못한 낡은 지식인의 반성적 추구로서 민중은 이 인물을 반추하고 있는 셈이다. 미천한 인물이 사태를 알아차리고 새로이 잇속을 챙기는 시대의 전환을 알리는 설화유형론적 지각변동이 일어났다. 그것이 곧 근대적인 인간상을 대변하는 주변부 인물인데, 건달형 인물이 이들이다. 해양어부는 이 둘을 연결하면서 시대적 전환을 예감했으며 이를 책으로《엉터리들》이라고 하는 책을 냈다.

두 유형의 인물에게서 시대적 전환과 변화를 알아낼 수 있었다. 김백곡과 정역간은 중세의 막바지 인물이고 웃음을 자아내는 시대적 의의를 가진다면, 정수동과 김봉이와 정만쇠는 근대로의 편입을 눈앞에 두고 시대의 한계를 이용하여 저자거리를 방황하면서 시민으로서의 삶을 추구하는 새로운 인물이다.14) 그런 점에서 두 인물은 대조적인 속성을 지니고 있다. 중세의 해체와 근대의 수립이라는 시대적인 의의를 이 설화의 인물유형론에서 찾아낼 수 있으므로 매우 소중한 것이라고 하겠다.

설화연구의 고전적인 주제인 인물유형론이 새로운 논의의 시각으로 접근이 가능하다. 그것은 자료의 발견과 밀접한 관련이 있다. 이 글에서 자료를 발굴하고 인물의 유형에 착안하면서 매우 유용한 논의를 할 수

---

14) 최원식, 봉이형 건달의 문학사적 의의,《한국근대소설사론》, 창작과 비평사, 1986.
   김헌선, 건달형 인물이야기의 존재 양상과 의미,《경기어문학》제8집, 경기대학교 국어국문학과, 1989.

있었다고 생각한다. 논의를 일반화하기에는 사례가 부족하지만 앞으로
재론할 만한 근거와 시사점을 찾았다고 생각한다. 세상 물정에 어두운
인물이 시대적인 소산인 점을 입체적으로 파악할 수 있으며, 이러한 사
실은 1910년대의 재담집에서도 이미 간파되어 있음이 확인되었다.

참고문헌

《溪鴨漫錄》
《記聞叢話》
서대석, 「김백곡의 건망증」, 《한국구비문학대계》 4-3(아산군편), 한국정신문화연구원, 1982, 635면.
최래옥, 「관상쟁이 김치와 건망증이 심한 아들 김득신」, 《한국구비문학대계》 5-3.
「정역간 이야기」, 1985년 10월 24일 안동현지조사 필자 채록.
조동일・이복규・강진옥・박순임, 《한국설화유형분류(1)》, 한국정신문화연구원, 1989.
김원길, 《안동의 해학》, 현암사, 2002.
정민, 《미쳐야 미친다》, 푸른역사, 2004.
조동일, 《인물전설의 의미와 기능》, 영남대학교 민족문화연구소, 1978, 48-54면.
조동일, 구전설화에 나타난 이인의 면모, 《한국설화와 민중의식》, 정음사, 1985.
최원식, 봉이형 건달의 문학사적 의의, 《한국근대소설사론》, 창작과 비평사, 1986.
김헌선, 건달형 인물이야기의 존재 양상과 의미, 《경기어문학》 제8집, 경기대학교 국어국문학과,
　　1989.
「春秋의 逸話」, 《安東文化圈學術調査報告書》, 성균관대학교, 111-112면.
「해양어무」, 《잉터리들》, 한국정신문화연구원 장서 029470.

② 忠南 牙山의 傳統文化와 說話

1. 牙山의 네 層位 傳統文化

어느 고장이든 사람이 사는 곳에는 항상 문화가 온축되어 왔다. 우리가 사는 세상은 현재만 있는 것이 아니라, 현재이전에 과거가 있으므로 이를 전통적인 시각에서 이어받고자 하는 노력을 거듭하게 된다. 아산의 문화를 이러한 각도에서 살펴야 가치 있는 결론을 낼 수 있다. 아산역시 예외가 아니어서 전통문화가 깊게 자리 잡아 온 내력이 있다. 전통문화는 네 겹으로 중층적인 성격을 가지고 있다.

첫째, 아산의 고유한 말씨가 있다. 아산의 말씨가 어떠한지 실제로 토박이를 만나게 되면 이 말씨를 들을 수 있다. 제 자리에서 전통을 잃어버리는 현재의 상황을 보면 과연 이러한 아산의 말씨를 쓰는 사람이 있을까 궁금하겠지만, 실제로 아산의 고유한 사투리가 있음이 확인된다.

둘째, 아산의 독자적인 생활에서 우러난 衣·食·住가 있다. 아산의 특이한 음식, 옷, 집의 형태는 아산 생활문화의 결정체이므로 아산의 전통을 일깨우면서 거듭 되새겨야 마땅한 전통이 아닐 수 없다. 아산의 전통은 이 속에 있다. 그러므로 아산만의 고유한 독자성은 의·식·주에서 찾아야 마땅하다.

셋째, 아산의 구비전승과 민속은 또한 소중한 전통의 뿌리와 줄기가된다. 구비전승 가운데 전통적인 유형의 이야기, 노래, 무가 등을 비롯한 민속적인 사실은 아산의 기층문화를 알아볼 수 있는 소중한 전통이라고 하겠다. 아산의 구비전승과 민속을 보면 아산의 중층적 성격을 알수 있다.

넷째, 아산의 정신문화가 또한 아산의 문화적 저력을 온전하게 알 수있게 한다. 아산의 상층문화는 응집력을 가진다. 그것이 민속문화를 존중하면서 상층의 정신세계를 형성하였기 때문이다. 아산의 정신문화는 정신세계로 그치지 않는다. 민족적 위기를 극복하는데 있어 그들의 정신세계는 중요한 역할을 했다. 그것이 곧 아산의 정신세계를 대변하는것이다.

네 겹의 전통문화는 서로 분리되는 것이 아니라 다면적, 다층적으로 얽혀 있다. 아산만이 그러한 것은 아니라 다른 고장에서도 이 전통문화는 타당한 근거로 작용한다. 그러나 아산의 전통문화를 네 가지로 잡아서 다루고자 하는 것은 유다른 면모가 있기 때문이다. 아산만의 독자적인 전통이 아산의 환경 속에서 숙성되면서 문화적 온축을 이룩했다.

아산의 전통문화를 이러한 각도에서 살펴야 전체를 온전하게 드러낼수 있으리라고 기대된다. 뿐만 아니라, 아산의 전통문화를 네 층위로 인식해야만 아산만이 아니라 다른 고장의 전통문화를 이해하는 틀도 마련된다. 아산의 전통문화가 이와 같은 양상으로 구성되며 유형화된다는점에 근거해서 아산의 문화와 민속을 인식해야 할 것이다.

네 겹의 전통문화는 어디로 어떻게 기여하는지 생각해야 한다. 첫째층위는 아산인의 근본 조건이다. 탈색된 전통으로서가 아니라, 전통의삶을 유지하고자 하는 의식적 추구가 그 근간이다. 둘째 층위는 민족적삶의 동질성을 확인하는 근간이 된다. 두 겹의 전통문화 층위는 선택적일 수 없고 자연스럽게 주어지는 결과이다. 생활방식이 같고 다른 점에동질성이 생기기 때문이다.

셋째 층위는 민족의 정신적 정체성을 무의식적으로 담보하고 있는 범위에서 이룩된 것이다. 넷째 층위는 사상적 정체성을 의식적으로 담보하고 있는 것이라고 할 수가 있다. 그런 점에서 서로 긴밀한 연락관계를 유지한다. 셋째 층위와 넷째 층위는 자연스러운 추구의 결과일 수 없고, 가치 지향적으로 겨냥해서 이루어지는 바이다. 의식의 추구 편향성을 가져야만 가능하다.

2. 牙山 지역 설화전승의 다면적 면모

아산의 전통문화 실상을 검토하면서 이야기를 풀어가기로 하자. 이고장과 연관을 맺고 있는 이지함·맹사성·이순신과 그 밖에 이항복·박문수 등의 인물에 관한 일화가 가장 많다. 이밖에도 더 유명한 인물이 많지만 아산에 세거지가 있거나 이와 다르게 이 고장에서 활약한 인물이 있어서 이 인물들의 일화와 소화가 전승되고 있다. 이 가운데 가장 문제적인 인물이 곧 이지함이다.

1) 토정 이지함 설화의 면모

토정 이지함의 생애 내력은 이인의 면모로 점철되어 있어서 간단하지 않다. 주된 행적은 목은 이색의 후손으로 당대의 양반 가문에 속하면서도 특히 화담 서경덕과의 관계로 말미암아서 화담좌파의 사상을 계승한 인물로 널리 알려져 있다. 토정 이지함은 청렴결백하고 백성의 고난에 대해 자각하고 백성을 위한 삶을 실현하려고 힘썼다는 것이 그의 생애 행적에서 대단히 긴요한 구실을 한다. 토정의 생이 남달랐으므로 그의 삶은 설화로 표현된 것이 아주 많다.

토정설화는 여러 가지가 전한다. 그것을 정리해서 보이면 다음과 같은 내용으로 정리된다.

1) 토정은 천재지변의 이치를 미리 아는 능력이 있다. [이인 능력]
2) 아산의 바다가 터져서 海溢이 올 것을 미리 알아맞히다.
3) 작은 아버지를 살릴 방도를 구상하여 주다.
4) 세상 돌아가는 이치를 서술한 책을 만들다.
5) 부모의 장지로 후손 영락을 점치다.(어우야담)
6) 토정보다 더 뛰어난 인물이 있어서 재주에 윗길이 있음을 밝힌다. [재주 윗길]
7) 소금장수 지게꾼이 물이 오는 곳을 정확히 안다.
8) 율곡이 토정의 죽음을 미리 알아 대비하도록 조언한다.
9) 토정부인이 토정 죽을 것을 미리 알다.
10) 토정의 생애 경륜 [경륜]
11) 잡술과 기행(어우야담)
12) 박 덩이로 재산 증식(어우야담)
13) 토정의 유래(어우야담)
14) 통노구 갓의 유래(어우야담)
15) 엉뚱한 행적(어우야담): 매 맞아보려 하기
16) 벼슬살이 길에 나아가 소탈하게 살다(어우야담)
17) 토정을 돕는 신불이 있다. [신불의 도움]
18) 용수장사가 곧 하승불이라고 하는 신불이다.
19) 유정이가 토정의 죽을 것을 알고 죽이려던 용을 퇴치해서 토정을 살린다.
20) 토정은 아산에서 탁월한 능력을 발휘했으나 아전에 의해 독살된다. [토정 죽음]
21) 토정이 속병이 있어서 지네즙을 먹었는데 해독제로 생율을 먹어야 하나 아전이 버드나무를 주어서 이 때문에 토정이 죽게 된다.
22) 토정이 죽으면서 밤을 찾다.

토정설화의 실상을 검토하면서 어떠한 의미가 있는지 속사정을 들여다보기로 한다. 토정은 전형적인 이인의 능력을 지닌 인물이다.[1] 이인의 면모는 흔히 숨어 살면서 도술이나 신통력을 발휘하는 것을 말한다. 토정이 해일이 범람해서 아산이나 청주에 물이 넘칠 것을 알았다고 하는 것이 긴요한 능력 발휘 가운데 하나이다. 문제는 이 능력이 일정하게 신화적인 것과 관련이 있다는 점을 주목할 필요가 있다.

[이인의 능력]은 토정의 성격을 간명하게 보여주는 전형적인 것이다. 토정이 탁월한 능력을 가지고 있어서 세상의 돌아가는 형편이나 천재지변을 미리 알았다고 하는 것이 요점이다. 세 가지 능력을 보여준다. 하나는 해일이 와서 아산이 바닷물로 뒤덮일 것을 알았다고 하는 사실이다. 이인이 능력을 발휘해서 어떠한 일을 미리 알려주는 일은 기본적인 능력에 해당한다. 홍수설화의 요소가 있어서 이 점이 신화의 변형에 해당하는 것을 볼 수가 있다.

또 하나의 능력은 자신보다 주변의 인물을 도와주는 것이다. 토정의 작은 아버지가 살아갈 방도가 막연하자 이를 타개하기 위해서 방법을 일러주는 것이 요점이다. 자신은 잘 먹고 살 수 없었음에도 불구하고 남을 도와두면서 살아가도록 조처하는 일이 아주 흔한 이인설화의 내용이라고 하겠다. 풍수나 의원이 자신의 일을 해결하지 못하고 남을 돕는 전례를 이 이야기의 유형에서 흔하게 발견하는데, 토정설화에서도 자신의 작은 아버지를 돕는 이야기에서 능력 발휘의 근간을 읽을 수 있다.

토정은 세상 돌아가는 이야기에 관심이 많았으며 남의 일만이 아니라 세상 전체를 예측하는 책을 지었다. 그것이 곧 《토정비결》이다. 이 책은 점서이고 예언서인데 이 저작을 지어서 세상 사람들의 관심을 촉발시켰다. 토정의 능력이 집약된 결과이고 주역철학을 잇는 내력이 확인된다.

---

1) 조동일, 구전설화에 나타난 이인의 면모, 《한국설화와 민중의식》, 정음사, 1985, 133-157면.

단편적인 예언 능력이 아니라 세상의 이치를 예언하는 책을 지은 것은 특이할 만하다.

토정 이지함은 풍수 노릇도 한 적이 있으며, 실제로 자신의 부모 장지를 써서 결국 이 과정에서 생긴 후손의 영락을 점치는 것을 볼 수가 있다. 토정이 결국 자신의 고초를 보면서 이를 통해서 정승을 갖지 못하는 사정을 소개하고 있다. 토정 이지함에게 후손이 영달하지 못하는 것을 스스로 고집하게 되었다.

[경륜]은 토정의 전기적 생애에 걸맞는 여러 가지 일화에 관한 사실을 말한다. 토정이 잡술과 기행을 벌였다고 하는 사실은 널리 인정되는 바이다. 전통적인 유가 관점에서 보면 토정은 이단적인 면모가 있으며, 화담 좌파로서의 면모가 두드러져 보인다.

박덩이로 재산을 증식한 것은 생을 도모하고 경륜을 벌이는 것을 말한다. 무인도에 가서 박을 심어서 수확하여 경강에 올라와서 팔아 재산을 증식했다는 것은 박지원의 「허생」과 같은 대목을 연상하게 한다. 재계의 경륜가와 같은 구실을 한다. 마포에서 토정을 짓고 살았다고 하는 것은 이 과정에서 나온 말이다.

솥을 지고 다니기 불편해서 통노구를 머리에 쓰고 다니다가, 통노구에다가 밥을 해먹었다고 하는 것은 널리 알려진 것으로 특히 홍명희《임꺽정》소설에서 이를 받아들여 구현한 바 있다. 요즘으로 말하자면 철모를 쓰고 전투하다가 철모에 요리를 하는 것과 비교된다.

토정의 생애 가운데 가장 기이한 것은 매를 맞아보지 않았으므로 맞아보기 위해서 여러 가지 일을 도모한 내용이다. 그만큼 특이한 행적을 한 것을 알 수가 있으며 이 과정에서 토정의 기이한 일을 더욱 극대화되면서 토정의 기이한 행적을 문헌설화에 다수 전하고 있는 것을 알 수가 있다.

토정이 벼슬살이 하면서 구실아치와의 갈등이 있었음을 전하는 일화들이다. 구실아치는 이른 바 아전들인데 이들의 전횡에 의해 백성들은 가렴주구의 폐단을 겪게 되었다고 한다. 이에 토정은 벼슬살이를 하면서 구실아치와 긴장관계를 조성하면서 그들의 전횡을 막으려고 하는 노력을 끊임없이 노력하였다.

포천현감과 아산현감에서 구실아치들의 토색질을 멈추게 하고 그들에게 근면과 검소를 강조하는데서 토정의 빛나는 면모가 확인된다. 토정은 구실아치와 사이가 좋지 않았지만 백성들에게는 선정을 베풀고 먹고 살 수 있도록 도모하여서 백성들을 잘 살 수 있도록 하였다. 임기를 마치고 부임지를 떠나려는 토정 앞에 백성들이 길을 막으며 가지 못하게 하는 일이 벌어졌다고 하는 사실을 《어우야담》에서 전한다.

[재주 윗길]은 어찌 보면 [이인 능력]과 대조되는 것이다. 토정의 탁월한 능력에도 불구하고 토정보다 더한 재주를 가지고 있는 인물이 있음을 민중들이 전하는 이야기가 있어서 재주의 윗길이 있는 점을 민중들이 인식하고 있었음을 확인하게 된다. 속담에 '기는 놈 위에 뛰는 놈이 있고, 뛰는 놈 위에 나는 놈이 있다'고 하는 것이 바로 이러한 사정을 말한다. 토정이 이인인데도 불구하고 이인보다 더한 존재가 있음을 반드시 말하고 있다.

토정보다 높은 재주를 가지고 있는 인물은 세 부류의 인간형이다. 첫째는 이름없는 백성이라고 하겠다. 이름 없는 백성은 아산이 바다가 되는 과정에서 구현되었다. 소금장수와 같은 인물이 그 사람이다. 아주 뛰어난 능력을 가진 인물보다 더 뛰어난 인물이 이름 없이 백성으로 살아가고 있다는 전통을 일깨우는 인물이다. 그러한 인물이 곧 아이이거나 모자라는 모습으로 되어 있는 것을 알 수가 있다.

두 번째 부류의 인물은 토정과 동질적인 집단의 인물이다. 토정의 장래를 알아맞히는 인물이 곧 이율곡이다. 율곡이 토정의 죽음을 미리 알아서 이를 경계하도록 하는 것이 이 인물의 구실이다. 토정의 죽음을 방비해준 율곡이란 인물은 실제로 토정과 당색이 서로 다른데, 설화에서는 토정을 돕는 인물로 등장한다.

세 번째 부류는 토정의 아내이다. 토정이 죽을 것을 미리 알았다고 하는 것이 이 인물의 요점이다. 율곡과 거의 같은 구실을 하는 것이 확인되는데 여기에서는 자신의 아내로 바뀌었다. 여성이 남성, 특히 독서하는 남성에 대한 일을 미리 알고 도와주거나 예언하는 일이 이인설화에 있는 경우가 있음이 확인된다. 여성이 남성보다 탁월한 능력을 가졌다는 인식이나 신인에 의해서 도움을 받는 것의 전통이 이렇게 변형되었을 가능성이 있음이 확인된다.

토정의 재주보다 윗길에 이렇게 다면적인 인물로 등장하는 것은 아주 특이한 일이라고 하겠으며, 다른 이인설화에서는 흔하게 나타나는 현상이 아니다. 그것은 토정설화가 다면적인 인물 관계 속에서 형성되었다고 하는 것을 보여주는 사례가 아닌가 생각된다. 토정의 인물 환경 자체가 여러 부류의 인물에게 호감을 받기도 하고, 다양한 관계를 맺었기 때문에 이러한 결과가 나왔음을 보여주는 것이 아닌가 한다. 그렇지만 토정은 이 관계 속에서 보면 여전히 모자라는 인물로 되었다.

[신불의 도움] 토정은 탁월한 능력을 발휘하는데 있어서 결국 신불의 도움이 절대적으로 필요했다고 하는 것이 다른 한편에서 전승되고 있으므로 이를 살펴야 한다. 토정이 신이한 능력을 발휘하는데 있어서는 오롯이 자신의 능력만은 아니었다고 하는 것이 요점이다. 곧 신불의 도움이 있었다고 했다. 하승불이나 유정이라고 하는 인물이 나타나서 토정을 돕는 구실을 한다.

용수는 대나 싸리로 결어서 만드는 것인데, 이것을 팔고 다니는 용수 장수가 알고 보니 신불이었다고 하는 것이 요점이다. 특정한 인물이 신불의 도움에 의해서 위기를 넘기는 일은 흔한 설화적 기법이라 하겠다.

이지함이 특정한 상황 속에서 위기를 맞게 되었다. 바로 용이 이지함

을 퇴치하려고 했기 때문이다. 이지함은 이 사실을 모르고 있었으나 유
정이라는 인물이 나타나서 신이한 행적을 벌여 적대자인 용을 물리쳐
준다.

흔히 용과 용이 다투어서 이 둘 사이에 영웅이 개입하여 용을 도와서
적대적인 용을 물리치도록 하는 것이 일반적인 구성이라고 할 수가 있
다.2) 그런데 이지함이 오히려 영웅의 도움을 받아서 이를 물리치도록
하는 것이 특징이라고 하겠다. 신불의 도움 가운데 용이 영웅을 해치려
고 역할을 하는 것으로 되어 있다.

영웅적인 이야기에서 영웅이 당하는 이야기를 중심으로 하는 것과 다
르게 이인이 신불의 도움으로 위기에서 벗어난다고 하는 것이 일반적인
것은 아니다. 영웅이 신불의 도움으로 마침내 위업을 달성하는 것이 일
반적인 이야기인데 이인설화에 다시 신불이 등장해서 이인이 신불의 도
움을 받는다고 하는 것은 영웅과 이인이 혼착되어 생긴 현상이라고 할
수가 있다.

[죽음]은 토정 이지함의 죽음에 대한 것이다. 토정의 죽음에 대해서는
여러 가지 이야기가 전승된다. 문헌에서부터 구전까지 다양한 이야기가
전해진다. 먼저 문헌을 살펴 보고자 한다. 《어우야담》에 전하는 것은 다
음과 같다.

後爲牙山縣監 有一老吏犯罪 之菡曰 汝雖老 心則兒也 令去冠辮白髮爲
童 使侍硯陪案前 老吏啣之 潛取蜈蚣汁 調酒而進之 之菡卒 年未六十,

---

2) 그러한 이야기로 널리 알려진 것이 본풀이, 전설, 야담 등에 폭넓게 전승된다.
「眞聖女大王居陁知」,《三國遺事》
「作帝建」,《高麗史世系》
「군농본풀이」,《朝鮮巫俗の硏究》上卷, 朝鮮總督府 屋號書店, 1937.
《東野彙輯 206》,「落小島砲匠獲貨(636면)」
《靑丘野談 284》,「隨使行薄商得貨(501면)」

《於于野譚》, 94면.

토정 이지함이 아산현감이 되었을 때에 있었던 일이라고 한다. 늙은 아전 하나가 몹시 가렴주구를 행하고 토색질을 일삼았다고 하는 것을 말하는 대목이다. 지함이 말하기를 아전이 비록 늙었지만 아이의 심보를 가지고 있으므로 이러한 일을 일삼았다고 한다. 갓을 벗기고 백발을 아이처럼 땋아서 현감 곁에서 벼루를 가는 등 시중을 들게 했다. 이에 앙심을 머금은 늙은 아전이 지네의 즙을 술에 타서 진상하여 지함을 죽게 했다. 이때에 지함의 나이가 채 60세도 되지 못했다.

이 문헌설화의 핵심은 아전이 지네의 즙을 술에 타서 지함을 살해했다고 하는 것이다. 이는 두 가지로 토정의 죽음을 말하는 것인데, 백성을 위하는 토정이 결국 아전의 저항에 부딪혀서 죽게 되었다. 다른 하나는 토호세력으로 대표되는 아전이 토정과 같은 사대부에 저항했다는 점이다. 포천현감을 할 때에는 백성으로부터 칭송받았던 인물이 아산에서는 예상치 않은 저항에 부딪혀 죽음을 맞이하게 되었다고 하는 것이 요점이라고 하겠다.[3]

포천현감 시절에도 문제는 서리들이었다. 이들이 토색질을 일삼고 관을 호가호위하여 자신들의 배를 불리는 일이 벌어졌다. 토정 이지함은 이를 경계해서 단속하고 솔선수범해 스스로 악실을 먹어 이들을 경계삼아 다루는 과정이 벼슬살이 부임 초에 일어났다고 한다. 위의 포친현감과 아산현감의 설화적 비교는 그러한 뜻에서 매우 의미가 있는 것이라고 할 수가 있다.

---

3) 嘗爲抱川縣監 以布衣草鞋 布笠上官 官人進饌 孰視而不下箸曰 無所食 吏跪于庭曰 縣無土産 盤羞無異味 請改之 俄而盛陳佳羞而進 又熟視之曰 無所食 吏震恐請罪 之菡曰 我國民生困苦 皆坐食飮之無節 吾惡夫食者之用盤 命下吏雜五穀炊 飯一器 黑菜羹一器 盛之以笠帽匣而進之 翌日 飮中品官來 爲作乾菜粥勸之 品官低冠擧匙 乍食乍吐 而之菡盡食之 未久 去官而歸 邑人攔道 留之不得, 《於于野譚》, 94면.

구전설화에서는 토정의 죽음을 다르게 말하고 있다. 토정이 평상시에 속병이 있어서 이를 치료할 목적으로 지네 즙을 먹었는데, 지네 즙의 독을 해독하기 위해서 여기에 밤을 먹는다고 하는 것이 그것이다. 그런데 아전이 이 사실을 알고 밤을 주지 않고, 버드나무를 주어서 이를 해독하지 못하고 죽었다. 아전이 부정적인 구실을 한 점에서 같지만 밤을 먹지 못해서 해독하지 못하고 죽었다고 하는 결말이 주목된다.

아전의 독살에 대한 내용이 어떠한 전승인가에 따라서 상당 부분 달라졌음이 확인된다. 구전설화나 문헌설화에서 모두 동일하게 같은 것임을 말하지만 다른 각도에서 보면 구전설화에서의 내용은 심각하게 죽음을 미화한다. 더구나 아전이 고의적으로 밤과 버드나무를 바꿔치기 해서 죽게 한 점에서 다른 기능을 가지고 있다. 버드나무는 율곡의 예언과 일치해서 설화적 설정과 깊은 관련이 있다. 사실이 아니라 설화적 윤색을 더 높인 것이라 볼 수 있다.

2) 그밖에 다른 전설들[4]

[이지함전설]

이지함의 설화에 다른 이야기가 복합되면서 다양한 이야기로 바뀌는 경우도 있어서 이 점 역시 주목된다. 이지함에게는 무위도식하는 작은아버지가 있었다. 이에 이지함은 작은아버지가 돌아다니며 비결이나 봐주면서 밥이나 얻어먹을 수 있도록 하기 위해 비결책을 만들어 주었다. 그런데 그 비결책이 너무도 적중해 이지함이 일부러 몇 군데 틀리게 고쳐 놓았다. 그래서 《토정비결》이 맞지 않는 곳이 있다는 것이다.

또한 이지함의 신통력을 나타내는 이야기로, 그가 예언하기를 "몇 날,

---

4) 《민족문화대백과사전》, 한국정신문화연구원 민족대백과사전편찬위원회, 1990. 아산 시설화와 민요편을 가져와서 이야기한다.

몇 시에 아산이 물에 잠길 터이니 피신하라."라고 했는데, 과연 바닷물
이 넘쳐 아산이 물바다가 되고 그의 예언을 믿지 않고 피신하지 않은 사
람들은 모두 죽었다는 홍수전설이 전한다. 그렇게 예언을 적중시켰던
이지함도 자기의 죽음에 대해서는 알지 못하고, 흑심을 품은 아전의 속
임수에 넘어가 죽었다는 일화도 아울러 있다.

[아기장수전설과 오뉘힘내기전설]

이 밖에 탕정면 명암리 장무기(將舞起)라는 곳에는 「아기장수전설」이
전승되고 있으며, 염치면 장자못에서는 「송곡리 장자못전설」도 아울러
서 전승한다. 전국적으로 전승되는 이야기로 전설적인 양대 산맥의 유
형의 이야기가 이 고장에도 전승되고 있는 셈이다. 또한 도임인사차 찾
아온 군수를 땡볕에 서서 기다리게 함으로써 농민의 어려움을 깨닫게
했다는 「맹정승 관장 훈계이야기」도 있다.

다음은 꾀꼬리성과 물한성의 내력에 관한 전설이다. 어떤 노파가 기
상이 넘치는 딸과 평범한 아들에게 죽음을 걸고 성 쌓기 경쟁을 시켰는
데, 노파가 아들편을 들어 결국 아들이 먼저 성을 쌓게 되고, 경쟁에서
진 딸은 목숨을 끊었다는 전형적인 「오뉘힘내기전설」유형으로 그 성이
아직도 유봉면에 남아 있다고 한다.

[환혼석전설(還魂石傳說)]

이 고장에는 학이 많은 관계로 학이 등장하는 설화가 많은데, 「환혼석
전설(還魂石傳說)」에 학이 등장해 신비한 구실을 한다. 충청남도 아산에
는 학이 많았다고 한다. 이 학에 의해 구한 어느 신비한 돌의 이야기가
전해 내려온다. 학이 너울너울 날아다니는 학마을에 하루는 마을 아이
들이 학의 알을 들고 박생원에게 찾아 왔다. 알은 깨져 있었고 형체를

거의 갖춘 새끼 학이 죽어 있었다.

평소 학을 영물로 여겼던 마을이라 이런 일이 있자 야단을 치고 알을 있던 곳에 두어라고 말했다. 이미 죽은 생명체였지만 어른의 분부대로 다시 둥지에 갖다 놓았다. 그런데 그 다음날, 죽었던 학이 다시 살아 난 것이었다. 아이들로 부터 말을 들은 박생원은 너무 의아해서 둥지로 가 보았다. 정말 새끼 학이 살아 있었다. 어제까지만 해도 늘어져 있던 학 이 팔팔하게 살아 있는 것이다.

너무 신기하여 박생원은 나무 위로 올라가 둥지를 보았다. 그리고는 여기저기 뒤지더니 주먹만한 돌을 발견 하였다. '죽은 학이 살아난 것은 이 돌 때문이었는지도……' 그리하여 그에 의해 내어진 돌은 그의 조카의 손에까지 가게 되었다.

조카는 중국으로 갈 참이었는데 떠날 때 그 돌을 가지고 나섰다. 중국 에 도착한 그는 이내 그 돌의 신비함을 알리고는 살 사람이 나타나길 기 다렸다. 이윽고 두 상인이 나타났다. 그들은 돌을 보자 눈빛이 달라졌다. "이것은 돈으로 따질 그런 흔한 물건이 아닙니다. 죽은 생명을 다시 살리는 돌입니다."

상인들의 말이 끝나자 그는 천금에 돌을 팔려는 의사를 밝혔다.

돈의 액수가 큰지라 상인들은 몇 일 후 돈을 가지고 다시 오기로 하고 는 사라졌다. 돌의 임자가 나타나자 그는 매우 기뻐했다. 그리고 그들이 다시 오기 전에 돌을 깨끗이 닦았다. 계속 손질을 하자 지저분했던 돌이 차차 말끔해졌다. 그러다가 그는 돌의 면에 또다른 작은 돌이 박혀 있는 것을 발견했다. 그리고 이내 떼어버렸다.

며칠 후 상인들은 준비한 돈을 들고 나타났다. 박생원의 조카는 반갑 게 맞으며 돌을 내어 주었다. 그런데 갑자기 상인들이 실망스런 표정을 지었다.

"이 돌은 이제 평범한 돌에 지나지 않소."

상인들은 다시 가버렸다. 그 작은 돌을 떼 내어서 그만 돌의 정기가 사라져버린 것이었다. 정기가 사라진 그 돌은 사실은 죽은 혼을 다시 부르는 것으로 환혼석이라 불리는 것이라고 한다.5)

[온천전설]

온양의 탕정에는 병을 고치는 효험이 있다는 유래에 관한 전설이 있다. 가난한 데다가 절름발이라는 이유로 삼대독자를 혼인시키지 못하는 노파가 백일기도를 드렸더니, 관세음보살이 나타나 "내일 마을 앞 들판에 나타난 절름발이 학의 거동을 살펴보라." 하고 일러주었다. 다음 날 정말 학이 날아와 앉는데 절뚝거리는 것이었다. 그러고는 며칠을 한 발로 껑충껑충 뛰더니 완치되어 날아가는 것이었다. 노파가 학이 날아간 자리에 찾아가 보니 펄펄 끓는 물이 솟아오르고 있었다. 노파가 이상하게 여겨 아들의 다리를 끓는 물에 넣었더니 신통하게 치료가 되고 그 뒤 아들은 양가의 처녀와 혼인을 해 노파의 소원이 성취되었다는 이야기이다. 그 다음부터 병을 고치겠다고 전국에서 사람들이 몰려들었다.

[청댕이고개전설]

온천에 관한 전설로 「청댕이고개전설」은 지명유래설화이면서 주제면에서는 효행설화이다. 옛날에 남편을 일찍 여읜 젊은 과부가 노시부모를 봉양하며 매우 가난하게 살고 있었다. 어느 해 흉년이 들어 온 식구가 굶어죽을 지경이 되자 견디다 못해 며느리가 구걸에 나섰으나 며칠을 헤매도 쌀 한 톨 구하지 못하였다. 그러다 어느 고개에 이르러 그 곳에 있는 바위에 대고 식량을 구하는 소원을 빌었다.

이 때 지나가던 개가 생쌀과 보리쌀을 토해내고 있었다. 며느리는 꺼

---

5) 충청남도 아산군 송악면에 전승되는 이야기이다.

림칙했지만 이것을 모아 죽을 쑤어 시부모에게 올렸다. 그런데 갑자기 천둥번개에 벼락이 내려쳤다. 며느리는 개가 토해 낸 것을 시부모에게 드린 것이 죄스러워 소원을 빌었던 그 바위에 가서 이번에는 회개기도를 하였다.

이 때 벼락이 바위를 때리더니 바위가 두 조각으로 갈라졌는데, 그 속에서 누런 금덩어리가 나왔다. 며느리는 이것으로 시부모를 공양하며 행복하게 살았다고 한다. 그 뒤 이 며느리의 효성을 기리며 이 고개를 '청동고개'라고 불렀는데, 와전되어 오늘날 '청댕이고개'가 되었다. 벼락에 맞아 황금이 나온 바위는 '벼락바위' 또는 '효성바위'라고도 한다.

3. 牙山 傳統文化와 說話의 價値

토박이문화를 알아야 떠돌이문화를 알 수 있어야 떠돌이 문화와 토박이문화의 원만한 이해가 가능하다. 아산시문화를 근저에서 샅샅이 알고자 노력하면 당연히 문화 전반을 폭넓게 알 수 있는 길이 열린다. 그러한 노력을 기울이지 않고 남의 문화를 이해한다고 하는 것은 어리석은 일이다. 전통문화를 아는 것은 전통문화 속에 내재된 융합의 사고가 무엇인지 알 수 있는 근거가 된다.

아산의 설화를 통해 아산인들은 비판과 변혁을 핵심적으로 사고한다는 점을 알 수 있다. 그 점은 아산에서 활약한 실제 인물의 전승에서도 숨죽이고 변혁을 기다리는 아기장수전설에서도 그 모습을 확인하게 된다. 아전에게 독살된 이지함의 이야기를 거듭 구연하는 것은 이지함의 단순 추모가 아니라 그의 진정성이 무엇이고 역사에 어떻게 기여했는가를 잊지 않고 기억하려는 것이며 민중에게 봉사하는 것이 어떠한 것인지 일깨워주기 위함인 것이다.

아산에 전승되는 이야기 가운데 지역적 특색을 반영한 것으로 「환혼석전설」과 「온천전설」이 이에 적절한 사례이다. 약간의 신비주의적 속성도 가지고 있으면서 사람을 살리는 신비한 전통의 힘이 돌과 온천수에 있다고 하는 이 이야기는 매우 이채롭다. 그러나 이 이야기는 설화적 전통 속에서 특히 세계의 보편적인 이야기 속에서 흔하게 발견되는 주제이다.[6]

새가 물어온 자패(紫貝)나 연석(燕石) 등이 신비한 치료 효험이 있다고 하는 이야기는 널리 전승되고, 흔히 켈트족 이야기나 일본의 이야기 속에서 이 전승의 주요한 부분이 충분하게 전승되고 있다. 그러한 점에서 환혼석의 이야기는 아산의 자랑거리로 내세울만하고 가치를 가지고 있는 전승인 점을 거듭 되새기게 된다.

가령 《Kinder und Hause-Märchen》에서 「뱀이 물어다 주는 세 잎사귀」와 같은 것이 동일한 이야기이다.

특정 지역에 있는 이야기는 다른 곳과 일정한 관련을 가지지 않을 수 없다. 가장 지역적인 이야기가 가장 세계적인 이야기이듯이 지역적인 전통문화가 세계적인 문화로 발돋움하지 않을 수 없다. 그러한 점에서 전승의 여러 측면이 깊은 관련을 가지고 있으면서 다면적으로 얽힐 수 있음을 실감하게 된다.

여기에서 단편적인 이야기만을 중심으로 그 점을 확인했지만, 다른 고장의 문화 역시 이러한 각도에서 의의를 가지지 않을 수 없다. 아산의 지역전설이 세계적으로 가치를 가진다고 하는 점은 매우 중요한 연구과제이다. 그러한 점에서 전승의 다층위적 면모를 인정하고 이러한 각도

---

6) 中澤新一, 《人類最古の哲學》(東京: 講談社, 2001); 《신화, 인류 최고의 철학》, 동아시아, 2003, 59-69면.(김옥희번역) 이러한 작업은 南方熊이라는 연구자에 의해서 「燕石考」라는 글에서 새롭게 입증된 바이다. 南方熊은 일본학계에서 새롭게 주목받는 연구자이다.

에서 가치를 가지는 문화를 발굴하고 재인식하는 연구를 게을리 해서는
안된다.

참고문헌

《한국민족문화대백과사전》, 한국정신문화연구원 민족대백과사전편찬위원회, 1990.

「군농본풀이」, 《朝鮮巫俗の研究》上卷, 屋號書店, 1937.

「作帝建」, 《高麗史世系》

「眞聖女大王居陁知」, 《三國遺事》

유몽인, 《於于野譚》; 신익철·이형대·조융희·노영미번역, 《<於于野譚(어유야담)》, 돌베개, 2006.

서대석외, 落小島砲匠獲貨(636면), 「東野彙輯 206」, 《朝鮮後期說話輯要》, 집문당, 1989.

서대석외, 隨使行薄商得貨(501면), 「靑丘野談 284」, 《朝鮮後期說話輯要》, 집문당, 1989.

中澤新一, 《人類最古の哲學》(東京: 講談社, 2001)

나카자와신이치, 《신화, 인류 최고의 철학》, 동아시아, 2003.(김옥희번역)

③ 전주지역 구전설화의 유형과 미학

-「이거두리」와 「허망자이야기」를 예증삼아-

1. 전주 구전설화 착안

　전주 구전설화는 좁게 말하자면 전주 출신의 구전자에 의한 설화를 말한다.[1] 전주의 설화를 중심으로 하는 일련의 전주적 소재를 중심으로 하는 설화이다. 그렇게 되면 막상 다루고자 하는 범위나 개념이 엄격하게 적용되어 포함되는 대상이 지극히 제한된다. 그러나 전주에 거주하는 전승자의 구전설화를 전주설화라고 하는 넓은 개념을 적용하면 전주의 구전설화를 다양하고 풍부하게 담을 수 있다.

　이 글은 전주가 천년 동안 이어져온 풍류를 다루기 위해서 전주의 구전설화를 광의의 개념으로 다루고자 하는 의도에서 마련되었다. 그렇게 하는데 구전설화 자료의 선정과 한정이 매우 쉬운 일이 아니었다. 그 가운데 전주지역의 구전설화를 다양하게 정리해놓은 자료들이 있어서 이를 대상으로 논의를 펴는 것이 바람직하다고 생각한다.[2]

---

1) 이 글을 다시 개고한다. 개고를 하게 된 것은 2011년 12월 9일에 있었던 전주역사박물관의 학술대회에서 필자의 논문 토론자였던 전북대학교 윤영옥선생님의 적절한 논평 때문이다. 이거두리에 대해서 잘 알고 있지 못했는데, 선생님의 논평으로 많은 공부를 하면서 일정하게 개고할 수 있었다. 그리고 주요한 토론의 쟁점으로 말미암아서 필자의 모자라는 식견을 보태고 철저하게 생각을 가다듬을 수 있었다. 윤영옥선생님의 교시에 감사드리면서 학문은 독백이 아닌 대화임을 절실하게 깨달았음에 고마운 말씀을 전한다. 해당 대목에서 윤영옥선생님의 교시를 밝히기로 한다.

이 가운데 가장 요긴한 자료집은 세 가지이다. 최래옥의『전북민담』
은 전라북도의 자료를 총괄하고 있지만 이 가운데서도 중요한 자료가
바로 제1부인 '어느 할머니가 들려준 이야기'이다. 당시 전주시 풍납동
에 거주하는 손성녀 할머니를 대상으로 조사한 자료를 모두 25편 수록
하고 있는데 할머니의 설화적 능력과 전승의 힘은 매우 대단하다고 기
억된다. 특히 일군의 설화는 손성녀 할머니를 제외하고는 거의 들을 수
없는 것들이므로 많은 것을 반추하게 하는 특징이 있다. 손성녀 할머니
는 본래 전북 장수군 출신인데 최래옥교수와 인연이 닿아서 소중한 전
승의 비밀을 풀어놓을 수 있었다.

다음으로 중요한 저작이 바로 최래옥의『韓國口碑文學大系』5-2(전주
편)이다. 최래옥의 설화조사력이 아주 풍부하고 무르익어서 곳곳에서
자료를 예감하고 노출하는 방식이 예사롭지 않다. 전주를 대상으로 하
는 본격적 조사였으므로 전주에서 출현 가능한 이야기를 유도하고 힘껏
조사한 내력이 풍부하게 이어지고 있다. 특히 전주를 중심으로 하는 이
야기의 네트워킹이 가능한 여러 가지 이야기를 구성하고 있다. 오늘날
에 적용한다면 전주가 물화의 중심지이면서도 동시에 여러 가지 이야기
의 집산지임을 충분하게 반추하게 된다.

서해숙을 위시한 세 명의 연구자들이 현지조사한 자료집이『우리전주
전주설화』이다. 이 설화 자료들은 구비전승의 과정에서 막바지에 이르
렀다고 하는 느낌을 주었다고 할 정도로 상당 부분 이야기가 망실되고

2) 최래옥,『전북민담』, 형설출판사, 1979.
　　최래옥,『韓國口碑文學大系』5-2(전주편), 한국정신문화연구원 어문연구실, 1981.
　　전라북도,『全羅北道誌』제1권, 1989.
　　전라북도,『전설지』, 1990.
　　임석재,『任晳宰全集7·韓國口傳說話-전라북도편Ⅰ』, 평민사, 1992.
　　임석재,『任晳宰全集8·韓國口傳說話-전라북도편Ⅱ』, 평민사, 1992.
　　서해숙·이정덕·전정구·한미옥,『우리전주 전주설화』, 전라문화연구소, 2000.
　　전북전통문화연구소,『전주의 역사와 문화』, 신아출판사, 2000.

있는 시점에서 채록한 자료라고 하는 점에서 소중하고 여러 가지 출현 가능한 이야기가 모두 등장하고 있는 점이 이 자료집의 특징이라고 할 수가 있다. 이 자료집에 수록된 이야기를 중심으로 전주의 설화 전체적 판도를 알 수 있다고 하는 점에서 이 자료집은 매우 중요한 구실을 한다고 할 수가 있다.

전주의 구전설화는 자체로 연구되었다고 보기보다 전북지역을 중심으로 하는 설화의 관점에서 연구된 경향이 많았다. 가령 유영대의 연구를 통해서 보면, 특정한 인물을 중심으로 하는 인물전설을 다루는 과정에서 전주지역의 설화적 근거와 의의를 다루었다.[3] 이성계에 대한 일련의 전승과 의미를 전주 지역에서 지속적으로 문제삼고 있으므로 이성계 전승을 다루는데 전주지역의 설화적 분포와 의미는 당연하게 주목받을 수 있었다.

이와 달리 전북지역의 영웅설화를 다루면서 전주의 구전설화를 주목한 사례가 있다. 김월덕은 영웅이라고 하는 포괄적 개념을 내세우면서 전주지역을 중심으로 하는 전북의 구전설화에 대한 일련의 추구를 한 바 있으며, 이에 근거한 유형분류도 시도하고 있다.[4] 정치적 영웅, 종교적 영웅, 문화적 영웅이라고 하는 유형분류에 근거하고, 특히 전승지역을 명시함으로써 일련의 전주설화 연구에 기여를 하였다.

이 연구는 종래의 연구사에서 주목하지 않은 인물을 들추어내서 이 인물의 이야기가 가지는 의의를 말하고자 한다. 그렇게 하는데 필요한 이야기 유형이 정해져야 한다. 일단 전주의 풍류와 미학을 대표할 만한 이야기를 선택해야 한다. 그러한 사례로 적절한 것이 이거두리라고 하는 인물의 「이거두리이야기」와 함께 「허망자이야기」라고 하는 이야기를

---

3) 유영대, 「說話와 歷史認識-이성계 전승을 중심으로」, 고려대 석사논문, 1981.
4) 김월덕, 「전북지역 구비설화에 나타난 영웅인식」, 『구비문학연구』 제4집, 한국구비문학회, 1995.

대상으로 한정하고자 한다.

「이거두리이야기」는 이야기의 성격으로 본다면 일종의 서양설화에서 보이는 성자전(hagiography)의 주인공과 같은 인물이다.[5] 서족이자 참봉벼슬을 한 인물인데도 저자거리를 헤매면서 다른 사람이 잘못하는 것은 직절하게 꼬집거나 나무라고 자신보다 못한 인물에게는 아낌없이 시혜를 베풀었던 인물이다. 심지어 저승에 가서도 다른 인물을 대신하여 빚을 갚아주는 위대한 실천을 했던 인물이라고 할 수가 있다. 그런데 이 인물에 대해서는 여지껏 주목하지 않았으니 이 참에 다루어서 이 인물의 존재와 의의를 규명하는 것이 매우 바람직하리라고 기대된다.

이거두리는 실존인물이다. 구전설화의 주인공이 실존인물인 사례는 여럿이 있다. 인물전설의 역사적 성격이 발견되는 대목이다. 그런데 인물전설은 인물전설을 만드는 독특한 법칙이 있으며 구전전설적 특성에 의해서 다시금 재창조되는 면모가 있다. 이거두리는 이보한(李普漢, 1873-1931)이라고 하는 인물로 달리 별명이 이성한(李聖漢)으로 되어 있다. 이 인물은 실제로 애국지사이고, 널리 기독교의 박애 정신을 실천한 인물로 알려져 있다.[6]

---

5) 이 유형의 이야기는 과문한 탓인지 몰라도 현재 두 편의 이야기가 각편으로 전하고 있다.

　　최래옥, 이거두리의 줄빰, 『한국구비문학대계』5-2(전주시 · 완주군편), 한국정신문화연구원 어문연구실, 1981, 796-797면.

　　최래옥, 박순호, 저승에서도 남을 거둔 거두리, 『한국구비문학대계』5-4(군산시 · 옥구군편), 한국정신문화연구원 어문연구실, 1984, 878-880면.

6) http://people.aks.ac.kr/front/tabCon/ppl/pplView.aks?pplId=PPL_7HIL_A1873_1_0021880 2011년 오전 9시 35분에 접속하여 자료를 얻었다. 전주원이 적은 소개문을 전문 옮겨온다.

　　1873년(고종 10)~1931년. 일제강점기의 애국지사이며 박애를 실천한 기독교인이다. 본관은 전주(全州)이고, 이명(異名)은 이성한(李聖漢), 별명은 '거두리 참봉'이다. 부친은 목천포(木川浦) 당애[唐山] 부자인 이경호(李敬鎬)이며, 어머니는 김해 김씨이다.

　　본디 성품이 호방하고, 의협심이 많아서 불의를 보면 참지 못했다. 서울에 거주하던 백모(伯母)가 독실한 기독교 신자였는데, 나이 어린 이보한(李普漢)을 돌보며 신앙심을 이 인물에 대한 이야기가 여러 가지 출간물로 정리된 것이 있다.⁷⁾ 그러나 구전설화와 달리 풍부하고 다양한 내용이 있으나 이를 온전하게 정리할 겨를이 없으므로 추후에 작업을 하면서 이를 보완하고자 한다. 다만 몇 가지 대목에서는 보완하면서 일대기를 구전설화적 측면에서 재서술하기로 한다. 특히 이 인물의 일대기 가운데 특정한 대목은 매우 중요한 특징을 구현하고 있기 때문이다.

「허망자(虛妄字)이야기」는 간단한 이야기에다 일련의 복잡한 사상을 담고 있는 이야기이다.⁸⁾ 그런데도 불구하고 이야기는 그렇게 어렵지 않

심어주었다. 1919년 3·1운동을 전후하여 민영휘(閔永徽) 집을 자주 출입하면서 민족과 국가에 대하여 사랑하는 마음을 키워 오다가, 휘문고보와 중앙고보 학생들이 독립만세 운동을 하자, 함께 독립만세를 외치다가 일본 경찰에게 체포되었다. 감방에서 미치광이 행세를 하여 석방되었으나, 귀향 도중 수원(水原), 천안(天安) 등지에서 거듭 독립만세를 부르다가 다시 체포되어 옥살이를 했다. 그는 항일투쟁을 하면서 거짓 미치광이로 행세하기 시작한 것이 발단이 되어, 그 후에는 일본 경찰들도 광인(狂人)으로 지목하였다. 마침내 그는 체념된 상황에서, 가난한 우리 겨레를 구해야겠다는 일념으로, 남은 인생을 청빈하게 살면서 기독교 정신에 입각하여 겨레 사랑에 일생을 바쳤다.

그가 거지들에게 나누어 주려고, 집집마다 밥을 얻으러 다니면서 '거두리로다'라는 찬송을 자주 부르고 다니자, '거두리 참봉'이라는 별칭이 사람들 사이에서 자연스럽게 불리어졌다. 그가 세상을 뜨자, 가난한 사람들과 거지들이 상여를 메고, 그의 덕을 추모하는 인파가 인산인해를 이루는 등 뜨거운 눈물로 장사를 지냈다. 전라북도 완주군(完州郡) 상관면(上關面) 죽림리(竹林里)에 '거두리 송덕비'가 세워졌으나, 지금은 마멸되어 사라졌다.

7) 이거두리에 대한 직접적이고 간접적인 자료를 정리하게 되면 다음과 같은 저작들이 있다.
『우리고장 진주(전주시)』
『전주시사』
『전라문화의 맥과 전북인물』
『전북신서 Ⅸ-나라를 위하여 전북을 위하여』전북애향본부 간. 1990.
『전북신서 Ⅳ-전라기인으로 불리운 거두리 '이보한'』전북 애향본부, 1991.
임병해, 『이거두리이야기』, 에디아, 1996.
김철수, 『거두리참봉』, 크리스챤서적, 1999.
조병희, 「全羅奇人 거두리 李普漢」, 『완산고을의 脈搏』, 신아출판사, 2001.
이용수, 『거지대장 이보한』, 유림, 2001.
최래옥, 『거두리참봉』, 지식과교양, 2011.
8) 이 유형의 각편은 두 가지가 전승된다. 지역에서 차이가 있으나 전북지역을 대표할

고 쉽사리 '허망' 또는 '허망하다'고 하는 것의 의미를 깨닫는 것으로 되어 있다. 불교에서 내세우는 공사상의 핵심적인 생각과 맞닿아 있으면서 특히 《금강경》의 핵심과 바로 연결되는 특정한 내용을 담고 있다. 그러므로 이 유형의 설화는 다른 지역에서 좀체로 찾아지지 않는 전주지역의 심오한 사상과 풍류를 각인하는 핵심적인 이야기 가운데 하나이다.

「허망자이야기」는 단순한 이야기는 아니다. 전주사람들의 사상과 풍류를 알아내는데 있어서 이 이야기는 매우 긴밀한 구실을 하고 있으며, 다른 고장에서 전하지 않는 이야기가 전한다는 사실만으로도 이 이야기의 소중함이 재발견된다. 사람들이 생애에 대해서 아무런 생각을 하지 않고 사는 것은 아니다. 자신의 삶을 반추하고 소중한 인생의 의미를 탐색하게 되는데 이 이야기는 바로 그 대목에서 돌출한 것이었다. 허망자의 전통을 통해서 이 이야기는 내면적 사상이 깊이 우러나는 설화임을 알 수가 있다.

두 유형의 각편을 충실하게 다루면서 해석하고 최종적으로 다시 전주지역의 설화 유형분류와 연계해서 다루고자 한다. 논의의 확대 가능성을 점검하면서 두 유형을 기반으로 하는 새로운 연구의 확장 가능성을 진단하도록 한다. 두 가지 유형에서 발전시켜 이야기의 해석과 원천을 통해서 전주가 오랜 풍류의 미학을 가진 고장임을 환기하고 의미 부여를 할 필요가 있다고 본다.

그렇게 하는데 종래의 연구와 다른 특징이 있다. 전주는 패배한 영웅의 이야기가 집중되어 있는 고장처럼 간주되어 왔다. 선행 연구자들이 모두 이 점에 착안하여 패배한 영웅의 전통을 거론하는 것은 이 때문에

만한 이야기라고 하는 점에서 세계관적 의미를 다루기 위해서 여기에서 함께 다루고자 한다.

최래옥, 허망자이야기, 『전북민담』, 형설출판사, 1979, 100-105면.

박순호, 깨달은 허망, 『한국구비문학대계』5-5(전북 정주시·정읍군편), 한국정신문화연구원 어문연구실, 1987, 101-104면.

일리가 있는 것이라고 하지 않을 수 없다. 영웅은 집단의 대표자이고 영웅의 패배야말로 진정하게 민중의 패배의식을 대변하는 표상일 수 있기 때문이다. 전주의 구전설화 구연자들은 왜 패배한 역사, 실패한 역사에 주목하는가? 정치적 쟁패의식이 강하기 때문인가? 정치적 패배에 대해서 환기하는 진정한 의미가 어디에 있는가?

패배한 역사적 인물을 영웅으로 추앙하는 표면적인 의미는 그 자체로 잘 해명되지 않는다. 그러나 이면적으로 패배한 인물을 환기하면서 다시금 이것을 이겨내는 핵심적인 상승작용과 승리의 예감이 있다. 그것이 문화적 창조이다. 문화적 창조로 전주사람들은 여러 가지 이야기를 주목하고 이를 통한 비상에 항상 예감하곤 한다. 그것이 바로 이러한 유형의 이야기이다. 패배한 쪽을 다시금 일으켜 세워서 새로운 창조와 행복으로 돌려놓는다. 전주사람들이 사랑하는 예술은 바로 이러한 각도에서 주요한 의미가 있다고 할 수가 있다. 문화적 승리는 여러 사람을 행복하게 하는 것이라고 할 수가 있다. 일견 허무주의에 놓일 수 있으나 삶은 살아볼 만한 것이고, 허망하므로 더욱 열심히 살아야 한다는 반성적 사유가 이와 같은 두 가지 이야기에 주목하는 것이다.

이 글에서는 두 가지 유형의 이야기를 다시금 반추하면서 두 유형의 이야기를 통해서 전주의 생각, 전주의 마음을 다시금 반성하고자 마련되었다. 이야기는 소박한 의미에서는 적극적인 사상의 산물임을 명심하면서 전주의 사상을 굳이 내세우면서 논의해야 할 절실싱은 이러한 자료처럼 명확하게 보여주는 사례가 존재하지 않는다. 이 유형의 이야기를 통해서 우리들의 삶을 넓히고 의미를 되새기게 하는 점이 있다.

2. 「이거두리이야기」의 施惠

이야기에는 주체가 중시되는 이야기가 있으며, 아울러서 상황이 중시
되는 이야기가 있다. 주체가 중시된다고 하는 것은 사회적 관계나 인물
의 등급에 따라서 이야기가 구성된다는 말이므로 이를 주인공을 중심으
로 해서 볼 수가 있다. 특히 사회적 관계를 중심으로 하는 이야기의 경
우에 이러한 이야기는 역사적 성격과 사회적 성격을 훨씬 월등하게 갖
는 것일 수가 있다. 오늘날의 의사소통 행위로 본다면 인물의 사회적 관
계를 중시하는 페이스 북과 같은 의사소통과 관계망을 중시하는 이야기
인 셈이다.

이거두리라고 하는 인물은 이인의 면모도 있고, 건달형 인물의 기행
도 있으며, 동시에 저승에서도 사는 신선과 같은 특징도 지니고 있다.
이거두리의 사회적 신분과 지체가 높지 않은 인물인데도 전주의 명물로
내세우는 것은 이 인물의 다자간 관계 속에서 일정한 기능을 했기 때문
이다. 사회적 시혜를 핵심으로 하는 일련의 의미망을 형성하며 전주의
설화적 인식 가운데 중심에 설 만한 인물이었다. 거의 성자 수준의 대접
을 받는 점을 거듭 환기한다.

이거두리를 두고 자신의 옆집에서 살았다고 하는 구연자도 있고, 마
지막으로 행동했던 것을 보았다고 하는 구연자도 있다. 이거두리를 두
고 벌어지는 실감나는 증언은 전설적 증거물의 채택방식이기는 하지만
이거두리의 남다른 행적을 평가하는데 있어서 매우 중요한 사실들이다.
이거두리를 두고 객관적으로 평가하는 일련의 의미를 강화하고 인물을
해석하는데 일생의 전반을 중심으로 두고 평가하는 것이 긴요하다. 이
야기의 전반적 특징은 사회관계 속에서 나타나는 이 인물에 대한 평가
이다.

이거두리의 행적을 정리하면 일정한 유형적 성격을 얻을 수 있다. 예

의 인물전설이 그러하듯이 실제로 존재한 인물의 이야기와 행적이 점차
유형적으로 다져지면서 그의 생애 내력과 삶이 일정하게 유형화된다.
이거두리는 전주의 명물로 평판이 자자하고 실제로 이 인물의 이야기는
다른 고장에서도 널리 알려져 있는 점을 새롭게 알 수가 있다. 이거두리
의 생애 몇 대목을 정리하면 다음과 같다.

　　가] 출생
　　나] 이름
　　다] 능력
　　라] 시혜
　　마] 기행
　　바] 죽음

　이야기에서는 출생의 확실한 내력이 알려져 있지 않다. 그러나 실제로
는 이 인물의 부친은 이경호이고, 모친은 김해 김씨로 되어 있다. 부친은
지주이고 성균관에서 일정하게 시험을 치르고 진사가 된 인물이라고 한
다. 그러나 구전되는 설화에서는 이러한 면모와 매우 다르게 나타난다.
　다만 최래옥의 간략한 소개에 의해서 그의 행적이 핵심적으로 요약되
어 있으므로 이에 근거하여 그의 생애를 간략하게 재구할 수가 있다. 그
의 출생은 시족임이 확실한 듯하다. 가령 최래옥의 생평에 대한 평가를
보게 되면 이 점이 확실하게 드러난다.

　　거두리는 전주이씨로 서족(庶族)이었는데 원래 재사(才士)였다고 한다.
　곧 전주 북문(北門) 안 이진사와 기생 사이에서 난 아들이었다. 서족을 하
　시(下視)를 하던 때라 장난꾼같이 거지 대장노릇도 했다고 하며, 인품도
　좋고 어느 좌석에 가서 남에게 뒤지지 않았다고 한다.9)

전주 가믄, 지금 전주에 가서 그런 일이 있냐고 전주가 물으면 있다고
혀. 이 거두리란 양반이 있는디 [조사자: 이 거두리?] 응. 거두리요. 참봉
여, 벼실(벼슬)은 참봉 벼슬헌 양반인디, 이 양반이 자기도 훌륭히 잘 살
고 그러건마는[10)]

구전설화에서는 북문 이진사와 기생의 사이에서 태어난 서족이라고
명시했다. 그러나 다른 자료에서는 양반이라고만 했다. 문맥상 그리고
행적상으로 본다면 거두리는 서족이나 다른 각도에서는 온전한 양반이
라고 기록하고 있다. 전주의 명물인 것은 사실이지만 출생의 일정한 하
자가 있었을 것이다.

온전한 양반이 아니라 서족이므로 온전하게 자신의 기개를 펼 수 없
었다. 그러므로 적절한 대상이 없어서 거지대장 노릇을 하고 인품이 훌
륭했다고 하는 것은 남다른 면모라고 할 수가 있다. 이 점은 흔히 조선
시대의 전 가운데 「장생전」과 일정하게 관련된다.[11)] 문면을 겹쳐서 읽
게 되면 장생의 생평에서 생애 내력과 일정하게 겹쳐져 있다. 자신의 뜻
을 온전하게 펼칠 수 없는 점에서 그의 출생이 제약되었다. 그러나 이
때문에 더욱 크고 넓은 행동을 선택할 수가 있었다.

태어난 인물에게는 반드시 이름이 있다. 거두리의 이름은 항간에 알
려져 있는데 그에 대한 사정이 불분명하다. 거두리는 "거드렁대서 거두
리라는 이름이 붙은 것이다"라고 하는데, 이와 달리 저승에서도 사람을
구원하여 거두기 때문에 붙은 이름이라고 하면서 "이 양반이 넘을 거두
기만 혀"라고 하는 것에서 유래되었을 개연성이 있다.[12)]

---

9) 구비대계 5-2, 797면.
10) 구비대계 5-4, 878면.
11) 許筠, 「蔣生傳」. "蔣生不知何許人 己丑年間 往來都下 以乞食爲事"
　　金鑢, 「蔣生傳」. "蔣生者父密陽府曹 生生三歲母死 父溺於小妾 擧馬捶笞之 生死 棄于
道"라고 되어 있다.

두 가지가 각기 의의를 가지고 있다. 앞의 거드렁거리는 것은 그의 천연한 예술적인 능력에서 비롯되었다고 할 수가 있다. 뒤의 거두기를 잘하는 것에서 유래되었다고 한다면 이는 남에게 베풀어서 거두도록 하는 것에서 비롯되었다고 할 수가 있다. 이 점에서 두 가지의 이름 내력은 각기 의미를 가지고 있는 점을 확인하게 된다.

능력은 여러 가지로 나타난다. 가령 재사라고 하는 말에 압축되어 있듯이 그의 능력은 남다른 것이다. 특히 신분적 처지의 제약에도 불구하고 여러 가지 능력이 뛰어나서 좌중을 압도할 뿐만 아니라 전반적인 능력 발휘에서 주도적인 구실을 하는 점에 주목할 필요가 있다.

그는 선가가자요, 광인(狂人)이요, 기인(奇人)이요, 걸인이요, 재사였다. 시대를 못만난 사람이라 하겠다. 글, 노래, 시조 등에 못하는 것이 없었다. 집짓는 데에 노래만 불러도 대접이 융숭했다.

예술적인 능력이 탁월했다고 판단된다. 못하는 소리없이 잘하였지만, 정상적인 연예의 유통은 이루어지지 않았을 것이라고 짐작된다. 그래서 미친 척도 하고, 기행을 벌이고, 빌어먹은 일을 서슴지 않았으며, 아울러서 재주 있는 선비 노릇도 하였다. 집을 짓는데 들어가서 노래를 한다고 하더라도 이에 대한 대접이 융숭하였다고 하는 부분은 시사하는 바가 크다.

거두리의 능력은 과거 구전설화적 전통에서 우러난 인물전설의 전통과 깊은 관련이 있을 것으로 추정된다. 신선으로 취급되던 이인전이나 신선전에서 주인공이 발휘하는 능력과 거리가 멀지 않다. 가령 허균이

---

12) 실제에 있어서는 이 인물의 이름이 유래된 것을 다르게 해명하는 견해가 있는데 그것은 "거두리로다"라는 찬송가를 부르면서 돌아다니며 동냥을 했기 때문에 이러한 이름이 유래되었다고 전한다. 이 사실에 대해서 추후로 작업을 하여 다시 서술하기로 한다.

나 김려가 지은 「장생전」과 깊은 관련이 있다. 해당 대목을 보면 장생과 거두리의 차별성은 보이지 않으며, 달리 탁월한 능력이 만인의 사랑을 받는 것임을 명시하고 있다. 해당하는 대목을 거론하면서 이야기를 더 할 필요가 있다.

善談笑捷給 尤工謳……效盲卜醉巫懶儒棄婦乞者老仍所爲 種種逼眞 又以面孔學十八羅漢 無不酷似 又蹙口作笳簫箏琵鴻鵠鴛鴦鴉鶴等音 難辨眞贋 夜作鷄鳴狗吠 則隣犬鷄皆鳴吠焉(談笑를 잘하여 막힘이 없었고 더욱 노래를 잘 불렀으니……맹인·점쟁이·술 취한 무당·게으른 선비·소박맞은 여인·걸인·노파들이 하는 짓을 흉내냈으니 하는 짓마다 아주 똑같이 해 댔었다. 또 가면을 쓰고 열심히 十八羅漢을 흉내 내면 꼭 같지 않은 경우가 없었다. 또 입을 찡그려서 피리·거문고·비파·기러기·고니·무수리·집오리·갈매기·鶴 등의 소리를 내는데, 진짜와 가짜임을 구별하기 어렵게 하였다. 밤에 닭우는 소리·개 짖는 소리를 내면 이웃 개나 닭이 모두 울고 짓어대는 지경이었다.)[13]

善談笑捷給……生尤工歌 每發聲 凄淸不斷……時或效盲卜, 醉巫, 懶儒, 棄婦, 丐兒, 老奶 能聯面變十八羅漢像 又蹙口作笙聲, 簫聲, 琵琶杼柚繅車 諸聲及百禽言 種種入妙 爲諸娘笑劇(말 잘하고 웃기도 잘 하였다.……장생은 더욱이 노래를 잘 불렀다. 목소리를 낼 때면 처량하면서도 맑은 소리가 그칠 줄을 몰랐다.……때때로 소경, 점쟁이, 취바리, 무당, 게으른 선비, 버림받은 아낙네, 비렁뱅이 아이, 늙은 노파를 흉내 내기도 하고 또는 얼굴을 찌푸려서 열여덟 나한[14]의 모양을 지어 보이기도 하였고 베 짜는 소리, 물레질 소리와 온갖 새들의 울음소리를 내기도 하였는데 그

13) 허균, 「장생전」.
14) 불교에서 불법에 정통하여 부처가 되기를 바라는 자를 이르는 말, 아라한이라고도 하는데 보살보다는 낮은 급의 사람들로 부처의 제자들 가운데 있는 5백 명의 나한들 중 18명이 제일 뛰어났다고 한다.

소리가 종종 기묘한 고비를 넘길 때면 여러 아가씨들의 웃음을 자아내곤
하였다.)15)

장생은 우스개소리를 잘 하였으며, 아울러서 소리도 잘 했다. 또한 남
의 흉내를 아주 잘 낸 인물로 평가된다. 오늘날의 관점에서 보면 일종의
만능엔터테이너이지만 특히 남의 성대 묘사나 일종의 동물을 비롯한 성
대 묘사를 잘한 인물이 바로 장생이었음을 알 수가 있다. 성대뿐만 아니
라 여러 가지 다양한 놀이를 하는 것도 인상적이라고 할 수 있다. 행위
모방자로서도 긴요한 구실을 한 인물이 바로 장생이다. 장생의 후대적
표현자가 이거두리이다. 이거두리의 이름을 달리 거드렁거린다고 하는
데서 유래되었다고 하는 사실은 이러한 내력과 깊은 관련이 있다.

이거두리의 주요한 행적 가운데 사람들에게 거듭 칭송되는 것은 바로
자신의 가진 것을 남에게 베푸는 점이라고 할 수가 있다. 이것은 고행도
아니고, 수도도 정진도 아니다. 타고난 본성이 자신의 것을 남에게 베풀
고자 하는 시혜와 깊은 관련이 있다. 시혜는 고승이나 성자의 몫만은 아
니다. 그에 못지 않은 시혜의 주인공이 바로 이거두리이다. 이거두리는
좋은 것을 가지고 있으면 자신의 처지보다 못한 사람들에게 몸소 베푸는
일을 하였으며, 특히 자신의 옷만이 아니라 부자집의 옷을 걸치고 나갔다
가 가난한 이에게 베푸는 일을 하였으므로 시혜의 의미가 각별하다.

부자의 사랑방에 가서 자기 옷같이 입고 와서, 거지를 보면 다 벗어 주
었다고 한다.16)

이 양반이 넘을 거두기만 혀. 옷 같은 것도 집이서 히주먼 입고 나가서

15) 김려, 「장생전」.
16) 5-2. 797면.

성자와 아버지의 메별

가난한 사람에게 옷 벗어주는 성자

거그 가서 허술헌 사람, 옷 읎는 사람 이런 사람들 그 옷을 벗어주고서
그 흔(헌) 옷을 자기가 입어, 이렇게 세상을 살어. 근게 친구들도,
"아. 이게 무슨 모냥이냐고, 어찌믄 저렇게 남루허게 헐 수 있냐고."참
옷을 히주고 그러믄 그냥 바로 가믄 다른 사람 주고서는 흔 걸로 입고 이
렇게 시상(세상)을 살기 땜이 그 양반이 호가 거두리여.17)

미천한 처지에서 고통받는 인물에게 아낌없이 귀한 것을 주는 행위를
감추지 않았다. 아무에게나 이러한 시혜를 베푸는 것은 매우 일리가 있
는 행적이다. 거두리가 자신의 종교적 성향 때문에 이러한 행적을 했다
면 당연하게 이 인물의 행적을 종교적인 시혜로 규정할 수 있지만 딱히
그러한 성격을 가지고 있는 것은 아니다. 가난한 인물들에게 자신의 재
물을 기부하는 것과 상통한다. 이러한 인물은 중세적인 의미의 성자라
고 할 수 있지만 이거두리가 중세적인 시혜의 인물인지도 알기 어렵다.
오히려 시혜의 방식은 거의 아시시 성자인 프란치스코(1181/1182-
1226)와 깊은 관련이 있다. 공의파 승려를 따라서 집을 나선 성 프란치
스코의 행적만이 대단한 것은 아니다. 오히려 자신의 것을 벗어서 천연
스럽게 시혜를 베푼 인물인 이거두리의 행적이 훨씬 생동감 있다. 남에
게 관대하고 나에게 엄격한 전형을 바로 이거두리에게서 만날 수 있다.
이뿐만 아니라 그의 행적인 저승에 가서도 시혜를 베풀 정도이다. 오
목대라고 하는 곳에 사는 젊은이가 아직 죽을 때가 안되었는데 죽어서
저승에 갔는데, 그곳에서 최판관의 판정을 받게 되었다. 그런데 아직 들
어올 때가 안되었는데 들어왔다고 하면서 예전을 쓰고 다시 나가라고
하였다. 빈손으로 들어온 젊은이는 예전을 치를 수가 없게 되자, 최판관
이 이두거리를 만나보라고 지시한다.

17) 5-4. 878-879면.

"돈이 읎읍니다."

"아, 그러므는 저 이 참봉한티 가서 취어(꿔어) 달라믄 줄 거여. 헌게 (그런게) 취어서 예전을 쓰고 나가거라."

그 이 참봉을 찾아가닌게, 참 이것 참 허무헌 얘기여. 농협창고같은 놈 이 수십 갠디, 어찌튼지 그 거두리 이 참봉 창고는 하나씩 의복이니 돈이 니 곡식이다 꼭꼭 하나씩 차가지고 있어. 그 양반한티 가서 그 사실 이얘 기를 허면서,

"돈을 얼마만 취어주시면 지가 예전을 쓰고 나가겠읍니다."[18]

저승에서도 시혜를 베푼다고 함으로써 자신의 임무를 다하는 이거두 리의 면모가 고스란히 살아난다. 이 점에서 남다른 면모를 가지고 있는 것을 볼 수가 있다. 시혜에는 이승도 저승도 없었던 이거두리의 행적을 완전하게 증언하는 설화이다. 시혜는 성자만 하는 것은 아니다. 성자의 시혜를 통해서 우리는 종교의 소중함을 깨닫고 청빈하게 사는 종교인의 행적에 감읍할 수 있다. 그런데 이 인물은 그러한 성자의 시혜가 아니라 평범한 인물의 청빈과 시혜라고 하는 점에 주목을 요하는 것이다. 대대 로 이 인물의 행적에 놀라는 것은 당연하다.

기행은 여러 가지가 있다. 그러나 기행 가운데 특별한 것을 두 가지만 소개한다. 하나는 줄뺨에 관한 것이다. 줄줄이 뺨을 때렸다고 하는데서 이 유래가 이루어졌다. 다른 하나는 자신의 이마에 우표를 붙이고 어디 든 보내달라고 하는 것이 그것이다. 이 이야기는 신문명에 얽힌 기행을 보여주는 것이다. 근대재담의 성격을 일부 겸하고 있는 삽화도 있다.

이거두리의 죽음은 분명하게 나타나지 않는다. 다만 늙은 나이에 죽은 것으로 되어 있으며 구전설화에서는 이 점이 자세하지 않다. 치상과정에 대해 다르게 정리된 자료에서는 그의 죽음과 치상 과정이 상세하게 나타난다.

---

18) 5-4. 878-879면.

거두리 이보한이 죽었다는 소식이 거지와 가난한 이들의 입을 통해 순식간에 전주 시내에 퍼졌다. 이 소식을 들은 전주의 거지와 상관, 남관의 나무꾼들이 자기의 부모 형제가 죽은 것처럼 조상을 하면서 가슴을 치고 애통을 했다. …… 거두리 이보한의 죽음은 서민들의 진정한 마음에서 울어 나오는 사랑과 존경과 눈물의 장례식이라고 평가 할 수 있다. 걸인들은 상여를 붙들고 울었고 전주 신작로가 조객으로 홍수를 이루어 넘쳐 났다.[19]

전주시민들이 거두리의 죽음을 자신들의 죽음과도 같이 간주하고 이를 살펴서 모시게 된 것은 매우 의의가 있는 행위라고 할 수가 있다. 전주 시민의 장례였으며 전주의 민중이 함께 치른 죽음이었다.

다만 저승의 사정을 보니 일생을 시혜를 베풀다가 사라진 것으로 보인다. 죽음의 과정이나 죽은 뒤에 기림을 받았는지는 자세하지 않다. 장생처럼 시해선이 되거나 프란치스코처럼 성흔을 받고서 죽은 것이 아님을 통해서 인물전설의 분명한 결말을 우리에게 보여주는 것이라고 할 수가 있다. 이거두리의 행적은 시사하는 바가 많다.

이거두리의 일생은 유기적으로 전개되지 않는다. 이거두리의 생애 가운데 특정한 요소들이 삽화적으로 드문드문 전개되는 것이 특징이다. 선후관계가 아주 모호하고 인과적인 사실들이 불분명하다. 이러함에도 불구하고 이야기에서 공통적으로 전승되는 내용은 이거두리의 내용이 사회적인 주제를 집약하고 있으며, 거의 시혜로 일관한 인물이라고 하는 점에는 의심의 여지가 없는 것처럼 보인다.

이거두리는 인물전설이므로 전통적인 인물 이야기에 부합되어야 하는데 성격이 단순하지 않아 문제이다. 인물유형에 영웅의 성격을 가진 것

19) http://blog.daum.net/elelel3/7094501 2011년 12월 9일 오전 9시 15분에 접속하여 얻은 자료이다.

은 아니다. 영웅적인 탁월한 능력에 의한 다툼은 존재하지 않는다. 이인의 면모가 일부 발견된다. 자아와 세계의 대결이 비정상적으로 이루어지기 때문이다. 일사라고 하는 용어도 쓰인 바 있으므로 숨은 선비 또는 빼어난 선비라고 보아야 타당하다. 그렇지만 더욱 중요한 것은 숨어서 남에게 시혜를 베푸는 면모를 가지고 있으므로 이 인물에 대한 성격 부여를 다시 해야 할 것으로 보인다.

이거두리의 이야기는 건달형 인물전설과도 성격이 일정 부분에서 상통한다. 이익을 탐하거나 저자거리에서 이문을 보는 일을 하면서 남을 속이는 일을 하지 않으므로 건달형 인물이라고 말할 수 없다. 다만 이거두리의 성격 상 줄빵과 같은 인물의 행적에서 이러한 면모를 일부 발견할 수가 있다. 건달형 인물은 속이고 속이면서 사건을 역전하고 남을 비꼬는 풍자같은 것이 주제인데 그러한 성격이 전혀 발견되지 않으므로 완전하게 건달형 인물이라고 보기 어렵다.

이거두리는 남에게 적선을 베푸는 인물이었다. 적선을 베풀어서 응보를 받고, 복을 받았다고 하는 이야기는 더구나 아니다. 오히려 체제에서 벗어난 방외인의 성격을 일부 가지고 있으면서 남을 위해서 시혜를 베풀고 자신의 재주를 팔아서 연명하는 인물의 성격을 가지고 있는 것이 확인된다. 전형적인 성자의 형태를 띠고 있지만 종교적 초월성을 말하려는 것은 아니다. 시대적 굴곡에서도 자신의 일을 묵묵히 하면서 가난한 사람을 돕는 점에서 이 인물의 의미는 다시 생각된다.

이거두리를 말하는 전주 사람들의 관점에서 이를 평가해야 한다. 전주 사람들의 의식이나 잠재적 전통에서 이어지고 있는 것은 넉넉함이다. 이 넉넉함을 통해서 사람들을 사랑하고 은자의 도리를 다하는 인물에 대한 숭상이 있다. 전주와 김제를 중심으로 신흥종교의 영향이 다대하게 발견되는 것도 이러한 마음씨와 무관하지 않다. 풍류를 즐기는 인물에 대한 사랑과 그 속에서 진정한 인간의 길이 무엇인지 보여주고 있는 점에서 이거두리는 주목할 만한 가치가 있는 인물형이라고 할 수가 있다.

이거두리의 인물 유형에 대한 지속적 탐색을 하게 되면 이 인물에 대한 자세한 정보를 더 찾을 수가 있을 것으로 보인다. 현재 남아 있는 것은 지극히 소략하고 인물의 선행과 시혜 과정을 알아내기에는 부족한 감이 없지 않다. 현장에서 구체적으로 물으며 이 인물의 행적을 추적하면 인물전설의 유형으로 등록할 수 있을 것으로 생각된다. 더 늦기 전에 추가 작업이 필요하다.

총괄적으로 판단하면 이러한 인물전설의 유형은 우리에게는 잘 존재하지 않던 인물이다. 고승전의 주인공들이 이러한 보시와 적선을 하던 전통이 있었으나 불행하게도 많은 자료가 전하고 있지 않다. 이인전이나 신선전에 그 희미한 자취가 발견되는데 본격적인 유형으로 발전하지 못했던 것으로 생각된다. 남에게 많은 것을 베풀어서 그 사람들에게 칭송을 받는 인물은 거의 존재하지 않는다.

그런데 이거두리만은 고승전과 이인전의 전통 속에서 이룩되었던 혜시와 적선의 전통을 확장하면서 못살고 가난한 인물을 위해 모든 것을 베푼 점이 있어서 주목을 요한다. 전주설화에서 과연 이거두리와 같은 인물을 전승하고 이야기하는 점에서 이 인물의 중요성은 전주의 넉넉함과 훈훈함을 전해주는 인물로 전설의 주인공으로 이야기하는 절실함이 있게 된다. 이 인물을 통해서 일련의 전통을 환기하면서 이거두리의 전통적 특징을 정면에서 계승해야 한다.

구전설화의 역사에서 이러한 인물은 근대시민 사회로 이행되는 과정에서 탁월한 범형의 하나를 기록하게 되는 것이라 보아도 잘못은 아니라고 생각한다. 근대사회에서 시민형의 인물로 중세적 전통사회와 근대적 시민사회의 틈새형 인물이 존재하게 된다. 이 인물이 바로 일종의 트릭스터적 변형의 성격을 지니고 있는 건달형 인물이다. 건달형 인물의 하나로 이거두리를 파악하는 것은 그러한 점에서 의의가 있다.

그러나 이거두리는 건달형 인물의 이야기와 다른 점이 있다. 그것은 중세적인 성격을 일부 가지고 있지만 빈부의 격차가 벌어지는 점에서 일정한 능력을 발휘하는 면모가 있는 혜시형 인물이다. 종교적 전통에 충실한 면모가 있지만 자신의 처지보다 못한 인물을 위해서 기꺼이 몸을 낮추는 인물이 등장하였다. 그것이 이거두리이다. 이거두리는 부자의 검약을 요구하고 이를 취해서 낮은 사람에게 주고자 하는 특징이 있었다. 그래서 그의 죽음에 많은 사람이 동참하고 여러 사람에게 칭송을 받은 것은 시혜의 정신 때문이다.

이거두리의 전통은 근대사회의 청빈으로 거듭 기림을 받을 수 있는 것이라고 할 수가 있다. 이 인물이 소중하고 우리의 미래를 감당할 전망이 있는 것도 이러한 각도에서 의의를 가지고 있다고 하겠다. 이거두리의 삶을 통해서 우리는 영웅의 패배와 다른 일정한 승리감을 찾을 수가 있다. 이거두리의 정신이 전주사람들에게 각인되고 거듭 구전되는 것은 이러한 전통을 새롭게 계승했기 때문이다.

이거두리는 실존인물이기도 하다. 이거두리에 관한 이야기는 실화로서도 일정하게 다루어져야 한다. 설화와 실화는 서로 깊은 관련이 있으며 실화로서의 증언이 구비설화에서도 긴밀한 구실을 하게 된다. 이거두리의 이야기를 실화로 다루는 관점 역시 존중되어야 한다. 그러한 증언으로서의 구비역사를 대표하는 실화적 인물로 이거두리에 대한 해명은 어느 정도 이루어졌다고 생각한다.[20] 그래서 더 이상 새로울 것이

---

20) 이거두리에 대해 특히 주목해야 할 저작에 다음과 같은 것이 있다.
　『전라문화의 맥과 전북인물』
　『전북신서 IV-전라기인으로 불리운 거두리 '이보한'』전북 애향본부, 1991.
　임병해, 『이거두리이야기』, 에디아, 1996.
　김철수, 『거두리참봉』, 크리스챤서적, 1999.
　조병희, 「全羅奇人 거두리 李普漢」, 『완산고을의 脈搏』, 신아출판사, 2001.
　이용수, 『거지대장 이보한』, 유림, 2001.
　이용엽, 민족정신이 살아 숨 쉬는 이거두리 재조명, 2007년 3월 1일, 전주문화원·서

없는 상태로 이거두리에 대한 행적은 정리된 듯하다. 실화 역시 이야기
의 형식을 빌리지만 보다 직접적 증거를 통해서 이를 말하는 것이 실화
이다. 우리는 몇 가지 사실을 실화의 증거로부터 얻을 수가 있다.

(1) 족보

전주 이씨 완동좌 족보에 그의 행적이 전한다. 이거두리는 이경호의
아들로 1878년(고종9년, 임신년) 정월 23일에 태어난 것으로 전한다. 그
에 관한 족보의 내용을 옮기면, "子聖漢(거두리) 壬申正月二十三日生 配
仁同張氏壎女 壬申十日月十七日生 戊午四月二十三日卒墓"라고 되어 있
다.[21] 그러나 집안에 전하는 족보에는 1873년 5월 16일로 되어 있어서
차이가 있다.

이 집안은 창암 이삼만과도 관련이 있는 전주 이씨 집안인 점을 이러한
기록을 통해서 알 수가 있다. 집안의 행적이 알려진 점도 중요하지만 완
동좌의 족보에 이른 바 일련의 세간에 칭하던 명칭으로 거두리가 명시된
점은 매우 중요한 기록이라고 할 수가 있겠다. 이거두리가 실존인물인
점을 이러한 기록으로써 명확하게 알 수가 있으며, 이를 통해서 그의 출
신에 대한 참봉이니 서족이니 하는 말이 허언이 아님을 알 수가 있다.

그러나 족보의 사실이 중요하지만 구전되는 이거두리의 이야기에서
민중이 생각한 이거두리의 출신이 중요하다고 하겠다. 기생과 양반 사
이에서 난 서족이라고 하거나 그의 출생에 대한 민중적 인식은 오히려
기록 이상의 의미를 가지는 것이며, 거두리의 삶에 의한 실제보다 가치
가 있는 구전이 전하고 있음을 다시 생각하게 된다.

문교회.

21) 이용엽, 「李公거두리(李普漢)의 愛人如己碑」, 『호남제일성』, 전주문화원, 2006 상반
   기·통권 111호, 60-72면.

(2) 이거두리의 유래

거두리의 별명은 이보한 또는 이성한 이상의 의미가 있다. 이거두리를 믿고 따르는 민중의 인식에서 이 말이 나왔기 때문이다. 그러나 사실에 근거한 것이 일정하게 의의가 있으므로 이를 통한 일련의 인명 유래기가 있다. 그것은 거두리가 일정하게 남의 집 앞이나 길거리를 돌아다닐 때에 찬송가를 불렀다고 하는 사실 때문이다. 그 찬송가는 다음과 같은 가사로 되어 있다.

새벽부터 우리 사랑함으로써
저녁까지 씨를 뿌려봅시다
열매 차차 익어 곡식 거둘 때에
기쁨으로 단을 거두리로다
거두리로다 거두리로다
기쁨으로 단을 거두리로다
거두리로다 거두리로다
기쁨으로 단을 거두리로다

이 찬송가는 260장이다. 시편 126편 5절과 6절의 말씀을 구실삼아 미국인 노울즈 쇼(Knowles Show, 1834-1878)가 이를 근간으로 삼아 작사하고, 조지 마이너(George A. Minor, 1845-1904)가 작곡한 노래이다.

그러나 이 사실에도 불구하고 이들의 일반적 인식은 그러한 것은 아니다. 오히려 구전되는 이야기에서는 다른 대목을 대고 있기 때문이다. 거두리를 실제적인 증거로써 찬송가에서 연원을 찾고 있지만 구전설화에서는 이를 전혀 다른 각도에서 말하고 있으므로 특정한 생각과 연결시키는 것에 주목하지 않았던 것으로 이해된다. 거두리는 소박하게 거두리라고 보는 편이 적절할 수도 있다.

(3) 고병준(高丙浚) 갑일(甲日) 한시

이거두리는 한문에 일정한 문식이 있었다고 구전된다. 특히 영어 습
득에 대한 높은 평가를 지칭하는 인물들도 있다. 한문과 영어에 능통했
다고 하는 사실을 구전으로 전해 듣다가 비로소 이에 대한 구체적 증거
를 찾을 수가 있었다. 고병준 갑일에 쓴 한시가 발견되었기 때문이다.
이 한시가 나옴으로써 거두리의 문식에 대한 일정한 의의를 부여할 수
가 있을 것으로 보인다.

獻壽迎賓百道淸	헌수하려고 오는 손님을 맞이하는 온갖 길은 깨끗하고
賀來高客更多情	경하 드리러 오신 높으신 하객들 다시금 다정하네
庭留寶樹長春色	뜰 앞의 보배로운 나무에는 봄빛이 길게 이어지고
蔭深斑舞繼歌聲	그늘 짙어 영롱이는 춤에 노래 소리 계속되네
北堂養志隨佳節	북당에 계신 부모님 기르신 뜻이 아름다운 계절을 따르고
南極垂輝祝平生	남극노인성 평생을 축원하는 빛 광휘롭게 드리우도다
孤辰不但留餘慶	외로운 처지 부질없지 않아 나머지 경하하는 뜻을 머물게 하고
又得康寧期太平	또한 수복강녕을 얻어 태평성세를 기약하네[22]

渠肚裏 李普漢

여기에서 중요한 것은 헌시의 내용이 아니다. 거두리라고 하는 표현
을 본인이 직접 쓴 것이 한자로 남아 있다는 사실이다. 거두리를 渠肚裏

22) 丙寅三月十三日[1926년 4월 24일(병인년 3월 13일)], 『高丙浚甲日賀集』이라고 하는
문집에 여러 글이 실려 있다. 이 문집에는 일본인 관리를 비롯하여 당대에 유명한 인물
의 찬시가 있으며 주목할 만한 세가의 면모를 확인할 수가 있는 소중한 문건이다. 이
문건에 대한 소중한 자료 제공은 전주문화원의 동국진체연구소장인 이용엽선생님과 사
무국장인 김진돈선생님에 의해서 2012년 1월 4일에 전주문화원에서 제공받은 것이다.
제공에 감사를 드린다. 특히 이 과정에서 소중하게 인연을 맺게 해준 이인철선생님과
함한희교수님께 감사를 드린다.

라고 한 것은 매우 중요한 의미를 가지고 있다. 헌시의 내용은 관례적이
지만 하객의 면모와 축원하는 마음, 가족의 관계 등을 언급하면서 흥겹
게 축원을 하고 있다.

완산동 일대 세족인 고씨 집안의 고병준의 위세를 알 수 있는 한시집
이라고 할 수가 있다. 일본인 관린들의 축원을 담은 글이 적지 않아서
고씨 위세가 대단함을 알 수 있는 갑일 죽시집인데 여기에 거두리가 낀
사실을 어떻게 해석해야 할지 의문이 남는 것이기도 하다. 일본인 관리
들이 대거 참석하여 환갑을 축하하는 것이 확인되기 때문이다.

(4) 이거두리 일화들

이거두리의 일화들이 일정하게 정리되었다. 이 대목은 사실보다 전하
는 구전의 힘이 발휘되는 대목이고 구전설화로 다루어져야 할 부분이라
고 생각한다. 그런데 일화들 가운데 특히 요긴한 것이 몇 가지이다.[23)
목천포 나루에서 배에서 먼저 내린 사연, 충남 부여군 세도면 청포리 금
강나루터에서 애꾸눈을 놀려준 사연, 소작료와 가죽판돈 나누어준 사
연, 불한당의 급습 조작한 사연 등이 특히 인상적이다.[24)

첫 번째 사연은 목천포 나루에서 배를 간신히 얻어 탔으나 눈이 애꾸
였던 거두리를 달가와하지 않자, 배에서 먼저 내려서 자신보다 뒤에서
배를 내리는 사람을 놀렸던 사건이다. 이는 전형적인 건달형 인물의 비
판과 풍자에 걸리는 사연이다. 두 번째 사연은 애꾸눈이 뱃사공을 놀리
다가 자신도 애꾸눈임을 알리는 사연이라고 할 수가 있다. 세 번째는 아
버지의 소작료와 가죽 판돈을 불우한 사람을 위해서 썼다고 하는 사연

---

23) 조병희와 임병해의 글에서 이러한 사실이 정리되어 있다. 이를 중심으로 비교를 해야
   할 형편이다. 이를 온전하게 정리하지 못하고 소개만 한다.
   조병희, 「全羅奇人 거두리 李普漢」, 『완산고을의 脈搏』, 신아출판사, 2001.
24) 임병해, 『이거두리이야기』, 에디아, 1996.

담이다. 네 번째는 자신의 아버지를 습격하도록 한 사연이다.

(5) 무덤과 애인비

이거두리의 무덤에 쓰여진 비문이 긴요하다. 거두리 자신의 진정한 행위를 요약하고 기린 글이기 때문에 이를 중시하면서 볼 필요가 있다. 유일하게 남으면서 전하던 것으로 이보한의 유물이다. 현재는 이씨 집안의 가묘로 무덤이 이장되었으며 이 비석은 현재 훼손되어 전하지 않고 있다. 이 비문은 완주군(完州郡) 상관면(上關面) 죽림마을(竹林里) 앞 길가에 서 있었다고 한다.

李公거두리 愛人如己碑(이공 거두리 애인여기비)
平生性質 溫厚且慈(평생 성질이 온순하고 인자하였네)
見人飢寒 解衣給食(굶주리고 헐벗은 사람을 보면 옷을 벗어 주고 밥을 주었네)

거지대장으로 받들면서 여러 사람이 모여서 함께 공동의 장례로 준비하면서 마련한 초라한 비석이었으나 이거두리의 행적을 휘갑하는 긴요한 의의가 있는 비문이다. 이처럼 절실하게 산 시혜의 삶이 간추려져 있다. 이거두리의 행적을 찾아서 정리할 수 있는 모든 부분이 여기에 집결되는 것으로 볼 수가 있다.

실화로 전하는 것들 가운데 이상의 증거물은 매우 유용한 거두리의 행적을 밝힐 수 있는 것들이라고 생각한다. 그런데 구전설화와 구전역사의 증거로 일정한 의의를 두고 있다고 생각하지만 구전증언으로서의 전하는 일화 등에 대한 신중한 정리가 필요하다고 생각한다. 장차 이 작업을 하기로 하고 사실 정리 가운데 긴요한 작업을 간추려서 여기에 넣는다.

3. 「허망자이야기」의 각성과 사상

이제 이야기 가운데 상황을 중시하는 이야기를 하나 다루고자 한다. 상황 속에서 내세우는 것은 특정 인물의 행위보다는 이야기의 주제를 중심으로 하는 이야기가 우세하다. 그러한 인물의 이야기는 단순하게 배열되지 않고, 특정한 주제를 집약하게 되는데 이것은 매우 간단한 것일 수 있다. 특정하게 압축되는 주제를 간략하게 보여주는 점에서 이 이야기는 일련의 가치와 의의를 부여해도 될 것들이다. 트위터적인 관점에서 이들은 모두 주제지향을 핵심으로 한다.

「허망자이야기」는 주제론적으로 반복될 수 있는 것들이다. 그러한 이야기는 여러 가지 다양한 자료의 자취를 끼치고 있으면서 동시에 다각도의 형태로 되어 있는 자료의 성격을 두루 포괄한다. 이야기의 다양한 변이를 예측하게 하고 이야기의 전승에서 보이는 지속과 변천을 선명하게 집약하고 있다. 이 점에서 이 인물에 대한 일련의 주제 지향은 다면적 변이를 가능하게 한다. 여러 사람이 일제히 소리를 내면서 동조하듯이 이 인물의 이야기는 다양한 울림을 반영하고 있다.

그러므로 자료의 무게가 단순하지 않고, 사상적 깊이가 훨씬 깊다. 이 사상을 주제로 하는 탐색이 이루어지게 되면 이야기의 중요성이 부각될 수 있고, 전주지역에서 이러한 이야기가 발견되는 것만으로도 핵심적인 풍류와 멋의 근원을 찾아서 다가설 수가 있을 것으로 예측된다. 이야기를 주제 중심의 지향으로 보게 되면 이 이야기는 특정 인물의 관계를 다루는 것 못지 않게 중요한 의미를 가지게 된다.

1) 이야기유형의 자료군

「허망자이야기」는 불교가 전래된 이래로 인생무상의 공과 삶의 덧없

음을 주제로 하는 민중 전승의 긴요한 이야기 가운데 하나이다. 이 이야
기는 현재 두 편의 각편이 전하고 있는데, 대체로 아버지 또는 시아버지
가 말하는 허망자 또는 허망이라고 하는 말을 듣고서 이 말의 의미를 모
르고 있던 여성주인공인 딸 또는 며느리가 기이한 체험을 하고서는 마
침내 이 말의 의미를 깨닫는다고 하는 내용으로 되어 있다. 이야기가 여
러 각도에서 음미할 만한 내용을 담고 있는데도 현재 이 이야기의 의미
나 자료의 소중한 가치가 널리 알려져 있지 않으므로 이 자리에서 재론
하고자 한다.

현재 이 유형의 이야기 각편은 두 가지라고 했다. 하나는 최래옥이 채
록한 자료로 이른 바 손성녀의 구연 각편인 「허망자이야기」를 말하는 것
으로, 이 자료는 손성녀라고 하는 여성에게 들은 것으로 기록되어 있다.
다른 하나는 한태식이라고 하는 인물이 전하는 것으로 제목이 「허망자이
야기」로 되어 있으며, 전라북도 정주시에 전승되는 설화이다. 두 가지
모두 소중한 공통점을 전하고 있는 것으로 며느리 또는 딸이 윗대의 아
버지가 말하던 허망의 뜻을 알았다고 하는 점이 공통점이며, 주어진 이
야기의 상황이나 내용이 동일하게 설정되어 있는 점을 확인하게 된다.

삶의 덧없음을 말하는 이야기가 유형으로 또는 삽화로 전승되는 점은
널리 퍼져 있다. 멀리는《삼국유사》설화에서부터, 가까이는 고대소설
에서 근대소설까지 인생의 무상을 표현하는 이야기가 다수 존재한다.
인생이 한 바탕 꿈과 같다고 하는 주제를 가진 이야기의 자료 디미를 모
아놓고 전체적으로 이를 조망하는 검토가 불가피하다. 일장춘몽의 의미
를 되새기는 자료에는 무슨 자료가 있는가?

가장 근접한 문헌설화 자료로 이른 바 「조신의 꿈(調信之夢)」의 원바탕
자료가 되는《삼국유사(三國遺事)》의 「낙산이대성관음정취조신(洛山二大
聖觀音正趣調信)」의 대목을 환기하지 않을 수 없다.[25] 조신의 이야기가
유명하지만 이 이야기의 원래 구전되는 자료가 있었을 것이고, 조신과

결부되기 이전에 이 이야기의 온전한 형태가 있었을 가능성이 있으며, 그 실상은 구전되는 이야기로 널리 퍼졌을 것이다.

그러나 더욱 소중한 자료는 인생의 허망한 사실을 말하게 하는 자신이 나은 자식의 덧없는 행로를 말하는 설화들이다. 가령 어떠한 여성이 낳아서 곱게 기른 자식이 과거에 급제하였다가 돌아오는 도중에 허망하게 죽은 일들을 소재로 하는 설화와 본풀이 등이 있다. 이러한 자료들은 위에서 말하고자 하는 허망자의 중요한 삽화에 해당하고, 이 이야기의 변이 폭을 감당할 수 있는 긴요한 자료이므로 이들의 자료를 검토하지 않을 수 없다.

설화로 근접하는 것들에는 「영동이유래담」과 「홍덕현감설화」 등이 있다. 두 설화는 각기 다른 내용이지만 재물이 탐이 난 특정한 주인공이 다른 아이들을 죽게 하고 그 죄로 말미암아서 다시 태어난 인물이 느닷없이 죽자, 결과적으로 사령을 시켜서 염라대왕을 만나게 되고 사연을 알아낸 뒤에 죄를 지은 인물을 죽게 하는 내용으로 되어 있다.

이와 달리 동일한 내용의 삽화가 무당들이 전승하는 굿의 본풀이에도 전승되고 있으므로 이를 주목할 필요가 있다. 가령 함경도의 「짐가제굿」과 제주도의 「차사본풀이」의 서두에도 동일한 내용의 이야기가 전승되는 점이 확인된다. 특정한 인물이 악행을 저지르고 이 때문에 업보로 인하여 아이를 낳았다. 성장한 이 아이들이 과거에 급제하였다 갑자기 죽어서 죽은 원인을 알아보기 위해서 염라대왕을 잡아오게 하고 그것이 전의 악행 때문이라고 하는 점을 알아낸다. 이후 염라대왕을 잡아오게 한 사령이나 차사가 저승의 사령 노릇을 하게 된다고 하는 것이 본풀이의

25) 이 글을 다 쓰고 인터넷 검색을 하던 가운데 유사한 발상을 한 사례가 있어서 따로 소개하고자 한다. 《금송아지전》을 다루면서 이에 대한 논의를 한 줄 했다. 검색창의 주소는 다음과 같다.
http://jangrye.culturecontent.com/text.asp?menu=story&num=7&subnum=2&subpage=2 2011년 11월 24일 오후 9시 6분에 접속하였다.

결말이다.

이야기와 본풀이에 자식의 덧없는 죽음으로 말미암아서 허망함을 드러내는 이야기의 주제로 일정한 삽화가 운용되고 있음이 확인되고, 이 삽화가 바로 허망함을 깨닫는 이야기의 핵심적 화소와 일치하는 점을 확인할 수가 있다. 그런 점에서 이 이야기의 유형적 변이와 삽화적 운용이 광범위하게 드러나는 점이 여실하게 드러난다.

전승양태	큰 갈래	실제	핵심적 내용
문헌전승	불교설화	조신	조신이 허망을 깨닫고 혜음령에 자식을 묻던 곳에서 돌부처를 파내 참회함
구비전승	독립유형 이야기	허망자 이야기	며느리의 자식 생산, 자식의 사망, 죽은 곳에서 금독을 파내고 부자가 됨
		깨달은 허망	딸의 자식생산, 아들 과거급제, 그리고 죽은 아들에 대한 허망한 깨달음, 현실로 회귀함
	인접 유형 이야기	영동이 유래담	「영동이유래담」은 주막집 내외가 아이를 살해했는데 이 아이가 환생해서 내외의 아들로 태어나 자라서 과거하고 돌아와서 죽게 되자 원정을 한다. 관가에 아뢰니 이 과제를 해결하기 위해서 영동이로 하여금 염라대왕을 데려오게 해서 결국 사건을 해결하나, 염라대왕이 이 영동이를 저승사자로 데려가게 되고 영동이의 소원을 원님이 물어서 결국 영동제를 지내주었다고 하는 것이 결말이다. 영동이 주체가 되고 영동제의 기원을 이루고 있다는 점에서 이 이야기는 강조점이 다르다고 하겠다.
		흥덕현감 설화	「흥덕현감설화」는 흥덕현감으로 강감찰이라는 인물이 부임했는데 하루는 안미 장터에 사는 노인이 자부까지 둔 사정에 아들 넷이 죽어서 이 문제를 해결해 달라는 점을 하소연했다. 그래서 이 문제를 해결하기 위해서 용맹하고 지혜로운 사령 하나를 골라서 정읍으로 가는 길목에 있다가 두 번째 꽃가마를 탄 인물을 데려 오라고 했는데 이 인물이 염라대왕이었으며, 염라대왕에게서 악한의 전말을 듣고서 노인의 집에 가서 마루를 뜯으니 그곳이 용추였으며 시체 네 구가 있었는데 네 구가 결국 장사하는 사람으로 주막에 들었다가 노인에게 살해당했으므로 흥덕현감이 이 노인부처를 사형했다고 하는 것이 결말이다.
	무당의 본풀이	짐가제굿	강림골에 김정승·이정승·박정승의 세 아들이 동갑이었는데 공부를 했다. 세 아들은 본디 석가여래의 자식으로 항아장시

| | | | 를 하면서 삼백냥을 지고서 세상구경을 하게 되었다. 강림골에 이르러서 짐가재의 여편네 집에서 하룻 밤을 유숙하게 되어서 밥을 먹고 자게 되었다. 짐가재는 이 아이들을 죽이고 재산을 빼앗을 요령으로 식칼로 죽이려고 하자 부인이 말렸으나 짐가재는 말리는 부인을 죽인다고 해서 결국 아이들을 살해하여 외양간의 말관에 넣었다. 짐가재부인은 부자가 되어서 호사하게 치장을 하고 잘 살게 되었다. 죽은 혼들이 지부왕에게 가서 고시레를 주라고 하면서 사정하자 정월 보름날에 '시우름이 은붕어가 금붕어가 되어서 원숭이다'라고 하면 자연스럽게 알 도리가 있을 것이라고 해서 그렇게 한다. 짐가재 여편네가 정월 보름에 물동이를 이고 물 도둑질을 갔다가 금붕어 은붕어를 보고서 귀물이라고 여겨서 이를 씹어 먹고 세 아이를 낳게 된다. 세 아이를 홍역을 잘 물리치고 독서당을 해서 아이를 가르치니 총명해서 이 아이들이 서울에 과거를 보러가게 된다. 과거를 보고 오면 잔치를 해달라고 부탁하고 이 아이들이 서울에서 과거하고 돌아와서 잔치하는 날 피를 머금고 죽게 된다. 짐가재는 칼을 들고 과거잔치를 먹으러 온 사람들에게 휘둘러서 잔치도 못먹고 도망하게 한다. 관가에 들어가서 짐가재가 고시레를 해서 관원이 결국 손사정이 강림골에 살고 몸이 온전하지도 못한데 겁결에 손사령이 삼일간 말미를 달라고 해서 집으로 돌아와서 고민을 하면서 식음을 전폐한다. 손사령은 부인의 도움으로 진지를 하고 쏙쐐지 잡고 해서 결국에는 기망산의 외짝다리에서 기다리다가 시왕의 행렬과 만나서 손사령이 자신의 집으로 데려와서 시왕에게 짐가재의 사연을 하소연한다. 시왕은 짐가재의 죄를 묻고 외양간의 말판을 들쳐서 아이들의 시신을 찾아내어 짐가재를 결국 능지처참을 하고 짐가재의 여편네는 톱으로 썰어서 죽이게 된다. 손사령은 몸은 이승에 남고 혼은 저승으로 가서 사령노릇을 하게 되었다. |
| | 강림차사
본풀이 | 차사본풀이는 제주도에 전승되는 대표적인 본풀이 가운데 하나이며, 가장 장편의 본풀이이기도 하다. |

이 이야기는 구전자료와 문전자료, 이야기와 본풀이, 유형과 삽화, 그리고 각편의 관계를 가장 선명하게 보여주고 있다는 점에서 서로 비교할 만한 가치가 있다고 생각한다. 이 자료더미의 입체적 판단을 위해서 이 자료의 존재양상을 비교하여 보이면 위와 같다 하겠다. 우리는 이와 같은 자료의 상관성 속에서 선후관계나 발생의 단계를 논하는 것은 다

소 위험할 수 있으므로 다면적 관련양상을 자료 자체로 존중하는 것이 바람직할 것으로 보인다. 여러 가지 자료가 동일한 삽화나 이야기의 요소를 간직하면서 갈래의 양상이나 인식 여하에 따라서 다른 구성을 한 것을 볼 수가 있을 따름이다.

2) 「허망자이야기」의 각편과 특징

이 이야기의 각편은 위의 도표에서 제시하였듯이 현재까지 두 편의 자료가 채록된 바 있다. 이 자료의 채록상황을 기록하여 보이면 다음과 같다.

각편	제목	구연자	채록자	수록문헌	출판사	간행년도
1	허망자이야기	손성녀(여)	최래옥	『전북민담』	형설출판사	1979
2	깨달은 허망	손태식(남)	박순호	『한국구비문학대계』 5-5	한국정신문화연구원 어문연구실	1987

허망에 관한 이야기는 현재 과문한지 몰라도 각편 두 편이 전부이다. 하나는 「허망자이야기」이고, 다른 하나는 「깨달은 허망」이다. 「허망자이야기」는 삶이 허망하다고 하는 것이 주제가 아니라, 허망을 깨달아서 결과적으로 행복하게 잘 산다고 하는 것이 결말이다. 그러므로 이 이야기의 본질적인 수제가 있다고 한다면, 그것과 어긋나는 것이 이 이야기의 면모이다. 며느리가 시아버지의 허망을 해결하여 주었다고 하는 이야기이다.

이야기의 맥락에서 「장자못전설」과 같은 유형에서 시아버지와 며느리가 등장하는 점에서는 같지만, 오히려 이 이야기에서 이른 바 시아버지의 허망함을 일깨우고 며느리가 독에 있는 돈을 찾아서 부자가 되자 허망함을 말하지 않았다고 하는 것은 이야기의 일정한 왜곡이 있었던 것임을 알 수가 있다. 손성녀 구연자가 본래 이야기의 의미가 다른 것이었는데 이를 잘못해서 다른 의미로 왜곡한 것이 본질적이라고 할 수가 있다. 이 점에서 손성녀 각편은 왜곡된 각편이라고 하지 않을 수 없다.

이에 견주어서 손태식이 구연한 각편은 일정한 의미가 유기적으로 연계되어 있으며, 아울러서 허망의 의미를 명확하게 구현하고 있는 각편이라고 할 수가 있다. 남성이 이야기하는 각편의 전형적인 논리적 인과성이 일정하게 확인되는 각편이다. 각편의 의미가 분명하다고 하는 것은 이 이야기의 근간이 명확하게 전승된다고 하는 뜻이다. 허망의 뜻을 몰라서 고민하던 인물이 중과 살고 아이를 낳았는데 아이가 결과적으로 죽어서 그것이 허망하다고 하는 것이 결말이다. 그러므로 이 각편은 매우 주목할 만한 불교적 주제를 갖추고 있는 것이라고 하지 않을 수 없다.

손성녀의 각편은 이야기의 주제가 왜곡되고 잘못 와전된 각편이라고 한다면, 한택식의 각편은 이야기의 주제가 선명하고 의미가 확실한 각편이라고 할 수가 있다. 이야기의 주제와 내용이 완전하게 전달된 각편이 있는가 하면, 이와 달리 주제가 왜곡된 각편이 있다고 하겠다. 이 각편의 편차는 이야기의 전승을 결정하는 중요한 요소이다. 그런데 각편의 왜곡에도 일정한 근거와 이유가 있다고 하겠다. 이와 함께 왜곡된 각편의 의미를 파악하고 아는데 중요한 면모가 있음을 재인식해야 한다.

이 논의에서 핵심적으로 해명하고자 하는 각편은 바로 손태식의 각편이다. 이 각편은 이 논의를 전개하는데 매우 중요한 근거를 제공하고 있으며, 이야기의 맥락이 선명한 때문이다. 두 각편에 대한 비교는 별도의 논의를 하기로 하고, 여기에서는 이 각편에 대한 일관된 주제를 중심으로 하는 것이므로 이 가운데 이 각편의 이야기 공통점과 차이점만을 중심으로 하면서 서로 비교하기로 한다.

「허망자이야기」 유형의 이야기는 각편이 둘이 있다. 각편을 중심으로 의미를 해명하고자 한다. 주인공은 여성이다. 여성이 자신의 윗대 부모에게서 허망하다고 하는 말을 듣는다. 이 말의 의미를 몰라서 깊은 탐색과 고민을 한다. 여성이 혼인을 하고 잠깐 밥을 짓는 사이에 물을 뜨러 갔다가 거기에서 지나가던 중을 만나서 이 말의 의미를 묻게 된다. 그러자 중이 자신을 따라 오라고 하여, 어느 곳에 다다라서 둘은 혼인을 하고 자식 셋을 낳게 된다. 낳은 자식이 과거에 급제하여 오다가 물에 빠져서 죽게 된다. 이 서러움에 복받쳐서 울다가 깨어보니 물을 긷는 잠깐 사이에 이 일을 경험한 것임을 깨닫게 된다. 비로소 웃어른들이 말한 허망하다는 말을 깨닫게 된다.

현실과 비현실의 관계를 설정하고 현실을 떠나서 한 평생의 오랜 시간을 체험하고 돌아오니 현실에서는 잠깐이었다. 상대적 시간을 기초로 해서 현실과 꿈의 구조를 설정한 마치 액자처럼 꾸며놓은 것이 이 이야기의 근간 구조이다. 현실에서 알고자 하는 문제를 현실을 떠난 상황 속에서 한 사람의 한 평생에서 겪을 법한 생사의 문제를 통해서 인생 자체가 허망한 것임을 알아가는 과정이 바로 이 이야기의 요점적 구실을 하는 것임을 알게 하는 특징이 있다.

비현실의 세계에서 경험하는 여성의 체험은 비참하기 이를 데 없다. 혼인을 해서 자식을 낳았는데 그 아들들이 급작스레 죽었다고 하는데서 인생의 슬픔은 극에 달하게 된다. 온삶을 바쳐서 이룩한 사랑의 생식과 삶의 결정체인 아들이 죽었다고 하는 데서 인간의 비애와 깊은 번뇌가 느껴진다. 그리고 그렇게 이룩한 한 평생의 시간이 아무런 보람도 없이 무너지는 것이야말로 인생의 깊은 좌절이라고 할 수가 있다.

여성이 누구에게 물어도 알 수 없었던 일을 자신의 체험으로 인식하는 과정이 긴요하다. 벗어나고자 하는 생의 번뇌가 한 순간에 지나지 않으며 마치 물거품처럼 순식간에 일었다가 사라지는 과정인 것을 말하는 것이 이 이야기의 중심적인 깨달음의 내용이라고 할 수가 있다. 여성은 자신이 벗어나고자 했던 번뇌가 한 순간에 지나지 않았으며, 순간과 평생이 서로 같은 것이고 다르지 않다는 점을 알면서 실제의 인간 삶 역시 같은 것이라고 하는 깊은 깨달음에 이르자 인생무상의 주제인 허망함을 알게 되었다. 한 바탕의 생을 살고 난 늙은이들, 그 가운데서도 남성들의 비밀스러운 말과도 같은 것들에서 우리 존재의 의문을 짚어내고 이를 통해서 인생의 궁극적인 의문을 제기하고 풀어가는 과정이 이 이야기의 주제 자체라고 해도 지나치지 않는다.

현실과 비현실이 둘이 아니고 하나이며, 인생이 한 바탕 꿈이라고 하는 말을 쉽사리 듣는데 이처럼 절실한 이야기로 풀어내는 사례는 흔하지 않다. 그런데 그러한 발상을 담은 설화는 이미 통일신라시대에도 있었으며, 인생자체의 허망함을 강조하는 이야기가 오랜 전통 속에서 있어왔음을 우리는 알 수가 있다. 그러한 사례로 우리는 조신의 꿈을 흔히 거론하고 있는데, 이 이야기는 조신의 꿈 이야기와 깊이 관련되는 점을 다시 환기하지 않을 수 없다.

「조신의 꿈」역시 허망한 삶을 말하는 인생무상의 깊은 주제를 지니고 있는 점에서 「허망자이야기」와 다르지 않다.26) 다만 현실과 비현실의

---

26) 『三國遺事』卷第三「塔像」,「洛山二大聖觀音正趣調信」이 조목의 명칭을 「조신의 꿈」이라고 지칭하기로 한다. 원문은 다음과 같이 되었다.

昔新羅爲京師時, 有世達*(達)寺[今奧教寺也.]之莊舍, 在溟州捺李郡, [按地理志, 溟州無捺李郡, 唯有捺城郡, 本捺生郡, 今寧越, 又牛首州領縣, 有捺靈郡, 本捺已郡, 今剛州, 牛首州今春以(州), 今言捺李郡, 未知孰是], 本寺遺(遣)僧調信爲知莊, 信到莊上, 悅「太」守金昕公之女, 惑之深, 屢就洛山大悲前, 潛祈得幸. 方數年間, 其女已有配矣, 又往堂前, 怨大悲之不遂已, 哀泣至日暮, 情思倦憊, 俄成假寢. 忽夢金氏娘, 容豫入門, 粲然啓齒而謂曰:「兒早識上人於半面, 心乎愛矣, 未嘗暫忘, 迫於父母之命, 强從人矣, 今願爲同穴之友, 故來爾.」信乃顚喜, 同歸鄕里. 計活四十餘*「星」霜, 有兒息五, 家徒四壁, 藜藿不給. 遂乃落魄扶携, 糊其口於四方. 如是十年, 周流草野, 懸鶉百結, 亦不掩體. 適過溟州蟹縣*(峴)嶺, 大兒十五歲者忽餒死, 痛哭收瘞於道. 從率餘四口, 到羽曲縣[今羽縣也.], 結茅於路傍而舍. 夫婦老且病, 飢不能興, 十歲女兒巡乞, 乃爲里獒所噬, 號痛臥於前, 父母爲之歔欷, 泣下數行. 婦乃*「鐵」澁拭涕, 倉卒而語曰:「予之始遇君也, 色美年芳, 衣裯稠鮮, 一味之甘, 得與子分之, 數尺之煖, 得與子共之, 出處五十年, 情鍾莫逆, 恩愛綢繆, 可謂厚緣. 自比年來, 衰病歲益深, 飢寒日益迫, 傍舍壺漿, 人不容乞, 千門之恥, 重似丘山, 兒寒

간극이 그렇게 넓지 않으며 촘촘하게 연결되어 있는 점이 이 작품의 묘미이다. 조신은 「허망자이야기」의 주인공처럼 여성이 아니라 남성으로 되어 있다. 게다가 인생의 허망이라고 하는 말을 초점삼아 시작한 것도 아니다. 오히려 자신이 오매불망하면서 그리던 김흔(金昕)공의 딸을 연모하면서 이 작품은 시작하고 있다.

조신은 김흔공의 딸을 만나 흠모하면서 서로 맺어지기를 관음보살에게 깊이 빌면서 소망을 밝혔으나 조신의 소원은 이루어지지 않았다. 이 때문에 관음보살을 원망하면서 슬피 울었다. 태수의 딸이 되돌아와서 함께 살자고 하므로 조신에게 소원이 이루어져서 마침내 태수의 딸이 나타나서 함께 살림을 살기 시작하였다. 그런데 자식을 다섯 명을 낳아 놓고 보니 살림은 쪼들리고 함께 이룩하고자 하는 삶도 허망한 것이 아닐 수 없었다. 게다가 열다섯 살 난 큰 아이가 굶어 죽어 해현령(蟹峴嶺)에 묻게 되면서 번뇌는 극에 달하게 된다. 더구나 열두 살 난 아이가 밥을 빌러나갔다가 개에게 물려서 오니 이 어려운 형국은 극에 달하게 된다. 한 바탕 슬피 울고 나서 인생의 덧없는 번뇌 때문에 괴로워하였다. 그렇게 해서 조신과 태수의 딸은 서로 헤어지지 않을 수 없었다. 조신이 남은 자식 넷을 갈라 둘씩 데리고 헤어지게 되었는데 깨어보니 꿈이었다. 이 꿈을 깨고 나서 세상살이의 염증과 꿈에서 경험한 백년의 허망함에 번뇌가 봄눈 녹듯이 사라지고 마침내 관음보살에게 참회를 하게 된다. 참회를 한 끝에 해현령에 가서 아이를 묻은 곳을 파보니 그곳에서

<hr>

兒飢, 未遑計補, 何暇有愛悅夫婦之心哉. 紅顔巧笑, 草上之露, 約束芝蘭, 柳絮飄風, 君有我而爲累, 我爲君而足憂, 細思昔日之歡, 適爲憂患所階. 君乎予乎, 奚至此極, 與其衆鳥之同*「餕, 餕」, 焉知*(如)隻鸞之有鏡, 寒棄炎附, 情所不堪, 然而行止非人, 離合有數, 請從此辭."信聞之大喜, 各分二兒將行, 女曰: "我向桑梓, 君其南矣."方分手進途而形開. 殘燈翳吐, 夜色將闌. 及旦鬚髮盡白, 惘惘然殊無人世意, 已厭勞生, 如飫百年辛苦, 貪染之心, 洒然氷釋, 於*「時, 是」*「憨, 慚」對聖容, 懺滌無已. 歸撥蟹峴*(縣)所埋兒塚, 乃石彌勒也. 灌洗奉安于隣寺, 還京師, 免莊任, 傾私財, 創淨土寺, 懃修白業, 後莫知所終.

돌미륵이 나왔다. 그것을 가지고 와서 절을 세우고 선업을 닦으며, 언제 죽었는지 모른다고 하는 것이 결말이다.

「허망자이야기」에서 다소 불분명했던 상황이 「조신의 꿈」에서는 비교적 명확해졌다. 조신이 자신의 소원을 관음보살에게 빌었으며, 조신의 소원이 이루어지지 않아서 슬픈 탄식을 하게 되었다. 허망하다고 하는 말을 하지 않고 아리따운 여인과 만나서 사연을 이루고자 하는 것만이 핵심이라고 할 수가 있다. 현실에서 이룰 수 없는 사랑이 꿈이라고 하는 장치를 통해서 이루는 것이다. 꿈에서 이룩한 사연은 인간의 한 평생이다. 현실에서 바라던 대상과 혼인을 했으므로 당연히 행복해야 하는데 시간이 흐를수록 고통의 연속임을 거듭 깨닫게 된다. 특히 자식들로부터 오는 연민은 이루 말할 수 없는 것이었다.

여인이 결단을 내렸다. 남성이 주도적 구실을 하는 것과 다르게 조신의 꿈에서는 여인이 적극적으로 생의 번뇌와 덧없음의 고통을 말하는 것으로 되어 있다. 그 여인은 바로 관음보살의 화현이거나 부처의 화현이기 때문이다. 좋아서 만난 것이 이토록 괴로움으로 이어질 줄을 아무도 몰랐다고 하는 것이 요점이다. 여인이 이른 말에 핵심적인 언사는 이러하다.

"兒寒兒飢 未遑計補 何暇有愛悅夫婦之心哉. 紅顔巧笑 草上之露 約束芝蘭 柳絮飄風 君有我而爲累 我爲君而足憂 細思昔日之歡 適爲憂患所階. 君乎予乎 奚至此極 與其衆鳥之同*「餕, 餧」焉知*(如)隻鸞之有鏡 寒棄炎附 情所不堪 然而行止非人 離合有數 請從此辭(아이들은 추위에 떨고 굶주림에 지쳤어도 어찌할 방도가 없습니다. 이런 판국에 부부간의 애정을 즐길 어느 겨를인들 있겠습니까? 젊은 얼굴에 예쁜 웃음은 풀잎 위의 이슬 같고, 지란 같은 백년가약은 한갓 바람에 날리는 버들가지 같습니다. 당신은 제가 짐이 되고 저는 당신 때문에 근심이 됩니다. 옛날의 즐거움을 곰곰이 생각해보니, 그것이 다름 아닌 우환에 접어드는 길목이었습니다. 당신과 제가 어찌하여 이 지경이 되었는지요? 뭇새가 함께 굶어죽는 것보다는 차라리 짝 잃은 난새가 거울을 향하여 짝을 부르는 편만 같지 못할 것입니다. 어려울 때 버리고, 좋을 때 가까이 하는 일은 인정으로 차마 할 일은 아니겠습니다만, 하고 아니하고는 사람의 뜻으로 되는 것이 아니며, 헤어지고 만나는 것도 운수에 달렸으니, 청하건대 지금부터 헤어지기로 합시다라고 하였다.)"

여인의 이 말은 인생의 고뇌를 정확하게 핵심을 찌른 말로 평가된다. 인생의 덧없는 것이 고뇌이고 여기에서 벗어나는 좋은 방법은 그러한 것을 절연하고 그로부터 자유롭게 되는 것이라고 하지 않을 수 없다. 꿈 속에서 깊은 번뇌에서 벗어날 수 있는 길이 모색되고 결단이 이루어지는 점이 이 글에서 매우 주목할 만한 것이라고 하지 않을 수 없다. 생의 번뇌를 꿈에서 해결할 수 있다고 하는 점이 매우 주목할 만하다. 그렇게 해서 둘은 헤어지게 되었다.

꿈에서 깨어난 조신은 머리가 하얗게 세었을 뿐만 아니라, 깊은 참회에 이를 수 있었다. 참회에 이르자 조신은 돌미륵을 구하게 되고 마침내 번뇌로부터 벗어날 수 있는 길을 선택하게 되었다. 비현실의 깨달음을 현실로 옮겨올 수가 있었다. 그렇게 해서 조신의 꿈은 불교의 깊은 가르침을 실현할 수가 있게 되었다. 꿈에서 깨어 삶의 허망함을 벗어나는 길로 진행할 수가 있었다.

시간의 상대성을 표현하는 깃에 잠깐 사이의 일이라고 하였으며, 이 깊은 체험의 폭을 머리가 하얗게 세었다고 함으로써 잠깐의 체험이 진이 다하는 것임을 알도록 하였다. 그런 점에서 조신의 생사번뇌에 대한 것은 누구나에게 해당할 수 있는 깊은 정감의 공조를 낳는 장치라고 할 수가 있다. 삶의 고통은 인간의 자만심 때문이다. 어느 한 순간이 곧 영원하다고 하는 착각을 하게 되는데, 조신의 이야기에서 영원한 것이 순간적인 것이고, 순간적인 것이 영원하다고 하는 것을 절감하게 했다. 게다가 인간의 욕망은 이루려고 하는 순간에 이미 부질없이 허물어질 수 있는 것임을 알게 하였다.

「허망자이야기」와 「조신의 꿈」은 동일한 설정을 한 작품임에도 불구하고 결과는 차별적이고 과정 자체가 전혀 다르게 되어 있음을 깨닫게 하는 작품이다. 「허망자이야기」는 설화적인 장치의 자각을 유도하는 것이라고 한다면, 「조신의 꿈」은 불교의 교리적인 작용이 더욱 우세하게 느껴지는 작품이다. 두 작품은 생성과 전승 과정에서 서로 깊은 관련을 가진 작품이라고 하지 않을 수 없다.

3) 「허망자이야기」와 『金剛經』

「허망자이야기」는 허망을 강조하므로 금강경의 공사상과 깊은 관련을 가지고 있을 수 있다. 굳이 공사상이라고 언명할 수 없을지 모르지만 불교사상과 긴밀한 특징을 가질 수 있다. 이 작품에서 끊임없이 반복되는 이야기의 상징적 요소 역시 이와 깊은 관련을 가지고 있어서 서로 비교 논의하게 되면 이 이야기의 풍부한 면모를 다면적으로 규명할 수 있다고 생각한다.

「허망자이야기」는 일단 이 작품의 제목을 모두 허망에 집중하고 있는 점을 통해서 일단의 의문을 제기할 수 있을 것이다. 허망이라고 하는 말은 『금강경(金剛經)』 제오(第五) 「여리실견분(如理實見分)」이라고 하는 데서 근거하고 있는 용어이다. 이 대목의 원문을 보면서 이 이야기와 관련지어 보기로 한다.

1] 須菩提 於意云何 可以身相 見如來不
2] 不也 世尊 不可以身相 得見如來 何以故 如來所說身相 即非身相
3] 佛告須菩提 凡所有相 皆是虛妄 若見諸相非相 即見如來

수보리장자와 부처의 문답으로 이루어졌다. 근기가 수승한 수보리에게 부처가 묻는다. 수보리의 뜻으로 가히 신상(身相)으로 여래를 볼 수 있는가? 하고 물었다. 곧바로 해명하지 않고, 에둘러서 수보리에게 넌지시 묻는 방식이 각별하다. 그러자 수보리가 대답한다. 마치 부처의 생각을 답하기라도 하듯이 "그렇지 않다, 세존이시여 신상으로는 여래를 볼 수 없다고 하면서 무슨 이유인가"라고 말하면서 여래가 말하는 신상은 신상이 아니기 때문이다. 부처가 제기한 신상의 두 가지 차원을 나누어서 답변하고 신상으로 볼 수도 없다고 하고, 다시 볼 수도 있다고 하는 것은 놀라운 발언이다. 그것은 신상은 신상이 아니라고 하는 말에서 결정으로 발견된다. 신상이 신상이 아니라고 하는 발언의 핵심적 사고가 "즉비(卽非)"의 논리에서 말미암는다.

그러자 부처가 일련의 사구게(四句偈) 형태로 버르집어서 정리하면서 수보리의 생각에 맞장구를 치게 된다. 무릇 상을 가진 것은 모두 허망하므로 만약에 제상의 비상을 본다면 바로 여래를 볼 수 있다고 하는 휘갑을 치고 있다. 부처의 말이나 수보리의 말은 서로 상통하지만 부처는 포괄적인 범칭으로 근간을 잡아서 모든 상을 가진 것에 대한 전반적 명제를 규명하는 것을 볼 수가 있음이 확인된다.

신상과 신상은 서로 대립한다. 허망한 것을 찾아서 여성은 회의한다. 도대체 이것이 무슨 말인가? 한 평생을 산 쪽에서는 한 바탕 인생이 꿈과 같은 짧은 삶임을 알기 때문에 인생의 깊은 깨날음으로 허망하다고 말했다. 그러나 인생의 길이가 많이 남아 있는 여성은 이러한 허망함에 대해서 알지 못하고 체감할 수 없다. 인생의 깊이를 아는 인물의 허망이라고 하는 말과 전혀 경험하지 못한 인물에게 허망은 뜻이 다르다.

여성은 지나가는 중을 만나서 한 평생의 묘미와 맛을 보게 된다. 그러나 이 과정에서 얻은 아이들이 갑자기 죽게 된다. 생명의 탄생과 죽음의 아픔을 보면서 인생의 한 과정을 온몸으로 체험하게 된다. 그런데 이 모든 과정을 깨고 보니 한 바탕의 꿈이었다. 여인이 잠깐 물을 길러간 사이이거나 동시에 밥물이 끓어 넘치는 순간이라고 했다. 인간의 오랜 시간은 신상으로 체험하는 것이지만, 그것이 형체로 이루어진 허망함이라고 하는 것이 요체이다. 신상과 신상의 상관성을 통해서 깊은 진리에 이르는 것과 별반 다를 바가 없다.

부처가 수보리에게 말문을 여는 것이 이야기에서는 여인이 윗대의 남성 어른이 허망하다고 하는 말을 듣는 것과 같다. 허망한 것의 말뜻을 찾아나서는 존재는 수보리의 문답 방식과는 전혀 다른 형태이다. 여인은 이 말의 의미를 몰라서 헤매이다가 어떤 승려를 만나서 이 말에 생사의 과정이 모두 담겨 있다고 하는 사실을 체험하게 된다. 철학적 이치로는 간단한 과정을 이야기의 상황 설정을 통해서 이에 대한 깊은 고찰과 고민을 하게 된다. 그렇게 함으로써 이야기를 통해서 말의 이치가 무엇인지 알도록 구성하였다.

문답을 통해서 아는 것과 이야기를 통해서 아는 것은 결과적으로 같은가 다른가? 허망하다고 하는 것을 공통적 키워드로 하고 있으면서도 전혀 다른 전개 과정을 보이고 있다. 문답은 간명하고 개별적인 사실에서 전체적인 이치로 나아가는 간명함이 있으며, 이러한 사고 과정을 갖추지 못한 인물에게는 단박에 이 말의 속뜻을 알아차리는 것으로 진입할 수 없다. 어렴풋하고 막연하게 경전의 내용으로 도달할 수 있다.

그에 견주어서 이야기로 통해서 이 말을 아는 과정은 이야기의 순서와 단계가 그렇게 어렵지 않으며, 선명하게 요약되는 특징을 가지게 된다. 그래서 이야기의 맥락이나 전개 과정이 어렵게 인지되지 않는다. 굳이 불교를 모르는 사람에게도 도달되어, 그 주제가 각인받게 된다. 시간은 상대적이고, 서로 깊은 관련성을 가지면서 나이든 사람의 시간과 젊은 사람의 시간, 현실의 시간과 꿈속의 시간 등이 서로 깊은 관계를 지닌다. 사람은 누구나 꿈을 꾸기 때문에 이러한 시간의 상대적 인식이 쉽사리 파악된다.

여인이 잠깐 물을 길러 갔다 온 시간과 중을 만나서 한 평생을 산 시간은 분명하게 상대적이다. 우리가 꿈을 꾸다가 제발 이 상황에서 벗어났으면 하는 시간들이 있는데, 그것은 깨고 보면 잠시이나 꿈속에서 긴 시간이라고 하는 체험을 종종하곤 한다. 이것이 바로 허망함의 비밀일 수 있다. 신상으로 신상을 말하게 하면서 신상으로 신상을 부정하는 교묘한 논리의 역설을 이해하는 것이 바로 불교적 사고의 핵심이자 이야기의 구도라고 할 수가 있다.

「허망자이야기」에서 확인되는 중심적인 이야기의 상징적 화소들이 개입되어 있다. 가령 "물 질러가던 그날 아척이여. 그래 이렇게 물을 떠붓음서 껄꺼덕껄꺼덕 우닌개"와 "그려서 인자 폭포수 난간에를 왔어. 이로코 떨어지는 폭포수. 그려서 거그 와갖고는 둘이 똑같이 죽자고 허는디 영갬이 마느래만 그냥 툭 미클어 버렸네. 근게 폭포수에 가서 둥글둥글 둥그려 내려와 지금. 아, 내려 오다가 뭣이 걸린단 말여. 우뚝 서서 본게 폭포수도 읎고 물도 읎고 즈그 동네 앞으 그 시암 있는디 와서 있어. 그리서 이거 꿈이냐 생시냐 허고 시암이를 가본게 자기가 물 질어 놨던 동으가 그대로 있어."라고 되어 있다.

이 화소가 바로 물, 거품, 폭포수소리 등으로 다양하고도 다채롭게 연결되어 있다. 가령 눈물을 흘리면서 깨어나고 폭포수소리가 있는 곳으로 가서 그곳에서 산다든지, 달리 물을 길러간다든지 하는 일이 이 이야기에 상징적으로 연결되어 있다. 여인이 왜 물과 연결되는지 이해하기 쉽지 않다. 그러나 전통적인 관점에서 보면 물과 관련하여 발생하는 여러 가지 이야기의 구성요소를 본다면 이 이야기의 근간에 물과 연관된 상징적 사고가 개입하고 있음을 부인할 수 없다.

물과 관련된 여인의 존재는 여러 가지 이야기에서 두루 확인되며 이야기의 상징성을 말하는 결정적인 여인들이다. 물을 길러 간 여인의 전

통도 이와 관련해서 말할 수 있는 존재이다. 빨래하다가 만나는 남녀의
이야기까지 확장하면 이 여인의 전통은 매우 인연이 깊은 이야기라고
하지 않을 수 없다.

본풀이나 이야기에서 빨래하는 여인인 표모(漂母)의 존재는 다양한 상
징으로 나타나고 있음이 확인된다. 가령 「석탈해신화」의 해척(海尺),27)
「낙산이대성관음정취조신」의 개짐 빠는 여인,28) 「최옥이야기」에서 최
옥(崔鋈)이 과거에 아홉 번을 도전했다가 실패하자 이를 달래고 꾸짖은
빨래하는 할미의 이야기29)는 물과 깊이 관련된 존재들이다. 그러나 여
기에서 물을 길러가는 여인은 이 전통을 이으면서 버들잎으로 자신의
존재를 알리는 여인과도 관련되었을 가능성을 일부 보이게 된다. 아무
튼 여인과 물의 관련은 깊이 있게 확인된다.

---

27) 『三國遺事』卷第二 紀異2 「脫解王」
　將欲留之, 而舡乃飛走, 至於*「鷄, 雞」林東下西知村阿珍浦[今有上西知, 下西知村名].
　時浦邊有一嫗, 名阿珍義先, 乃赫居王之海尺之母
28) 『三國遺事』卷第三 塔像 「洛山二大聖觀音正趣調信」
　後有元曉法師, 繼踵而來, 欲求瞻禮, 初至於南郊水田中, 有一白衣女人刈稻. 師戲請其
　禾, 女以稻荒戲答之, 又行至橋下, 一女洗月水帛, 師乞水, 女酌其穢水獻之, 師覆棄之,
　更酌川水而飲之.
29) 조동일외, 「수운선생의 내력」, 『한국구비문학대계』7-1, 한국정신문화연구원 어문연
　구실, 1979, 322면.
　임한식 : 그 어른 함자가 옥(鋈)자 아이가. 단자로 옥자지? [청중: 예 맞니도.] 그 말이
　있지요. 아홉 번 가도, 과게를 모했지요. [청중: 정수동이는 일곱 번 갔는데, 두 번 더
　갔는 택이다.] 그래, 한강 담울에(강뚝에) 떡 나오이, 어떤 노고(老姑) 늙은이가 빨래로
　하고 앉았거든. 한강 담울에 와가 땅을 치고, 담배를 한 대 푸우고 있다 말이다. 이래
　있이이, 웬 사람이 과게하고 가서 과게 몬하고 거 와 운다 말이다. 이러이, 그 노모 그
　늙은이가여,
　"애이고, 영남에 있는 최옥씨는 아홉 번 과게 몬해도 암(아무) 말도 앤하고 가는데,
　과게를 몬했다고 운다고. 대장부가."
　이 짝아서(이 쪽에서) 가만 이야기를 들어보이, "내 이름을 어에 저 노인이 안다 말이
　고? 내 과게 한 장, 시장(試場) 한 장 한 것보다 모하지 않다고." 그래 마 왔다고, 그런
　말이 있어요. [조사자: 어째서 과게가 안 됐다는 그런 말은 없던가요?] 그런 일은 못들었
　니도.

이러한 면모를 『금강경(金剛經)』에서도 동일하게 확인할 수가 있다. 마지막에 해당하는 『금강경(金剛經)』 제 삼이(第三十二) 「응화비진분(應化非眞分)」에 이에 대응하는 대목이 있다.

須菩提 若有人以滿無量阿僧祇世界七寶 持用布施 若有善男子善女人 發菩薩心者 持於此經 乃至四句偈等 受持讀誦 爲人演說 其福勝彼 云何爲人演說 不取於相 如如不動 何以故 一切有爲法 如夢幻泡影 如露亦如電 應作如是觀 佛說是經已 長老須菩提 及諸比丘比丘尼 優婆塞優婆夷 一切世間天人阿修羅 聞佛所說 皆大歡喜 信受奉行

이 구절을 인용하는 것은 「허망자이야기」의 주제가 어떠한 사상에 근거하고 있는지 명확하게 확인할 수 있기 때문이다. 대상을 보는 방법과 존재에 대한 근원을 규정하고 있기 때문에 마치 꿈과 같이 흘러가버린 존재들을 인식하는 것과 일치된다. 인생을 한 바탕 꿈이라고 하고, 물을 긷는 사이가 생의 존재가 생멸하는 순간이라고 하는 정의는 각별하다고 하겠다. 시간의 상대적 인식이 곧 존재에 대한 재규정을 요구한다.

대상을 보는 방법은 간단하다. 대상의 보이는 모습에 얽매이지 말고, 달리 대상의 현상을 넘어서는 본질적인 인식에 치중하라고 하는 것이다. 대상을 대상으로 집착하게 되면 이것이 허망한 것이고, 상에 이끌리는 것이라고 할 수가 있다. 그러므로 상에 얽매이지 말고 그것으로부터 벗어나 대상의 여여한 모습과 나의 부동의 인식이 서로 부합하는 것이어야 한다는 점을 강조하고 있다.

간단한 이야기를 너무 확대하고 과장하여 금강경에 견강부회했다고 생각할 수도 있으나, 문면의 진실은 그것이 아니다. 이 설화를 구연하는 전승자들은 이 이야기를 여러 경로를 통해서 들었다고 하지만, 대체로 불교와 인연이 있어 스님들이 이야기하는 것을 들은 것이 일반적인 정황이다. 가령 손성녀와 같은 화자는 부산의 회암사에서 보살로 일을 할 때에 주지스님으로부터 들었다고 하므로 이와 관련되는 것임이 분명하다.

4)「허망자이야기」와『九雲夢』

「허망자이야기」는 구전과 문전 자료를 모두 합쳐서 본다면 다각도의 문제를 제기하는 이야기이다. 앞에서 살펴본 바와 같이 실제의 삶과 꿈이 서로 얽혀 있으며, 이에 대한 상대적 인식이 바로 소설과 이야기에 관련되는 것임을 알 수가 있다. 이러한 점에서 이야기와 소설은 불가분의 관계에 있다. 김만중의『구운몽(九雲夢)』을 본다면, 이 작품과의 관련성은 매우 주목할 만한 것임을 볼 수가 있다. 이 작품과 관련하여『구운몽』과 연결시켜서 이해하기로 한다.

김만중은 불교에 대한 인식이 자못 깊었다.『서포만필(西浦漫筆)』에 그러한 면모가 여러 곳에 등장한다. 선불교에 경도되었으며, 선불교적 비유와 이치를 들어서 주자학으로 굳어져 가는 조선 사상계에 대한 비판적 인식을 제기하였다. 김만중의 불교 인식이 발현된 적절한 사례가 바로『구운몽』이다.『구운몽』에 대한 인식 여하는 줄곧 국문학계의 논란거리였다.

『구운몽』에서『금강경(金剛經)』을 주로 하는 대법에 대한 언급이 실제로 존재하므로 이 문제를 제기하고 풀고자 하는 노력은 주목에 값한다.[30]『금강경』과 소설은 여러 각도에 깊은 공통점을 지니고 있다. 핵심은 성진과 양소유, 팔선녀와 이처육첩 등이 서로 실상과 가상으로 얽혀 있으므로 이것이『금강경(金剛經)』과 깊은 관련을 지니고 있다. 이들

---

30) 四句已盡之矣 山勢之傑 道場之雄 可知爲南方之最 其和尙惟手持金剛經一卷 或稱六如
 和尙 或謂六觀大師『九雲夢』序頭
  大師曰 我當說金剛經大法 以悟汝心 而當有新來弟子 汝姑待之『九雲夢』結末

은 다각도로 관련된다.

인물	실제의 삶	꿈에서
性眞과 八仙女	假相	實相
楊少游와 二妻六妾	實相	假相

이에 대한 관계를 실제와 소설을 통해서 실상과 가상이 하나임을 아는 독자도 있다. 이와 달리 소설에서 실상과 가상에 얽매여 있는 독자도 있다. 실제에서 가상과 실상을 중시하면서 사는 독자도 있다. 가상과 실상의 상관성을 통해서 구조적인 면모를 밝히는 것은 저마다 다를 수 있다. 이 소설은 궁극적으로 작자, 윤씨부인, 사대부여성, 일반 독자 등의 관점에서 각기 다를 수 있으며, 작품의 주제가 이러한 관계 속에서 사상적으로 얽혀 있다.

김만중은 작품과 그의 글에서 이 소설을 쓴 근본적인 주제의 사상을 개진한 바 있다. 작품의 속과 작품 밖에 존재한다. 작품에서 명확하게 제시하고 있는 특징을 들어서 이러한 사상적인 논란에 일정한 의의를 부여할 수 있을 것으로 보인다. 단순하게 이를 볼 수 없는 점은 이러한 사실 때문이다. 작품과 작품 이외의 사실을 중시하면서 이 소설의 근본적인 주제와 사상이 무엇인지 살펴야 마땅하다.

『九雲夢』작품 내적 증거에서 :

1. 딕스 왈 네 흥으 씌여 갓다가 흥이 진ᄒᆞ미 왓스니 닉 무삼 간섭ᄒᆞ리료 ᄯᅩ 네 셰상과 꿈을 달이 아니 네 꿈이 오히려 씨지 못하여쏘다 『九雲夢』완판본의 결말

2. 大師曰 汝乘興而去 興盡而來 我有何干與之事乎 且汝曰 '弟子夢人間輪回之事' 且汝以夢與人世 分而二之也 汝夢猶未覺 莊周夢爲蝴蝶 蝴蝶又

變爲莊周 蝴蝶之夢爲莊周耶 莊周之夢爲蝴蝶耶[31] 終不能卞之 孰知何事 之爲夢 何事之爲眞 今汝以性眞爲汝身 以夢爲汝身之夢 則汝亦身與夢爲非 一物也 性眞少遊 孰是夢也 孰非夢耶 性眞曰 弟子蒙暗 不能卞夢非眞也眞 非夢也 望師傳說法 使弟子覺之 大師曰 我當說金剛經大法 以悟汝心 而當 有新來弟子 汝姑待之(대사가 말했다. 네가 흥을 타고 갔다가 흥이 다하 여 돌아왔으니 내가 무슨 간여한 일이 있겠느냐 또한 네가 제자가 인간 세상의 윤회하는 일을 꿈으로 꾸었다고 하는데, 이것은 네가 꿈과 인간 세상을 나누어서 둘로 보는 것이다. 너의 꿈은 오히려 아직 깨지 않았 다. 장주가 꿈에 나비가 되었다가 나비가 또 변하여 장주가 되었다고 하 니 나비가 꿈에 장주가 된 것인가 장주가 꿈에 나비가 된 것인가 하는 것은 끝내 구별할 수 없었다. 누가 어떤 일이 꿈이고 어떤 일이 진짜인 줄 알겠느냐. 지금 네가 성진을 네 몸으로 생각하고, 꿈을 네 몸이 꾼 꿈으로 생각하니 너도 또한 몸과 꿈을 하나로 생각하지 않는구나. 성진 과 소유가 누가 꿈이며 누가 꿈이 아니냐? 성진이 말했다. 제자가 몽매 하여 꿈에 것이 진짜인지 아닌지, 진짜 것이 꿈인지 아닌지 구별하지 못 했습니다. 바라건대 사부께서 설법해 주셔서 제자가 깨닫게 해주십시 오. 대사가 말했다. 내 마땅히 『금강경(金剛經)』대법을 설법하여 너의 마 음을 깨닫게 해주겠다만 마땅히 새로 오는 제자가 있을 터이니 너는 조 금만 기다려라.)『구운몽(九雲夢)』노존본 B의 결말

『西浦漫筆』의 외적 증거에서 :

府君이旣到配에値尹夫人生朝하여有詩曰遙想北堂思子淚하니半緣死別 이요又生離로다 又著書寄送하여俾作消遣之資하니其旨는以爲一切富貴繁 華ㅣ都是夢幻이니亦所以廣其意而慰其悲也라因謫寓之地하여自號西浦라

---

31) 昔者莊周夢爲胡蝶 栩栩然胡蝶也. 自喩適志與 不知周也. 俄然覺, 則蘧蘧然周也. 不知
   周之夢爲胡蝶 胡蝶之夢爲周與 周與胡蝶, 則必有分矣. 此之謂物化. 『莊子』齊物論

하고³²⁾(부군이 이미 귀양지에 이르러 윤부인의 생신을 맞이했다. 시를
지어 이렇게 말했다. "멀리 어머님께서 아들을 그리며 눈물을 흘리실 것을
생각하니, 하나는 죽어 사별이요 하나는 생이별이로다. 또 글을 지어 부쳐
서 윤부인의 소일거리를 삼게 하였는데 그 글의 요지는 '일체의 부귀영화
가 모두 몽환이다.'는 것이었으니, 또한 부군이 뜻을 넓히고 슬픔을 달래
기 위한 것이었다. 귀양살이 하는 지방을 따라서 스스로 '서포'라 호를
지었다.)

　이상의 기록을 요약하면 작품과 작품외적 증거들이 서로 맞아 들어간
다. 소설에서 한 말과 소설을 쓰게 된 동기가 서로 일치하고 삶의 허망
함을 주제로 하는 점에서 일치하는 글을 발견하게 된다. 주인공의 부귀
영화가 한 순간의 물거품에 지나지 않는다는 생각이 매우 중요하다. 꿈
과 현실은 서로 분리되지 않고 깊은 관계를 가진다고 하는 전망을 뚜렷
하게 보여주고 있다. 『금강경(金剛經)』에서 말하고자 하는 바를 서로 연
결하면서 깊은 연관성이 있는 점을 다시 환기하고 있다.
　작품 내적 증거와 작품 외적 증거가 지향하고 있는 것은 바로 삶과 꿈
의 관계이다. 이 주제는 이미 어느 것을 진정한 것이라고 할 것인가에
대한 오랜 논쟁이 있어왔다. 그것은 인간의 시간인식에 대한 관계를 상
대적으로 설정하는데, 그 전통이 곧 사상이고 철학이고, 도교나 불교에
서 공히 언명하고 있는 것이라고 하지 않을 수 없다. 가령 이 작품에서
모두 실제와 꿈의 관계를 논하면서 말하고 있는 대목이 발견된다. 소설
과 실제에서 모두 금강경을 말하고 있는 것도 주목할 만한 것이라고 하
지 않을 수 없다.

---

32) 김병국·최재남·정운채역, 『西浦年譜』, 서울대학교출판부, 1992, 330면.

요컨대 「허망자이야기」는 사상적 다면성이 긴요하게 돌출한 구전설화임이 분명하다. 이 이야기는 단순한 이야기인 것 같지만 생의 환멸을 경험하면서 인생이 허망하므로 이 허망한 것의 의미를 깨닫도록 유도하고 있는 이야기이다. 이 이야기를 통해서 이 설화를 전하는 전주지역 전승자의 사상적 위대함을 새롭게 인식할 수 있었다. 이야기의 전통은 깊은 사상성에 가닿곤 하는데 이 설화가 바로 전주의 사상을 보여주는 적절한 사례라고 생각한다. 전승에 있어서 이러한 구전설화가 있다고 하는 것만으로도 우리는 전주의 사상과 풍류가 깊이를 갖추고 있다는 점을 다시 절감하곤 한다. 「허망자이야기」의 전통을 통해서 우리는 자각과 각성을 하면서 근원적 사유에 이를 가능성을 얻게 된다. 이 이야기는 이러한 사상을 핵심으로 한다.

이 이야기는 왜 하고 듣는가?[33] 그것도 전주에서 이러한 설화의 자료가 왜 구연되는가 하는 점이 소중한 사연이다. 다른 곳에서 찾을 수 없는 자료가 여기에서 나오는 것은 전주의 사상을 가다듬는데 중요한 것이기 때문이다. 우리의 진정한 삶의 의미는 어디에 있는가? 이를 궁금하게 여기면서 여러 사람이 이 문제에 진지하게 성찰할 도구가 없다. 그런데 이 이야기를 하고 들으면서 삶의 의미를 다시금 생각하게 하는 이야기거리이다.

삶은 허망한 것인가? 이 이야기를 하고 들으면서 삶은 허망하지만 허망한 것 이상의 깊은 의미가 있음을 다시 역설적으로 인식하고 부지런하게 살고 살아가면서 허망함을 다시금 일깨우자는 생각이 있다. 허망하므로 당장 깊은 수렁에 빠진다고 하지 않았다. 허망함의 의미를 알아차리고 열심히 살아가야 한다는 생각을 일깨우고 있다. 허망하지 않다면 인생은

---

33) 이 대목은 윤영옥 선생님의 토론에 대한 응답의 성격을 가지고 있다. 이 이야기의 진정한 의미가 무엇이고 그것이 어떠한 각도에서 해명되어야 하는가 하는 점을 말씀하셔서 새롭게 정리해서 넣는다.

아무런 의미가 없다. 허망하기 때문에 더욱 열심히 살아야 한다.

시아버지의 허망은 며느리의 허망으로 이어지고 있다. 세대를 거듭해서 반복되는 이 허망은 극복해야 할 무엇이다. 그러나 인생을 살아보지 않고 허망하다는 것을 느끼는 것은 허무주의이다. 허무주의에 천착하지 않아야 한다. 열심히 살아보고 이 인생이 값어치가 있다고 하는 것을 느끼게 하는 것이 시아버지의 허망이 자신의 것이 되었다. 생명을 낳고 생명을 잃어보는 아픔 위에서 허망함은 건재한다.

허망하기 때문에 삶을 포기하자고 주장하는 것은 아니다. 실제로 《금강경》에서도 삶은 공이므로 공한 진리에 좌절하라고 되어 있지 않다. 그럴수록 열심히 삶을 살고 실천하는 것이 이상적이라고 제시하였다. 존재도 허망하고 인식도 허망하므로 허망한 삶에서 벗어나야 하는 것을 강조하고 있다. 허망한 삶을 벗어나는 것은 자신의 자취에 머물지 말고 새롭게 이어나가야 한다는 것이고 그렇게 하는 적극적 실천이 바로 머무름이 없이 행하는 것이라고 할 수가 있다.

여성화자들이 주로 이야기하는 이러한 것에서 전주의 사상을 말하는 것은 나쁜 것이 아니다. 오히려 이러한 이야기를 예사말로 풀어내는데 삶의 깊은 진리가 있다. 삶을 실천하고 사랑하면서 이야기로 이를 전승하는 것은 사상의 폭과 깊이가 남다른 전주의 사상을 말하는 것이라고 해도 지나치지 않는다.

전주는 유난스럽게 많은 사상이 잉태되고 난숙되는 이유가 무엇인가? 왜 여성들이 이러한 이야기를 자주 하는가? 거기에는 사상적 힘이 끊임없이 용출하고 있기 때문이다. 안으로 무르녹은 여성의 삶에 대한 인식이 다른 사상으로 전환되면서 놀라운 창조로 이어질 수가 있다. 전주의 사상과 전주의 생각, 전주의 마음을 이러한 각도에서 생각할 수 있는 것이라고 할 수가 있다. 이 점에서 전주의 사상으로 「허망자이야기」로 반추하는 것은 결코 모자라는 것이 아니라고 생각한다.

있는 것들이 허망하고 아는 것도 허망한 것이 사실이다. 그러나 앎을 통해서 있는 것 자체를 반성하고 열심히 삶을 사는 것이 유일한 대안이다. 잠시 머물러서 살지 말고 이야기 하고 남에게 베풀면서 앞으로 나아가야만 허망함을 극복할 수가 있다. 여성들이 자식을 낳고 생명을 사랑하는 것이 전주의 또 다른 사상으로 거듭 태어나게 되었다. 이 이야기의 진정성은 생명의 은밀한 유전에 있다고 해도 지나치지 않다.

4. 전주 구전설화의 풍류사상과 미학

우리를 짓누르고 있는 이 시대의 의사소통에 대한 화두가 있다. 그것은 바로 SNS의 체제이다. 이 의사소통체제에서 필요한 것은 바로 트위터(twitter)와 페이스북(face book)의 계정을 필요로 한다. 둘은 의사소통 체계로서 인간의 의사소통을 돕고 진정한 행위를 완성하는 수단에 지나지 않는다. 트위터는 주제중심의 지향성을 가진다. 제한된 글자로 뜻을 담아내는 것이 핵심이다. 주제에 동감을 표하는 팔로워를 거느릴 수 있는 장점이 있다. 이에 반해 페이스 북은 관계중심의 지향성을 가지고 있다. 그러므로 다자간의 관계를 중심으로 한다.

전주지역 구전설화의 유형 가운데 「이거두리이야기」와 「허망자이야기」를 선택한 것은 오늘날의 이러한 SNS체제를 겨냥한 포석이었다. 이거두리는 사회적 존재이고, 다른 인물과의 상관성 속에서 우러난 존재이다. 하나만의 문제가 아니라, 다른 것들과의 관계 설정을 어떻게 하는가가 논의의 초점이 된다. 사회적으로 위와 아래를 균등하게 생각하면서 가진 쪽의 것을 덜어서 못가진 쪽으로 이동하고자 하는 욕망을 실현하는 것이라고 할 수가 있다. 이거두리는 당시의 페이스 북과 같은 구실을 한 유형이었다.

허망자에 대한 이야기는 그와 달리 주제중심의 내용을 전개한다. 허망함을 알지 못하는 인물에게 인생의 허망함을 알리기 위한 고충이 바로 꿈을 매개로 하는 허망함을 달래는 것이라고 하겠다. 인생의 허망함을 모르는 여성이 잠깐 동안의 체험을 통해서 허망함을 깨닫는 것이 심각한 주제이다. 주제가 간략하므로 핵심을 전달할 수 있으며, 이러한 주제는 결과적으로 트위터의 속성을 일정하게 가지고 있다. 팔로워라고 견줄 수 있는 많은 자료들의 되풀이와 재현이 있게 된 것은 이러한 사정과 연관된다. 자료가 많고 다양한 전승의 양상이 거론되면서 전주지역을 벗어난 문학사의 다면적 연관을 찾아낼 수 있다. 수많은 추종이 이루어지는 것도 이러한 주제중심의 성향 때문에 생긴 당연한 귀결이다.

전주지역은 의사소통의 중심지였으며, 의사소통의 중심지답게 설화의 핵심적인 소통이 이루어지던 곳임을 다시 절감하게 된다. 인물이야기가 다수 발견되는 것은 이러한 각도에서 음미할 만하다. 가령 영웅, 인물전설 등을 중심으로 하는 인물 이야기가 특히 우세하게 나타난다. 가령 이성계, 이서구, 정여립, 진묵대사, 강증산, 진평구, 태학중 등의 다양한 인물 이야기가 등장하는 것은 페이스 북과 같은 구실을 유형적으로 이야기가 했다는 증거이다.

이와 달리 민담의 성향을 지닌 작품이 일군 존재하였다. 이 작품은 대체로 인물 중심이 아니라 관계 중심의 주제 중심의 이야기가 대부분이고, 특히 상황을 중심으로 하는 민담이 관계를 중심으로 하면서 주제를 구현하는 이야기임이 드러난다. 그러한 이야기는 여러 가지가 있지만 특히 다면적 성격을 가지고 있는 신화적인 민담에서부터 더욱 다양한 관계를 설정하고 있는 이야기가 많다고 하겠다.

이 두 가지 형태의 유형적 소통은 매우 중요한 의미를 가지고 있으며, 두 가지 유형을 통한 전주의 구전설화에 일정하게 기여할 수가 있다. 전주지역은 물화가 번성하여, 물화의 집산지 노릇을 하였다. 특히 문화를 중심에 두고 이야기의 전통을 본다면 이 점은 명확하게 확인된다. 그러므로 전주의 인물이야기가 다른 고장에서도 채록되고, 굳이 전주지역의 인물이야기가 아닌데도 불구하고 다양하게 채록되는 점을 볼 수가 있다. 특히 진평구 또는 정평구, 태학중 등의 건달형 인물이야기가 이곳 전주에서 많이 채록되는 것은 이례적인 일이라고 하지 않을 수 없다.

진평구는 전북의 김제 건달형 인물이고, 태학중은 전북 남원의 건달형 인물이다. 모두 전주에서 많이 구전되고 발견되는 것은 지역유형으로 굳어졌을 건달형 인물의 전설이 활발하게 소통되고 있는 단적인 증거이다. 남원에서 찾기 힘든 인물전설을 전주에서 찾을 수 있다고 하는 것은 전주가 설화적 집산지와 소통처로 긴요한 구실을 한다는 뜻이다.

역사적 성격이 뚜렷한 인물에 대한 상반된 인물전설이 전하는 것도 주목할 만하다. 가령 영웅전설 가운데 이성계이야기와 같은 것들은 전주의 관계 중심에 대한 견해를 가장 선명하게 집약하고 있는 것 가운데 하나이다. 이성계는 조선왕조의 개창자인데, 이 인물에 대한 이야기는 대립적으로 양극화되었다. 하나는 이성계를 진정한 창조자로 취급한 전설이 있다. 건국 영웅으로서 신화적 능력이나 무훈을 발휘한 인물로 평가된다.

이와 달리 이성계를 지리산 산신이 내세우는 '우투리' 또는 '둥구리'라고 하는 인물을 제거하고 왕이 되었다고 하는 부정적 인식을 가진 전설도 있다. 진정한 창조라고 하기보다는 영웅에 대한 이면적 비판을 전제로 하고 잠재의식 속에서 이성계에 대한 거부를 나타낸다. 이성계가 지리산 산신령을 귀양보냈다고 하는 설정에서 이성계의 신화적 반대 의지는 극렬하게 나타난다.

포섭과 융합의 특징을 지닌 전주의 구전설화에서 사상적 폭과 깊이를 보여주는 자료가 적지 않게 발견된다. 그러한 사례로 우리는 전주시 풍납동에 거주하였던 손성녀 할머니의 구전설화를 특히 주목해야 한다.

할머니의 설화 자료는 한 편 한 편이 모두 주옥과 같은 특징을 지니고 있다. 설화 목록만으로도 이 할머니의 이야기 세계가 다양하고 풍부하며, 동시에 신비로움이 가득한 것임을 거듭 깨닫게 된다.

단적으로 한 가지 사례를 보면 이 점을 알 수가 있다. 「북두칠성과 애운학이야기」와 같은 것이 적절한 사례이다. 이 이야기는 교묘한 특징이 있다. 「칠성풀이」와 결합되어 있지만 절집에서만 전하는 특징적인 이야기로 많은 아이를 낳은 부인이 소박을 맞게 되자, 애운학이라고 하는 특정한 대상에게 빌라고 하는 이야기이다.

이 인물이 어떠한 기능을 하는지 명확하게 무엇인지 알 수가 없으나 다른 이야기를 연결하여 보면 액운애기와 연결되는 이야기 유형의 자료일 개연성이 있으나 단언하기 어렵다. 액운애기 유형은 운수가 사나운 불행한 여성의 비극적 구전서사담이다. 그러므로 이 구연자는 심층적이고 종래의 자료로 찾을 수 없는 이상한 이야기가 많은 점이 확인된다.

주제 중심의 이야기를 통해서 보면 전주의 구전설화에서는 사상의 깊이와 폭을 확대할 수 있는 계기를 부여한다. 단순한 사건에서 이면적으로 잠재되어 있는 특징을 발견하고 이를 확장하는 능력은 탁월하다고 할 수 있다. 단순한 사상성이지만 여러 차례 가공되고 섬세한 깊이를 더한 것이 바로 전주의 구전설화임을 자각하게 한다. 작품의 이면에 도사리고 있지 않으면서도 넓게 포용하는 특정한 문제의식이 부각되는 것이 바로 전주지역의 구전설화라고 할 수가 있다.

전주의 구전설화에 이것만이 전부라고 말하려는 것은 아니다. 풍부하고 다양한 이야기가 있다. 그러나 전주의 사상과 의식을 엿볼 수 있는 구전설화 두 가지 유형을 드는 일은 매우 소중하다. 이거두리의 사례에서 청렴을 배우고 남에게 시혜를 베푸는 전통이 있었음을 환기할 일이다. 그 전통은 우리 구전설화 유형에서 찾을 수 없는 특별한 사연을 갖춘 이야기임이 분명하다. 성 프란체스코와 같은 인물의 청빈과 다른 사

람에게 시혜를 베풀어 성자의 반열에 든 것과 견줄 수 있는 인물형임을
알 수가 있다.

이 인물유형을 전주나 전주 이외의 구연자들이 기억하고 전승하는 이
유가 명백하다. 그것은 전주의 사상 자체가 역사적으로 분명하고 사상
의 폭을 넓히고 역사와 사회에 이바지하는 인물을 기리기 때문이다. 이
거두리는 구전에 의해 기억되는 인물이다. 구전의 기억은 역사적 기록
보다 소중하다. 이거두리의 행적인 민중들에게 기억되고 평가되는 점에
서 기억의 힘은 분명한 작동을 한다.

이성계에 대한 부정적 평가는 건국영웅으로 알고만 있던 존재에 대한
색다른 평가이다. 이 색다른 평가의 인물을 기록으로 적을 수 없었다.
그렇기 때문에 기억으로 평가하면서 끊임없이 역사적 이면의 인물인 우
투리와 지리산의 산신령을 평가하면서 이들의 패배가 결코 패배가 아님
을 기억해내곤 한다. 이거두리의 전승 역시 이러한 각도에서 전주사람
들이 가지는 평가에 근거해야 한다. 이거두리의 역사를 적는 그 순간의
이거두리의 구전이 보여준 평가와 미학은 사라질 것이다.

전주에 구전되는 설화에서 영웅설화가 우세하고, 특히 구전되는 설화
의 전통 속에서 패배한 영웅을 기억하고 있는 설화유형이 우세하다는
점은 이채롭다.[34] 영웅의 패배한 결과가 왜 거듭 문제가 되는가? 전주
사람들이 이에 대해서 잘 알 수 없을 것으로 기억된다. 안으로 다져진
전통과 전승의 기억이 이를 계속 자극하고 있다. 패배한 영웅이 왜 그렇
게 소중한가?

그것은 정치적 패배자의 관점에 있기 때문에 그러한 생각을 낳게 하
는 것이다. 그러므로 이 정치적 패배의 반추와 환기는 다른 생산적인 사
고로 이어지게 된다. 정치적 패배자들인 여러 인물 가운데 보덕, 진표,

---

34) 이 대목 역시 토론자인 윤영옥 선생님의 의견을 듣고 다시 고쳐서 서술한다.

견훤, 신원충, 정여립, 전봉준 등의 실패가 그러한 사례일 수 있다. 그러한 패배에 반역의 칼날을 갈고 있는 사상이 있는 것은 아니다. 역사를 거스르면서 무엇 때문에 실패했는가 하는 점도 있지 않다. 오히려 전통 속에서 이를 통한 다른 전통의 창출을 하는 소재로 이를 활용하고 있다. 전주는 패배자의 고향이지만 동시에 다른 사상의 용출지임을 분명하게 하고 있다.

사상과 신흥종교의 생산지가 모악산을 중심으로 하는 전주임을 다시 생각할 필요가 있다. 신흥종교가 많은 이유가 무엇인가? 동시에 신흥종교의 주인물들의 이야기가 풍부하게 전하고 있는 것은 무엇인가? 진묵대사, 강증산, 심지어 이거두리까지 영성을 가진 기독교의 인물로 취급하는 것은 사상의 용출지 노릇을 하고 있기 때문에 이러한 사상 창조는 전혀 다른 면모이다. 패배하면서 승리하는 전주의 정신이 이야기 속에 들어 있다.

영웅설화나 종교적 창도자의 이야기와 달리 이러한 이야기들은 전주 사상의 기저를 창조하는데 상당한 폭과 깊이를 갖춘 이야기임이 분명하다. 전주사람의 속생각에 이러한 사상이 뿌리깊게 남아 있기 때문에 새로운 창조가 가능하다고 하겠다. 이러한 점에서 이거두리의 이야기와 허망한 것을 다루는 이야기는 올곧게 자리매김을 하고 있는 것이라고 해도 지나치지 않는다.

전주의 풍류는 남다른 데가 있다. 예술을 사랑하고 천년의 전통이 풍류에 있다고 자랑삼아 말하는 것을 많이 볼 수가 있다. 전주의 풍류가 가지는 미학적 근거와 사상이 요긴하다. 이 풍류의 근거가 바로 불교이면서 불교가 아니고, 종교이면서 종교가 아닌 특별한 의미를 가지고 있다. 그러한 사상의 근거를 우리는 강증산의 인물전설이나 종교전설에서 볼 수가 있는데, 그 근저에 이야기가 가로놓여 있다. 진묵대사의 이야기와 같은 것이 있는 점은 이러한 각도에서 평가할 일이다.

그러나 예사로운 민중의 사상적 기저가 중요하다. 그 사상에 이야기의 핵심 층위가 자리하고 있다. 그러한 사상으로 우리는 허망에 대해서 말하는 이야기에 주목을 해야 한다. 갖추어진 인물유형의 이야기가 아니라 상황을 중심으로 하는 일련의 이야기가 소중하다고 하는 말이다. 그렇게 하는데 있어서 예사 아낙네가 주인공이 허망에 대해서 깨달은 이야기는 불교의 공사상과 관련되지만 불교의 사상이 아니다. 뿌리 깊은 이야기의 근거를 가지고 이를 활용하려는 생각이 다각도로 적용된다.

불교의 공사상은 자체로 이해하기 어렵다. 그렇기 때문에 쉬운 이야기와 만나야 본질을 전할 수가 있다. 하룻밤에 꾼 꿈과 같은 사연이 실제로 오랜 것 같은데 단박에 이루어진 짧은 꿈이라고 하는 사연은 서로 깊이 상통한다. 우리네 일상 체험에서 이루어지는 사연의 깊이를 통해서 불교의 근본 문제를 연결하는 이야기가 허망에 대한 이야기이다. 허망에서 벗어나서 허망하지만 일상의 삶을 살아야 한다는 사상의 폭과 깊이를 갖춘 이야기임이 선명하다.

전주가 미학적 도시이고, 남다른 도시임은 널리 알려진 사실이다. 그러나 이를 가능하게 했던 사상적 전통을 평가하고 풍류의 근거를 온전하게 해야만 전주의 전통이 도시 미학으로 이어질 수가 있다. 전주에 대한 막연한 평가를 내세우지 말고 이야기의 전통에서 이어지는 생각을 내세워야만 하는 절실함이 여기에 있다. 이야기를 통해서 이야기 이상의 사상을 가다듬은 전통을 계승해야만 한다.

전주의 사상 창조 가운데 놀라운 창조는 예술이다. 예술 가운데 판소리와 같은 것들은 고도의 창조에 해당한다. 판소리의 예술적 창조와 영웅설화의 비극적 패배는 서로 깊은 관련이 있다. 소리에 그늘이 있어야 한다는 전통이 있다. 정치적 패배는 승리의 이면이다. 예술적 승리를 이를 바꾸어서 그늘이라고 한다. 삶의 전폭에서 이루어지는 삶의 고단한 체험과 함께 이를 통해서 보여주는 판소리의 미학을 '그늘'론으로 전환할 필요가 있다. 삭임과 그늘이 하나가 되어서 정치적 패배를 창조적 승리로 전환하였다.

그렇기 때문에 바람직한 미래 창조를 위한 이들 설화의 전통은 남에 대한 시혜와 자신의 사상으로 온축해야 할 특징적인 전환이 필요하다. 이 전환에서 중요한 것이 전주의 사상과 풍류이다. 남에게 베풀면서 미래의 밝은 창조로 가야 하는 것이 핵심이다. 창조가 진정한 창조로 가는 데 있어서 예술적 창조는 여러 사람을 행복하게 한다. 정치적 승리와 패배는 패가 갈라진다. 그러므로 진 역사, 패배의 역사에서 영웅을 창조하고 사상을 내세우는 사상창조는 바로 예술이다. 그 중간에 이러한 이야기가 있음을 다시 환기할 필요가 있다.

참고문헌

1. 기본 자료

一然, 『三國遺事』

金萬重, 『九雲夢』

許筠, 「蔣生傳」

金鑢, 「蔣生傳」

전라북도, 『傳說誌』, 1990.

전라북도, 『全羅北道誌』 제1권, 1989.

박순호, 깨달은 허망, 『한국구비문학대계』 5-5(전북 정주시·성읍군편), 한국정신문화연구원 어문연구실, 1987.

_____, 저승에서도 남을 거둔 거두리, 『한국구비문학대계』 5-4(군산시·옥구군편), 한국정신문화연구원 어문연구실, 1984.

조동일, 「수운선생의 내력」, 『한국구비문학대계』 7-1, 한국정신문화연구원 어문연구실, 1979.

최래옥, 『전북민담』, 형설출판사, 1979.

_____, 이거두리의 줄빵, 『한국구비문학대계』 5-2(전주시·완주군편), 한국정신문화연구원 어문연구실, 1981.

임석재, 『任晳宰全集7 · 韓國口傳說話―전라북도편 I 』, 평민사, 1992.
_____, 『任晳宰全集8 · 韓國口傳說話―전라북도편 II 』, 평민사, 1992.

2. 연구논저
김병국 · 최재남 · 정운채역, 『西浦年譜』, 서울대학교출판부, 1992.
김월덕, 「전북지역 구비설화에 나타난 영웅인식」, 『구비문학연구』 제4집, 한국구비문학회, 1995.
김헌선, 건달형 인물이야기의 존재양상과 문학사적 의의, 『경기어문학』 제9집, 경기대학교 국어
　　국문학과, 1979.
서해숙 · 이정덕 · 전정구 · 한미옥, 『우리전주 전주설화』, 전라문화연구소, 2000.
유영대, 「說話와 歷史認識―이성계 전승을 중심으로」, 고려대학교 국문학과 석사논문, 1981.
전북전통문화연구소, 『전주의 역사와 문화』, 신아출판사, 2000.
최래옥, 허망자이야기, 『전북민담』, 형설출판사, 1979.

[부록] 전주구전설화 자료 각편

1. 이거두리 인물유형 전설

1) 최래옥, 이 거두리의 줄뺨, 《한국구비문학대계》 5-2, 한국정신문
   화연구원 어문연구실, 1981, 796-797면.

「이거두리의 줄뺨」

   * 진평구 이야기 다음에 전주의 명물 "거두리" 이야기가 나왔다. 거두리
는 전주이씨로 서족(庶族)이었는데 원래 재사(才士)였다고 한다. 곧 전주
북문(北門) 안 이진사의 기생 사이에서 난 아들이었다. 서족을 하시(下視)
를 하던 때라 장난꾼같이 거지 대장노릇도 했다고 하며, 인품도 좋고 어
느 좌석에 가서 남에게 뒤지지 않았다고 한다. 부자의 사랑방에 가서 자
기 옷같이 입고 와서, 거지를 보면 다 벗어 주었다고 한다. 근대 인물이
그전에 있던 설화를 수렴하여 실화로 인정되는 예를 들어 보겠다. 이것은
설화의 변이에 주목할 만한 자료이다. 그의 이야기는 죽은 지 50년도 안
되었지만 구비전승이 되어 전북지역의 골계인물인 남원의 태학중이나,
김제의 진평구, 그리고 상전을 골탕먹인 막동이처럼 여러 가지 이야기가
유포되어 있다. 조사자도 어려서 부친에게 듣기로는 우표를 이마에 붙이
고 기차를 우편물로 자처하면서 기차를 무료로 타고 다녔다는 것이다.
   이거두리 이야기가 계속될 때 경로당장(敬老堂長)인 김용철(金容喆,
81) 할아버지가 왔다. 늙은 거두리를 보기도 하였다고 한다. 자기 욕심을
낸 것이 아니라 주인의 옷을 척 입고 나가서 거지를 주고 와버리는 것을
군산에서 목격했다고 한다.
   줄뺨 이야기는 김제군 백구면 반월리의 김준의씨집(당시 2000석 부자)
에서 거두리와 주인 친구가 있는 자리에서 일어났다고 조재구 할아버지는
말한다.

남들이 옷이 보기에 뭣이하다고 비단옷을 남이 해주면, 이거두리는 걸인에게 바로 줘버렸다. 평생에 모자를 제대로 쓰지 않고 엎어서, 뒤집어서 쓰고 다녔는데, 이 세상이 모자처럼 뒤집어져야 한다는 뜻이라고 말했다. 지금 보면 그는 선가가자요, 광인(狂人)이요, 기인(奇人)이요, 걸인이요, 재사였다. 시대를 못만난 사람이라 하겠다. 글, 노래, 시조 등에 못하는 것이 없었다. 집짓는 데에 노래만 불러도 대접이 융숭했다. 거드렁대서 거두리라는 이름이 붙은 것이다. 그의 조카의 손자(從孫)는 이 근처에 산다고 한다.

전주에 살던 어떤 사람이 죽어서 저승에 가서 이승으로 다시 살아날 때, 이거두리의 저승 적선 창고에서 재물을 빌려서 나온 후, 이거두리에게 신세진 것을 갚았다고 하는 "안동 제비원" 같은 이야기도 있다.

일테면은 어느 한 놈이 어느 거시기(경우)에 뺨을 탁 때리거든. 그런개 이분네도.

"줄뺨이다 이놈아!"

[유쾌하게 큰소리로 구술] 그래서 줄줄이 때렸다는 거여. [웃음]

2) 박순호, 저승에서도 남을 거둔 거두리, 《한국구비문학대계》 5-4, 한국정신문화연구원 어문연구실, 1983, 878-880면.

　* 이야기를 듣고만 있는 제보자에게 이야기를 청하자 다 잊었다고 하면서 잠시 생각한 후에 들려준 것이다.

전주 가믄, 지금 전주에 가서 그런 일이 있냐고 전주가 물으면 있다고 혀. 이 거두리란 양반이 있는디 [조사자: 이 거두리?] 응. 거두리요. 참봉여, 벼실(벼슬)은 참봉 벼슬헌 양반인디, 이 양반이 자기도 훌륭히 잘 살고 그러건마는 이 양반이 넘을 거두기만 혀. 옷 같은 것도 집이서 히 주면 입고 나가서 거그 가서 허술헌 사람, 옷 읎는 사람 이런 사람들 그

옷을 벗어주고서 그 흔(헌) 옷을 자기가 입어, 이렇게 세상을 살어. 근게 친구들도,

"아. 이게 무슨 모냥이냐고, 어찌믄 저렇게 남루허게 헐 수 있냐고."참 옷을 히주고 그러믄 그냥 바로 가믄 다른 사람 주고서는 흔 걸로 입고 이렇게 시상(세상)을 살기 땜이 그 양반이 호가 거두리여. 그렇게 참 수십 년을 살다가 그 양반이 작고허셨는디, 허신 뒤에, 저 전주 가믄 오목대란 디가 있어. [조사자: 예, 그러죠.] 응, 오목대 사는 사람 하나가 젊은 사람이 죽었는디 죽어서, 참 허무헌 얘기지만은, 저승을 갔어. 가서 최판관한티 참 조사를 받는디 그 최판관이 말허기를,

"아, 너 들올 때가 아닌디 어쩌 들왔냐? 나가라."

고 그려. 그러면서,

"예전35)을 쓰고 가거라."

그런디 죽을 때 돈 한 푼도 안쥐고 간 사람인디 예전을 쓰라닌게 돈이 있으야지.

"돈이 읎읍니다."

"아, 그러므는 저 이 참봉한티 가서 취어(뀌어) 달라믄 줄 거여. 헌게(그런게) 취해서 예전을 쓰고 나가거라."

그 이 참봉을 찾어가닌게, 참 이것 참 허무헌 얘기여. 농협창고같은 놈이 수십 갠디, 어찌튼지 그 거두리 이 참봉 창고는 하나씩 의복이니 돈이니 곡식이다 꼭꼭 하나씩 차가지고 있어. 그 양반한티 가시 그 사실 이얘기를 허면서,

"돈을 얼마만 취어주시면 지가 예전을 쓰고 나가겄습니다."

헌게,

"아 그러냐."

---

35) 선불(神佛)의 영(靈)에 예를 다하여 공물(供物)을 바침, 또는 그 공물.

고. 주어. 주면서,

"아들, 갖다 갚기는 내 아들기다 갚으라."

아들기 갚으라고. 아, 그리서 참 예전을 어떻게 썼는지 모르겄으나 예전 쓰고서 깬 것이 뀜(꿈)이라. 그럴 거 아녀? 죽은 놈이 다시 살어났은게. 그리서 인자 살어 있으면서 저승서 돈 뀌어서 쓰고 아들기다 갚으랬는디, 이 안갚어선 안된다고 그 돈을, 뀌어쓴 그 돈을 챙겨가지고 갚으러 갔어. 아들한티로, 간게 도저히 받지 안혀.

"그게 무슨 소리냐. 말 같지 않다고! 어디 우리 아버지가 돌아가신 지가 언진디(언제인데) 돈을 뀌어주었다고 아들기 갚으락헌다고 그 돈을 내가 받을 수가 없은게 안받는다."

고 받으락커니 안받는다커니 이 참 이래서 여러 번 이러다가 결국은 도지사가 받었답니다. [조사자: 예, 그 돈을요?] 그 돈을. 그맀다는 얘기가 있어요. 그 전주가믄 그 소리가 시방까지 논란이 있어요.

2. 허망자이야기 유형

1) 최래옥, 허망자(虛妄字) 이야기, 《전북민담》, 형설출판사, 1979.

옛날에 어느 곳에 큰애기가 인제 시집을 갔어. 시집을 가서 시집살이를 사는데, 시아버니가, 밥상을 갖다줘도 밥을 먹고 나서,

"허, 그거 허망하다!"

밥을 먹고도,

"어, 그거 참 허망하다!"

그래 대체 그 뜻을 알을라고 이 이 새댁이 아무리 깨칠래도 모르겄거든. 그러자 하루 식전에 밥을 풀쑥풀쑥, 촌에는 밥을 넘겨놓고 물동우(동이) 옆에 찌고 물길러 안 가?, 그래 밥을 풀쑥풀쑥 넘는 것 보고 물

한 번 질어(길어) 갖고 와서 그 밥을 챙겨줄라고, 물을 질러(길으려고) 그
각시가 동우를 찌고(끼고) 나간개, 도사중이 하나 와서,

아 이 댁이 동냥 좀 돌라고 그런개,

"내가 시집온 지가 몇 개월이 됐는데 우리 시아버님이 만날 일을 해도
허망하다, 밥을 잡숴도 허망하다, 만날 허망자를 몰라서 그런개 그 좀
일러 주오."
라고 허망이란 문자를 몰라서 그런개, 좀 일러달란개, 그러마고,

"그러면 물동우 거기 놓고 날 따라오시오."

중이 그래. 따라갔어. 중을 따라서 중하고 어연간에 삼년을 삼서 아
들 3형제를 뽑았어, 중하고 살아서 아들 3형제를 났는데, 아 그래서, 나
면 아들이고 나면 아들이고 그래서 아들 3형제를 뽑았어. 그러자 하루
아적(아침)에는 중이 있다가,

"여보, 당신 아들은 낳았어도 다 죽어. 송장이 들어올 테니 어쩔라요?"

송장이 들어온다고? 자식이 다 죽어서 돌아와?

"아이구 그러면 어쩔끼라우?"

그러자 쪼금 있은개, 큰아들이 죽어서 떼메고 들어와, 또 쪼끔 있은
개, 가운데 아들이 죽어서 떼메고 들어와, 아 쪼금 있은개, 막동이아들
이 죽어서 떼메고 들어와, 신체 세 개를 갖다두고 어떻게 할 수가 없어.
그런개 중하고 둘이 사시 산에 가서 그 놈을 떼메다가 땅을 파고 한 구
덩이다가 넣어버렸어. 한 구덩이다가 넣고, "아이구 대고" 울다가 눈을
퍽! 떠본개 내나(여전히) 그날 아척(아침)이여! (질문 : 네?). 내나 그날 아
척이여, 물 질러가던 그날 아척이여. 그래 이렇게 물을 떠붓음서 껄꺼덕
껄꺼덕 우닌개,

"야, 왜 이렇게 울기만 해? 물이나 떠붓지!"

그래서 깜짝 놀래 본개 그날 아적이여, 내나야. 그냥 물동이 갖다놓고
물 떠붓을라는 새에 그렇게 살았어. 그래서 집에를 온개 겨우 밥솥에 밥퍼

서 채릴 때밖에 안됐어. 자식 셋이나 났어도, 하하하. (질문 : 그러니 꿈인가
요?) 꿈도 같고 그게 허망이여. 허망, 그 물가상(우물가)에서 산 거여.

그러자 자식 셋을 죽고 우는 판에, 그 아저씨란 사람이,

"아 이사람아, 물이나 퍼붓지 왜 울고 있는가?"

그래 깜짝 놀래서 눈을 떠본개 낸내야(여전히) 그날 아적인디, 집에 가
본개 부석(부엌)에 불도 안 꺼지고 밥채릴 때가 되었거든. 그래서 밥을
챙겨서 시아버지를 갖다주고 와서, 부석 앞에 가서 쭈글드려 앉아 갖고,

"아, 이거 이상하다. 이게 어쩐 일인가? 꿈인가 생시인가, 원 잠깐 그
지경이 뭔 일인고?"

하고 생각한개, 그게 복이 돌아온개 그때야 때를 만났지 때를 만났어,
가난한 사람이. 그래서 밥상을 갖다준개 시아버지가 며느리를 한번 휘
떡 쳐다보더니,

"야 아가, 너 밤에 머리 아팠냐? 눈이 뻘겋다!"

그래 울었은개 눈이 뻘겋겠지. 그래서 눈이 뻘건개,

"아 이상해요."

"왜 그러냐? 꿈을 어떻게 꾸었간디 그러냐?"

"별 요상스러운디, 꿈에 본 데라 찾아갈까 모르겠오."

그럼스로(그러면서) 찾아갈까 모르겠오, 갑시다하고는 시아버지는 삽
들리고 서방님은 괭이 들리고 해서 갔어. 아 세 개 파묻은 데를 찾아갔
어. 거기를 파닌깨 당이 다르더래. 워녕(워낙) 땅색이 달라. 아 꿈에 아
(아기) 셋을 묻어놓은 데를 보니깨 땅이 이상해갖고,

"여기를 좀 파보시오."

그래서 아 파닌개, 그 세 개가 다 쌀도가지, 아니 돈도가지여, 그 때를
만나니라고 그래갖고, 그 돈 세 도가지(세 항아리) 캐다가 부자가 돼서
잘 살아서-- 시방 그 손자가 살았대. 하하하. 한 번 가봐. 하하하.

꿈에서 살았지, 밥솥에 불때서 밥넘은 것 보고 시암(샘)을 나갔은개,

그 한 삼십분이나 됐겠오? 한 시간이나 됐겠소? 반시간도 못 됐지. 그러
고 와서 밥 재쳐서 밥 풀 때가 됐은깨네.

시아버지가 허망자라고 하 것은, 그 때를 만날라고 그 돈도가지 셋을
파다가 집을 잘 짓고 논을 사서 살면서, 이제는 허망하단 소리를 않더래
요. "참 어찌 그리 허망하냐?" 그러더니, 그 돈 도가지 파내오고는 허망
자(字) 소리를 않더래. 도사 중이 인생을 갈쳐갖고 제 때를 만나느라고.
뱃사공 바람 붙잡아갖고 때만난듯기(듯이) 그리 됐어.

◎ 채록기
손성녀(女, 80) 할머니가 1978.3.30 밤 10시 30분 전주시 풍납동 1가
28번지 방에서 구술하다.
◎ 설화력
부산 석암사에서 보살로 일하며 지내며 60세 경 놀면서 들은 것이라 한
다. 주지스님이 해주었다.

2) 박순호, 깨달은허망, 《한국구비문학대계》 5-5, 한국정신문화연구원 어문연구실, 1987.

테잎연번　[정주시 설화 20]
음성위치　T. 정주 4 뒤
채록지　　연지동 서부노휴재
채록자　　박순호, 이홍, 박현국 조사
구연자　　한태식
출전　　　한국구비문학대계 5집 5책
출전페이지　101~104

* [설화 19]를 끝내고 담배를 피우려다 간단한 것 마저 하겠다며 이야
기를 시작했다. 이야기 도중 동료가 가려고 하자 이야기 마치고 같이 가

자면서 붙들어 놓고는 계속했다.

허망허다, 허망허다는 이야기가 있지 '아이 나 참 허망헌 꼴 봤네.' [갑자기 조사자를 향하여] 뭣이 허망한 것이여? 대답 한 번 히봐요? [조사자 : 글쎄요.]허망허다는 것을 뭣을 칭히서 허망허다는, 허망허다고 헐 수 있냐 그것이여. [조사자 : 죽음 같은 것을 혹시 얘기 헐라나.] 죽음도 여러가지지. 늙어서 명대로 살다가 죽은 것은 허망이 아니지. 허망허다는 얘기를 묻게 되면은 누구든지 대답을 뭐라고 허는고니,

"허망헌 꼴 보면은 허망허다고 소리가 나오지 별 수 있냐."

이러코 이야기가 나와 져. 한 가정에서 큰애기 하나가 있는디, [제보자 : 같이 가.36)[조사자 : 할아버지 쪼금만…….] 큰애기 하나가 있는디 이 허망허다는 그 뜻을 알고 싶어 죽겠어.

"뭣 보고 허망허다고 허는 것이냐."

아버지보고 물어 봐도,

"아, 허망헌 일을 보면은 허망허다 소리가 나오지야."

즈 어머니보고 물어 봐도 그 대답을 똑부러지게 알고 얘기 허는 사람이 읎어. 허망헌 일을 보면은 허망허다고 허지, 뭣을 꼭 지칭히서 허망허다는 말을 지적헐 수가 없다 그것이여. 이것을 알지 못하고 크다가 시집을 갔어. 시집을 갔는디 그놈의 것이 그렇게도 알고 싶었던지 남편보고 물어 봤어.

"허망허다는 것을 뭣보고 허망허다고 허는 것이요?"

물은게 뭐라고 대답을 못혀.

"아이, 허망헌 일을 보면 뭣이든지 허망헌 것 아니냐고."

남편보고 물어 봐도 모른다. 시부모한티까지 그 어렵게 물어 봤어.

---

36) 옆에 앉아 있던 동료가 집에 가려고 일어서자 붙잡으며 한 말이다.

물어 봤는디도 똑부러지게 몰라. 어떠코 생긴 것이 허망헌 것이다 허고
이 얘기를 못혀. 그러코 살다가 애통이 터져 이놈의 것을 알고 싶어서.
근디 하루는 문 바깥이 가서, 싸립문 바깥이 기사 새암이 있는디 밥을
퍼서 주고 밥상을 디려 놓고 얼른 가서 물 질러다가 밥솥이다 물을 붓을
라고 물을 질러 갔다 그말여. 동이에도 물을 하나 떠 붓어 놓고 막 일라
곤게 중 하나가 지내가더니, 지내오더니,

"아니 죄송헙니다만은 물 한 그릇 얻어 먹으면 어떨까요?"

"아, 그렇게 허시오."

그러고는, 동으에 질어 논 물을 가운데서 떠서, 바가지 뵉이 읎이니까
바가지로 줬어. 주닌게 뻘떡뻘떡 먹고는,

"아이, 잘 먹었읍니다."

허고는 돌아 서거든. 물을 얻어 묵었은게 돌아서 갈라고 그런게 그것이
그렇게도 알고 싶었던지,

"아, 여보 대사."

부르니까 돌아서,

"내가 미안허지만은 한마디 물어 볼 말이 있소."

"뭔 말씸이요."

"거 허망허다는 얘기 안 있소, 근디 뭣을 보고 허망허다고 허는 것이
요. 고것을 내가 알고 싶어서 시방 죽겄소."

"그려요. 아, 그렇게 쉬운 것을 뭐 알으실라고 그러쌓소."

대사가,

"그래 꼭 좀 일러 주시요."

"그리요 그러면 내 발자욱만 디디고 저만치만 따러 오시오."

그러그든.

"가는 대로 자기 발을 따러서 좀 몇 발자국만 따러 오시오. 그러면 일
러 디리리다."

이놈의 것을 몰라서 애가 타는 바람, 차에 일러주마고 근게 따러 갔어. 아, 몇 발작을 따러 갔는디 본게 짚은 산중으가 턱 나서 버러. 그양 폭포수가 폭폭폭폭 니려가고 짚은 산중이여. 근디 본게 절간같이 이렇게 집이 있고 근단 말여. 느닷읎이 그러 디가 나와.

"아, 여그가 어디요?"

"여그가 아무 산 아무 절인디 절에 업어다논 시악시라니 인자는 여그서 수백리 되야. 벌써 오기를 수백리 왔어. 허니 인자는 갈 것 없이 나허고 삽시다."

못가게 히버린다고 그러니 이놈의 것 어쩔 수가 읎어. 그서 밥은 히서 퍼서 디리 놓고 그것 알기 위해서 따러 온 것이 그렇게 되야 버렀으니 가도 오도 못허고 인자 못가게 허고 살자고 허니 어쩔 것이여. 그서 헐 수 읎이 살아. 거그서. 사는디 대번에 그양 애기를 벤 것이, 하나 난 것이 아들을 낳어. 그서 고놈 또 큰게 또 아들을 또 낳지, 또 하나 낳지 삼형제를 낳어. 그러다 보닌게 삼형제를 인자 키우는, 키우고 사는 바람에 재미가 져서 인자 어쩔 수 없이 가도 못허고 인자 그놈을 키워서 글을 가르쳐 갖고 공부를 잘 혀. 근게 수십년 돼 부렀지. 요놈이 한 이십살 가차(가까이) 먹고, 인자 작은 놈도 열 및 살 먹고 모도 있어. 그러자 과거를 뵌다고 과거를 준다고 허니까 과거를 보러 보내야겄어. 그서 아들들 삼형제를 과거를 보러 보냈단 말여. 과거 혀서 장원급제 힜다고 소문이 들와. 그것 장원급제 히가지고서 삼현육각을 잽히고 오는디. 오다가 느닷읎이 그냥 벼락비가 내려가지고서 횡수(홍수)가 졌는디 다리를 건느게 생깄어. 그 다리를 딱 가운데 찜 오니라니까 기양 다리가 팍 무너져 가지고서는 떠내려가 버리네. 삼형제가 그양 싹 몰살을 히버려. 그맀다고 인자 소문이 들어 와. 들어 오니까 그때는 인자 두 늙은이가 다 늙었지.

"이거 우리가 살아서 뭣 허겄냐 죽어 버리자. 자식들 켜갖고 과거 히 갖고 오다가 다 죽어 버리고 인자 우리가 살아서 뭣 허겄냐고. 가자고 죽자고."

그려서 인자 폭포수 난간에를 왔어. 이로코 떨어지는 폭포수. 그려서 거그 와갖고는 둘이 똑같이 죽자고 허는디 영갬이 마느래만 그냥 툭 미 클어 버렸네. 근게 폭포수에 가서 둥글둥글 둥그려 내려와 지금. 아, 내 려 오다가 뭣이 걸린단 말여. 우뚝 서서 본게 폭포수도 읎고 물도 읎고 즈그 동네 앞으 그 시암 있는디 와서 있어. 그리서 이거 꿈이냐 생시냐 허고 시암이를 가본게 자기가 물 질어 놨던 동으가 그대로 있어. 자기 집도 거그가 있고. 에이 빌어 먹을 것 한 번 들어가 본다고 그놈을 이고 는 들어갔어. 들어가 본게 자기가 밥 퍼서 딜여 논 밥솥이 그대로 있어. 그래서 거그다 인자 물을 붓었어. 그려 갖고는 물을 기양 히갖고는 갖고 간게,

"아이, 밥을 다 먹었고만 인자사 물 가져 오냐고."

그러드래. 근게 일 세상을 산 놈의 것이 결국은 그날 아침이여.

"아하, 인자 허망을 깨달었다 말여. 요것이 허망헌 것이구나."

그리서 허망을 고렇게 혀서 깨달었드래여.

제4부

삼국유사 속의 이야기 발견

1. 「射琴匣」의 원문과 주석

　第二十一, 毗處王[一作炤智王][1]卽位十年戊辰, 幸於天泉亭. 時有烏與鼠來鳴, 鼠作人語云: "此烏去處尋之." [或*「運,云」: 神德王欲行香興輪寺, 路見衆鼠含尾, 怪之而還占之, 明日先鳴烏尋之云云, 此說非也]. 王命騎士追之, 南至避村[今壤避寺村, 在南山東麓.], 兩猪相鬪, 留連見之, 忽失烏所在, 徘徊路旁. 時有老翁, 自池中出奉書, 外面題云: "開見二人死, 不開一人死." 使來獻之, 王曰: "與其二人死, 莫若不開, 但一人死耳." 日官奏云: "二人者庶民也, 一人者王也." 王然之開見, 書中云: 射琴匣.[2] 王入宮, 見琴匣

---

1) 비처왕의 내력과 행적에 특이한 면모가 있는 대목만을 주석하여 붙이기로 한다.
　　第二十一毗處麻立干 一作炤知王 金氏 慈悲王第三子. 母未斯欣角干之女己未立 理二十一年 妃期寶葛文王之女." 《三國遺事》「王曆」
　　왕의 출자와 행적 가운데 이상한 대목이 있다.
　　다음으로 여성과의 관계가 복잡해서 결과적으로 죽음에 이르는 대목이 있다. "照知(一云毗處)麻立干立 慈悲王長子 母金氏 舒弗邯未斯欣之女 妃善兮夫人 乃宿伊伐湌女也 炤知幼有孝行 謙恭自守 人咸服之……秋九月 王幸捺巳郡(巳當作已) 郡人波路有女子 名曰碧花年十六歲 眞國色也 其父衣之以錦繡置轝 羃以色絹獻王 王以爲饋食開見之 斂然幼女 怪而不納 及還宮 思念不已 再三微行 往其家幸之 路經古陁郡 宿於老嫗之家 因問曰 今之人以國王 爲何如主乎 嫗對曰 衆以爲聖人 妾獨疑之 何者 竊聞王幸捺巳之女 屢微服而來 夫龍爲魚服 爲漁者所制 今王以萬乘之位 不自愼重 此而爲聖 孰非聖乎 王聞之大慙 則潛逆其女(逆 新本作迎 共無妨) 置於別室 至生一子 冬十一月 王薨" 《三國史記》「照知麻立干紀」

2) 射琴匣 : 거문고를 쏘라는 주문이다. 거문고는 달리 고구려의 거문고로 해석한다면

射之, 乃內殿焚修僧3)與宮主,4) 潛通而所*{爲}奸也. 二人伏誅.

自爾國*「欲, 俗」每正月上亥上子上午等日, 忌愼百事, 不敢動作, 以十*「六」{五}日爲烏忌之日, 以糯飯祭之, 至今行之. 俚言怛忉, 言悲愁而禁忌百事也. 命其池曰書出池.

비처왕 시대에 일어난 일을 적은 이 「사금갑」은 매우 이상한 기록 가운데 하나이다. 사실 해명으로도 잘 풀리지 않는 것이 있어서 주석을 다는 데도 많은 애로가 있다. 주석을 달 수 없다는 사정이 이 조목을 새롭게 해석해야 한다는 의미를 내포한다. 그러므로 세세한 주석에 기대지 않고 오히려 다른 각도에서 이 조목을 신화학적으로 해석해야 한다. 가장 기이한 일이 곧 신화와 상징으로 점철된 것이므로 이를 체계적으로 이해해야만 한다.

이 조목에서 내적인 문제와 외적인 문제를 모두 다루어야만 이러한 상징의 계열체와 충돌을 이해할 수가 있다. 내적인 문제는 신라 세력의 재편에 관한 문제이다. 재래 세력의 결집체인 육부의 개편이 직접 이루어졌다고 전한다. 그러므로 이 세력의 판도 변화가 일정하게 관련되어 있을 가능성이 있다. 벽화라는 여성을 바치고 이 인물과 사통했다고 하는 것은 그러한 내적 문제를 말해주는 증거물이다.

이와 달리 외적 문제 가운데 하나는 재래의 신앙과 재래집단의 세력이 다른 외래의 신앙과 결탁한 집단의 세력 사이에 일정한 갈등이 생기는 것을 말해준다. 분수승이 궁주와 내통하고 서로 정을 통했다고 하는 것은

이는 외래의 상징일 수 있다. 이 조목에서 외래의 것과 재래의 것이 충돌한다. 외래의 계열과 재래의 계열이 총괄적으로 등장하면서 신앙문화와 신화적 성격의 것들이 중첩되어 있다.

3) 焚修僧 : 향을 사루면서 비는 행위를 하는 인물이므로 이는 외래의 종교인 불교의 전래자이거나 종사자임을 뜻하는 것으로 해석할 수 있다.

4) 宮主 : 왕비 다음의 직위를 가진 첩이다.

그러한 세력의 결탁에 대한 비판을 중점적으로 말하는 것이지만 오히려 이러한 폐단의 이면에 이를 문제삼아 제지하려는 반동으로 이를 볼 수도 있을 것으로 보인다. 이 점에서 이 조목은 심각한 문화적 충돌을 전제로 하고 있다. 이를 중점적으로 논의해야 할 사정이 여기에 있다.

이 조목의 결말 부분에 외래의 세시조목을 언급하고 여기에 상일을 정하는 것 역시 이와 무관하지 않다. 상오상해상자의 일이라고 하는 것 역시 이와 무관하지 않다. 이 점에서 재래의 전통적인 세시 절기의 동물을 거론하는 것은 신화적 사고의 세시절기화를 의미하는 것으로 볼 수가 있다.

2. 神話學的 研究의 要諦

신화는 신의 이야기이다. 그러나 신화의 주인공이 반드시 신일 필요는 없다. 인간과 신의 경계가 모호한 상태에서 신과 신, 신과 인간, 인간과 인간의 근본적 관계를 신화적 의의 속에 귀결하는 것이 곧 신화이다. 신화는 신의 이야기이면서 인간의 이야기가 되는 것은 이 때문이다.

신화는 신의 역사에 관한 이야기이기도 하다. 신의 역사를 알려주고 신앙의 관념 역사를 보여주는 것이 신화이다. 신은 시대마다 주체마다 다르게 해석하고 근본적인 문제점을 다루어왔다. 그러한 의미에서 신화는 신의 역사를 일러주는 것이고, 인간이 신을 어떠한 관점에서 사고하고 신앙적으로 받아들였는지 알려주는 역사를 뚜렷하게 간직하고 있음이 확인된다.

신은 고정 불변의 역사를 일러주는 것이 아니라 무엇이 신화의 주체가 되고 주제가 되는지 지속적으로 문제를 제기하고 시대마다 다른 답안을 찾았다고 하는 점이 분명하게 확인된다. 신화가 원시, 고대, 중세,

근대 등의 시기에 걸쳐서 다르게 되어 있는 것은 이러한 사정을 반영한 결과이다.

신화를 신화, 역사, 철학, 사회, 경제 등의 여러 학문적 관점에서 열어 놓고 해석하는 것이 곧 신화라고 할 수가 있다. 신화는 고정된 것이 아니라 대상을 접근하는 방법에 따라서 여러 각도에서 논의하는 것이 곧 신화이다. 신화를 신화답게 연구하는 것이 매우 필요한 작업이 아닐 수 없다.

신화학적 연구는 기왕의 논의에서 그 요체가 뚜렷하지 않게 표방되어 사용되었다. 도대체 신화학은 무엇인가 궁금한 개념이 아닐 수 없다. 신화학은 신화적 사고의 실체를 대상으로 삼아서 신화의 보편적 구조를 추출하기 위한 연구 방법과 이론을 총칭한다. 신화학은 신화를 대상으로 삼지만 절대로 과학은 아니다.

과학은 수리언어로 된 분석과 예측으로 이루어진 자연학문의 실체이므로 인문학문을 위시해서 학문에 적용할 수 없다. 신화는 신화적 사고를 구현하는데 수리언어가 아니라 구체적 매개물의 대립적 요소를 근간으로 삼는다.

사람과 동물, 인간과 자연이 서로 분별되어서 대립하지만 이들 대립자는 다시금 연결되고 복합된다. 사람이 까마귀, 쥐, 돼지 등과 관계를 맺어 도움을 받기도 한다. 아울러서 사람이 물에서 나온 사람에게 도움을 받아 문제를 해결한다. 이처럼 신화는 모순되는 사실을 동시에 인정하고 대립되는 요소의 포괄적 연결을 구체적 요인으로 삼는다. 수리언어는 진실과 허위의 명백한 선택을 요구하고 모순되는 두 가지 요소의 동시적 인정을 가급적 배제한다. 과학의 수리언어와 신화의 신화논리는 통합이 불가능하고 배척되기 때문에 함께 공존할 수 없으며 과학이라는 용어를 신화학에서 사용할 수 없다.

신화적 사고 또는 신화논리는 통찰을 주된 임무로 삼는다.[5] 신화논리

는 두 가지 층위로 전개된다. 하나는 사람과 다른 생명체의 상보적 관계
에 대해서 자의적 선택의 결과를 보여준다. 「호랑이와 세 아이」 설화에
서 왜 사람과 호랑이가 대립적 관계에 있는지 설명하기 어렵다는 사실
이다. 그런데 신화학적 연구는 이들의 관계를 유형적으로 인식하고 공
시적 자료에 의거해서 지역, 민족, 세계의 범위에서 유례를 찾는다. 그
랬을 때에 이 과정에서 신화적 관계의 예증이 허무맹랑하거나 허황한
일이 아니고 일정한 법칙이나 규칙을 찾을 수 있다.

이 과정에서 신화적 사고나 신화논리의 엄격성을 찾게 된다. 그러나
항시 이 신화논리는 예외적 증거가 있으며 이 증거가 많을수록 새로운
법칙이 가변성을 구실삼아 전개될 수 있다. 과학에서 말하는 예외성과
는 엄격하게 구분된다. 대립의 원리나 규칙은 한정된 숫자 내에서 무한
정으로 변환이 가능하다. 신화논리는 무한 대립, 조화, 변환 속에서 인
류의 삶과 생활, 그리고 동물의 삶과 생활 등에 대한 통찰을 보여준다.

신화논리의 다른 층위는 대립자에 대한 선험적 추론과 경험적 추론을
동시에 인정한다는 것이다.[6] 「호랑이와 세 아이」에서 호랑이는 경험적
추론의 결과물이다. 호랑이가 육식을 하고 시베리아 일대의 사나운 존
재인 것은 누구나 알 수 있는 경험과 관찰에 근거한다. 그러나 호랑이가
사람과 왜 다투게 되었는지 더 나아가 땅에서 하늘로 올라가는 경쟁에
왜 참여했는지 알기 어렵다. 게다가 호랑이가 떨어져 수수깡에 핏자욱
을 남기게 되었는지 우리는 경험적 추론으로 증명하기 어렵다. 수수깡
의 붉은 무늬는 경험적 추론이고, 호랑이의 육식성 역시 경험적 추론이

---

5) 조동일, 《인문학문의 사명》, 서울대학교출판부, 1997. 이 책에서 과학과 통찰의 상관
관계에 대하여 선명한 논리를 편 바 있다. 여기서 사용한 과학과 통찰은 이 책의 개념에
크게 의존한다.

6) 강신표, 《레비스트로스의 인류학과 한국학》, 한국정신문화연구원, 1983. 이 책에서
선험적 추론과 경험적 추론을 신화에 적용시켜 다룬 바 있다. 일단의 가치가 있는 논의
라고 여겨서 수용한다. 그러나 한국신화를 대상으로 전혀 새로운 논의를 편다.

지만 이 두 가지 경험적 추론은 우리의 신화논리에 의해서 연결되며 색다른 의미를 갖는다. 이 색다른 의미는 선험적 추론에 의해서만 획득이 가능하다. 신화논리는 경험적 추론과 경험적 추론의 연결이 모순을 갖거나 이상한 면이 증대될수록 설득력이 높은 점을 인정할 수 있다.

「창세신화」에서 미륵님이 물과 불의 근원을 찾기 위해서 풀메뚜기, 풀개구리, 새앙쥐 등에게 물어나가는 과정이 있다. 경험적 추론에 의거하자면 이들은 진화론적 각도에서 서열을 매길 수 있다. 그러나 왜 하필 이들이 신화적 문제를 해명하는 대상이 되는지 증명하기 어렵다. 생쥐가 사람과 가까이 있다는 사실을 존중한다고 하더라도 물과 불의 근원이 왜 이들에게서 밝혀지는가 증명하기 어렵다. 신화논리는 경험적 추론과 선험적 추론을 동시에 인정한다.

신화논리는 위의 두 가지 층위에 입각해서 구현되고 실상대로 나타난다. 신화논리가 무의미하고 가치가 없는 것은 아니다. 과학의 수리언어로 또는 수리논리로 증명할 수 없는 세계신화의 보편사고 내지 신화논리가 통찰을 보여주기 때문이다. 사실 신화를 대상으로 삼아서 창조론과 진화론을 내세우는 것 자체가 이제 무의미하다. 선험적 추론과 경험적 추론을 동시에 인정하는 것이 신화논리이기 때문에 불확정적이고 모순을 포용한다.[7] 그러므로 신화논리는 사람의 보편적 사고 구조의 두 가닥을 동시에 포섭한다. 신화논리는 무질서의 질서, 불확정성의 확정성, 비과학성의 과학성 등을 모두 포괄한다.

신화학적 연구는 다음과 같이 세 가지 요건을 갖추어야 의의가 있는 것으로 간주한다.

---

7) 서대석, 「창세시조신화의 구조와 변이」, 《구비문학4》, 한국정신문화연구원 어문연구실, 1981.
  김헌선, 《한국의 창세신화》, 길벗, 1994. 위의 두 논문에서 창조론과 진화론을 나눈 바 있으나, 재고를 요하기 때문에 수정한다.

첫째, 어떠한 자료이든 신화적 사고의 흔적을 갖추고 있다면 자료의 유형을 판별하고 유례와 논증을 구하기로 한다. 이 과정에서 풍부한 신화적 자료 확장이 필수적으로 요청된다. 심지어 예외적이거나 모순되는 자료까지도 면밀하게 확장하거나 검토해야 한다. 엄밀하게 일치하는 것이라고 말할 수 없으나, 우리는 이 과정에서 칼 융 C. G. Jung이 내세운 분석심리학의 방법에 귀를 기울일 필요가 있다. 분석심리학의 자료확장의 방법으로 확충 amplification이라는 개념이 있다.[8] 신화학적 연구는 자료의 모든 층위를 여러 자료에 걸쳐서 확충해야 비로소 그 실체를 확인하게 된다.

둘째, 신화 자료의 확충에 힘입어서 신화의 보편적 구조에 해당하는 대립항을 추출해야 한다. 이 대립항은 그다지 많은 것으로 생각하지 않는다. 대립항의 묶음은 불과 몇 손가락을 꼽아도 되리라 생각한다. 대립항의 핵심적 요소가 변환되거나 바뀔 수 있기 때문이다. 그러므로 신화학적 연구는 기본적인 대립항의 추출에 주된 관심을 가져야 한다. 대립항의 설정은 세계적인 신화 자료까지 분석 대상으로 삼았을 때에 비로소 가치가 있다.

셋째, 신화학적 연구는 공시적 구조 분석을 넘어서서 통시적 변화까지 추정할 수 있어야 한다. 통시적 변화에서 신화적 사고 내지 신화논리의 퇴색 과정이 입증된다면 아주 긴요한 연구 방법이 되리라고 생각한다. 통시적 변화는 공시적 구조의 최종적 변이에 근거할 수록 가치가 있다. 전혀 관계없을 것 같은 자료의 변환 과정까지 입증한다면 신화학적 연구는 비로소 가치를 지닌다고 하겠다. 신화학적 연구의 최종적 관심사는 신화의 역사를 거시적 차원에서 규명한다. 신화의 역사는 신화와 역사의 관계를 해명하는 틀이면서 신화 자체의 역사적 변이까지도 규명

---

8) 이부영, 《한국민담의 심층분석》, 집문당, 1995.

하는 과정을 말한다. 신화학적 연구는 신화의 역사를 규명해야만 비로
소 가치를 지닌다고 말할 수 있다.

　신화학적 연구는 신화 자료의 확충, 신화의 보편적 대립항 추출, 신화
의 보편적 구조의 역사적 변화 따위가 결합되었을 때에, 우리는 그것을
신화학적 연구라고 규정할 수 있다. 신화학적 연구는 여러 가지 있지만
이에 대한 다각도의 연구가 필요하며 자료의 확충 역시 긴요한 과제 가
운데 하나이다.

　「射琴匣」은 신화학적 연구의 적절한 사례이다. 신화적 실상이 많이
훼손되기는 했어도 자료의 질이나 문제점이 예사롭지 않다. 「射琴匣」은
신화 자료가 아니면서도 신화가 안고 있는 문제의식을 두루 확장할 수
있는 아주 적절한 사례이다. 「射琴匣」에 대한 기존의 연구는 미흡하다.
「射琴匣」의 자료가 까다롭기 때문에 이와 같은 연구의 미흡함을 면치 못
하고 있는 듯하다.

　다만 「射琴匣」은 수수께끼와 세시풍속의 유래담으로 분석을 한 자료
일 뿐이고, 본격적인 신화학적 연구는 이루어지지 않았다. 「射琴匣」에
대한 부분적인 연구 가운데 아주 유효한 것으로 조동일교수의 논의를
주목할 필요가 있다.9) 「射琴匣」의 원문을 주석한 뒤에 「射琴匣」의 의미
파악을 위해서 몇 가지 흥미로운 추정을 하였다. 본고는 이 견해에 동의
하되 논의의 착상, 논증, 결론은 새롭게 하고자 한다.

　「射琴匣」에서 가장 주목하고자 하는 바는 신격 내지 신앙 사이의 갈등
이다. 토착적인 신격과 외래적인 신앙의 궁극적 갈등이 「射琴匣」의 형
태로 제시되어 있다. 이 점을 가정하고 「射琴匣」의 문면을 검토하여 철
저하게 토착신과 외래신의 갈등과 대립이 변형되어 나타나 있음을 명확
히 해명될 때에 「射琴匣」은 온전히 신화적 사고의 변형이라고 판단될 수

---

9) 조동일, 《삼국시대 설화의 뜻풀이》, 집문당, 1989. 「射琴匣」조의 해설에 근거한다.

있다.

본고는 이와 같은 점을 증명하기 위해서 「射琴匣」의 대립 구조를 추출하여 논의하기로 한다. 이 대립 구조에 대한 일반적인 의미를 해석하기 위해서 신화학적인 분석 방법으로 논의를 새삼스럽게 하고자 한다. 신화학 분석 방법은 근간 요소의 대립적 질서를 찾고, 이를 통한 분석의 일관성에 의한 여러 가지 의미를 추출하고자 한다.

3. 「射琴匣」의 神話學的 分析

「射琴匣」은 《三國遺事》紀異 卷1에 수록되어 있다. 「射琴匣」의 내용을 핵심적인 단락으로 정리해서 제시하면 다음과 같다.

⑴ 제21대 毗處王이 즉위 10년 무진년(488)에 천천정(天泉亭)에 거둥하였다.

⑵ 이때에 까마귀와 쥐가 울면서 쥐가 사람처럼 말했다. 까마귀가 가는 곳을 따라가라고 했다.

⑶ 毗處王이 말탄 군사로 하여금 까마귀의 뒤를 쫓아가니 남쪽 避村에 이르렀다. 두 돼지가 싸우고 있어서 이를 구경하다가 까마귀를 놓치게 되었다.

⑷ 말 탄 군사가 헤매다가 한 노인이 못 가운데로부터 나와서 글을 올리니 편지 겉봉에 사연이 적혀 있었다.

⑸ 떼어 보면 둘이 죽고 떼어 보지 않으면 한 사람이 죽는다는 내용이다.

⑹ 毗處王은 한 사람이 죽는 것이 둘이 죽는 것보다 낫다고 생각하여 그렇게 하기로 했다.

⑺ 그러나 日官은 毗處王과 다르게 해석해서 둘은 신분이 낮은 사람이고 하나는 귀한 사람이니 떼어보자고 한다.

⑻ 日官이 시키는대로 하고 떼어보니 거문고 갑을 쏘라고 되어 있었다.

⑼ 거문고 갑을 쏘니 琴匣에서 중과 宮主의 姦淫 현장을 잡아서 죽인다.

⑽ 正月 上午日에 찰밥을 지어 먹는 내력, 달도라고 하는 것들의 내력이 소개된다.10)

위의 내용은 기이한 것으로 되어 있어서 과연 《三國遺事》「기이편」에 수록될 만하다. 「射琴匣」은 《三國遺事》「기이편」의 대원칙에 맞도록 충분하게 신이한 내용을 지니고 있다. 《三國遺事》「기이편」의 대원칙은 신이한 일의 사적을 적되, 반드시 왕이나 왕의 주변부 사람에서 생기는 일을 적는다. 《삼국사기》「본기」처럼 왕의 사적을 편년체로 적지 않는다. 다만 《三國遺事》「기이편」은 당대에 지정된 왕의 연대가 제시되고 왕이나 왕과 관련된 인물이 겪는 신이한 체험이 문제의 핵심을 이루는 것이 예사이다. 「射琴匣」은 제21대 毗處王이 직접 당한 기이한 일을 서술의 주요 내용으로 삼고 있다.

「射琴匣」의 핵심적인 내용은 毗處王이 천천정에 이르러서 신물의 도움을 받는다. 여기서 신물은 까마귀, 쥐, 돼지 그리고 못에서 나온 노인 등이다. 그런데 신물의 도움은 이적이 아니라 몇 단계를 거쳐서 기본적인 문제 제기와 수수께끼를 푸는 과정을 말한다. 신물의 문제와 수수께끼는 마침내 일관(日官)에 의해서 해명된다. 신물은 까마귀, 쥐, 돼지,

---

10) 《삼국유사》에 실린 「射琴匣」의 원문을 예시하면 다음과 같다.

第二十一 毗處王[一作炤智王]卽位十年戊辰 幸於天泉亭 時有烏與鼠來鳴, 鼠作人語云 此烏去處尋之 [或*「運, 云」神德王欲行香興輪寺 路見衆鼠含尾 怪之而還占之 明日先鳴 烏尋之云云 此說非也.] 王命騎士追之 南至避村[今壤避寺村 在南山東麓.] 兩猪相鬪 留連見之 忽失烏所在 徘徊路旁 時有老翁 自池中出奉書 外面題云 開見二人死 不開一人死 使來獻之 王曰 與其二人死 莫若不開 但一人死耳 日官奏云 二人者庶民也 一人者王也 王然之開見 書中云 射琴匣 王入宮 見琴匣射之 乃內殿焚修僧與宮主 潛通而所*{爲}奸也 二人伏誅 自爾國*「欲, 俗」每正月上亥上子上午等日 忌愼百事 不敢動作 以十*「六」{五}日爲烏忌之日 以糯飯祭之 至今行之 俚言怛忉 言悲愁而禁忌百事也 命其池曰書出池

노인인데, 이 가운데서 꼭지점에 해당하는 것은 못에서 나온 노인이다. 그러므로 노인이 가장 핵심적인 인물이다. 신물의 대표자격인 노인은 못에서 나왔으나 편지를 건넨다. 편지의 내용이 무엇인가 밝혀져 있지 않고 편지의 겉봉에 있는 것인 문제 해결의 실마리이다.

「射琴匣」에서 신물이 제기한 문제를 풀기 위해서 왕은 필수적인 구성 요소가 되지만 다시금 차별화된 매개자가 있어서 흥미롭다. 까마귀를 쫓아가는 기사, 말탄 기사가 가져온 편지의 의문을 풀어가는 일관 등이 곧 이들이다. 이 가운데서도 직접적인 문제의 해결자는 곧 왕과 일관이다. 왕은 문제를 즉물적으로 푸는 인물이지만, 일관은 문제를 곰곰이 되씹어서 귀천과 존비를 내세워 다르게 풀어 간다. 후대 설화의 지략담처럼 문제의 실마리를 풀어가는 과정이 흥미롭다.

「射琴匣」에서 문제의 해결에 직접적인 갈등 당사자는 범향수도(梵香修道)하던 중과 궁주(宮主)이다. 이들은 또한 수수께끼의 답이기도 하다. 거문고 갑에 든 중과 궁주가 서로 간음을 한다. 이들의 간통이 들통이 나서 마침내 죽임을 당하는 것이 문제 해결의 결말이자 해소 과정이다. 이로부터 말미암아 나라의 풍속에서 상해(上亥), 상자(上子), 상오일(上午日)에 행위를 삼가고 특별하게 십오일을 기오일(忌烏日)이라고 해서 기린다.

속명으로 기오일은 달리 怛忉라고 일컫기도 한다. 풍속에 이 날은 찰밥으로 제사를 지내고 하는 것이 생긴다. 이언(俚諺)으로 怛忉라고 하는 말은 '슬퍼하고 근심스러워 하는 날'이라는 뜻이라 한다. 하지만 달도는 전하지 않는다. 글이 나온 연못은 서출지(書出池)라고 한다. 서출지는 곧 지명전설의 변형 형태라고 할 수 있겠다.

「射琴匣」의 핵심적 내용은 죽음의 위기에 처한 毗處王이 신물(神物)의 도움을 받아서 죽음의 위기를 벗어난다는 것이다. 「射琴匣」의 신물 계보는 단순하지 않고 복잡하다. 특히 까마귀, 쥐, 돼지, 못에서 나온 노인

등이 일정하게 신물의 계보를 형성한다. 毗處王이 위기의 당사자이고 매개자 구실을 하는 것은 기사이다. 그리고 직접적인 문제의 해결자는 일관(日官)이다. 문제의 비밀은 못에서 나온 노인에게서 봉투 형식으로 건네지고 글의 비밀은 일관에 의해서 정확하게 해독된다. 글의 비밀은 수수께끼 형식을 통해서 푼다. 그러므로 「射琴匣」의 가장 긴요한 갈등은 왕의 죽음 예고와 이 예고를 받아들여서 왕의 죽음을 모면하는 것이다. 여기에 적대적인 세력은 곧 중과 궁주이다. 그리고 중과 궁주가 함께 있던 거문고(琴) 역시 예사롭게 보아 넘길 수 없는 상징체이다.

「射琴匣」의 갈등 구조는 다음과 같이 그릴 수 있다.

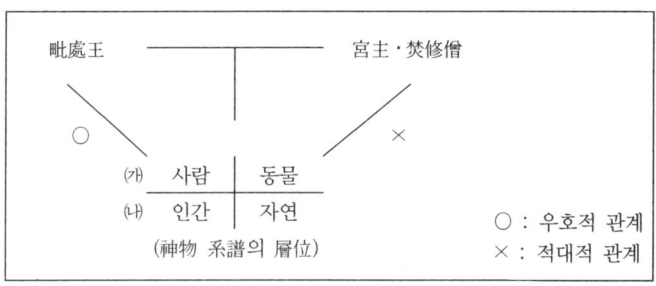

이 그림 가운데서 중점적으로 해명해야 할 것은 신물 계보의 층위이다. 신물 계보의 층위는 까마귀, 쥐, 돼지, 노인 등으로 간단할 것 같으나 사실은 그렇지 않다. 이들 관계의 층위를 살 해명해야 「射琴匣」의 본질적인 의미를 알 수 있을 것이라 생각된다. 우선 까마귀, 쥐, 돼지, 노인 등의 신화학적 의미에 대해서 구체적으로 살펴볼 필요가 있다.

까마귀는 하늘을 나는 존재이다. 까마귀는 신화에서 대단히 중요한 기능을 수행한다. 까마귀는 신화학적 관점에서 보면 두 가지로 나타난다. 대표적인 까마귀의 상징체는 《고구려 고분 벽화》에서 태양의 상징으로 나타난다. 동이족(東夷族)의 신화에서 까마귀, 특히 삼족오(三足烏)

는 태양 속을 관장하며 직접적인 신화적 동물이다. 중국의 동이족계 신화로 알려져 있는 「제준신화(帝俊神話)」에서 예가 쏘아 떨어뜨린 태양은 곧 까마귀였다. 까마귀는 상징적으로 태양을 관장하는 동물인 셈이다. 「射琴匣」에서 까마귀는 간접적으로 태양신화의 계보를 잇고 있는 동물이라고 추단할 필요가 있다.

까마귀는 무속신화에서 더욱 중요한 기능을 수행한다. 제주도에 전승되는 「강림차사본풀이」라고 하는 데서 까마귀의 구실이 중요하다. 까마귀는 저승 여행을 하는 강림의 심부름꾼 노릇을 한다. 강림이라는 신화적 주인공이 인간이 수명을 다했음을 알리는 적패지(赤牌旨)를 까마귀에게 맡긴다. 까마귀가 그 적패지를 인간에게 잘못 전달을 해서 인간 세상의 혼란을 야기한다. 인간 세상에 인간의 수명이 두서없이 결정된다.

그래서 예전에는 인간이 태어난 순서대로 죽었으나 까마귀의 실수로 인간이 젊거나 늙었거나 심지어 어렸어도 아무렇게나 죽게 되었다는 것이다. 그런데 까마귀의 적패지를 솔개가 가로챘다.[11] 무속신화에서 까마귀는 인간에게 죽음을 알리는 기능을 한다. 또한 까마귀는 《三國遺事》「朗智乘雲普賢樹」조에서 朗智가 영취산에 가서 있으니 지통에게 그의 제자가 되라고 하는 기능을 하기도 한다.[12]

요컨대 까마귀는 신화학적 층위에서 두 가지 기능을 한다. 하나는 천상적인 존재자로 우주의 질서를 관장하는 태양의 상징물이다. 다른 하나는 신화에서 까마귀가 죽음과 직접 관계되기도 하고 어떠한 일에 예언을 담당하는 기능을 하기도 한다. 「射琴匣」에서는 천상을 나는 기능과 까마귀가 죽음을 미연에 방지할 수 잇는 기능을 동시에 수행한다. 까마귀가 「射琴匣」에서 기사의 안내자 노릇을 하는 까닭이 비로소 분명해

---

11) 현용준, 《제주도무속자료사전》, 신구문화사, 1980, 271-273면.
12) 《三國遺事》「避隱」篇「朗智乘雲普賢樹」 時有鳥來鳴云 靈鷲去投朗智爲弟子 通聞之 尋訪此山 來憩於洞中樹下

진다.

「射琴匣」에서 쥐가 등장한다. 쥐가 사람처럼 말을 하면서 까마귀의 가는 곳을 살피라고 말한 것은 전혀 허황한 설정이 아니다. 쥐는 신화학적 측면에서 전혀 허황하게 등장하는 동물이 아니다. 쥐는 신화에서 사람과 동일한 위치를 차지한다. 또한 쥐는 신의 위치까지도 대등하게 넘보고 있는 존재자이다. 쥐가 이러한 면모로 등장하는 것은 「창세신화」에서 찾을 수 있다. 「창세가」에서 미륵님이 물과 불의 근원을 찾기 위해서 고민하다가 풀메뚜기, 풀개구리를 거쳐서 문제 해결의 실마리는 생쥐에게 이르러 찾게 된다. 생쥐는 인간과 가까이 사는 존재자이고 인간의 주식이고 쌀을 함께 먹는 동물이다. 생쥐는 미륵님에게 물과 불의 근원을 알려주는 대신 인간의 쌀뒤주를 차지하게 해 달라는 계약을 맺는다. 신화적 계약은 마침내 성립해서 미륵님은 생쥐에게서 물과 불의 근원을 알게 되고, 생쥐는 인간의 뒤주를 차지하게 된다.

쥐는 「창세신화」에서 우주적 신비나 비밀을 풀어주는 동물이다. 신화에서 우주적 신비는 항시 동물의 도움을 받아 풀게 마련인데, 쥐가 그 핵심적인 기능을 한다. 쥐는 우주적 신비를 풀어주는 열쇠를 제공한다. 「射琴匣」에서 쥐가 인간에게 말을 건네고 그 비밀의 실마리를 풀어가는 첫 실마리를 주고 있는 점도 주목해야 마땅하다. 쥐와 사람의 친연성이 의사소통 내지 말을 하고 있는 점도 인상적인 현상이다.

쥐는 땅에서 기는 존재이다. 그러면서도 사람과 함께 먹이를 공유한다. 쌀을 먹는 것이 그러한 증거이다. 그러나 더욱 중요한 사실은 사람의 말을 함께 주고받는데 있다. 의사소통이 사람과 동물 사이에 일어나는 것은 예의주시할 필요가 있다. 사람과 동물 사이의 미분화 내지 교섭 단계의 소산이라고 할 수 있다. 사람과 동물 사이의 의사소통이 왜 중요한 것인가 하는 문제는 뒤에 다시 논의하기로 한다. 다만 쥐가 「射琴匣」에서 중요한 기능을 하는 이유는 신화학적 관점의 연장선상에서 말할 때에 아주 중요하다고 하겠다.

「射琴匣」에서 세번째로 등장하는 존재자는 돼지이다. 「射琴匣」에서 돼지가 등장한 까닭이 무엇인가 자세하게 논의할 필요가 있다. 왜 하필 돼지가 등장하게 되었는가 어려운 대목이다. 이야기의 가닥은 기사가 까마귀를 따라가다가 길을 잃는데 길을 잃은 장본인이 곧 돼지이다. 여기서 돼지는 복수로 등장해서 서로 싸우고 있다. 돼지와 돼지의 싸움이 어떠한 의미를 갖는지 궁금하다. 그러나 돼지의 싸움 때문에 기사가 길을 잃는다. 하늘을 나는 까마귀를 따라가다가 땅에서 싸우고 있는 돼지 때문에 길을 잃은 셈이다. 그러나 돼지는 연못의 노인을 만나게 하는 직접적 기능을 한다. 돼지는 터를 잡거나 인간의 집터살이를 가능하게 한 존재이다.[13]

돼지는 신화학적 관점에서 바라볼 때에 「작제건설화」에서 작제건이 서해용왕의 어려움을 해결하고 나서 받는 보물 가운데 하나이다. 작제건은 악룡을 퇴치한 대가로 보물을 선서받는다. 서해용왕에게서 칠보 대신에 얻은 것은 양장과 돼지이다. 그 가운데 돼지는 뒤에 왕건의 윗대에게 집터를 잡아주는 구실을 한다. 「작제건설화」에서 주목되는 것은 돼지는 서해용왕이 아끼는 보물이라는 점과 귀한 손을 얻게 되는 터잽이 구실을 한다는 점이다. 돼지가 물과 관련되는 인물을 연결시키는 구실을 한다.

기자가 돼지의 싸움을 구경하다가 갈 곳을 놓쳤지만 그러함에도 연못의 노인을 만나게 되었으니 「작제건설화」의 신화적 귀결과 같다. 기사가 노인을 만나는 직접적 기능을 바로 돼지가 한 셈이다. 돼지는 긴요한 상징적 동물이다.

「射琴匣」에서 등장하는 까마귀, 쥐, 돼지의 신화학적 의미가 분명해

---

13) 신영훈, 《우리문화 이웃문화》, 신서원, 1997.

졌다. 까마귀는 죽음을 예고하는 기능을 한다. 쥐는 우주적 신비를 푸는 간접적 기능을 한다. 특히 장차 닥치게 될 사람의 혼돈이 이처럼 질서를 찾아야 하는데, 그 기능을 쥐가 수행하고 있는 셈이다. 돼지는 물과 관련된 신이한 존재자를 만나게 되는 직접적 매개 기능을 수행한다. 까마귀, 쥐, 돼지가 신물의 계보를 이루면서 「射琴匣」의 숨은 질서를 찾는 긴요한 기능을 한다.

신물 계보의 꼭지점에는 못에서 나온 노인이 있는 셈이다. 노인은 신이한 존재자이다. 이 노인은 뭍에서 나온 신이한 존재자의 계보를 잇고 있는 신화적 주인공이다. 물과 관련되는 신이한 인물은 여럿이지만 못 속에서 나온 노인은 「작제건설화」「거타지설화」「군웅본풀이」의 상투적 전개 수법이라고 볼 수 있다. 이러한 설정의 원형이 변용되어서 못이나 물에서 나온 신화적 주인공으로 등장하기도 한다. 예컨대 「견훤설화」「백제무왕전설」「금와왕신화」 따위는 신화적 주인공으로 손색이 없다. 아마도 「射琴匣」에서 못 속에서 나온 신이한 인물은 이와같은 신화적 설정의 변형에 해당한다.

그런데 못 속에서 나온 노인은 수수께끼를 제기한다. 이 수수께끼는 두 차원에서 제기된다. 그것을 원문대로 인용하면 다음과 같다.[14]

　㈐ 老翁自池中出 奉書外面題云 ʻ開見二人死不開見一人死
　㈑ 王然之開見書中云 ʻ射琴匣'

㈐는 수수께끼의 직접적인 문제이다. 글의 겉봉에 적힌 문제이다. 열어보면 두 사람이 죽고, 열지 않으면 한 사람이 죽는다는 것이다. 두 가지 수수께끼의 가장 핵심적인 내용은 바로 이것이다. ㈑는 일관의 주청

---

14) 리상호역, 《三國遺事》, 신서원, 1994, 90면.

으로 봉투의 글을 여니 거문고 갑을 쏘라고 된 것이다. 나중에 그 이유
가 명백하게 밝혀진다. 신이한 존재자가 직접 문제를 해결하지 않고, 그
경고를 해서 사람의 지략을 시험하고 있다.

수수께끼는 신화를 구성하는 핵심적 요소 가운데 하나이다. 수수께끼
는 그리스신화나 《성경》에서 발견된다. 우리 신화에서도 수수께끼는 있
으니 「동명왕신화」에서 유리가 부러진 칼을 찾는 대목에서도 존재한다.
그리고 무속신화 「천지왕본풀이」 등에서 다수 사용되는 문제 해결 방식
이다. 신화에서 수수께끼는 대개가 자신의 존재 의문에 대한 구원을 찾
을 때에도 사용하지만, 더 직접적인 형태로는 어떠한 지배 권력을 찾을
때에 쓰인다. 「천지왕본풀이」는 후자의 경우에 해당한다. 수수께끼는
사람의 목숨과도 관계된다. 「홍계관설화」나 「射琴匣」에서 수수께끼의
쓰임새를 알 수 있다.

신화에서 사용되는 수수께끼의 방식은 흔히 두 가지로 나뉘어져 있
다. 신화의 전체적인 구조에서 인간에게 질문 없는 대답을 자세하게 일
러주는 수수께끼가 있다. 예컨대 인간에게 왜 선악이 존재하게 되었는
가, 인간은 왜 근친상간을 범하지 않으면 안되는가, 인간은 왜 죽을 수
밖에 없는가 등등의 의문이 대표적 사례이다. 이러한 의문은 인간이 누
가 묻지도 않았는데, 신화에서 저절로 일러주는 방식을 택하고 있다. 신
화는 그 의미론적 각도와 보편적 사고의 측면에서 볼 때에 신화의 구조
는 아주 익숙한 방식이라고 할 수 있다.

그러나 더욱 중요한 것은 신화적 주인공이 맞닥트리고 있는 문제 해
결의 방식이다. 이것은 의미론적으로 대답없는 질문이라고 할 수 있다.
신화적 주인공이 자신의 존재나 근본적 문제 해결을 통해서 만나게 되
는 방식이다. 우주적 비밀이나 자신의 존재 근원 따위에 대해 의문에 직
면하게 될 때 '대답없는 질문'이 행해진다. 그런데 이 난관을 넘어서야
온전한 사실을 이루게 된다. 신화에서는 '질문없는 대답'과 '대답없는 질

문'이라는 두 가지 수수께끼에서 자유롭지 않다. 이 두가지 층위가 자연
스럽게 조화를 이룬다.[15]

「射琴匣」 수수께끼의 핵심은 둘이 죽는가 하나가 죽는 가이다. 이 문
제는 편지의 겉봉에 있다. 떼서 보면 둘이 죽게 되고, 떼서 보지 않으면
하나가 죽는다고 했다. 여기서 毗處王은 하나를 살리기 위해서 둘이 살
수 없다고 생각한다. 사람의 차원에서 생각하는 평범한 발언이다. 그런
데 일관은 하늘의 운수나 조짐을 파악하는 존재자인데, 신과의 교통이
가능하거나 신에 대해 예민하기에 위 사실을 반대로 해석한다. 둘을 죽
여서 하나가 사는 것이 바람직하다는 것이다. 이 판단에 의거해서 마침
내 거문고 갑을 쏜다. 이에 따라서 전혀 색다른 결과가 나온다. 수수께
끼의 요점은 자신의 죽을 운명을 벗어나는 것이다.

신물 계보의 층위는 두 가지이다. ㈎는 사람과 동물 사이의 미분화된
질서를 말한다. 사람의 말을 동물이 알아듣고, 동물이 사람에게 우주의
질서를 가져다주는 시대에 가능한 층위이다. 자연의 상태에서 혼돈과
미분화된 결과라 하겠다. ㈏는 인간과 자연 내지 인간과 신의 구분이 일
어났다는 것을 말한다.

그런데 신은 말이 아닌 글을 가지고 왔다. 글은 문화적 삶의 형태로
옮아가는 지혜의 한 요인이다. 글을 통해서 신의 뜻을 알아내고 그것을
인간이 이해하기 여하에 따라서 목숨을 건지게 된다. 인간의 지혜와 신
의 뜻이 글을 통해서 그 해석 과정이 진행된다.

요컨대 ㈎는 사람과 동물의 관계를 말하는 자연 시대의 모습이고, ㈏
는 인간과 자연 내지 인간과 신의 관계를 말하는 문화 시대의 산물이다.
「射琴匣」은 ㈎에서 ㈏로 이행하는 모습이 ㈎와 ㈏의 복합으로 이행기 모
습을 보여준다고 하겠다.

---

15) 강신표편, 같은 책, 69–70면.

이를 정리하면 다음과 같다.

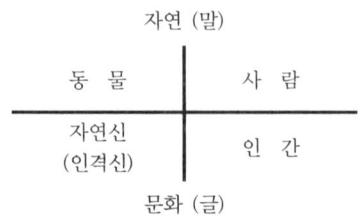

자연 (말)

동 물 ┃ 사 람
─────────┼─────────
자연신 ┃ 인 간
(인격신) ┃

문화 (글)

　　지금까지는 신물의 계보만 문제삼아 논의를 진행하였다. 이제는 핵심
적인 갈등 사항이라 할 수 잇는 毗處王과 궁주·중의 갈등이 지니는 의
미에 대해서 해석할 차례이다. 「射琴匣」의 갈등은 요점이 간단하다. 우
선 남녀 삼각 갈등이 그 핵심에 해당한다. 여기서 주목되는 갈등의 요체
는 毗處王과 중주의 갈등인데, 그 사이에 수도승이 끼어 있다. 서기로
488년이니 신라에 불교가 아직 공인되지 않았던 때이다. 제19대 눌지왕
때부터 고구려의 묵호자를 통해서 몰에게 전파되어서 간헐적으로 호응
받거나 본격적 포교가 불가능하던 때이다. 그 과정에서 토착신앙과 외
래신앙의 갈등과 폐해가 이처럼 형상화되었다.
　　이 갈등의 처리 방식이 흥미롭다. 신물과 신이 한 통속이 되어서 毗處
王과 연대하고, 거문고 갑, 승려, 궁주 등이 한 통속이 되었다. 여기서
거문고가 흥미로운데 거문고는 고구려 악기이다. 왕산악이 개조해서 만
든 것이니 거문고의 이면에 불교와 궁주의 합작이 있었다.
　　毗處王은 연못에 거처는 용신이나 수사계동의 토착신에 의해 보호되
며, 이를 가능하게 하는 것이 신물인 까마귀, 쥐, 돼지 등이다. 이에 반
해서 불교, 외래의 물건, 여성이 한 통속이 되어서 외래신앙을 대표한
다. 그래서 토착신앙과 외래신앙의 충돌이 일어나고 그것이 간통 사건
으로 변화되었다고 하겠다. 「射琴匣」은 토착신앙과 외래신앙의 갈등이

주요 내용이고, 토착신앙이 외래신앙을 제압하는 것으로 결말이 난다.

  그런데《三國遺事》에서는「射琴匣」의 경우가 유일하거나 전적이라고 말할 수 없다. 왜냐하면 불교신앙의 주체가 토착적인 건국 신화의 주인공을 밀어내는 쪽도 존재하기 때문이다. 구체적인 사례로《三國遺事》권3 탑상「어산불영(魚山佛影)」조에 보면 수로왕과 독룡의 대결에서 수로왕이 수세에 몰리자 부처님에게 불법을 청해서 독룡을 제어했다는 내용이 있다. 이것은 외래신앙과 토착신앙의 갈등에서 외래신산이 토착신앙을 복합화하던 단계의 산물이라고 할 수 있다.

  이렇게 본다면 토착신앙과 불교신앙의 갈등은《三國遺事》의 주요 내용을 이루고 있으며,「射琴匣」은 그 초창기 모습을 보이고 있으며,「魚山佛影」은 그 중간 단계를 보인다. 다음 단계의 것은 완전히 부처나 신불이 주도적인 구실을 하는 것으로 바뀌고 있다. 토착문화와 외래문화의 갈등이 이처럼 명징하게 나타나 있다고 하겠다.「射琴匣」은 신화, 종교, 문화의 복합적 징표를 간직하고 있는 작품이라고 하겠다.

  사족처럼 세시풍속의 유래에 대한 내용이 더 있다.「射琴匣」은 그러한 의미에서 크게 세 가지 대목으로 되어 있는 셈이다. 세 번째 대목에서 세시풍속의 유래를 해명하는데 이것이 매우 주목되는 현상이다. 위에서 예시한 신화학적 동물의 계보가 분명하게 틀을 가지고 운용되었음이 확인되기 때문이다. 그것이 상해 상자 상오 등의 세시유래와 관련된다. 돼지, 쥐, 까마귀 등이 관련이 있어서 년서 쥐, 끼마귀, 돼지 등이 차례로 등장한다. 이는 일관된 순서를 갖는다. 그것은 십이지의 순서와 일치하기 때문이다. 이 가운데 십이지에 해당하지 않는 동물이 까마귀이나 십이지와 전혀 근거가 닿지 않는 것도 아니다. 까마귀는 한자로 鳥인데 鳥는 한자로 음성으로 午와 상통한다. 그것이 연결되는 첫째 이유이고, 다른 하나는 까마귀를 뒤쫓는 인물이 기사 곧 말을 탄 인물이므로 서로 연관될 가능성이 있다. 따라서 까마귀는 오와 긴밀한 십이지의 순서를 의미한다고 하겠다.

세시풍속의 십이지와 위에서 살핀 동물의 계보가 일치하는 것은 필연적인 이유가 있는지 살펴볼 차례이다. 본디의 신화학적 동물계보와 십이지가 서로 결부되었는지 판단하는 일은 이 「射琴匣」의 신화학적 의미를 탐색하는데 매우 긴요하기 때문이다. 십이지는 중동지방에서 비롯되어 중국을 거쳐서 우리나라에 들어왔다고 하는 것이 일반적인 가설이다. 세시풍속의 유래, 연못의 명칭 유래 등이 덧붙여져 있는 셈이다. 상해, 상자, 상오일이라는 10간 12지 관념이 하나 있고, 이와 더불어서 상오일 또는 기오일(忌烏日)이라는 유래가 있다. 이 날은 특별히 달도라고 한다. 달도는 슬퍼하고 근심하는 날이라고 해서 찰밥을 먹는다고 했으니 오늘날의 민속과 이리한다.

토착적인 풍속과 외래에서 들어온 세시풍속의 문화가 갈등하고 있는 측면이 있다. 요컨대 세시풍속의 층위에서도 토착 문화와 외래문화가 접목되고 있다고 하겠다. 외래문화의 주요인은 음양오행과 십간십이지 관념이라고 할 수 있다. 「射琴匣」은 다문화적 갈등과 충돌 및 접변을 보여주는 희한한 사례라 할 수 있다.

4. 마무리

신화는 신의 이야기이고, 신의 역사이고, 신을 매개로 인간의 근본적인 통찰을 보여주는 대상이 된다고 하는 것은 널리 알려진 바이며, 이 글은 그러한 각도에서 여러 가지 시험과 모험적인 방법론적 가설을 담고 있는 글이다. 신화가 지니고 있는 통찰을 중심으로 신화의 구성 요소와 사고를 알아본 것이 이 글의 내용이라고 하겠다.

우리 신화 연구에서 가장 미약한 것은 일단 자료의 부족과 연구 방법의 세련된 구사가 이루어지지 않고 있는 점이다. 신화 자료의 부족은 불가항력적 상황이다. 신화 자료가 미흡하므로 이를 방기하고 미루어 둘 일은 아니다.

오히려 다각도의 자료 확충이 필요한데, 그것으로 우리는 신화이외의 자료에 주목하고 이 자료를 확장하면서 논의를 할 필요가 있다. 《三國遺事》는 자료의 확장에 매우 소중한 자료가 아닐 수 없다. 특히 여러 대목에서 신화의 근간을 다시 생각하게 하고, 신화 자료를 폭넓게 확장하는 영감을 주는 자료가 많다.

아울러서 신화 연구 방법을 혁신해야 하는 임무도 우리에게 준다. 그것은 자료의 확장과 함께 연구방법의 혁신을 요구하는 것이다. 신화 자료를 확장하면서 연구를 혁신하는 임무야말로 우리 신화 연구에서 필요한 과업이다. 신화 자료를 신화학적 연구로 확장하고자 《三國遺事》의 「射琴匣」을 하나 선택했다.

「射琴匣」은 신화학적 관점에서 살피면 신화의 변이 단계를 설명하는 아주 긴요한 자료이다. 신이한 존재자가 신화의 시대에 있었던 잔상을 충실하게 보여준다. 그러나 이 시대의 잔상이 사라져 가고 있지만 그 자리에 인격화된 신격이 개입한다. 동물신에서 자연신 내지 인격신의 무게 중심 이동이 일어난다.

그러나 더욱 중요한 사실은 토착신의 갈등 요인에 외래신앙이 개입한다. 민족 중심의 신화에 문명권 중심의 신화로 기울기가 이동하고 있음을 보여준다. 더욱이 말의 문화에서 글의 문화로, 또한 자연에서 문화로 이동하는 축이 충실하게 드러나고 있다. 「射琴匣」이 긴요한 이유는 이 때문이다.

게다가 「射琴匣」은 외래문화의 원천을 불교에다만 두고 있지 않다. 중국에서 비롯되는 음양오행설과 십간십이지의 관념이 뒤섞이고 있기 때문이다. 이 사실은 오행설에서도 유독히 드러나는데 「高句麗 古墳壁

畵」의 사신도 개념틀과 「선덕왕지기삼사(善德王知幾三事)」의 방위 개념
에서 구현되는 질서와 같으면서 다르다. 시간적 세시풍속과 공간적 방
위관념이 중국에서 비롯되는 것인지 아닌지 면밀하게 고찰하면 외래문
화의 한 가닥에 대한 본격적 논의를 할 것으로 예견된다.

「射琴匣」은 다문화적 접변과 변이를 보여주는 소중한 자료이다. 토착
신앙과 외래신앙의 갈등에서 토착신앙을 떠받치고 있는 신물의 계보와
의의를 논증한 데서 이 글의 의의를 찾아야 하겠다. 「射琴匣」은 신화학적
고찰을 통해서 아주 소중한 토착신앙과 토착신의 실상을 알 수 있었다.

「射琴匣」은 신들의 교체와 함께 신앙의 교체 과정을 뚜렷하게 보여주
는 자료가 아닐 수 없다. 특정한 종교를 대표하는 중과 궁주가 거문고에
있어서 이를 퇴치하고자 토박이 신들이 체계적으로 나섰다. 그에 의해
서 궁주와 중은 간통을 하고 있는 사이임이 밝혀졌지만 결국 종교사의
대세는 일시적인 배척에도 불구하고 결국 불교의 승리로 귀결되었으며,
신라도 불교의 공인을 하지 않을 수 없었다.

「射琴匣」은 인간의 이야기이지만 신들이 나서서 적대자를 퇴치하고,
이들 신을 통해서 재래신앙 또는 토박이 신앙을 확립하자는 것이지만,
동시에 외래의 신격이 잠정적으로 퇴치되고 응징되었지만 오히려 가열
찬 전래 과정을 겪으면서 결국 불교로 통합되는 과정을 필수적으로 보
여준다. 그러한 점에서 「射琴匣」은 매우 소중한 자료가 아닐 수 없다.

재래신앙 또는 토착신앙과 외래신앙 또는 이단신앙은 서로 충돌하지
않을 수 없었다. 신과 신, 신앙과 신앙, 인간과 인간 등이 서로 반목하고
다투면서 이 과정이 자연스럽게 해결되기 때문이다. 재래신앙의 대변자
가 단수로 되어 있는 것이 아니라, 복합적이고 서로 긴밀하게 맞닿아 있
다. 그에 견주어서 거문고와 중으로 대변되는 이질적인 신앙의 갈등이
문제된다.

그러한 의미에서 「射琴匣」의 문면 이해는 다른 《三國遺事》의 「魚山佛

影」을 이해하는데도 매우 소중한 기여를 할 수 있다고 생각한다. 수로왕
과 독룡 및 나찰녀 사이에 싸움이 벌어지고 이를 제어할 수 없자, 결국
수로왕이 부처님에게 의지해서 이 문제를 해소한다고 하는 것은《三國
遺事》의 「射琴匣」 다음에 이루어지는 불교신앙 때문에 재래신앙의 위세
가 눌리는 대목을 말하는 것이라고 하지 않을 수 없다.

② 불교설화의 口傳과 文傳의 틈새, 그리고 불교적 이치와 의미

-『三國遺事』卷第五「感通 第七篇」「憬興遇聖」條를 예증삼아 -

1. 자료와 방법

이 글은 불교설화 전체를 대상으로 하지 않는다. 불교설화 가운데 보살이 등장하는 설화를 중심으로 다루기로 한다. 그러므로 불교설화는 특정 인물과 관련된 보살설화를 의미하며, 보살설화는 보살이 특정한 인물을 돕거나 깨우침에 이르도록 하는 설화를 지칭하는 것만으로 한정하고자 한다. 불교설화 가운데 보살이 중요한 이유는 장차 밝혀지겠지만, 대승불교의 권역으로 한국불교가 토착화하는데 보살설화가 결정적인 구실을 했음을 증명할 수 있기 때문이다. 보살설화는 특정 불교교단에 의해서 만들어져서 널리 유포되었을 것 같지만, 실상을 보면 교단과 관련이 없이 이루어지는 한국설화의 독자적 창조물임을 쉽사리 인지할 수 있다. 설화를 전하는 일반인들이 대상의 특징을 요약하여 보살설화로 명명했을 개연성이 매우 높다. 경전에 없는 보살설화가 많은 것은 이 때문이다.

보살은 하나가 아니라 여럿이고, 불교설화의 실상을 보게 되면 제법 다양한 보살이 이야기의 주인공과 관계를 맺는 것이 사실이다. 보살이 주인공인 설화는 거의 없으며, 다양한 보살이 나타나서 특정 주인공의

사정을 해결해주면서 원조자 노릇을 하기도 하고, 깊은 깨우침에 이르
도록 돕기도 한다. 그러한 보살설화의 양상을 가장 풍부하게 드러내는
설화집은 『三國遺事』이고, 이 저작의 여러 국면에서 보살설화를 만나게
된다. 이 보살설화는 매우 다양한 보살이 등장하지만, 온갖 보살이 일거
에 모두 등장하는 것은 아니다. 가령 관음보살·문수보살·정취보살·
지장보살·미륵보살 또는 자씨보살·대세지보살 등의 다양한 보살이 있
으나 이야기인 설화에 모두 등장하지 않으며, 특정한 보살이 다양하게
등장하는 것이 본질이라고 할 수 있다. 가령 보살의 만신전 기록이라고
평가되는 『三國遺事』의 특정 대목에서 보살이 일정한 구실을 하는 이야
기의 대조적 인물과 보살이 등장하지만 지장보살·미륵보살 또는 자씨
보살·대세지보살 등은 이야기의 대상 인물로 전혀 등장하지 않는다.

보살(bodhisattva, 菩薩)은 대승불교의 핵심 사상이 낳은 창조적 결과
이자 불교 교리의 근간을 이룬다. 보살은 "上求菩提 下化衆生"의 서원을
세운 대승불교의 핵심적 존재 가운데 하나이다. 위로는 진리를 구하고
아래로는 중생을 교화하는 존재가 보살이다. 소승불교에서는 보살이나
부처의 존재를 인정하지 않으며, 보살은 특히 부정되는 존재이다. 깨달
은 자로 석가모니도 인정될 따름이고, 다시 온다든지 하는 여러 보살의
관념이 소승불교에서는 존재하지 않는다. 따라서 보살신앙은 우리 불교
의 특징을 드러내는 것이고, 그러한 각도에서 명백하게 대승불교적 성
격을 지니고 있다. 소승불교에서 강력하게 비난하는 보살은 힌두교의
신격이 둔갑하여 수용된 변질이라고 생각하는 것과 달리 대승불교에서
는 보살신앙이 교리적 가능성과 함께 대승적 불교신앙의 근간이 되는
점을 인정하고 있다.

『삼국유사』의 편목마다 보살이 곧잘 등장하고 신앙의 대상으로 섬겨
지는 사연이 널리 편만해 있다. 그뿐만 아니라, 보살이 직접 사람으로
나타나서 우리의 교만과 아집을 깨우치게 하고는 사라진다. 이 보살을

만나는 방식이 중요한 쟁점이고 연구의 주된 경향성을 형성하여 왔다. 보살을 만나는 방식이 특별하고 중요한 쟁점이기는 하지만 이에 대해 폭넓게 연구의 시각과 자료를 확대하고 심화할 필요를 느낀다. 그렇게 하는데『삼국유사』는 적절한 본보기 노릇을 하며, 연구의 시각을 점검 받을 수 있는 강력한 예증 가운데 하나로 된다.

이 글에서는 보살이 나타나는 이야기 가운데 관음보살과 문수보살의 이야기에 주목하고자 한다. 교리적으로 서로 다른 설정의 보살인데도 불구하고 기본적으로 보살이 중간자적 존재로 모자라는 스님이나 중생을 도와서 깨달음을 얻게 하는데 동질적인 기능을 수행하고 있다. 보살이 출현하여 사문과 중생을 도운 이야기는 이미 한 차례 검토된 바 있다.[1] 그 가운데서도 필자는 관음보살의 출현에 대한 제반 양상을 검토한 바 있는데, 여성으로 출현하는 관음보살의 시대적 가치와 보편성을 주목하는 것에 그치지 않고, 한 걸음 더 나아가 불교설화의 구전적 장치로 등장하는 방식을 다른 보살의 이야기와 견줄 필요가 있어서 이 글을 쓰게 되었다. 관음보살과 문수보살이 등장하면서 중생을 교화하는 이야기가『삼국유사』에 두루 나타나므로 이에 대하여 비교하기로 한다.

『삼국유사』에 등장하는 보살의 출현 양상은 일정한 형태를 가지고 있다. 이 패턴을 이해하기 위해서 일련의 양상을 정리하면 다음과 같다.

1. 한 조목에 한 인물에게 한 보살만 나타나기 :「敏藏寺」등
2. 한 조목에 한 인물에게 여러 보살이 나타나기 :「憬興遇聖」
3. 한 조목에 두 인물에게 한 보살이 나타나기 :「南白月二聖努肹夫得怛怛朴朴」
4. 한 조목에서 여러 인물에게 여러 보살 나타나기 :「洛山二大聖觀音正

1) 김헌선, 불교 관음설화의 여성성과 중세적 성격 연구-《삼국유사》소재 자료를 중심으로-,『구비문학과 여성』, 박이정, 2000.

趣調信」

5. 여러 조목에서 여러 인물에게 한 보살이 나타나기 : 「廣德嚴莊」 등

이 유형화가 결과적으로 보살과 중생의 만남을 전제로 한 대승불교의 특징적 구현임에 우리는 일단의 의의를 부여할 수 있다. 그러한 과정 속에서 관음보살의 나타나기 방식이 다각도로 그리고 다양하게 구현되는 것임을 우리는 알 수가 있겠다. 그러한 과정 속에서 보살이 인물과 만나는 기본적 양상을 정리하지 않을 수 없을 것이다.

1과 5는 서로 상통한다. 특정 대목만 보면 하나로 고정되어 있지만 다른 대목을 보면 이러한 과정이 모두 확대되어 나타난다. 2가 어떤 의미에서 가장 중요하다. 경흥성사에게 관음보살과 문수보살이 모두 나타났기 때문이다. 그러나 모습을 각기 달랐으며, 비구니와 삼태기를 메고 있는 거사이다.

3은 도반의 관계인 노힐부득과 달달박박에게 나타나서 새로운 깨달음을 주는 존재로 되어 있다. 한 보살이 두 번 출현하는 것으로 되어 있으므로 이 두 인물과의 연계가 결과적으로 매우 중요한 의미를 가질 수 있을 것으로 본다. 노힐부득과 달달박박은 도반이므로 서로의 경계심도 늦추고 용맹정진이 값진 가치를 가지려면 서로 도와야 한다는 점을 강조하고 있다.

4는 가장 복잡한 구도를 가지고 있는 것인데, 이들을 통해서 각성의 단계와 신앙심의 다양성을 구현하면서 보일 수 있는 모든 모습을 단계적으로 보여주고자 한 것은 아닌지 매우 주목되는 면모를 보여주고 있다. 깨달음에서 이루는 합일이 매우 중요하고 결국 신행하고 실천하는 것이 가장 강력한 것임을 거듭 일깨우는 작품이라고 하겠다. 보살은 관음보살과 정취보살로 한정되어 있으나, 의상, 원효, 범일, 조신 등을 두루 아우르고 있는 점도 이 편목의 중요한 국면을 구현하고 있는 것이다.

『三國遺事』에서 보살이 출현하는 갖가지 양상을 정리해서 일관되게 보여주는 작업이 필요하다. 우리의 근본적인 도달점이 관음보살에 초점을 둔 것은 아니지만, 여러 보살이 만나는 양상 가운데 가장 중요한 위치를 점유하고 있는 것이 바로 관음보살이다. 관음보살의 다양한 출현 양상을 보여주는 것은 분명한 이유가 있을 것이고, 타당한 가치를 지니고 있다고 하겠다. 주된 보살은 관음보살, 문수보살, 정취보살 등이 있으며, 이외에 몇 가지가 있지만 단연 돌올한 위치를 점하고 있는 보살이 관음보살이다.

　관음보살은 변화무쌍한 존재이다. 변화하는 소의경전은 여럿이지만 대표적으로 두 가지 경전이 이러한 면모를 보여준다. 그 가운데 『妙法蓮華經』觀世音菩薩普門品 第二十五 가운데 하나를 보면 그의 면모를 알 수가 있으며, 어떻게 응신하는지 알 수가 있다.[2] 경전에서 말하고 있는

---

2) 『妙法蓮華經』觀世音菩薩普門品 第二十五 "無盡意菩薩白佛言 世尊 觀世音菩薩 云何遊此娑婆世界 云何而爲衆生說法 方便之力 其事云何 佛告無盡意菩薩 善男子 若有國土衆生應以佛身得度者 觀世音菩薩 卽現佛身而爲說法 應以辟支佛身得度者 卽現辟支佛身而爲說法 應以聲聞身得度者 卽現聲聞身而爲說法 應以梵王身得度者 卽現梵王身而爲說法 應以帝釋身得度者 卽現帝釋身而爲說法 應以自在天身得度者 卽現自在天身而爲說法 應以大自在天身得度者 卽現大自在天身而爲說法 應以天大將軍身得度者 卽現天大將軍身而爲說法 應以毘沙門身得度者 卽現毘沙門身而爲說法 應以小王身得度者 卽現小王身而爲說法 應以長者身得度者 卽現長者身而爲說法 應以居士身得度者 卽現居士身而爲說法 應以宰官身得度者 卽現宰官身而爲說法 應以婆羅門身得度者 卽現婆羅門身而爲說法 應以比丘比丘尼優婆塞優婆夷身得度者 卽現比丘比丘尼優婆塞優婆夷身而爲說法 應以長者居士宰官婆羅門婦女身得度者 卽現婦女身而爲說法 應以童男童女身得度者 卽現童男童女身而爲說法 應以天龍夜叉乾闥婆阿修羅迦樓羅緊那羅摩[目*侯]羅伽人非人等身得度者 卽皆現之而爲說法 應以執金剛身得度者 卽現執金剛身而爲說法 無盡意 是觀世音菩薩 成就如是功德 以種種形遊諸國土度脫衆生 是故汝等 應當一心供養觀世音菩薩 是觀世音菩薩摩訶薩 於怖畏急難之中能施無畏 是故此娑婆世界 皆號之爲施無畏者 無盡意菩薩白佛言 世尊 我今當供養觀世音菩薩 卽解頸衆寶珠瓔珞 價直百千兩金 而以與之 作是言 仁者受此法施珍寶瓔珞 時觀世音菩薩不肯受之 無盡意復白觀世音菩薩言 仁者 愍我等故受此瓔珞"에서 관세음보살의 응신상 근거를 볼 수가 있다. 그러나 경전의 근거가 모든 관음보살의 면모를 다 가릴 수 있는 것은 아니다. 관음보살의 응신상에 대한 근거가 있을 따름이고 관음보살의 설화는 민족마다 불교를 수용하는 쪽에서 모두 개별화한 창조적

대목이 복합적으로 작용하는 것을 볼 수가 있으며, 관세음보살의 면모가 대승불교의 강력한 변화상을 반영하고 있음을 알 수가 있다. 이에 견주어서 다른 보살의 경전 근거는 빈약한 형편이다. 그러나 모든 경전에 이야기에 전하는 것과 같은 자료는 점점되지 않으며, 경전에 없는 이야기가 허다하다. 이것이 불교설화, 그 가운데서도 관음보살설화의 진면목이다.

이 글에서 모든 보살의 유형과 양태를 한꺼번에 모두 다룰 수 없다. 그 가운데 구전과 문전의 전승 양상을 충실하게 보여주는 사례로 일단 감통편의 한 조목을 다루기로 한다. 「憬興遇聖」이 그것이다. 이 조목은 탈춤의 기원을 논하는 대목으로 널리 인용되고 논의되었지만 실제로 이를 본격적으로 논한 글들은 없다. 관음보살이 비구니로 나타나고, 문수보살이 비구로 나타나서 경흥을 일깨우는 점이 있는데 이 점을 중심으로 여기에 도사리고 있는 궁극적 설화적 의미, 불교적 이치 등을 다루면서 재해석하고자 한다.

이 글은 「憬興遇聖」의 미시적인 읽기를 시도하면서 이 조목의 정밀한 주석과 함께 원전 검토에 충실하고자 한다. 그렇게 함으로써 주석이나 주석학적 방법이 본문 이해에 어떻게 기여할 수 있는지 기초적 검토를 하고자 한다. 본문에 대한 번다한 주석이 필요한 것은 아니지만 일연의 글쓰기가 이를 요구하기 때문에 이 점을 중심으로 일연의 글쓰기 행간을 읽으면서 하나의 텍스트가 조립되면서 주식에서 자유롭지 못한 형편을 말하고 어휘에서 문맥까지 깊은 반향이 있음을 증명하고자 한다. 주석학을 통해서 본문 구성의 텍스춰가 텍스트에 깊은 영향을 끼치지만 전혀 관계없는 주석으로 가면서 생기는 행간의 파탄과 이야기의 역리의 뜻을 가지고 있는 점을 증명하고자 한다.

산물이다. 따라서 경전의 근거를 따지는 것은 무의미한 일일 수도 있다.

　다음으로 「憬興遇聖」의 조목이 지니는 텍스트의 의미를 구조적으로 분석하고자 한다. 관음보살을 만나고, 문수보살을 만나서 이룬 경흥의 깨달음에 초점을 두고 이를 철저하게 구조적으로 분석하고 따지면서 이 만남의 양상이 어떠한 의미가 있는지 검토하고자 한다. 관음보살과 문수보살은 삼국유사 책의 근본적 면모를 과시하는 것이고, 상투적으로 반복되는 주제인데도 불구하고 경흥이라고 하는 단일한 인물에게 어떠한 의미를 부여할 수가 있는지 살펴보고자 한다. 구조적 분석과 분절을 통해서 이 조목의 의미를 반추할 수 있을 것이다.

　「憬興遇聖」의 보살 등장 방식을 확대해서 다른 조목에서 어떻게 구현되었으며, 구조적 반복성이 기실 구전과 문전의 양태를 자극적으로 구현하고 있는 형태임을 이로써 알 수 있는 컨텍스트에 대한 분석을 시도하고자 한다. 전면적인 자료로 확대하지 않으면서 그 가운데서도 관음보살과 문수보살에 대한 자료로 국한시켜서 이 자료에 대한 궁극적 검토가 가능하도록 검토하고자 한다. 구전과 문전의 양상이 이 과정에서 집중적으로 조명될 것이다. 구전과 문전의 양태에 생긴 문제점을 환기하고자 하는 것이 이 분석에서 초점을 이룰 것으로 기대된다.

　「憬興遇聖」의 설화적 의미와 불교적 의미를 집중적으로 검토하는 것이 최종적 목표 가운데 하나이다. 설화에서 말하고자 하는 것과 불교적인 의미를 구현하는 것이 서로 어긋나는 것인가 아니면 일정하게 계합하는 본질적인 일치점이 있는가 하는 문제데 대한 집중적인 분석이 이루어질 것이다. 종국적으로 대승불교에서 표방하는 이치의 구현 방식이 경흥의 자료와 일연의 생각 속에 서로 공유되고 차별화되는 양상을 점검할 수 있을 것으로 판단된다.

　「憬興遇聖」 조목을 이해하는데 있어서 진정한 길이 있는가? 아마도 이 질문은『삼국유사』편목 전체에도 모두 해당하는 말일 성 싶다. 도대체 이 조목을 이해하는 길이 무엇인지 쉽사리 결판날 것은 아니다. 질문

을 다르게 바꿀 필요는 있다. 「憬興遇聖」조목을 어떻게 읽으면 잘 이해
할 수 있는가?

1] 본문의 주석에 충실을 기하는 것이 원칙이다.
2] 본문의 행간과 의미의 행간 파악이 필요하다.
3] 본문의 구조 분석과 다른 본문을 견주어야 한다.
4] 본문에 얽매이지 말고 다면적 사고로 통찰을 겸해야 한다.

이 방법은 「憬興遇聖」에 두루 해당할지 의문이 있다. 그러나 현재의
이해 수준에서 파지되는 네 단계 정도는 유용한 방법이다. 1]은 당연한
말 같지만 과연 그런지 의문이 있다. 일연의 한문 서술이 문장력을 요구
하는 것은 아니다. 일연의 한문이 비약이 심하고 문장력이 있는 것으로
깔끔한 뜻을 가진 것은 아니다. 이러쿵저러쿵 바뀔 수 있는 문장이 많
다. 경전의 문장, 구전되는 말의 번역, 우리의 한문 등이 다수 존재하고
있어서 문장력으로 해결할 것은 아니다. 깔끔한 번역이 이 조목 이해의
온전한 접근 방식일 수 있는지 회의적이다.

2]와 같은 것은 상당한 도움이 된다. 원문에 주석이 많은 것은 일연이
이런 저런 대목을 모두 보아서 해결된 것일 가능성이 있다. 한문에 대한
많은 검색 엔진이 있으므로 이를 자구로 알아서 해결할 수 있으므로 해
박한 한문 원전 탐독이 이 시대에 과연 의의가 있는가도 의문이다. 더구
나 한문의 원전이 「憬興遇聖」조목과 적합하게 사용되는 것인지도 의문
이 있다. 실제로 원전과 거리가 멀어진 기록도 있으므로 전고의 활용에
서도 유용한 것이 못된다. 모르는 것보다 나은 것이지만 결과적으로 이
러한 이해가 궁극적인 방법이라고 말할 수 없다. 이 공부 방법에서 식견
이 막히면 결과적으로 외통수에 걸려서 한계가 자초된다.

3]은 공부를 달리 하는 방법일 수 있다. 한문과 원전의 소종래에 얽매

이지 말고, 읽어서 요체를 바로 알고 요점이 무엇인지 명확하게 규정하고 분석하고 해석하는 것이 바람직한 방법일 수 있다. 현시대는 이러한 공부 방법을 진정한 것으로 여기지 않는다. 그러나 대립적 원리를 발견하고 이를 해석하는 것은 공부의 핵심적 방법이고, 학문의 진정한 길이라고 여긴다. 그러한 점에서 학문의 구조·이론·세계관 등을 쟁점으로 여기고 이것을 지향하는 것은 핵심적인 방법일 수 있다. 한문을 몰라도 이야기로 간주하고 이를 분석하게 되면 본질에 이를 수 있으며, 이 방법이 중세시대의 일자무식꾼에게도 통하던 방법이다. 이 방법을 통해서 공부를 하는 것은 어떻게 이어갈 수 있는가 고민이 많다.

4]는 엉뚱한 생각으로부터 시작한다. 문제의 위와 아래 또는 안팎을 뒤바꿔서 새로운 방식으로 바라보는 사고방식이 필요하다. 이러한 사고방식을 다면적 사고 lateral thinking라고 부른다.3) 마르셀 푸르스트가 말한 것처럼 "진정한 발견의 항해는 새 땅이 아니라 새 관점을 찾는 일이다."고 하였다. 이것이 바로 새로움을 찾는 다면적 사고의 출발점이라고 할 수가 있다.

「憬興遇聖」 조목에 대한 진정한 발견은 바로 관점을 새롭게 하면서 발

---

3) Edward de Bono, *New Think; the Use of Lateral Thinking in the Generation of New Ideas*, Basic Books, 1968 ; *Lateral Thinking: Creativity Step by Step (Perennial Library)*, Harper Colophon, 1973.

1] 현재 사고 패턴-현상을 유지하고자 하는 판박이 패턴을 깰 수 있도록 고안된, 사고의 생성적 도구(Idea generating tools that are designed to break current thinking patterns-routine patterns, the status quo)

2] 어디에서도 찾을 수 없는 새로운 사고를 검색하는 확장하도록 고안된 집중적 도구(Focus tools that are designed to broaden where to search for new ideas)

3] 새로운 사고에서 받은 더 많은 가치 창출을 생성하기 위해 고안된 수확 도구(Harvest tools that are designed to ensure more value is received from idea generating output)

4] 현실적인 제약, 자원, 그리고 지원을 고려하도록 고안된 처치 도구(Treatment tools that are designed to consider real-world constraints, resources, and support)

상의 전환을 가지는 것이다. 이 발상의 전환은 대담하고 비약을 수반하는 것이어야 하는데, 그러한 것을 논문 형식에서는 좀체로 허락하지 않는다. 그래서 학문의 자유와 창조는 점점 제한적이 되고 제약을 수반하고 있다. 그런 점에서 이 조목에 대한 해석은 결과적으로 헛된 것일 수 있지만 해볼 수 있는 생각의 패턴을 바꾸어보자고 하는 조심스러운 제안을 담고 있는 것이기도 하다.

2. 「憬興遇聖」의 주석, 본문 이해에의 기여

주석이 자료 이해에 능사는 아니다. 주석은 정밀할수록 전체의 문맥과 의미를 상실하고 산만한 지식의 열거에 치우칠 우려가 있다. 그러므로 주석은 지양해야 할 일이지만 『三國遺事』에 대한 주석은 이미 상당 부분 진척되었다. 그러나 주석하는 관점이나 해석의 각도에서 주석은 거듭 달라질 수 있음을 우리는 일본학계와 한국학계의 『三國遺事』주석을 통해서 절감하게 된다. 일본학계는 정밀함을 자랑한다.[4] 한국학계는 해석의 관점을 중시하며, 누가 주석하는가에 따라서 해석의 방향이 달라질 수 있음을 다각도로 보여주게 된다.[5] 그렇다면 어떻게 주석하는

---

4) 三品彰英遺撰, 『三國遺事考證』上, 塙書房, 1975.

　三品彰英遺撰, 『三國遺事考證』中, 塙書房, 1975.

　村上四男撰, 『三國遺事考證』下之一, 塙書房, 1994.

　村上四男撰, 『三國遺事考證』下之二, 塙書房, 1995.

　村上四男撰, 『三國遺事考證』下之三, 塙書房, 1995.

　삼국유사연구회를 창설하고 지속적인 작업을 한 결과 주목할 만한 주석서를 냈다. 창설의 주역은 사라졌지만 무라카미 요시오가 지속적인 작업을 해서 완간한 주석서이다. 번역과 주석을 하면서 찾을 수 있는 문헌을 모두 찾았다고 해도 과언이 아닌 저작이다. 단편적인 작업에 그치지 않고 여럿이 함께 연구회를 결성하면서 작업한 본보기이다.

5) 姜仁求·金杜珍·金相鉉·張忠植·黃浿江, 『譯註三國遺事』Ⅰ·Ⅱ·Ⅲ·Ⅳ·Ⅴ, 이회, 1994. 이 저작은 역주 4권과 연구논문의 색인 한 권으로 된 저작이다. 각자의 전공이

것이 이상적인가? 바람직한 방향은 주석의 도달점이 무엇인지 항상 생각해야 한다는 점이다. 본문 이해의 기여를 위해서 주석을 상세하게 갖추고 해석하는 것이 이상적이리라 믿는다.

神文王代, 大德憬興, 姓水氏, 熊川州人也. 年十八出家, 遊刃三藏,[6] 望重一時.[7] 開耀元年, 文武王將昇遐, 顧命於神文曰: "憬興法師, 可爲國師,[8] 不忘朕命." 神文卽位, 曲(冊)爲國老, 住三郎寺.

다르고 관점이 제각각이어서 주석의 다양성을 보이는 저작이지만 한 조목마다 일관성을 가지고 접근한 것은 아니다. 여러 문헌을 참고해서 원문의 상이점을 제시한 것은 설득력이 있지만, 관점이 달라지게 되면 전혀 해석이 달라지는 주석이 있어서 문제점이다. 일본의 연구서를 참조하였으나, 문제점이 일관되게 구현된 주석인지 의문스러운 면모가 있다.

6) 遊刃三藏 : 유인과 삼장을 나누어서 해명해야 한다고 일본인 학자들이 주석했다. 遊刃은 『莊子』內篇에 있는 養生主條에서 나오는 것으로 가령 '良庖歲更刀, 割也., 族庖月更刀, 折也. 今臣之刀十九年矣, 所解數千牛矣, 而刀刃若新發於硎. 彼節者有間, 而刀刃者無厚, 以無厚入有間, <u>恢恢乎其於遊刃</u> 必有餘地矣. 是以十九年而刀刃若新發於硎. 雖然, 每至於族, 吾見其難爲, 怵然爲戒, 視爲止, 行爲遲. 動刀甚微, 謋然已解, 如土委地. 提刀而立, 爲之四顧, 爲之躊躇滿志, 善刀而藏之.(솜씨 좋은 백정은 일 년에 한 번 칼을 바꾸는데 살코기를 베기 때문이고, 보통의 백정은 한 달에 한 번씩 칼을 바꾸는데 뼈를 치기 때문이다. 지금 제가 쓰고 있는 칼은 19년이 되었고, 그 동안 잡은 소가 수천 마리인데도 불구하고 칼날은 마치 숫돌에서 막 새로 갈아낸 듯하다. 뼈 마디에는 틈이 있고 칼날 끝에는 두께가 없다. 두께가 없는 것을 가지고 틈이 있는 사이로 들어가기 때문에 넓고 넓어서 <u>칼날을 놀리는데</u> 반드시 남는 공간이 있게 마련이다. 이 때문에 19년이 되었는데도 칼날이 마치 숫돌에서 막 갈아낸 듯하다. 비록 그러하지만 매양 뼈와 근육이 엉켜 모여 있는 곳에서 이를 때마다, 나는 그것을 처리하기 어려움을 알고, 두려워하면서 경계하여, 시선을 한 곳에 집중하고, 손놀림을 더디게 한다. 칼을 매우 미세하게 움직여서, 스르륵 하고 고기가 이미 뼈에서 해체되어 마치 흙이 땅에 떨어져 있는 듯하면, 칼을 붙잡고 우두커니 서서 사방을 돌아보며 머뭇거리다가 제 정신으로 돌아오면 칼을 닦아서 간직한다.)'에서 기원했다는 말이 있다. 이것은 백정이 칼끝을 놀려서 사용하는 내력을 말하는 것으로 두껍지 않은 칼로 고기와 뼈를 자르니 남음이 없이 넉넉하게 사용했다는 말이다. 三藏은 불교에서 말하는 불교 성전의 전체를 말하는 것으로 經·律·論을 세 개의 광주리에 보관하는 것으로부터 비롯된 것이다.

7) 望重一時 : 物望이 일시에 높아졌다. 望은 物望이나 名望의 뜻.

8) 國師 : 여기에서는 國師로 삼으라 하고 뒤에는 國老로 봉했다. 둘에 대한 함수 관계가

忽寢疾彌月, 有一尼來謁候之, 以華嚴經中, 善友原病[9]之說, 爲言曰:
"今師之疾, 憂勞所致, 喜笑可治." 乃作十一樣面貌, 各作俳諧之舞, 巉巖
戍削,[10] 變態不可勝言, 皆可脫頤, 師之病不覺洒然, 尼遂出門, 乃入南巷
寺[寺在三郎寺南.]而隱, 所將杖子, 在幀畫十一面圓通像前.

一日將入王宮, 從者先備於東門之外, 鞍騎甚都, 靴笠斯陳, 行路爲之辟
易. 一居士[一云沙門.]形儀疎率, 手杖背筐, 來憩于下馬臺上, 視筐中乾魚
也, 從者呵之曰: "爾着緇, 奚負觸物耶?" 僧曰: "與其挾生肉於兩股間,[11]

다각도로 여러 논의에서 제기된다. 동이논쟁이다.

9) 善友原病: 『華嚴經』의 어느 대목인지 불확실하다.

10) 巉巖戍削: 뾰족하기도 하고 깎은 듯하기도 한 모습을 말한다.

11) 挾生肉於兩股間: 龍樹菩薩造, 『大智度論』卷四 또는 『智度初品中菩薩釋論』第八(卷第
四)에 있는 本生譚인 「尸毘王과 鴿鷹」에서 유래한 것이다. "譬如尸毘王以身施鴿 釋迦牟
尼佛本身作王 名尸毘. 是王得歸命救護陀羅尼 大精進 有慈悲心 視一切衆生如母愛子. 時
世無佛 釋提桓因命盡欲墮. 自念言 何處有佛一切智人 處處問難 不能斷疑 知盡非佛 即還
天上 愁憂而坐. 巧變化師毘首羯磨天問曰 天主何以愁憂 答曰 我求一切智人不可得 以是
故愁憂. 毘首羯磨言 有大菩薩 布施 持戒 禪定 智慧具足. 不久當作佛 帝釋以偈答曰 菩薩
發大心 魚子菴樹華三事因時多 成果時甚少 毘首羯磨答曰 是優那種尸毘王 持戒 精進
大慈 大悲 禪定 智慧 不久作佛. 釋提桓因語毘首羯磨 當往試之 知有菩薩相不 汝作鴿 我
作鷹 汝便佯怖入王腋下 我當逐汝. 毘首羯磨言 此大菩薩 云何以此事惱 釋提桓因說偈言
我亦非惡心 如真金應試 以此試菩薩 知其心定不. 說此偈竟 毘首羯磨即自變身作一赤眼
赤足鴿 釋提桓因自變身作一鷹 急飛逐鴿 鴿直來入王掖底 舉身戰怖 動眼促聲, 是時衆多
人 相與而語曰 是王大慈仁 一切宜保信 如是鴿小鳥 歸之如入舍 菩薩相如是 作佛必不久.
是時鷹在近樹上 語尸毘王 還與我鴿 此我所受 王時語鷹'我前受此 非是汝受 我初發意時
受此 一切衆生皆欲度之 鷹言 王欲度一切衆生 我非一切耶 何以獨不見愍而奪我今日食 王
答言 汝須何食 我作誓願 其有衆生來歸我者 必救護之 汝須何食 亦當相給 鷹言 我須新殺
熱肉 王念言'如此難得 自非殺生 無由得也 我當云何殺一與一 思惟心定 即自說偈 是我此
身肉 恒屬老病死 不久當臭爛 彼須我當與 如是思惟已 呼人持刀 自割股肉與鷹. 鷹語王言
王雖以熱肉與我 當用道理 令肉輕重得與鴿等 勿見欺也 王言 持稱來 以肉對鴿 鴿身轉重
王肉轉輕. 王令人割二股 亦輕不足 次割兩[跳-兆·專] 兩臗 兩乳 項脊 舉身肉盡 鴿身猶
重 王肉故輕. 是時近臣 內戚安施帳幔 卻諸看人 王欲如此 無可觀也 尸毘王言 勿遮諸人
聽令入看 而說偈言 天人阿修羅 一切來觀我 大心無上志 求成佛道. 若有求佛道 當忍此大
苦 不能堅固心 則當息其意. 是時 菩薩以血塗手 稱欲上 定心以身盡以對鴿. 鷹言 大王 此
事難辦 何用如此 以鴿還我 王言 鴿來歸我 終不與汝 我喪身無量 於物無益 今欲以身求易
佛道 以手攀稱 爾時 菩薩肉盡筋斷 不能自制 欲上而墮. 自責心言'汝當自堅 勿得迷悶 一

背眞(負)三市之枯魚,[12] 有何所嫌?"言訖起去, 興方出門,

聞其言, 使人追之, 至南山文殊寺之門外, 抛筐而隱, 杖在文殊像前, 枯
魚乃松皮也. 使來告, 興聞之嘆曰:"大聖來戒我騎畜爾." 終身不復騎.

興之德馨遺味, 備載釋玄本所撰三郞寺碑. 嘗見普賢章經,[13] 彌勒菩薩
言:"我當來世, 生閻浮提, 先度釋迦末法弟子, 唯除騎馬比丘, 不得見佛."
可不警哉!

切衆生墮憂苦大海 汝一人立誓欲度一切 何以怠悶 此苦甚少 地獄苦多 以此相比 於十六分
猶不及一 我今有智慧 精進 持戒 禪定 猶患此苦 何況地獄中人無智慧者 是時菩薩一心欲
上 復更攀稱 語人 扶我 是時菩薩心定無悔. 諸天 龍王 阿修羅 鬼神 人民 皆大讚言 爲一小
鳥乃爾 是事希有 卽時大地爲六種振動 大海波揚 枯樹生華 天降香雨及散名華 天女歌讚
必得成佛 是時念我四方神仙皆來讚言 是眞菩薩 必早成佛.'鷹語鴿言'終試如此 不惜身命
是眞菩薩 卽說偈言 慈悲地中生 一切智樹牙 我曹當供養 不應施憂惱 毘首羯磨語釋提桓因
言 天主 汝有神力 可令此王身得平復 釋提桓因言 不須我也 此王自作誓願 大心歡喜 不惜
身命感發一切 令求佛道 帝釋語人王言 汝割肉辛苦 心不悶沒耶 王言 我心歡喜 不惱不沒
帝釋言 誰當信汝心不沒者 是時菩薩作實誓願'我割肉血流 不瞋不惱 一心不悶以求佛道者
我身當卽平復如故 卽出語時 身復如本. 人天見之 皆大悲喜 歎未曾有'此大菩薩必當作佛
我曹應當盡心供養. 願令早成佛道 當念我等 是時釋提桓因 毘首羯磨各還天上 如是等種
種相 是檀波羅蜜滿. 問曰 尸羅波羅蜜云何滿 答曰 不惜身命 護持淨戒 如須陀須摩王 以劫
磨沙波陀大王故 乃至捨命不犯禁戒."

이와 동일한 내용이 다른 경전에도 전한다. 본생담의 성격이 서로 일치하므로 이러한 전통이 반복되는 것으로 이해된다.「尸毘王과 鴿鷹」의 본생담은『六度集經』과 같은 데서 반복되어 나타나는 유명한 구절 가운데 하나이다. 그러나 이 전거가 이야기의 전통 속에서 사용되는 비유로는 과연 적절한 것인지 의문이 생긴다. 오히려 이러한 주석에 의해서 대상에 대한 온전한 인식을 드러내는데 한계가 있으며, 문제점이 있는 것으로 확인된다.

12) 三市之枯魚 :『莊子』雜篇「外物」의「枯魚之肆」에서 유래한 말이다. 莊周가 監河侯에게 곡식을 빌리러 가서 벌어진 일련의 삽화에서 유래한 것이다.'吾失我常與, 我无所處. 吾得斗升之水然活耳, 君乃言此, 曾不如早索我於枯魚之肆'(나는 지금 내가 늘 함께 하는 물을 잃어버려 내가 거처할 곳이 없어져 버렸다. 지금 나는 한 말 한 되의 물만 있으면 충분히 살 수가 있을 따름이다. 그런데 지금 그대가 이처럼 말하니 차라리 일찍감치 나를 건어물 가게에 가서 찾는 것이 더 나을 것이라고 하였다)라고 되었다. 三市의 枯魚는 大市・朝市・夕市의 枯魚를 말하는 것으로 시장을 뜻하는 저자 거리의 마른 물고기 정도로 해석해도 무방하다.

13) 普賢章經 : 唐나라 澄觀이 撰述한『華嚴經』의 普賢行願品疏 卷十을 말한다.

讚曰: 昔賢垂範意彌多, 胡乃兒孫莫切瑳. 背底枯魚猶可事, 那堪他日負龍華.

한문의 글쓰기 가운데 주력하는 것 가운데 한 요소가 篇·章·句·字의 법칙을 지키는 것이다. 편법은 글 한 편의 전체적 통일성을 기하기 위해서, 장법은 하나의 단락에서 정합성을 지키기 위해서, 구법은 구절의 일관성을 꾀하기 위해서, 자법은 어휘의 다양성과 풍부함을 기하기 위해서 필요한 방법이다. 정명적 글쓰기에서 취택되는 이 방법은 다른 역사책보다 『삼국사기』와 같은 책에서 기본적인 방법으로 채택되었다. 대상을 드러내기 위해서 간명하고 이치에 닿은 글쓰기에 이러한 방법이 원용되었다.

이 관점에서 『삼국유사』는 이 원칙에 위배되는 요소가 상당하거니와 이 때문에 산만한 글쓰기로 판단될 가능성의 소인이 있다. 인용의 원천이 다양하고, 여러 면모를 고려한 때문에 이 글쓰기는 산만하고 지향점이 제 각각이어서 작자의 일관성을 읽어내는데 주력하기보다는 오히려 독자의 관점에서 여러 가지를 얻어가야 하는 면모가 발견된다. 더 극렬하게 말한다면, 글을 읽는 독자의 자각 여하에 따라서 글 이해의 진폭이 달라지도록 글을 썼다고 보는 편이 더욱 적절할 것으로 판단된다.

본문의 주석이 정확하다고 하는 것을 가정한다면, 이 주석을 통해서 통일된 글쓰기보다 여러 원천을 다각도로 변형하여 글에 응집하노록 함으로써 본문 이해에 많은 어려움을 제공하는 동시에 글을 이해하고 보는 정도의 차이와 질적 층위를 감안하도록 구성하고 있음이 드러난다. 따라서 이 조목은 원전의 주석을 무시한다면 간단한 내용의 이야기가 들어 있지만 이를 존중한다면 매우 심상치 않은 내용이 전개되는 점을 인정하지 않을 수 없다. 이 글의 구성 방식을 이해하고 그 글을 이해할 수 있는 방식으로 요인을 정리하면 다음과 같은 것일 수 있다.

가] 어구의 활용과 변형
나] 경전의 근거와 활용
다] 삽화의 원용과 복합

가] 어구의 활용과 변형이 드러나는 사례로 우리는 가령 주석에서 제시된 "遊刃三藏" "與其挾生肉於兩股間" "三市之枯魚" 등이 적절한 사례로 들 수 있다. 이 어구는 특정한 성향을 가진 경전으로부터 비롯되었다. 가령 『莊子』나 『六度集經』 또는 『大智度論』과 같은 책에서 비롯되었다. 여기에서 비롯된 어구가 본문에 적절하게 부응하는 것은 차치하더라도 이 경전의 근거가 있어서 활용되고 변형되는 점이 인정된다.

문면에 적실하게 부응하는 것도 있지만 문면의 의미와 별도로 다른 뜻을 가지면서 전혀 무관한 것도 있으므로 이들을 과연 천고의 활용이나 어구의 인용으로 볼 수 있는지 의문이 생길 수도 있다. 가령 위의 용례로 든 것이 각기 적실한 근거를 가졌으면서도 활용되는 차원에서 일관성을 가지고 운용되었는지는 의문이 있다.

가령 "遊刃三藏"은 적실하다고 하겠지만, 동시에 "三市之枯魚"는 적절하다고만 할 수 없으며, 이와 아울러서 "與其挾生肉於兩股間"은 원전과 거리가 멀어진 인용이라고 하지 않을 수 없다. 그러므로 글쓰기에 용인된 어구는 표면적인 것과 이면적인 것이 함께 작용하면서 다면성을 활용하게 하는 것임을 유의하지 않을 수 없다. 이러한 점에서 문면의 의미를 반추하고 환기하면서 이 인용한 어구에 대한 의문을 풀어가야 할 것으로 이해된다.

나는 경전의 근거와 활용은 어구처럼 명시되지 않은 것이 아니라 일연이 명시적으로 밝힌 것으로 불교적 전거를 가지고 있는 것이라고 하지 않을 수 없다. 이 점에서 경전의 근거를 가지고 있는 것의 사례를 들어볼 수가 있다. "華嚴經中 善友原病之說"과 "嘗見普賢章經" 등이 이에 적절한 사례이다. 일연이 인용한 글이며, 이야기에 작용하고 있는 경전들이다. 경전의 근거를 가짐으로써 이는 이 조목에 철저하게 불교설화적 소인을 가지고 있는 것임을 증거하게 된다.

"華嚴經中 善友原病之說"는 경홍이 만난 관음보살의 전거이고, 이와 달리 "嘗見普賢章經"은 문수보살의 이야기와 관련이 있지만 이미 텍스트의 밖으로 빠져나가서 이를 전하고 있는 "三郞寺碑"에 기재된 것이라고 하지 않을 수 없다. 경전의 근거를 중시하면서 이를 통해서 다각도의 논의를 하는 시각을 마련하고 있는 셈이다. 그러나 문면 이해에 도움이 될 뿐이지 이것이 진정한 것이라고 말하기는 어려운 설정이다.

ㄷ는 다소 비약이 있는 말일지 모르지만 이는 본문의 주석을 벗어나는 것이지만, 본문의 요해에 의거해서 밝힐 수 있는 조목 이외의 삽화를 주목하면서 이를 이해하는 수단으로 삼아야 마땅하다. 그러한 대목으로 우리는 일단 문면의 통일성에 입각하여『삼국유사』의 문면에서 반복되는 사항과『삼국유사』를 떠난 대목으로 구성된 것에 입각해야 한다.

가령 관음보살과 문수보살이 거의 동일한 면모로 출현하는 것들을 논의해서 예증으로 운용하여야 할 것이다. 그러나 이는 뒤에 다시 다루어야 할 것이고, 주석의 어려운 점은 이러한 대목이 걸리기 때문이다. 이를 주석에 포함시켜서 논의해야 할 것인지 하는 심각한 논란이 생길 수 있다. 이와 달리 동일한 내용 전체가『法華靈驗傳』에 제목을 달리한 채 전재되었으며 법화경을 경전적 근거로 하는 것을 통해서 인용되고 있다. 전반적 내용이「顯比丘尼身」이라고 하는 제목으로『法華靈驗傳』卷下에 기재되어 있다. 이 내용은 추측컨대『海東高僧傳』『三國遺事』『法華靈驗傳』등에 게재되었다고 오늘날에 전하고 있는 형태로 남은 것이라고 할 수 있다.

실제 문면을 보게 되면 본디의『삼국유사』의 문면이 상당 부분 다른 점을 알 수가 있으며, 찬술자의 목적과 의도 아래 이 문면에 중대한 차별성을 형성하는 점을 볼 수가 있다. 그러한 이유 때문에 서로 달라진 문면의 이해를 위해서도 이에 대한 비교 분석은 불가피하다.

新羅憬興國師 住京師三郎寺 病久不瘳 有一尼請看 門人引視之 尼曰 師 雖悟大法 合四大爲身 豈能無病 病有四種 從四大生 一曰身病 風黃痰爲主 二曰心病 顚狂昏亂爲主 三曰客病 刀杖斫傷 動作過勞爲主 四曰俱有病 飢 渴寒暑苦樂憂曺爲主 其餘品類 展轉相因 一大不調 百病俱起 今師之病 非 藥石所療 若觀戲謔事則理矣 於是作廿一樣面而舞之 師視詭謔之態 頗歡 悅 不知病之去也 尼出師使跡之 入南花寺佛殿而隱 其所持竹杖 在十一面 觀音像前 出『海東高僧傳』第五[14]

문면을 일일이 대조하지 않고도 우리는 이 문면을 통해서『삼국유사』 와『법화영험전』의 깊은 차이를 쉽사리 간취할 수 있다. 일단 관음보살 만을 다루었으며, 다루는 방식도 전혀 본문의 그것과 다른 점을 일단 수 긍할 수가 있겠다. 불교적인 질병의 원인을 진단하고 동시에 불교에서 발생한 질병을 치유하는 방식까지 일관된 이치를 구성하고 있으므로 상 당 부분 차별성이 있는 점을 말하지 않을 수 없다.

병의 원인을 불교의 이치를 들어서 해명하려고 하는 점도 온전한 것 인지 의문이 생긴다. 병에 네 가지가 있으며 사대로 해명하려고 하는 점 이 이상하다. 게다가 사대로 해석된 질병이 다른 각도에서 해명되는 점 도 이상하다고 할 수가 있다. 문면의 신앙적 이치와 신심을 강조하면서 본래의 산뜻한 설화 내용이 격감된 면모를 가지고 있음이 확인된다. 그

---

14)「顯比丘尼身」『法華靈驗傳』卷下이 기록은 다각도의 여러 문헌에 등재되었다가 현재의 모습으로 전하고 있음이 확인된다.『法華靈驗傳』의 기록은 본래『海東高僧傳』에서 가지 고 온 것이라고 되어 있다. 이 점에서 이 기록은 문헌전승의 대표적인 사례 가운데 하나 이다.

러한 점에서 병의 원인이 매우 진단된 사실 자체도 납득하기 어렵다. 불교의 깊은 교리를 끌어들여 이야기가 이상하게 변질되었음이 확인된다.

문면에서 십일면관음의 상을 해명하는 대목에서도 결정적인 차별성이 발생하게 되었다. 그것이 바로 '卄一樣面而舞之'라고 하였는데 실제로는 '十一面觀音像'이라고 하는 모습으로 되어 있는 점이 확인된다. 그러한 각도에서 문면의 의미를 매우 다르게 구현하고 있는 점이 확인된다. 약으로 치유되지 않고, 다른 것들로 치유되는 점이 해석의 핵심이다. 그것을 바라보는 문면 역시 전혀 다른 것으로 되어 있으며, '今師之病 非藥石所療 若觀戲謔事則理矣 於是作卄一樣面而舞之 師視詭譎之態 頗歡悅 不知病之去也'라고 해서 원래의 문면과 다른 점이 구현되었다.

병의 원인도 간단하게 처리하면서도 본질적인 언급을 한『삼국유사』의 문면과 달리『법화영험전』에서는 근본적인 면모를 강조하면서 함께 강조하고 있는 점도 매우 이례적인 면모라고 하지 않을 수 없다. 병의 근원이 안에서 발생하는 것과 달리 사대에서 생기며, 사대에서 생기는 질병의 근원을 자세하게 언급함으로써 색다른 구성을 하고 있는 점이 확인된다. 이 점에서 문면이 달라지고 주제가 달라지는 점을 분명하게 확인하게 된다.

본문의 이해를 위하여 예비적으로 논한 결과 우리는 적어도 이 조목을 통해서 주석이 능사는 아니지만 주석을 통해서 이 텍스트의 구성 요소가 다양한 원전을 활용하면서 변형되어 있음을 확인할 수가 있다. 우리가 문헌적 기록에 대해서 이를 문헌전승으로 이해하지 않지만, 적어도 하나의 텍스트를 구성하는데 있어서 다양한 원천이 활용되는 특징을 통해서 본다면, 문전의 전통 속에서 우러나는 것임을 반성하지 않을 수 없다.

이를 다른 각도에서 논한다면, 문헌전승 자체가 구비전승의 많은 대목을 요해하는 수단으로 될 수가 있다. 많은 대목을 강렬한 기억에 의존하면서도 이를 활용하면서 자신의 것으로 소화하는 총기가 있지만, 우리는 일연이다 이 기록에 원용되고 있는 것들이 사실은 다양한 원천에 입각하고 있는 것을 인정하지 않을 수 없다. 주석을 통해서 문헌전승의 전통 속에서 우러난 행간만을 따졌다.

그러나 이면적으로 박람강기의 전통이 구비전승적 전통 속에서 우러나고 있음을 논하지 않을 수 없을 것이다. 이 점에서 이 문헌전승의 전통은 구비전승의 전통과 서로 분간되지 않은 채로 엇섞여 있는 것이다. 행간의 파탄과 문장의 역리에도 불구하고 구비전승에 의한 보완만이 이 문제를 해명할 수 있다고 판단된다.

『삼국유사』의 텍스트는 텍스춰만을 통해서 본다면 누구의 글쓰기인지 도대체 분간되지 않는다. 줄줄이 전재한 것 같아도 그렇지 않고 이 말인가 생각하면 저 말로서 다시 생기를 가지고 살아난다. 다양한 전통 속에서 다면적 글쓰기를 시도하고 있는 이 조목의 목소리가 통제되지 않은 것처럼 가장하였지만 상당한 전통 속에 우러난 문헌전승의 결과이고, 동시에 구비전승을 전제하지 않고서는 문면이 잘 요해되지 않은 면모가 있다.

일연의 글쓰기 방식은 자신만의 독자적 방식이 아니라 어찌 보면 철저하게 선의 전통에 입각하고 있으며, 격의불교적 전통에서 비롯된 것일 수 있다. 가령 조동선의 창시자인 양개가 선과 도를 함께 이해한 전통이나, 선불교가 성립되기 이전에 도가의 현의에 입각하여 불교의 용어를 드러내던 전통 속에 우러난 것일 수 있다.15) 일연의 글쓰기 전통에서 이러한 다면적인 인용의 빈발과 동시에 이러한 전통에 입각한 나름의 중요한 글쓰기를 서툴게 드러내는 것 자체가 일종의 전략이다.

---

15) "雅乃與康法朗等 以經中事數擬配外書 爲生解之例 謂之格義"「竺法雅傳」『高僧傳』第四

3. 「憬興遇聖」의 안거리와 밖거리 : 경흥이 만난 두 보살, 관음보살과 문수보살

경흥이 만난 두 보살의 이야기를 검토하는데 있어서 산만한 주석으로 이해하여 채울 수 없음을 절감하게 되고 오히려 주석과 거리가 유관하면서도 이 이야기의 핵심을 짚어내는 일에 시각을 돌려 주목할 필요가 있다. 이야기라고 하는 틀 속에 무엇을 말하고자 하는 것인지 이를 파악하는 작업이 필요하다. 이 작업이 바로 이야기의 틀을 이해하는 것이다. 그렇게 하는데 있어서 텍스트의 줄거리를 통해서 이야기의 구조를 파악하고 내용을 점검하는 대립적으로 인식하는 일이 시급하게 요구된다.

「憬興遇聖」의 서사적인 내용을 요약하기로 한다. 크게 두 가지가 핵심적으로 나뉘는데 이를 우리는 경흥과 보살의 만남으로 정의하고 분할할 필요가 있다. 문면에 충실한 요약은 텍스트의 무리한 해석을 제어할 수 있는 소중한 요건이 되므로 범박하게 이야기를 요약하지 말고 원문에 충실하면서도 이야기의 졸가리를 드러낼 수 있는 요약을 할 필요가 있다.

　가) 경흥이 만난 관음보살
　1) 신문왕대의 보살 경흥은 성이 수씨이고, 웅천주 사람이니 나이 열여덟에 출가하여 삼장에 통달해서 신망이 아주 두터웠다.(神文王代, 大德憬興, 姓水氏, 熊川州人也. 年十八出家, 遊刃三藏, 望重一時.)
　2) 문무왕이 세상을 뜨면서 경흥법사를 국사로 삼을 만하다고 해서 국사로 삼았다.(開耀元年, 文武王將昇遐, 顧命於神文曰: "憬興法師, 可爲國師, 不忘朕命.")
　3) 삼랑사에 머물다가 갑자기 병이 들어서 한 달을 앓았다.(忽寢疾彌月)
　4) 이 때 한 여성이 찾아와서 문안을 하고(有一尼來謁候之)「화엄경」의

'善友原病之說' 구절을 들어서 법사의 질병이 근심에서 생긴 것이므로 웃으며 즐거워하면 나을 수 있다고 했다. (今師之疾, 憂勞所致, 喜笑可治)

5) 그러면서 열 한 가지 탈을 만들어서 우스꽝스러운 춤을 추게 하니 높이 솟았다고 줄어들었다가 하는 형상이 변하는 모습을 이루 말할 수 없어서 우스워서 턱이 빠질 지경이었으며 마침내 국사의 병이 나았다. (乃作十一樣面貌, 各作俳諧之舞, 巉巖戌削, 變態不可勝言, 皆可脫頤, 師之病不覺洒然)

6) 여승이 문을 나가 남항사로 숨어들어가 살았는데 그가 짚었던 지팡이만 십일면원통상을 그린 그림 앞에 남아있었다. (乃入南巷寺[寺在三郎寺南.]而隱, 所將杖子, 在幀畫十一面圓通像前.)

나) 경흥이 만난 문수보살

7) 경흥이 궁궐로 들어가려고 하는데 준비하는 사람들이 안장과 말이 화려하고, (鞍騎甚都, 靴笠斯陳, 行路爲之辟易) 신과 갓도 매우 성대하였는데, 길을 가는 사람이 모두 두려워하며 물러났다.

8) 이 때에 행색이 초라하고 손에 지팡이를 짚고 등에 광주리를 진 사문이 있어 하마대에 쉬고 있는데 따르는 자들이(形儀疎率, 手杖背筐, 來憩于下馬臺上, 視筐中乾魚也) 삼태기 안을 보니 마른 물고기가 있어서 이를 나무랐다.

9) 그러자 거사는 다리에 산 고기를 끼고 있는 것에 비하면 말린 물고기를 지고 다니는 것이 혐의할 일이 아니라고 대답하면서 가버렸다.(與其挾生肉於兩股間, 背眞(負)三市之枯魚, 有何所嫌?"言訖起去, 興方出門)

10) 경흥이 그 말을 듣고 사람을 시켜 따르게 하자, 남산 문수사에 이르러서 삼태기를 버리고 사라졌는데, 짚었던 지팡이는 문수보살상 앞에 세워져 있고, 말린 물고기는 소나무 껍질이었다.(聞其言, 使人追之, 至南山文殊寺之門外, 抛筐而隱, 杖在文殊像前, 枯魚乃松皮也.)

11) 그 사실을 들은 경흥이 말을 타는 것을 문수보살이 경계하는 것으로 알고 죽을 때까지 말을 타지 않았다.

다) 경흥의 행적 기록과 경전의 전거

12) 경흥의 아름다운 행적은 승려 현본이 지은 삼랑사비에 자세하게 실려 전한다.

13) 불교 경전「보현장경」에 전하는 내력을 들어서 말 탄 승려를 경계하다.(嘗見普賢章經, 彌勒菩薩言："我當來世, 生閻浮提, 先度釋迦末法弟子, 唯除騎馬比丘, 不得見佛."可不警哉)

라) 일연이 찬한다.

서사단락을 정리하자니 경흥국사가 두 보살인 관음보살과 문수보살을 만나서 시름을 치유하고 자신의 잘못을 깨달았다고 하는 것이 이 설화임을 직감할 수 있다. 특정 인물이 스스로 깨달음을 이루지 못하고 있던 차에, 신인이나 불보살, 또는 이인에 의해서 모자라는 생각을 깨우치는 과정이 보살설화의 핵심이라고 할 수 있으며 이 이야기는 그러한 전통에 충실하게 작동하고 있는 불교설화이다. 신불은 우리의 예상과 달리 필연적인 만남을 꾀하기 위해서 일상보다 높은 차원에 있지 않다. 신불의 존재는 일상이거나 일상보다 낮은 위치에 있으며, 예기치 못한 상황에 의해서 문제를 해결하는 실마리를 제공한다.

보살은 특정한 인물보다 낮은 곳에도 나타나고, 일상생활의 언저리에 머물면서 뛰어난 인물에게도 모자라는 인물에게도 나타날 가능성이 있으며, 동시에 그러한 가능성에 입각해서 새로운 깨달음을 얻어내는 깊은 작용을 하는 구실을 한다. 생각의 현명하고 모자라는 것뿐만 아니라, 지체의 고하를 막론하고, 언제나 나타나 분수에 넘치는 일을 하게 되면 꾸짖어 깨달음을 주고, 지혜가 모자라면 슬기를 보태서 높은 깨달음을 주는 것이 이 불보살설화의 요점이다.

한 보살을 두고 대립적인 성향을 가진 도반이 서로 다투는 이야기를 내용으로 하는 보살설화와 다르게 이 설화는 경흥이라는 신망이 두터운 국사를 대상으로 두 보살이 각기 나타나 다른 방향의 두 가지를 보여주고 있는 점이 이 설화의 요점이다.[16) 관음보살은 나타나서 병든 경흥의 원인을 진단하고 이를 치유했고, 문수보살은 나타나서 지체에 넘치는 사치를 꾸짖었다. 병을 웃음으로 고쳐주고, 분수에 넘치는 일을 책망해서 이를 금하도록 하는 것은 이 보살설화의 차별적 면모이다.

관음보살과 문수보살은 각기 다르게 나타나서 제시한 해법도 달랐으므로 이 점이 긴요하고, 보살의 기본적 성향과 다르게 되어 있는 점이 확인된다. 그러한 점에서 보살의 나타난 내력과 과정이 각기 다르게 되어 있는 점이 매우 긴요한 면모라고 생각한다. 보살은 웃음으로 해결하기도 하고, 준엄하게 깨우치게도 한다. 이 점에 있어서 이 설화는 신성체험과 경험이 다르다는 점이 소중하다. 이를 몇 가지 국면에서 정리해서 보여주기로 한다. 이 과정에서 긴요한 대립이 확인될 가능성이 있다.

菩薩	나타난 形象	出現 理由	解法	治癒 또는 自覺	菩薩暗示
觀音菩薩	一尼來謁候之	忽寢疾彌月 今師之疾 憂勞所致 喜笑可治	乃作十一樣面貌 各作俳諧之舞 嶷巖成削 變態不可勝言 皆可脫頤	師之病不覺洒然	所將杖子 在幀畵十一面圓通像前
文殊菩薩	形儀疎率 手杖背筐	鞍騎甚都 靴笠斯陳 行路爲之辟易	與其挾生肉於兩股間 背眞(負)三市之枯魚 有何所嫌	大聖來戒我 騎畜爾	至南山文殊寺之門外 抛筐而隱 杖在文殊像前 枯魚乃松皮也

---

16) 설화에 전승되는 다양한 면모가 여러 가지가 있으니 이것이 주목된다. 이러한 점이 좀더 타당하게 규명되기 위해서 여러 가지 전승되는 자료의 질과 양을 깨달을 수 있도록 해야 한다. 『삼국유사』와 『한국구비문학대계』 설화의 자료를 중심으로 해서 이러한 자료를 전반적으로 정리하는 것이 요점이라고 하겠다. 『설화유형분류집』의 자료에서 이 설화를 모두 찾으니 대략 14편인데 이야기의 변질이 격심하고 불보살의 형상을 완전히 다르게 보여주는 자료도 많았다. 이에 대한 집중적인 연구가 필요한 것은 아닌지 모르겠다.

일단 보살 출현하여 동일한 인물에게 간단하게 핵심적인 대화로 진행 되는 것이 긴요하다. 설화에서 여러 가지 이야기의 국면이 다채롭게 전개되는 것은 아니다. 묘사도 없고, 설명만 간단한 대담으로 이루어져 있어서 일종의 극적 전환을 중심으로 하는 이야기가 주가 되는 것을 알 수가 있다. 이는 이야기이지만 이야기를 구성하는 방법이 재담에 가까운 설정임을 알 수가 있다. 극적 전개이므로 많은 이야기의 인물이 필요하지도 않다. 그러나 실제적인 구현 양상은 간단하면서도 누가 나타나는 가에 방식의 차이가 현저하게 발견된다.

관음보살과 문수보살을 직접 만난 경흥이야기는 만남의 방식과 전개가 매우 긴요한 의의를 갖는다. 경흥과 관음의 이야기는 극적 대화에 해당한다. 실제로 원천과 도구가 비록 불교에서 유래하기는 했었다고 하나 원전에 없는 꾸며진 이야기로 십일면의 관음이 각각에 있는 가면이 매우 긴요한 수단이 된다. 이것은 불교 계통의 가면극의 기원으로 매우 긴요하고, 여기에 곁들여져 춘 춤이 특히 중요하다. 춤사위는 굴곡이 있는 것으로 전후좌우가 서로 관련이 있는 것이라고 하겠다.

병의 원인이 또한 더욱 소중하다. 무엇 때문에 병이 생겼는지가 궁금하다. 격에 어울리지 않는 자리에 있었던 때문인가 아니면 다른 원인이 있었는가? 경흥은 자신의 처지가 척박하게 되어 있었다. 주석에 의하면 본디 웅천주의 출신이므로 멸망한 백제의 후예이다. 백제의 유신이 과연 국로의 대접에 이를 수 있을 수 있겠는가? 그것은 핵심적인 사인이다. 목씨일 것으로 추정된다고고 하는데 그렇다고 하더라도 유민의 후예에서 높은 곳에 이를 수 있었던 것은 아니다.

안으로 생긴 병인데 이 병의 근원은 경흥이 "유인삼장"한 것이 원인이었을 것인데, 깊은 깨달음에 이르지 못하고 관념적인 표현에 억눌리고 깊은 고민을 하고 있었으므로 관념적 사유가 문제로 되어서 생각의 실마리가 풀리지 않고 격에 어울리지 않는 처지로 고통이 생긴 것이다. 시

름이 안으로 발생한 것은 관념적 행위에서 벗어난 행동으로 치유하는
것이 이상적이다. 이 이상이 실현된 것은 바로 가면극이다. 가면극으로
웃음 자아내게 하면서 상하의 격식을 벗어나서 안팎으로 웃음을 지어야
만 이 고민이 해소될 수가 있다. 이 점에서 관음보살은 그러한 책무를
실현하는 존재이다.

관음보살이 비구니로 나타나서 '作十一樣面貌'를 해서, '各作俳諧之舞
가 巉巖戌削하고 變態不可勝言'이라고 했는데, 이것이 좀 더 해석되어
야 할 요점이다. 그러나 구체적으로 그것이 무엇이었는지 알 길이 없다.
가면과 춤이 관련이 있으며, 이것을 가지고 특정한 몸짓과 춤사위를 해
서 결국 특정한 웃음을 자아냈다고 하는 것이 이 이야기의 본질이라고
생각한다. 탈춤의 기원이 된다면 간단한 재담과 춤사위, 가면이 관련이
있는 것으로 생각한다.

십일면관음의 이해가 긴요한 과제이다. 십일면관음과 같은 존재가 등

장하는 것은 관음신앙이 확산되면서 가장 일찍 힌두교의 신과 접합하여 변화된 관음이며, 이러한 형상적 근거를 가지고 있는 소의경전은 바로 『十一面觀音神呪心經』이라고 하겠다. 이 경전에 의하면 관음보살의 기본 얼굴을 제외하고 머리 위에 붙인 11면이 있다. 「十一面觀音菩薩 (Ekadasamukha-bodhisattva)」은 얼굴이 열 두 개라고 한다.

본디 얼굴은 흔히 眞實面이라고 하고, 11면은 方便面이라고 한다. 앞의 3면은 慈相, 왼편의 3면은 瞋相, 우편의 3면은 白牙上出相, 뒤의 1면은 暴大笑上, 정상의 1면은 佛果를 나타낸다. 10면은 보살이 수행하는 十地의 階位를 표현하는 方便이고, 맨 위의 불면은 불과를 말하는 것이다.[17]

경전에 근거한 사실이 해당 문면의 십일면관음보살의 가면과 과연 관련이 있을 것인가는 의문스러운 대목이다. 면모를 지었다고 하는 것은 가면의 양상이라고 할 수 있으며, 실제로 문면에서 말한 현상으로 본다면 불교 쪽에서 전승하였거나 민중들이 참여한 불교 계통의 연희에서 사용된 가면극의 양상으로 보는 편이 적절하리라고 판단된다. 가면의 양상이 우스꽝스럽고 지독한 웃음을 자아내게 되었기 때문에 이러한 재담이 가능하였을 것이며, 그러한 과정 속에서 웃음을 웃었을 개연성이 있다.

두 번째 사실은 더욱 극적인 행위의 연속으로 이루어져 있다. 문수보살이 나타나서 상하의 격식과 예의에 의거해서 국사의 지위를 누리면서

---

17)「十一面神呪心經義疏」,『大正新脩大正藏經』Vol.39, No.1802 십일면의 관음보살의 면모에 대해서는 경전의 근거를 이루고 있지만 이야기의 중심에 이러한 대목이 있는 것은 아니다. "十一面者 前三面慈相見善衆生 而生慈心大慈與樂 左三面瞋面見惡衆生 而生悲心 大悲救苦 右三面白牙上出面見淨業者 發希有讚勸進佛道 最後一面暴大笑面見善惡雜穢衆 生 而生怪咲改惡向道 頂上佛面或對習行大乘機者 而說諸法究竟佛道故現佛面 各爾三方三 面爲化三有故現三面若合本面應十二面 而十一面是方便面 本體常面是眞實面 面離於身而 智面主面表內懷以顯權實 故常面上現十一面 故曰十一面也"

거드름을 피우는 인물들이 비판의 대상이 된다. 문수보살이 나타나서 경흥을 꾸짖고 지위를 얻어 행세하는 인물의 본질이 무엇인가 하는 점을 직접 현시하기 위해서 이러한 인물의 잘못을 일깨우는 구실을 하게 한다. 관음보살이 탈춤을 춘 것과 다르게 일종의 행위로 이루어진 퍼포먼스를 재담으로 색다르게 구현하는 것이 문수보살의 행위이다.

거지처럼 남루한 인물이 문수보살이라고 하는 놀라운 연행수법을 발휘한다. 일종의 재담으로 행위를 전개하는 것인데, 극적 전개가 흥미롭다. 마른 물고기와 산 고기가 요점적으로 비교되고 전개되는데, 이 대결을 통해서 문수보살이 신이한 행적을 보이는 것이 사실이면서도 이를 통해서 오히려 깨달음에 이르게 하는 놀라운 면모가 있어서 주목된다. 이러한 점에서 재담이나 흔히 말하는 優戲의 기원과 관련된다. 한 쪽은 직접적이고, 다른 한 쪽은 간접적으로 연관된다.

한 인물이 거듭 보살을 만나니 결국 이 인물이 뛰어나다고 하는 사실을 말하는 것이지만, 다른 각도에서 본다면 뛰어난 인물도 별 수 없어서 이 인물의 모자람을 가다듬어주는 것은 허름하고 우스꽝스러운 인물이 이 일을 주도하는 것임을 명시한다. 아무리 뛰어나고 높은 지위에 있는 인물이라고 하더라도 낮은 처지에 있는 사람으로부터 배울 것이 있으며, 이들이 새로운 삶을 사는데 이 인물들의 도움을 간절하게 확인한다.

이 가운데 관음보살을 만나는 이야기는 탈춤에 관한 기록을 보여주고 있어서 한층 주목할 만하다. 십일면의 가면 모습이 곧 탈의 종류를 말하는 듯하고, 俳諧之舞라고 하는 것이 우스개와 춤이 곁들여진 것은 탈춤 재담과 춤을 상징한다 하겠다. 골계적 내용을 위주로 삼는 탈춤 재담을 생각할 때에 어느 정도 부합된다고 하겠다. 또한 박지원의 「閔翁傳」에서 민옹이 주인공인 나의 시름을 치료하는 것과 부합된다고 하겠다. 다만 민옹이 우스개 이야기꾼이라는 점이 남다르다 하겠고, 여기서는 관음과 문수가 미천하고 비속한 행위를 하는 사람으로 나타나서 본연의 기능이 상실된 부처라기보다는 깨달음을 추구하는 비속한 사람으로 나타난 점에 주목을 요한다.

일찍이 이 대목은 우리나라 연희 연구에 중요한 전거를 제공하는 것으로 여러 연구자들에 의해서 주목받은 바 있다. 이 거리를 연희로 인지한다면 이 거리는 두 거리로 표현된다. 하나는 관음보살거리이다. 다른 하나는 문수보살거리이다. 이 거리의 재담·소도구·사건 등에 있어서 서로 대조적인 모습을 보이고 있다. 이 거리를 일단 분리해서 다룬다. 그러한 분절 속에서도 일정한 공통점이 있다. 이를 정리하게 되면, 보살이 나타나는 양상은 안의 근심을 치유하고자 나타나기도 하지만, 이와 달리 밖의 시름을 치유하고자 해서 나타나기도 한다.

경흥에게 이러한 양상이 모두 문제가 되어서 서로 관련을 가지면서 등장한 것으로 볼 수가 있다. 보살은 필요한 인물에게 나타나서 필요한 구실을 하면서 움직이는 것이 보편적인 양상이라고 할 수가 있다. 여성으로 나타나서 근심을 해소하고, 남성으로 나타나서 꾸짖는 것은 단순한 현상은 아니다. 내인과 외연이 문제가 되었으므로 이를 중심으로 주인공에게 보살이 나타났다. 그러면서도 해결책은 전통적인 연희와 이야기의 방식을 선택하고 있으므로 주목된다.

시름은 인간에게 어디에서 발생하는가? 이 설화는 그러한 것을 유도하는 상황 설정은 각기 다르지만 결과적으로 자신의 깨달음에 의해서만 문제를 해결할 수 있다고 하는 동일한 발상을 담고 있다. 녕색에 의힌 인식의 허망함을 드러내기 위해서 이 설화는 대립되는 두 상황을 가정하고 있다. 하나는 자신의 식에서 비롯되는 허망함을 드러내고자 하는 것이다. 다른 하나는 식이 생겨난 경계의 허망함을 드러내고자 하는 것이다. 이 두 가지를 모두 부정하게 되면 시름이 멈추고, 근심이 사라지며, 자신의 근본 원인이 어디에 있는지 깨우치게 된다. 그러한 점에서 불교는 근본적으로 내재주의적 관점의 표현이고, 이 설화는 그러한 사고의 일단을 가장 선명하게 집약하고 있는 것임이 확실하다. 유심론적 내재주의의 총체는 심이며, 이 심을 자각하도록 도와주는 것이 바로 보살이다. 보살은 하나이면서도 둘일 수 있으므로 한 인물에게 각각의 성향을 대표하는 보살이 둘이 나타나 자각하도록 한 이야기이다. 이러한 해명 방식은 유식학의 관점이지만, 오히려 유식학보다 더욱 생동감을 가지는 것은 바로 이야기를 짜 맞추어서 전개하는 민중들의 인식이 중요하다. 다음의 그림을 기반으로 이를 다시 해명하고자 한다.

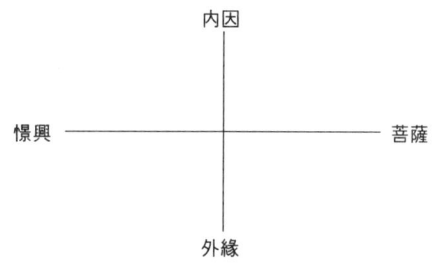

경흥이 보살 만나는 대립적 양상

경흥이 보살을 만나는 방식은 내인과 외연으로 갈라져 있다. 내인은 자신의 내부에서 직접적인 원인을 가지고 생성된 질병이다. 그것은 관념적 사고 때문이고, 지위를 유지하려고 하는 특정한 관념 때문이고 생각 때문에 질병이 생긴 것이다. 내적으로 발생한 병이므로 이를 웃음으로 치료해야 한다고 하는 것이 진단의 핵심이다. 그래서 선우가 등장해서 배해지무를 추면서 십일면관음의 탈을 보이자 쉽사리 병이 치료되었다. 내적인 병은 재담이 긴요하지 않고, 저대로 웃음을 찾고 놀리면 다행스럽게 해소된다는 점을 말하고 있다. 관음보살의 변화무쌍한 면모를 통해서 웃음을 유발하고 근심을 치유할 수 있었다.

외연으로 발생한 것은 권위와 국사로서의 권세이다. 이 권세를 가능하게 하는 것이 바로 시종자이다. 시종자를 통해서 이를 다시 고칠 수 있으므로 이에 대한 재담과 놀거리를 함께 제공하는 것이 바로 문수보살의 행각이다. 문수보살이 등장해서 한 말은 너무나 참혹한 것이지만 자신을 희생하여 자비심을 펼치는 이야기이다.

이 과정에서 주석에서 말한 것에 의하면 우화처럼 부처의 본생담인 「尸毗王과 鳩鷹」의 이야기가 동원되었다. 단순한 이야기이지만 내력의 근거를 가지고 와서 가르치고자 하는 뜻이 분명하였다. 자각이 귀한 사연의 결과이므로 이 점을 원용하려고 힘썼다. 그러면서도 절실한 재담과 은유를 들면서 사연을 소개하고자 힘을 들였다.

가] 안거리 : 관음보살거리
나] 밖거리 : 문수보살거리

외연과 내인이 서로 응해야만 결과적으로 사연을 이룰 수 있다. 연희 사적으로 두 가지 문제를 제기하고 풀고 있다. 안거리에서 내인의 사연을 통해서 웃음으로 자가 치료를 하는 것이라고 한다면, 밖거리에서는 외연의 사연을 통해서 자각으로 잘못을 스스로 해결할 수 있다고 보는 것이 바로 이 거리라고 할 수가 있다. 이 점에서 외연과 내인은 서로 상합해야 하고 문제를 호응하도록 하는 것이 기본이다.

안거리는 자신의 자각이 긴요하고 웃음이 중요하므로 이를 해소히는 굿거리의 전통은 웃음을 유발하고 사람에게 즐거움을 주는 전통으로 이어졌다. 그러한 전통 가운데 긴요한 것이 행위로 보여주는 연극이 있었다. 그것의 유사한 형태가 바로 중국의 연극 가운데 「變臉」과 같은 얼굴 바꿔치기와 흡사한 형태이다. 여러 얼굴을 바꾸면서 웃음과 신기함을 선사하는 연극이 바로 안거리의 후계자이다.

밖거리는 권위를 내세우는 무리들을 형편없는 존재로 전락하는 풍자의 전통으로 바뀌었다. 가까이는 「사자과장」에서부터 「양반과장」에 이르기까지 다양한 비판적 전략이 숨어 있는 거리가 등장했다. 그러한 전통의 연속성이 새로운 재담으로 이어지고 가면극과 인형극의 풍자 마당과 일정한 관련을 가지고 있을 것으로 추정된다.

경흥이 이처럼 이야기의 주인공으로 되면서 보살이 나타나서 일깨우는 것은 보살신앙의 근원이 되지만, 오히려 이와 다른 특성으로 말미암아서 민중들이 지향하는 보살신앙과 관련되고, 일연의 관점이 남달라서 이를 성취하는 것으로 되어 있다. 일연은 분명하게 선승이었으며, 선에서 핵심으로 하는 것이 민중에 대한 이타행이다. 이타행의 일환으로 보살신앙을 선택해서 보여주고자 했으므로 이러한 취사선택과 함께 민중 중심의 사고에 입각한 이야기의 흔적을 두루 보여주고자 하는 것이다.

4. 관음보살과 문수보살의 출현, 구전과 문전의 틈새 : 그 밖의 문면 확대하여 보기

관음보살은 여성으로 나타나고, 문수보살은 남성으로 나타난다. 이것은 『三國遺事』에 기본적으로 나타난다. 이 설화집에서 나타나는 방식이 흔히 여성과 남성이기는 해도 비구니와 거사의 모습을 겸하고 있으므로 불교적인 인물과 거리가 먼 것은 아니다. 그러나 관음보살의 경우에는 이러한 양상이 더욱 심각하므로 이 점이 문제이다. 여성으로 나타나는 관음보살은 평범한 여인인 경우가 허다하다. 남성으로 나타나는 문수보살은 흔히 삼태기나 광주리를 지고 나타나는 것이 관용적으로 인용되곤 하는 것이 이 책에서 등장한다.

관음보살이 여성으로 등장하는 경우는 『三國遺事』에서 허다하게 발견되며, 자료는 매우 다양하다. 이를 한 차례 정리한 바 있는데 이를 가져

와서 재정리하자.18)

　가) 羅季天成中 正浦崔殷誠久無胤息. 詣玆寺大慈前祈禱 有娠而生男 未盈三朔 百濟甄萱犯京師 城中大潰 殷誠抱兒來告曰 隣兵奄至 事急矣 赤子累重 不能俱免 若誠大聖之所賜 原借大慈之力覆養之 令我父子再得相見 <u>涕泣悲惋 三泣而三告之 裹以褓袽 藏諸掜座下 眷眷而去 經半月寇退 來尋之 肌膚如新浴 貌體嬛好 乳香尙痕於口</u> 抱持歸養 乃壯聰惠過人 (塔像第四 三所觀音 衆生寺)

　나) 聖德王卽位八年也 日將夕 有一娘子年幾二十 姿儀殊妙 氣襲蘭麝 俄然到北庵 請寄宿焉 因投詞曰 行遲日落千山暮 路隔城遙絕四隣 今日欲投庵下宿 慈悲知向莫生嗔 朴朴曰 蘭若護淨爲務 非爾所取近 行矣 無滯此處 閉門而入 娘歸南庵 又請如前 夫得曰 汝從何處 犯夜而來 娘答曰 湛然與大虛同體 何有往來 但聞賢士志願深重 德行高堅 將欲助成菩提 因投一偈曰 日暮天山路 行行絕四隣 竹松陰轉邃 溪洞響猶新 乞宿非迷路 尊師欲指津 願惟從我請 且莫問何人 師聞之驚駭謂曰 此地非婦女相汚 然隨順衆生 亦菩薩行之一世 況窮谷夜暗 其可忽歟 乃迎揖庵中而置之 至夜淸心礪操 微燈半壁 誦念厭厭 及夜將艾 娘呼曰 予不幸適有産憂 乞和尙排備苫草 夫得悲矜莫逆 燭火殷勤 娘旣産 又請浴 弩肹漸懼交心 然哀憫之情有加無已 又備盆槽 坐娘於中 薪湯以浴之 旣而槽中之水香氣郁烈 變成金液 弩肹大灰 娘曰 吾師亦宜浴此 肹勉强從之 忽嘗精神爽凉 肌膚金色 視其傍忽生一蓮臺 娘勸之坐 因謂曰 我是觀音菩薩 來助大師 成大菩提矣 言訖不現 (塔像 第四 南白月二聖 弩肹夫得怛怛朴朴)

　다) 後有元曉法師 繼踵而來 欲求瞻禮 初至於南郊水田中 有一白衣女人刈

———————————

18) 김헌선, 「불교 관음설화의 여성성과 중세적 성격 연구—『삼국유사』 소재 자료를 중심으로—」, 『구비문학연구』, 한국구비문학회, 1998.

稻 師戲請其禾 女以稻荒戲答之 又行至橋下 一女洗月水帛 師乞水 女酌其穢
水獻之 師覆弃之 更酌川水而飮之 時野中松上有一靑鳥 呼曰休醍醐和尙 忽
隱不現 其松下一雙脫鞋 師旣到寺 觀音座下又有前所見脫鞋一雙 方知前所
遇聖女眞身也 (塔像 第四 洛山二大聖 觀音正趣調信)

라) 文武王代 有沙門名廣德嚴莊二人善友 日夕約曰 先歸安養者須告之 德
隱居芬皇西里……蒲鞋爲業 挾妻子而居……婦曰 夫子與我 同居十餘年載 未
嘗一夕同床而枕 況觸汚乎 但每夜端身正坐 一聲念阿彌陀佛號 或作十六觀
觀旣熟 明月入戶 時昇其光 加趺於上竭若此 雖欲勿西奚往……<u>其婦乃芬皇寺
之婢 盖一九應身之</u> (感通 第七 廣德嚴莊)

가)에서는 최은함이 관음에게 빌어서 얻은 아이를 두고 백제견훤의
군사들이 쳐들어 오자 이 아이를 관음좌상의 밑에 두고 피난을 갔다가
왔는데, 아이가 살아있었으며 젖을 준 흔적이 있는 것을 발견하는 이야
기이다. 결국 관음이 여성으로 변화해서 아이에게 젖을 주었다고 하는
증거는 없지만 미루어서 짐작하도록 관음의 여성성을 강조하고 있어서
주목된다. 결국 작품에서는 이 아이를 안아 기르고 젖을 먹인 인물이 관
음임을 간접적으로 말하고 있다.

관음이 변화해서 여성이 되었다고 하는 출현의 문제는 제기하지 않았
다. 오히려 최은성이 관음전에 빌고 위기에 몰리자 아이를 세 번 울고
세 번 빌어서 두고 갔는데, 아이가 갓 목욕한 것처럼 윤기가 나고, 또한
입술 가에는 젖 냄새가 났다고 함으로써 새로운 출현방식이나 응감을
말하고 있는 설화이다. 간접적인 방법이 관음의 영력을 보여주는 것이
고, 매개적인 방법이 효과를 가지도록 했음이 확인된다.

나)에서는 노힐부득과 달달박박에게 나타난 관음의 여성적인 모습이
종교적인 금기와 이를 넘어서는 두 인물의 대립적인 면모를 통해서 진

정한 수행의 길이 무엇인지 깨닫도록 했다. 자기만을 위해서 도를 닦는
것이 긴요한가, 자기와 남 모두를 위해서 도를 닦는 것이 긴요한가 문제
를 심각하게 다루어놓았다고 생각한다. 깨달음의 진정한 길이 어디에
있는지 이를 여성으로 화한 관음보살이 시험한다.

여성으로 등장한 관음이 거부되지 않고 용납된 인물인 노힐부득에게
요구하는 일은 아주 신기한데, 그것이 곧 하룻밤 자겠다는 일, 아이를
낳겠다는 일, 그리고 몸을 씻겨 달라는 일 등이 그것이다. 이는 사문에
게 지나친 요구이지만, 이를 수행하는 노힐부득의 놀라운 인내가 소중
하다. 그런데 여성이 요구하는 일이 단순하지 않다.

결국 지아비 없이 아이를 낳는 '성모마리아의 성령 잉태 모티프'와
핵심적으로 일치한다. 같이 자자고 하더니 갑자기 아이를 낳으면 어쩌
겠다는 심사인지 알 길이 없다. 본래 있었던 남녀의 혼인에 의한 잉태
후 출산의 장중한 이야기가 관음설화로 수용되면서 심각한 변이가 일
어난 것이 이 과정이라고 할 수가 있다.[19] 남성에게 찾아온 여성이라
고 하는 모티프의 변형과 여성이 아이를 낳는 모티프는 동일한 이야기
라고 하겠다. 성담에서 전대에 이룩된 신화적 모티프는 지속되면서 변
형된 것이다.

성모마리아의 성령 잉태 모티프의 변형이라고 하는 것은 철저하게 중
세화된 표현법을 의미한다. 독생자는 있을 수 없는 것이다. 신화시대에
는 가능한 것인데, 노힐부득을 찾아온 관음이 아이를 낳아서 이적을 보
이는데, 갑자기 이적이 곧 노힐부득이 신성한 존재에로의 전환으로 바
로 이어진다. 여성이 낳은 아이와 노힐부득이 부처로 되는 것은 신비한
비약이 있는데, 문면에서는 이 점에 납득할 만한 연결이 이루어진 것은

---

19) 이를 「제석본풀이」의 이야기과 견주어도 동일한 과정의 이야기라고 해도 과언이 아니
다. 다만 차이가 있다면 본풀이에서는 혼인, 심부담 등이 함께 결합된 이야기를 여기에
서는 한 차례로 압축해서 보여주는 점에서 질적인 차이가 있다.

아니다. 불확실한 부분은 불확실하게 두면서 이야기를 이어가야 한다.

다)에서는 여성이 원효에게 나타났는데, 낳은 여성이 결국 두 가지 모습으로 달리해서 나타난다. 하나는 벼 베는 여인으로 나타난 다음에 원효와 더불어서 희학질을 한 것으로 되어 있다. 벼가 팼느니 못팼느니 하는 것이 요점이다. 벼가 익었다 안익었다고 하는 것을 액면 그 자체로 두지 말고, 다른 각도에서 적절한 때가 되었다든지 아니면 그렇지 않다든지 하는 관점에서 보는 것이 타당하다. 익은 벼는 새로운 볍씨로 새로운 파종이 가능하다는 뜻이다.

두 번째는 다시 엉뚱한 이야기이다. 결국 개짐을 빠는 여성이 등장해서 물을 떠주는 것이 요점인데, 이 부분 역시 상징적으로 이해해야 한다. 여성의 생명력을 인지하는 부분을 이렇게 표현했다고 하는 것일 수있다. 앞의 이야기와 이어지는 것으로 곡물의 생명력과 달리 사람의 생식력을 연결해서 보여주는 것이라고 하겠다. 생식력과 생명력은 동일한차원의 이야기를 잇대어 놓은 표현이다. 곡식이 익은 것과 월경은 같은현상이라고 하겠다.

그러나 이러한 현상은 고대신화의 흔적이면서 이를 극복하여 새로운이야기로 변화시키는 수단이다. 문제의 요점은 여성이 거푸 등장하면서이루어지는 남성과 여성이 옥신각신하는 이야기는 쌀과 생명의 월경이같은 것임을 강조하는 전례를 이은 것이다. 「제석본풀이」에서 여성과남성이 쌀을 두고 다투다가 이어서 함께 잠을 자면서 아이를 잉태하는이야기인데, 결국 같은 일이다.

그러나 이 설화는 중세적인 불교의 보살을 등장한 이야기이다. 그러므로 이를 가져다가 바꾸었다. 남성과 여성이 일정한 거리를 유지해야하는 것이고, 속으로 감추어진 현상의 이면을 알아차려야 한다. 핵심은여성의 개짐 빨래한 것을 더럽다고 생각해서 분별심을 가진 원효의 태도를 꾸짖자는 것이다. 깨달음을 이룩하고 삶의 깊은 자각에 이르지 못

하고 여전히 더러운 것과 깨끗한 것에 생각의 한 방향을 고집하고 있는
원효를 비판하고 있다.

앞의 등장한 여성이 관음보살이었음을 알게 하는 방식은 다소 전통적
인 신화의 흔적이면서 아울러서 불교적인 상징소를 겸한 것이라 주목된
다. 파랑새가 등장했다. 이어서 소나무 밑에 있는 신발 한 짝이 문제였
다. 나중에 가서 보니 관을 모신 곳에 나머지 신발 한 짝이 남아 있어서
원효가 만난 여성이 관음이었음을 매개하고 있다. 관음은 진신의 면모
를 가지고 있지만 새나 신발짝을 사용하는 것은 전통적인 방식이면서
불교적이다. 그러한 점에서 남다르다.

라)에서는 더욱 심각한 문제가 된다. 절친한 도반 사이에 분황사의 노
비로 있는 인물이 결국 관음의 응신 가운데 하나였는데 곧은 인물과 그
른 인물 둘을 모두 깨달음을 증득하도록 유도하는 것이 기본적인 내용
이라고 하겠다. 이러한 점에서 이 라)는 여성으로 실재하면서 사는 인물
인 점에서 더욱 설득력을 갖는다. 깨달음을 이루기 위해서 어디에서나
나타나 인물을 돕는 전례를 그대로 이었다. 함께 산 여성이 관음보살이
었다고 하는 생각은 남다른 면모를 과시하는 전례이다.

문수보살은 어떻게 나타나는가? 문수보살은 거사이거나 남성으로 되
어 있는 것이 일반적이다. 구체적인 사례 두 가지가 있다. 문수보살이
남성으로 등장하는 사례는 「慈藏定律」이 적절하다.

藏往太伯山尋之, 見巨蟒蟠結樹下, 謂侍者曰: "此所謂葛蟠地." 乃創石南
院[今淨岩寺.]以候聖降. <u>粵有老居士, 方袍襤褸, 荷葛簣, 盛死狗兒來, 謂侍
者曰: "欲見慈藏來爾." 門者曰: "自奉巾箒, 未見忤犯吾師諱者, 汝何人, 斯
爾狂言乎?" 居士曰: "但告汝師." 遂入告, 藏不之覺曰: "殆狂者耶?" 門人出
訷逐之, 居士曰: "歸歟歸歟! 有我相者, 焉得見我?" 乃倒簣拂之, 狗變爲師
子寶座, 陞坐放光而去. 藏聞之, 方具威儀, 尋光而趨, 登南嶺已, 杳然不及,</u>

逐殞身而卒, 茶毗安骨於石穴中.

문수보살은 남성으로 등장하고 흔히 칡으로 결은 삼태기를 매고, 삼태기에다 무엇을 담아서 다닌다. 그것은 죽은 강아지이거나, 달리 마른 물고기라고 되어 있다. 거사로서 이러한 일을 하는 것은 온당하지 않다. 그런데도 불구하고 계율애 어긋나는 일을 하는 것이 인상적인 일이다. 외면에서 보이는 천한 짓이나, 계율을 어긋나게 하는 것은 못마땅한 일이지만 심각하게 문제가 되는 일이라고 하지만, 더 궁극적인 깨달음에 이르게 하는 요소라고 생각한다. 이 점에서 문수보살은 특이한 면모를 가진다.

「자장정률」에서는 남루한 거사가 문수보살을 알리는 과정에서 죽은 강아지가 필요했으며, 「경흥우성」에서는 도에 지나친 일을 경계하기 위해서 몸소 몸을 나투셨다. 그런데도 직접 경흥에게 나타나지 않고, 시봉자에게 나타나서 간접화했다. 자장은 직접 당했고, 경흥은 간접적으로 전달받았다. 왜 이러한 차이가 났는지는 의문의 여지가 있다. 그렇지만 생각이 모자라고 다른 각도에서 문제가 있을 경우에 몸을 나투서서 직접 행위로 가르치는 점에서 흥미로운 견해이다.

자장이 문수보살을 만나지 못한 사연은 하나의 조목으로 그치지 않고, 자장의 서거에 대한 논쟁을 야기하는 기록으로 이해되기도 한다. 가령 자장이 목숨을 버린 이야기가 바로 끝 대목에서 이어지는데 다른 기록에 의거해서 보면 자장의 죽음을 달리 이해하는 문전이 있으므로 이를 중시해야 할 것으로 보인다.

師追之不及 舍身而去日 我身在室中三月 則還來矣 應有外道來欲燒之 不從留待 未週一月 有異僧大責 燒之 三月後空請日 無身何托已矣 奈何 吾之 遺骨 藏置嵓穴[20]

자장의 주검을 처리하는 방식에 차이가 있다. 이 기록에서는 외도를 믿는 인물이 와서 자신의 주검을 소신하지 말라고 했는데 다른 승려가 와서 주검을 불 살라버린 것이 요점이다. 태백산에서 생긴 사단의 요점은 바로 문수신앙과 문수신앙과는 다른 계통의 다른 신앙의 갈등이 나타나 있다. 이 승려는 바로 의상이고 태백산에 와서 화엄종을 내세우고 부석사를 세운 존재이다. 자장의 문수신앙과 의상의 화엄신앙이 크게 충돌하면서 다른 양상을 보이고 있는 것이 요점이다.

자장은 다시 돌아오겠다고 했는데, 다른 이승이 와서 이를 무시하고 화장을 했다고 하는 것이고, 문수가 사라진 자리에 화엄을 숭앙하는 승려가 와서 절을 세웠다고 하는 것이 두 신앙의 갈등임을 말하는 증거이다.[21] 자장율사와 의상의 대립이 이와 같은 현상으로 이야기에 반영되어 있으며, 문수보살을 내세우는 신앙이 화엄신앙과 차별성이 있었음을 이로써 증거하는 것이다.

이 글에서 주는 매력 가운데 하나가 곧 일연의 개입이다. 응감하는 바의 놀라운 사실을 기록하면서 특히 불경에 적힌 내력과 관련을 짓는 일이 부각된다. 그 가운데서도 서사단락 13)에 있는 것이다. 「감통」 편목에 있는 직접적인 이유를 명시한다. 미륵보살이 말하는 내세의 구체 이유가 이와 부합되었다.

『삼국유사』만을 중심으로 보살의 출현을 이해하는 것은 옳지 않다. 구전설화에도 보살이 나타나는 이야기가 흔하다. 신불의 이틈으로 출현하는 이야기는 매우 많지만, 그 가운데 관음보살과 문수보살이 나타나는 이야기 한 편씩을 들어서 이를 이해하기로 한다. 먼저 「인제읍 오세암의 유래」를 한 편 보기로 한다.

---

20) 『江原道旌善郡 太白山淨岩寺事蹟』
21) 이기백, 태백산과 오대산, 『한국고대사론』, 일조각, 1995, 112면.

　　그래 조카는 인저 죽은 양으로 생각하고 근심만 하고 삼동을 거 사랑방
에서 쌀 거둔 거 가주고 부쳐서 밥을 먹고 삼 월달이 된께 질이 터진단
말이여. 철벅거리고 올라 가네. 올라 가서, '조카는 방 가무데서 죽었을
테니 어디 갖다가 묻어도 묻어야지.'하고 올라 가다가 들으니까, 집이 가
까워 가니까, '동동동동'하고 꽹매기 뚜디리는 소리가 나. '이 이상하다.'
차차차차 올라 간께 꽹매기 뚜디는 소리가 완연히 나거던. 그래 인저, 마
당에를 썩 들어서인께 방안에서 꽹매기를 뚜디리미 '관세음 보살, 관세음
보살.'하거든.
　　"오성아."
하인께,
　　"예."
하고 문을 떨썩 열고 나온단 말이라.
　　'저 놈이 죽었을 텐데, 죽은 귀신이가 어, 살었나, 희안하다.' 그래 쌀자
루를 뜨럭에 놓고 방에 들어가서 보인께, 밥 먹던 상이 웃묵에 있어.
　　"너 누구하고 밥을 먹어 거 살었나?"
　　"어머니가 와서 삼동내 밥해서 먹고 살았지."
　　"그래 어머닌 어디로 갔나?"
　　"방금 뒷문으로 나갔어."[22]

　　이 구전설화는 관음보살이 여성으로 등장해서 죽게 될 아이를 구해주
는 전형적인 이야기 유형 가운데 하나이다. 그러한 면모는 이미 『삼국유
사』의 「삼소관음」이라고 하는 문면에서도 확인한 바 있지만, 여기에서
는 색다른 변형이 문전이 아닌 구전으로 이어지게 된다. 이 유형의 이야
기는 오세암의 이야기로 널리 알려져 있으며, 이야기에 따라서 갖가지
변이형이 있지만 이 유형의 이야기는 관음보살이 신불로 나타나서 결과

22) 최정여외, 인제읍 오세암의 유래, 『한국구비문학대계』 7-8, 한국정신문화연구원 어
　　문연구실, 938면.

적으로 죽게 될 운명을 가진 아이를 살렸다고 하는 신불의 구원담으로
널리 알려진 것이다.

문헌으로 전하는 것에서는 나타나서 도움을 주는데 이 나타난 보살이
나 신불의 이념적 성향을 중심으로 하면서 교리적 해석에 치우치는 것
으로 되어 있다. 그러나 구전설화의 전승에서는 그보다 익숙한 상황으
로 신불의 도움에 의해서 죽게 된 어린아이가 살게 되는 것에 초점을 두
고 있다. 관음보살의 구원에 의해서 아이가 파랑새가 되었다고 하는 것
이나 아이가 득도한 것과 다르게 아이가 살게 된 것이 매우 중요한 것이
라고 하였다. 관음보살의 도움에 의해서 죽을 위기를 벗어난 이야기에
초점을 두고 있다. 그것이 관음보살이라고 하는 사실도 그다지 중요하
지 않다.

구전되는 이야기에서는 이야기의 문법에 충실하고 구전되는 법칙에
의거한다. 다른 각편에서는 구해준 여인이 미륵봉의 백의선녀이고, 이
선녀가 나중에 파랑새가 되어서 날아갔다고 함으로써 관음보살과도 거
리가 생기게 되었다.23) 심지어 다른 각편에서는 미륵불이라고 해서 보
살의 명칭이 달라지는 것을 볼 수가 있다.24) 진실은 어떠한 보살에 있
는 것이 아니라, 단지 구원자로서의 구실이 중요하다. 설정대사라고 하
는 인물이 구체화되면서 관음보살을 염송하라고 되어 있으며, 그 결과
응감한 것도 아니다. 문전에서는 이를 단일화해서 하나의 일관성을 유
지하게 하는 것이 이상적이지만, 구전설화의 전승에서는 그것과 다르게
다양성을 구현하는 것이야말로 진정한 것으로 인정하는 언중들의 해석
이 중요하다.

---

23) 김선풍외, 오세암의 신동(1), 『한국구비문학대계』 2-4, 한국정신문화연구원 어문연
   구실, 146면.
24) 김선풍외, 오세암의 신동(2), 『한국구비문학대계』 2-4, 한국정신문화연구원 어문연
   구실, 247면.

문수보살이 나타나는 이야기는 전혀 양상이 다르다. 문수보살은 흔히 남성으로 나타난다고 했는데 그 원칙이 일단 지켜지는 사례를 하나 들기로 한다. 유형적으로 보살의 이야기인데, 지명연기전설로 바뀐 사례가 하나 있다. 그것이 바로 「헛고개와 지지, 망성마을」이라고 되어 있는 설화이다. 이 이야기의 중요한 대목을 찾아서 인용하기로 한다.

그런데, 하루는 아주 남루한 옷을 입고 얼굴은 빡빡 얽고[*곰보를 묘사한 말이다.*] 쭈그라지고 조그라진 어떤 늙은 노승(老僧)이 한 분 와서,

"임금이 친공(親供)하는 이 재에 말석에 좀 참열하게 해 달라."

이렇게 청하는 것이었습니다. 그래서 임금, 경순왕은 그걸 받아 들이가지고 참 재를 마쳤는데, 미치고 난 뒤에 그 경순왕이, 희롱삼아 그 중더러 하는 말이,

"어데 있느냐?"

고 물었습니다. 그래서 울산땅, 마 그때는 하곡현(河曲縣)인데,

"화곡땅 문수산에 삽니다."

이렇게 얘기를 했더니, 그 경순왕이,

"임금이 친공하는 재에 참석했다 카는 말을 나가거들랑 입밖에 내지 말아라."

고 이렇게 했습니다. 그 얘길 듣고 그 중도 하는 말이,

"진신문수(眞身文殊)가 친공하는 재에 임금이 참석했다 카는 말을 하지 말아 달라."

하면서 밖에 나와가지고 몸을 날려가 남쪽으로 갔다고 합니다. 그래서 경순왕이 크게 부끄럽게 생각하고 당황을 해서 부랴부랴 어가(御駕)를 준비해가 그 중의 뒤를 따라가지고 왔습니다. 그런데 두동면 봉계(斗東面 鳳溪里)를 거쳐가지고 지금 두동면하고 범서면(凡西面)하고 경계에 있는 그 고개가 '헛고개'라 카는 데가 있습니다.

그꺼정(거기까지) 왔어요. 거게 와가 보니까 중하고 거리가 상당히 떨

아지고 이래서 거게서 느끼기를 '하, 이 헛일이구나! 헛일이구나!' 이래서
그 고개를 지금도 '헛고개'라 쿠고, 그 밑에 가면 '지잔'[*제보자는 '지잔'
이라고 발음했으나 蔚州郡 凡西面 中里 知止 마을을 가리키는 것 같았
다.*]이라고 하는 데가 있습니다. 지잔, 거게는 그 경순왕이 잠시 머물렀
다 이래가 지잔이라 합니다. [조사자 : 지잔?] 지잔. 그래서 역시 인자 포
기를 안 하고 뒤따라가지고 왔는데, 지금 범서면 망성(凡西面 望星里)에
와가 보니까 그 뭐 중이 몸을 날려가지고 지금 저 문수산 쪽으로 가갖고
숨어 버렸습니다. 그래서 거게서는 포기를 하고 멀리 인자 바라볼 뿐이었
지요. 그래서 처음에는 성인(聖人)을 바라 봤다 이래서 망성(望聖)이라고
했는데, 지금은 그것이 변해서 별 성짜(星字)로 되어 있습니다. [조사자
: 망성?] 망성이라, 별, 성(星)짜, 망성리(望星里)가 있는데 별 성짜를 씁
니다.[25]

　이 유형의 근간은 문수보살과 관련이 없는 이야기이다. 『삼국유사』 「감
통편」에 있는 이른 바 「진신수공」이라고 하는 독특한 유형의 이야기인데
주인공이 진신이 아니라 문수보살로 바뀌었다. 진신이 문수보살로 바뀐
것은 집단적인 착란도 개인적인 착오도 아니다. 구전설화에서 보이는 일반
적인 법칙이 작동하면서 이야기가 문수보살로 통째로 바뀌고 말았다. 화곡
땅의 문수산에 산다고 하는 문수보살로 주인공이 되면서 지명설화로 일
정한 전환이 생기면서 지명전설이 추가적으로 발생했다. 문전에서는 보
이던 것은 비파암이라고 하는 암자와 참성곡이라고 하는 세곡이었는데,
이것이 달라지면서 문전과 달리 구전의 새로운 변이가 생겼다. 헛고개,
지잔, 망성리 등의 명칭이 첨가되면서 전설적 증거물이 확보되었다.
　문전에서는 이 이야기는 용수보살이 지은 『대지도론』과 일정한 근거
를 가지면서 생성된 것인데, 구전설화에서는 계통이나 계보와 관련이

---

25) 정상박외, 헛고개와 지지, 망성마을, 『한국구비문학대계』 8-12, 한국정신문화연구원
　어문연구실, 58면.

없이 독자적인 변형이 생겼음을 볼 수가 있다. 가장 중심적인 변형의 원칙은 실제의 이야기 무대가 달라졌다. 경주의 인근에서 울산으로 장소가 바뀌었으며, 효소왕에서 경순왕으로 바뀌었으며, 역사적인 배경도 달라지게 되었다. 효소왕에서 경순왕으로 달라지게 된 점도 특별하고 사찰연기설화에서 지명연기설화로 바뀐 것 역시 중요한 변이이다.

겉으로 보아서 남루한 인물이 이면적으로 숨어 있는 보살이고 석가의 진신이라고 하는 전통이 마멸되지 않은 채로 전승되는 것을 이 이야기에서 확인할 수가 있다. 신분적 지체가 높은 왕이 자신의 자만에 차서 남을 누르려고 하자, 이와 동시에 업신여긴 대상이 자신보다 더 우위에 있음을 깨우쳐 주어서 식견이 모자라고 인간의 권세가 높은 점을 깨우치려고 한다. 이 대목은 앞서 『삼국유사』에 있는 「경흥우성」의 그것과 다르지 않다. 이 점에서 남다른 면모를 가지고 있는 이야기의 전통이 이어지고 있다.

석가의 진신이든 문수보살이든 아무런 관련이 없다. 심지어 역사적으로 이 인물이 경순왕으로 되어 있든 효소왕으로 되어 있든 민중들은 이야기의 주인공보다 주인공이 어떠한 깨우침을 받는가에 초점을 두고 있음이 확인된다. 불경에 없는 이야기이고, 이야기가 구전으로부터 발생하여 사람을 함부로 업신여겨서는 안된다는 설정을 말하고 있다.

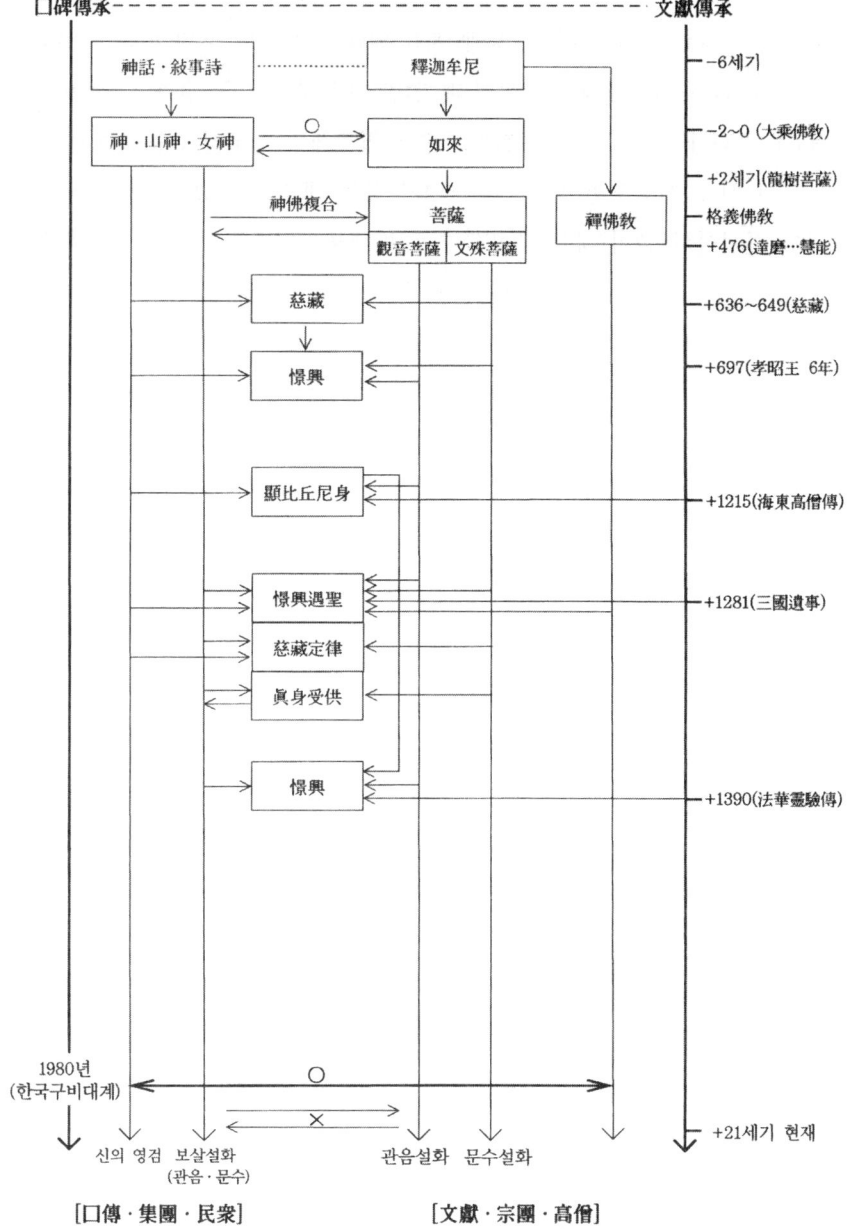

「憬興遇聖」의 본디 문면과 역대 문전과 구전을 합쳐서 이해하기 위한 방식을 강구하기로 한다. 그렇게 하기 위해서 다각도의 관계를 고려하는 그림을 그려서 살펴보기로 한다. 일단 구전과 문전의 전통이 「憬興遇聖」의 자료에 얽혀 있다. 구전과 문전에 입각해서 불교의 전통적인 설화가 성립하고 기록되면서 구전과 병행되었을 개연성이 있다. 구전과 문전의 신성한 인물에 대한 이야기가 서로 대응한다. 그 전통이 암묵적으로 이해되어야만 이야기의 전통이라는 특징에서 재래의 신화와 서사시가 석가모니의 이야기와 상통하는 것임을 용인할 수가 있다.

신화적 주인공의 이야기에서 신성한 힘을 발휘하는 원조자들이 바로 신과 연계된 존재이다. 신에 대한 다양한 이야기가 서로 관련되면서 여래와 보살의 이야기가 생성되고 대응되었다. 여래의 창조적 전승은 교단에 의해서 고정되었다. 그에 견주어서 보살의 이야기는 특정한 민족에 의해서 재창조되면서 다양한 변이가 이루어졌다. 동시에 재래의 신과 불보살이 합쳐지는 기이한 변형이 이루어졌다. 대승불교의 창조적 가능성이 이렇게 해서 마련되었다.

불보살과 재래의 신이 합쳐지면서 이루어지는 신불의 구실이 커지는데 고승와 민중이 합작을 했다. 고승에 의해서 이해되고 수용되는 교리와 종파의 성립에 의해서 신불의 존재는 한층 가속도를 가지면서 우리의 문화와 복합되었다. 특정 인물이 존재했으므로 그에 대한 인물의 역할이 강조되고 보살설화가 형성되었다. 그러한 이야기가 민중들에게 동질적으로 이해되었던 것은 전혀 아니다. 재래의 이야기를 적극적으로 개조하면서 재래의 이야기와 이질적인 자료들을 복합하여 나갔다. 이 과정은 일방적인 것이 아니라, 구전과 문전의 양측에서 이루어진 결과물이다.

역사적인 존재의 전설인 고승담이 어떠한 경로에 의한 누구의 창조인가에 따라서 달라지는 양상이 다수 발생하게 된다. 구전과 문전의 양상은 각기 다르게 작동하지만, 중요한 한 가지 원칙은 변형할 수 없었다. 구전은 민중의 의식 선택 방향에 따라서 전혀 다는 의미지향을 가지게 되고, 민중이 생각하는 신불의 의식이 분명하게 구현된다.

　그에 견주어서 특정 교파의 교리에 의해서 달라지는 양상을 우리는 실제로 확인할 수가 있다. 자장과 경흥에 대한 이야기를 기록하는 문전의 전통에서 전혀 다른 해석을 하고 있는 점이 두드러진다. 자장에 대한 갈등으로 의상과 자장의 대결이 이루어지는 점, 경흥에 대한 전승 내용을 다르게 해석하여 완전히 이야기의 골간을 색다르게 구성하는 점 등이 이러한 양상의 실제적 면모이다.『三國遺事』「憬興遇聖」의 경흥과『法華靈驗傳』「顯比丘尼身」의 경흥은 전혀 다르게 인지된다. 마찬가지 각도에서『海東高僧傳』의 경흥도 다른 면모를 가지고 있는 것이라고 판단된다.

　구비전승에서는 문헌전승의 관점과 다르게 다각도의 변형이 이루어지게 된다. 가령「眞身受供」유형의 이야기를 문수보살의 존재로 뒤바꾸어놓는 것은 동일한 현상의 적절한 사례이다. 민중들의 의식에 입각해서 다양한 불보살이 신불 정도의 존재로 전환하는 것을 이러한 각도에서 확인할 수가 있는 것이다. 그런 점에서 구비전승은 문헌전승과 다른 전통을 이어나가는 점이 확인된다.

　일연의「憬興遇聖」이 구전과 문전의 전통을 복합하고 민중의 관점에서 드러나는 것은 일연의 선불교 전통에서 민중을 중시하고 실천을 실행한 결과임을 이로써 알 수가 있다. 일연의 가지산 선문 전통이 오랜 것이므로 선불교의 맥락에서 격의불교를 합친다면「憬興遇聖」과 같은 문면이 완성될 수가 있을 것으로 본다. 위의 그림은「憬興遇聖」만을 중심으로 하는 구전과 문전의 복합적 창조임을 예시한 결과이다.

5. 「憬興遇聖」의 설화적 의미와 불교적 이치

보살은 대승불교의 핵심적인 사상을 집약하는 존재이다. 출세간의 존재에게 출출세간할 수 있다고 하는 깊은 인도를 하기도 하지만, 달리 보살은 민중들의 편에 서서 민중의 고난을 해결하고 새로운 깨달음으로 나아갈 수 있는 도움을 주는 존재이다. 보살이 한 인물에게 거듭 나타나서 문제를 지적하고 잘못을 가르치는 이야기는 흔하지 않다. 이 글에서는 「경흥우성」조목을 들어서 경흥에게 나타나서 경흥의 병을 치유하고 경흥의 거드름을 제어하는 존재로 관음보살과 문수보살을 만난 문제점에 대해서 논의하였다.

관음보살은 여성으로 나타나서 병의 근원이 내적인 시름에 있으며, 그것은 권위를 드높이려고 하는 경직된 사고와 지나치게 번다하게 사고하는 관념적이고 논리적 사고 때문인 것을 지적하고 민중들이 불교의 탈춤을 이용하여 불교가면극을 노는 전통을 가지고 와서 이를 치유하는 가면극의 치유 기능을 강조하는 것을 개조하여 경흥의 시름을 달래려고 했다. 이에 견주어서 문수보살로 등장한 거사 또는 사문이 말을 타고 다니는 경흥을 꾸짖고 재담을 건네는 것을 통해서 지위와 권세를 버리고 낮은 데서 시작해야 하는 국사의 근본 생각을 비판하는데 전통적인 재담을 이용하였다고 하겠다.

관음보살이 등장하는 거리를 연희적인 각도에서 본다면 안거리라고할 수가 있으며, 안거리는 내적 시름이 안으로부터 발생하여 지나치게 생각에 얽매여서 현실을 인식하지 않은 잘못을 일깨우는 거리이다. 문수보살이 등장하는 거리를 밖거리라고 한다면, 이 거리에서 외연의 소중한 존재를 인식하지 못하는 연경의 본질을 인식하지 못하는 잘못을 비판하는 거리이다. 밖거리와 안거리는 보살을 창조적으로 잇는 소중한 이야기와 굿놀이의 전통을 잇고 있는 놀이이다.

관음보살과 문수보살은『삼국유사』의 다른 곳에서 여러 조목에 다양한 면모를 보이면서 등장하는 보살이다. 이 보살의 등장하는 방식은 각기 다르지만 동일한 설정의 출현방식에 의존하는 것을 볼 수가 있다. 관음보살은 여성으로 등장하면서 고난에 처한 인물을 구하거나, 이와 달리 깨달음이 모자라는 인물을 깨닫도록 도와주는 존재이다. 문수보살은 남성으로 등장하면서 등에 광주리 또는 삼태기를 메고 다니면서 죽은 물고기나 강아지를 담고 다니면서 이를 천하게 보는 인물을 비판하고 훌쩍 떠나가는 면모를 과시하고 있다. 문수보살의 그러한 면모는 모두 그러한 것은 아니지만 「자장정률」과 「경흥우성」은 서로 부합하는 특징을 공유하고 있다. 관점을 확대한다면 다른 조목에서도 문수보살의 이러한 면모를 더 확인할 수가 있으나 확장은 생략하기로 한다.

그러나 더욱 중요한 전통은 구전설화이다. 구전설화에서 만나는 관음보살과 문수보살의 문면은 유형적으로 다양하고 구전설화의 전통이 문헌설화의 전승과 지속적으로 관련되어 있음을 확인하게 한다. 우리는 구전설화를 보면 관음보살의 이야기와 문수보살의 이야기가 더욱 다양하게 전승되는 것을 알 수가 있다. 구전설화의 전통 속에서 보살이야기는 신불의 전통을 통해서 힘이 없는 백성을 도와주고, 힘 있는 왕이나 승려를 비판하는 존재로 등장하면서『삼국유사』의 문면에 등장하는 보살을 해석하는데 다양한 추론을 하게 하는 근거를 제공한다. 심지어 유형적으로 다른 이야기까지도 특정 보살에 주목하여 변형하는 것을 볼수가 있다. 신이 등장하여 영웅을 돕는 이야기의 전통이 이렇게 달라진 결과라고 해석할 수 있다.

관음보살과 문수보살은 분명하게 대승불교에서 창조된 전통의 산물이다. 그러나 이 대승불교가 토착화되면서 전혀 다른 양상으로 보살의 전통을 재래의 이야기와 결합하면서 발생한 변형이 보살신앙의 창조적 작업의 근거를 이룬다. 관음보살이나 문수보살의 경전에 근거가 없는 이야기들을 민중들이 창조하고 전승했을 개연성이 있다. 문제는 이러한 이야기를 전승하는 과정에서 선택하고 이용하는 교리적 근거가 분명하게 작동했을 개연성이 있다는 점이다. 문전에서 단순하게 이 이야기를 전승하면서 바꾸는 것은 아니다. 그러나 우리는 경흥의 이야기에서 보이는 보살의 이야기는 신앙적 교리와 교파의 해석 여하에 따라서 달리 전승되는 점을 분명하게 확인하게 되고, 이 점을 존중하면서 이 조목의 해석을 달리 해야 할 것으로 보인다.

경흥의 이야기를 전하고 있는『해동고승전』과『삼국유사』의 인식 태도는 명확하게 달랐으며, 편찬의도 역시 달랐던 것이 분명하다. 우리의 고승에 대한 이야기를 편록하는 과정에서 등장한 것이지만, 현재『해동고승전』의 문면은 망실되었다. 그렇지만『법화영험전』에 전승되는 이야기에서 그 편린을 추정할 수가 있다. 우리의 고승에 대한 이야기를 전승하면서 관음보살이 등장하는 이야기를 일정하게 문헌에 정착했을 개연성이 있다. 그러나 이 점이 과연 일치했는지 의문이다.『삼국유사』에서는 고승의 일대기를 다룬「의해」편에 이 기록을 수록하지 않고「감통」편에 수록하였으므로 편찬 의도와 드러내는 시각이 다른 것이다.

더구나 같은 관점에서『삼국유사』와『법화영험전』의 편찬 의도 역시 일치하지 않았다. 요원이 편찬한 이 책은『법화경』을 근간으로 하는 이야기를 동아시아의 전체 설화를 대상으로 하면서 우리 이야기를 대략 19편을 수록하면서 편록한 것이라고 할 수가 있다. 그러므로 관음보살만 등장하는 경흥조목을 수록했을 개연성이 있다. 게다가 화엄신앙에 근거한 것과 문수신앙에 근거한 신앙의 갈등이 문수신앙을 중심으로 했던 인물에게 다른 해석을 하게 하는 기록이 발견된다. 예컨대「자장정률」의 조목이 적절한 사례이다. 따라서 문헌전승은 왜곡시킬 우려가 매우 큰 점을 확인하지 않을 수 없다. 그러한 각도에서 문전의 전통은 필요에 따라서 자료를 왜곡시킬 우려가 큰 점을 확인하게 된다.

『삼국유사』의 보살이야기는 문헌전승과 다르다고 할 수가 있으며, 구전설화와 깊은 관련이 있음을 새삼스럽게 부각시켜 해석할 수 있다. 일연이 철저하게 가지산 선문 선의 전통에 입각한 인물임을 다시 재인식하지 않을 수 없다. 동시에 조동선의 전통에도 눈감지 않은 인물이기도 하다. 선에서 민중을 중시하고 실천적인 것을 가장 소중하게 여기는 경전이 두 가지가 있다. 『금강경』과 『육조단경』이 그것이다.

『금강경』의 한 대목에서 聲聞四果에 대한 남다른 관점을 견지하고 있으며,26) 이 경전에서 대승의 관점이 긴요하고 대승불교의 실천력을 중시하는 관점에서 실천을 행하라는 점이 이 경전에 근본적 면모이다. 아울러서 『육조단경』의 소의경전 격에 해당하는 것이 바로 『유마힐소설경』이다.27) 이 경전에서 재가불자로서 민중과 민중적 관점에서 소승을 지양하고 대중에게 실천하는 관점을 명시한 것은 널리 알려진 바이다. 불교를 믿든 믿지 않든 그들의 의식 속에 잠재된 근기가 대승불교의 바탕이 되는

---

26) 「一相無相分第九」, 『金剛經』 "須菩提 於意云何 須陀洹能作是念 我得須陀洹果不 須菩提 言 不也世尊 何以故 須陀洹名爲入流而無所入不入 色聲香味觸法 是名須陀洹(이하략)" 수보리와 부처의 문답을 통해서 이승사과에 대한 수보리의 견해를 묻고 이들과의 차별성을 각성하도록 유도하고 있다. 이승 사과는 須陀洹(sotāpanna)·斯陀含(sakadāgāmin)·阿那含(anāgāmin)·阿羅漢(arahant) 등의 4단계를 이른다.

27) 鳩摩羅什繹, 「三. 弟子品」, 『維摩詰所說經』 "佛告富樓那彌多羅尼子 汝行詣維摩詰問疾 富樓那 白佛言 世尊 我不堪任詣彼問疾하 所以者何 憶念 我昔 於大林中 在一樹下 爲諸新學比丘說法 時 維摩詰 來謂我言 唯富樓那 先當入定 觀此人心然後 說法 無以穢食置於寶器어 當知是比丘心之所念 無以琉璃 同於水精이 汝不能知衆生根源 無得發起以小乘法 彼自無瘡 勿傷之也 欲行大道 莫示小徑 無以大海 內於牛跡 無以日光 等彼螢火 富樓那 此比丘 久發大乘心 中忘此念 如何以小乘法 而教導之 我觀小乘 智慧微賤 猶如盲人 不能分別一切衆生 根之利鈍 時 維摩詰 卽入三昧 令此比丘 自識宿命 曾於五百佛所 植衆德本 廻向阿耨多羅三藐三菩提 卽時豁然하 還得本心 於是 諸比丘 稽首禮維摩詰足 時 維摩詰 因爲說法 令阿耨多羅三藐三菩提 不復退轉 我念聲聞 不觀人根 不應說法 是故 不任詣彼問疾" 유마거사의 진정한 안목이 잘 드러나는 대목이다. 제자품 가운데 부루나가 병문안을 갈 수 없는 사정을 통해서 유마거사의 진실성이 어디에 닿아 있는지 알 수가 있는 대목이다. 진정한 참선이 무엇이고 무엇 때문에 이를 해야 하는가 가장 명쾌하게 제시되어 있는 대목이라고 할 수가 있다.

점을 분명하게 예시한 것이다. 그 점을 중시하면 혜능이 자신의 기본 교리를 수립하는데 유마사상의 실천력을 중시하고 했으며 이를 계승한 것이 선의 요체로 된다.

이 경전의 진정한 안목에서 본다면 선의 전통은 민중중심의 불교적 성격을 지향하는 것이지 않을 수 없다. 따라서 구전설화의 전통을 자각하고 이를 계승하려고 하는 관점은 그 점에 있어서 남다른 전통이라고 할 수가 있다. 처음부터 끝까지 민중을 중심에다 두고 이를 일정한 원리와 근거로 이해하고자 하는 편집의도가 이와 같은 민중의 구전설화를 중심으로 생각하지 않을 수 없었던 것으로 이해된다.

그러나 이러한 의미만으로 이러한 설화를 온전하게 이해할 수는 없을 것이다. 더욱 중요한 것은 이 설화에서 지향하고 있는 바의 요체이다. 우리에게 시름이 발생하는 원인은 단지 두 가지 경계에 있다. 하나는 안으로부터 생기는 시름이고, 다른 하나는 밖으로부터 생기는 시름이다. 번다한 생각을 하고 고민을 하면서 내적인 갈등이 생길 수도 있고, 이와 달리 남들이 무엇이라고 하기 때문에 생기는 것일 수 있다. 자신이 이러한 갈등과 번뇌에 휩싸이지 않는 것은 바로 그러한 것으로부터 벗어나는 자각에 있다. 웃고 즐기면서 남을 보아서 자신을 깨우치라고 하는 평범한 말이 이 이야기 속에 잠재되어 있다.

불교설화가 정립되는데 있어서 숱한 진통이 있었을 것이다. 우리는 다음과 같은 위계 속에서 불교설화의 정착과 창조과정을 전혀 다른 각도에서 이해할 필요가 있다.

교조 석가모니-여래부처-보살-고승-민중

교조의 이야기는 조작될 수 없다. 하나의 단일한 사실이 인도 가비라국에서 태어난 인물을 중심으로 전개될 수 있다. 교조는 단일하며 조작이 될 수 없으므로 정본적 성격을 가지고 있다. 이 이야기의 전통은 전혀 변개가 불가능하며, 이 이야기를 그대로 가지고 와서 이해해야만 하는 특정 교단의 중심 서사가 된다. 그러나 이와 달리 여래부처는 전생의 여러 국면을 거쳐서 변개될 수 있지만 기본적인 교리의 핵심에 의해서 여러 경전에 의해서 다양하게 전승되면서 대승경전의 골간을 이루게 된다. 삼신의 몸을 가진 보신불·화신불·응신불 등의 이야기로 다양하게 윤색될 수 있지만 경전에서 벗어날 수가 없다. 그에 견주어서 보살은 경전에 윤곽이나 기능만이 제시되어 있을 뿐이고, 정확하게 경전에 기재된 것은 아니다.

보살은 여럿이고 서로 다르고 다양한 모습으로 다양한 이야기 속에서 창조되어 나타나게 된다. 보살은 고승과 민중에게 나타나서 소원을 들어주는 존재이므로 교단과 무관하고, 민중이나 고승에 이해되지 않는다면 수용되거나 창조되지 않는 특정한 비결을 가지고 있다. 보살이 많아지면서 보살이 어느 쪽에서 강조되어 나타내는가에 따라서 이 이야기는 무한하게 창조되고 변용될 가능성이 있다. 보살설화의 입각점이 바로 여기에 있다. 민족적 정서와 창조에 의해서 독자적으로 변형되는 면모가 여기에 구현되기 때문이다.

고승과 관련되는 불교의 보살설화는 특정한 교리나 이념에 의해서 나타나기도 하고 조작되기도 한다. 그러나 민중과 관련되는 보살은 어떠한 보살이든 관련이 없으며, 더구나 민중들의 의식의 저변에 직동하고 있으므로 특정한 신과 불보살이 서로 다르지 않다는 점이 명확하게 확인된다. 고승과 관련되는 설화와 민중들에게 구현되는 설화가 관점과 입각점에 따라서 달라지는 것은 이러한 각도에서 이해되기도 한다.

보살이 미천한 백성이거나 지체가 낮은 여성으로 등장하는 것은 이 때문에 더욱 절실한 존재이며, 민중들 자신이 보살이고 불교의 특정한 화신일 수 있다고 하는 이상을 적절하게 구사하게 된다. 같은 이야기가 다르게 되어 있으며, 저마다의 다양한 사연을 갖춘 채 등장하는 것은 보살이 진정한 우리와 같은 존재에게 호소력을 가진다고 하는 생각을 독창적으로 구현한 결과이다.

선불교의 전래 이전에 다양한 보살이 시험되면서 선불교에 의해서 한층 세련되게 가다듬어지면서 민중들에 대한 옹호와 교리의 실천이 이룩되면서 다양한 이야기 가운데 민중들에게 전승되는 이야기를 중심으로 재편한 것이 바로 『三國遺事』의 보살설화이다. 그러므로 다른 교리에 의존하거나 특정한 신앙을 내세우는 쪽에서 교단의 이념을 강조하게 되면 본질이 변화하는 것과 깊은 관련을 맺고 있다.

경흥은 백제의 유민으로 문무왕의 천거에 의해서 국로로 봉해진 인물이다. 이념적으로 제약을 가지지 않은 존재이지만, 그가 남겨놓은 저작을 보면 매우 번다한 주석으로 행세를 했던 승려임이 확실하다. 가령 경흥이 經·律·論의 三藏에 능했다든지 동시에 전통적인 경전의 주석에 능했다고 한다. 가령 그가 남긴 경흥의 저작은 『無量壽經連義述文贊』 3권, 『三彌勒經疏』 1권, 『金光明最勝王經略贊』 5권 등이 전하고, 전하지 않은 것으로 『法華經疏』 16권, 『涅槃經疏』 14권 등이 있다. 번다한 주석학에 일정한 능력이 있었음을 증거한다. 그럼에도 불구하고 일반적인 민중은 오히려 그의 번뇌와 고민을 훨씬 동조했다.

일연이 경흥의 행적을 고승의 반열에 올리지 않고, 오히려 보살과 만나 감통하는 민중들의 관점에서 전하는 이야기로 편록한 이유가 비로소 분명하게 드러난다. 일연이 지향하고 있는 점은 차원 높은 이론이나 수행의 고승이 아니라 민중들이 인식한 경흥의 보살과 만남을 통해서 민중의 의식에서 경흥의 고민을 덜어주고자 하는 이야기에 훨씬 근접하고 있으며, 민중들의 가면극과 연행을 통해서 깊은 깨달음을 유도했으며, 그것은 선불교의 근간이며 교학에서 거듭 평가하는 면모이기도 했을 것이다. 재래의 이야기와 외래의 불교 보살이 결합하면서 남다른 전통이 수립되었다. 그것이 바로 불교의 한국화 과정이라고 할 수가 있겠다.

불교의 보살설화는 민족의 새로운 설화 창조와 이야기 전통을 수립하는데 일정한 기여를 하였다. 그러나 이 결과가 타당하게 인정되려고 한다면, 우리는 두 가지를 다시 확장해서 논의해야 한다. 첫째, 보살설화의 다른 민족 수용과 창조의 비교 논의가 없으면 위에서 얻은 결론이 다소 허망하게 작동할 우려가 있다. 우리 민족의 능력이 남달라서 이러한 전통적인 설화의 창조력을 발휘했다고 인정하기 위해서라도 이 이야기의 근간을 중심으로 해서 새삼으로 비교를 해야 한다. 가령 중국민족·일본민족·월남민족 등의 보살설화와 성향을 비교해야만 이 논의의 준거를 한껏 마련할 수 있을 것이다.

그러한 증거를 보여주는 다면적인 자료의 확보와 비교 논의를 하는 것이 바람직할 것이다. 그렇게 하는데 요원이 지은『法華靈驗傳』의 자료와 같은 것은 매우 중요한 가치를 지니는 자료이다. 동아시아문명권의 관음보살설화를 모아놓은 것인데, 이 자료집을 통해서 우리는 우리의 잊혀진 자료를 수집할 수 있을 뿐만 아니라, 다른 각도에서 중국과 한국의 관음보살 설화에 대한 양상을 정리할 수 있을 것으로 판단된다. 그밖에 많은 자료들이 다수 확인될 때에 이 보살설화에 대한 전반적 비교는 소기의 성과를 거두면서 일정한 성과를 거둘 수 있다.

더구나 중요한 것은 구전설화의 면모이다. 가령 중국에서 수집된『中國民間故事集成-浙江卷』에 수록된 여러 보살설화는 매우 **特別한** 사료들로 평가된다.[28] 비록 한정된 설화 자료집이기는 하지만, 보살들이 도반의 관계를 맺으면서 직접 대결하는 것으로 되어 있어서 우리의 구전

---

28) 中國民間故事集成全國編輯委員會·中國民間故事集成浙江卷編輯委員會,『中國民間故事集成-浙江卷』, 新貨書店北京發行所, 1997, 226면. 여러 보살 가운데 관음보살, 문수보살, 보현보살, 나한, 미륵과 석가 등에 대한 이야기가 풍부하고 다양하게 전승되는 점이 확인되었다. 이들의 자료와 비교 논의는 장차 많은 가능성을 예시하는 것이고, 동아시아의 문명권적 보편성과 동질성을 이해하는데 도움이 될 수 있을 것으로 판단된다.

설화나 문헌설화에 나타난 보살설화와 많은 차이점을 가지고 있음이 확인된다. 그러므로 필연적으로 다른 민족의 구전설화와 문헌설화와의 비교는 피할 수 없는 문제로 제기된다.

둘째는 중세의 보편종교에 나타나는 설화와의 비교 역시 문명권과 민족의 자료적 특성을 드러내기 위해서 필요한 작업이라고 할 수가 있다. 고승과 비교되는 인물전설이 흔한 것이지만, 더욱 중요한 것은 이러한 일을 하는데 있어서 천사나 특정한 인물의 도움에 의해서 신비체험을 하는 인물의 이야기가 직접적인 비교의 대상이 된다. 그러한 인물과의 비교 논의를 하면서 본질적인 보살과 성자의 비교론을 전개해도 이러한 중세종교의 문명권적 보편성을 함께 점검할 수 있으리라고 판단된다.

이 글에서 불교설화 가운데 보살설화를 중심으로 보살설화의 특징과 의의가 무엇인지 다루었다. 우리 보살설화는 보살이 주인공이 되어서 특정한 행위를 하는 것이 아니다. 보살이 특정한 승려나 인물에게 나타나거나 특정한 인물로 화현하여 자신의 자취를 드러내는 것이 일반적인 양상이다. 그렇게 나타난 보살은 주인공을 도와서 깨달음에 이르도록 돕기도 하고, 달리 영험을 나타내는 것이 일반적인 면모이다. 「憬興遇聖」조에서는 관음보살과 문수보살이 함께 나타나서 독자적인 의미를 형성하도록 하였다.

보살이 나타나서 민중의 처지에서 고승을 살펴보는 설화는 다른 민족에게서 잘 발견되지 않은 특징이다. 민중들이 즐기는 연희와 재담을 통해서 주인공의 시름을 덜어내고자 하는 점도 이 조목에서 발견되는 특징이다. 불교종단과 다르게 또는 불교의 교리와 신앙은 다른 각도에서 다양한 면모를 창조하였다. 이야기를 통해서 충격적인 이야기를 전하게 할 수 있고, 그와 동시에 민중들의 신앙을 완성할 수 있게 되었다.

보살은 여럿이고, 보살이 고승과 민중에게 나타나서 일정한 깨달음을 주게 되는 것은 보살의 근본을 잊지 않은 것이다. 그러나 보살이 있다고 하는 것만으로 신앙이 완성되는 것은 아니다. 민중은 교단이나 종단의 관점과 다르게 사태를 인식하고 전혀 보살을 다르게 인식하고 있는 점을 분명하게 드러내고 있다. 「憬興遇聖」뿐만 아니라, 『三國遺事』의 보살설화는 그러한 점이 우세해서 문제이다. 보살설화의 근본이 바로 우리의 전통적인 신앙과 복합되어 있기 때문에 이러한 현상이 가능하였다. 그래서 보살설화는 민족의 독창적 창조에 의한 새로운 이야기 층위를 덧보탠 결과이다.

참고문헌

1. 기본 문헌

『妙法蓮華經』觀世音菩薩普門品 第二十五

龍樹菩薩造, 『大智度論』卷四 또는 『智度初品中菩薩釋論』第八(卷第四)

三品彰英遺撰, 『三國遺事考證』上, 塙書房, 1975.

三品彰英遺撰, 『三國遺事考證』中, 塙書房, 1975.

村上四男撰, 『三國遺事考證』下之三, 塙書房, 1995.

村上四男撰, 『三國遺事考證』下之二, 塙書房, 1995.

村上四男撰, 『三國遺事考證』下之一, 塙書房, 1994.

姜仁求·金杜珍·金相鉉·張忠植·黃浿江, 『譯註三國遺事』Ⅰ·Ⅱ·Ⅲ·Ⅳ·Ⅴ, 이회, 1994.

『江原道旌善郡 太白山淨岩寺事蹟』

김선풍외, 오세암의 신동(1), 『한국구비문학대계』 2-4, 한국정신문화연구원 어문연구실, 146면.

정상박외, 헛고개와 지지, 망성마을, 『한국구비문학대계』 8-12, 한국정신문화연구원 어문연구실, 58면.

2. 연구 업적

김헌선, 불교 관음설화의 여성성과 중세적 성격 연구-《삼국유사》 소재 자료를 중심으로-, 『구비문학과 여성』, 박이정, 2000.

이기백, 태백산과 오대산, 『한국고대사론』, 일조각, 1995.

Edward de Bono, *New Think: the Use of Lateral Thinking in the Generation of New Ideas*, Basic
　　Books, 1968 ; *Lateral Thinking: Creativity Step by Step (Perennial Library)*, Harper Colophon,
　　1973.

김헌선

경기대학교 국문학과 교수이다.
우리 옛이야기를 찾아서 이야기 여행을 하는 중이다.
《한국의 창세신화》(1994), 《설화 연구 방법의 통일성과 다양성》(2009) 등
이 있으며, 앞으로 《우리 본풀이의 발견》, 《한국의 무조신화》, 《하이누벨
레신화의 시원과 의의》 등을 차례대로 간행할 예정이다.

옛이야기의 발견
2013년 9월 6일 초판 1쇄 펴냄

지은이 김헌선
펴낸이 김흥국
펴낸곳 도서출판 보고사

등록 1990년 12월 13일 제6-0429호
주소 서울특별시 성북구 보문동7가 11번지 2층
전화 922-5120~1(편집), 922-2246(영업)
팩스 922-6990
메일 kanapub3@naver.com
http://www.bogosabooks.co.kr

ISBN 979-11-5516-082-4 93810
ⓒ 김헌선, 2013

정가 32,000원
사전 동의 없는 무단 전재 및 복제를 금합니다.
잘못 만들어진 책은 바꾸어 드립니다.
이 도서의 국립중앙도서관 출판시도서목록(CIP)은 서지정보유통지원시스템 홈페이지
(http://seoji.nl.go.kr)와 국가자료공동목록시스템(http://www.nl.go.kr/kolisnet)에
서 이용하실 수 있습니다. (CIP제어번호: CIP2013016803)